SISTER PACT

Image de couverture : Shutterstock / © Shutterstock – © amesto
Couverture : Ariane Galateau

Extrait : *Mais je t'aime*, chanson interprétée par Camille Lellouche
et Grand Corps Malade, composée par Camille Lellouche
et Grand Corps Malade. Anouche Productions, Madyv Éditions, 2020.

34-36, rue La Pérouse
75116 Paris
Collection dirigée par Franck Spengler
Ouvrage dirigé par Marie Maublan

ISBN : 9782755689525
Dépôt légal : septembre 2021
Imprimé en Espagne par Liberduplex

ISA LAWYERS
&
SAMANTHA
MORGAN

SISTER PACT

Hugo Poche

NEW ROMANCE®

CHAPITRE 1

LI

Devant l'assemblée totalement dissipée, je tape dans mes mains. Une vraie maîtresse d'école face à une horde de gamins surexcités. Je ne suis pourtant pas en charge d'enfants, mais bien de membres de la brigade des Stups. Je m'assieds sur un coin de table, juste devant le tableau transparent où j'ai résumé le plan de notre prochaine intervention. Les agents de mon service papillonnent à droite et à gauche, chacun y allant de sa petite remarque ou de la dernière info tirée de nos indics.

– Pardon pour le retard, Capitaine, me lance un de mes OPJ[1] en pénétrant dans l'open space.

Cela fait bien longtemps que je n'avais pas connu autant d'effervescence.

– Allez on se calme et on prend place ! Dernier débrief avant l'opération finale.

---

1. Officier de police judiciaire.

Je jette un coup d'œil vers Javier, bien entouré. Comme d'habitude.

– Javier, si tu veux bien donner l'exemple.

Il ne s'interrompt même pas une seconde et poursuit sa discussion joyeuse avec Barbie – entre sa tignasse blonde et sa plastique de rêve, il n'a pas fallu longtemps aux hommes de mon équipe pour lui trouver ce surnom, qui lui va à merveille et qu'elle adore. Le lieutenant Mereau me tend le dernier relevé des écoutes qu'il vient de réceptionner. Je l'étudie attentivement avant de revenir à la salle et de finir par siffler un coup sec entre mes dents. Pas très correct pour un capitaine de police, mais ça a le mérite d'être efficace.

Tout le monde se tait. Quelques-uns se dépêchent de prendre place sur une chaise en croisant mon regard noir, d'autres dissimulent leur smartphone dans leur poche. Seul l'irréductible et insolent lieutenant qui me sert d'équipier se permet de continuer à rire et à amuser la galerie autour de lui. Je lâche un soupir bruyant.

– Bon les gars, on est prêts. Nous voilà enfin sur le point de démanteler le plus gros trafic de stups qu'on ait connu depuis deux ans dans la petite couronne. Les Tchétchènes sont à portée de menottes. On va débarrasser Paris de cette vermine.

Quelques gars applaudissent d'excitation tandis que d'autres checkent. Je tape d'un revers de la main une photo scotchée sur le board transparent.

– Anton Kurbanov, *alias* le Tchétchène, est à nous. Pour rappel et pour les collègues des autres services que je remercie de venir nous prêter main-forte ce soir, il dirige d'une main ensanglantée ce réseau rempli de ramifications sur toute la région. Son domaine, les stups en tout genre. Héro, coke, cannabis et accessoirement les putes. Peu importe, pourvu que ça rapporte. C'est un homme intelligent et aguerri. Il a fait ses armes durant la seconde guerre de Tchétchénie contre les Russes. Il a perdu quelques cases au passage. Il est capable du pire lorsqu'il est acculé, alors prudence lorsque vous l'interpellerez.

Javier ricane en mimant une lame tranchant sa carotide. Barbie et Valérie gloussent comme des dindes. Des mois à planquer dans des trous à rats, à risquer nos vies pour mettre un coup d'arrêt à ce trafic qui gangrène la région et le voilà totalement borderline dans la dernière ligne droite. Je fulmine et me redresse, raide comme un piquet. Javier braque enfin les yeux sur moi et son rire se meurt. Il se reconnecte aussitôt à l'instant.

– Kurbanov laisse d'ailleurs régulièrement des cadavres dans son sillage, poursuis-je. J'en profite pour saluer le capitaine Beaulieu, chef de la brigade criminelle qui nous informe en toute transparence de l'avancée de certaines de ses enquêtes en lien avec notre gang.

Ce dernier me lance un clin d'œil tandis que j'enchaîne sur la configuration de la résidence du Caïd, un hôtel particulier en plein Paris où l'opération se déroulera ce soir. Mon coéquipier grimace en observant Beaulieu raconter une fusillade en lien avec notre affaire :

– Heureusement, Linda et moi, nous communiquons en permanence sur nos dossiers communs.

Javier me jette un regard contrarié en mimant un « Linda » exagéré. Je lève les yeux au ciel. Sébastien est pourtant plutôt sympa et coopératif en dépit de la vieille guéguerre entre nos services.

– Javier, tu prends la suite, lui ordonné-je sèchement.

Il se lève sous les chuchotements et quelques soupirs enamourés de l'auditoire féminin. Je surprends même le regard subjugué du brigadier Ramos. Plus une once de dignité non plus chez les collègues gays. Je hausse les sourcils, exaspérée devant tant de mièvrerie face à un serial killer de petites culottes. Peut-être à cause de ses pectoraux particulièrement développés, ses fesses bombées ou ses lèvres toujours délicieusement satinées. Je déglutis. Putain, même sur moi, il a ce pouvoir étrange.

Il approche de sa démarche décontractée et se poste à mes côtés pour enchaîner :

– On a ensuite Roman Lefroid, numéro deux du réseau. Un des rares Français du trafic mais pas des moindres. Surnommé « la Lame », il est le bras armé de Kurbanov. Un vrai tueur. Rien qu'à lui tout seul, il a explosé les statistiques de la Crim. Il est au courant de tous les mouvements de l'organisation, est de tous les mauvais coups. Il est les yeux et les oreilles du Tchétchène, autant craint que respecté. Selon nos sources, Anton Kurbanov aurait pourtant actuellement des doutes concernant la loyauté de son homme de main. C'est donc le moment idéal pour les monter l'un contre l'autre lors des interrogatoires et obtenir ainsi un max d'infos. Il nous le faut absolument.

Un bip retentit dans ma poche. Un coup d'œil.

– Ensuite, on a Piotr Korgay, poursuit mon coéquipier.

Je m'éloigne de la salle et prends l'appel :

– Salut, du nouveau ?

– Darla vient de sortir de mon shop. La soirée aura bien lieu à partir de dix-neuf heures. Il y aura du beau monde, de gros acheteurs, quelques notables de la ville. Kurbanov a prévu de sortir toutes ses poules. Le gang sera au complet. Vous n'aurez jamais une plus belle opportunité. C'est le moment, Li.

Je ne réponds pas. Call est mon indic depuis trois ans. J'ai beau avoir confiance en lui, il n'a pas à savoir les modalités de l'opération. Dans ce milieu, on ne sait jamais ce qui peut se passer. Un chantage, une menace de trop, et ce sont des mois de travail qui partent en fumée.

– OK, mon grand. Merci pour les infos. Reste bien à l'écart du gang pour les jours à venir, on ne sait jamais.

– Attends, Piotr a renforcé le dispositif de sécurité à l'entrée, poursuit-il. Selon Darla, ils seront armés avec du lourd, des AK-47, des HK-MP5, des fusils d'assaut M4 et tout le bataclan.

– Rien d'original.

Mon smartphone m'indique l'arrivée d'un message.

Je suis au bar en face.

Je fais claquer ma langue contre mon palais. *Ils se sont tous donné le mot ou quoi ?*

Lana est une des prostituées d'Anton Kurbanov. Une de ses meilleures gagneuses, mais aussi une de mes sources. Une Ukrainienne à qui on a fait miroiter l'Eldorado français avant de la séquestrer et de la prostituer depuis deux ans. Elle n'a qu'un souhait, retrouver sa vie, même misérable, auprès de son gosse resté au pays avec son grand-père. *Mais elle n'est pas censée me contacter avant la fin de l'opération.*

– Je dois te laisser, Call. Merci pour les dernières infos.

Je retourne dans la grande salle où Javier présente le plan d'action et s'occupe de la répartition des binômes. Nous sommes rodés, on travaille dessus depuis des jours, ils n'ont pas besoin de moi tout de suite. Je récupère ma veste en faisant signe à mon adjoint et passe la porte.

Je traverse la rue en jetant des coups d'œil aux alentours. Personne à la ronde, à part une vieille avec son chien. Je vérifie ses jambes dissimulées sous un collant chair épais. Des varices traversent l'arrière de ses mollets. Pas de doute, ce n'est pas un Tchétchène déguisé qui filerait la gamine.

Je pénètre en trombe dans le troquet, salue au passage le proprio qui vit grâce à quelques arsouilles du commissariat. Je file vers l'arrière de la salle et m'assieds face à la jeune femme.

– Qu'est-ce que tu fais là ? lui demandé-je de but en blanc. C'est risqué. Tu pourrais être repérée par le gang.

– Je veux le passeport que tu m'as promis, exige-t-elle.

Elle fait tourner nerveusement son briquet entre ses doigts tout en jetant un coup d'œil vers un homme qui pénètre bruyamment dans le bar.

– Je t'ai promis de te le remettre après le démantèlement des Tchétchènes. Bientôt.

– Non, j'le veux maintenant. Je veux prendre un avion au plus vite. Roman et moi, on est dans la merde. On doit filer.

– Comment ça, *vous* devez filer ? On était d'accord. Tu devais partir seule.

Elle se penche au-dessus de la table.

– Anton veut faire buter Roman. On peut plus attendre. Roman doit fuir, j'veux partir avec lui.

– Pourquoi lui ?

– Roman est gentil. Il est d'accord pour élever mon gosse avec moi. Il m'aime…

– Cet homme est un tueur. Il est peut-être plus doux que les autres mais il reste une brute capable de te tuer une minute après avoir baisé avec toi. Pense à Louisa. Souviens-toi de ce qu'ils lui ont fait.

Agacée, elle se laisse retomber sur le dossier de la banquette en cuir grenat.

– C'était Anton, pas Roman ! Il est cool avec les filles. Il nous respecte, le défend-elle.

– Peu importe, il était là et il n'a pas empêché le Tchétchène de la buter. Je ne veux pas qu'il t'arrive la même chose.

– Tu l'as sur toi ? insiste-t-elle.

– Non, tu auras ton passeport après l'arrestation du gang.

Elle referme son sac à main en tirant violemment sur la fermeture Éclair.

– J'espère que tu vas pas me rouler, me dit-elle, les lèvres pincées. Sinon…

– Sinon quoi ? Tu me menaces, maintenant, Lana ? Tu comptes m'envoyer ton mec ?

Je soutiens son regard bleu porcelaine. Elle porte sa main à sa bouche et se met à se ronger un ongle. Cette fille est magnifique, une jolie petite poupée blonde. J'évite d'imaginer le calvaire qu'elle endure tous les jours, sinon je ne trouverai plus le sommeil. Je ne dois pas fléchir.

Elle se lève d'un bond, récupérant son sac, et après quelques secondes de réflexion, décide de partir. Avant de passer la porte, elle lâche par-dessus son épaule :

– Je compte sur toi !

Je l'observe s'éloigner d'un pas pressé, perchée sur de vieux escarpins trop larges pour ses pieds fins. Plus que quelques heures et elle sera libre de rentrer chez elle et d'oublier enfin tout ce merdier.

De retour sur les marches de l'escalier central du poste, je reçois un nouvel appel : Mareva. Je grimace. Ma sœur va me tenir la jambe pendant des heures et je n'ai clairement pas le temps pour ça.

– Ouais, lancé-je en décrochant.

– Li, je suis perdue. À ton avis, je peux remplacer les horribles coussins gris de ton canapé par ceux que j'ai achetés la semaine dernière ?

– Quoi ?

– Tu sais, les violets à poils, ceux que tu as appelés les « *Monstres et Cie* ».

– Qu'est-ce que tu ne comprends pas dans « ne m'appeler qu'en cas d'extrême urgence » ?

– J'emménage chez toi aujourd'hui, c'est un cas d'extrême urgence. Je fuis notre mère. Elle m'a déjà appelée dix fois depuis une heure.

– Écoute Mare, je dois raccrocher. Tu fais ce que tu veux mais ne m'appelle plus, sauf s'il y a un mort dans la famille.

– Et en cas de coma suite à un AVC, s'amuse-t-elle.

– Ne joue pas sur les mots, sifflé-je en remontant tout le couloir qui mène aux Stups.

– Tu feras attention, hein ?

Je grimace. J'ai beau lui avoir caché les risques de l'opération de ce soir, Mareva n'est pas dupe. Elle sent toujours ces choses-là.

– Promis.

– Tu rentres quand ?

– Au mieux dans cinq jours.

Au pire, jamais.

– OK, mais as-tu pris assez de culottes de rechange…

– Mare, menacé-je. Je t'embrasse, je dois raccrocher.

Quand je pénètre dans la brigade, je suis attrapée au vol par Javier qui me retient par le bras.

– Alors Captain, t'es prête ? Ce soir, c'est la gloire qui nous attend.

Je croise son regard gris luisant d'excitation. Plus que les autres, Javier ne tient pas en place. Il veut enfin en découdre avec le gang qui nous occupe depuis des mois.

– On parlera de gloire quand tout le monde sera à l'ombre. Pour le moment, on n'y est pas.

Je balaie la pièce du regard. Toute l'équipe est à l'œuvre. Je sens des doigts caresser ma frange.

– Pourquoi tu es si tendue ?

– J'ai un mauvais pressentiment.

– Quoi qu'il arrive, je serai à tes côtés. On va réussir, ne t'inquiète pas.

Je sors mon brassard de police et mon flingue du tiroir de mon bureau.

– J'espère, Javier, j'espère.

CHAPITRE 2

MARE

Envahir l'appartement de ma sœur me permet de garder l'esprit occupé. Il faut absolument que je me détache de la présence envahissante de ma mère. Après ma rupture avec Paul, et n'ayant aucun logement, j'ai bien été obligée de regagner l'antre maternel et sa chambre d'amis. Je pensais que me faire dorloter me permettrait d'oublier mes tourments mais après six mois de cohabitation, j'ai failli péter les plombs. Heureusement, mon projet professionnel m'a aidée à garder la tête hors de l'eau jusqu'à ce que ma sœur me propose d'emménager chez elle.

Je tapote mon coussin à poils, et guette nerveusement l'heure sur mon téléphone. Il me tarde de rejoindre le local et de prendre un nouveau départ. Je ne suis pas la première ni la dernière fille à se faire plaquer par celui qu'elle considérait comme l'homme de sa vie, mais en ce moment même, je choisis d'être égoïste et de me lamenter sur mon sort.

J'ouvre un nouveau carton puis me dirige vers l'armoire à moitié vide pour entreposer mes vêtements. Le point positif, c'est que Linda n'est pas une *fashion victim* et que son placard ne contient que le strict minimum, ce qui laisse suffisamment de place pour la tonne de fringues que j'ai ramenée. Chaque vêtement qui passe entre mes mains me rappelle des moments avec lui. Un top à bretelles : une virée sur la Seine. Une robe en dentelle blanche : la première fois qu'il m'a présentée à ses parents. J'accélère le rythme pour ne pas m'attarder sur un passé qu'il a jeté aux orties. Je bloque sur une tunique bleu azur ; la dernière fois que je l'ai portée, j'étais tellement heureuse de lui annoncer la nouvelle…

Je sens les larmes monter puis la colère m'envahir. Je jette rageusement le vêtement sur le sol et suis interrompue par la sonnerie de mon portable. Reconnaissant le numéro, je me précipite dessus, prends une grande inspiration et décroche. Cet appel signera soit ma sortie des abysses, soit ma perte définitive. Si Linda était là, elle me dirait sûrement d'arrêter de stresser. Après tout, tout a déjà été validé. Toutefois, c'est plus fort que moi ; après toutes les galères que j'ai essuyées, je ne peux m'empêcher de penser que ce n'est pas terminé et que tout peut basculer n'importe quand.

– Mareva Sorel, j'écoute.

– Bonjour madame Sorel, ici Camille Molun.

Mon souffle se bloque. Camille est mon référent chez Do It Yourself With Me, la franchise qui me permet d'ouvrir ma propre boutique et d'enfin sortir du sable. Je suis tombée sur l'annonce un peu par hasard, il y a quelques mois. Des clientes en parlaient dans la cupcakerie où je travaillais. Ce jour-là ma patronne avait été odieuse car j'avais osé modifier la couleur d'un glaçage trop terne à mon goût, et je m'étais prise à rêver de devenir entrepreneur. La proposition de poste tombait à pic, alors je n'ai pas hésité. Mon côté créatif et mon inventivité m'ont permis d'être sélectionnée et, même si j'ai dû prendre des cours du soir en comptabilité, cela en valait la peine.

Toutefois, quelque chose ne va pas. Camille a déjà validé mon projet, alors pourquoi m'appelle-t-il ? Avec la chance que j'ai, il va me dire qu'ils ont changé d'avis, qu'ils ne veulent plus de moi. Sinon, pourquoi me contacter ? Dans ma tête, un million de questions se bousculent : les travaux d'aménagement sont presque terminés, comment vais-je expliquer à la banque que je ne peux pas rembourser mon prêt car mon partenaire m'a lâchée ? Et les fournitures qui attendent dans l'arrière-boutique, j'en fais quoi ?

– Mareva ? Vous avez entendu ?

– Hein ? Désolée, ça ne capte pas très bien dans l'appartement, inventé-je rapidement.

– Je voulais simplement valider avec vous la stratégie de communication.

Je soupire de soulagement. Évidemment, je me suis encore monté la tête.

– Je vous écoute.

– Très bien, reprend-il. Un carton de flyers va vous parvenir prochainement et nous organisons une campagne de mailing avec les adresses e-mails récupérées par nos partenaires. Nous avons également créé la page et l'événement sur Facebook pour annoncer l'ouverture prochaine avec votre atelier scrapbooking du dimanche. De votre côté, ce serait bien que vous postiez des photos de l'aménagement de la boutique pour attiser la curiosité des followers. N'hésitez pas aussi à photographier le quartier.

À la mention de ce dernier, j'esquisse une grimace. Si Camille voyait réellement les environs de la boutique, je ne suis pas sûre qu'il me demanderait ça. J'ai peut-être légèrement embelli la réalité. L'épicerie asiatique qui fait l'angle et le restaurant turc qui y est accolé m'ont permis de parler de « quartier multiculturel » en omettant le fait que les deux voisins ne s'entendent pas et passent leur temps à s'engueuler. Les tags sur les murs se sont transformés en « street art très moderne », et les filtres Instagram ont gommé la noirceur des immeubles due à la pollution. J'ai bien sûr évité de mentionner que la boutique viendrait remplacer un sex-shop dont le gérant s'est fait la malle aux Antilles en abandonnant femme et enfants.

– Bien, maintenant que tout est réglé, je vous souhaite bonne chance, madame Sorel. Je vous envoie tous les détails de la stratégie de communication par e-mail pour vous guider au mieux, ainsi que les identifiants pour que vous puissiez alimenter la page Facebook.

Après avoir raccroché, je termine de fourrer le reste de mes vêtements dans le placard qui dorénavant regorge de couleurs vives et de chaussures, dissimule sous le lit deux cartons que je n'ai pas eu le temps de déballer et file à la boutique. L'appel de Camille m'a remotivée. Il a raison, je dois absolument attirer du monde pour l'ouverture, et quoi de mieux que de jolies photos postées sur la toile ? Ni une ni deux, j'attrape mon sac à main, grimpe dans ma voiture et traverse une partie de la capitale pour rejoindre ma boutique.

Je me gare sans peine, et alors que je marche sur le trottoir, je suis interpellée par de grands cris. Les propriétaires des deux restaurants en sont presque à se balancer des chaises sur la tête.

– Il y en a marre de ta terrasse, tu prends toute la place ! Tu empêches mes clients de s'installer !

– De toute façon, personne ne veut venir chez toi ! J'ai vomi tripes et boyaux après avoir mangé ta soupe, je leur rends service !

– Ça, c'est parce que tu t'intoxiques dans ta cuisine ! J'ai vu un rat en sortir la semaine dernière, t'as qu'à lui donner un nom, il relèvera le niveau de tes plats !

La dispute s'envenime jusqu'à ce qu'ils se menacent mutuellement de s'envoyer les services de l'inspection du travail. Dans un soupir, je les contourne et tout en traversant la rue, j'observe avec attention l'enseigniste en train de guider ses ouvriers pour la mise en place des lettres « DIY With Me ». J'attends qu'ils aient terminé pour les saluer et je dégaine mon portable et mitraille avant de poster mes clichés en story. Moins d'une seconde après « Camille_DIY a aimé » s'affiche. Parfait, s'il est content, moi aussi. Mes talons claquent sur le trottoir et je manque de me tordre la cheville sur les irrégularités du sol, provoquant le fou rire d'un groupe de jeunes assis un peu plus loin. Je les ignore et rejoins les entrepreneurs.

Comme au premier jour, je suis soufflée par la surface du local, et je peine à m'imaginer tous les joujoux que le précédent occupant avait dû réunir pour remplir cet espace. Là où il avait aménagé un coin vidéothèque, j'ai choisi de faire ma réserve en montant une cloison et en y ajoutant une porte. À mesure que je circule entre les rayonnages, je me sens chez moi. Les murs aux teintes jaunâtres arborent maintenant de jolies couleurs pastel : parme, rose pâle et une arabesque blanche qui vient s'enrouler autour des étagères pour donner une impression de volume. Mis à part un bon coup d'aspirateur et de serpillière, il ne reste plus grand-chose à faire.

– Il est bon ce tatoueur ? demande le chef de chantier en désignant la boutique jouxtant la mienne.

– Le salon de tatouage est fermé, l'agent immobilier qui m'a fait visiter me l'a affirmé.

L'ouvrier s'éloigne et je me glisse derrière le comptoir où une caisse enregistreuse dans son emballage n'attend plus que moi. Je n'arrive pas à croire que j'y sois arrivée. Mes doigts courent sur le plateau en bois et je gratte du bout de l'ongle un éclat de peinture. Certes, le quartier n'est pas top. Oui, je remplace un vieux sex-shop, et si j'avais eu plus de temps, j'aurais aimé m'installer dans un autre endroit. Pourtant, pour la première fois depuis des mois, je me sens enfin vivante.

CHAPITRE 3

LI

Quand j'entends le juge balancer à ce caïd de la drogue qu'il part directement au trou, j'ai du mal à contenir un sourire victorieux. Ça valait le coup de sentir mauvais pendant ces derniers jours. Dans son costume satiné d'une marque de luxe italienne et ses mocassins en cuir à plusieurs milliers d'euros, Anton Kurbanov n'en mène pas large. La barbe drue, le cheveu gras, il a déjà perdu de sa superbe. Pourtant, il faisait le fier et l'arrogant lorsque je lui ai passé les menottes, il y a quatre jours. Je l'entends encore me dire avec son petit rictus salace qu'il « bandait bien dur de se faire serrer par un joli petit cul ». Il surprend mon regard satisfait et se redresse sur son siège, agacé. Il sait que Javier et moi venons de signer son départ pour un long séjour dans une prison haute sécurité. Je ne m'en fais pas pour ce dur à cuire. Caïd à Paname, il le sera également en centrale. Il ne lui faudra pas beaucoup de temps pour rassembler une tripotée de malfrats à gros bras et faire la loi là où il sera.

Même s'il s'agit d'une belle prise, je ne suis pas pleinement rassurée. La Lame nous a filé entre les doigts. Est-ce que Lana l'avait averti avant l'assaut ? Elle est injoignable depuis notre entrevue au bistrot. Quelques membres influents ont réussi à se carapater aussi, la villa était pleine à craquer, la soirée battait son plein. J'ai beaucoup de mal à digérer ce semi-échec. Heureusement, aucun coup de feu n'a été tiré et personne n'a été blessé. Au moins, sur ce plan, l'opération a été une réussite. Le réseau démantelé partiellement, il ne se passera pas beaucoup de temps avant que Kurbanov soit remplacé. En attendant, les Tchétchènes vont devoir se battre pour garder leur position de leader sur la région parisienne, notamment face aux Ivoiriens, et c'est donc maintenant qu'il va falloir les achever.

Javier m'adresse un petit clin d'œil satisfait avant de balancer sa tête de gauche à droite pour dénouer ses cervicales. Il est crevé, tout comme moi. Sept mois d'enquête, quatre-vingt-seize heures de garde à vue. Des interrogatoires dantesques avec un mec inflexible, une paire à rendre jaloux un âne. Nous avons tout tenté pour le faire parler, mais nous nous sommes heurtés à son mutisme et à son regard dédaigneux, froid. Un calme qui lui a permis de tuer une gamine de dix-sept ans qui avait consommé quelques grammes de sa dope après l'avoir mise sur le trottoir. Il en est responsable, tout comme d'autres meurtres que je n'ai pas encore réussi à prouver, mais j'y arriverai.

Kurbanov sourit lorsque l'un de mes brigadiers l'entrave de nouveau avant de le conduire en détention provisoire.

– Je vous souhaite bon courage avec mon frère, Capitaine. Je vous promets que vous me regretterez, *сука*.

Je me raidis. Il vient de mettre le doigt sur le pire de mes cauchemars : voir Vitali Kurbanov débarquer en France pour prendre la relève. Selon Interpol, il serait beaucoup plus dangereux que son frère aîné, versatile, laissant des tas de cadavres partout où il pose ses valises. Si tel est le cas, nous n'avons pas une minute à perdre.

– Qu'il vienne donc. Je m'engage à vous réunir en famille.

J'adresse un signe de la tête au juge des libertés et de la détention et entraîne Javier vers l'escalier.

– J'ai cru que cette journée ne se finirait jamais, geint-il en réajustant son holster sous sa veste en cuir.

– Moi aussi, le juge d'instruction était tatillon, confirmé-je en dépassant son bureau.

– Je crois qu'il n'a pas fini de nous faire chier pour des points de détail, celui-là.

– Il appelle ça des preuves, mon grand. Des preuves.

– On se voit dans deux semaines ? nous interrompt une voix.

À quelques mètres, d'un pas tranquille, la seule bonne chose de ces quatre dernières journées s'approche de nous : l'avocat du Tchétchène, maître Gabriel Legris, une tuerie pour les yeux. Un seul de ses sourires pourrait provoquer un incendie sous mon jean. Grand, blond, les yeux noirs, il a un truc à la Brad Pitt jeune.

Javier suit mon regard et lève les yeux, las. Je toussote puis fronce les sourcils, étonnée.

– Dans quinze jours pourquoi ?

– Pressé de prendre ta raclée, mon pote ? s'exclame Javier sans me calculer.

Retirant sa robe d'audience et la balançant sur son bras tout en marchant à nos côtés, Legris se met à rire.

– Tu as la mémoire courte, mon vieux. Je me souviens d'un essai où tu t'es mis à chialer comme un gosse.

Javier se renfrogne avant d'arborer un petit sourire sadique que je lui connais bien.

– J'ai bonne mémoire au contraire, surtout d'une descente à *L'Antéchrist* où tu besognais avec mollesse l'épouse du préfet.

Je lâche un soupir de stupéfaction alors que l'avocat perd toute gaieté. Son regard se porte sur moi et ma gêne semble surpasser la sienne. Il se met à s'esclaffer avant de lâcher tout en accélérant la vitesse de son pas :

– Sale connard, tu vas me le payer sur le terrain.

Legris s'éloigne, et malgré la bombe qui vient d'éclater, je ne peux que réprimer un petit pincement au cœur.

– Chaque fois que je vois ce connard arrogant, je n'ai qu'une envie, c'est de lui faire fermer sa grande gueule. Il me fait chier depuis la fac.

– Peut-être, mais tu pourrais te contrôler, le rabroué-je. Je te rappelle que tu es flic et que tu as un devoir de réserve, *mon pote*.

– Tu sais où tu peux te le mettre, ton devoir de réserve ? se marre-t-il en sortant son paquet de clopes.

Avant même qu'il en pince une entre ses lèvres, je la lui arrache et la balance un peu plus loin dans un buisson de la cour du palais.

– Tu m'emmerdes, râle-t-il.

– Tu avais dit que tu arrêtais.

– Tout comme toi avec les chips au paprika. Je ne supporte plus le bruit quand tu les boulottes en planque.

Il me jette un regard insolent tout en me balayant de la tête aux pieds.

– On se bouffe une pizza chez toi ? propose-t-il.

Je me retiens de l'envoyer paître et préfère le gratifier d'un check. Je suis affamée.

Alors que nous avançons dans le parking, nous croisons notre grand chef sur son trente-et-un. Habit d'apparat impeccable pour passer au vingt heures de Laurent Delahousse.

– Je veux vous voir lundi matin dans mon bureau, capitaine Sorel. J'espère que vous aurez des pistes à me soumettre, ordonne-t-il avant de poursuivre.

– Oui Commissaire, mon équipe est déjà sur la trace de la Lame, affirmé-je. Vous savez si les autorités tchétchènes ont arrêté Vitali Kurbanov ?

– Malheureusement, on nous a signifié que ce n'était pas de l'ordre du possible.

– Ça ne va pas arranger nos affaires.

– La corruption est encore très présente dans les pays de l'Est, que voulez-vous ! Pour l'heure, réjouissons-nous d'avoir attrapé son frère. Je file, je suis déjà très en retard.

Je ris jaune de le voir se vanter de notre réussite devant les huiles de la patrie alors qu'il y a quatre jours, il me remontait les bretelles pour ne pas avoir interpellé tout le gang. Suivant mon regard assassin, Javier se contente de me prendre par les épaules.

– Laisse tomber tous ces cons. On va s'empiffrer de graisse et de sucre devant une série débile.

Je profite d'une brise légère pour remplir mes poumons d'air frais. Je commence enfin à me détendre, observant Javier s'extasier sur un coupé sport garé dans la cour.

– Joli !

Mon portable se met à brailler dans ma poche. Mareva. Je décroche avant d'écarter vivement le téléphone de mon oreille.

– Qu'est-ce que tu fous ? On t'attend avec maman ! C'est ce soir !

Ce soir ? *Et merde, il ne manquait plus que ça.*

– On est samedi ? chuchoté-je à l'attention de Javier.

– Bah oui, tu croyais qu'on était quel jour ?

J'ai envie de mourir.

– Je sors juste du palais de justice, reprends-je pour ma sœur.

Elle grogne à l'autre bout de la ligne.

– On a déjà dîné, du coup.

– Désolée, *sister*, je n'avais pas le choix.

– Tu rappliques vite fait, m'ordonne-t-elle, exaspérée.

– Pas question. Ça fait presque une semaine que je ne suis pas rentrée à la maison. Je rêve d'un bain.

– Oui, je rêve qu'elle se lave enfin ! se marre Javier.

Je lui donne un coup de poing qui finit dans le vide. Il m'attrape par le cou et m'attire à lui pour m'embrasser sur la tempe alors que je proteste.

– Tu ne peux pas me faire ça, Li, s'agace Mareva. Ce soir, chez maman, tu n'as pas le choix.

Je soupire et tourne la tête vers mon coéquipier. Je préférerais mille fois passer la soirée avec lui, même si on a vécu les sept derniers mois pratiquement H24 ensemble. Tous les ans, c'est la même sérénade. Vingt ans que ça dure.

– Tu peux me déposer chez ma mère ? demandé-je à Javier.

– À Saint-Germain-en-Laye ? s'écrie-t-il.

– Ouais, pas le choix, c'est la soirée des Miss.

– Elle fait chier, ta mère.

– J'arrive, conclus-je au téléphone, mais vous préparez un truc à dîner pour Javier et moi, on est affamés.

– OK, OK, pas de souci, s'égosille Mareva tout en ordonnant à ma mère de nous faire à manger.

– Elle vient avec qui ? demande cette dernière.

– Avec Javier.

– Je n'aime pas qu'elle ramène des hommes à la maison.

– Ce n'est pas un homme, c'est Javier, m'agacé-je.

– Eh, je suis quand même un homme, s'offusque Javier en se prenant les parties à pleine main sous mon regard outré avant de monter derrière le volant de notre voiture banalisée. Et avec un attirail haut de gamme, s'égosille-t-il pour que Mare et notre mère entendent.

Je raccroche alors que ma sœur houspille ma mère, me rendant à moitié sourde. C'est vrai que le mec assis à mes côtés mérite le détour. S'il n'était pas mon binôme, j'en aurais bien fait mon quatre-heures depuis longtemps. Enfin, si j'étais aussi une de ces filles qu'il ramasse chaque fois qu'il sort, une blonde sculpturale à très forte poitrine. Avec ma tignasse noir de jais, mes brassières et mes muscles apparents, je ne peux cocher aucun de ses critères de sélection. Tant pis pour moi. Je me contenterai de regarder le menu sans y goûter.

Je n'ai pas le temps de tourner la clef de l'appartement que ma sœur nous ouvre la porte avec un sourire heureux.

– Même pas en rêve.

– Je n'ai pas pu faire autrement, elle m'a joué son grand rôle de mère solitaire.

– Mais nooon ! Pourquoi tu t'es laissée embobiner ?

– Va prendre une douche ! crie ma mère de la cuisine. Dépêche-toi, ça va commencer !

Mare accompagne déjà Javier au salon alors que je traîne les pieds vers la salle de bain.

– Je t'ai amené un pyjama, me lance ma sœur avant d'inviter mon collègue à s'asseoir.

Je me dirige vers la chambre pour récupérer le vêtement. J'aurais préféré rentrer chez moi, mais au moins je n'aurai pas de route à faire, et c'est toujours ça de gagné. Les quatre jours de garde à vue ont été nécessaires et je suis fière de ce que nous avons réussi à faire, mais c'est chaque fois éprouvant. À l'idée de la nuit qui m'attend, je souffle de soulagement. Enfin du repos ! Pourtant, en avisant le lit, ce n'est pas de l'apaisement que je ressens, mais bien des envies de fratricide.

Quand je sors de la douche un long moment plus tard, je suis au bout de ma vie. La musique du générique des *Miss France* retentit dans le salon, j'ai toujours aussi faim, et je porte maintenant l'horrible combinaison en pilou que tante Mariette m'a offerte l'année dernière pour Noël. Un affreux truc avec des licornes partout, une corne sur la capuche. Je ne l'ai jamais mis, même lorsque la chaudière de l'immeuble nous a lâchés l'hiver dernier. Connaissant Javier, il m'achèvera en prenant une photo en douce et en la placardant dans tout le commissariat.

Dans son fauteuil, son book dans une main et son stylo dans l'autre, ma mère lève les yeux vers moi. Dans son regard, les mêmes choses me remuent chaque année, depuis vingt ans. Depuis ce soir de 1999 où mon père a fait ses valises pour nous planter là quelques jours avant Noël. Depuis ce soir où j'ai surpris ma mère dans la cuisine, livide, le visage maculé de larmes, le four à gaz ouvert. Ce soir où Mareva est apparue sur le seuil et a crié que les *Miss France* allaient commencer à la télé et où ma mère s'est ravisée en tournant précipitamment les boutons. Ce soir où cette putain d'émission nous a sauvé la vie, à toutes les trois. J'avais huit ans, Mare sept.

Pas une année depuis, on ne rate cette émission, cette soirée entre filles où se mêlent déprime et nostalgie. Mare n'a aucun souvenir de cette tentative avortée, et pense que nous nous devons d'être là uniquement pour que notre mère ne ressasse pas une énième fois cette rupture douloureuse. C'est en partie vrai, mais de mon côté, c'est surtout pour éviter que dans un moment de détresse, elle essaie de nouveau d'attenter à ses jours – même si je me suis empressée de lui offrir une cuisinière électrique à ma première paie.

Javier me regarde, amusé, engoncée dans mon accoutrement. Je viens m'asseoir à ses côtés et il me tend le cahier confectionné par ma mère. Toutes les Miss y sont répertoriées, avec une grande case pour noter chacune d'entre elles. Prête pour une soirée interminable.

– Bien joué, lance-t-il à ma sœur avec connivence.

– Elle est mignonne, hein ? Un vrai petit arc-en-ciel.

Je jette un regard noir à Mare avant de reporter mon exaspération sur Javier.

– Je t'interdis tout commentaire.

Il rit en mordillant sa lèvre inférieure.

– Dites-moi, Javier, interpelle ma mère avec ses lunettes sur le nez. J'espère que vous profiterez de la nouvelle installation de Mare chez sa sœur pour la voir plus souvent et peut-être l'inviter à dîner. Elle a besoin de voir de jeunes hommes pour se changer les idées.

Javier se fige, pris au dépourvu, avant de répondre en posant son regard sur ma sœur, rougissante :

– Bien sûr, avec plaisir.

J'encaisse un peu mal. Je n'ai pas trop envie que ma sœur sorte avec mon coéquipier, ce n'est jamais bon de mélanger vie personnelle et vie professionnelle.

Mare jette un coup d'œil vers moi.

– Javier a certainement bien plus envie de passer ses soirées avec Li, répond-elle.

– Mais non, s'offusque ma mère. Il passe déjà toute la journée avec elle. Javier a aussi besoin de fréquenter de jeunes femmes jolies et avenantes.

Ça faisait longtemps.

– Je vais vous laisser, dit-il, gêné, en tapotant mon genou.

– Tu as mangé ?

– Oui, t'inquiète. J'ai un rencard, lance-t-il avec un petit sourire.

– Ah oui, pizza devant Netflix avec une bonne copine, me moqué-je.

Il se fige devant moi, hésitant tout à coup.

– Je peux rester, si tu préfères.

Mare me fait les gros yeux pour que je le retienne. Je souris. Javier meurt d'envie de se carapater mais pour moi, il irait jusqu'à supporter toute une soirée *Miss France* en compagnie de ma mère.

– Non, ça va aller. Tu as bien mérité une soirée de relâche.

Il se penche, dépose un baiser sur mes cheveux et salue rapidement Mare et ma mère avant de partir aussi vite que ses jambes fatiguées le lui permettent.

J'attrape une assiette de petits sandwichs sous les yeux courroucés de ma mère. Après autant de jours à manger des casse-dalle, j'espérais un vrai repas, mais ce sera pour une autre fois. Je feuillette les pages de mon carnet de Miss et découvre les annotations de Javier dans une prose digne de Rimbaud : « Un œil qui dit merde à l'autre », « Alerte abus de silicone », « Une bouche de fumeuse de Havanes ». Je me retiens de rire, et lorsque j'entends la voix de Jean-Pierre Foucault, je me rappelle que ma vie est un enfer.

CHAPITRE 4

MARE

Je suis du regard la bombe atomique qui quitte l'appartement de maman en me demandant comment Linda a fait pour ne pas lui sauter dessus pendant ces quatre jours de planque. Sérieusement, ce mec est à se damner, je me demande si ma sœur est normale.

Je reviens vers l'écran de télévision où la tête de Jean-Pierre s'étale en gros plan. Plus le temps passe, plus je trouve que son teint devient orange, à moins que ce ne soit la qualité du téléviseur. Je jette un coup d'œil à ma mère ; elle bave devant son idole et, même si elle en a beaucoup voulu à Endemol pour le départ de sainte Geneviève, elle continue, fidèle au poste (et nous avec) de regarder cette émission.

Tandis qu'un reportage nous montre les filles profitant du soleil de la Guadeloupe alors qu'ici il fait un froid polaire, je passe mentalement en revue tout ce dont j'ai besoin pour demain. Ça y est, le grand jour est arrivé, la boutique ouvre. J'ai passé de longues heures à classer, ranger et agencer pour un résultat qui est au-delà de mes espérances. Tout préparer pour l'ouverture et gérer la distribution des flyers m'a permis de ne pas trop cogiter et d'avancer tant bien que mal. Je suis contente que Li ait terminé sa mission, inaugurer ma boutique sans elle, même si elle ne restera pas longtemps, aurait été difficile.

Je la vois s'agiter sur le canapé dans sa combinaison de licorne et ris intérieurement tout en sachant qu'elle ne se privera pas de me faire payer cette trahison. Malgré la pénombre, je note ses traits tirés et son visage fatigué. La pauvre, s'il n'y avait pas cette tradition, elle dormirait déjà à poings fermés alors qu'il n'est même pas vingt-et-une heures trente. Je me lève de ma place sous le regard agacé de ma mère lorsque je passe devant l'écran et me dirige vers la chambre d'amis. La solitude de notre génitrice lui pèse de plus en plus et tous les prétextes sont bons pour nous garder chez elle. Je tire de sous le lit mon petit sac de voyage à la recherche de mon pot de crème, dévisse délicatement le couvercle, et une délicate odeur de noix de coco envahit la pièce.

– Parfait, murmuré-je, satisfaite.

Je regagne le salon et fais signe à ma sœur de se décaler pour m'installer à ses côtés.

– Qu'est-ce que tu fais ?

J'essaie maladroitement de cacher le pot, mais Linda n'est pas capitaine de police pour rien. Avec une prise dont elle seule a le secret, elle m'immobilise et récupère l'objet du délit.

– Tu m'expliques ?

Je masse mon poignet en levant les yeux au ciel.

– Tu as vu ta tête ? Je voulais juste te faire profiter de ma nouvelle création. Tu vas voir, c'est miraculeux. Avec ça, adieu les cernes et le teint grisâtre.

Je la sens sceptique alors j'insiste un peu :

– Allez, s'il te plaît ! Imagine demain, quand tu reprendras ton poste et que tu auras l'air de revenir d'une cure de repos. Ton charmant coéquipier ne va pas s'en remettre.

À la mention de Javier, ses joues se colorent légèrement. Ma sœurette aurait-elle un béguin ? Je m'apprête à lui poser la question mais ma mère me foudroie du regard, un doigt sur ses lèvres.

– Chhhhhhhhhut, Mareva !

Je croise les bras sur ma poitrine, vexée, et me laisse tomber contre le dossier du canapé. Linda finit par soupirer et me rend mon pot.

– Vas-y, tortionnaire, fais ton œuvre.

Je me redresse et lui applique avec attention mon masque miraculeux à base d'huile de coco et de miel sur l'ensemble du visage.

– Il faut laisser reposer quinze minutes, dis-je avant d'aller me laver les mains.

L'émission se poursuit, je me prête au jeu de noter les Miss tout en leur dessinant de jolies moustaches. Li profite d'une coupure pub pour se débarbouiller et moi de la suivante pour m'occuper du dessert. Tandis que je m'affaire en cuisine pour récupérer la tarte aux pommes réalisée par maman, je prends conscience que rien n'a changé depuis ce fameux jour où notre père nous a quittées. Ma mère, hypnotisée par l'écran, est toujours vêtue de sa chemise de nuit vert amande, ses cheveux retenus par un vieil élastique. Linda est encore le cobaye sur lequel je teste mes cosmétiques. Et moi… moi, je plaque un sourire de façade, mais au fond je me sens vide. Même l'ouverture imminente de ma boutique ne me rend pas aussi heureuse que je le devrais. Mes pensées m'amènent vers Paul, encore et toujours lui. Rencontré au lycée, dépucelée dans la foulée, puis plaquée comme une merde quand il a eu son diplôme de médecin, juste après m'avoir laissée lui tailler une pipe dans le cabinet de consultation de son père. Moi qui pensais que la dernière épreuve que nous avions surmontée nous avait rapprochés, je me trompais lourdement.

– Mare ? Tout va bien ? Je ne sais pas ce que t'a fait la tarte mais tu es en train de la massacrer.

En effet, le gâteau de maman ressemble à de la bouillie. Je m'agace d'avoir laissé cet enfoiré gâcher notre soirée filles et récupère des cuillères pour rejoindre ma famille. Alors que les Miss descendent l'escalier vêtues de robes somptueuses, je sens la main de ma mère se poser sur la mienne et je n'ai pas besoin de tourner la tête pour savoir qu'elle fait de même avec Linda. J'ai un pincement au cœur ;

elle n'a que nous. Après le départ de mon père, elle n'a jamais pu refaire confiance à un homme et, à moins que JP sorte de l'écran pour lui proposer de l'épouser, elle restera seule. Cette pensée me fait frissonner car elle me rappelle que si nous n'agissons pas très vite, dans vingt ans, la soirée *Miss France* ne sera plus une corvée pour Li et moi, mais bien notre veillée la plus palpitante de l'année.

– Quelle soirée ! s'exclame maman lorsque le générique de fin se lance. Je ne m'attendais pas du tout à ce que ce soit encore Miss Tahiti qui l'emporte.

Je compatis avec toutes les gamines qui, comme Linda et moi, se verront affubler dans les prochaines semaines d'un prénom de Miss. Heureusement pour ma sœur, le sien est assez courant et les gens ne font pas forcément le rapprochement. Pour moi c'est autre chose. Galanter ou Georges, dans tous les cas, je n'ai malheureusement pas le physique d'une Miss. Avec mon mètre soixante, mes cheveux blonds raides comme des baguettes quoi que je fasse et ma peau d'orange, j'ai plus de chance d'être castée pour un spot anticellulite que pour un concours de beauté.

Je ne peux m'empêcher de me marrer en voyant la queue de licorne de Linda s'agiter devant moi alors qu'elle « galope » vers notre chambre.

– Connasse, grogne-t-elle alors que je m'esclaffe.

– Désolée, Linda, mais je regrette juste que ton sexy coéquipier n'ait pas pu assister à ce spectacle.

– Arrête avec Javier, il n'a rien de sexy.

Je marque un temps d'arrêt. Est-elle sérieuse ? J'ai beau ne pas chercher quelqu'un, il faudrait être aveugle pour ne pas se rendre compte du point auquel Javier est canon. Et si j'en crois sa réaction tout à l'heure, quelque chose me dit qu'elle n'est pas insensible non plus.

– C'est quoi son nom de famille ?

– Esposito, pourquoi ?

– Juste pour vérifier un truc.

Je dégaine mon portable et farfouille sur le Net. Il me faut moins de dix secondes pour trouver son profil Instagram. Je fais défiler les photos du beau gosse jusqu'à en trouver une particulièrement explicite.

– Tu vas me dire que ça, c'est pas sexy ? dis-je en lui collant le téléphone sous le nez.

Je la vois écarquiller les yeux devant la silhouette torse nu de Javier en train de soulever de la fonte #enpleineffort #tropdendurance #jetesoulèvequandtuveux.

– Non mais c'est du fake, Mare ! Je le connais, je passe tout mon temps avec lui, je peux te garantir qu'il a dû retoucher la photo.

Je secoue la tête. À trop le fréquenter, elle ne voit plus ce qui crève les yeux.

– Tu as déjà pris une douche avec lui ? Tu l'as déjà vu en salle de muscu ?

Elle hésite.

– Non, je ne fréquente pas la même salle que lui mais…

– Mais rien du tout, la coupé-je. Ce mec est canon, point barre. Donc soit tu es miro et je te prends tout de suite rendez-vous chez un ophtalmo, soit il te plaît et tu refuses de l'admettre.

– Tu exagères, il n'est pas si beau que ça, dit-elle en m'arrachant le portable des mains.

D'un mouvement du doigt elle balaie le profil de Javier, finalement plutôt intéressée, et le petit sourire qui se profile me fait dire qu'elle n'a pas besoin de lunettes.

Malgré l'heure tardive, je ne parviens pas à fermer les yeux. Je fixe le plafond, essayant de ne pas trop bouger pour ne pas gêner Linda. Je compte les moutons, essaie de convaincre mon corps que demain, c'est le grand jour et que je ne peux décemment pas ouvrir ma boutique avec la tête d'un zombie sous peine de faire fuir les clients. Je me tourne et me retourne, chaque fois que je ferme les yeux, des images ressurgissent : ma découverte, notre discussion, les événements qui se sont enchaînés… J'essaie de me concentrer sur ce qui m'attend, un nouvel objectif, une page qui se tourne.

– Mare ? Tu dors ?

– Non.

Je sens le matelas bouger, Linda se penche pour faire je ne sais quoi avant de s'asseoir complètement sur le lit. Elle allume la lampe de son téléphone, créant une atmosphère étrange. J'ai l'impression d'avoir de nouveau treize ans, quand nous nous cachions sous les draps avec nos lampes torches pour terminer nos BD.

– Mare, je n'en peux plus des soirées à quatre avec JP. Et pas parce qu'il devient de plus en plus orange, mais parce que j'en suis au point où je le considère presque comme un pote. Le voir à l'écran ne me file plus de boutons, tu te rends compte ? Ça veut dire que je me suis habituée à lui ! Si ça continue, *je* vais me mettre à regarder des rediffs en vieux peignoir, et les soirées de l'angoisse, ce sera dans mon appartement. Tu imagines ? Je suis en train de me transformer en maman…

J'étouffe un petit rire en imaginant la courageuse capitaine Linda Sorel à soixante ans, en peignoir en éponge, regardant l'émission des *Miss France*.

– Arrête de te marrer, je te signale que toi aussi tu risques de finir comme elle si tu ne te reprends pas en main. Tu crois que je n'ai pas remarqué ton air triste chaque fois que tu penses que personne ne te regarde ?

Je soupire. Quand je disais qu'elle était douée.

– Ça n'a rien à voir, Li, je ne veux plus d'homme dans ma vie. J'ai donné tout ce que j'avais à donner, maintenant j'ai besoin de me reposer.

– Dans ce cas, c'est toi qui subiras les soirées raviolis du mardi, les *Miss France* annuels, et qui accompagneras maman à la croisière spéciale années 1980 que mon futur mari et moi on lui offrira pour Noël… Si entre-temps je ne suis pas en prison pour t'avoir étouffée dans ton sommeil avec tes immondes coussins poilus.

J'éclate de rire. Il n'y a qu'elle pour arriver à me faire redevenir moi-même.

– Plus sérieusement Mareva, regarde-nous, on dirait deux vieilles filles avant l'heure.

Elle n'a pas tort, mais je ne comprends pas où elle veut en venir. Elle soupire.

– Ces derniers temps, j'ai repensé à notre pacte. Tu t'en souviens ?

Je creuse ma mémoire, cherchant dans les recoins de mon cerveau à quoi elle fait allusion. Des promesses de gamines, on en a souvent fait, mais je doute qu'elle fasse référence à celle de nous enfuir sur des licornes sauvages pour rencontrer le prince Harry. Je cherche encore et puis ça fait tilt. Je nous revois, encore ados, rentrées en douce d'une soirée à laquelle nous n'étions pas censées aller, petits doigts crochetés, première bière entre les genoux et une promesse débile suite à une crise de notre mère pour un prétexte fallacieux. Maman nous avait donné du grand spectacle comme à son habitude, et Li avait trinqué pour nous deux. Sur le coup, Li et moi étions d'accord sur le fait que notre mère était une plaie et qu'il nous tardait de quitter le nid pour ne plus l'avoir sur le dos. Enfin Li, surtout. Alors, pour nous décharger de la culpabilité de la laisser seule, l'une de nous avait balancé cette idée stupide : « Celle qui sera toujours célibataire dans quinze ans devra s'occuper de maman quand l'heure sera venue. »

Je me souviens qu'on avait discuté de la durée, et quinze ans nous avaient paru parfaits. D'après Li, ça lui laissait le temps de faire ses études pour devenir procureur et de se construire une carrière, elle n'aurait pas la tête aux garçons avant.

– L'année prochaine ça fera quinze ans, murmure Linda, et tu sais quoi ? J'ai déjà commencé à chercher un appartement adéquat. Je ne veux pas vivre la même vie que maman, mais… soyons honnêtes, si on devait parier sur celle qui s'en sortira entre nous deux, ce ne serait pas moi.

Je la regarde, horrifiée. Je ne peux pas croire que, premièrement, elle ait pris ce pacte au sérieux et que, deuxièmement, elle soit à ce point certaine de ne pas trouver quelqu'un qui l'aime. Moi, j'ai une bonne raison de fuir les hommes, mais elle, elle a le droit de connaître le bonheur. Et pourquoi pas avec un certain Espagnol au regard de braise ? Je ferme les yeux. Après tout, si ce pacte d'enfant peut la booster, pourquoi ne pas s'en servir ? Je sais déjà que c'est moi qui garderai maman, pour la simple et bonne raison que si je n'étais pas là pour faire tampon, ça finirait en carnage.

– Hors de question. Li. Toi et moi on va se bouger le cul et l'année prochaine, à la même époque, on sera en couple, et heureuses.

L'air résolu, je lui tends mon petit doigt :

– On va faire ça en équipe. À nous deux, aucun homme ne pourra nous résister !

Elle semble hésiter. Il ne me reste plus qu'une carte à jouer.

– À moins que tu n'aies les chocottes ?

Son regard flamboie et elle attrape mon petit doigt avec le sien :

– Ensemble, dit-elle avec conviction. Et je vais te mettre la pâtée.

Nous scellons notre pacte avec un check dont nous seules avons le secret avant de retourner sous les draps. Vu la détermination qui nous anime, je ne pense pas que nous dormirons tout de suite, mais la dynamique n'est plus du tout la même que quelques minutes plus tôt.

Je ferme les yeux, les poings serrés.

Compte à rebours : J – 365.

CHAPITRE 5

LI

Quand Mareva a commencé à toussoter dans le lit après plus d'une heure à remuer sous les draps, j'ai compris qu'elle ne me laisserait pas faire la grasse matinée dont je rêvais pourtant, le lit pliant de mon bureau ayant laissé ses marques.

Je la sens encore fragile depuis sa rupture avec Paul. Mare n'a jamais vécu seule, je ne sais pas si elle surmontera cette épreuve sans une autre relation amoureuse pour lui servir de remède. Je ne veux pas qu'elle devienne comme maman, portant le deuil perpétuel d'un amour perdu. Mais je ne sais pas non plus si c'était vraiment une bonne idée de ressortir notre pacte.

Un pacte passé entre deux adolescentes déprimées un énième soir de Miss. Un pacte qui ressemblait plus à un contre-sort destiné à nous délier d'une promesse que je l'avais forcée à formuler le soir où notre père avait quitté la maison. Sous le sapin, alors que je revenais tremblante de la cuisine dans laquelle notre mère avait presque cédé à une pulsion de désespoir, j'avais fait promettre à Mareva que nous ne quitterions jamais maman de toute notre vie. Un engagement lourd de sens qui, à huit ans, paraissait envisageable. Mais à quinze ans, alors qu'on rêve toutes les nuits de trucider sa mère surtout lorsque des années de solitude l'ont rendue insupportable, cette promesse prend vite la tournure d'un cauchemar. Alors nous avons eu l'idée du *Sister Pact*. Un plan censé nous libérer de ce serment à la noix, tout en nous donnant bonne conscience. Si quinze ans plus tard nous étions en couple, nous serions relevées de cette obligation.

Alors hier, après une énième soirée déprimante devant les Miss, j'ai eu l'idée de déterrer cette vieille histoire. Mare ne veut plus s'ouvrir à qui que ce soit, pourtant je suis intimement convaincue que c'est ce dont elle a besoin. Elle a toujours eu un esprit de compétition hyper-développé. La connaissant, elle aura à cœur de relever le défi, d'autant qu'il ne reste plus qu'une année avant l'échéance. Elle se trouvera vite un gentil petit ami qui lui redonnera le sourire. Et puis, même si j'aime passer du temps avec elle, je ne serai pas mécontente de la voir remballer ses monstrueux coussins. Je reprendrai le cours de ma petite vie de flic sans contraintes jusqu'à ce que l'heure sonne de m'occuper de ma tatie Danielle de mère. Heureusement, j'ai bien une bonne vingtaine d'années devant moi à pouvoir profiter de ma liberté de fille célibataire. Et Mare sera enfin heureuse, comme je l'ai toujours souhaité.

J'avoue avoir un peu flippé lorsque Mareva m'a embarquée ce matin dès l'aube dans un quartier un peu craignos du treizième arrondissement. Avec ma dernière enquête et les heures passées sur le terrain, je n'ai suivi que de très loin ses recherches de local et j'ai regretté de ne pas avoir pris le temps de le faire en arrivant devant la vitrine de sa boutique. Certes, la rue est commerçante, mais passé une certaine heure, elle est souvent envahie par mes clients VIP qui pratiquent une autre forme de *do it yourself*.

Les bras chargés des cartons du traiteur pour le brunch de l'inauguration, le front en sueur, je jette un coup d'œil sur le rideau de métal de la boutique voisine. Je ne connais que trop bien le lieu puisque j'y suis déjà allée à plusieurs reprises pour me faire tatouer. *Quelle idée a-t-elle eu d'ouvrir un magasin de bricolage pour filles à côté d'un repère de bikers et d'ex-taulards !* Surtout que Call n'est pas le genre de tatoueur à dessiner des coquelicots et des cœurs sur les popotins. C'est d'ailleurs pour cela que je me suis rapprochée de lui pour récolter des tuyaux sur les Tchétchènes qui fréquentaient le salon. Bon pote, il me donne quelques infos moyennant la protection de son fonds de commerce. C'est fou ce qu'un tatoueur peut entendre sur sa table – d'autant que les stupeux sont pendus à leur portable toute la journée. Il s'est même permis un petit extra en se tapant une nana du gang qui semble très bavarde pendant qu'elle se fait culbuter sur le comptoir.

– Tu ne crois pas que la boutique voisine va faire fuir tes clientes ?

Mare lève les yeux vers moi, des petites boîtes métalliques girly dans les mains.

– Pas de risque, c'est fermé !

– Ça m'étonnerait que Call ait foutu la clef sous la porte.

– C'est qui, Call ?

– Le tatoueur d'à côté.

– Il n'y a pas de tatoueur, l'agent immobilier m'a affirmé qu'il était parti, répond-elle en haussant les épaules.

– Je crois que ce type s'est foutu de toi.

– Écoute Li, arrête de voir des truands partout, je te dis que cette boutique est fermée.

Je m'assieds sur un tabouret marchepied, consternée mais surtout éreintée par les allers et retours entre ma voiture et le magasin. Quand ma sœur va découvrir le shop de Call et sa clientèle plutôt louche, elle va faire une attaque. J'en frémis d'avance. Call a dû prendre quelques jours mais il sera bientôt de retour ; il a des comptes à régler avec ce gang, tout comme moi. Où que la Lame soit, même si c'est en Ukraine avec Lana, je veux mettre la main sur Roman Lefroid.

Javier a raison lorsqu'il me dit que j'aurais bien besoin de me remettre au sport, je suis essoufflée comme un vieux taureau sur la fin. Je regarde ma sœur avec son petit look propret avant de baisser les yeux sur mon vieux jean élimé et mon sweat trop large.

– Tu as fini de sortir les bouteilles ? me demande-t-elle en me détaillant avec nervosité.

Je me retiens de l'envoyer balader ; elle n'a même pas porté un seul sac.

– Oui Madame.

– Tu pourras aller chercher de la glace pour les maintenir au frais dans la réserve ?

– Ai-je le choix ?

– Tu es un amour ! lance-t-elle en me faisant un câlin. Enfin si tu pouvais aussi prendre une douche et surtout mettre une tenue sympa pour l'ouverture, ce serait mieux. Et puis te faire une coiffure de fille et pas cette horrible queue-de-cheval.

– C'est bon, je ne vais pas non plus défiler en maillot de bain, râlé-je en me relevant et en m'étirant les reins. Je ne vois pas l'intérêt de se mettre sur son trente-et-un pour faire du collage ou jouer avec de la cire à bougie.

– C'est une boutique essentiellement pour fashionistas. Ton look de nageuse russe ne colle pas vraiment avec ma clientèle, fais un petit effort.

– Oh, arrête de faire ta snob.

– En tout cas, ce n'est pas dans cette tenue que tu vas te trouver un mec.

En guise de réponse, je hausse les épaules.

– Imagine-toi tous les matins en train d'aider ta chère maman à enfiler ses bas de contention et à changer ses couches pour adultes.

Je déglutis. Le plus tard sera le mieux.

– Je l'euthanasierai avant, affirmé-je avec un petit sourire sadique.

Je commence à m'en aller et lève mon majeur lorsqu'elle dit dans mon dos :

– J – 364, ma belle !

Plongée dans mon bain, j'essaie de me détendre tant bien que mal malgré les quatorze appels hystériques de Mare. « J'ai oublié ça », « Je me suis coupé le doigt et j'ai mis du sang partout », « J'ai des brûlures d'estomac, tu peux t'arrêter à la pharmacie de maman ? », « Tu vas mettre quoi pour l'ouverture ? » Soit elle meurt d'un infarctus avant la fin de la journée, soit c'est moi qui la liquiderai pour le bien de l'humanité. Je repense au pacte et je me dis que c'est finalement une idée de génie. Je dois tout faire pour que Mare réussisse à se trouver un mec, même si je dois donner de ma personne pour qu'elle se mette en chasse. Tout pour qu'elle retrouve la sérénité qui était la sienne lorsqu'elle était amoureuse de Paul et réduire notre temps de cohabitation. En deux jours, elle a déjà transformé mon appart en vraie maison de poupée. Il y a des bougies partout, des coussins monstrueux sur mon canapé, des torchons multicolores dans la cuisine et des sachets antiodeurs dans mon placard à chaussures. Elle a même viré mes draps pour mettre une housse de couette avec « *so romantic* » écrit dessus. J'ai failli défaillir en ouvrant la porte de ma chambre ce matin. Heureusement que je n'amène jamais de mecs chez moi, vive le message subliminal. Et c'est tout l'inverse de ce à quoi j'aspire.

Des mecs, j'en ai plein autour de moi toute la journée. Dans la police, même si les filles sont de plus en plus nombreuses, il y a encore une majorité d'hommes. Au premier rang, Javier, bien sûr. J'ai menti à Mare hier soir : il est canon et je le sais. Je n'avais toutefois jamais eu l'occasion de le voir aussi peu vêtu que sur ses photos. C'est vrai que j'ai un crush pour lui depuis son arrivée dans mon service, que je bave littéralement chaque fois que je suis derrière lui, mais pas question de m'en approcher. D'abord parce qu'il est mon coéquipier et que je suis plus gradée que lui. Ensuite parce qu'il n'est pas question que je couche avec un homme dont je pourrais tomber amoureuse, et Javier est pile ce genre de mec. On m'a brisé le cœur une fois, j'ai failli en mourir. Je me suis promis que plus jamais je ne ferais la même erreur. Javier est un dragueur patenté qui couche avec tout ce qui passe à sa portée. Tomber amoureuse de lui reviendrait à me faire hara-kiri.

Heureusement, il y a une multitude d'hommes avec lesquels je peux coucher sans craindre le moindre battement de cœur erratique. Je peux par exemple compter sur le capitaine Beaulieu de la Crim. Pas mal encore pour sa petite quarantaine. On s'envoie en l'air quand l'envie nous prend, dans les vestiaires du commissariat. Juste un plan cul. Je crois bien d'ailleurs que je ne l'ai jamais vu à poil. Pas eu le temps. Je me demande même s'il n'est pas marié, le bougre.

Mare est tout l'opposé de moi. Elle est de ces filles qui rêvent de tomber amoureuses et qui méritent l'amour. Je souffle sur la mousse qui s'amasse sur ma main. Comment lui trouver quelqu'un ? Un homme pas seulement pour coucher. Un homme pour aller dîner, pour aller danser, pour aller se balader sur les bords de Seine, main dans la main. Je soupire. Je ne sais pas comment faire, je n'en ai jamais rencontré des comme ça. Le seul qui aurait pu y ressembler, c'était Paul, son ex. J'étais éperdument amoureuse de lui avant qu'il ne sorte avec Mare. Il a d'ailleurs été le premier garçon avec qui j'ai couché, à l'arrière de sa vieille voiture. Le premier et le seul à me briser le cœur en revenant le lendemain avec ma petite sœur à son bras. Je ne le lui ai jamais dit ; un secret qu'on a toujours gardé pour ne pas blesser Mare.

Comme le dit ma mère, les jeux de l'amour ne sont pas faits pour moi. Pas assez jolie, pas assez féminine, pas assez tout. Je préfère ne plus tenter l'aventure pour ne pas de nouveau souffrir. Pourtant, il va bien falloir que je me mette un minimum en danger pour Mare, parce qu'elle est un cœur fragile qui a besoin d'aimer et d'être aimée pour retrouver sa joie de vivre, et qu'elle ne se lancera pas dans cette quête sans une compagne de route.

Une heure plus tard, je suis au bord de la crise de nerfs. Ma garde-robe n'atteint pas les exigences vestimentaires de Mare, et mon portable n'arrête pas de sonner depuis vingt minutes. Ma frangine a décidé de me rendre dingue.

Je vais fouiller dans ses affaires agglutinées dans la petite pièce qui me servait encore de bureau il y a peu. Je déniche un chemisier clair qui ira parfaitement avec mon jean slim, puis cherche des bottines. Elle en portait une paire plutôt sympa la semaine dernière, elles doivent être rangées dans les boîtes à chaussures à côté de son lit. J'enlève à la va-vite les couvercles : des breloques à tout-va, mais pas ces fichues pompes. Dernier carton. Je l'ouvre, et reste là, estomaquée, la main en suspens, devant un godemiché violet. Je baisse les yeux. Toute une batterie de joujoux pour filles. Mon téléphone sonne, encore.

– Qu'est-ce que tu fais ? s'écrie ma mère. Nous t'attendons depuis plus d'une heure !

– J'essaie de trouver une paire de bottines dans le fatras de Mareva.

– J'espère que tu as fait des efforts avec ta tenue. Mare a besoin de ton soutien. Elle est tellement à fleur de peau depuis sa rupture avec Paul.

Je lève le sex-toy à hauteur d'yeux.

– Elle a pourtant tout ce qu'il faut pour évacuer son stress.

Je me retiens de rire en regardant sa boîte de Pandore.

– Je crois que tu ne te rends pas compte de tout le mal qu'il a pu lui faire.

– Je suis bien placée pour le savoir, grimacé-je. Tu sais bien ce qu'il m'a fait à moi.

Ma mère lâche un soupir.

– Ne compare pas ce qu'il y a eu entre eux et ton amourette de jeunesse. Tu es responsable de ce qui t'est arrivé. Mare n'y est pour rien, elle.

Une boule se forme au creux de ma poitrine.

– Je te laisse, je dois finir de me préparer.

Je raccroche, jetant négligemment le téléphone sur le lit, puis repose le couvercle sur la boîte pour bien la remettre à sa place.

Quand je me gare devant la boutique, je découvre une Mare au bord de la crise de nerfs. Pas besoin d'explication pour savoir ce qui se passe. Le salon de tatouage a levé le rideau et déjà trois gros bikers barbus font vrombir le moteur de leur bécane juste devant la vitrine girly de Mare. Je remonte le trottoir alors qu'elle se précipite vers moi.

– Tu as vu ? Il faut que tu fasses quelque chose. Fais-les partir d'ici tout de suite, hurle-t-elle en posant sa main sur son front.

– Je t'avais prévenue qu'il y avait un tatoueur.

– L'agent immobilier avait dit le contraire.

– Call participait à un salon, intervient une voix masculine derrière moi.

Javier apparaît à mes côtés et me dévisage quelques secondes avant de poser une main compatissante sur l'épaule de ma sœur.

– J'étais tellement focalisée sur le local que je n'ai pas remarqué que l'agent immobilier me racontait des craques. Tu entends cette musique infernale ? pleurniche-t-elle.

Je grimace. Mare n'a jamais été fan de heavy metal.

– J'y vais, soupiré-je avant de me diriger vers le shop.

Je jette un coup d'œil entendu aux bikers et les vois déguerpir. Je les ai déjà embarqués une ou deux fois pour des bagarres sur la voie publique, ils savent qu'il ne faut pas me chauffer. Je pénètre dans le salon et j'entends le son de l'aiguille malgré les enceintes qui hurlent. Call est à l'œuvre dans la pièce du fond. Je me retourne au son du carillon de l'entrée derrière moi. Javier m'a suivie et il est déjà en train de mater les cadres sur les murs.

– Tu as vu ça ?

Je fais un pas en arrière et découvre un tatouage réalisé par Call. Je souris.

– Putain, il est bandant celui-là.

J'avale ma salive. Un flingue glissé dans une jarretière. Je ne le connais que trop bien, c'est le mien et c'est ma cuisse sur la photo. Mais ça, Javier ne le sait pas.

– Fais gaffe à ne pas te faire une torsion des testicules dans ton jean trop serré.

Javier se marre et continue son inspection. Je souris en pensant que ma mère s'offusquerait de m'entendre parler comme ça.

– Li, ça faisait un bail !

Je fais volte-face et me retrouve dans un regard noir luisant. Mes yeux dévient vers la masse de muscles tatoués qui me fait face. Une peau d'ébène, satinée, une bouche pulpeuse. Je me souviens de la séance sur le bas de mon ventre, pour une rose transpercée d'une balle, ce mec penché sur mon pubis. Ma culotte a bien failli prendre feu.

– Salut Call, lâché-je un peu rougissante.

J'espère qu'il ne sait pas lire dans les pensées. Et Javier non plus.

– Qu'est-ce qui t'amène ? demande-t-il, jetant un coup d'œil inquiet à son client allongé sur la table.

Je ne suis pourtant pas assez stupide pour venir en plein jour lui réclamer des infos pour l'enquête, surtout devant sa clientèle.

– Un problème de voisinage.

– Quoi ?

– Tu as une nouvelle voisine à côté.

– Ouais j'ai vu. Ça craint, une boutique pour pisseuses. J'espère qu'elle ne va pas faire fuir mes tatoués préférés. L'ancien sex-shop me ramenait de la clientèle. Si cette poupée blonde met des serviettes hygiéniques et des tampons dans sa vitrine, je n'ai plus qu'à baisser le rideau. J'ai une image à défendre dans le quartier.

– Elle veut que tu baisses le son de ta sono et que tu rapatries tes panneaux publicitaires de ton côté du trottoir. Les têtes de mort et les motos, ce n'est pas trop sa came.

– Tu fais dans la police municipale maintenant ?

– Ouais.

Call se fige avant de s'agacer :

– Elle veut, elle veut. Mes couilles en ski, oui.

– Tes couilles, tu les laisses bien au chaud dans ton jean et tu baisses ta sono. Cette fille, c'est ma frangine.

Call me jette un regard surpris et attrape la télécommande pour baisser le volume. D'un geste néanmoins dédaigneux, il la jette ensuite sur le comptoir avant de repartir vers la salle du fond.

– Madame est servie !

Je me tourne vers la porte, puis me ravise pour lancer un dernier avertissement :

– Je te préviens, Call, ma sœur, c'est chasse gardée. Alors pas touche !

CHAPITRE 6

MARE

J'ai envie de pleurer : lors de la visite avec l'agent immobilier, il me semble bien avoir vu un local attenant mais comme le rideau était baissé et couvert de tags, je pensais qu'il était abandonné. L'agent me l'avait confirmé. Je vais devoir cohabiter avec un acharné de l'aiguille. Rien que d'y penser, je frissonne. Comment peut-on s'infliger un truc pareil ? Rien que pour faire mes rappels de vaccin, je dois prendre des cachetons, alors me faire piquer pour le plaisir, jamais de la vie. Je balaie la pièce du regard. De petites tables rondes pourront accueillir les clientes pour l'atelier technique de scrapbooking, le matériel est joliment disposé dans de petites corbeilles en osier, quant aux rayons, après avoir voulu tout modifier au dernier moment, j'en suis pleinement satisfaite. La musique de dégénérés se calme au moment où Li et son coéquipier sortent dans la rue. Avoir une sœur dans la police, ça aide.

À neuf heures quarante-cinq, ma mère fait irruption, son immonde rat dans les bras.

– Ma chérie, c'est merveilleux ! lance-t-elle en faisant le tour de la boutique.

Je reste à bonne distance des canines du truc qui lui sert de chien mais quand elle se penche pour le poser à terre, je m'exclame :

– Hors de question ! Gene reste dehors.

– Mais enfin, on est en plein hiver, elle va se geler la pauvre bichette !

Je regarde la *pauvre bichette* d'un mauvais œil qu'elle me rend bien. Elle et moi, on se déteste. D'accord, l'utiliser comme cobaye pour une crème dépilatoire maison n'a pas aidé à apaiser nos relations, mais depuis elle s'est largement vengée en détruisant au moins cinq paires de chaussures, deux sacs à main et un nombre incalculable de fringues ou de livres, tous m'appartenant. Ma mère ne prête aucune attention à mon avis et toute fière, Geneviève Sorel, le quatrième membre à pattes de notre famille, parade dans ma boutique, sûrement à la recherche d'un truc à détruire.

– T'inquiète pas, je gère, murmure Li en posant sa main sur mon épaule.

Elle désigne du menton la porte d'entrée.

– Je crois que tes premières clientes sont là.

Je me redresse, affiche un sourire avenant et me précipite pour les accueillir.

Un groupe de cinq copines fait son entrée, s'extasiant sur la décoration résolument girly tandis qu'une sixième que je reconnais immédiatement prend Javier dans ses bras. Je fixe ma conseillère bancaire et le coéquipier de ma sœur avant de remarquer un air de famille.

– Mareva, je te présente ma sœur, Lola Trudeau.

Puis, s'adressant à sa sœur :

– Ton mari est dans le coin ?

– Tu plaisantes ? Il a préféré rester au chaud pour avancer sur son jeu. D'ailleurs, il compte sur toi pour passer le tester un de ces quatre.

– Pas de problème. Je vous laisse, je vais voir ce que fiche Li.

Lola rejoint les autres clientes en s'émerveillant devant la multitude de perles différentes. Je prends mon courage à deux mains et me lance. Je les questionne sur leurs centres d'intérêt, leurs créations personnelles et sur ce qui les amène ici. La clochette retentit et de nouvelles arrivantes se joignent à nous, et je les réunis pour l'atelier scrapbooking. Cet atelier est très important : parmi celles qui attendent désormais que l'animation commence, se trouve une youtubeuse spécialisée dans le DIY et de sa critique dépendra la viabilité de mon commerce. Mes genoux tremblent. Smartphone en main, elle m'adresse à peine un regard et commence à étudier la boutique. Je remarque que plusieurs clientes hésitent à rester, l'ambiance n'est pas au rendez-vous, je vais tout faire foirer, encore. Malgré le regard encourageant de Lola, je suis figée.

– Alors les filles, prêtes à jouer du pistolet ?

Javier se saisit d'un pistolet à colle et souffle dessus. Sa présence suffit à recentrer tout ce petit monde qui n'a soudainement d'yeux que pour lui. Il ôte sa veste, dévoilant une chemise taillée sur mesure, provoquant un redressement de toutes les poitrines alentour, sauf celle de sa sœur qui lève les yeux au ciel.

– J'ai toujours rêvé d'étaler des paillettes avec mes doigts, dit-il en lançant un regard de braise au groupe.

Il tire une chaise et s'installe.

– Qui veut m'aider ?

L'ouragan d'hormones se déchaîne et il se retrouve rapidement encerclé par toutes mes clientes qui se font une joie de lui présenter les différents outils : ciseaux, perforatrices, attaches parisiennes… Javier me lance un regard complice et je le remercie d'un signe de tête. Profitant de sa présence, je colle les tables les unes aux autres et commence à expliquer la technique de l'embossage pour qu'elles aient un aperçu de mes produits. Petit à petit, le stress disparaît. Javier, Li et Lola jouent le jeu en me posant des questions et en faisant en sorte qu'il n'y ait pas de temps mort.

Munie d'un pistolet à chaleur, je montre aux participantes comment donner du relief à leurs créations.

– Ceci va permettre de chauffer la poudre et de la faire gonfler pour donner un résultat lisse.

Ils se font passer les pistolets à tour de rôle et s'émerveillent de voir les grains de poudre s'agglutiner les uns aux autres.

Afin de ne pas en décourager certaines qui ne voudraient pas investir dans un pistolet, je précise :

– Vous pouvez obtenir le même résultat avec un sèche-cheveux très chaud. L'important, c'est d'avoir le stylo pour dessiner votre forme ou écrire votre message, et la poudre adaptée.

La youtubeuse me lance un regard étrange mais ne dit rien.

Javier plie son dessin tandis que Li pousse un petit cri.

– Sérieusement Li ? Tu as réussi à faire cramer ta feuille ! Vite, cache-moi ça, grogné-je entre mes dents.

Heureusement que les autres n'ont rien entendu. Li grommelle jusqu'à ce que Javier s'approche de nous et lui tende sa feuille cartonnée. Elle la déplie et un immense pénis pailleté s'affiche devant nous :

– Je vais le mettre dans le casier de ce queutard de Beaulieu, tu en penses quoi ?

– T'es con, rigole Li dont la honte face à son échec lamentable à l'embossage fond comme neige au soleil.

Son portable se met à sonner en même temps que celui de son coéquipier. Ils échangent un regard.

– Je suis désolée, Mare, je dois y aller.

– Ne t'inquiète pas, c'est déjà super que tu aies pu être là.

– Oui et en plus elle s'est déguisée en fille, ajoute Javier en désignant les chaussures à talons que porte ma frangine. Du coup, c'est moi qui conduis.

– Plutôt conduire pieds nus que te laisser le volant.

– Tu n'es pas sans savoir que conduire sans chaussures…

Je n'entends pas la suite de leurs chamailleries qui se poursuivent dehors et reviens à mes clientes, déçues que le bel adonis s'échappe. Je continue mon atelier sous le regard admiratif de ma mère, qui surveille quand même de temps en temps sa bestiole à moitié pelée pour qu'elle ne se fasse pas enlever par un fétichiste de micro-chiens.

Je suis en train d'encaisser ma première cliente quand la porte s'ouvre à la volée sur un homme d'au moins deux mètres, des tatouages sur des biceps qui me semblent énormes et un air patibulaire.

– À qui il est, ce clébard ? demande-t-il d'une voix forte en désignant Gene du doigt.

Mes clientes se regroupent, à la fois effrayées et impressionnées par la carrure du nouvel arrivant. Étant la responsable de la boutique, je me fais un devoir d'intervenir.

– Quel est le problème, Monsieur ?

Il me regarde de haut en bas, ce qui, vu ma taille, ne lui prend pas longtemps, et reprend, toujours aussi furieux :

– Le problème, Miss, c'est qu'il vient de pisser devant la porte de ma boutique.

Je fusille ma mère du regard, qui se faufile à l'extérieur pour récupérer Gene avant que mister Biceps ne décide de tester ses aiguilles sur elle. Je reporte ensuite mon attention sur ce type ; si nous avions été seuls, je ne me serais pas gênée pour lui dire que ses « Miss », il peut se les mettre là où je pense.

– Je suis désolée, dis-je en essayant d'être aimable. Souhaitez-vous un petit four, ou un mini-millefeuille pour oublier tout ça ?

J'attrape un plateau que je lui fourre sous le nez. Il ne daigne même pas prendre un amuse-gueule et balaie la boutique du regard. Je peux lire son mépris à mesure qu'il fait l'état des lieux. Il finit par faire demi-tour et quitte la boutique, non sans un regard assassin pour ma mère et Gene. Je m'apprête à m'excuser auprès de mes clientes pour le comportement de mon nouveau voisin mais je suis prise de court devant leur air enchanté :

– Ils sont tous comme ça dans le quartier ?

– Entre Javier et lui… On va venir plus souvent !

Moi qui pensais qu'elles allaient fuir ma boutique, les voici qui parlent déjà de revenir. Je suis aux anges. Ma mère me félicite avant de s'éclipser ; elle fait bien, moi et son rat, on a des choses à régler.

Le temps d'encaisser les dernières clientes, il ne reste plus que la youtubeuse et moi. Cette dernière me félicite :

– Honnêtement, bravo ! J'ai eu peur que ce soit purement commercial mais on voit que vous vous y connaissez. Vous avez même pris la peine de proposer une solution alternative à l'utilisation du pistolet à chaleur, c'est chouette. Comptez sur moi pour parler de vous.

– C'est vrai ? C'est génial, merci beaucoup ! m'exclamé-je.

J'attends qu'elle quitte la boutique, et dès que la porte se referme, j'entame une danse de la joie.

Lorsque vient l'heure de la fermeture, il fait déjà nuit. Je baisse mon rideau métallique avant de me diriger vers la boutique du tatoueur. Même si je préférerais avoir le moins possible affaire à lui, si nous devons coexister, autant faire en sorte que ça se passe bien.

Je franchis la porte et sa musique de barbare m'agresse les oreilles. Je jette un coup d'œil sur les photos exposées sur les murs. Son travail m'a l'air soigné, même si je me demande qui serait assez barge pour se faire tatouer un flingue sur la cuisse.

– Désolé Miss, mais je ne donne pas dans les flocons de neige, les plumes et les « *I love you forever* ».

Je sursaute et me retourne brusquement. Ma tête lui arrive à peine au torse et pourtant je suis perchée sur des talons hauts. Je recule un peu afin de ne pas me faire un torticolis en le regardant. L'espace d'un instant, je le trouve charmant, avec son bouc savamment entretenu et ses yeux tellement noirs qu'on ne distingue pas la pupille de l'iris.

– Je… Je suis venue vous présenter encore une fois mes excuses pour le comportement du chien de ma mère.

Il croise les bras sur sa poitrine, attendant que je poursuive. J'hallucine. Je décide néanmoins de rester courtoise et de lui tendre la main :

– Nous allons être voisins, alors nous pourrions peut-être essayer de cohabiter pacifiquement.

Il me regarde de nouveau de haut en bas, s'arrêtant sur mes chaussures rose poudré assorties à ma robe pull avant de me répondre :

– Je ne suis pas là pour me faire des amis. Et maintenant, rentre chez toi, je ne suis pas sûr que tu apprécies mes prochains clients.

Je m'apprête à lui lancer une réplique bien sentie quand je sens un courant d'air glacial. Je me retourne et me fige devant les quatre hommes qui viennent d'entrer. Blousons de cuir, larges bagues en argent autour des doigts, cicatrices et l'air résolument dangereux, j'ai l'impression d'être dans un épisode de *Sons of Anarchy*, le sex-appeal de Charlie Hunnam en moins.

– Alors Call, tu donnes dans le genre coincée du cul ? lâche l'un d'entre eux en me reluquant sans vergogne.

– Tu as raison, il paraît que sous leurs robes étriquées, ce sont de vraies petites salopes.

Le troisième s'avance résolument vers moi, prêt à me coincer contre le mur.

Je suis tétanisée. Je n'avais pas du tout prévu cette situation. Je suis seule, il est tard, les rues sont vides : si je crie, personne ne m'entendra. J'ai beau chercher quoi répondre et un moyen de m'en sortir, les armoires à glace en face de moi me paralysent totalement. Je n'aurais jamais dû venir dans ce repaire de criminels. Alors que je pense ma fin arrivée, le tatoueur intervient enfin, me prenant de court :

– Les gars, la miss a déjà eu sa dose, si vous voyez ce que je veux dire, donc on va la laisser récupérer, intervient Call en plaquant sa main sur mes fesses.

Il me pousse fermement vers la sortie sous les rires gras de ses amis.

– Rentre chez toi, la Miss, murmure-t-il une dernière fois en refermant la porte derrière moi.

J'entends un « clac », une clef qui tourne, puis plus rien.

Et là, je reprends enfin ma respiration.

CHAPITRE 7

LI

Quand on se gare quai Stalingrad à Issy-les-Moulineaux, je me demande ce qu'on fait là. J'ai bien essayé de tirer les vers du nez de Beaulieu mais il a refusé de me parler au téléphone.

– Tu viens immédiatement. Rien ne doit fuiter.

La circulation est dense et le déploiement des quatre voitures de police, du camion de la Fluviale de Paris et de celui de la Scientifique, n'aident pas.

J'avance déjà au pas de course alors que Javier traînasse derrière moi à lancer une connerie à l'un des brigadiers chefs. Je vacille, l'un de mes talons glissant entre deux pavés. Génial, il fallait que je sois appelée sur le terrain le seul jour où je suis perchée sur douze centimètres. J'aperçois une combinaison blanche en contrebas sur la rive. Je grimace en devinant qu'il va falloir que je descende à travers des broussailles pour approcher. Ça sent la découverte de cadavre à plein nez. Le genre de scène que je n'aime pas du tout.

J'essaie de suivre un brigadier qui m'indique le chemin tandis que j'enfile mon brassard de police, mais la pente est escarpée. Je m'agrippe aux branches pour ne pas partir en roulé-boulé et dégommer le type qui me précède comme une quille, mais la pluie des derniers jours n'arrange rien et alors que mon talon s'enfonce et que je grogne, j'entends Javier se marrer derrière moi :

– Tu as descendu toutes les bouteilles de champagne du buffet de ta sœur ou quoi ? Tu marches encore moins droit qu'un crabe.

– Moque-toi, petit con, essaie de marcher avec des engins de torture pareils et on en reparle.

– C'est ça de vouloir jouer les filles. Fallait mettre tes baskets.

J'accuse le coup sans me retourner sur ce goujat.

– Aux dernières nouvelles, je suis une fille. Et puis Mare en aurait fait un foin si je m'étais pointée avec mes Converse.

Javier arrive à ma hauteur en sautant à mes côtés tel un félin à la souplesse élégante. Il rigole alors que je suis toujours arrimée à la branche d'un buisson dans un équilibre précaire.

– Il nous veut quoi, Beaulieu ? grommelé-je en tentant de faire un nouveau pas.

– On va bientôt le savoir.

– Il a intérêt à ce que ce soit pour quelque chose de valable. Je n'ai pas envie de me rompre le cou pour un ivrogne qui aura fini à la baille.

Javier me dépasse.

– Tu veux que je t'aide ?

– Tu serais sympa de me porter jusqu'en bas.

– Pas de souci, Captain, se moque-t-il en me voyant extirper maladroitement mon talon de la mélasse boueuse.

Je lui souris, soulagée, et tends les bras vers son cou. Mais contrairement à ce à quoi je m'attendais, il se baisse, m'attrape derrière les genoux et me hisse brutalement sur une de ses épaules.

– Putain, qu'est-ce que tu fous ?

– Quoi ? Tu m'as pris pour Richard Gere ?

– T'es qu'un connard, repose-moi !

Mon chemisier remonte et dévoile mon ventre. J'imagine déjà les collègues se foutre de moi et les photos faire le tour du commissariat. Je tambourine contre le bas du dos de Javier mais à part me faire mal au poignet, je n'obtiens aucune réaction. Je pince l'une de ses fesses à m'en retourner un ongle et cette fois-ci, il se met à vociférer avant de me redescendre de son épaule parce qu'on est déjà arrivés en bas.

– Pour remonter tu te démerdes, lance-t-il en s'éloignant tout en se frottant la fesse.

– Un peu de respect pour ton chef, petit grouillot, sinon tu finiras à la circulation ! rétorqué-je pour masquer mon embarras.

Il fait volte-face et me toise, stupéfait. Il n'aime pas quand je lui rappelle notre lien hiérarchique. Il se met à rire et frappe ses deux poings fermés l'un contre l'autre comme Ross dans *Friends*. Je réajuste mon chemisier et mes cheveux. Plus loin, le capitaine Beaulieu me fait signe d'approcher. Je passe sous le cordon de sécurité et lorsque j'arrive à sa hauteur, il m'adresse un sourire que je lui connais bien avant d'attraper une mèche de mes cheveux.

– Tu es sacrément mignonne aujourd'hui, c'est pour moi ? T'as besoin de décompresser ?

– Ne rêve pas, j'étais juste en sortie, balancé-je en évitant son regard déplacé.

Je déteste quand il fait des allusions à nos rencontres clandestines. On baise, c'est tout.

– On se retrouve en fin de soirée au bureau lorsque tout le monde sera parti ? propose-t-il avec une voix plus douce tandis que je jette un coup d'œil curieux un peu plus loin.

J'entraperçois une main de femme à la couleur diaphane posée sur le sol mais je ne peux voir son visage à cause du flic de la Scientifique penché au-dessus d'elle en train de la photographier. Une jambe dépasse. Des bas résille, des talons aiguilles.

– Tu te fais vieux, Beaulieu, je ne fais pas partie de la mondaine. Pourquoi tu me fais venir pour une prostituée ?

Je me détourne, agacée, prête à repartir, avant de m'arrêter net.

– Le problème, c'est que cette pute a ton numéro de téléphone griffonné sur un emballage de chewing-gum fourré dans la bouche.

J'écarquille les yeux, le regard bloqué sur Javier qui revient vers moi. Ma gorge se serre. Le cœur au bord des lèvres, je me revois griffonner mon numéro sur un papier à la va-vite, précisant de ne pas l'enregistrer dans son téléphone au cas où il serait sur écoute, et le glisser dans la main de…

Je fais volte-face et me rue vers le corps. Quand je découvre les mèches blondes, je perds pied. Lana. Qu'est-ce qui s'est passé ? Le Tchétchène est en taule. Roman Lefroid ? S'il a découvert qu'elle me fournissait des infos… *Cet enfoiré l'a butée.* Je détaille son corps méconnaissable, gonflé à cause de son séjour dans l'eau. Je n'arrive pas à endiguer la nausée qui me prend et m'éloigne en courant pour aller vomir tripes et boyaux dans les broussailles un peu plus loin. J'entends un type de la Scientifique râler derrière moi car je viens de polluer une scène de crime. Beaulieu se marre et je sursaute en sentant des doigts agripper mes cheveux pour dégager mon visage.

– Alors Esposito, ta petite coéquipière a le cœur fragile ?

– Tu peux nous épargner tes commentaires, ducon, maugrée-t-il.

– Comment ? s'offusque Beaulieu.

– Je disais que…

– Tais-toi, ordonné-je à Javier en gémissant, pliée en deux.

– Alors ?

– Rien, concède à contrecœur mon coéquipier.

– Javier, le cadavre, c'est Lana, balbutié-je avant d'être reprise de vomissements.

– Merde, fait chier. Tu crois que c'est la Lame qui l'a butée ?

– La mort remonte à mercredi selon moi, annonce d'une voix forte le médecin légiste qui se redresse au-dessus du corps.

Mercredi, le jour de l'interpellation du Tchétchène.

– Elle est morte de quoi ? demande Javier, toujours penché vers moi.

– Strangulation. Sa langue a été tranchée *post mortem*. On a trouvé le papier avec le numéro de téléphone à la place.

Je frissonne en me tenant le ventre.

– Tu penses la même chose que moi ? murmure mon coéquipier.

– Ce n'est pas la Lame, c'est cet enfoiré d'Anton Kurbanov qui l'a tuée. Roman Lefroid poignarde ses victimes. Ça, c'est le mode opératoire du Caïd. Il faut une poigne de fer pour étrangler quelqu'un, être fort comme cette brute.

– Je confirme, s'interpose le médecin. Elle s'est beaucoup débattue. Elle s'est retourné tous les ongles et elle a dû suffoquer un long moment avant de mourir, ses yeux sont presque exorbités.

Je suis prise d'un nouveau haut-le-cœur.

– On n'a pas déjà eu une scène similaire ? demande le chef de la Crim à un de ses lieutenants.

– Oui, pour Louisa Germain, une gamine qui servait de mule à Kurbanov, explique Javier. C'est sa manière d'adresser un message aux filles qui voudraient trahir le réseau.

Je me redresse et essuie ma bouche avec un mouchoir en papier que me tend mon binôme. Les images de Lana me voilent la vue. Je pense à son gosse qui ne la reverra plus. Aux erreurs que j'ai forcément dû faire pour griller sa couverture. J'ai commis une bourde, mais laquelle ?

– Va voir cette fille du labo, là-bas, ordonné-je à Javier. Ton sourire de tombeur nous permettra peut-être de glaner quelques infos. Je veux faire tomber Kurbanov pour meurtre.

Javier pose un regard sombre sur moi. Il sait la haine viscérale que j'ai pour ce type au-delà du simple trafic de stups, pour tout ce qu'il fait endurer chaque jour à toutes ces femmes qu'il met sur le trottoir, ces meurtres sanglants qu'il commet dans toute la région. L'exécution de Lana pèsera longtemps sur ma conscience. Je retourne vers le corps, pose des questions au médecin légiste et donne des instructions à l'équipe technique. Vu les sourires de la jeune policière avec qui Javier s'entretient, je pense que nous aurons peut-être la primeur des premières analyses. Lorsqu'il revient vers moi, un petit rictus triomphal collé sur le visage, j'en ai confirmation.

– Quel bourreau des cœurs !

Il rit avant de tendre sa main vers ma poitrine et de faire comme s'il attrapait mon cœur entre ses doigts.

– Boum boum, boum boum, mime-t-il.

Il détaille sa main faussement pleine, ce qui a pour effet de m'agacer.

– Ce cœur-là, pas touche ! Compris ? J'ai déjà morflé avec un dans ton genre, je suis immunisée.

Il me regarde une seconde, pris de court, avant de se contenter de répondre :

– Elle a mon numéro, elle m'appelle dès qu'il y a du nouveau. On en apprendra peut-être plus avec les prélèvements sous les ongles.

– OK, bien joué. Il est urgent de retrouver le bras droit du Tchétchène. Comme pour le meurtre de Louisa, il a peut-être assisté à celui de Lana. Avec un peu de chance, Lefroid était suffisamment attaché à elle pour balancer Kurbanov. Je ne laisserai pas ce fils de pute s'en sortir à bon compte. Le trafic de stups n'est pas suffisant, je veux qu'il tombe pour meurtre également. Il prendra ainsi bien plus cher et on sera définitivement débarrassés de lui. S'il n'y avait que moi, je lui ferais creuser un trou et je lui mettrais un coup de pelle derrière la tête. Il ne vaut même pas le prix d'une balle.

– Je te promets que je ferai tout pour qu'on y parvienne, Captain.

Je contemple mon coéquipier avant de reporter mon regard sur cette scène macabre. Oui, nous mettrons tout en œuvre pour mettre fin à tout ça.

CHAPITRE 8

MARE

Le nez enfoui dans mon oreiller à pleurer toutes les larmes de mon corps, je ne perçois que trop tard la présence de Li dans la chambre. Elle avance dans le noir et s'assied sur le matelas avant de caresser tendrement mes cheveux.

– Hey, que se passe-t-il ? C'est le boulot ?

Je n'ai pas envie d'en parler. Je ne veux pas qu'elle me voie comme la petite sœur insouciante et écervelée qui se jette dans les repaires de criminels et pleure ensuite dans les jupes de sa mère.

– C'est la pression. Cette première journée a été riche en émotions et je n'arrête pas de me demander si j'ai bien fait, si je n'aurais pas dû rester chez Cupcake and Co.

Li s'allonge près de moi et me serre dans ses bras, collée à mon dos.

– Ne doute pas de toi, Mare. Tu es la personne la plus courageuse que je connaisse. S'il y en a une qui pourra faire en sorte que Do It Yourself With Me prenne racine à Paris, c'est bien toi. Souviens-toi comment le processus de sélection du franchisé a été difficile. Tu te rappelles tous les entretiens que tu as passés, les tests qu'ils t'ont fait subir et tout le tralala ? Vous étiez plus d'une centaine et c'est toi qu'ils ont choisie, toi et personne d'autre.

C'est vrai que décrocher ce poste s'est avéré plus compliqué que tout ce que j'avais pu imaginer. J'ai passé des entretiens collectifs, individuels, par téléphone, en visio et en physique pour terminer par animer un atelier sur un nouveau produit. Enfin, les trois meilleurs ont dû passer devant un jury et présenter un « projet créatif » avant de subir une heure de questions sur des sujets allant de la mosaïque à la broderie diamant en passant par la nouvelle mode des coloriages mystères. Bref, *Koh-Lanta*, à côté, c'est de la gnognotte.

– Mais s'ils s'étaient trompés ? gémis-je avant de replonger dans mon oreiller violet.

Je la sens s'agacer. Li n'a jamais été à l'aise avec les pleurs, encore moins depuis qu'elle a rejoint la brigade. Même si elle ne me l'avouera jamais, je sais que l'école de police lui en a fait baver et qu'elle s'est beaucoup endurcie.

– Mare, si tu veux arrêter et retourner vendre des pâtisseries aux couleurs improbables, ne te gêne pas, mais tu ferais une grossière erreur. Te voir tout à l'heure évoluer auprès de tes premières clientes, dans *ton* univers, m'a fait comprendre que tu avais trouvé ta voie. Honnêtement, tu te vois faire autre chose ?

Je secoue la tête en reniflant :

– Non mais…

– Pas de mais, Mare, et je te signale que si tu dois faire installer un monte-escalier électrique dans ton futur logement, ça coûte un bras. Il faudra en vendre, des tubes de paillettes !

Je la pince gentiment avant d'attraper un mouchoir et d'essuyer les dernières larmes qui coulent sur mes joues.

– Et toi, Li ? Ils t'ont appelée pour quoi, au boulot ?

Je la sens se crisper, c'est mauvais signe.

– Rien d'important.

– Li, je n'ai plus six ans, tu peux me dire de quoi il retourne sans forcément entrer dans les détails. Je veux pouvoir te soutenir comme toi tu le fais.

Nouveau soupir.

– Mare, quand comprendras-tu que mon monde à moi n'est pas parsemé de couleurs pastel et de pistolets chauffants ? Tu crois que j'ai envie de te dire qu'on a trouvé un cadavre de femme tellement pâle qu'à côté, Casper paraîtrait humain ? Que la pauvre avait mon numéro de téléphone enfoncé dans la gorge ? Que j'ai vomi tripes et boyaux sur tes chaussures à talons ?

Je déglutis avec difficulté.

– Tu n'en as peut-être pas envie mais si ça peut te faire du bien d'en parler, je suis là.

À mon tour, je la serre dans mes bras, faisant fi de ses cheveux encore mouillés. Je la sens se détendre petit à petit. Je laisse passer quelques secondes avant de la taquiner :

– En revanche, cadavre ou pas, tu as intérêt à me rendre mes chaussures nickel et sans odeur de dégueulis !

Elle glousse et j'ajoute, avant de sombrer dans le sommeil :

– J'espère tout de même que tu n'as pas vomi sur Javier.

Comme beaucoup de commerçants dans ce quartier, j'ai fait le choix de ne pas ouvrir le lundi matin. Il faut dire qu'étant seule, je ne peux me permettre de travailler sept jours sur sept, d'autant que durant la période des fêtes, la boutique est ouverte le dimanche. Le sourire aux lèvres, je m'extirpe de ma minuscule Coccinelle jaune, achetée d'occasion, récupère mon sac sur le siège passager et claque la portière, prête à conquérir le monde. Mon assurance fond comme neige au soleil au moment où j'approche de la boutique de Call. Malgré moi, je revois les regards salaces de ses prétendus clients. Je remonte ma grosse écharpe en laine et accélère le pas pour gagner mon magasin.

– Aaaah ! C'est quoi ça ?

La bouche ouverte, je n'en crois pas mes yeux.

– Putain, qu'est-ce qui se passe ?

Call sort de son magasin en courant, l'air inquiet.

– Regardez ! Regardez ce qu'on a fait à ma boutique !

Je désigne de la main les œuvres d'art peintes sur mon rideau métallique, m'attendant à ce que mon voisin s'offusque à son tour. Malheureusement, il a l'air de s'en foutre royalement.

– Attends, c'est pour ça que tu hurles ? Pour deux pauvres bites ?

– Deux pauvres bites ? Deux pauvres bites ? Vous vous moquez de moi !

Je sens les larmes me monter aux yeux. Devant l'inaction de mon inutile de voisin, je décide de prendre les choses en main et dégaine mon portable.

– Tu fais quoi ? demande le tatoueur.

Je lève un doigt pour lui intimer le silence lorsque mon interlocuteur décroche.

– Bonjour, ici mademoiselle Sorel, je loue le local commercial situé…

– Oui, je vois très bien, me coupe la standardiste de mon agence immobilière. Que puis-je faire pour vous ?

– Eh bien, il se trouve qu'en arrivant ce matin, le rideau métallique avait été vandalisé.

– Vandalisé ? Vous voulez dire forcé ?

– Non, non, pas forcé. Disons qu'on a trouvé marrant de dessiner deux grosses b… enfin deux gros organes masculins dessus et que…

J'essaie d'ignorer le regard amusé de Call qui m'étudie, les bras croisés sur la poitrine.

– Mademoiselle, me coupe sèchement l'opératrice, cela n'est pas de notre ressort. Faites jouer votre assurance ou nettoyez vous-même.

Je n'ai rien le temps d'ajouter qu'elle a déjà raccroché. Je ne me démonte pas et compose le numéro de mon assurance. Cette fois-ci, le conseiller est plus sympathique mais son discours ne me rassure pas. Soit je fais intervenir l'assurance mais il y aura une franchise assez élevée, soit je me débrouille à l'huile de coude.

– Bande de cons, dis-je en rangeant mon téléphone.

Call m'examine toujours, un petit sourire aux lèvres.

J'entends des gloussements et me retourne. Sur le trottoir d'en face, un groupe de jeunes, jeans troués aux genoux qui descendent jusqu'au milieu des fesses, casquettes à l'envers et clopes au bec, m'observent en riant. À leurs pieds, je remarque immédiatement les bombes de peinture noire. Mon sang ne fait qu'un tour et je traverse la rue, manquant de me faire écraser par une voiture, sous leur regard effronté, prête à en découdre. Ils s'attendent sûrement à ce que je crie, que je hurle, que je les insulte pour déclencher les hostilités. Li m'a souvent parlé des jeunes qu'elle croise en garde à vue et m'a toujours dit que la clef, c'est de les surprendre. Je me plante donc devant eux, poings sur les hanches, inspire un grand coup, plaque un sourire sur mon visage et leur demande en désignant une bombe :

– Je peux vous l'emprunter ?

Surpris, ils ne répondent rien jusqu'à ce que l'un d'entre eux hoche la tête. Je me penche, prends un spray et repars vers ma boutique. Les larmes aux yeux, je complète leur dessin. Là où les leurs étaient justes vulgaires, ils deviennent vraiment obscènes. J'ajoute des poils sur ce qui semblait être les testicules et matérialise la fente au bout du gland. Je fais ensuite demi-tour, Call toujours sur les talons, et rends la bombe à leurs propriétaires.

– Vous aviez oublié certains détails, vous n'aviez sans doute jamais vu de bite d'homme.

Avant qu'ils ne puissent répondre, je retourne de mon côté et ouvre mon rideau comme si de rien était.

– T'es complètement tarée ! m'engueule Call en claquant la porte derrière moi.

– Bon, vous, le tatoué, c'est pas le moment. Si vous ne sortez pas de ma boutique, je porte plainte ! Si vous croyez que j'ai oublié pour la main aux fesses, vous vous foutez le doigt dans l'œil.

Il passe la main sur son crâne rasé et son tee-shirt remonte pour dévoiler le début d'un V pointant vers son entrejambe. Je n'ai pas besoin d'en voir plus pour deviner un corps parfaitement sculpté. Mon regard s'attarde sur de fines lignes entremêlées tracées à l'encre noire.

– Si tu veux en voir plus, Miss, ma chambre est à l'étage, dit-il sur un ton amusé.

Loin de détendre l'atmosphère, cette phrase me fait l'effet d'un électrochoc.

– Même pas en rêve. J'ai d'autres ambitions qu'un tatoueur qui colle sa main au cul à tout va. Et vos Miss, vous vous les gardez, j'ai un prénom, j'aimerais autant que vous vous en serviez.

L'éclair d'amusement qui était apparu dans ses yeux disparaît d'un coup. Sa mâchoire se serre. Il laisse retomber sa main avant de rétorquer sèchement :

– Je me fiche de ton prénom. Tu resteras miss Chieuse, ascendante Casse-couilles. Ah, et pour ta gouverne, je n'ai éprouvé aucun plaisir à coller ma main sur ton cul, je les préfère musclés.

Furieuse, j'attrape le premier truc qui me tombe sous la main et le lui balance à la tête. Il évite de justesse l'agrafeuse et recule vers la sortie pour quitter la boutique en vitesse.

– Non mais ça va pas ! Elle est complètement folle, celle-là ! Je vais porter plainte, espèce de tarée !

La porte claque.

C'est officiel, je hais ce type.

CHAPITRE 9

LI

Il est à peine sept heures du matin lorsque je gare ma vieille Clio devant la boutique de Mare. Un coup d'œil sur son rideau en fer et je grimace en voyant deux nouveaux tags obscènes. Connaissant ma frangine, elle va encore rester bloquée là-dessus toute la journée.

Je scrute les alentours. Pas grand monde qui traîne dans la rue à cette heure-là à part quelques travailleurs qui se pressent pour aller bosser. Je compose le code du porche qui jouxte le magasin de Mare et grimpe deux à deux les marches de l'escalier en bois. Je toque à la porte rouge au premier étage et attends nerveusement que mon indic m'ouvre. Aucun mouvement, aucun bruit, alors j'insiste. J'entends enfin quelqu'un qui râle et qui approche. Lorsque l'homme ouvre, je me faufile à la va-vite dans l'entrebâillement, ne lui laissant pas le temps de m'en empêcher.

– Li ? Putain, il n'est même pas sept heures, bougonne Call en bâillant.

– Il fallait que je te voie.

Je regarde l'homme s'étirer devant moi, encore en boxer, torse nu. Sa peau ébène est assombrie à certains endroits par des tatouages tribaux d'une finesse exceptionnelle, finesse qui dépareille vraiment avec la déformation de son caleçon en lycra. Je papillonne des yeux et me retiens de rougir lorsque je croise son regard moqueur. Je fronce les sourcils pour reprendre mon masque de flic et le vois se redresser, gêné.

– Ne me dis pas que tu viens pour cette toute petite main au cul.

– Quelle main au cul ?

Je m'en souviendrais s'il avait osé coller son énorme paluche sur une de mes fesses.

– Je n'avais pas le choix, elle est venue au salon à une heure tardive. Des mecs de la bande du Tchétchène ont déboulé et ont voulu s'amuser avec elle. C'était le seul moyen pour la mettre à l'abri.

– Qui ? l'interrogé-je alors que sa réponse me fait frémir d'avance.

– Ta sœur, bordel !

– T'as mis la main au cul de ma petite sœur ?

– Franchement, tu dois lui dire de ne pas mettre un pied chez moi. Elle n'a pas vraiment le look de la maison. En tout cas pas comme toi.

J'encaisse l'uppercut. C'est vrai que Mare et moi sommes très différentes. Elle est même mon opposé : belle, toujours tirée à quatre épingles, tandis que moi je suis en jeans baskets tous les jours, les cheveux retenus dans un chignon improvisé avec une vieille barrette marron. Je comprends mieux ses pleurs d'il y a deux jours. J'imagine que la scène a dû la chambouler.

Je me rapproche de Call et colle mon nez sous son menton avant de lui dire très sérieusement :

– Je t'interdis de toucher à ma sœur et je t'invite à faire en sorte qu'il ne lui arrive rien.

Le grand gaillard baisse les yeux sur moi avant de se mettre à ricaner.

– Ta sœur a beau être un joli petit lot, elle n'est pas du tout mon genre.

Je fronce les sourcils.

– Je les préfère plus salopes et plus libérées, me provoque-t-il.

– Je ne déconne pas, Call. Ma sœur est ce que j'ai de plus précieux. Je ne supporterais pas qu'il lui arrive quoi que ce soit.

Call ne dévie pas le regard et me fixe quelques secondes, comme s'il essayait de lire en moi.

– Pourtant, ce n'est pas cette même petite sœur qui t'a piqué ton petit copain ?

– C'est une vieille histoire. Je suis passée à autre chose et Mare n'en a jamais entendu parler.

– Je ne suis pas si sûr que ce soit une vieille histoire. Tes tatouages en sont la preuve.

Je masque ma contrariété. Le jour où Mare m'a annoncé ses fiançailles avec Paul, elle était surexcitée et moi, totalement anéantie. Pourtant, cela faisait déjà plusieurs années qu'ils vivaient ensemble, mais ma blessure était encore trop vive pour que je puisse prendre l'annonce avec indifférence. Je travaillais déjà sur le gang des Tchétchènes. Ils venaient de s'implanter dans le coin et un gamin dont Call s'occupait avait travaillé brièvement pour eux. Un matin, on a retrouvé son corps. Il avait été roué de coups. Il avait juste seize ans. Alors Call a commencé à collaborer avec moi pour que ce crime ne reste pas impuni, et très vite nous sommes devenus amis, jusqu'à ce soir-là où j'ai débarqué en larmes dans son salon et où il a exorcisé ce chagrin en noircissant ma peau.

– Je n'aurais jamais dû t'en parler, râlé-je. En tout cas, n'approche pas Mare, même si c'est un « joli petit lot », dis-je en mimant les guillemets avec mes doigts. Elle a assez dérouillé ces derniers temps, Paul l'a quittée.

– Sinon quoi ?

– Sinon je te bute.

– Si je ne t'avais pas vue en tanga dans mon salon, je pourrais croire que tu as une énorme paire de burnes, *sister*, ricane-t-il en gonflant ses pectoraux pour m'impressionner.

– Juste un flingue, *bro*.

Je détourne le regard vers la porte et désigne un nerf de bœuf en équilibre contre un meuble.

– Tu n'auras pas le temps de poser un doigt dessus que je t'aurai logé une balle entre les deux yeux.

Call s'écarte de moi en riant mais à sa façon de me regarder, je sais qu'il se demande si je plaisante ou non.

– Je ne venais pas pour ça. Hier on a découvert le corps d'une fille.

– Encore une ?

Je sors mon téléphone et cherche une photo du cadavre. Un gros plan sur un tatouage.

– C'est ton œuvre, non ?

Il jette un coup d'œil et bat des cils avant de se mettre à soupirer.

– C'est Lana, dit-il en s'asseyant sur l'accoudoir de son canapé, comme s'il avait les jambes coupées.

– Ouais…

– Putain, c'était une brave fille. Elle avait bientôt fini de rembourser pour retourner en Ukraine. Son gamin vit là-bas avec sa grand-mère, je crois.

– Avec son grand-père.

– Encore un orphelin.

– Je veux coincer le Tchétchène, Call. Je sais que c'est lui. Il faut que tu ouvres tes oreilles.

– Tu l'as déjà coincé, qu'est-ce que tu veux de plus ?

– Je veux mettre la main sur son bras droit, Roman Lefroid, pour qu'il passe aux aveux et balance Anton. Je veux lui coller ce meurtre sur le dos pour être sûre qu'il ne ressortira pas de sitôt. Et il y a autre chose… Je pense que le frangin Kurbanov va très vite se pointer. Or, selon mes sources, il est d'un bien plus gros calibre qu'Anton. Si tu apprends quelque chose, tu sais où me contacter.

Call se relève, la mine attristée. Il me suit du regard alors que j'avance vers la sortie.

– Au fait, Li, tu pourras dire à Javier que c'est OK pour le match de rugby de dimanche ?

– Tu joues aussi ?

– Il avait besoin d'un remplaçant. J'y jouais quand j'étais au lycée.

– Eh bien, ce match risque d'être intéressant à regarder, affirmé-je en scannant mon tatoueur préféré une dernière fois.

– Je suis content qu'il ait rejoint ta brigade. C'est un bon mec et je trouve que tu as changé depuis qu'il bosse avec toi.

– Ah bon ?

– Ouais, je crois qu'il te fait du bien.

Je glousse en avançant vers la porte.

– Ça dépend ce que tu appelles faire du bien. Si c'est me faire tourner en bourrique, alors oui.

Je me tourne vers mon pote et lui décoche un large sourire.

– Allez, je te laisse. Fais gaffe à toi, ce ne sont pas des enfants de chœur.

– Je sais Li, je sais. Je me souviens.

Je m'amuse à observer Alma, la mère de Javier, se démener dans la cuisine. Je détaille ce petit bout de bonne femme qui me fait penser à Victoria Abril, crier à ses filles de descendre depuis le bas de l'escalier. Pas un poil de graisse, des courbes de rêve malgré ses huit grossesses, et un glamour même au réveil. Sept filles et un seul mâle, Javier. Pas étonnant qu'il soit aussi macho, dorloté et servi par autant de femmes.

– Alors gamine, comment tu vas ?

– Bien, Alma.

– Javier m'a dit que tu avais été remuée par votre découverte macabre hier.

– Oui, mais c'est juste la routine.

– Je ne comprends pas comment tu supportes de faire ce boulot.

– Comme ton fils, et ton mari avant nous, réponds-je en posant mes yeux sur un cadre photo sur le buffet de la cuisine.

Je regarde le père de Javier dans son uniforme de la Guardia. Je me souviens avoir été bouleversée lorsque Javier m'a raconté comment Esteban Esposito est mort en service alors que son fils n'avait que onze ans. Pris sous le feu lors d'un braquage, il n'a pas pu se mettre à l'abri des tirs. Sa coéquipière, une des meilleures amies d'Alma, est restée prostrée derrière leur voiture de service, incapable de réagir et de le couvrir le temps qu'il parvienne à fuir. Elle n'a pas utilisé une seule balle. Le père de Javier a été tué, criblé de douze balles dans le ventre, alors que le chargeur de sa binôme restait intact. Alma n'a jamais pu lui pardonner et répète souvent que si son mari avait eu un coéquipier masculin, il serait vivant. Autant dire que ça a été la douche froide lorsqu'elle a appris que celui de Javier était une femme.

– Ce n'est pas un boulot de fille.

Je ricane avant de prendre une gorgée du café qu'elle m'a offert.

– Ça tombe bien, je ne suis pas une fille. C'est ton fils qui le dit.

Elle lève les yeux au ciel.

– Oui je sais, *mi bebé* me le répète tous les jours. « Ce n'est pas une fille, c'est ma Li. »

Je ris gentiment avant de m'arrêter et de la regarder le plus sérieusement du monde.

– Tu sais que je prendrais une balle pour lui.

Elle se tourne vers moi avec un petit air pincé, toutefois ses yeux sont doux.

– Je sais, et lui aussi, mais je maintiens que ce n'est pas un métier pour une femme.

– Et si l'une de tes filles voulait être flic ?

– Aucun risque.

– Gabriella fait des études de droit, elle pourrait très bien vouloir se lancer sur les traces de son père.

– Cela ne l'intéresse pas.

Je contiens une petite moue. Je n'ai pas eu les mêmes informations.

– Tu devrais aller le réveiller, reprend Alma. Il s'est couché tard.

Je souris et sors tranquillement de la maison. Je croise Mila, la sœur aînée avec ses jumelles et son petit dernier, à peine âgé de quelques mois.

– Salut Linda.

– Dépôt exprès chez mamie nounou ?

– Ouais, je suis déjà à la bourre.

– Bonne journée !

Je gravis les marches de l'escalier extérieur et entre dans le petit studio de mon coéquipier au-dessus du garage. Je suis toujours surprise qu'un type comme lui, aussi coureur, vive encore chez sa mère à vingt-sept ans. Il a deux ans de moins que moi mais il me semble parfois voir encore un ado attardé. Il dit à qui veut l'entendre que c'est pour protéger sa pauvre petite maman, qu'il est chargé de cette mission quasi divine puisqu'il est son unique fils, mais je crois que quelque part, il apprécie d'être couvé par cette mama méditerranéenne.

Je contiens un rire en le découvrant profondément endormi sur son lit, un bras dans le vide, ses pieds dépassant de la couette. Plus loin, sur le sofa, une manette de jeux vidéo devant un écran plat encore allumé, des étagères recouvertes de figurines de jeux. Un grand ado, c'est bien ce que je disais.

Je m'approche de lui. Aussi gamin soit-il, j'adore ce mec. Quand il est arrivé dans le service, il y a dix mois, il m'a un peu fait tourner la tête avec ses grands yeux gris, sa belle gueule et son sourire. Il m'a fallu plus d'une semaine pour arrêter de ciller et de rougir comme une jeune fille chaque fois qu'il m'adressait la parole.

Je donne un coup de pied dans le cadre de son lit mais il ne réagit pas, la bouche entrouverte, la respiration tranquille. J'attrape une petite bouteille d'eau sur sa table de chevet et renverse malicieusement quelques gouttes sur son visage d'ange. Il se redresse en sursaut.

– Qu'est-ce qui se passe ? beugle-t-il surpris. Oh, c'est toi.

Il se laisse retomber sur le dos tout en se frottant le visage. Je découvre avec une certaine béatitude l'étendue de sa beauté. Presque nu devant moi, il expose une succession d'abdominaux à me donner envie de croquer dedans.

Javier attrape un de mes poignets pour me faire rouler sous lui.

– J'espère que tu as une bonne raison pour me réveiller de cette façon, sale peste !

– Le… le petit déjeuner est prêt, balbutié-je, tout à coup intimidée, mes mains posées sur ses pectoraux d'une douceur exquise.

– Je suis déçu. J'ai cru que tu avais changé d'avis et que tu voulais que je m'occupe de ton petit cœur.

– Pas touche, j'ai dit !

– Un beau flic, ça ne te tente pas ? se marre-t-il en prenant ses aises entre mes cuisses.

Ma température corporelle grimpe aussitôt, me mettant très mal à l'aise.

– Je te croyais plutôt blondes à forte poitrine, pas brunette avec un flingue.

– J'aime bien les brunettes aussi, glousse-t-il en jouant avec mes cheveux et en me transperçant d'un regard insistant.

Je détourne les yeux avant de rougir. Javier est sublime. Il a toutes les femmes qu'il veut, et il le sait. Il aime se moquer des filles comme moi qui parfois tentent leur chance auprès de lui, en vain. Je cherche à le repousser mais il se fait lourd pour m'empêcher de bouger.

– Laisse-moi me lever. Ton lit doit être un nid à miasmes avec toutes les nanas que tu t'envoies.

– Mon lit est nickel. Je n'ai jamais ramené aucune fille ici.

– Pourquoi ? T'as peur de ta mère ? ricané-je, toujours aussi embarrassée.

– C'est clair. Si elle trouve une fille, elle me forcera à l'épouser et à lui faire des gosses.

– Idiot ! T'es vache avec ta mère. Elle sait que tu es un Tanguy. Je crois même qu'elle aime ça.

Javier mord sa lèvre avant de se mettre à me chatouiller.

– Fais gaffe, tu vas voir ce que pourrait te faire Tanguy.

Je me débats en criant mais Javier me maîtrise sans problème et me surplombe avec un sourire suffisant. Punaise, il est si sexy comme ça. Dans ma poitrine, c'est la Bérézina. Mon cœur s'accélère. Wow, wow, wow Li, on se calme ! Ce serait prendre bien trop de risques. Difficile pourtant de faire abstraction des sensations qui m'envahissent. Je me morigène intérieurement jusqu'au moment où je ressens une raideur appuyée contre mon sexe.

– Mais tu es en train de bander ? lâché-je, sidérée.

Javier se marre avant de se relever tout en me balançant :

– Juste une érection matinale, ma grande. Rêve pas, ce n'est pas toi qui as provoqué ça.

J'accuse le coup, et à la chaleur qui me brûlait les joues et les entrailles succède une déferlante glaciale qui a le mérite de me remettre les pieds sur terre.

– Ouais, c'est préférable. Je n'aime pas mélanger le cul et le boulot.

– Tu es si sérieuse, Li. Ça te ferait du bien de ne pas toujours respecter les règles, réplique-t-il d'un air moqueur. Le risque, c'est très excitant, tu sais.

– La roulette russe, ça n'a jamais été mon truc.

Je me relève sous son regard piqué, la poitrine traversée par une douleur aiguë.

– Je t'attends dans la voiture.

Je déteste quand Javier joue avec moi. Il me serait si facile de tomber amoureuse de lui et lui, de me briser le cœur. L'amour, ce n'est pas pour moi. Je me le suis promis le jour où Paul m'a anéantie. Depuis, je n'ai d'ailleurs jamais dormi avec un homme, jamais fait l'amour dans un lit. J'ai pris les quelques bribes qu'ils voulaient bien me donner, des instants fugaces de sexe. Le seul lit que je partagerai sera comme toujours celui de Mareva, un énième soir de déprime.

CHAPITRE 10

MARE

Je patiente derrière la caisse, mais je n'ai pratiquement aucun client. Je soupire et surfe sur mon smartphone lorsqu'un texto de Li s'affiche :

N'oublie pas pour dimanche.
Je compte sur toi.

Y a quoi dimanche ?

Le match de rugby à 16 heures.

Ça m'était complètement sorti de la tête. Je vérifie mon planning : j'ai un atelier cartes de vœux de treize heures trente à quinze heures ce jour-là. Le temps de tout ranger, je ne pourrais pas y être avant seize heures trente, voire dix-sept heures.

Désolée, je ne pense pas pouvoir venir,
j'ai un atelier créatif.

Y aura plein de mecs sexy !

Je n'ai pas le temps de répondre qu'un groupe de clientes entre dans le magasin. Je discute avec elles, les oriente vers les kits de création de savon et de produits ménagers et, au moment de passer en caisse, l'une d'elles me demande :

– Ça vous embête si je laisse des flyers à côté de la caisse ?

Je lui fais signe que non et encaisse ses copines. Lorsqu'elles partent, Li m'a inondée de messages pour que je vienne à son match. Honnêtement, me geler les fesses en plein mois de décembre pour regarder des mecs se rentrer dedans en grognant, ça ne m'emballe pas du tout. Li insiste, la mère de Javier sera présente et ce serait l'occasion de discuter avec une femme qui s'y connaît en matière d'hommes. Je suis prête à lui dire non ; j'aimerais autant rentrer chez moi après la fermeture et me réchauffer sous un plaid devant un téléfilm de Noël, mais c'est l'occasion d'obtenir une faveur.

OK pour le match, mais en contrepartie
je choisis la soirée du Nouvel An.

Ça marche. Rien ne sera pire
que celle de l'an dernier.

Je souris en me remémorant la soirée en question. Notre mère nous avait traînées à une fête années 1970. Li n'avait pas arrêté de se faire draguer par un sosie d'Elvis Presley qui la suivait partout en répétant :

– Presse-les, presse-les.

Je crois qu'elle a fini par accéder à sa demande en les lui pressant tellement fort que le mec est parti aux urgences.

De mon côté, une vieille dame cleptomane m'avait volé mes clefs de voiture et nous avons dû rentrer à pied. Maman a glissé sur une plaque de verglas et s'est foulé la cheville, et une fois arrivées, nous avons découvert que Gene avait trouvé les restes de lapin aux pruneaux et qu'elle s'était soulagée dans tout l'appartement. Autant dire que l'année avait sacrément bien commencé.

Je glisse un flyer de ma cliente dans mon sac à main puis décide d'établir un plan d'attaque. Après tout, il ne nous reste que quinze jours avant cette soirée et nous devons être au top, le but étant de ne pas rentrer seule. Je sors un bloc-notes violet, mon stylo à pompon assorti, et commence à écrire :

Cure détox
Challenge abdos-fessiers (quel connard ce Call)
Épilation (et pas juste ce qui dépasse)
Inscription sur site de rencontres

Du bruit provenant de l'extérieur me tire de mes réflexions. La bande de jeunes fait encore des siennes, enceinte Bluetooth à fond et rap de mauvaise qualité. Je m'apprête à aller leur demander de baisser le son mais suis devancée par le restaurateur turc qui sort de son commerce. Il les invective copieusement et leur promet de ne plus les servir s'ils n'arrêtent pas leur boucan. Bon gré mal gré, les jeunes baissent le volume à coups de « ça va, ça va, relax ! »

Je soupire et me fige en avisant une silhouette qui me paraît familière. Mon cœur s'emballe. L'homme est de dos, en train de lire le menu du kebab. Avec son costume sur mesure et ses cheveux blonds plaqués en arrière, pas de doute. C'est Paul. Immobile, je n'arrive pas à le quitter des yeux. Je ne veux pas qu'il me remarque, mais que viendrait-il faire dans ce quartier si ce n'est pour venir me voir ? Sous mon crâne, c'est la tempête. Il vient s'excuser de son comportement ? Me demander de lui pardonner ? Ou, pire, il est là pour notre arrangement et va me demander des comptes ? J'ai des sueurs froides, je n'ose plus bouger.

– Miss ? Tu vas nous faire un malaise ou quoi ?

La main de mon voisin passe devant mon visage et m'ancre à la réalité. Je tourne la tête vers lui et baragouine un truc avant de reporter mon attention sur le type. Il est toujours hypnotisé par le menu puis finit par changer d'avis et se remet en route. Son visage m'apparaît enfin, et ce n'est pas le sien.

– T'es sûre que ça va ? On dirait un fantôme, insiste le tatoueur.

– Oui, ça va. Vous n'avez pas autre chose à faire, là ? le rabroué-je.

Surpris par le ton de ma voix, il me plante là et quand il claque la porte de son shop, j'ai juste le temps d'entendre :

– Putain de gonzesses.

Je m'en veux immédiatement ; ce n'est pas contre lui que ma colère est dirigée, mais plutôt contre moi. J'ai laissé un parfait inconnu semer le trouble en moi parce qu'il ressemblait à mon ex. Je croyais être libérée de tout ça, que la rupture était consommée : plus d'appart, plus de chéri, plus de projet d'avenir. Il ne me restait que mes yeux pour pleurer. Mais je dois me rendre à l'évidence : il y a toujours ce lien malsain qui nous lie. Malgré la décision que j'ai prise, le choix que j'ai fait pour recommencer à zéro, je n'en serai jamais totalement libérée.

En fin de journée, je ferme la caisse, éteins les lumières et insère la clef pour faire descendre le rideau. En voyant l'œuvre d'art apparaître au fur et à mesure, mon cœur se serre.

– Javel et bicarbonate.

Je me tourne vers Call qui jette son mégot de cigarette et retourne s'enfermer dans son salon, avant même que je ne puisse lui répondre.

CHAPITRE 11

LI

Le nez plongé dans mon chèche, je regarde le médecin légiste nous détailler ses constatations à mesure qu'il découpe le corps de cette pauvre Lana. J'ai déjà perdu Javier depuis une bonne demi-heure lorsque le docteur Dessalières a découpé l'abdomen en deux pour récupérer les organes et procéder à leur pesée. Il est dans un coin de la salle à lire des affiches jaunies au mur et à avoir des haut-le-cœur à mesure que les effluves du cadavre se dissipent tout autour de nous. Le dessus de ma lèvre brûle, mais je ne regrette pas de m'être tartinée de Baume du tigre, sinon j'aurais déjà lâché aussi. Je fais la brave, mais j'ai contenu avec peine il y a moins de deux minutes une remontée acide lorsque j'ai entendu les côtes craquer à l'ouverture du thorax.

– C'est une petite nature, votre collègue, capitaine Sorel.

– Il a un gros manque de sommeil avec cette enquête, tenté-je pour défendre Javier.

Celui-ci se crispe un peu plus loin avant d'être secoué d'un nouveau spasme.

– Le vieux Mollaro, c'était autre chose, poursuit le légiste.

– Avec tout l'alcool qu'il ingurgitait à longueur de journée, il était immunisé de tout, sauf de la connerie.

Javier se retourne vers moi en riant. Le médecin se renfrogne et plonge les mains dans l'abdomen.

– Rien d'anormal ? Cause de la mort, strangulation ? demandé-je, impatiente de partir.

– Les organes sont gonflés par leur séjour dans l'eau mais rien qui justifierait une mort autre que celle que vous venez de citer. Il n'y a rien dans les analyses toxicologiques.

– Très bien, du coup, j'attends votre rapport. Pas besoin que l'on reste plus longtemps.

Javier me jette un sourire soulagé.

– Quand j'ai commencé ma carrière, les OPJ restaient jusqu'à la fin.

Je grimace en me retenant de lui faire un doigt. Je déteste ce vieux machin. Chaque fois que je le vois, il me fait des remarques de réac. J'ai déjà une main sur la poignée, Javier sur les talons, lorsque le médecin me lance :

– Attendez ! Regardez-moi ça !

Je me retourne et le vois soulever comme un sac de sang. Je plisse le nez, dégoûtée.

– Votre prostituée était enceinte. Le fœtus était déjà développé, continue-t-il en prenant une petite masse dans la main que je préfère ne pas trop détailler. Entre douze et quatorze semaines. Je vais le mesurer.

– Faites des prélèvements ADN pour une comparaison avec Anton Kurbanov et ceux récupérés dans le logement de Roman Lefroid.

– Oui mais dans ce cas, vous devez rester ici le temps du recueil d'échantillon.

Javier ouvre des yeux désespérés. Un sourire de ma part et il blêmit.

– Mon petit collègue va vous assister, j'ai quelques coups de fil à passer en urgence avec cette découverte.

– Garce !

– *Capitaine* Garce, je préfère. Tiens, je suis sympa, dis-je en posant mon petit pot de crème à base de cajeput dans sa main avant de tourner les talons, tout sourire.

Je ricane dans le couloir. Il faut bien quelques avantages à être cheffe. Mon portable vibre dans ma poche et je l'extirpe en faisant tomber une barre coupe-faim aux algues refilée par Mare. Quatrième journée de détox et j'ai envie de tuer n'importe quoi pour manger, même un vieux rat en fin de vie. Je crève la dalle et le peu qu'elle me laisse avaler, je l'évacue dans la foulée. À ce rythme-là, je vais mourir déshydratée.

J'ai trouvé tout ce qu'il faut
pour notre grande soirée
« à bas les poils » ce soir !

Je deviens livide, comme Javier.

Et pas d'excuse bidon, Li,
on fait la totale !

La totale ? Qu'est-ce qu'elle entend par la totale ?

Trop de boulot,
je vais rentrer tard ☹.

N'essaie même pas cette excuse !

Un petit coup de rasoir
et ça ira pour moi.

Tu n'y penses pas, les poils
repoussent sous la peau !
Cire, cire, cire !

Tu me fais chier !

On a encore tagué mon volet.

Oh non, pas encore. Je l'entends en boucle depuis lundi avec cette histoire. Et puis Call qui l'a engueulée. Et puis l'assurance qui n'a rien voulu faire…

Va au commissariat porter plainte.

Tu es flic, tu ne peux pas faire flipper
les branleurs qui font ça ?

Je suis sur des enquêtes
plus graves, Mare.

Une fois de plus,
je me débrouillerai toute seule.

Je fourre mon portable dans ma veste en cuir, agacée par sa façon de me faire culpabiliser. La porte s'ouvre sur Javier qui semble au bout de sa vie, jusqu'à ce qu'il croise mon regard et que son envie de vengeance lui redonne des couleurs.

– Tu me le paieras, grogne-t-il en s'approchant de moi.

– Moi, les petits bébés, ça me remue, dis-je en lui faisant les yeux doux.

– C'est pour ça que les gonzesses dans la police, c'est une aberration.

– Quoi ? Mais la ferme, sale macho à la noix !

Javier éclate de rire alors que je tente de lui donner des coups, avant de me repousser d'une pichenette qui m'envoie rebondir contre le mur du couloir.

– Tu faisais moins le malin dans la salle d'autopsie, petit con. Qui est-ce qui se retenait de vomir ? Je t'ai presque entendu pleurer ta mère.

Javier continue à se marrer tout en sortant une clope. Je la lui arrache aussitôt de la bouche.

– Putain !

– Tiens, si tu as besoin de t'occuper la bouche, tu peux manger ça, vociféré-je en lui filant la barre de Mare. Au moins je ne t'entendrai pas pendant cinq minutes.

– C'est quoi ce truc immonde ?

Même un estomac sur pattes comme Javier n'en veut pas. Ce truc a un goût infâme. Il croque pourtant dedans avant de s'exclamer :

– Oh punaise, c'est dégueulasse !

– Arrête, tu pourrais faire un effort. C'est exactement ce qu'on a retrouvé dans les boyaux de cette pauvre Lana. À tous les coups, ils cultivent les mêmes algues dans la Seine.

Javier recrache aussitôt ce qu'il a dans la bouche.

– Il a raison, Dessalières, tu es vraiment une petite nature.

– Ta gueule !

J'éclate de rire à mon tour.

– On les aura quand, les tests ADN ?

– La semaine prochaine. Mais pourquoi as-tu demandé ça ? Si tu veux trouver le nom du père, autant tester toute la ville. Cette pauvre fille était une prostituée, je te rappelle.

– Si c'est un des deux, j'aurai peut-être un moyen de pression sur le bras droit du Tchétchène – après tout, il devait partir avec Lana. Je veux des aveux sur cette affaire. Il faut mettre la main au plus vite sur Roman Lefroid.

– J'ai mis quelques contacts sur le coup. J'ai aussi eu un appel de Call, il a peut-être des infos pour nous.

– J'espère…

Je monte dans la voiture banalisée et Javier démarre sur les chapeaux de roues, comme à son habitude. Il sort le gyro et le colle sur le toit.

– Eh, on n'est pas dans *Forza* ! J'aimerais bien rentrer en un seul morceau. Tu me déposes chez moi, j'arrête pour ce soir. J'ai promis à Mare de rentrer tôt.

– Une soirée entre filles, je peux venir ?

– Pas de souci. Si tu veux te faire épiler les jambes, je te cède ma place avec plaisir.

Javier me jette un coup d'œil étonné.

– Euh… non merci. J'aime trop mes poils.

– Et puis ce soir, c'est salade de graines en tout genre, geins-je en levant les deux pouces, faussement enjouée.

– Oh, j'ai mal pour toi ! Moi, j'emmène mes trois neveux chez Burger King. C'est baby-sitting.

– Ta mère n'est pas là ?

– Non, elle a une soirée lecture avec des amies.

Je souris ; Alma m'a déjà parlé de ses moments lecture. Des soirées en boîte de nuit dans un club réservé aux cougars. La mère de Javier adore les petits jeunes. Son fils croit que sa mère est une sainte qui pleure encore tous les soirs son défunt mari après quinze ans de veuvage. En réalité, elle se change chaque fois chez l'une de ses filles et part faire la bringue toute la nuit avec ses copines. Au petit matin, elle revêt son look de mère de famille modèle avant de reprendre le chemin de la maison familiale pour aller préparer le petit déjeuner de son grand garçon.

Il n'y a que Javier pour ne rien voir. Et dire qu'il est un des meilleurs flics du commissariat ! Ça fait peur.

Quand je pose ma besace sur le petit meuble du vestibule, j'entends Mare s'agiter dans le salon. Une horrible odeur provient de la cuisine. Encore une de ses soupes à base de chou.

– Li, tu es là ?

Quelques secondes, je m'imagine faire demi-tour, courir derrière la voiture de Javier et aller dévorer un de ces hamburgers dégoulinant de fromage ; c'est sans compter avec ma casse-pieds de sœur qui vient s'agripper à mon blouson comme un pou pour me tirer vers la pièce principale.

– Regarde, tout est prêt pour une soirée spéciale filles. Il faut qu'on soit au top pour demain soir.

– Demain soir ? Qu'est-ce qu'on a demain soir ? Je te préviens, si c'est une soirée avec maman, il n'en est pas question !

– Arrête de t'énerver, laisse-moi te raconter.

– Mare, je n'aime pas du tout quand tu fais ta tête de folle furieuse. Arrête tout de suite avec tes idées à deux balles ! m'emporté-je en jetant ma veste en cuir sur le canapé. Je n'en peux déjà plus de manger toutes tes horribles mixtures. D'ailleurs, c'est terminé. J'ai les intestins en vrac depuis deux jours.

– C'est l'effet escompté, Linda. On se libère de toutes nos toxines.

Enjouée, elle ramasse mon blouson pour aller le ranger dans le placard de l'entrée.

– Il n'est plus question que j'avale quoi que ce soit à base de chou ou d'algue. Mon colon ne survivra pas.

– Tu exagères. Mais ça ne m'étonne pas, avec toutes les horreurs bourrées de graisse que tu ingurgites en permanence. Tu me remercieras quand tu rentreras dans une jolie petite robe demain soir.

– Une jolie petite robe demain soir ? Mais de quoi tu parles ? Crache le morceau !

– Un apéro *speed dating* dans le bar en face de ma boutique. J'ai vu l'affiche et je nous ai inscrites. Un bon moyen de se remettre en selle et d'éviter le dentier dans le verre à dents tous les matins.

– Maman a de très bonnes dents.

– Mais elle a déjà de petits problèmes de fuites urinaires.

– Quoi ?

– Elle a eu deux enfants dont un bébé de plus de quatre kilos, dit-elle en m'adressant un regard accusateur.

Les bébés bien dodus sont pourtant les plus beaux. J'avale ma salive. Comment faire comprendre à mon hystérique de frangine qu'il n'est pas question que j'aille dans un truc pareil demain soir ? Le samedi, c'est soirée Netflix, et c'est sacré. J'ai repéré une petite série policière qui me fait de l'œil depuis quelques semaines, et mon paquet de chips au paprika m'attend – celles dans les gros tubes, mes préférées. Alors elle peut se brosser.

– Même pas en rêve !

– Comment ? J'ai dû mal entendre.

– Même pas en rêve ! insisté-je en la bravant d'un regard déterminé.

– Tiens, je pensais organiser un after après l'atelier, dimanche.

– On a le match de rugby, je te rappelle.

– Même pas en rêve ! s'exclame-t-elle à son tour en posant les poings sur ses hanches.

Fière d'elle, elle me renvoie un grand sourire.

– Déconne pas, tu sais bien que j'ai horreur d'aller quelque part toute seule, surtout quand il y a plein de monde.

– C'est dommage pour toi mais même pas en rêve, sauf si…

– Si quoi ? râlé-je.

– Si tu viens avec moi demain soir, m'achève-t-elle avec son air démoniaque.

– Fait chier !

– Reste polie, s'il te plaît, me rabroue-t-elle. Et pour le moment, c'est cire, cire, cire !

– Oh non…

– Tais-toi et avance !

CHAPITRE 12

MARE

Cette séance d'épilation est pile ce qu'il me fallait pour me changer les idées et celles de Li par la même occasion. En dépit de mes efforts pour nettoyer mon rideau métallique, de nouvelles œuvres ont fleuri dessus. Le bon sens voudrait que j'arrête de m'obstiner, les muscles de mes bras aussi, mais je ne peux pas. Je me suis battue pour cette boutique et je ne laisserai pas une farandole de pénis me gâcher mon plaisir.

Mon ventre se met à gargouiller et je profite d'avoir envoyé Li faire un gommage pour piquer un biscuit au chocolat dans le placard. J'ai vomi mon troisième smoothie et mon estomac fait des loopings dès que je pense à en boire un autre. Je continue néanmoins de les préparer et de faire croire à ma frangine que je les prends, sinon elle me ferait passer un sale quart d'heure.

J'efface les traces de mon écart et mets la cire à chauffer. Je n'arrive pas à croire qu'un *speed dating* soit organisé à deux pas de mon travail ; ce sera l'occasion de nous entraîner avant la soirée du Nouvel An. Je vérifie la température de la cire du bout de l'index et souris : mes séances d'entraînement sur Gene vont enfin porter leur fruit.

– Bon, on s'y met ?

Li fait son entrée, enveloppée dans une serviette-éponge qu'elle serre contre elle. Je désigne le canapé, que j'ai préalablement recouvert d'une bâche en plastique.

– Veuillez prendre place, Madame.

Elle traîne des pieds mais s'assied. Je commence par lui appliquer une lotion, puis la cire, que j'étale ensuite à la spatule.

– Hum, c'est agréable, souffle-t-elle, je suis sûre que ce n'est pas aussi douloureux qu'on le prétend !

Je préfère ne pas la contredire, elle aura toujours le temps de vérifier par elle-même que ce n'est qu'une fausse impression.

Je prépare les bandes et appuie du bout des doigts pour qu'elles adhèrent à la cire. Je laisse reposer quelques secondes puis, sans prévenir ma sœur et d'un geste habile, je tire à rebrousse-poil.

– Bordeeeeel !

Je profite de ce qu'elle hurle pour retirer deux bandes supplémentaires. Si elle se met dans cet état-là pour les jambes, je me demande ce que ça va être quand on arrivera sur les parties sensibles.

– Mare. N'approche plus cette spatule de moi.

– Allons, Li, ce ne sont que de petits poils. J'ai presque fini une jambe, laisse-toi faire.

Elle repose la tête sur l'accoudoir du canapé et je parviens à terminer ses jambes sans trop de hurlements, mais sous plusieurs menaces.

Vient le moment critique. Je devrais peut-être me scotcher quelques coussins sur le visage, au cas où un coup partirait tout seul au moment de retirer les bandes. Je m'attends à tout. Pourtant, quand j'écarte les pans de sa serviette, j'oublie totalement de me mettre à l'abri et bloque sur les tatouages qu'elle arbore.

– Li ? Qu'est-ce que c'est que ça ?

Elle cache celui au-dessus de son pubis en rougissant légèrement.

– Rien du tout.

– Arrête, montre-moi, exigé-je en tirant d'un coup sec sur le tissu.

Je me penche pour observer la petite fleur dont l'un des pétales est transpercé d'une balle. Le trait est fin, le dessin, délicat. Mon regard dévie ensuite sur sa cuisse, j'y découvre le même motif que sur la photographie dans la boutique de Call : un revolver dans une jarretière. Je ne peux m'empêcher d'en dessiner les contours du bout du doigt.

– Attends, c'est… c'est Call qui a fait ça ?

Elle acquiesce. Je suis bluffée par le talent de mon voisin. Même si je préférerais m'arracher la langue plutôt que de le lui avouer en face, il a vraiment une sensibilité artistique.

– Tu n'as pas eu trop mal ?

Personnellement, après avoir servi de cobaye à Paul pour les prises de sang et les vaccins, il faudrait me payer très cher pour que je me fasse piquer de nouveau.

– Ça dépend. Celui sur la cuisse est fait sur du gras et du muscle, la peau est épaisse, donc passé les premières minutes je ne sentais plus rien. En revanche, l'autre a été beaucoup plus douloureux.

– La peau est plus fine, c'est pour ça ?

– Ouais, on va dire ça, confirme-t-elle, le regard lointain.

– Pourquoi t'infliger une telle souffrance ? Je ne comprends pas.

Elle se redresse, se frotte les jambes – elles doivent la démanger après le traitement qu'elles ont subi.

– Disons que cette souffrance m'a permis d'en exorciser une autre. C'est comme lorsque tu arrives à mettre un mot sur une émotion, elle devient plus facile à gérer.

Je comprends, mais ça n'empêche pas que sa réponse me chiffonne.

– Quelle souffrance avais-tu tant besoin d'exorciser ?

Ma sœur se crispe, puis fuit mon regard. J'ai beau attendre, elle ne me répond pas.

– Li ?

Son portable se met à sonner et elle bondit hors du canapé.

– Javier ?

À poil dans le salon, elle discute de son affaire de Tchétchène d'une manière si naturelle que c'en est assez drôle. Quand elle raccroche, elle paraît agacée et je n'ose pas la relancer sur son tatouage. Je reprends la séance d'épilation et, en dépit de quelques sursauts, ma frangine arbore désormais un ravissant ticket de métro presque droit. Je poursuis avec les aisselles et suis surprise par son soupir de soulagement lorsqu'on en finit.

– Tu ne veux pas faire le SIF ?

– Le SIF ? C'est quoi encore ces conneries ?

– Le sillon interfessier.

Elle blêmit.

– Putain, Mare, le premier qui me fait une réflexion sur la pilosité de mon sillon, je lui fais une tête au carré. Et si tu t'approches avec ta spatule à la con, je te jure que la cire, c'est sur ta tronche que je l'étale.

Je pose les armes sur la table en riant. Avec le temps, j'ai appris à évaluer le niveau de colère de ma sœur en fonction de son vocabulaire, et là quelque chose me dit que je n'ai pas intérêt à insister. Elle file se rincer sous la douche et lorsqu'elle revient, je suis installée sur le canapé pour passer à mon tour à la casserole. Je lui explique comment faire et elle écoute attentivement les consignes, pourtant je la soupçonne de prendre tout son temps pour retirer les bandes ; je n'ai jamais eu aussi mal de ma vie. Quand elle s'attaque à mon pubis, je suis à deux doigts de revendiquer être adepte des poils. Malheureusement, après ce que je lui ai fait subir, Li compte bien se venger et menace de me menotter si je n'écarte pas les cuisses.

– Comment ça se passe avec Call ? demande-t-elle en tirant sur une bande de cire.

– Je ne sais pas, ce type est vraiment bizarre.

– Bizarre comment ?

Je hausse les épaules.

– Je n'arrive pas à le cerner. Il est hyper-distant, pourtant j'ai l'impression qu'il me colle aux basques. Chaque fois que je ferme le rideau, il m'observe jusqu'à ce que je retourne à ma voiture.

Je la vois esquisser un sourire avant qu'elle se ressaisisse et je comprends immédiatement.

– Ne me dis pas que tu lui as demandé de me surveiller ?

– OK, je ne te le dis pas.

Je me laisse retomber en arrière, dépitée. Ma sœur m'a collé un baby-sitter.

– Mare, on ne peut pas dire que tu aies choisi un quartier très sûr pour t'installer, alors ne m'en veux pas si j'ai demandé à Call de garder un œil sur toi.

Je ferme les yeux. Je ne peux pas la contredire, les pénis et les voyous du quartier s'imposent à moi. Si Call ne m'avait pas fait sortir de son salon, qui sait ce qui aurait pu se passer ? À cette pensée je frissonne.

– Tu le connais depuis longtemps ? demandé-je d'un air dégagé.

– Suffisamment pour savoir qu'il n'est pas pour toi.

– Hein ? Mais pourquoi tu dis ça ?

– Son affaire est réglo mais il traîne avec des gens qui le sont moins. Mare, crois-moi, ce n'est pas le prince charmant qui t'offrira la maison, la barrière blanche et les deux gamins dont tu rêves. Tu mérites mieux.

Je me trémousse ; je n'imaginais pas du tout Call dans ce rôle-là, mais l'espace d'un instant son regard impénétrable s'impose à moi.

– Mare, reste loin de lui. Il est sexy, je te l'accorde, mais tu verras, au match de dimanche il y aura du beau monde.

Je ne réponds rien. De toute manière, même si une infime partie de moi le trouve plutôt pas mal, je n'oublie pas que lui me trouve chiante avec un cul plat.

CHAPITRE 13

LI

Je maudis Mare de m'avoir embarquée dans cette soirée *Bachelor*. Enfin, la version *cheap* du *Bachelor*, vu la brochette de types qui nous matent avec des airs limite salaces. Si ce n'était pas pour y rencontrer discrètement Call, je serais encore au bureau ou déjà devant une bonne série TV.

Je ne me suis jamais vraiment sentie concernée à titre personnel par la lutte des sexes, peut-être à cause de mon allure ou de ma forte personnalité. J'ai toujours eu une place de choix au milieu des hommes, mais c'est vrai que je me la suis créée ; celui qui me manquait de respect prenait un gentil coup de genoux bien placé. Je suis donc allée sans hésitation vers un milieu composé essentiellement d'hommes. Je ne comprends pas que l'on ferme encore les portes de certains emplois aux femmes ; si je n'avais pas été flic, j'aurais été pilote de chasse rien que pour faire griller Maverick[2] sur les tuyères de mon F14. Pourtant, je dois reconnaître que la situation des femmes est encore loin d'être optimale et l'attitude de certains hommes, encore proche de celle de l'homme de Néandertal. Alors, comment dire ? J'ai les mains qui me démangent lorsque je vois tous ces mecs qui s'apprêtent à faire leur choix, comme devant un étal de steaks chez le boucher.

Assises chacune derrière notre table bistrot sur lesquelles sont posés de petits vases avec une rose rouge, nous observons les hommes accoudés au comptoir en étain, impatients de tenter leur chance. Je tourne la tête vers ma sœur qui se tient droite comme un piquet, le port de tête gracile – celui-là même qui a fait la fierté de ma mère durant ses sept années de danse classique. Je ne peux pas en dire autant avec ma ceinture noire de judo. Ma mère manquait de tourner de l'œil lorsque je me prenais un ippon sur le tatami.

Quand le signal est donné par un barbu qui passe de l'autre côté du bar, c'est la cohue. Je baisse la tête. J'anticipe ce qui arrivera inexorablement : ils vont tous se précipiter vers ma frangine ou vers la blondinette tout à gauche. La rousse trouvera aussi preneur. Je jette un coup d'œil à la fille à mes côtés : une brune aux bonnes joues, aux courbes généreuses et avec un si beau sourire qu'il y aura

---

2. Personnage du film *Top Gun* de Tony Scott, 1986, interprété par Tom Cruise.

bien un garçon pour fondre sur elle. J'imagine que le moins rapide d'entre eux se sentira obligé de venir s'asseoir à ma table avec une moue dépitée et qu'il faudra que j'alimente la conversation tandis qu'il scrutera ma sœur avec une certaine déception. Heureusement, Call devrait se pointer dans les minutes qui viennent.

Un coup contre ma table me fait relever les yeux : trois hommes se querellent pour la chaise en face de moi. Je tourne la tête vers Mare. Un homme s'est déjà assis en face d'elle et elle a commencé à discuter avec lui, les joues rosies de timidité. Après quelques secondes de flottement et un affrontement de testostérone, le barbu prend enfin place devant moi.

– Bonsoir… Linda, dit-il en déchiffrant l'autocollant collé sur mon top.

– Salut…

– Kevin, répond-il, tout sourire. Je suis là pour mettre des paillettes dans ta vie.

Je reste sans réaction devant son hilarité. Je ne sais pas pourquoi il me parle de paillettes. Mare me fait signe de sourire. J'essaie, mais mes zygomatiques semblent bloqués sur « off ».

– Pourquoi est-ce qu'il me parle de paillettes, chuchoté-je vers ma sœur.

– Tu connais pas ? intervient Kevin, riant toujours comme un ours.

– Les paillettes, c'est pas tellement mon truc, c'est plutôt celui de Mareva, rétorqué-je en la désignant avec mon pouce.

– Et toi, c'est quoi alors, les diamants ?

– Non. Moi, c'est plutôt les flingues.

Kevin perd son rire et me toise tout à coup.

– Et la bière, ajouté-je pour détendre l'atmosphère.

– Ça, c'est dans mes cordes, ma belle, dit-il en me montrant le bar derrière lui.

J'acquiesce, faisant signe que j'ai compris, et le silence retombe. J'écoute d'une oreille les deux couples qui m'entourent. Ils se posent des questions, autant faire pareil.

– Alors tu t'appelles Kevin, Kevin comment ?

– Lewinsky.

– C'est polonais, ça ?

– Oui.

– T'es de nationalité française ?

À côté, de moi, je vois Mare froncer les sourcils.

– Ouais, t'es de la police ? se marre le barbu.

– Ouais.

Il perd de nouveau son sourire.

– T'es marié ?

Il écarquille les yeux avant de se remettre à rire.

– Non, sinon je ne serais pas là.

– Tu ne serais pas le premier à essayer de se taper une nana pendant que maman s'occupe des gosses.

– Li ! gronde ma sœur.

– Non, pas marié, répond froidement Kevin.

– Divorcé ?

– Ouais.

– Une pension alimentaire à payer ?

– Bon Dieu, tu vas arrêter cet interrogatoire ? menace Mare en attrapant mon bras.

– Mais c'est important de le savoir. Je veux un mec tout neuf, pas qu'il ait déjà toute une tribu à nourrir.

Un bruit de clochette me fait sursauter. Kevin vient de laisser sa place.

– Navrée, dis-je alors qu'il lève les bras, agacé. Je préfère prévenir avant qu'on tombe fous amoureux l'un de l'autre.

Mare me fait les gros yeux.

– Je lui dis ça pour ne pas lui faire de peine. Mais de toute façon, j'ai horreur des grosses barbes. Ça gratte !

À mes paroles, je joins une grimace de dégoût qui a le mérite de faire rire ma sœur. La cloche retentit de nouveau. Mare vient de perdre son cavalier à son tour.

– Temps perdu, elles sont lesbiennes.

– Mais pas du tout, nous sommes sœurs ! se rebiffe Mareva.

– Au temps pour moi, deux futures vieilles filles !

– Dégage, pauvre type, m'énervé-je.

– Li, je t'en supplie, ne fais pas de scandale.

Un homme nous interrompt en s'asseyant devant moi.

– William Collard, trente-cinq ans, célibataire, jamais marié, sans enfant.

– C'est louche de ne jamais avoir été marié à trente-cinq ans.

Deux yeux noirs en provenance de la table d'à côté se posent sur moi. Je toussote pour cacher ma gêne. Je reporte mon attention sur le type qui me fait face, la tête rasée pour dissimuler une calvitie précoce mais un joli regard bleu ciel.

– Tu travailles dans quoi ?

– Je suis garagiste.

– Le garagiste du bout de la rue ?

– Hmm.

– Celui que j'ai fait coffrer pour escroquerie ?

William se met à me fixer avant de faire une tête de six pieds de long. Il ne m'avait pas reconnue. Moi non plus. On a tous deux soigné notre look pour l'occasion. Ça le change de sa cote bleue graisseuse. Je me saisis de la cloche et la fais carillonner. Mareva me scrute, dépitée. Sans attendre un nouveau coup de semonce, je lance à l'assemblée de mâles qui attendent leur tour :

– Je ne prends ni les pères de famille, ni les repris de justice.

Quelques râles s'échappent du groupe et je vois deux hommes retourner s'accouder au bar. J'esquisse un large sourire quand une grande baraque vient prendre place en face de moi. Hilare, Call pose son menton sur ses mains jointes et me détaille avec son regard moqueur.

– J'étais venu pour bosser mais te voir ici, c'est mieux qu'un one man show. Tu es un spectacle à toi toute seule.

Mare en ouvre la bouche, abasourdie. Je lui fais signe de s'occuper de ses affaires mais à sa façon de mater le tatoueur, mon détecteur d'emmerdes se met en route. Je l'ai déjà vue regarder Paul comme ça. J'ai bien envie de renverser mon verre d'eau en direction de sa petite culotte.

– Si tu as besoin d'un nouveau tattoo « JF cherche célib sans enfant et sans casier judiciaire », tu sais où venir frapper, se moque mon indic.

Je ris avant d'ajouter, pour faire chier ma sœur :

– En revanche, je suis open pour les Martiniquais à forte musculature.

Mare lâche un son, proche de celui que pourrait émettre un hibou grand-duc courroucé.

– Je croyais que tu ne mélangeais pas le plaisir et le boulot ?

– Toi, tu as parlé à Javier. Il n'y a que les imbéciles qui ne changent pas d'avis, lui lancé-je avec un sourire.

Ma frangine est au bord de l'apoplexie et son deuxième rencard lâche l'affaire en sonnant le tocsin de la défaite.

– Je déconne, bien sûr, ajouté-je pour calmer Mareva, qui attend avec angoisse son prochain rendez-vous.

– J'ai du nouveau, reprend Call tout bas.

Je me penche vers lui.

– Vas-y, je suis tout ouïe.

– Les Tchétchènes recherchent la Lame. Il n'a pas donné signe de vie depuis l'arrestation de Kurbanov.

Je me rembrunis. J'espère qu'il est toujours vivant et qu'on ne va pas le repêcher dans la Seine, lui aussi.

– C'est étrange.

– Ouais, Darla m'a confirmé que Kurbanov envisageait de lui faire passer l'arme à gauche. Il en saurait trop et le Caïd aurait peur qu'il balance des infos aux flics.

– Il a raison, c'est ce que Roman fera dès qu'on aura mis la main sur lui, souris-je.

– Mais ce n'est pas tout – ton mauvais pressentiment, tu sais. Dans la famille Kurbanov, je demande le frérot.

– Non…

– Vitali serait arrivé hier en France. Les mecs le surnomment le Brat. Un vrai fêlé, tu as raison. Darla me l'a confirmé. Il violenterait les filles et serait nerveux de la gâchette.

– Génial, ça manquait, dans le coin.

– Je viens de transmettre ces infos à Javier, et les coordonnées d'un de leur QG. Une casse en périphérie. Je ne sais pas si c'est le principal, Darla a lâché l'info malgré elle.

Un petit sourire suffisant transparaît sur ses lèvres.

– C'est du bon boulot, Call, le félicité-je alors que ma sœur nous regarde toujours du coin de l'œil, n'écoutant qu'à moitié son partenaire.

Elle prend sans doute nos messes basses pour je ne sais quelle méthode de séduction. La connaissant, elle doit se faire des films, mais ça m'arrange. Elle restera loin de lui si elle pense que je couche avec. Call se lève, son verre de bière à la main, et annonce :

– Au prochain ! Cette fille est torride, peut-être même un peu trop pour moi. Je te rappelle, beauté.

Mareva manque de s'étouffer. Je profite des quelques secondes de répit pour me précipiter sur mon téléphone portable : trois appels en absence et huit textos de Javier. Les premiers corrects. Les deux derniers incendiaires. J'écris vite fait un SMS alors qu'un blondinet s'assied à ma table, un lait-fraise à la main.

Peux pas te parler,
suis à une soirée.

Rien à foutre appelle-moi !

Pas possible,
je suis en speed dating.

C'est quoi encore cette connerie ?

– Bonsoir Mademoiselle.

Je lève les yeux vers l'homme qui me sourit aimablement tandis que mon téléphone vibre encore une fois entre mes mains.

Peux vraiment pas, désolée.

C'est ce que j'espère taper car je ne regarde plus mon écran.

– Je m'appelle Louis. Je… je suis étudiant en médecine. Pas d'enfant et vierge, heu, casier vierge, balbutie-t-il.

– Parfait, dis-je en lui tendant la main.

Il me surprend à me faire un baisemain. Cette soirée est un désastre. Dire que j'ai subi une torture tant physique que psychologique pour y participer. Je ne sais pas si j'arriverai à effacer le souvenir de ma sœur entre mes cuisses, concentrée sur mon pubis. Et tout ça pourquoi ? Rien, nada, même pas un homme pour le dessert. Je grimace. Même si Louis me paraît trop timide pour moi, on aura peut-être des points communs :

– Vous aimez les femmes tatouées ?

– Que Dieu me préserve, non.

J'accuse le coup. Je n'ai pas besoin de dire le moindre mot que le blondinet se lève en soupirant.

– Promis, je n'ai rien dit cette fois-ci, me défends-je devant l'air revêche de ma sœur.

Enfin seule, je dresse mon téléphone devant mes yeux et lis les messages de mon coéquipier quelque peu énervé :

C'est quoi cette nouvelle lubie ?
T'as le feu au cul ?
Dis-le-moi et je sors
la lance à incendie !

Quel crétin. Enfin, tout dépend de la lance.

Viens me chercher.

Quand même,
tu te souviens que j'existe !

Je lui envoie le nom du bistro et j'ose un coup d'œil vers ma sœur qui semble cette fois-ci rire des plaisanteries de son cavalier. Avec un peu de chance, elle ne remarquera pas mon départ prématuré.

Quelqu'un tousse et je sursaute, surprise de découvrir un mec assis sur la chaise en face de moi. J'entrouvre les lèvres en apercevant un charmant garçon me détailler avec un sourire séduisant.

– Léonard Carrieu, trente ans, maître de conférences en droit pénal à Paris II. Je ne suis pas du tout intéressé par la reproduction. Je pratique le coït juste pour le plaisir. J'adore les femmes flics et leur façon d'interpréter les règles de droit.

Je reste sans voix. Ce type est vraiment pas mal et j'aime beaucoup son humour.

– Je vous ai coupé le sifflet, ricane-t-il.

– Non, j'étais en train de me rappeler que lorsque j'étudiais le droit, je fantasmais sur un prof. Vous lui ressemblez beaucoup.

– C'est important d'assouvir ses fantasmes, même les plus anciens.

Les dix minutes qui suivent sont délicieuses. Je rougis aux compliments détournés de mon compagnon, je joue de ses regards et de sa main qui glisse doucement vers la mienne. Je sens que j'ai trouvé l'homme parfait pour enfin lâcher prise ce soir, et pas au milieu des chaussettes sales et des gilets pare-balles dans le vestiaire du commissariat.

Je détourne les yeux alors que je reconnais la voix de Call qui salue quelqu'un. Je tombe sur un regard gris électrique qui me cueille sur place. Zut, j'avais complètement oublié Javier. Celui-ci s'approche de moi tout en penchant la tête pour détailler ma tenue. Quoi, il n'a jamais vu une fille en jupe ? Alors qu'il est encore loin, je lui lance :

– Deux petites minutes, s'il te plaît !

Il se met à faire la gueule avant d'adresser un regard soupçonneux au prof de droit.

– Léonard, je dois te quitter avec regret. Le devoir m'appelle.

– Déjà ? Mais notre temps n'est pas écoulé, dit-il en me retenant par la main.

Javier nous a rejoints, incapable de respecter ma demande.

– Tu te dépêches, ordonne-t-il.

– Léonard, si tu veux, donne-moi ton numéro de portable et je te recontacte très vite.

– Avec plaisir, Linda, répond-il en sortant son téléphone de la poche de sa veste.

– C'est pas la peine de perdre ton temps, mon pote, on va avoir un travail de malade pour les semaines qui viennent, rétorque Javier en m'attrapant par le bras pour me forcer à me lever plus vite.

Je grogne alors qu'il m'aide à enfiler mon perfecto en cuir mais glisse à mon bel inconnu avant de m'éclipser :

– La blonde là-bas, c'est ma sœur, donne-lui ton numéro.

Je lui adresse un clin d'œil et rejoins mon acolyte qui me jette un regard pas plus aimable que celui du Tchétchène. Je sens que le reste de la soirée ne sera définitivement pas drôle.

CHAPITRE 14

MARE

Alors que ma sœur m'abandonne et qu'un type me refile son numéro pour elle, je me retrouve seule à devoir supporter les candidats. Au moins, quand elle était là, elle mettait de l'ambiance. De plus, savoir Call dans les parages me déstabilise complètement. Est-il là pour me surveiller ? Est-ce qu'elle le lui a demandé ? Ça n'aurait aucun sens vu qu'elle était avec moi jusqu'à présent. À moins qu'il ne soit venu pour elle ? Après tout, ses tatouages sont à un emplacement très particulier. Se pourrait-il que Call et Li…

Toute à mes pensées, je ne prête que peu d'attention aux hommes qui se succèdent devant moi.

– Je peux m'asseoir ?

Je lève la tête. Un homme d'une trentaine d'années avec de beaux yeux verts s'installe face à moi.

– Mathieu, dit-il en me tendant la main.

– Mareva.

Je ne lui laisse pas le temps de prendre ses marques, déjà j'enchaîne de manière mécanique :

– Vous travaillez dans quel domaine ?

– Je suis chimiste.

Il commence à m'expliquer en quoi consiste son métier mais impossible de me concentrer, pas quand Call, installé au comptoir du bar, me fixe en sirotant une bière. Mes voisines de table essaient de capter son attention, en vain. Je secoue la tête et tente de me focaliser sur Maxime, ou Mathias, bref le garçon en face de moi. Je ne le lâche pas des yeux pour m'éviter de dériver vers le tatoueur et il s'enhardit à essayer de me prendre la main. J'esquive son geste en attrapant mon verre d'eau. Alors qu'il repart dans des explications sur le pH de notre eau courante et les risques quotidiens de boire de l'eau des parcs publics, la cloche sonne enfin et un homme asiatique le remplace.

– Chang, vingt-cinq ans, avec un pote on a monté une petite pizzeria, il cuisine et je livre.

– Enchantée, Chang, je suis Mareva et je tiens une boutique dans le quartier.

Je suis contente, quelqu'un qui me comprend ! On va pouvoir discuter des difficultés à commencer une affaire, et qui sait, peut-être pourrons-nous nous soutenir mutuellement et nous donner des conseils ?

– C'est intéressant, vous rentrez chez vous entre midi et deux ? demande-t-il à brûle-pourpoint.

Un peu décontenancée, je lui réponds que je n'ai pas le temps et que je reste déjeuner au magasin.

Un immense sourire s'affiche sur son visage et il farfouille dans sa sacoche pour en sortir un flyer.

– Pensez à la livraison de pizzas, je peux vous livrer en moins de trente minutes après votre commande et vous garantir qu'elle sera encore chaude.

J'écarquille les yeux tandis qu'il me détaille chaque pizza que son associé peut faire et tente de me convaincre de faire appel à ses services. Je comprends rapidement qu'il est venu ici pour se faire de la pub et pas du tout pour rencontrer quelqu'un. N'y tenant plus, j'actionne la clochette et il s'en va sous le regard hilare de Call qui n'a pas bougé. Franchement, qu'est-ce que je fais encore là ? Li est partie, il fait trop chaud et il n'y a pas un seul mec bien dans le lot. Je suis prête à me lever quand Kevin, le premier candidat de Li, s'assied en face de moi. Je lui accorde une dernière chance avant de prendre le large.

– Je ne savais pas que le quartier cachait un trésor comme toi, j'ai l'impression d'être Indiana Jones et de tomber sur le Graal.

OK, il est canon, mais il aurait mieux valu qu'il n'ouvre pas la bouche.

– Et tu travailles dans quoi ? continue-t-il, matant ma poitrine sans vergogne.

– Je viens de monter ma boîte. C'est une franchise assez connue aux États-Unis, « Do It Yourself With Me ». Je vends des kits de création, bougies, bijoux, cosmétiques, *bullet journals*… Bref, tout ce qu'on peut faire soi-même. J'ai ouvert il y a à peine une semaine alors c'est difficile de se projeter, mais pour l'instant, avec la prise de conscience sur l'empreinte écologique, tout ce qui…

Je m'interromps au milieu d'une phrase. Kevin qui, jusqu'à présent hochait la tête, soupire et regarde sa montre. Il n'attend même pas le coup de sonnette pour partir. J'ai beau me moquer de Li et de son incapacité à communiquer avec les autres, elle aura quand même réussi à avoir le numéro d'un homme séduisant et qui paraît mentalement stable, elle. Bon, je prends mon manteau et je pars avant qu'un autre ne s'installe et…

– Salut.

Je lève les yeux, et mon cœur rate un battement. Puis je ne me souviens que je suis censée le détester et qu'il ne se montre jamais aimable envers moi.

– Vous faites quoi, là ?

Il hausse les épaules.

– J'avais du temps à perdre et il y avait une chaise vide.

Il déchiffre mon prénom et un franc sourire apparaît.

– Avec Mareva comme prénom, aucune chance que j'arrête de t'appeler Miss.

Je n'ai pas la force de me battre et de lui dire d'aller squatter une autre chaise. Cette idée de soirée était sans doute la pire que j'aie jamais eue.

– Call, j'ai passé la semaine à frotter des bites, j'ai mal au bras, je n'ai pas envie de passer les dix prochaines minutes à me battre avec vous et vos réponses monosyllabiques. Cette soirée est la pire de ma vie et si vous voulez me faire plaisir, ne dites plus rien et attendons que ça passe.

– Je n'ai aucune intention de partir, j'ai droit à dix minutes avec toi, je compte bien en profiter.

Je lance mon bras pour faire sonner la clochette mais il est plus rapide que moi et la met hors de portée.

– Tut tut tut, aurais-tu peur de passer dix minutes avec moi ?

Je hausse un sourcil. Il veut jouer ? OK.

– Dix minutes, c'est préliminaires incluses, je suppose ?

– Dix minutes, c'est plus que suffisant quand on est doué, et crois-moi personne ne s'est jamais plaint, rétorque-t-il avec un sourire de prédateur.

Sa voix rauque fait monter la température de quelques degrés, si j'en crois le regard enamouré que ma voisine lance au tatoueur. Je n'ai pas envie d'être responsable d'une combustion de sous-vêtement féminin, et comme il n'a clairement pas l'air de vouloir partir, je change de sujet :

– Bien, alors allons-y : mis à part tes talents au lit, que peux-tu me raconter sur toi ?

– Je suis aussi très doué avec une aiguille.

– Pas possible, laisse-moi deviner, du coup tu as choisi de devenir tatoueur ?

Un sourire furtif apparaît sur son visage.

– Et toi, avec ta coiffure de première de la classe et ta tenue sage, je te verrais bien, au hasard, dans une boutique de loisirs créatifs.

Je pouffe à mon tour, et il poursuit sur sa lancée :

– Je t'imagine bien avec une sœur un peu garçon manqué et une mère hyper-envahissante qui aurait un chien qui s'apparenterait plus à un ragondin. D'ailleurs, c'est moi ou il lui manque des poils par endroits ?

J'éclate de rire et lui raconte l'épisode de la crème dépilatoire sur Geneviève. Sans m'en rendre compte, je me suis mise à lui parler comme à une personne que je pourrais apprécier. Bizarrement, je passe un agréable moment avec mon horripilant voisin et les dix minutes défilent à toute allure. Je découvre un homme sympathique, doté du sens de l'humour, à mille lieues du rustre que j'ai rencontré le jour de l'ouverture de ma boutique. Quand retentit la sonnerie, je suis presque déçue que ça soit déjà terminé. Call fait mine de se lever tandis que je tourne la tête pour voir qui est le prochain que je vais devoir rencontrer. Il penche la tête sur le côté et observe mon visage ; contrairement à nos échanges habituels, je ne lis aucun agacement dans son regard, juste de la douceur.

– Tu n'as rien à faire ici, Miss.

– Pardon ?

– Les mecs ici sont venus pour choper une gonzesse et passer une nuit avec. Regarde-les, tu penses vraiment qu'il y en a un seul qui soit là pour trouver le grand amour ?

– Et alors ? Qu'est-ce qui te dit que je ne cherche pas la même chose ?

Il attrape délicatement ma main mais je la retire vivement.

– Voilà ce qui me le fait dire. Tu as déjà du mal à accepter qu'un inconnu t'effleure, tu vas me faire croire que tu le laisserais te prendre dans une chambre d'hôtel ?

– Alors c'est quoi, la solution ?

Ma question n'est pas ironique, je suis preneuse de n'importe quels conseils, même provenant du sosie de Shemar Moore qui se tape ma sœur entre deux séances de tatouage. Il me dévisage, prend son temps pour me répondre :

– Je t'ai vue en panique devant ta boutique l'autre jour. Tu ne me feras pas croire que tout va bien. Alors mon conseil, le voici : fais la paix avec tes démons pour avancer.

Sa réponse me percute, et la tristesse qui traverse furtivement son visage me fait dire que lui aussi a eu son lot d'épreuves à traverser. J'aimerais lui demander ce qui le ronge, mais je n'ose pas. Nous ne nous connaissons pas suffisamment et je serais moi-même incapable de lui raconter mon histoire. À la place, je baisse les yeux et fixe les irrégularités de la table en bois, honteuse qu'il ait pu lire en moi comme dans un livre ouvert.

– Et si on n'y arrive pas ? chuchoté-je sans oser le regarder.

Il soupire et se penche vers moi, nos mains de nouveaux proches. L'espace d'un instant, je me demande ce que ça ferait s'il osait de nouveau recouvrir la mienne de sa large main chocolatée.

– On fait un pas après l'autre et si c'est trop difficile, il faut accepter l'aide de nos proches.

Sans dire un mot de plus, il recule sa chaise et se dirige vers la sortie. Sur un coup de tête, je récupère mon écharpe et lui cours après dans la rue, en pleine nuit. Le temps de sortir, je l'aperçois près d'une moto.

– Call !

Il se retourne et son regard balaie mon corps, s'arrêtant un court instant sur mes jambes.

– Ça a marché pour toi ?

– De quoi ?

– Te faire aider ?

Je m'approche de lui, avide de sa réponse. Pendant quelques instants, tout à l'heure, il a eu l'air de comprendre ce que je ressentais, d'avoir vécu quelque chose de similaire. S'il a réussi à aller de l'avant, à prendre le dessus, je veux savoir comment. Malheureusement, adroite comme je suis, mon talon se coince entre deux pavés et je bascule en avant. Je me serais sûrement retrouvée à plat ventre sur le trottoir s'il ne m'avait rattrapée. Son torse est dur comme du granit et je peux sentir les battements de son cœur. Je lève la tête vers lui, sa main posée dans le creux de mon dos diffuse une douce chaleur. Je ne comprends pas les réactions que cet homme déclenche chez moi. J'essaie de me blinder au maximum et après seulement dix minutes en tête à tête avec lui, je me sens… en confiance. Dans mon cerveau, « Danger, il couche sans doute avec ta sœur » clignote en lettres de feu, mais mon corps est prisonnier de ses bras. Il est le premier homme après Paul à me tenir ainsi et, bizarrement, je n'ai pas envie de le repousser.

– Alors, ça a marché ? redemandé-je en le suppliant du regard.

Il se penche vers moi et me dévisage tendrement. Son visage proche du mien, ma bouche s'assèche.

– Call ? appelle une voix féminine.

Il se redresse et s'éloigne vivement de moi. Je me retourne et fais face à une magnifique jeune femme vêtue d'un micro-short en jean par-dessus un collant troué à plusieurs endroits. Son haut s'apparente plus à une brassière qu'à un tee-shirt et je me demande comment elle fait pour ne pas mourir de froid en plein mois de décembre. Call ne m'accorde plus un regard et fait signe à la nouvelle venue de grimper derrière lui sur sa moto.

– Désolée, miss BCBG, il ne joue pas dans ta catégorie, conclut-elle en passant à ma hauteur.

Elle se pend à son cou et lui roule la galoche du siècle.

CHAPITRE 15

LI

Je trottine derrière Javier qui a décidé de me faire courir pour je ne sais quelle raison. Peut-être le plaisir de me voir me fouler une cheville sur les pavés parisiens. Peu de bruit dans la rue à cette heure-là, mis à part les brides cloutées de mes bottines qui sonnent à chaque pas. Une bourrasque me happe et me fait frissonner. J'essaie de fermer mon perfecto, mais difficile d'y arriver d'un pas si pressé.

– Tu peux baisser la cadence ?

– Au lieu de courir après les mecs, tu ferais mieux de te concentrer sur notre objectif. Mettre la main sur La Lame et faire plonger le Tchétchène pour meurtre.

– Je ne fais que ça.

Javier s'arrête net et je manque buter contre lui. Il me jette un regard narquois.

– En jupette en cuir et bas résille ?

– J'ai le droit d'avoir une vie.

– Depuis quand le boulot ne te suffit plus ?

– Le fait de vouloir avoir quelqu'un dans ma vie ne me rend pas moins efficace dans mon travail.

– Si tu le dis.

Il ricane, agacé.

– Avoue quand même que le timing n'est pas génial.

– Si je dois caler mes potentielles rencontres entre deux hypothétiques planques, je ne suis pas sortie du célibat.

– Ah, parce que tu veux te caser, maintenant ? C'est nouveau, ça.

– Oui. Enfin non. Et Mareva m'accompagnait. Je ne le fais pas pour moi, je le fais pour Mare.

– Il va falloir que je parle à ta sœur.

– Pourquoi ?

– Pour rien.

Il veut certainement l'inviter à dîner. Mes lèvres se crispent sur un sourire hypocrite.

– Dis-moi !

– Rien. Grimpe, m'ordonne-t-il.

Je regarde la voiture devant moi dans laquelle Javier s'engouffre.

– C'est quoi, cette bagnole ?

– Ma nouvelle voiture.

– Qu'est-ce que tu as fait de ta vieille Golf ?

– Je l'ai bazardée pour cette petite merveille.

– Tu trafiques ou quoi ? Ce n'est pas la paie d'un jeune flic qui peut te permettre d'acheter une Audi toute neuve.

Javier démarre tout en riant.

– Mais j'oubliais, tu vis encore chez maman, me moqué-je.

Il se contente de lever un doigt vers moi en pinçant les lèvres.

Javier sillonne les rues de la capitale dans son nouveau bolide et j'avoue apprécier me lover contre le siège chauffant. Ça change de ma Clio dont le chauffage ne fonctionne plus depuis des années.

– Call a obtenu l'adresse du nouveau repaire de la bande. Une casse sur le périph ouest.

– Oui, c'est ce qu'il m'a dit. C'est dingue tout ce que peut lui avouer cette nana sur l'oreiller. Call doit avoir une baguette magique.

Javier me jette un regard noir. Génial, si on ne peut même plus plaisanter, les planques vont devenir interminables.

– C'est surtout étonnant que Piotr Korgay donne autant d'infos à sa nana. J'aimerais qu'on reste prudents sur ces renseignements. Et puis je commence à m'inquiéter pour Call.

– Moi aussi, je ne voudrais pas lui faire courir le moindre risque.

– Ah oui, pourquoi ? Tu as des vues sur lui ? C'est pour ça qu'il était au *speed dating* ?

Qu'est-ce qu'il a avec ses questions ? Je n'ai plus le droit d'avoir une vie privée ?

– Avec Call, je pourrais peut-être allier le boulot et le plaisir, balancé-je pour lui clouer le bec.

Javier pile sèchement à un feu rouge et je manque de me prendre la boîte à gants.

– Je déconne, précisé-je devant sa mine fermée. Call devrait être prudent dans ses fréquentations. On ne pourra pas le protéger de tout, surtout pas d'une gonzesse déçue et de son mec cocu.

– T'inquiète, ce type est un costaud. Il a beau jouer de l'aiguille toute la journée, il a des *cojones* plus lourdes que celles d'un *toro de lidia*.

– Rien n'est plus fort qu'une balle de neuf millimètres, même pas un taureau, mon grand.

Je trifouille les boutons de la console centrale et parviens à changer de station de radio.

– J'ai fait des repérages. On attendra la prochaine livraison d'épaves pour y glisser un camion sous-marin. Il faut savoir ce qu'ils ont l'intention de faire là-bas, reprend-il.

– Très bonne initiative.

– Il faut bien que j'assure puisque tu préfères jouer les célibataires en quête d'amour.

Je lève les yeux, agacée.

– Cette livraison est prévue pour quand ?

– Après-demain. Tu es prête pour une nouvelle planque ?

– Ai-je le choix ? soupiré-je en écrivant un SMS à ma sœur pour la prévenir.

– Merci pour ton enthousiasme. Tu sais que des milliers de filles rêveraient de passer des journées entières coincées dans trois mètres carrés avec un beau mec comme moi ?

Je souris en jetant un coup d'œil vers mon coéquipier. C'est vrai que ce type est beau comme un dieu. J'aurais pu tomber sur bien pire. Bernard par exemple, un autre de mes lieutenants, aigri et pas très doué, qui tourne avec Barbie, une des dernières conquêtes de Javier. Je dois avouer que j'ai eu une sacrée boule à l'estomac le soir où je les ai aperçus en train de se rouler une pelle sur le parking du commissariat. J'ai mis quelques jours à desserrer les dents. Pas que je sois jalouse. Enfin, je ne pense pas. C'est vrai que je suis assez possessive lorsqu'il est question de Javier, mais parce que je ne veux pas qu'il s'embarque dans n'importe quelle galère. Ce dernier fait pivoter son visage vers moi et me surprend en train de le détailler.

– C'est quoi cette nouvelle lubie de te trouver un mec ? C'est ta frangine qui t'embarque dans ce délire ?

– Ce n'est pas une lubie, réponds-je en détournant le regard vers la fenêtre. Je dois aider Mare à reprendre le dessus. Elle souffre encore bien trop de sa rupture avec Paul, je veux l'aider à retrouver quelqu'un. Toute seule, elle n'osera pas sortir. À part moi, elle n'a pas vraiment d'amie, Paul était assez exclusif.

– C'est donc pour elle, tout ça…

– Oui. Ma sœur est une romantique qui a besoin d'être aimée.

– Et toi tu ne veux pas de fleurs et des chocolats ?

Je reviens vers Javier, qui me balaie d'un regard curieux. Instinctivement, j'ai envie de lui répondre oui, de lui dire que j'aimerais pouvoir me coucher auprès de quelqu'un le soir, moi aussi. C'est la première fois que je pense un truc pareil. Ça me saute aux yeux ce soir, peut-être parce que je suis au chaud dans une voiture avec un homme qui ne me laisse pas indifférente, ou parce que j'ai pris plaisir plus tôt à discuter avec ce prof de droit, ce qui ne m'était pas arrivé depuis longtemps.

– Non. Ça t'étonne ?

– Non, ça ne m'étonne pas. Tu n'es pas comme les autres. Tu es ma Li. Et ma Li préfère les chips au paprika. Mais si tu changes d'avis, je m'arrête chez le premier fleuriste, sourit-il en me faisant un clin d'œil. Pour toi, je le ferais.

– Ce n'est pas pour toi, tout ça. Tu es encore tout jeunot, tu as besoin de vivre encore un peu.

– On dirait une vieille.

– La ferme, petit con.

On s'esclaffe alors que la voiture s'insère dans la circulation du périphérique parisien. Les kilomètres défilent tandis que nous sommes tous les deux plongés dans nos pensées. Je crois que j'aimerais qu'un homme comme lui m'offre des fleurs et des chocolats. Mais je sais comment cela finirait : Javier me quitterait quelque temps après pour une autre et j'aurais le cœur en miettes. Alors, pas question.

La voiture emprunte la bretelle de sortie et je deviens nerveuse. Je sens l'adrénaline grimper en flèche, celle qui fait que j'aime mon job chaque jour un peu plus. Cette petite excitation avant l'aventure.

– On n'est pas loin, annonce Javier. On reste discrets.

Il prend la précaution d'éteindre ses feux pour ne pas attirer l'attention sur le chemin accidenté. On longe un instant les grillages de la casse automobile jusqu'à ce que Javier arrête sa voiture à un endroit qui nous permet d'avoir une vue un peu dégagée sur l'intérieur du lieu. Au fond, j'aperçois des lumières dans un baraquement et la présence de plusieurs personnes devant les fenêtres. Mon binôme me surprend à se pencher au-dessus de mes cuisses légèrement dénudées pour ouvrir sa boîte à gants.

– C'est plus agréable que tes vieux jeans élimés.

– N'en profite pas.

– Je ne vais pas me gêner. Je suis un jeunot qui a besoin d'expérience.

Son sourire s'élargit et son regard se met à scintiller. Il me tend une paire de jumelles et aussitôt, je me rapproche de lui pour mieux voir au loin.

– Nouveau parfum ?

– Hmm. C'est peut-être Vitali Kurbanov à gauche, qu'en penses-tu ? Sur les photos d'Interpol, il a une barbe, mais il a pu se raser depuis.

Javier reprend les jumelles.

– Le petit frère d'Anton Kurbanov, tu crois ?

– Ouais. Il serait arrivé en France hier.

– Je vérifierai dans le dossier.

– À tous les coups, il est venu prendre la succession du frangin maintenant qu'il est au frais. Anton nous avait prévenus, il faut s'attendre à des règlements de comptes. Il vient peut-être chercher Roman Lefroid. D'après Call, il serait en cavale.

Je sursaute. Un bruit de ferraille résonne un peu plus loin sur la route.

– C'était quoi ?

Javier, qui a tourné les lentilles vers le bruit, se met à chuchoter :

– On est mal, un groupe de mecs vient vers nous.

– Quoi ? Démarre vite ! m'affolé-je.

– Trop tard, ils vont nous voir et quitteront la zone si on déguerpit maintenant.

– Javier, je ne suis pas armée.

– Moi non plus.

– Tu déconnes ?

Silence de l'autre côté du siège.

– Bordel de merde, on est foutus. Si ce sont des mecs du Tchétchène, ils vont nous fluter comme des lapins.

– Arrête de t'énerver et parle moins fort, gronde Javier.

Je le vois chercher une solution quelques secondes. Je commence à me ratatiner sur mon siège pour me laisser glisser sur le plancher mais il attrape mon coude pour me ramener à lui.

– Qu'est-ce que tu fais ?

– Grimpe sur moi !

– Quoi ?

– On va faire semblant de baiser.

– Mais ça va pas, t'as regardé trop de vieux polars !

Il souffle, agacé.

– À ton avis, pourquoi un couple serait dans un chemin lugubre en pleine nuit ?

– Purée, c'est pas possible, grogné-je en me hissant à califourchon sur lui. Juste le soir où je suis en jupe.

– Quelle jupe ? se marre Javier.

Je baisse les yeux sur mes cuisses. Ma jupe n'est plus qu'une ceinture totalement remontée sur mes hanches.

– Épargne-moi les remarques salaces sur mon string.

– J'allais juste te dire qu'il est magnifique.

Les voix qui se rapprochent me font frémir et je jette un regard tourmenté à Javier.

– Ça va aller, Li.

– Je n'ai pas mon flingue.

– Mais tu m'as moi.

Je plonge dans son regard serein. Je ne suis que peur. Je sais très bien ce que ces types pourraient nous faire, me faire sous ses yeux.

– Il ne nous arrivera rien, je te le promets. Je suis là.

Des rires retentissent à quelques mètres. Javier agrippe ma nuque et me tire à lui. Le souffle coupé, je le sens plaquer ses lèvres sur les miennes.

Les yeux écarquillés, je subis la pression de sa bouche, ferme et crispée.

– Li, fais un effort.

Un effort. Il plaisante. On risque notre vie et il me demande de m'appliquer à l'embrasser. J'obtempère toutefois et enroule mes bras autour de sa nuque. Au moins, je le protégerai des balles comme je l'ai promis à Alma. Ses mains glissent sur mes cuisses et je gémis, surprise de la chaleur de ses paumes. Je viens à la rencontre de ses lèvres et, poussée par un instinct de survie, je l'embrasse à pleine bouche. Il semble d'abord étonné, mais bien vite il agrippe mes fesses et tandis qu'il me presse contre lui, sa langue s'insinue entre mes lèvres. Il met tant de cœur à l'ouvrage que j'en oublie presque le danger qui nous entoure, embarquée dans un baiser qui bascule de timide à passionné en moins de deux secondes. Tout mon corps s'enflamme alors que les mains de mon coéquipier se font curieuses sous mes fesses, que ses lèvres se font conquérantes. Quitte à mourir, mourons au moins heureux. Je décide de ne plus retenir mes instincts et me laisse aller à ce baiser fantastique. Oui, fantastique, il n'y a pas d'autre mot. Javier embrasse comme un dieu. Ce mec n'est pas seulement beau, il assure grave. Dire qu'il n'y a plus qu'un petit string déjà trempé et une braguette à boutons qui nous séparent et me retiennent de profiter totalement de lui.

Javier jette un rapide coup d'œil dehors.

– N'arrête pas !

Je me jette de nouveau sur sa bouche, allant même jusqu'à me frotter sur son jean. Je l'entends lâcher un râle grave. *Il m'a dit de faire un effort, je fais un effort.* Ses mains se détachent de mes fesses et je me retiens de couiner de frustration. Je les sens remonter le long de mes côtes avant de venir se glisser entre nous. D'un geste rapide, il ouvre les boutons de mon chemisier et je sens ses doigts se faufiler sous la dentelle de mon balconnet.

Je me recule mais il fait jaillir l'un de mes seins et aussitôt s'en empare entre ses lèvres.

– Que… qu'est-ce que tu fais ? balbutié-je.

– Je te sauve la vie.

– N'en profite pas…

Je lâche un petit cri alors qu'il mordille l'un de mes tétons.

– Concentre-toi.

Je me retiens de lui rappeler que c'est moi la cheffe mais je bascule dans un état second où se mêlent plaisir et terreur, alors que j'entends des hommes siffler à notre hauteur. Javier ne relève pas la tête, suçotant goulûment mon sein tout en le malaxant. J'essaie de rester dans l'instant mais ses mains sur moi, sa bouche, sa langue qui lèche mon téton et son sexe qui grossit entre mes cuisses me font presque lâcher prise dans cette voiture, la nuit, sur un chemin abandonné, livrée aux regards pervers de tout un tas de types qui grognent comme des bêtes en rut. Je sens Javier se crisper dans mes bras alors que des coups retentissent sur la vitre, mais il ne s'arrête pas. Au bout de quelques secondes, les bruits s'éloignent.

Je m'écarte de lui avec une certaine déception, mon corps tellement excité que je serais presque prête à aller jusqu'au bout, mais mon mental reprend le dessus. Les mains encore dans mon décolleté, Javier se met à soupirer de soulagement :

– Putain, il était moins une.

Il est là, détendu, sans une once de gêne, le sexe raide comme une batte de base-ball contre le mien. Je fronce les sourcils, ahurie par cette situation qui a dérapé en deux secondes.

– Non mais ça ne va pas ! lui asséné-je en tapant un grand coup sur l'un de ses pectoraux.

– Quoi ? C'était le seul moyen de nous tirer de là.

– En avalant tout cru mes seins ?

– Il fallait que ça fasse vrai, un simple baiser aurait pu les intriguer.

– Tu as sucé mes tétons, m'insurgé-je, toujours assise sur son érection.

– Ouais, et j'ai eu l'impression que tu aimais drôlement ça, m'assène-t-il d'un air hautain.

– Mais pas du tout, je jouais la comédie.

– Alors lance-toi dans le cinéma, tu as de l'avenir.

J'essaie de me soulever pour retourner sur le siège passager mais il me rattrape et me vole un nouveau baiser qui rallume cette chaleur dans tout mon corps. Je me laisse faire ; pire, je participe.

Je finis tout de même par réussir à me détacher mollement de lui.

– Javier, arrête s'il te plaît, dis-je la voix serrée.

Il obtempère et je réussis à m'extirper de ses genoux.

– Qu'est-ce qui te prend ? demandé-je, incapable de mettre des mots sur ce que je ressens.

Et ce n'est pas normal. C'est Javier, jamais je n'aurais dû me laisser aller comme ça.

– Tu cherches un homme. Je suis là.

Mon cœur part dans une envolée.

– Mais…

– Quoi, on peut bien s'amuser un peu, dit-il en se crispant.

S'amuser. Voilà le problème. C'est tout ce qu'il veut, comme tous les autres. Coucher avec moi et puis partir vers d'autres monts lorsqu'il aura eu ce qu'il veut. Le souci, c'est que Javier n'est pas Beaulieu. Je sais très bien qu'avec lui, je ne pourrai pas me contenter de quelques rendez-vous clandestins. Et lui ne pourra pas me donner plus que ça.

– Non mais tu t'entends ? Je te rappelle qu'on bosse ensemble.

– On ne serait pas les premiers à déroger à la sacro-sainte règle.

Je réponds tout en tirant sur ma jupe :

– Tu es mon coéquipier. On ne couche pas avec son binôme. C'est le protocole, tu le connais tout comme moi.

– Comme si tu étais à cheval sur le règlement, se moque-t-il.

– Cette règle-là, je tiens à la respecter. On ne va pas gâcher notre amitié et notre collaboration pour une baise rapide dans ta voiture toute neuve.

Il lâche un soupir stupéfait avant d'allumer le contact, énervé. Il me lance juste une phrase, une dernière, d'un ton qui me donne des frissons et me glace tout entière :

– Je te ramène chez toi.

CHAPITRE 16

MARE

Quand le réveil sonne, j'ai mal aux cheveux. Je sens une présence derrière moi et me retourne pour constater avec soulagement qu'il s'agit de ma sœur. J'émerge lentement, j'ai la bouche pâteuse, visiblement je porte toujours ma robe, et Li sa jupe. Je fais passer mes pieds par-dessus le matelas et prends garde à ne pas tomber en me levant.

Crouuuuik. Je crois que je viens de marcher sur une chips au fromage. Je regarde autour de moi. Je suis dans la chambre de Li ; un regard sur le cadavre de bouteille de vodka au pied du lit et les souvenirs me reviennent peu à peu. Après mon acte manqué avec Call, je suis rentrée chez nous et me suis mis en tête de boire jusqu'à oublier cette soirée désastreuse. Puis Li est arrivée, furieuse, la chevelure emmêlée et un peu débraillée. Avant même de me donner une quelconque explication, elle a foncé vers moi, m'a pris la bouteille des mains et a bu directement au goulot. Elle a avalé de grandes rasades avant de se laisser tomber à mes côtés. Nous avons poursuivi la soirée dans sa chambre en quête de chips et avons dansé sur du Madonna tout en critiquant les mecs qui soufflent le chaud et le froid.

Sur le tapis, une serviette en papier avec un numéro écrit dessus. Je revois Li, complètement bourrée, en train de beugler :

– Pourquoiiiii, pourquoiiiii tu m'as pas empêchée de parler ! Je voulais baiser dans ta voituuuuure moiiiii !

Je quitte la chambre et me dirige vers la salle de bain. Le jet d'eau chaude me fait du bien, même si j'ai l'impression d'avoir un orchestre de mariachis à l'intérieur du crâne. La journée va être longue. Je me maudis d'avoir eu cette idée d'atelier créatif le dimanche. Je m'enroule dans ma serviette et file dans ma chambre en essayant de faire le moins de bruit possible, et reste pensive devant mon placard. Devant moi, des robes toutes plus sages les unes que les autres, de grosses écharpes, des collants en laine, des pulls et quelques pantalons de tailleur. Mon regard est attiré par un morceau de jean que j'extirpe avant de l'étaler sur le lit. Sur un coup de tête, je récupère des ciseaux et me mets à le transformer en micro-short, que j'enfile avant de m'observer dans le miroir. Je ne sais pas ce que j'espérais voir. Une femme sexy, peut-être, mais il n'y a que le reflet d'une fille peu sûre d'elle dans des fringues qu'elle n'assumera jamais de porter.

– Tu nous fais un remake de *Grease* ou tu prévois de tapiner ?

La voix de ma sœur me fait sursauter et je rougis de honte. Je déboutonne le short et essaie tant bien que mal de l'enlever, manquant par deux fois de trébucher.

– Sérieusement, Mare, pourquoi tu te déguises ?

– Je prévois de faire un atelier de customisation de vêtements un de ces quatre et je trouvais que c'était mieux de faire un test avant.

– Mouais, tu es sûre que ça n'a aucun lien avec Call et la pouffe à moitié à poil qui lui a lavé les amygdales ?

Nouveaux rougissements. Visiblement, la vodka m'a délié la langue.

– Moi au moins je n'ai pas hurlé à un inconnu que je voulais m'envoyer en l'air dans sa voiture, rétorqué-je.

J'ai la satisfaction de voir le peu de couleur de son visage disparaître.

– Je… J'ai fait ça ? Tu es sûre ?

Je lui tends la serviette en papier avec le numéro de son flirt au *speed dating* et la vois porter la main à sa bouche.

– Oh, bordel de merde !

Elle quitte ma chambre en courant ; je suis prête à parier qu'elle cherche son téléphone pour vérifier qui elle a appelé hier soir. Pendant ce temps, je suis toujours en culotte devant ma penderie, incapable de prendre une décision. Ma cellulite semble se moquer de moi et je m'empresse d'enfiler un collant opaque. Je choisis ensuite une mini-jupe en daim, un sous-pull col roulé crème et un gros pull en laine blanc. Même avec une tenue pareille, je ne suis pas sexy : je fais première de la classe, mignonne, mais pas celle qu'on rêve de plaquer contre une moto pour lui écarter les cuisses. Je chasse ces images de ma tête – il faut que j'arrête de lire des romances, c'est n'importe quoi.

« *Mare, toi, tu es une princesse, il te faut ton confort et la sécurité* », me disait Paul lorsqu'il me voyait prise dans une de ces histoires. On riait beaucoup tous les deux, j'avais le sentiment que ça durerait toujours, qu'on se marierait, qu'on vieillirait ensemble, mais il en a décidé autrement. Machinalement, je passe la main sur mon ventre. Je devrais en parler, Call n'a sans doute pas tort.

– Mare, tu pleures ?

J'essuie rapidement la larme qui roule sur ma joue.

– Je me suis mis le doigt dans l'œil. Tu as trouvé à qui tu voulais faire les pires choses dans une voiture ?

J'ai laissé passer ma chance, je ne veux pas qu'elle ait une raison supplémentaire de s'inquiéter pour moi. Elle lève la main et, d'un ton péremptoire, annonce :

– Nous ne reparlerons jamais, jamais, *jamais*, de cet incident.

Je hoche la tête, amusée, me promettant de lui voler son téléphone pour connaître le mystérieux destinataire de cet appel.

L'alarme de mon portable se met à sonner : il est l'heure pour moi d'aller bosser. Je quitte ma sœur et lui promets de la rejoindre au match sitôt mon atelier terminé. Lorsque j'arrive devant mon rideau, j'avise de nouveaux tags, sauf que je suis bien trop crevée pour y remédier. Le temps que le store se lève, je jette un discret coup d'œil au salon de tatouage. Le rideau est baissé, Call ne doit pas ouvrir le dimanche, la semaine dernière devait faire figure d'exception. Une partie de moi se réjouit de son absence ; mon attitude d'hier soir était plus que pathétique. Je me revois, pendue à son bras comme une désespérée. Pas étonnant qu'il soit parti avec la nana super bien gaulée qui n'attendait certainement pas des conseils pour aller mieux dans la vie.

Je soupire en allumant mon ordinateur. Malgré moi, les paroles du tatoueur me reviennent en tête. Me faire aider. Si je ne peux pas en parler à ma sœur, peut-être devrais-je me tourner vers un professionnel, un psychologue ou une association. L'idée fait son chemin et machinalement, je fouille sur le Net à la recherche de témoignages de femmes qui ont vécu la même chose que moi. Je ne sais pas si j'espérais qu'après leur lecture, je me sentirais mieux. Certaines regrettent, d'autres pas, et moi je ne sais plus ce que je ressens. J'ai été faible, je me suis laissée convaincre que je n'en étais pas capable, mais était-ce vraiment le cas ? Et quand il m'a quittée, j'ai accepté de ne pas faire d'esclandre, mais ai-je vraiment pris la bonne décision ?

Mes pensées sont interrompues par le carillonnement bienvenu de ma boutique. Sauvée par le gong.

L'atelier terminé, je ferme la boutique. Je jette encore une fois un coup d'œil à celle de Call, toujours fermée. Je me demande s'il a passé la journée au lit. Je me dirige vers ma voiture quand un texto de ma sœur me rappelle que la journée n'est pas finie :

Ramène tes fesses,
il y a du beau spécimen.

En pièce jointe, j'ai la joie de découvrir une photo de quelques joueurs, et en effet, ça vaut le détour. Le terrain déborde de testostérone. Je grimpe dans ma Coccinelle et fonce retrouver ma sœur. Malgré les embouteillages, je ne suis pas trop à la bourre et déniche facilement une place près de la voiture de Li. Je prends la direction des vieux gradins en bois recouverts d'un toit en tôle rouillée. Li m'a expliqué que cet endroit est entretenu par divers associations et clubs amateurs (notamment ceux des policiers parisiens), c'est pourquoi ils ne peuvent pas engager de trop gros travaux, l'essentiel du budget passant dans l'entretien du terrain et des vestiaires.

Je fouille les premiers rangs du regard, repère un groupe de filles piaillant et riant en sifflant les joueurs. Je reconnais l'accent chantant de Javier dans la bouche d'une femme brune d'une cinquantaine d'années, que j'identifie comme étant la mère du coéquipier de ma sœur. À ses côtés, Li est en train de servir de cobaye à une jeune femme qui s'est mis en tête de lui faire un chignon banane. Je pouffe en les rejoignant ; même si je suis crevée, un après-midi papotage tout en regardant des hommes transpirer va me faire le plus grand bien. Li fait les présentations et je trouve rapidement ma place au milieu des sœurs de Javier. L'une d'elles me tend une couverture pour que je puisse m'envelopper dedans et en profite pour me pousser avec son bras :

– Regarde le grand tatoué qui s'entraîne là-bas. Lui, il peut me prendre où il veut quand il veut.

Je tourne la tête dans la direction indiquée. Évidemment. D'un saut, Call récupère le ballon envoyé par l'un de ses coéquipiers et traverse le terrain à toute vitesse. Il évite un plaquage puis, d'un coup d'épaule, envoie valdinguer l'un de ses adversaires, et j'ai mal pour le pauvre malheureux qui grimace de douleur. Il marque l'essai et lève le bras en signe de victoire.

Je m'attarde sur son visage souriant et des images du *speed dating* me reviennent. J'aimerais penser que je me sens mal à l'aise qu'il m'ait percée à jour, mais ce n'est pas le cas. Au contraire, ces dix minutes en tête à tête m'ont permis de soulever un peu le voile de « Call le tatoueur irascible », et le peu que j'ai vu m'a donné envie d'en apprendre davantage. Comme si le fait de découvrir ce qui le tourmente pouvait m'aider à mettre fin à ma propre souffrance. Ma main se crispe sur mon ventre et je sens les larmes affluer. Le temps a beau passer, je dois lutter pour ne rien laisser transparaître.

– Tout va bien ? s'inquiète l'une des sœurs de Javier.

– Saleté de vent, j'ai chopé une poussière, rétorqué-je en agitant la main d'un geste désinvolte.

Elle retourne à sa contemplation des joueurs alors que mes yeux sont de nouveau attirés par Call et j'arrive peu à peu à chasser mes idées noires. En petite foulée il gagne le milieu du terrain avant de s'immobiliser.

Comme s'il avait senti ma présence, il braque ses yeux vers moi et malgré la distance, j'ai l'impression qu'il n'y a plus que nous deux. Je lui adresse un sourire timide mais malheureusement, l'expression de dépit qui passe soudain sur ses traits me fait prendre conscience que je ne représente rien d'autre pour lui qu'une petite fille en manque d'affection. Ça suffit pour que je me morigène et m'empêche d'imaginer quoi que ce soit. Je fusille Li du regard :

– Tu aurais pu me dire qu'il était là, grogné-je entre mes dents.

– Mais je te l'ai dit, ce n'est pas ma faute si tu étais trop bourrée pour t'en souvenir.

Je ne réponds rien et focalise mon attention sur le match en prenant bien soin de ne pas regarder Call et d'encourager tous les autres.

CHAPITRE 17

LI

Trente minutes que je suis là et je n'ai toujours pas adressé la moindre parole à Javier. Je ne lui facilite pas la vie, c'est vrai, en détournant le regard ou en faisant la conversation à l'une de ses sœurs chaque fois qu'il approche des gradins. J'ai encore en travers de la gorge la scène d'hier soir et sa séance de pelotage. J'ai pensé à lui toute la nuit, à ses baisers, à sa langue sur moi. Même l'alcool à haute dose n'a pas pu calmer le feu que je ressentais. Ce mec est un pyromane. Si Mare n'avait pas été là, je me serais précipitée sur ses joujoux érotiques pour apaiser un peu l'état de frustration dans lequel il m'a mise. Et vu comment j'étais, j'aurais fini aux urgences, avec un de ses énormes godemichés coincé. Javier a foudroyé notre binôme. Jusque-là, notre duo était parfait, professionnel, juste une profonde loyauté l'un envers l'autre, même une belle amitié. Maintenant, je ne vois plus en lui que le type qui m'a roulé une pelle et qui perturbe mes hormones dès qu'il jette un regard vers moi.

Sautillant en une succession de pas chassés, il s'échauffe sur le terrain. Je contemple ses épaules carrées, ses pectoraux rebondis sous le tee-shirt élastique de son club, ses fesses musclées, ses joues rosies, sa sublime fossette lorsqu'il sourit à un des joueurs de son équipe, et l'implantation de ses cheveux bruns qui se termine en pointe juste au-dessus de sa nuque. *Purée, je suis mal.* Il lève un regard vers moi, je baisse les yeux. Pas question de le laisser voir l'état dans lequel je suis.

– Je peux venir chez toi ce soir pour réviser ? demande tout bas Gabriella, l'une de ses sœurs.

– OK pour ce soir, mais dans les jours qui viennent ça va être compliqué. On va planquer avec ton frère.

Enfermée avec Javier des journées et des nuits entières dans une camionnette.

– Ne me laisse pas tomber.

– Je t'ai promis de t'aider pour le concours de police, mais il serait quand même temps de l'annoncer à ta mère et à ton frère.

– Pas possible.

– Imagine si tu pars dans trois mois. Il faudra bien qu'ils le sachent.

– Tu sais bien ce qu'en pense maman : les femmes n'ont rien à faire dans la police. Et Javier pense la même chose. C'est un sale macho.

Je le cherche du regard. C'est vrai que Javier est parfois borné, mais sur le terrain il ne m'a jamais fait ressentir cela. Il m'a toujours considérée comme son égale, même si je grimpe beaucoup moins bien que lui sur les murs.

Je tourne la tête vers Mare, qui boude depuis son arrivée. Je ne sais pas ce qu'elle a en ce moment, mais je n'aime pas trop son petit manège avec mon indic. Il ne manquerait plus qu'elle ait le béguin pour ce mec. Call passe alors devant nous et me fait un clin d'œil. Ma frangine lâche un juron.

– Il y a un problème ?

– Non, j'ai mal au crâne. T'as pas la gueule de bois, toi ?

– Non, juste la bouche un peu pâteuse.

Normal, j'ai salivé comme une malade toute la nuit en repensant au baiser de Javier. Je crois que j'ai même embrassé mon oreiller.

– Tu as couché avec lui ? demande-t-elle, hésitante.

– Ah non, sinon je n'aurais pas été dans cet état hier ! On s'est juste embrassés, dis-je plus bas en me penchant vers ma sœur.

– Tu as embrassé Call ? s'écrie-t-elle. Mais quand ? Je l'ai vu partir avec une fille hier soir.

– Call ? Mais non, pas lui.

– Alors de qui tu parles ?

Je lève les yeux sur Javier qui est en train de se pencher au-dessus de la barrière avec une moue gênée.

– Salut, Li.

– Salut, réponds-je, incapable de le regarder plus d'une seconde sans piquer un fard.

Javier s'éloigne de nouveau en courant.

– Pourquoi a-t-il sa tête de sale môme qui a fait une connerie ? demande Alma en se retournant vers ses filles.

Mare pivote la tête vers moi en ouvrant la bouche de stupéfaction.

– Tais-toi, je t'en supplie, murmuré-je, la tête basse.

– Il a picolé hier soir, c'est ça ? demande sa mère à mon attention.

– Lorsque je l'ai quitté hier, il était sobre, promis, Alma.

– Il était peut-être juste un peu stone, se moque Mare.

– La ferme !

– Je veux tous les détails.

Je soupire et reporte mon attention sur le terrain où le match vient de démarrer.

– Tu connais les règles de ce jeu ? demande ma sœur.

– Pas du tout.

– Pourquoi on est là, alors ?

– Pour les beaux mecs ! s'écrie Gabriella. Regarde le blond qui est à l'arrière.

Je souris en reconnaissant Gabriel Legris, l'avocat du Tchétchène.

– Il peut m'emmener où il veut celui-là, je ne ferai pas la difficile. T'es pas d'accord maman ?

– Ma fille, tu as hérité du bon goût de ta mère, glousse Alma en matant sans retenue le jeune homme qui passe devant nous.

– C'est un bon parti en plus, il est avocat, renchéris-je.

– Mon bon Maître, laissez-moi astiquer votre épitoge, balance Catalina, maintenant qu'elle a terminé mon chignon banane.

On éclate de rire si fort que Gabriel relève les yeux vers nous et me repère au milieu des gradins.

– Capitaine Sorel ! Ravi de vous voir ici. Vous êtes venue me voir transpirer ?

Je lui adresse un geste de la main en souriant. Il est aussitôt fauché par un molosse qui lui tombe brutalement dessus. Je crie avant de me rendre compte que la brute épaisse qui vient de le plaquer au sol n'est autre que Javier.

– Mais t'es malade ! hurlé-je en croisant le regard déterminé de mon coéquipier.

– C'est pas un sport pour gonzesses. Si tu as des vapeurs, rentre chez toi !

J'encaisse la remarque devant les regards étonnés de la famille de Javier et de Mare.

– Ne vous inquiétez pas, Linda, je vais bien, dit l'avocat en se relevant grâce à l'aide de mon indic.

– Call joue contre Javier ? demandé-je, étonnée.

– Il manquait un joueur en face, alors comme c'est le dernier arrivé dans l'équipe, il a été désigné volontaire.

– C'est dommage, ça va être dur de le huer, se lamente Gabriella.

– C'est vrai qu'il est canon, m'amusé-je à lancer devant ma sœur gênée.

La partie continue. Je jette un regard noir à Javier, encore un peu vexée. Il me rend la pareille en faisant tournoyer son ballon ovale dans ses mains avant d'y mettre un grand coup de pied et de l'envoyer à l'autre bout du terrain. Heureusement, les filles me ramènent à meilleure humeur : Lorena explique à Mare comment elle décroche des rendez-vous grâce aux sites de rencontres. Elle a d'ailleurs semé des victimes ici et là dans l'équipe de son frère.

– Ce soir, on se crée un profil ! s'écrie ma sœur.

Je plisse les yeux d'effroi. Moi, sur un de ces sites de marchandises humaines, où la femme est détaillée au poids ? Pas question. Avec un peu de chance, elle aura oublié d'ici ce soir. Je préfère me concentrer sur le jeu et surtout sur Javier, qui se donne à fond sur le terrain. J'applaudis lorsqu'il le traverse, talonné par Legris et un de ses coéquipiers. À peine à un mètre des poteaux, il s'effondre lourdement, rattrapé par une grosse baraque qui lui attrape les genoux. Je plisse les yeux. J'ai mal pour lui, surtout quand toute une horde de types s'effondre sur lui. Je me lève, effrayée, les mains sur la bouche. Adieu sa belle gueule. Il va finir en charpie.

– Mon Dieu, ils vont le tuer.

– Ne t'inquiète pas, mon fils est fort comme un roc.

– J'ai besoin de lui cette semaine.

– Pour quoi faire ? intervient ma sœur, amusée.

Un regard noir et elle lève les mains en guise de reddition avant de jeter un coup d'œil qu'elle pense discret vers mon tatoueur.

– Je t'ai dit de garder tes distances avec ce type.

– Je ne sais pas du tout de quoi tu parles.

– Prends-moi pour une idiote.

– Arrête de jouer les flics, et occupe-toi plutôt de ton coéquipier. Il a peut-être besoin de bouche-à-bouche. Ah, mais non, c'est déjà fait !

Javier se retrouve encore plaqué au sol, cette fois-ci par l'avocat. Il le repousse violemment avant de se relever. Les deux se parlent ; à l'autre bout du terrain, je ne les entends pas, mais il me semble que le ton monte. Javier affronte du regard son adversaire, allant même jusqu'à taper son torse contre lui. Mon sang se met à pulser. Heureusement, Call vient attraper sa manche pour le calmer, et Javier repart en secouant la tête. Il remonte le terrain et lorsqu'il passe devant nous, il me jette un regard furieux. Legris, qui le talonne, m'adresse un large sourire, ce qui n'échappe pas à mon binôme.

Nouvelle action, nouvelle mêlée. Nouveaux heurts. Je ne vois pas vraiment l'intérêt de ce sport à part se castagner ou se rouler dans la boue. Les filles sont galvanisées par le jeu, adressent des compliments à certains des joueurs. Chargées du ravitaillement, elles en profitent pour leur glisser des mots doux lorsque les hommes viennent chercher des bouteilles d'eau. L'un des joueurs se présente devant Alma, le visage en sang, elle envoie sa fille chercher de la glace.

Sur le terrain, ça joue beaucoup et vite. Ça chute, ça hurle, ça marque dans des cris de joie du public. Javier s'approche pour boire mais sa mère, déjà occupée, m'appelle à la rescousse. Je me dépêche de sortir une bouteille de la glacière et la lui tends. J'en profite pour l'attraper par l'encolure déformée de son tee-shirt :

– Tu te calmes avec l'avocat.

– Quoi, c'est le jeu, se défend-il, nerveux.

– Je n'ai pas envie que tu finisses convoqué chez le patron pour un remontage de bretelles.

En guise de réponse, il se marre tout en avalant une grande gorgée d'eau. Son regard se pose sur moi et il n'a plus à rien à voir avec celui qu'il avait avant les événements de la veille. Il est en colère après moi.

– Qu'est-ce qu'il y a, il te plaît, c'est ça ?

Je reste interdite, abasourdie par son agressivité. Il ne m'a pas habituée à ça.

– Tu couches avec lui.

– Avec Legris ? Mais tu déraisonnes. Tu m'as bien vue ?

– Oui, je ne fais que ça.

– Tu crois qu'un type comme ça peut s'intéresser à une fille comme moi ?

– Il baise tout ce qui passe à moins d'un mètre de lui.

– Je n'ai pas dû m'approcher assez près, alors.

Javier recrache la dernière gorgée d'eau et son regard en dit long sur ce qu'il a en tête. Je retourne m'asseoir près de Gabriella pendant qu'il repart sur le terrain.

– Je ne sais pas ce qu'il a, ton frère, aujourd'hui, mais c'est une boule de nerfs.

Elle regarde sa mère qui sourit avant de lui faire un clin d'œil.

Le match se poursuit dans la même ambiance et les deux hommes se livrent un combat acharné. L'équipe de Javier l'emporte d'une courte avance de trois malheureux points, ce qui ne semble pas plaire à Gabriel Legris qui vient le provoquer alors que Javier serre des mains après que l'arbitre a sifflé. Les deux s'affrontent une fois de plus, l'avocat un sourire aux lèvres, et Javier les mâchoires crispées. Un coup de poing part. Les deux équipes se rejoignent et les autres joueurs se mettent à leur tour à se battre.

C'est peut-être ça la troisième mi-temps. Je me précipite vers le terrain, décidée à éviter un carnage, mais Alma me rattrape *in extremis*.

– Laisse-les se défouler !

– Je ne veux pas que Javier soit blessé, protesté-je.

Elle me sourit, prenant soin de remettre une mèche de mes cheveux derrière mon oreille.

– Il s'en sort toujours bien, ne t'inquiète pas. Il est fort, ton Javier.

Je croise alors le regard de mon collègue et je lui crie :

– Javier, ça suffit !

Son attention déviée vers moi, il n'anticipe pas un coup qui vient s'écraser sur son visage. Je le vois s'effondrer et cette fois-ci, je me rue vers lui en beuglant vers les autres :

– Mais vous allez arrêter ça tout de suite, bande de connards ! Sinon j'appelle les flics !

Les yeux se relèvent vers moi et je me rappelle que la moitié de l'équipe de Javier est composée de policiers. Les mecs se mettent à rire, et à mon plus grand soulagement cessent de se battre.

En trois enjambées, je suis debout devant Javier qui semble un peu sonné, l'arcade sourcilière explosée. Je m'accroupis devant lui et prends son visage en coupe.

– C'est la dernière fois que je viens te voir jouer.

– J'ai pourtant gagné.

– Tu es un idiot, le grondé-je en touchant son sourcil.

Il grogne en tirant la tête en arrière. Le visage en sang, le corps recouvert de boue, il n'a plus la fière allure qu'il arbore sur les clichés postés sur Instagram. Je l'aide à se relever et il titube jusqu'à un des bancs au bord du terrain.

Alors que sa mère s'approche pour le soigner, je m'empare de ce qu'elle a dans les mains.

– Je m'en occupe, Alma.

Un peu agacée, je tamponne sans précaution la tempe ensanglantée de mon binôme.

– Doucement avec mon bébé, dit sa mère avant de repartir alors que son fils gémit de douleur.

– Ton bébé n'aurait pas dû jouer les bagarreurs. Franchement, qu'est-ce qui t'a pris ?

Je baisse les yeux sur Javier. Il me contemple râler, le regard doux, tandis que j'applique l'antiseptique sur sa plaie. Ses mains se posent sur l'arrière de mes cuisses et me serrent lorsque j'appuie un peu fort. Il me fixe et je me sens ramollir aussitôt. Mon cœur s'emballe et mes gestes deviennent plus légers.

– Il aurait pu t'abîmer l'œil.

– Je n'ai rien, t'inquiète pas.

– Tu parles, tu as vu ta tête ? Tu vas ressembler à Elephant Man, ton œil commence déjà à se fermer.

– Tu voudras encore de moi quand même ?

– Avec un seul œil, tu seras moins efficace en planque, continué-je à maugréer.

– Je me fondrai mieux dans le décor, ricane-t-il avant de se mettre à grogner alors que je lui pose deux strips adhésifs pour maintenir la plaie fermée.

Je me détends en constatant que sa blessure n'est pas trop profonde – pas besoin de points de suture. Je surprends son regard étincelant posé sur moi. Ses mains caressent mes cuisses, et ma gorge s'assèche aussitôt. La main sur sa joue couverte de boue, je contemple ses traits, ses lèvres rosies que j'aimerais effleurer de ma bouche. Quelque chose a changé entre nous, c'est certain. Pas en moins bien, mais en différent. En quelque chose qui me fait peur.

Soudain, le visage de Javier se déforme et ses mains se referment sur mes cuisses. Je soupire, lasse. Ça sent encore les emmerdes.

– Capitaine Sorel, vous voilà enfin, s'écrie une voix masculine derrière nous.

CHAPITRE 18

MARE

Alors que Li joue les infirmières avec son coéquipier, je suis entraînée par les sœurs Esposito pour apporter de l'eau aux joueurs encore sur le terrain. J'hésite à aller vers Call et choisis plutôt Gabriel, l'avocat, qui reluque mes jambes. Je n'ai pas fait trois pas qu'une main puissante m'attrape par les hanches :

– Par ici, toi, moi aussi j'ai soif.

Sans demander la permission, Call s'empare de la bouteille d'eau.

– Ce n'était pas pour toi, c'était pour Gabriel. Il est blessé, je te signale.

Il pointe son doigt vers sa propre arcade sourcilière.

– Moi aussi je suis blessé, et de toute façon le gringalet l'a cherché. Quand on est taillé comme une allumette, on fait du foot, pas du rugby.

L'avocat, qui a parfaitement entendu, lève son majeur en direction du tatoueur.

– En tout cas, c'est un plaisir d'avoir eu une si charmante supportrice, j'espère qu'on se reverra.

– Tu veux vraiment terminer en bretzel, l'avocaillon ?

Call a carré les épaules et froncé les sourcils, augmentant le sang qui coule déjà de son arcade. En l'observant, je remarque qu'il a aussi du rouge au coin de la bouche. J'avance ma main vers son visage et le vois se crisper, mais il me laisse nettoyer sa plaie. La pulpe de mon doigt effleure sa bouche, je le sens tressaillir. Si j'étais naïve, je dirais qu'il apprécie ce moment et que la lueur qui brille dans ses yeux n'est là que pour moi. Mais pourquoi est-ce que ce serait le cas ?

– C'est vraiment un sport de brutes, murmuré-je.

– C'est un sport d'hommes, rétorque-t-il, la voix rauque.

– Pourquoi as-tu laissé Gabriel se faire rétamer pendant le match ?

– J'aime pas qu'on louche sur mes affaires.

Je m'apprête à lui demander de quoi il parle quand l'arrivée d'un homme en costume détourne notre attention.

– Capitaine Sorel !

Le type s'avance droit vers Javier et ma sœur.

– Li, je te mets enfin la main dessus. Il faut qu'on parle… en privé, ajoute-t-il en désignant Javier du menton.

Le regard de ma sœur passe de Javier, qui semble se renfrogner, au nouvel arrivant, et je m'approche aussi discrètement que possible pour ne rien rater.

– Ce n'est pas le moment, maugrée-t-elle.

– De quoi il veut te parler ? s'interpose Javier qui se penche pour jeter un regard glacial au gars. Un dimanche en plus ? En privé ?

Li ne répond rien, mortifiée. À mes côtés, Call semble prêt à s'interposer.

– Esposito, allez voir ailleurs si j'y suis et laissez-moi m'entretenir avec Li.

La familiarité avec laquelle il désigne ma sœur n'échappe pas à Javier.

– Ne bouge pas, je reviens, lui dit Li avant de s'écarter un peu.

Instinctivement, je me rapproche de ma sœur tout en restant à une distance raisonnable et fais semblant de pianoter sur mon téléphone. Call, quant à lui, a rejoint Javier et semble en grande discussion.

– Beaulieu, il se passe quoi ? demande Li, à cran.

– Putain, Li, tu me demandes ce qui se passe ? Je croyais qu'on devait rester discrets. Je suis marié je te rappelle, j'ai un poste important. Il se passerait quoi à ton avis si tout le monde apprenait que je te saute dans les vestiaires ?

Je manque de m'étouffer avec ma propre salive. Li et ce mec ?

– De quoi tu parles ?

– Je parle du message que tu as laissé sur mon portable. Tu imagines si c'est ma femme qui l'avait écouté ? Je justifie comment qu'une de mes collègues me propose une baise dans ma bagnole ?

Bon, ça résout le mystère du message téléphonique.

– C'est ton problème, pas le mien, rétorque ma sœur en essayant de pousser son collègue un peu plus loin.

– Écoute Li, j'adore nos intermèdes mais sérieusement il va falloir que tu te contrôles.

Mon sang ne fait qu'un tour. C'est à elle de se contrôler, alors que c'est lui le connard qui trompe sa femme ? Du coin de l'œil, je le vois esquisser un geste de la main vers la joue de ma sœur mais l'arrivée de Javier l'interrompt :

– C'est une plaisanterie ? crache-t-il, furieux. Toi et Beaulieu ? Sérieux, tu couches avec lui ?

– Si tu permets, on en reparlera à un autre moment, Javier, rétorque ma sœur qui ne sait plus où donner de la tête.

– Il n'y a plus rien à dire, je me casse !

Javier, qui s'était déjà levé, abandonne sa bouteille derrière lui et quitte le terrain à grandes enjambées. Li tente de le poursuivre mais le type l'attrape par le bras pour terminer sa conversation. Elle se débat sans quitter Javier des yeux.

– Putain, lâche-moi Sébastien ! Javier, attends-moi !

Elle réussit rapidement à se libérer et court derrière Javier, qui atteint presque le parking. Autour de moi, tout le monde est abasourdi, sauf le mec imbuvable qui conserve sur ses lèvres un sourire grivois.

– Elle a vraiment un sacré joli cul.

– Javier, bon Dieu, arrête de fuir comme ça !

Ce dernier fait volte-face et pointe un doigt sur la gorge de ma sœur. Elle se ratatine. Je n'entends pas ce qu'ils se disent mais si j'en juge par le visage furibard de Javier et les épaules de Li qui s'affaissent, l'affrontement est sérieux. Des éclats de voix me parviennent, plusieurs collègues de Li échangent des regards, hésitant à intervenir. J'entends Alma et Gabriella, qui assistent à la dispute au plus près, invectiver Javier, qui finit par partir sous le regard réprobateur de Call.

Je suis sur le point de rejoindre ma sœur, qui est restée figée sur le terrain, lorsque j'avise le capitaine Beaulieu, impeccable dans son costume et un sourire satisfait au coin des lèvres.

– Vous et ma sœur, c'est fini.

Il me dévisage de haut en bas et m'offre un sourire charmeur.

– Pourquoi, vous postulez comme remplaçante ?

– Le harcèlement sexuel, vous connaissez ?

Il me fixe sans ciller tandis que je remarque Call qui se rapproche de nous.

– Il n'y a pas de harcèlement quand les deux parties sont consentantes et baisent régulièrement ensemble, répond le capitaine de façon que je sois la seule à l'entendre.

Comment Li peut-elle se taper un connard pareil ?

– Miss, tu devrais rejoindre ta sœur, intervient Call, qui se poste à côté de moi.

– Ma sœur est peut-être consentante mais, comme vous l'avez fait remarquer, je ne suis pas sûre que votre femme apprécie, ni vos supérieurs.

– Si vous parlez à ma femme, le capitaine Sorel peut dire adieu à sa carrière. Je connais du joli monde qui la fera muter à Tataouine.

– Quel enfoiré, grommelle Call en serrant les poings.

– Seraient-ce des menaces ? intervient une voix masculine.

Nous nous retournons tous les trois dans un bel ensemble.

– Tu es qui, toi ? aboie le capitaine.

– Maître Legris, avocat. Je travaille habituellement au pénal mais j'éprouve une énorme satisfaction à faire cracher au bassinet ceux qui abusent de leur pouvoir, lance Gabriel avec un sourire carnassier malgré son œil gonflé.

Le capitaine serre les dents, puis tourne de nouveau la tête vers moi. Nous nous défions sous le regard interrogatif de ses collègues toujours sur le terrain, qui ne savent pas trop quoi faire. Je pointe mon doigt vers le capitaine :

– Ma sœur est peut-être intègre, loyale et ne fait pas de vagues, mais ce n'est pas mon cas. Foncer tête baissée dans les emmerdes ne me fait pas peur, j'ai l'habitude.

– Je confirme, ajoute Call.

– Faites-lui du mal et vous le regretterez.

– Maître, vous êtes témoin, elle m'a menacé, dit Beaulieu, satisfait, en s'adressant à Gabriel.

– Désolé, je n'ai rien entendu, une surdité passagère due à un mauvais coup, sans doute.

Je tourne les talons alors que Call marmonne :

– Menacer un capitaine de police, quelle inconscience.

Il trottine derrière moi pour me rattraper et m'intercepte avant que je n'atteigne le parking.

– Écoute Miss, ta sœur est en vrac, sois cool avec elle.

– Merci de t'inquiéter mais ça va, je gère.

Il secoue la tête et pose ses mains sur mes épaules. Ce simple contact me fait frémir.

– Je sais quoi faire. Retrouvez-moi au shop d'ici vingt minutes.

J'hésite et il insiste :

– S'il te plaît.

Je ne sais pas pourquoi mais je finis par hocher la tête. Quand j'arrive à la voiture de ma sœur, je me dis que nous ne serons pas trop de deux pour lui changer les idées : elle est assise, les bras autour des genoux, et sanglote en silence. J'ai bien remarqué l'air protecteur que Call a eu quand Li et Javier se disputaient, le bien-être de ma sœur lui importe.

Je fais sortir délicatement ma sœur de sa voiture et l'entraîne vers la mienne. On s'arrangera plus tard. Durant une partie du trajet, nous n'échangeons aucun mot. Je l'entends étouffer quelques sanglots et mon cœur se fendille. Je ne peux pas croire que ce soit l'arrivée de ce type qui l'ait mise dans cet état, je parie que c'est cette andouille de Javier. Qu'est-ce qu'il a bien pu lui dire ? Ma sœur est si forte, en principe, et elle n'a jamais supporté de montrer ses émotions. Solide en toutes circonstances. Ne jamais montrer ses faiblesses. Pourtant, elle est comme tout le monde, elle souffre quand on lui fait du mal.

Un nouveau sanglot me fait frémir.

– Purée, mais il t'a dit quoi, Javier, pour que tu sois comme ça ?

– C'est à cause du baiser d'hier, hoquète-t-elle.

– Quoi ?

Elle s'interrompt pour se moucher bruyamment et reprend, des larmes dévalant sur ses joues.

– On était en planque. Des mecs se sont pointés. On… On a fait semblant de s'embrasser.

– Et ?

Elle se penche pour reprendre un mouchoir.

– Et d'une chose à une autre…

– Ça a dérapé, m'amusé-je.

– On voulait faire croire qu'on faisait l'amour et puis on s'est laissés embarquer. Javier a voulu continuer à m'embrasser alors que les types étaient partis et je l'ai repoussé.

– Quoi ? Avec la complicité de malade qu'il y a entre vous, tu as réussi à le repousser ?

– Je lui ai dit qu'on ne pouvait pas coucher ensemble. C'est mon coéquipier, s'énerve-t-elle.

– C'était bien le moment de faire des chichis avec la déontologie, je te jure.

Elle pleure et je me sens immédiatement coupable.

– Mais maintenant, il sait pour Beaulieu, reprend-elle.

Je profite d'être arrêtée à un feu rouge pour poser ma main sur la sienne en signe de soutien.

– Franchement, ce Beaulieu est à vomir. Tu vas devoir m'expliquer ce qui t'est passé par la tête pour coucher avec lui.

Je suis honnête. Ma sœur n'a rien à faire avec un mec pareil et je ne vois pas ce qui peut l'attirer chez lui. Linda me jette un regard dur avant de continuer.

– Javier m'a traitée d'hypocrite. Il m'a regardée comme jamais il ne l'avait fait auparavant, avec dégoût. Je l'ai déçu… Je crois que j'ai foutu notre amitié en l'air.

Une larme coule de nouveau sur sa joue. Mince, c'est reparti.

– Mais non…

– Si, je t'assure. Il m'a dit des choses… des choses…

Son visage se ferme, elle n'est plus avec moi. Prisonnière des paroles de son coéquipier, elle se laisse sombrer. Je me mords la lèvre en amorçant mon créneau tout en soupirant. Je n'arrive pas à croire que mon seul espoir d'apaiser ma sœur repose entre les mains d'un tatoueur.

CHAPITRE 19

LI

J'avance comme un zombie, assommée. Des larmes dévalent mes joues. Javier a simplement dit ce que je pense depuis toujours. Dans sa bouche, mes peurs ont pris sens, elles sont devenues réalité. Moi qui ai tenté pendant tant d'années de me dire que j'avais peut-être tout faux, que j'avais encore une petite chance, maintenant, je sais. Pourtant, ça fait si mal que ce soit lui qui m'ait ouvert les yeux… Pourquoi ? Peut-être parce que je pensais qu'il tenait un peu à moi, qu'il était mon ami, qu'il ne me voyait pas comme les autres.

Je revois son regard coléreux empli de déception avant qu'il ne me crache la vérité.

– *Beaulieu, putain. Tu as une liaison avec Beaulieu.*

– *Je n'ai pas de liaison avec lui. Ça m'arrive de coucher avec lui de temps en temps.*

– Mais ce mec est un connard. Il ne respecte pas les femmes !

– Tu peux parler, tu t'envoies toutes les nanas du commissariat !

Je ne suis pas sans reproches, mais est-ce qu'il est vraiment en mesure de me juger ?

– C'est une légende urbaine, ça. Je passe quasiment toutes mes soirées avec toi.

– Ah oui ? Et Barbie ?

– Mais on s'en fout de Barbie, on parle de Beaulieu et toi, là !

Il m'a détaillée avec une moue de dégoût et a poursuivi, la voix éraillée :

– Tu me repousses et cinq minutes après, tu l'appelles pour baiser avec lui.

Je me sens mal. Javier est bouleversé et tout cela, à cause de moi. J'ai l'impression de l'avoir trahi. Mes ébats avec Beaulieu devaient rester discrets. Je ne l'avais pas dit à Javier car je n'en étais pas fière.

– J'étais ivre, je me suis trompée de numéro. C'est toi que je voulais appeler…

– C'est ça, ne me prends pas pour un con. Tu étais sobre, hier.

J'ai baissé la tête, morte de honte.

– J'ai bu en rentrant chez moi. J'étais trop mal.

– Trop mal de quoi ? s'est-il agacé.

– De ce qui s'est passé dans la voiture.

– Mais il ne s'est rien passé, tu ne t'en souviens pas ? m'a-t-il asséné avec un regard hautain en

continuant de traverser le terrain. Tu n'as pas voulu de moi. « C'est le protocole, tu le connais comme moi », a-t-il fait en imitant ma voix. Ça te rappelle quelque chose ? En revanche, coucher avec Beaulieu, c'est pas un problème, ça.

– Ce n'est pas ça...

– C'est pourtant ce que tu fais !

– J'en avais envie autant que toi ! ai-je lâché, le faisant s'arrêter brusquement. Mais... mais je ne peux pas avec toi. Tu es bien trop important à mes yeux.

– Trop important à tes yeux, ça, c'est trop fort, s'est-il offusqué en recommençant à marcher. C'est bien le plus piètre râteau qu'on m'ait jamais infligé.

Il a secoué la tête, écœuré.

– Tu dois m'écouter, Javier ! ai-je insisté en courant derrière lui. Je ne peux pas faire ça avec toi. Je sais ce qui va arriver, je l'ai déjà vécu, et je...

– C'est bon, pas besoin de me faire l'historique. Je ne te plais pas, point barre.

– Mais pas du tout, c'est le contraire ! Mais je sais bien ce qui va se passer... Je... Je ne veux pas me lancer dans une histoire d'amour. C'est trop risqué, je ne veux plus. Je préfère me contenter de coups d'un soir, comme ça, je ne...

– Non mais je t'arrête tout de suite, s'est-il emporté en s'arrêtant net pour se retourner vers moi. Je n'allais pas te demander en mariage, ne t'inquiète pas. Je ne suis pas un crétin, je sais à

qui j'ai affaire. Je sais très bien que tu n'es pas le genre de fille qui attend le prince charmant.

– Oh, quel petit con ! m'interrompt ma sœur en serrant davantage mon bras.

Elle me tire jusqu'à sa boutique, les sourcils froncés, le regard déterminé, et je me laisse faire. La suite, je la garde pour moi. Elle forme une boule au fond de ma gorge, impossible à avaler, qui m'empêche de respirer correctement. Je me souviens de la lueur dans son regard, une colère froide, qui fait mal.

– Tu n'attends pas le prince charmant, toi, pas comme Mare. Les fleurs et les chocolats, ce n'est pas pour toi, les soirées romantiques non plus. Tout ça, c'est Mare, pas toi, Li, n'est-ce pas ?

Il a planté son regard gris acier dans le mien, attendant je ne sais quoi, peut-être que je nie. J'étais si dévastée que mes lèvres sont restées soudées. Il m'a alors donné le coup de grâce :

– Mais toi, tu choisis de te faire sauter par des connards qui ne t'aiment pas.

Mon cœur s'est brisé. Il a raison, évidemment. Je suis celle qu'on dépucelle à l'arrière d'une voiture, comme Paul jadis, sur le parking d'un jardin public. Celle qu'on prend à la va-vite entre deux casiers en ferraille. Je ne suis pas Mare. Pas celle à qui on fait des déclarations d'amour, qu'on installe dans un petit appartement, à qui on se fiance. J'ai bien vu les sourcils de ma sœur se froncer à l'évocation de mon passé, mais hors de question de lui en parler. Mare est innocente, solaire, elle doit le rester.

Je me mets à pleurer plus fort et ma sœur, celle-là même qui me rappelle à chaque instant ce que je ne suis pas, pose sa main sur mon épaule en m'arrêtant devant sa boutique.

– Li, laisse tomber. Il était vexé parce que tu l'as repoussé.

Je souhaiterais être comme Mare, pourtant. Je voudrais voir le bon côté de la vie, de l'amour. J'aimerais pouvoir me donner à un homme, lui faire confiance, mais je n'y parviens pas. Comment le pourrais-je alors que mon père nous a fait tant de mal, qu'à cause de lui ma mère a voulu mourir en nous emportant avec elle ? Comment vouloir un tel amour, qui peut nous briser ? Comment, alors que Paul m'a piétinée comme si je ne méritais même pas une once d'empathie et de respect ? J'ai construit un mur tout autour de moi, je me suis forgée ainsi pour survivre. Ma mère a certainement raison lorsqu'elle dit que personne ne trouverait bonheur à mes côtés. Je ne sais pas si je serai assez courageuse pour prendre un chemin différent, celui d'une vie à deux. Trop de risques. Alors je finirai sans doute auprès d'elle, à attendre que la vie passe dans une routine aliénante.

À l'idée de finir ma vie avec ma mère, ses Miss et Jean-Pierre Foucault, j'ai envie d'abréger dès maintenant mon existence. Mare s'agace sur le volet en fer de sa boutique en grommelant :

– Je savais bien qu'on ne pouvait pas compter sur ce type, il n'est même pas là.

Je reprends conscience de ce qui m'entoure pendant quelques secondes.

– Qu'est-ce qu'on fait là ?

– Je prends quelques trucs et on rentre.

– Des trucs pour en finir ?

– Qu'est-ce que tu racontes ?

– Tu as bien un machin qui me fera partir en dormant, sans souffrir ?

Elle souffle, agacée, avant d'enfin relever son rideau de fer.

– Mais arrête donc deux minutes de dire des conneries.

– Mare, comment veux-tu que je revoie Javier après tout ce qu'il m'a dit ? Je n'aurais jamais dû remettre ce vieux pacte sur la table. De toute façon, c'était déjà perdu pour moi le jour où on l'a conclu. Les hommes veulent des filles comme toi, pas comme moi, sangloté-je.

– Comme moi ? Sérieux, Li ? Tu as vu ce que Paul a fait de moi ? On est dans le même bateau, toutes les deux.

– Non, ce n'est pas vrai. Pour une fille comme toi, Javier accepterait d'être un prince charmant. Moi je ne suis bonne qu'à…

Je n'arrive pas à finir ma phrase, la gorge serrée, alors que mes pleurs redoublent.

– Mais Javier t'a dit des idioties. Il est complètement con, celui-là.

Ma sœur avance dans sa boutique à la recherche de je ne sais quoi, dans sa mini-jupe, belle et fraîche. Avec mon jean et mes Dr. Martens, je ne ressemble même pas à une fille. Le visage boursouflé et rougeaud, je me fais presque peur dans le miroir derrière la caisse. Je sursaute en y découvrant derrière moi une masse sombre.

Je me retourne sur Call qui avance, les sourcils froncés.

– Ça va, Li ? J'ai entendu ce que Javier t'a balancé, c'est qu'un crétin. Il mériterait que je lui foute mon poing dans la gueule.

Mare s'est arrêtée et me scrute, étonnée.

– Javier a juste dit la vérité.

Je me détourne pour lui cacher mes larmes.

– Tu sais bien que ce n'est pas vrai. Ne le laisse pas t'atteindre avec ces conneries, il était en colère. Ne le laisse pas te détruire, pas comme ta mère ou l'autre enfoiré.

Mare fronce les sourcils et je cherche rapidement à dévier la conversation. Call seul sait ce qui s'est passé avec Paul, mon ex-beau-frère, combien il m'a brisée. Durant les heures de tatouage, je lui ai tout raconté, je lui ai livré mon chagrin comme on vide son sac dans le cabinet d'un psy. J'avais besoin au moins une fois de tout dire à quelqu'un. Entendre de la bouche d'un autre homme que Paul avait été un connard. Ça m'avait soulagée, un temps au moins.

– Je croyais que Javier était mon ami. Mais il pense comme les autres. Je ne suis pas une femme qu'on veut. Ja… jamais personne ne voudra de moi, sangloté-je.

– Bien sûr que si, tu es une chouette nana, me réconforte Call en caressant mon épaule. Moi, je sais qui tu es, Li. Ce que je vois, tous les autres le voient aussi. Même ce Beaulieu, qui prend des risques pour passer quelques instants avec toi. Javier…

– Pas Javier, m'insurgé-je.

– Surtout Javier. Malgré tout ce qu'il a pu te balancer. Il faut voir son regard quand il pose les yeux sur toi.

– Tu as tout faux, ma mère avait raison…

– Mais ta mère est une saloperie. C'est elle le problème, depuis le premier jour. Arrête de l'écouter.

Mareva se met à toussoter à nos côtés et Call s'arrête au milieu de sa tirade. Ma sœur n'a jamais supporté que l'on dise du mal de notre mère, même lorsqu'elle se montre injuste.

– Il faut que tu reprennes confiance en toi, reprend-il.

– Dans la famille, nous ne sommes pas des chanceuses en amour, poursuit ma sœur, mais tu vas t'en sortir, Li.

– Toi, les hommes se retournent sur toi, la coupé-je, légèrement hargneuse. Ils veulent t'épouser et fonder une famille. Pas comme moi.

Je vois ma sœur se crisper, son visage perdre toutes ses couleurs. D'une voix blanche elle me répond :

– Sur ce point tu te trompes complètement.

Bien sûr. Si moi je suis dans le déni, elle, elle hallucine carrément.

– Je ne serai jamais la princesse d'un homme, continué-je. Les princes charmants, c'est pour les autres.

– Non mais là on touche le fond, souffle Mare, qui s'est reprise. Et dire qu'elle n'a même pas bu une goutte d'alcool.

Call lui jette un regard noir.

– Elle n'a peut-être pas dessaoulé d'hier ? s'interroge-t-elle en se penchant vers moi pour vérifier mes pupilles.

– Ce n'est pas vrai, Li, intervient Call. Tu ne tournes pas le problème dans le bon sens. J'ai une idée, tu me fais confiance ?

Il me tend la main, sûr de lui. Je le regarde, inquiète et mal à l'aise devant Mareva qui nous scrute avec curiosité.

– J'ai envie de te proposer un petit mantra pour t'aider à soigner ce cœur blessé, lance-t-il en me souriant tendrement.

– Ma sœur ne va pas bien, on va rentrer, s'interpose Mare. C'était une mauvaise idée de t'écouter. J'aurais dû la ramener chez nous.

– Ta sœur a besoin de mes aiguilles pour évacuer tout ce qu'elle a au fond de son âme.

– Quoi ? Mais c'est n'importe quoi ! s'énerve-t-elle. Elle est en plein délire. Je ne vais pas te laisser lui faire un tatouage alors qu'elle n'a pas tous ses esprits.

– Tu devrais peut-être la laisser respirer un peu, rétorque-t-il tout en serrant la main que je viens de lui donner.

– Et toi, tu devrais arrêter de jouer les psys d'opérette.

Nous sortons de la boutique et Mare nous poursuit en bougonnant, me rappelant que je ne suis pas dans mon état normal et que je vais obligatoirement le regretter demain. Je l'entends fermer violemment le rideau de fer de sa boutique et pénétrer ensuite dans le salon de tatouage de Call.

– Tu vois la chaîne hi-fi derrière le comptoir ? lui demande-t-il alors qu'elle se précipite vers moi, furieuse. Mets de la musique que ta sœur aime, un truc qui va la détendre.

– C'est une très mauvaise idée.

– Tais-toi ou tu sors, rouspète-t-il, me faisant sursauter.

Il se penche vers moi et souffle, doucement :

– Tu me fais confiance ?

Je hoche la tête. Derrière nous, je reconnais un morceau de *A Star Is Born*. Je m'effondre de nouveau, cachant mes yeux derrière mes mains.

Call s'éloigne de moi pour aller imprimer un modèle sur son ordinateur. Mare en profite pour lui demander tout bas :

– C'est quoi l'histoire avec ma sœur ? Comment ça se fait qu'elle te laisse la marquer à vie sans sourciller et en se fichant du motif ?

– Ta sœur et moi, on se connaît depuis longtemps, c'est tout ce que tu as besoin de savoir.

– Je ne veux pas qu'elle souffre, de quelque façon que ce soit.

– Alors fais-moi confiance et laisse-moi bosser, Miss. Va plutôt me faire un café, s'il te plaît.

– Je ne suis pas ta bonne ! s'agace-t-elle en tapant du pied.

– Mare, sois sympa avec Call, s'il te plaît, supplié-je pour calmer la tension qui envahit le salon.

Mon téléphone vibre. Je jette un coup d'œil : c'est Javier. Je me remets à pleurer tout en le balançant un peu plus loin. Call revient et applique directement le modèle d'un tatouage sur l'intérieur de mon poignet. Quand je découvre l'inscription agrémentée d'une couronne, je souris, le cœur bouleversé.

– Je veux que tu le regardes tous les matins. Chaque fois que ta mère ou un connard te diront le contraire, tu le regarderas et tu te rappelleras que la seule vérité, c'est ce qui est inscrit dans le creux de ton poignet.

J'acquiesce d'un signe de la tête, les larmes aux yeux.

– En revanche, tu me promets de garder le secret. J'ai une réputation dans le métier, pas question qu'on sache que je fais maintenant dans la guimauve.

Je souris. Mare se penche pour déchiffrer l'écriture féminine.

Je suis une princesse,
mon prince charmant m'attend

Devant mon sourire ému, ma sœur s'adoucit. Je lis même sur ses lèvres un merci à l'attention de Call qui se met à l'ouvrage.

– Tu le liras chaque matin et ça te donnera la force de respecter notre *Sister Pact*, dit Mare en me caressant les cheveux.

– Un pacte entre frangines ? C'est sympa, ça, s'amuse le tatoueur. C'est quoi l'enjeu ?

– Trouver notre prince charmant avant l'année prochaine.

Il lève un regard stupéfait vers ma sœur.

– Sinon on termine notre vie en colocation avec notre « saloperie » de mère.

– Oh merde. Déconnez pas les filles. Si vous ne trouvez pas, je suis prêt à me dévouer, se marre-t-il.

– Parce que tu penses être de taille à sortir avec une sœur Sorel ? s'esclaffe Mare.

Le regard de Call se pose sur ma sœur et l'espace d'un instant, je crois y lire de la tendresse. Il redevient sérieux rapidement et se penche vers moi :

– Toi Li, si tu veux remporter ce pacte, tu n'auras pas le choix. Il faudra déposer les armes et prendre des risques. Parfois, tu le sais bien, tu ne peux pas faire autrement que d'avancer à découvert.

– Je suis d'accord avec lui, confirme Mare avec un regard reconnaissant vers son voisin.

Sous la danse de l'aiguille qui perce ma peau, je sens mon cœur se rafistoler. Cette petite phrase s'ancre en moi à mesure que l'encre m'imprègne. Les lettres apparaissent et l'espoir m'envahit. L'espoir d'un avenir, peut-être moins noir. Quelque part, il y a peut-être quelqu'un qui ne cherchera pas une princesse comme Mare, mais juste une fille qui cache un cœur tendre derrière son arme. Quelqu'un qui saura enfin me voir différemment des autres, telle que je suis : une princesse qui mérite aussi son prince charmant.

CHAPITRE 20

MARE

L'humeur de ma sœur s'est légèrement apaisée, même si la tristesse est toujours présente. Une fois son tatouage terminé, nous remercions Call et rentrons à l'appartement où je nous prépare un kit de survie : guimauve, pop-corn et chocolat chaud.

– Et la détox ? demande Li d'une petite voix.

– On oublie.

À mesure que notre taux de glycémie augmente, Li retrouve un peu de couleurs et je repense à Call, penché sur elle dans son salon de tatouage, à prendre soin d'elle. Il y a un lien entre eux, quelque chose de fort, et j'en suis totalement exclue. J'avoue avoir ressenti de la jalousie : Li va mal et le monde entier arrête de tourner alors que moi, tout le monde me laisse me débrouiller seule. La voix de la raison me rappelle que personne ne sait réellement ce qui s'est passé, mais je la fais taire rapidement.

– Comment je vais faire demain au boulot ?

La voix enrouée de Li me tire de mes pensées. Je rajuste une mèche de cheveux derrière son oreille et à la manière d'une maîtresse d'école, j'explique :

– Premièrement, demain tu vas te faire canonissime. Tu vas traverser le commissariat à la manière de Xena, défoncer la porte de ce connard de Beaulieu et lui dire que dorénavant vos relations resteront strictement professionnelles. Deuxièmement, tu prétextes n'importe quoi pour rester loin de Javier un jour ou deux. Tu n'as pas des rapports à taper, une petite vieille à aller interroger ?

– Je ne peux pas, on doit faire une planque.

Je réfléchis rapidement.

– Dans ce cas, faites voiture à part.

Elle pouffe et je fais semblant de me vexer :

– Ben quoi, c'est vrai. Tu te rappelles quand on était gosses ? Pendant les grandes vacances on était non-stop ensemble et à la fin on finissait par se taper dessus. On ne se supportait plus.

– Où tu veux en venir ?

– Je veux dire que, dans ces cas-là, maman envoyait l'une de nous chez tante Mariette pour quelques jours et lorsqu'on se retrouvait, tout était redevenu normal. Je pense que Javier et toi avez besoin de prendre un peu de distance. Vous êtes sans arrêt l'un sur l'autre !

– J'aimerais bien qu'on soit l'un sur l'autre, avoue-t-elle.

– Vu ce qu'il t'a balancé, j'espère que ce serait pour l'étouffer.

Elle éclate de rire. Malheureusement, elle est beaucoup trop accro, il faudrait quelque chose pour détourner son attention. Soudain, j'ai une illumination. Je sors mon téléphone de ma poche et lui montre l'application que Lorena m'a fait télécharger :

– Javier a dit non ? Ne t'inquiète pas, il y a en a beaucoup d'autres qui seraient prêts à dire oui. On va te créer un profil sur ce site. Regarde, une fois que c'est fait, tu cliques ici et tu n'as plus qu'à swiper les mecs. À gauche si tu n'es pas intéressée, à droite si tu es OK. Si le type fait pareil de son côté, vous pouvez entrer en contact. En plus, avec la géolocalisation, tu peux rencontrer des gens de ton quartier.

– Mouais, enfin ça fait plus plan cul qu'autre chose, ton truc.

– Ce sera toujours mieux que te taper le capitaine de la Crim, rétorqué-je, un peu vexée.

– C'est pas faux, soupire-t-elle avant d'attraper son portable. Vas-y, c'est quoi, le nom de ton appli ?

On passe l'heure suivante à se moquer des profils que l'on voit passer, et même si plusieurs semblent à mon goût, je n'arrive pas à franchir le cap et les mets tous à la poubelle. Li a moins de scrupules, je la soupçonne de vouloir se venger de l'attitude de Javier. Quand la sonnette retentit, je me rends compte qu'il est quasiment vingt heures.

– Merde, c'est Gabriella, je l'avais oubliée, grogne ma sœur en s'extirpant du canapé.

Tandis que Li et la sœur de Javier se plongent dans tout un tas de livres de droit, je me réfugie dans la chambre avec mon portable. Je surfe quelques instants sur l'application mais aucun profil ne m'intéresse. Paul a vraiment dû bousiller un truc en moi. L'image de Call s'impose soudainement : sa force, sa douceur, la façon qu'il a de toujours apparaître près de moi pour me changer les idées, devant le magasin quand j'ai cru voir Paul, au *speed dating*, au match… Il est comme une brise tiède dispersant les nuages de ma vie. Et puis, il y a le fait que Li s'ouvre à lui et la bienveillance avec laquelle il a pris soin d'elle m'oblige à reconsidérer ma position envers lui. Ce n'est pas seulement un homme sexy et agaçant, c'est un homme qui a su percer la carapace en vibranium de ma sœur. Et rien que ça, ça signifie qu'il est à part.

CHAPITRE 21

JAVIER

La tête baissée dans mon bol de café crème, j'essaie de faire abstraction des cinq paires d'yeux braqués sur moi.

– Je peux avoir la confiture ? demandé-je sans lever le nez.

Le pot glisse violemment vers ma tasse qui manque de se renverser.

– Merci.

– Gabriella, ça suffit, râle ma mère avant d'essuyer les quelques gouttes de café qui se sont échappées lors du choc.

– Aucune envie d'être sympa avec ce mufle, répond-elle.

Je me saisis de ma tasse et pose les lèvres sur le rebord.

– C'est un porc comme les autres, s'énerve-t-elle alors que je manque de m'étrangler.

– N'exagère pas non plus.

Je jette un regard noir vers ma petite sœur. Pour être noir, il l'est. J'ai un putain de coquard qui me bouffe la moitié du visage. Je sors mon téléphone portable de ma poche. Aucune réponse de Li depuis hier. Pourtant, je lui ai envoyé au moins une dizaine de SMS depuis son départ du stade. Des messages d'excuses. On doit parler, c'est indispensable.

– Comment as-tu pu lui dire un truc pareil, t'es un idiot ou quoi ? demande Lorena.

– Je lui ai juste dit la vérité.

– Mais il est pire que tout ! s'exclame Gabriella.

– J'aurais été Li, je t'aurais collé un marron dans le nez, rajoute Bianca, d'habitude si douce.

– C'est vrai, pourquoi lui as-tu dit ça ? demande ma mère en se penchant pour croiser mon regard.

Je soupire, franchement agacé. Comme si je ne savais pas qu'il fallait que je me rattrape !

– Vous ne pouvez pas me lâcher ? grogné-je en croquant dans ma tranche de brioche.

– Quand je te vois te bâfrer comme ça alors que Li a pleuré toute la soirée, ça me donne envie de te frapper.

Je lève les yeux vers Gabriella. Mon cœur vient de rater un battement.

– Comment tu sais ça, toi ?

– Parce que je l'ai vue hier soir.

– J'ai essayé de la joindre toute la soirée…

– Tu crois qu'elle allait te répondre après ça ? Tu rêves.

– Mais je ne lui ai rien dit de méchant, je lui ai juste dit la vérité.

– Non mais tu déconnes ! s'insurge Lorena. Tu lui as quand même dit qu'elle n'était bonne qu'à coucher avec des connards.

– Mais pas du tout ! m'expliqué-je, la voix montant dans les aigus. Enfin, pas dans ce sens-là !

– Je ne comprends vraiment pas ce qui t'a pris. Tu disais que tu avais un crush pour elle, s'étonne Bianca.

– Mais c'est le cas !

– On ne dirait pas, me reproche Gabriella.

– Toi, te connaissant, tu as dû prendre plaisir à jouer les pestes et à mettre de l'huile sur le feu, attaqué-je en me levant.

– Javier, tu descends d'un ton, ordonne ma mère.

– Putain, mais de quoi vous vous mêlez, toutes ! Je dis ce que je veux à Li !

– Je ne t'ai pas élevé pour faire du mal aux filles.

– Li, ce n'est pas les filles.

– Mais tu es horrible, Javier ! crie Gabriella.

– Quoi, c'est la vérité ! Li n'est pas comme les autres.

– Mais tu t'entends, mon fils ?

Je soutiens le regard de ma mère deux secondes mais une vague d'acidité remonte le long de mon œsophage. Je ne voulais pas la blesser. Enfin, peut-être que si. J'ai eu si mal quand j'ai découvert sa relation avec Beaulieu… On est si bien lorsqu'on est ensemble, tout est si facile, je croyais qu'elle partageait les mêmes sentiments que moi. Je suis tombé de haut. J'ai cru que mon cœur se déchirait en deux, et j'ai eu ce mauvais réflexe de blesser en retour, comme si ça allait calmer ma douleur. Au contraire, je suis bourré de remords depuis hier. Je n'ai pas réussi à fermer l'œil. Le souvenir de son regard dévasté m'a poursuivi jusque dans mon sommeil. Entendre ma sœur ce matin me dire que Li a pleuré à cause de moi me donne envie de m'ouvrir les veines.

J'envoie un nouveau SMS à Li.

Je passe te prendre
pour aller au boulot.

Pendant ce temps, Gabriella explique comment elle et Mare ont tenté de lui remonter le moral et comment Lorena est venue à leur rescousse à coups de masque de beauté et de séance photos.

– Des photos pour faire quoi ? demandé-je tout en scrutant mon téléphone.

– Pour son profil Tinder.

Pas besoin, je suis déjà
au commissariat.

Je voulais lui parler sans les collègues. C'est raté. Je relève la tête vers mes sœurs.

– C'est quoi cette connerie ?

– Li a écouté nos conseils et a décidé de se prendre en main pour trouver l'amour.

Je secoue la tête en pouffant. Li sur un site de rencontres ; j'imagine déjà le carnage. Elle se fout régulièrement de Barbie qui passe ses journées dessus. Li, c'est une femme à l'état brut, une fille nature, sauvage, qu'il faut apprivoiser avant de pouvoir l'approcher. Elle ne se laissera jamais conter fleurette par les types qui vont sur ces sites.

– Elle est méga canon sur son profil. On a déniché une photo d'elle, maman, c'est de la bombe. Elle a matché toute la soirée. Elle n'a plus que l'embarras du choix.

Je me renfrogne. Mon palpitant s'accélère d'angoisse alors que mes sœurs se précipitent autour de Gabriella pour voir la photo.

– C'est vrai qu'elle est magnifique, dit ma mère en souriant.

Je serre les mâchoires. Pas question que je laisse Li faire n'importe quoi. Elle ne veut peut-être pas de moi – putain, ça fait mal de l'admettre –, mais ce n'est pas pour autant que je dois la laisser se fourvoyer dans les bras de connards. Elle mérite de rencontrer un homme bien qui la rendra heureuse.

– Je ne lui donne pas deux jours pour bazarder cette appli. Li n'est pas du tout le genre de fille à passer ses journées le nez collé à son écran. Elle a du boulot, elle.

Lorena hausse les épaules. Gabriella lève un doigt vers moi.

– Lorena, regarde le nombre de mecs qui sont venus mater son profil.

J'avance discrètement et me penche pour jeter un coup d'œil. Mon sang ne fait qu'un tour lorsque je reconnais la photo : un superbe cliché de Li dans un rai de lumière au lever du soleil, ses cheveux noir de jais scintillant, son sourire éblouissant. Une photo que j'ai prise un matin après une nuit de filature qui nous avait amenés jusqu'à une plage près d'Étretat. Je papillonne des yeux pour dissimuler ma contrariété. C'est le moment précis où j'ai compris que j'étais amoureux d'elle, la première fois où j'ai dû mordre ma lèvre pour me retenir de l'embrasser. Ce sourire ne devait être qu'à moi. Elle a décidé de l'offrir aux autres.

– Ça va mon fils ? Tu es tout pâle, tout à coup.

Je ne réponds pas mais je sens la colère se diffuser dans tout mon corps, comme lorsque je l'ai vue sourire à Gabriel Legris.

– Javier ? demande ma mère alors que je me rassieds, les jambes sciées.

– À cause de vos conneries, je vais la perdre. Elle va rencontrer un autre type et ne voudra jamais de moi.

Ma mère quitte l'écran de ma sœur et revient vers moi.

– Comment veux-tu qu'elle veuille de toi après ce que tu lui as dit hier ?

– J'étais en colère. Il y avait cet avocat qui lui tournait autour, et puis j'ai découvert qu'elle couchait avec ce sale con de Beaulieu. J'ai disjoncté. Je suis amoureux d'elle, je l'aime comme un fou depuis des mois. Ça fait des semaines que je patiente, que j'y vais piano piano pour l'amadouer, parce que Li est différente. Elle se méfie. Elle me l'a dit, elle ne veut pas de fleurs ni de chocolats. Mais tout ce temps, elle ne voulait simplement pas de moi. Je ne suis qu'un ami pour elle. Je croyais bêtement qu'elle m'aimait aussi, mais elle m'a dit « avec toi, je ne peux pas ».

Mes sœurs se figent et me regardent, stupéfaites. Ma mère cligne des yeux.

– Javier, tu lui as fait comprendre que tu ne voulais que coucher avec elle, que si tu voulais épouser une fille, tu irais voir sa sœur.

J'écarquille les yeux et prends conscience de ce que j'ai dit.

– J'étais tellement furieux, les paroles sortaient toutes seules de ma bouche. Je voulais qu'elle sache que je ferais ce qu'elle veut, que je prendrais même les miettes qu'elle voudra bien me donner. Mais je n'ai pas été clair, je crois.

– Oh bah merde, s'exclame Lorena, qui vient s'asseoir près de moi. J'ai complètement raté ton éducation amoureuse. Bonhomme, elle a compris que tu ne voulais pas d'elle sauf pour un plan cul, que sinon tu te serais tourné vers sa sœur.

– Mais non, ce n'est pas ce que j'ai voulu lui dire ! Je préférerais vivre une vraie histoire avec elle mais si elle n'est pas prête pour ça, j'irai à son rythme. On prendra le temps qu'il faudra. Si elle ne veut qu'une liaison pour le moment, je m'en contenterai, même si je ne la traiterai jamais comme ce connard de Beaulieu. J'étais tellement en colère que je n'avais plus les idées claires.

Gabriella met sa main sur son front en lâchant un long soupir. Ma mère passe ses doigts dans mes cheveux :

– Mon fils, tu as encore de gros progrès à faire en communication, surtout quand il s'agit de déclarations d'amour.

Les filles se mettent à rire.

– Cette fille est pire qu'un tigre blessé, vous n'imaginez pas. Je dois être sur mes gardes à tout instant pour ne pas me faire mordre.

Lorena ricane :

– En même temps, si tu asticotes un fauve…

– Je ne suis pas dompteur. Je ne sais pas comment faire tomber le mur qu'elle met entre elle et les hommes. J'ai cru y parvenir un peu lorsque je l'ai embrassée dans ma voiture.

– Tu l'as embrassée ? s'exclame ma mère.

– Et il paraît que c'était chaud, se moque Gabriella.

– Oui, trop, je n'ai pas su me retenir. Et maintenant elle doit me détester, lâché-je, la gorge serrée.

Ma mère me prend dans ses bras.

– Mon petit cœur d'artichaut. Tu vas devoir relever tes manches et aller conquérir ta belle.

– Ça ne sert à rien, elle ne veut pas de moi.

– Mon pauvre petit frère, tu n'as rien compris à la psychologie des filles. Elle t'a dit qu'elle ne voulait pas de fleurs et de chocolats mais c'est tout le contraire, m'explique Lorena.

– Li est une fille très particulière, poursuit ma mère. Je pense qu'elle a dû être déçue par un homme et elle a peur de souffrir de nouveau. Il va falloir que tu lui prouves que tu seras celui qui la rendra heureuse.

– T'inquiète, frérot, tu vas ramer un peu mais ça va aller.

Je lève un regard contrarié vers ma traîtresse de sœur.

– Tu as raison, elle va certainement laisser tomber cette appli vite fait, se défend-elle.

– C'est de toi, cette idée à la con ? lui reproché-je. Tu savais ce que je ressens pour elle et tu l'as poussée vers d'autres hommes.

– Il fallait être plus clair, mon grand. On a toutes cru que tu lui avais balancé un truc horrible à la tronche.

– Je suis certaine qu'elle va te pardonner, me rassure Lorena. Li est amoureuse de toi, c'est flagrant.

– Tu crois ?

– Le seul problème, c'est qu'elle ne le sait pas encore.

– Ou qu'elle ne le veut pas l'admettre, précise ma mère.

Mes frangines éclatent de rire et ma mère se contient pour ne pas en faire autant.

Agacé, je me lève et pousse brusquement ma chaise sous la table.

– Faut que j'aille bosser.

– Ne le prends pas si mal ! chantonne ma mère avant de se mettre à rire. Ah ces hommes, ils seront toujours incapables de nous comprendre.

Au volant de ma voiture, j'appréhende le face-à-face avec ma coéquipière. Elle doit me prendre pour le pire des connards. Je repense à notre tête-à-tête dans la voiture, elle si douce, si étonnamment fragile. J'ai eu l'impression de découvrir la vraie Li pour la première fois, comme si elle avait déposé son armure, laissé entrevoir la vraie femme qu'elle est, tendre et mélancolique. Je l'ai sentie baisser sa garde, se laisser enfin approcher. Dans ce baiser, j'ai perçu beaucoup plus de choses qu'elle ne l'aurait voulu et je me suis laissée griser par ce désir de l'apprivoiser, de l'avoir toute à moi. Dommage qu'elle ait remis trop vite son masque de flic à l'épreuve de l'amour.

Je donnerais tout pour revenir en arrière et lui dire tout ce que je ressens pour elle. Je l'aime, et tout est foutu parce que j'ai perdu les pédales. J'ai laissé passer toute chance d'être avec elle et j'ai gâché notre complicité.

Lorsque j'arrive au commissariat, j'ai le cœur au bord des lèvres. Je pénètre dans l'open space déjà bondé. À droite, Bernard me salue, tandis que Barbie est déjà au téléphone. Louis s'agace après la cafetière. J'avance à travers la salle, me fraye un chemin au milieu des groupes de collègues qui débriefent les dernières informations, plantés devant le tableau transparent recouvert des photos des membres du gang. Je suis de plus en plus tendu. Tout au fond de la grande salle, nos bureaux, à Li et moi, se font face. J'affiche un sourire contrit de circonstance en croisant subrepticement le regard de ma coéquipière, mais je n'ai droit qu'à son indifférence.

– Salut Li.

– Salut.

J'enlève mon blouson et prends place derrière mon ordinateur. Tout en l'allumant, je me penche vers elle et demande d'une voix serrée :

– Tu as eu mes messages ?

– Hmm.

– Je suis vraiment désolé, Captain. J'ai pété un câble au match hier. Je ne pensais pas ce que je t'ai dit. Je n'ai pas été clair, je me suis embrouillé…

– Oh que si tu l'as été, ne t'inquiète pas.

– Non, je t'assure.

– Je ne suis peut-être pas Mare mais je ne suis pas la dernière des connes non plus.

– Li, tu as tout faux…

Elle lève enfin les yeux vers moi, où se mêlent colère et gêne.

– C'est vrai, tu as raison. Je croyais que nous étions amis, que tu ne me ferais jamais de mal. À tort, de toute évidence.

Mon cœur se serre. Comment ai-je pu me servir de Mare pour l'atteindre ? Je sais pertinemment que Li souffre de cette éternelle comparaison avec sa sœur, sa mère passe son temps à la dénigrer en prenant sa cadette en exemple. Je m'en veux tellement d'avoir dit tout ça hier. Pourquoi ne lui ai-je pas simplement expliqué que j'avais mal parce qu'elle ne m'aime pas alors que je suis amoureux d'elle ?

– Li…

– Faisons comme s'il ne s'était rien passé, me coupe-t-elle nerveusement en tapant sur les touches de son clavier avec nervosité. Nous avons du travail, lieutenant Esposito. Tu as vérifié le dossier sur Vitali ?

Je fronce les sourcils. *À quoi elle joue, là ?*

– Tu me lances du « lieutenant » pour me faire taire, maintenant ?

– Est-ce que c'était bien Vitali à la casse l'autre soir ?

– Li, grondé-je.

– Si cela te pose un problème, Lieutenant, la porte est grande ouverte.

J'avale ma salive. Elle a tendu un bras vers la sortie et me regarde, déterminée. Elle a l'air sérieuse.

– C'était Vitali, je suis venu hier matin pour vérifier mais je n'ai pas eu le temps de te le dire au match.

– Quel match ?

Je me retiens de soupirer.

– Comme tu voudras, mais il faudra bien qu'on en parle à un moment ou à un autre. Tu peux jouer les dures devant les autres mais pas avec moi, Li. Je te connais mieux que personne.

– Ah ouais ? Détrompe-toi, tu ne me connais pas du tout.

Son regard fermé me brise le cœur.

Les heures passent lentement, très lentement. Li ne décolle plus le regard de son écran d'ordinateur sauf pour regarder son téléphone. Je l'entends caler la planque de demain, puis la contemple se faire couler un café, le regard rivé sur son portable. Je reconnais l'appli que ma sœur nous a montrée ce matin et grimace. Elle est belle, encore plus belle que les autres jours. Quelque chose a changé, je ne sais pas quoi. Peut-être ses mèches qui se sont échappées de son chignon flou et qui tombent en boucles dans son cou. Ou son pull en V qui laisse deviner sa poitrine. Ou ses joues rosies alors qu'elle mate les photos d'autres types sur son site de merde. Je la trouve encore plus belle comme le con que je suis, maintenant qu'elle m'échappe, qu'elle n'est peut-être déjà plus à moi alors que je la touchais enfin du doigt. Je la perds et j'ai mal.

Barbie pénètre dans le bureau des Stups et se dirige directement vers nous. J'espère qu'elle ne vient pas minauder comme elle le fait toujours pour obtenir mes faveurs ; ce n'est pas le moment d'énerver Li davantage. J'ai couché une fois avec elle et je n'ai jamais éprouvé l'envie de recommencer, mais depuis, elle ne me lâche pas et Li semble la détester. J'ai toujours cru qu'elle en était un peu jalouse.

– Capitaine, je viens de croiser Beaulieu. Il y a eu une fusillade rue Alain-Fournier dans le bar PMU. Un Tchétchène et deux types fichés pour grand banditisme ont été abattus. La Crim pense que ça a un lien avec notre enquête.

Linda se lève et ouvre son tiroir pour récupérer son flingue, qu'elle glisse dans son holster. Alors que je fais de même, elle m'interrompt :

– Esposito, tu restes ici pour aujourd'hui. Barbie m'accompagne.

– Quoi ? Mais je suis ton coéquipier.

– Lieutenant, me rappelle-t-elle à l'ordre devant la blondinette qui roule des yeux.

Je me rassieds et, de rage, j'envoie valdinguer mon pot de trombones un mètre plus loin.

– Il serait temps de te contenir, Esposito, me balance Linda devant tout le service.

Les mains sur le haut de mon crâne, je lâche un profond soupir d'exaspération. *Ramer pour la récupérer, tu parles. Ce sont dix ans de galère qui m'attendent.*

CHAPITRE 22

CALL

En voyant le visage de Li hier, j'ai su qu'il n'y aurait qu'un tatouage pour panser ses blessures. Je l'aime bien, c'est grâce à elle que je ne me suis pas effondré en apprenant la mort de Soan. Elle débutait dans la police et cette affaire lui tenait à cœur. J'aurais pu mal tourner, aller m'en prendre aux responsables, mais elle a su trouver les mots justes. À la place, je suis devenu son indic, puis son ami. Li est une fille simple, dure à l'extérieur, mais une vraie guimauve si on creuse un peu. Il n'y a qu'à voir la façon dont elle se fait avoir par les mecs : d'abord Paul, puis le capitaine de la Crim, et maintenant ce connard de Javier. Celui-là, il a de la chance que j'aie compris son petit manège. En revanche, s'il veut séduire l'aînée des Sorel, il va falloir qu'il revoie son manuel de drague. La comparer à sa sœur était la pire chose qu'il pouvait faire.

Immédiatement, une immense paire d'yeux verts envahit mon esprit : « une fille bien », le genre qu'on épouse, c'est sûr. Je secoue la tête, agacé, mais son image refuse de s'effacer. Pendant des années, je me suis fait une certaine image de Mareva, en accord avec ce que Linda m'avait raconté : idolâtrée par sa mère, piquant sans le savoir le mec de sa sœur. Une peste, quoi. Pourtant, depuis que la Miss s'est installée à côté de mon shop, j'ai bien été obligé de réviser mon jugement. Je me suis souvent demandé pourquoi Li n'avait pas coupé les ponts avec sa famille, mais en les voyant ensemble tout à l'heure, j'ai compris. L'une comme l'autre serait prête à tout pour protéger sa sœur. Elles sont comme le yin et le yang, différentes mais complémentaires.

J'esquisse un sourire en repensant à Mare. Qui aurait cru que du haut de son mètre soixante, avec son look BCBG, elle frotterait des tags tous les matins, irait faire la leçon aux jeunes du quartier, ou encore tiendrait tête à un capitaine de police ? Sur ce coup-là, je dois reconnaître qu'elle m'a épaté. Sous son apparente fragilité se cache un caractère de guerrière. Je la revois avec sa mini-jupe, les poings sur les hanches en train d'invectiver l'autre tache, et je me dis que si elle avait entendu ce que Javier a balancé à sa frangine, ce dernier se serait fait broyer les couilles. D'habitude, ce genre de filles ne m'intéresse pas, je les préfère comme Darla, bien foutues, faciles et pas prise de tête. Pourtant, je dois reconnaître que l'autre soir, quand elle m'est littéralement tombée dans les bras et que j'ai senti son corps frêle contre le mien, je n'ai eu qu'une envie, la jeter sur mon épaule à la manière d'un homme de Cro-Magnon et l'emmener dans ma caverne pour la protéger de tous les dangers. Paul lui a visiblement fait du mal à elle aussi. Si elle essaie de maintenir les hommes à distance, j'ai l'impression qu'elle pourrait céder au premier qui lui ferait des promesses qu'il ne tiendra pas, surtout avec ce pacte à la con. Machinalement, je porte la main à mes lèvres, là où son doigt les a effleurées.

Des coups sont frappés à ma porte, me tirant de ma rêverie.

– J'arrive !

J'ouvre le battant et Darla s'engouffre dans le shop, laissant derrière elle des effluves de parfum hors de prix. Inutile de demander d'où ça vient ; son mec et son frère bossent pour les Tchétchènes et ces derniers savent se montrer généreux avec leurs membres.

Darla, se dandine jusqu'à moi dans sa mini-jupe en cuir, un sourire lascif sur le visage. On est à mille lieues de la classe de Mareva.

– Qu'est-ce que tu fais là ? On avait rendez-vous si tôt ?

– Je m'ennuyais, minaude-t-elle en tortillant une mèche de cheveux sur son doigt.

Je passe la main sur mon crâne rasé. J'ai bien envie de la renvoyer chez elle, mais c'est quand elle est dans cet état qu'elle laisse échapper des infos intéressantes. Et depuis la mort de Soan, s'il y a bien une chose qui me motive, c'est de débarrasser les rues du gang des Tchétchènes. Et même si l'arrestation de leur chef leur a mis un coup dans l'aile, le Brat a repris l'affaire et compte bien s'imposer par la violence. Je ne suis pas sûr qu'ils aient gagné au change.

Je sors de mes pensées en découvrant ma visiteuse qui fait tomber ses fringues à la manière d'une strip-teaseuse. Elle ne tourne pas autour du pot. On ne va pas se mentir, Darla est sacrément canon et son activité de professeure de pole dance lui permet d'être souple à souhait. Notre aventure a commencé il y a quelques années, peu de temps après la mort de Soan. Elle accompagnait son mec qui venait se faire tatouer, puis elle est revenue seule. Dans la cabine de tatouage, à l'abri des regards, il n'a pas fallu longtemps pour qu'on couche ensemble et que j'arrive à lui soutirer des informations sur le gang du temps d'Anton.

Elle mordille mon oreille, me tirant de mes pensées, mais je ne suis pas dedans. Je grogne quand son soutif atterrit sur le matos que je viens juste de terminer de stériliser. Elle grimpe sur le comptoir et croise les cuisses de manière provocante. J'avance et lui caresse la poitrine, plus par automatisme que par réelle envie. Malgré ses courbes affriolantes, je n'arrive pas à me concentrer. Darla m'entoure de ses jambes et passe ses doigts sur mes lèvres, comme une certaine blonde quelques heures plus tôt.

Sa fragilité m'a bouleversé alors qu'elle s'inquiétait pour moi, avant de partir en guerre contre le capitaine de police. Je souffle. Je dois me calmer, ne l'envisager que comme une charmante voisine et la sœur d'une amie qui compte sur moi.

– Tu as la tête ailleurs, Call, m'interrompt Darla. Toi aussi, tu préfères cette stupide livraison à moi ?

Elle plante un ongle dans mon épaule. Je presse sa poitrine plus fortement et me colle un peu plus à elle.

– Qui pourrait préférer quoi que ce soit à ta petite chatte ? dis-je en venant mordiller son lobe d'oreille.

Satisfaite, elle se cambre pour venir à la rencontre de mon sexe qui, lui, ne réagit pas. Je décide de détourner son attention et lui propose de commencer par la séance de tatouage que nous avions prévu.

– Tu préfères te rincer l'œil avant ? lance-t-elle avant de descendre du comptoir pour s'allonger sur le fauteuil.

Je ne réponds pas et prépare mon matériel. Alors que je mets en place l'aiguille, j'admire son corps. Comment se fait-il que le mien ne vibre pas ? Je me penche sur son dos, mon souffle chaud sur sa peau déclenchant un gémissement de plaisir chez elle, et je démarre mon pistolet. J'entame le remplissage de l'immense rosace qu'elle m'a demandé de lui tatouer.

– Qu'en pense Piotr ? lui demandé-je en rajoutant un peu d'encre.

– Pfff, il est tellement obnubilé par la prochaine livraison que tu pourrais me tatouer une bite au milieu du front, il verrait que dalle.

– Pourtant ton cul est un appel à la luxure.

Joueuse, elle se cambre davantage, et ce qui devrait normalement provoquer des frissons d'excitation chez moi n'entraîne même pas un tressautement. Putain, je suis dans la merde.

– Tant pis pour lui, qu'il s'occupe de sa stupide came ; toi, tu me feras décoller. N'est-ce pas ?

Je pose le pistolet et fais courir mon doigt ganté de l'intérieur de sa cuisse jusqu'à ses fesses rebondies.

– Tu sais bien que je suis à ta disposition, mon ange.

Je poursuis mes caresses.

– Tu sais ce qui me plairait ?

– Dis-moi, Call.

Ses yeux se sont fermés. Si elle pouvait ronronner, elle le ferait.

– Toute une soirée avec toi. On pourrait dîner ensemble et j'aurais la nuit pour te montrer mille et une façons de jouir.

Elle se retourne, ses tétons pointés vers moi. D'un regard, elle me fait signe d'avancer, mais je préfère rester sur mon fauteuil faute d'être sûr de pouvoir bander. Du bout des doigts, je viens frôler son sexe.

– Te sauter à la va-vite, ça va cinq minutes, j'ai envie de monter d'un cran, de prendre tout mon temps. Qu'en dis-tu ?

Son souffle s'accélère.

– Le jour de la livraison, tu n'as qu'à passer ici, je te ferai crier comme jamais. Je fermerai le shop pour toi, je t'allongerai sur mon lit et te dévorerai. Entièrement.

Elle frémit, mais je vois son indécision. Sa fidélité au gang l'empêche de se livrer totalement. Je change de technique.

– Darla, pense à toi un peu. Crois-tu que Piotr va rentrer sagement après sa livraison ? Tu sais aussi bien que moi qu'il ira se mettre minable dans un bar du coin avec ses potes.

– Ça, c'est sûr, grommelle-t-elle.

– Tu veux vraiment perdre ton temps à l'attendre alors qu'on pourrait s'amuser, toi et moi ?

Elle se redresse et, d'un mouvement souple, se laisse glisser sur mes genoux. Elle se frotte contre le tissu de mon jean, ses bras autour de mon cou, puis approche sa bouche de mon oreille.

– Tu as intérêt à tenir tes promesses, Call.

– T'ai-je déjà déçue ?

Elle secoue la tête avant de m'embrasser. Putain, elle va me la donner, cette date ? Je suis pris au piège, enserré entre ses cuisses, sa langue dans ma bouche, et toujours aucune info valable à donner à Li. Sa main s'égare vers mon jean où ma verge est toujours aux abonnés absents. Heureusement pour moi, son portable se met à sonner. Elle vérifie le nom et décroche :

– Putain Darla, t'es où ? hurle une voix masculine.

– Je te l'ai dit, Piotr, je me fais tatouer.

– Ramène ton cul, je dois finaliser des trucs à la casse pour l'opération et on a besoin de toi pour garder la salle.

J'essaie de ne pas réagir. Darla bondit de mes jambes et commence à se rhabiller tout en tenant son portable contre son oreille.

– Je serai là d'ici quinze minutes, bébé.

Il lui répond un truc en tchétchène, j'intercepte le mot « Brat ». Darla se décompose et Piotr recommence à l'invectiver. Elle finit par raccrocher et se tourne vers moi, les joues rouges de colère.

– Quel enfoiré ! Je ne sais pas pourquoi je reste avec un connard pareil.

Elle attrape son sac mais avant qu'elle ne s'échappe, je la crochète par la taille.

– Mon offre tient toujours, ma belle.

Elle scelle de nouveau ses lèvres aux miennes et quitte la boutique. J'enrage de ne pas avoir pu obtenir la date exacte de la livraison et, pour la première fois depuis que j'ai commencé mon boulot d'indic, je ressens une certaine forme de lassitude. J'effleure mon torse et le dessin sur mon pectoral tout en me demandant si tout cela finira un jour. Kurbanov est certes en taule, mais son frangin a pris la relève. En verra-t-on un jour le bout ? Combien de victimes innocentes va-t-on encore retrouver dans les rues ? Combien de jeunes attirés par l'argent facile se laisseront-ils à nouveau convaincre de venir grossir les rangs du gang, au risque d'y laisser leur vie ? Je ferme les yeux. Le visage rieur de Soan apparaît devant moi. Il avait la vie devant lui, il voulait entrer dans une école de dessin, j'étais allé retirer le dossier d'inscription et… Et plus rien. Tout s'est arrêté. Je donne un coup de poing rageur dans ma table.

Mon téléphone, laissé sur le comptoir, interrompt mes réflexions. J'hésite à aller le chercher, je n'ai envie de parler à personne, mais la sonnerie stridente finit par me convaincre. Grand-ma. Je ne peux pas ne pas répondre.

On échange quelques banalités quand elle finit par arriver à son sujet favori.

– Alors mon chéri, quand est-ce que tu vas te décider à me présenter une fille ? Je ne vais pas en rajeunissant et j'aimerais être sûre que, quand l'heure sera venue pour moi de rejoindre tes parents, tu seras entre de bonnes mains.

– Grand-ma, je n'ai pas besoin d'une fille dans ma vie. Je suis très heureux avec mon shop.

– Taratata, on a toujours besoin d'une femme. Mais toi, il t'en faut une avec du tempérament, pas une potiche comme la dernière que tu m'as présentée.

Je lève les yeux au ciel.

– Grand-ma, je ne t'ai présenté personne, tu es venue au shop et tu es tombé sur une cliente qui… qui était venue se faire tatouer.

Et que j'ai sautée entre deux retouches.

– Mouais, en attendant, je ne sais toujours pas si ce qu'elle portait était une ceinture trop large ou une jupe trop courte.

Je ris avant de lui souhaiter une bonne nuit et d'aller me coucher. Cette journée a été épuisante.

Devant la porte vitrée du shop, j'aperçois la Coccinelle jaune de ma voisine. Cette nuit, Mareva a peuplé mes rêves : dans une magnifique tenue de pom-pom girl, elle me chevauchait inlassablement, faisant monter la température, et j'ai bien cru être redevenu un ado lorsque je me suis réveillé, à deux doigts de tacher mes draps.

Je l'observe descendant de sa voiture, un plateau recouvert d'aluminium dans les mains. Décidément, je la vois partout, aujourd'hui. Quand je comprends qu'elle vient vers moi, je me précipite derrière mon comptoir et me mets à le nettoyer.

– Salut, lance-t-elle timidement en avançant dans le magasin.

– Salut la Miss, réponds-je en levant les yeux.

Putain, mais c'est quoi cette tenue ?

On dirait une de ces écolières anglaises : jupe écossaise rouge et verte sur des collants blancs, de petits escarpins qui allongent divinement ses jambes, un chemisier blanc caché par une écharpe à grosses mailles et un serre-tête noir retenant sa chevelure dorée. Tout le sang de mon corps afflue vers mon sexe qui se met immédiatement au garde-à-vous. Elle se mordille la lèvre, hésitant sur la conduite à suivre et totalement ignorante de l'effet qu'elle a sur moi. Un ange tentateur, voilà à quoi elle me fait penser. Elle pose son assiette sur le comptoir.

– C'est pour toi.

Je détache mon regard d'elle et soulève l'alu pour découvrir de petits muffins légèrement brûlés. La Miss serait-elle piètre cuisinière ? Elle a profité de mon inattention pour enlever son écharpe, dévoilant le haut de son chemisier dont un bouton est ouvert. Voyant que je ne réponds pas, elle poursuit :

– Pour te remercier d'avoir redonné le sourire à ma sœur hier. Elle était vraiment mal, j'ai l'impression qu'elle m'en voulait et je ne savais pas quoi faire pour l'aider. Mais toi…

Elle fait le tour du comptoir, ce qui, vu l'énorme bosse qui déforme mon jean, n'est pas la meilleure idée. Je prends le premier truc qui traîne, le catalogue des tatouages, et le positionne devant moi. Dieu merci, elle ne remarque rien, se contentant de me fixer avec ses beaux yeux menthe à l'eau. Il faut que je trouve un prétexte pour la faire partir, sinon je ne garantis pas ma bonne conduite, et rien à foutre si des clients entrent.

– Toi, tu as su trouver les mots justes. Alors…

Elle s'avance encore un peu et, après un instant d'hésitation, ses lèvres effleurent ma joue.

– Merci, Call.

Elle s'écarte, et c'est comme si le monde entier avait cessé de tourner. Je ne réfléchis plus et, avant qu'elle ne s'en aille, je place mes mains autour de ses joues, lâchant le magazine, et fonds sur ses lèvres.

CHAPITRE 23

MARE

Je ne comprends pas ce qui se passe. Il y a trois minutes, j'étais en train de le remercier, et là j'ai ma langue dans sa bouche. Je n'aurais peut-être pas dû l'embrasser sur la joue, mais c'est la faute de mon éducation à la con : « Fais un bisou à tata pour lui dire merci. » Sur le coup, ça m'a semblé être une bonne idée. Nos langues, au début timides, se sont lancées dans une chorégraphie des plus sensuelles. Sa main caresse ma joue tandis que l'autre descend le long de mon chemisier pour venir se caler dans le creux de mes reins, diffusant une chaleur familière. Je sens son – énorme – érection alors qu'il me plaque contre lui. Je sais ce qu'il veut, et je le veux aussi, c'est clair, mais avant je dois savoir. Je rassemble mes esprits et toute ma volonté pour le repousser doucement, même si tout mon corps me crie de me jeter sur lui. Il s'écarte, l'air complètement perdu. Je m'apprête à lui poser la question qui me ronge lorsque la sonnette de la boutique m'interrompt. Nous nous écartons vivement l'un de l'autre pendant qu'un client pénètre dans la boutique, et Call reprend un air sérieux qui tranche avec la faim qui le traversait il y a encore quelques secondes.

– Merci pour les muffins, et passe une bonne journée.

Puis, se tournant vers son client :

– Salut, tu viens pour une retouche c'est ça ?

Je fais demi-tour, rouge pivoine, et quitte la pièce en trombe. L'air frais me fait du bien, mais pas assez. Regagnant ma boutique, je pars me réfugier au milieu de mes kits créatifs. Qu'est-ce qui m'a pris ? C'était génial, c'est sûr, mais… est-ce que c'était une bonne idée ? Non, soyons réalistes : la seule chose que je regrette, c'est que ça se soit terminé si rapidement. J'essaie de me concentrer sur mon travail, mais mes pensées dérivent systématiquement vers la bouche sensuelle de Call. J'en ai encore envie. Mais est-ce que je peux ? Est-ce que je dois ? N'y tenant plus, je sors mon téléphone de mon sac et appelle Li. J'ai besoin de savoir.

Elle décroche plus rapidement que je ne l'aurais pensé.

– Salut sœurette, tu vas bien ?

– Mare, je taffe là, qu'est-ce que tu veux ?

– Rien du tout ! Je voulais juste savoir si tu avais suivi mes conseils et rembarré cette andouille de Javier.

– Me parle pas de Javier, dit-elle en haussant la voix.

– OK, laisse tomber.

Un ange passe. Je ne sais pas comment lui poser la question sans lui mettre la puce à l'oreille. Bon, tant pis, je me jette à l'eau :

– Li, est-ce que tu as déjà couché avec…

– Mare, je dois te laisser, il y a du nouveau sur l'affaire des Tchétchènes, on en parle ce soir.

Elle raccroche, me laissant aussi frustrée que quand j'ai dû m'éloigner de Call. Bordel, mais pourquoi suis-je aussi coincée ? Qu'est-ce que ça change, qu'il ait couché avec Li ? Je pourrais très bien en faire abstraction, non ? Bon, OK, je ne pourrais pas. Je suis capable de partager beaucoup de choses avec ma sœur, mais l'idée d'être comparée à elle sur quelque chose d'aussi intime que le sexe me terrifie. Déjà qu'à ce niveau-là, je ne suis pas très confiante, merci Paul et ses « Mare, tu n'as aucune imagination ».

Agacée que ce connard envahisse mes pensées, je pars dans la réserve pour récupérer un carton de *bullet journals* à disposer près de la caisse. Je dois penser à autre chose qu'à la bouche de Call sur la mienne. Pourtant mes lèvres picotent encore. Si l'amour n'est pas fait pour moi, je pourrais peut-être me contenter d'un plan cul. Je n'ai jamais essayé mais ça ne doit pas être si mal, non ? Je récupère un pack sur les étagères avant de le poser au sol quand j'entends le tintement caractéristique de mon carillon.

– J'arrive, une petite minute ! lancé-je, à quatre pattes, la tête dans le carton.

Un raclement de gorge me fait sursauter. Je lève la tête, il est là, devant moi. Les manches de sa chemise sont remontées sur ses biceps et il tient dans ses mains mon écharpe, que j'ai dû oublier dans ma fuite précipitée. Son regard est focalisé sur mon chemisier. Dans la position dans laquelle je suis, il a une vue plongeante sur ma poitrine. Je me redresse vivement, lissant comme je peux ma tenue, tandis qu'il murmure, d'une voix rauque :

– Tu avais oublié ça.

Il me tend mon écharpe, je la récupère sans vraiment y prêter attention. Mon cœur bat à mille à l'heure, et, si j'en crois la lueur dans ses yeux, il a envie de la même chose que moi.

– Pourquoi es-tu partie ? demande-t-il en poussant du pied le carton qui se trouve entre nous.

– Tu… tu avais un client, dis-je en reculant.

Il secoue la tête et avance vers moi jusqu'à ce que je me retrouve coincée contre une étagère remplie de fournitures.

– Tu avais rompu notre baiser avant qu'il arrive.

Je détourne les yeux en me mordant la lèvre. Il pose son index sous mon menton et me force à le regarder.

– Je ne suis pas assez bien pour toi ?

Je ne réponds pas. Les yeux baissés, je me sens bête, et il prend mon silence pour une confirmation. Son regard change, il s'écarte de moi et fait demi-tour, furieux. Si je ne parle pas, je vais le perdre. Il est déjà presque sorti de la réserve quand je l'interpelle :

– Est-ce que tu as déjà couché avec ma sœur ?

Il s'arrête net et se retourne, toujours en colère, mais aussi surpris. Il revient vers moi et place sa main contre l'étagère derrière moi.

– Qu'est-ce qui te fait dire ça ?

– Je ne sais pas, vous aviez l'air tellement complices quand tu l'as tatouée. Il y a un lien entre vous, c'est indéniable.

– Oui, il y a un lien. Ta sœur est une fille en or. Mais bordel, tu crois que je suis ce genre de mecs ? Le genre à me taper l'une puis l'autre pour les inscrire à mon tableau de chasse ?

Je le repousse.

– Comment le saurais-je ? Je n'ai eu qu'un mec dans ma vie et il m'a laissée tomber comme une merde, alors désolée de ne pas avoir le manuel d'utilisation. J'ai une question, je la pose. Si ça ne te convient pas, la sortie est par là.

Le bras tendu vers l'extérieur, j'attends. Je fais la forte, mais à l'intérieur je n'en mène pas large.

– Non, je n'ai pas couché avec ta sœur, dit-il sèchement.

– Parfait, rétorqué-je sur le même ton.

– Parfait.

Nous nous défions du regard. Petit à petit, la colère sur son visage est remplacée par quelque chose de plus brut, de plus sauvage, et quand il marmonne « putain de miss Chieuse » en se jetant sur moi, je m'autorise enfin à respirer. Ses mains s'emparent de mes hanches et il me presse contre lui. Comme tout à l'heure, je sens la force de son érection.

– Tu es comme ça depuis que je suis partie ?

– Ça a été la retouche de tatouage la plus laborieuse de toute ma vie, grogne-t-il en venant dévorer mes lèvres.

Je passe les mains sous sa chemise, dessinant du bout des doigts ses abdominaux qui peuvent faire concurrence à n'importe quelle tablette de chocolat. De son côté, il a entièrement déboutonné mon chemisier et titille à travers la dentelle blanche de mon soutien-gorge mes tétons déjà durcis. Il me retourne ensuite et me plaque contre l'étagère, qui vacille sous l'impact. Il passe ses mains sous ma jupe et fait glisser mon collant et ma culotte. J'essaie de paraître sexy en relevant les jambes mais je ne suis pas convaincue du résultat. Il remonte ensuite le long de mes cuisses puis vient caresser mes fesses. Je m'attends à ce qu'il déboutonne ma jupe, mais il faut croire que la tenue lui plaît puisque sa main glisse dessous pour jouer avec mon sexe humide tandis que l'autre fourrage dans mon chemisier à la recherche de ma poitrine. Je m'accroche au barreau en métal de l'étagère et me cambre pour venir à sa rencontre. Je ne me reconnais pas. Avec Paul, c'était mécanique, je suivais ses envies sans jamais oser dire ou faire quoi que ce soit. Son fantasme de me prendre sur le bureau de son père, que je lui fasse une fellation au cinéma… Mais là, avec Call, je me laisse guider par mes pulsions, car ce qui se passe en ce moment ne se reproduira jamais.

– La Miss, rien que de te voir comme ça, c'est une torture, dit-il en mordant mon épaule.

– Alors prends-moi, réponds-je dans un souffle.

J'entends un bruit de plastique qu'on déchire, un pantalon qui tombe au sol et soudain son sexe frotte contre mes fesses. Il embrasse le haut de mon cou tout en continuant de jouer avec ma poitrine. Je me cambre un peu plus pour lui permettre d'accéder à mon intimité et délicatement, il me pénètre. Centimètre par centimètre pour me laisser le temps de m'adapter à son membre. J'ondule des hanches, m'habituant à sa présence en moi et lui donnant implicitement l'autorisation d'entamer des va-et-vient. Sa main gauche s'enroule autour de mon cou et l'un de ses doigts frôle mes lèvres avec la même douceur que plus bas, sur mon clitoris. Quand il s'aventure dans ma bouche, je l'aspire et le mordille comme je l'aurais fait si j'avais eu son sexe entre mes lèvres. Il grogne et se concentre sur ma boule de plaisir, l'agaçant de la pulpe du doigt, la frôlant, la pinçant. Je sens la chaleur m'envahir et m'accroche à l'étagère pour ne pas tomber quand la vague déferlera en moi.

– Call, je ne vais pas tenir, haleté-je.

– Qui te demande de tenir ?

Il ne m'en fallait pas plus pour décoller. Sa main a délaissé mon cou pour tenir mes hanches et m'empêcher de m'effondrer. Ses mouvements s'intensifient. Je ne sais pas où je trouve la force de me tenir, jusqu'à ce qu'une deuxième vague me submerge et que Call cesse de bouger à son tour. Essoufflés, nous tentons de reprendre nos esprits, lui appuyé sur moi, et moi toujours contre l'étagère. Jamais je n'aurais imaginé qu'on pouvait l'utiliser en ce sens.

Il se retire, et je me retourne pour remettre ma jupe plus facilement. M'appuyant sur la planche de bois qui m'a tenue jusque-là, je glisse et fais chuter un bocal. En l'espace de trois secondes, nous sommes tous les deux couverts de poudre de pigment vert. Entre la sueur et ma maladresse, plus on frotte pour s'en débarrasser, plus on l'étale, évidemment. Au bout de deux minutes à tenter de limiter les dégâts, je laisse tomber.

– Ça partira à la douche, dis-je en rajustant mon chemisier.

– Ouais, vaudrait mieux, je ne vais pas rester avec la tête du Grinch jusqu'à Noël, rouspète-t-il.

Étonnée par son ton, je ne dis rien et nous nous rhabillons en silence. J'avoue que je suis un peu perdue sur la marche à suivre. Bien sûr, j'ai lu des tas d'articles sur les coups d'un soir ou sur les *sex friends*, mais vivre la situation est nettement différent de ce que j'avais en tête. Est-ce que je lui serre la main et lui dis merci ? Est-ce que je lui demande si on va se revoir ? Bien sûr qu'on va se revoir, nous sommes voisins.

Son portable me sort de mes réflexions en émettant une vibration. Je ne sais pas ce que lui annonce le message mais visiblement, c'est une bonne nouvelle.

– On a enfin la date, laisse-t-il échapper avant de se tourner vers moi. Ne cogite pas trop, la Miss, c'était juste du plaisir sans prise de tête, OK ?

Il relève doucement mon menton et plonge son regard dans le mien pour s'assurer que j'ai bien intégré ses paroles. Je hoche la tête, il recule, satisfait, et quitte la boutique.

Je n'ai même pas eu le temps de remettre mes collants.

CHAPITRE 24

LI

Je me réveille en sursaut en entendant des coups violents à la porte de mon appartement. J'ouvre les yeux mais il fait encore nuit noire. Un œil vers mon réveil. Huit heures cinquante-trois. Je referme l'œil que j'avais réussi à ouvrir. Huit heures cinquante-trois. Envie de dormir. Il y a un truc qui cloche. Je bondis de mon lit. Comment ça, huit heures cinquante-trois ? Une terrible douleur traverse mon lobe frontal et me fait retomber les bras en croix, la tête sur mon oreiller. Purée, j'ai une de ces migraines. Encore des coups énergiques à la porte et une voix que je reconnais immédiatement.

– Tu vas ouvrir cette porte ! Je sais que tu es chez toi. J'ai vu ta voiture sur le parking.

Javier. Génial. J'essaie d'ouvrir de nouveau les yeux, mais c'est impossible.

– Franchement, tu es plus que puérile, là.

Il ne va pas la fermer, celui-là.

– Combien de fois devrai-je te dire que je suis désolé ? J'étais en colère et j'ai agi comme un con. Je te demande pardon, alors ouvre cette porte ! Je ne te connaissais pas si susceptible.

Je tâtonne à gauche. Je n'ai pas mon flingue ; je crois que j'aurais tiré un coup de semonce pour le faire taire. Dans ma tête, c'est Tchernobyl au lendemain du 26 avril 1986. J'ai un trou béant à la place du cerveau, comme si on avait creusé ma matière grise à la petite cuillère.

– Linda, ouvre-moi !

– La ferme, Javier ! Laisse-moi juste le temps d'arriver.

Ma remarque a le mérite de faire taire cet idiot. Je fais les quelques derniers pas comme si j'avais les pieds prisonniers de blocs de béton. Lorsque j'ouvre le verrou, Javier s'engouffre dans mon vestibule sans me laisser le temps de dire quoi que ce soit. La main sur le front pour faire cesser le moteur de vieux diesel qui ronronne dans ma tête, je le laisse passer devant moi en furie avant de l'entendre me dire :

– Oh cette tête !

– Bonjour, Javier.

J'ai une de ces migraines. Je me penche vers le miroir et me découvre avec une coiffure de caniche. Bon Dieu, qu'est-ce que j'ai encore fait ? Ou plutôt : qu'ai-je encore laissé Mare faire de mes cheveux ? Des images de ma soirée me reviennent en mémoire. Non, c'est l'œuvre de Lorena, ça.

Je me souviens maintenant. Soirée *Grease*. Je tente en vain d'effacer le rouge à lèvres qui a débordé sur la moitié de ma joue durant ma courte nuit.

– C'est quoi cette tenue ? Tu as planqué à Boulogne sans moi ?

Je baisse les yeux sur un slim similicuir et un bustier rigide. Je comprends mieux pourquoi je n'arrive pas à respirer normalement. Je me sens ridicule, tout à coup. Javier me détaille avec un air désapprobateur qui me donne aussitôt envie de me cacher dans le placard du vestibule.

– Gueule de bois. Ne parle pas trop fort s'il te plaît, bredouillé-je avant de repartir vers la cuisine.

– Tu as fait une soirée en milieu de semaine ? Tu déconnes ou quoi ? On doit démarrer la planque demain, les infos tombent de partout. Il va y avoir du mouvement à la casse. Call a même obtenu confirmation de sa nana.

– Mollo, mec. Tu peux parler moins vite, et surtout beaucoup moins fort.

Javier reste bouche bée avant de me jeter un regard agacé. J'hallucine en découvrant l'état de la cuisine.

– La vache, ce bordel ! en rajoute-t-il derrière moi.

Des cadavres de bouteilles d'un côté, des restes de pizza de l'autre et au centre, mon plan de travail recouvert de tout un tas de gamelles pleines de chocolat.

– Oh non, elle a recommencé à pâtisser, grogné-je.

– Quoi ?

– Ma frangine. Ça fait deux jours qu'elle fait de la pâtisserie. Hier, elle a failli incendier tout l'immeuble en laissant cramer des muffins.

– Non mais tu m'écoutes, là ?

– Vu les restes, elle a dû faire des moelleux au chocolat.

Javier avance vers ma machine à café et se saisit du réservoir d'eau, qu'il remplit au robinet.

– Je n'aime pas quand elle fait des gâteaux. Déjà parce qu'ils sont toujours infects, et parce qu'elle ne pâtisse que quand elle est amoureuse d'un crétin. J'espère qu'elle ne tourne pas autour de Call.

– Ah non, pas Call ! s'énerve-t-il tout à coup.

Sa voix qui porte déclenche un véritable séisme dans ma tête. Pourquoi s'emporte-t-il comme ça ? Il est jaloux ou quoi ? À moins que ce soit lui qui fréquente ma sœur en douce. Mon cœur se soulève.

– Je suis d'accord, il n'est pas question qu'elle se fourre dans les ennuis jusqu'au cou en traînant avec notre indic, affirmé-je alors que Javier s'active dans mes placards pour trouver du sucre.

L'odeur du café me réveille doucement et il revient vers moi.

– Bois et file sous la douche.

– Mare croit dur comme fer qu'on attrape un mec par le ventre. T'en penses quoi, toi ?

Javier me fixe de ses billes gris métallique.

– Bois, se contente-t-il de me répondre.

Je souffle sur le breuvage pour le refroidir et, levant les yeux vers mon binôme, je le surprends en train de loucher sur mon décolleté avant de toussoter, mal à l'aise. C'est vrai que je n'ai pas l'habitude de mettre mes seins en avant, pourtant j'aurais de quoi.

– C'était pour fêter quoi, cette soirée ?

– Rien, juste une soirée entre filles.

– Avec qui ?

– Lorena, Gabriella et Mare.

– Mes sœurs sont venues chez toi pour picoler ? J'espère que tu n'as pas laissé Gabriella reprendre le volant bourrée, me reproche-t-il.

– Non, ta mère est venue les chercher.

J'omets volontairement de lui dire qu'en repartant, sa mère était légèrement éméchée aussi. Je n'ose imaginer la douleur dans mon crâne s'il se mettait à hurler.

– Depuis quand tu fais des soirées avec mes sœurs ?

– Depuis que les filles ont décidé de me relooker.

– Mais ton look est parfait, grommelle-t-il. Enfin, pas celui-là, hein.

Il baisse les yeux sur ma tenue. À la façon qu'il a de s'attarder sur mes cuisses puis sur mon décolleté, j'ai comme un doute.

– Parfait peut-être pour un flic, mais pas pour une fille qui cherche un mec.

– Tu recommences avec cette nouvelle lubie ! s'écrie-t-il tout à coup. Tu ne crois pas qu'on a des choses bien plus importantes à penser en ce moment ? On a un gang à démanteler.

– Je fais ce que je veux.

Il soupire, agacé, avant de pousser la tasse que je tiens vers mes lèvres pour que je boive plus vite.

– Pourquoi vous êtes-vous mises minables comme ça ?

– On s'amusait bien, c'est tout.

Il me dévisage, suspicieux, mais je file très vite me réfugier dans ma chambre pour prendre une bonne douche. Vu la tonne de laque que j'ai sur les cheveux, il me faudra un long moment et de nombreux shampoings pour revenir à la raideur naturelle de mes cheveux.

Je savoure l'eau chaude qui se déverse sur mon corps et repense à cette soirée de folie durant laquelle les sœurs de Javier m'ont transformée pour faire quelques clichés sexy et alimenter mes différents comptes de sites de rencontres. Je plisse les yeux d'angoisse en me revoyant danser sur TikTok. J'ai un peu peur du résultat. J'avoue que j'ai fait ça pour leur faire plaisir car au fond de moi, je n'ai aucune envie de me trouver un mec. J'efface d'ailleurs toutes les propositions de rencards, expliquant à Mare et aux filles que personne n'a pris contact avec moi. J'ai même jeté le numéro du prof de droit. En revanche, je compte bien continuer nos soirées entre nanas. Je n'ai jamais vraiment eu d'amies filles à part Mareva, et avoir trouvé un groupe d'amies me fait un bien fou.

En parlant de Mare, elle était déchaînée hier soir, comme si elle avait fait une connerie et qu'elle souhaitait en faire une bien plus grosse pour oublier la première. Son obsession pour les gâteaux me fait craindre le pire. Qui a-t-elle pu lever hier ? Call, ça m'étonnerait. Je le lui ai interdit. Mathieu, le type du *speed dating* ? Gabriel Legris ? Ou Javier. Mare avec Javier. Non. Les imaginer ensemble me retourne l'estomac. Pas question que Mare s'en empare. Connaissant sa propension à prendre le dessus sur un homme, elle aura vite fait de lui imposer des horaires de bureau et de l'empêcher de planquer durant des jours. Je souffle. Ce n'est pas ça le problème, bien sûr. Le problème, c'est que je ne veux pas qu'elle me le prenne aussi. Elle ne peut pas chaque fois me voler les hommes dont je tombe amoureuse.

Amoureuse. Voilà, c'est dit. De toute façon, je l'ai hurlé hier soir, en pleine beuverie. C'est Gabriella qui m'a fait cracher le morceau en me faisant avouer pourquoi j'avais été si perturbée par ce baiser dans la voiture. Pourquoi j'en étais sortie si frustrée. Parce que je voulais plus. Parce qu'il m'avait donné ce que jamais je n'avais osé espérer. Un peu de lui en dehors de notre fichu boulot. Du Javier à l'état brut rien que pour moi. Heureusement, à ce moment-là, Mare ronflait déjà sur le canapé et Lorena vomissait son dernier mojito dans les toilettes. Oh non, il va falloir aussi que je nettoie ça.

Mareva avec Javier. Moi aussi j'ai la nausée.

Je sors de la douche, passablement énervée maintenant que les images de ma sœur et de mon collègue tournent en boucle dans ma tête. Je prends une petite serviette au passage que j'enroule autour de mon corps et retourne vers ma chambre. Je n'ai pas fait deux pas dans la pièce que je glisse sur le parquet et m'écrase au sol dans un cri de surprise.

Javier surgit dans ma chambre alors que je me masse la fesse pour dissiper la douleur, à moitié nue.

– Tu vas bien ? s'enquiert-il, inquiet.

– Oui, ça va aller.

– Tu ne tiens pas sur tes jambes ce matin.

– J'ai glissé, dis-je en grimaçant de douleur.

Javier m'attrape les mains pour m'aider à me relever, quand son regard s'arrête sur le tatouage de mon poignet. Je le vois déchiffrer la phrase avant de revenir vers mon regard, gêné.

– Tu es une princesse ? demande-t-il, un peu perturbé.

– Je ne descends d'aucune famille royale, je te rassure. Sinon, j'ai une drôle d'allure pour une princesse, me moqué-je.

– Tu es parfaite.

Je me crispe et rejette son bras pour me relever.

– Arrête de te foutre de moi.

Ses yeux me parcourent de la tête aux pieds. Je sens le rouge monter jusqu'à mes joues lorsqu'il marque un temps d'arrêt à la hauteur de ma poitrine.

– Je sais que tu veux me faire oublier tes paroles blessantes de dimanche mais tu n'es pas obligé de débiter des inepties pour autant.

Il secoue la tête en soupirant et j'enroule mes bras autour de mon corps pour me cacher un peu. Une nouvelle fois, son exploration s'interrompt. Sur le bas de ma serviette. Je cherche à tirer dessus mais elle est trop minuscule pour couvrir toutes mes formes.

– C'est le tatouage de Call ? demande Javier en venant poser ses doigts sur la jarretière. C'est toi sur la photo dans son salon ?

Là, je panique. Je n'aime pas montrer mes tatouages, ils en disent tellement long sur mon histoire. Et ses doigts sur ma peau me donnent des frissons. Je ne veux pas qu'il devine ce que je ressens pour lui.

– Tu peux me laisser pour que je puisse m'habiller ?

Javier se redresse et me scrute. Je le vois cogiter.

– Il s'est passé un truc entre Call et toi ?

– Qu'est-ce que tu vas encore t'imaginer ?

Il me sonde quelques secondes.

– Maintenant que je sais pour Beaulieu, tu m'as peut-être caché d'autres amants.

– Je n'ai pas couché avec Call. Je ne sais même pas pourquoi je me justifie, cela ne te regarde pas.

Et puis, ça fait des semaines que je n'ai pas couché avec Sébastien.

– Épargne-moi les détails, s'il te plaît, dit-il en grimaçant. Rien que de t'imaginer avec lui, j'ai envie de le tuer.

Il s'éloigne et je claque la porte de ma chambre. Il m'énerve avec sa morale à deux balles. Lui, il se tape toutes les filles qu'il veut, peut-être même ma sœur, et moi je devrais me comporter comme une nonne ?

Quand je réapparais dans mon salon, je ne trouve pas Javier. Je le déniche dans la cuisine, qu'il a rangée durant ma douche. Je le scrute pendant qu'il s'essuie les mains, et je souris. Je devrais peut-être le filmer pour que sa mère me croie enfin lorsque je lui dis qu'il est capable de faire les tâches ménagères. Elle ne veut jamais me croire quand je lui dis que Javier lave ma tasse de café tous les jours, que son bureau est le plus ordonné des deux nôtres. Quelque chose me dit que la mama aime chouchouter à outrance son unique fils pour le garder encore un peu chez elle.

– C'est gentil d'avoir tout rangé, lui dis-je.

– Je suis prêt à tout pour toi, princesse, répond-il en se retournant vers moi.

Il me détaille avec un petit sourire.

– Je ne suis pas une princesse.

– Si, insiste-t-il d'une voix douce, me dépassant avec un petit regard séducteur. Tu es une princesse, mais armée jusqu'aux dents. C'est bien plus excitant.

– Tu parles ! Avec moi, on baise à la va-vite.

Son regard se remplit de remords.

– Les princesses, on ne les baise pas, on leur fait l'amour. Et toi, tu es ma princesse.

Nos regards se croisent et je frissonne. Il dépose un tendre baiser sur ma tempe et mon cœur s'accélère. Je me répète mon nouveau mantra : « Je suis une princesse, mon prince charmant m'attend. » Je plonge mon regard dans le sien. *Est-ce que Javier m'attend ?* L'éclat de ses prunelles grises m'hypnotise. J'aimerais tellement.

CHAPITRE 25

MARE

Deux jours. Cela fait deux jours que j'ai couché avec Call et que je n'ai aucune nouvelle. Enfin, ce n'est pas tout à fait vrai : j'ai droit à un signe de tête quand il passe devant ma boutique. Quelque part, c'est mieux ainsi, je ne veux pas d'attaches. Je joue distraitement avec un trombone, dans l'attente d'un client, quand mon portable sonne.

– Mareva Sorel ?

– Oui, c'est moi.

– Bonjour Mademoiselle, ici le docteur Huguenot, vous avez laissé un message sur mon répondeur il y a quelques jours. Malheureusement, nous avons eu des soucis au cabinet et je n'ai pu avoir accès à ma messagerie que maintenant.

Je ferme les yeux ; le nom de Huguenot ne m'est pas inconnu. Devant mon silence, il poursuit :

– Sur le message, vous aviez l'air… euh… joyeuse, et on entend en arrière-fond une voix de jeune femme se lamenter sur… euh… les possibilités de s'amuser dans une voiture.

Heureusement que je n'ai pas le médecin en face de moi car je deviens rouge pivoine. Il fait sans doute allusion à la soirée où Li, complètement bourrée, a appelé son capitaine. En revanche je ne me souvenais pas d'avoir contacté le psy qui m'avait reçue la dernière fois.

– Mademoiselle ? reprend-il. Vous souhaitez toujours que nous nous rencontrions ?

Je prends la peine de réfléchir mais je me rends rapidement à l'évidence : grisée par les effets de l'alcool, j'ai laissé mon subconscient aux manettes et demandé de l'aide. Il est peut-être temps d'accepter la réalité. Ne pouvant parler de ce qui s'est passé ni à ma mère, ni à ma sœur, je n'ai pas d'autre solution.

– Oui, j'aimerais prendre rendez-vous.

Nous convenons d'une date et lorsque je raccroche, j'ai l'impression qu'un poids s'ôte de ma poitrine.

J'échange ensuite quelques SMS avec Lorena, la sœur de Javier. Au cours de la soirée, elle nous a avoué avoir eu plusieurs PQR (plans cul réguliers), tout en les laissant tomber dès qu'elle sentait qu'ils s'attachaient trop. Je l'admire, d'une certaine manière. Elle ne se prend pas la tête, jongle entre les applis de rencontres et son boulot, et nous a même avoué tenir un tableau Excel pour savoir qui elle voit et quand. Je pouffe en imaginant la tête de Javier s'il tombait là-dessus. À coup sûr, il la ferait exorciser et enfermer dans un couvent. Au moins, cette soirée a permis de changer les idées à ma sœur, toujours remontée à bloc à cause de son coéquipier. En moins d'une heure, elle s'était mis la tête à l'envers, me rassurant quant à ma crainte de laisser échapper par inadvertance quelques mots sur mes frasques dans l'arrière-boutique.

Je fais défiler les photos de Li relookée en Sandy sexy de *Grease* sous le regard désespéré de Gabriella. La pauvre. Elle qui était venue pour réviser s'est retrouvée embarquée dans une soirée filles tout sauf tranquille. Sur la photo suivante, on voit Li balancer des fiches Bristol par la fenêtre ; si j'avais filmé, on l'aurait entendue beugler « Un jour mon prince viendra ! » tandis que Gabriella la suppliait de lui rendre ses précieux pense-bêtes. Cette dernière, voyant qu'elle ne pourrait rien faire de nous, a appelé sa mère en renfort. Grosse erreur. Alma a fini la bouteille de vodka et elles sont toutes les trois rentrées en taxi.

La clochette de mon magasin me fait poser mon portable.

Merde, ça sent les ennuis. Vient de pénétrer dans ma boutique un des jeunes tagueurs. Casquette sur la tête, pantalon troué aux genoux alors qu'il doit faire moins deux dehors, et le visage fermé. Seule derrière mon comptoir, j'imagine mille et un scénarios : il est revenu taguer les murs, ou, pire, il vient pour me racketter. J'ai lu ça dans un de mes livres, le mec vient demander à la responsable une somme d'argent mensuelle en échange de la garantie que sa boutique sera protégée d'éventuels vandales. Ce qu'il ne dit pas, c'est que les voyous en question sont payés par lui pour intimider ceux qui refusent d'allonger la monnaie. Bien sûr, dans mon roman, le chef de la mafia tombe amoureux de la jeune et jolie patronne et tout finit bien, mais quelque chose me dit que dans mon cas, ce sera bien différent.

Je l'observe du coin de l'œil et il en fait autant, chacun se méfie de l'autre. Il est planté comme un piquet devant les kits de bougies parfumées. Je prends la décision de le traiter comme un client ordinaire – au moins, on ne pourra pas me reprocher mon accueil. Je m'approche donc avec mon plus beau sourire.

– Je peux peut-être vous aider ?

– Ouais… euh… C'est quoi ça ?

J'attrape le kit qu'il me désigne et me lance dans mon explication habituelle. Il écoute tout en regardant par la vitrine de temps à autre d'un air pressé.

– C'est pour offrir ? demandé-je.

– Pour ma daronne. Elle aime bien tous ces trucs de création. C'est combien ?

Je lui annonce le prix, il tique et semble sur le point de partir. Alors je tente un coup de poker :

– On peut sans doute s'arranger, si vous êtes d'accord ?

Il me détaille de haut en bas avec un sourire goguenard. Non mais je rêve, il croit que je lui demande quoi, là ?

– Je pense à tout autre chose.

Il me suit en direction de la caisse et je pose le kit devant lui.

– Si vous nettoyez vos dessins et vous engagez à laisser mon rideau tranquille, je vous l'offre.

Il paraît hésiter et me dit sur un ton hargneux :

– Qu'est-ce qui me prouve que vous tiendrez parole ?

Je hausse les épaules et commence à emballer le kit dans du papier cadeau. Je le place ensuite dans un joli sac avant de le lui donner.

– Vous pouvez partir avec dès aujourd'hui.

Surpris, il saisit le sac par les lanières.

– Vous êtes sérieuse.

Je hoche la tête pour confirmer.

– Je pourrais me barrer et continuer à dessiner, me provoque-t-il.

– C'est à vous de voir, mais je pense que ça ne pourrait pas vous faire de mal d'avoir quelqu'un qui ne vous déteste pas dans ce quartier.

Il fronce les sourcils et j'ajoute :

– Je vous ai vu la semaine dernière avec le gérant de l'épicerie asiatique, il n'avait pas l'air ravi.

– C'est pas ma faute, M'dame, il avait mis qu'un seul ravioli dans ma soupe. On dit pas soupe aux raviolis si y en a qu'un, non ?

J'étouffe un rire et alors que la sonnette retentit de nouveau, il tourne les talons. Ce n'est qu'au moment de franchir la porte que j'entends un « Au revoir, Madame » à peine audible. Bon, je ne sais pas si mon acte servira à grand-chose, mais j'ai l'impression d'avoir fait quelque chose de bien. Visiblement, même les petits voyous ont aussi envie de gâter leur mère le jour de Noël.

La journée passe à une vitesse folle, je finis par commander une pizza au guignol du *speed dating* que je déguste en dix minutes tellement il y a de clients. À une semaine de Noël, c'est le rush. Je dois absolument penser à récupérer du papier cadeau, je vais profiter de l'absence de Li ce soir pour emballer ce que je compte lui offrir. Je nous ai pris des cours de pole dance, une combinaison en pilou à l'effigie de Bugs Bunny et un vibromasseur pour se détendre un peu.

Tout en m'occupant des clients, je note mentalement tout ce que je dois préparer pour Noël. Comme chaque année, nous allons le faire chez notre mère, et, comme je suis une pro de la déco, c'est moi qui m'en charge. Une année, j'ai voulu m'occuper de la bûche : Li l'a fait tomber et Gene l'a mangée, écopant d'une indigestion. Depuis, soucieuses de ne pas subir le même sort, ma mère et ma sœur m'ont interdit de m'approcher d'un moule à gâteau.

J'encaisse mon dernier client avant d'aviser l'horloge. Je devrais avoir fermé depuis une demi-heure.

Je m'empresse d'aller tourner le loquet et range mon magasin. Une fois que tout est à sa place, je m'emmitoufle dans mon manteau et abaisse le rideau. Des bruits de talon résonnent dans la rue ; je lève les yeux et Darla passe devant moi sans même me remarquer. Jupe en cuir, bas résille galbant ses longues jambes et perfecto en cuir, elle pousse la porte du shop de Call et s'engouffre dans la boutique. Mon rideau métallique est baissé depuis un moment mais je n'arrive pas à bouger. Qu'est-ce qu'elle vient faire là ? Ils sont toujours ensemble ? Je me mords la lèvre, cherchant un prétexte quelconque pour pousser la porte du tatoueur. Je me souviens alors des muffins. Je pourrais très bien venir récupérer mon plateau et en profiter pour le saluer. Je prends une grande inspiration et tourne la poignée du shop. Coup de chance, la sonnette ne fonctionne pas. J'avance discrètement, m'attardant sur la photo du tatouage de Li ; je n'arrive pas à croire que ce soit sa jambe. Je regarde à droite et à gauche, aucune trace de Call et de sa pimbêche. J'avance vers le comptoir, et c'est là que je les entends. Ils sont dans la salle réservée aux tatouages.

– Alors mon grand, tu as prévu quoi ce soir ?

– Ce que je t'avais promis, un dîner et ensuite… Nous aurons la nuit pour faire preuve d'imagination.

Mon estomac se tord. Il n'a clairement pas prévu de faire des coloriages. Elle, elle aura droit au dîner aux chandelles. Moi, il m'a déjà oubliée. J'entends un bruit de fermeture Éclair qui se baisse, sans doute celle de sa jupe en cuir. J'ai envie de vomir. Je devrais partir mais je suis pétrifiée.

– C'est quoi ces gâteaux ?

– Touche pas, lui répond Call un peu sèchement. Cadeau d'une cliente.

Cadeau d'une cliente ? D'une cliente ! Je devrais aller dans la salle et l'étouffer avec.

– Ce sont des muffins ? Ils ont l'air bien cramés. Je ne sais pas qui les a faits mais si elle baise aussi bien qu'elle cuisine, elle ne doit pas faire jouir souvent son mec.

Elle éclate d'un rire mauvais. Je n'entends pas la réponse que lui fait Call mais une chose est sûre, il n'est pas en train de la traîner dehors par les cheveux.

– Bref, en parlant de baise, on pourrait prendre un hors-d'œuvre ici ? propose-t-elle.

– Laisse-moi fermer le shop et je suis tout à toi.

Une chaise métallique racle le sol et un bruit de succion se fait entendre. Elle doit être en train de lui lécher les amygdales. Je retrouve enfin l'usage de mes jambes et me précipite vers la sortie.

Je n'arrive pas à le croire. Je sais bien que c'était juste pour le plaisir, mais je m'attendais à… Je sais pas trop à quoi je m'attendais, mais certainement pas à ce qu'il se tape Darla deux jours après nos acrobaties dans la réserve. Finalement, cette découverte me rassure et ne fait que confirmer ce que je pensais : Call et moi, c'était juste une fois, une jolie parenthèse dans ma vie, et un interlude facile à oublier dans la sienne.

CHAPITRE 26

JAVIER

Je lui tiens la main pour l'aider à grimper sur l'épave. Elle tire la langue sur le côté, comme chaque fois qu'elle fait un effort. Je mets un doigt devant ma bouche et murmure :

– Ne fais aucun bruit.

Nous avançons à pas de velours, pliés en deux pour nous faire le plus discrets possible. Li me dépasse et joue les funambules sur la carrosserie d'une vieille Ford. Je jette des coups d'œil tout autour, aux aguets, le palpitant en mode warrior. Mes yeux se posent sur elle mais je détourne aussitôt le regard. *Concentration, mon pote, concentration*. Nous sommes dans la phase la plus délicate de la planque. La mise en place. On doit rejoindre le vieux Trafic déposé en milieu de journée dans la fourrière.

Il est trois heures du matin mais Li est fraîche comme un gardon. Elle sautille, aussi légère que le vent, d'une bagnole à une autre. Difficile de ne pas mater son cul dans ce legging ultra-moulant. Avec son chignon au-dessus de la tête, elle ressemble à l'une de ces danseuses de ballet classique. Elle me fait signe de m'approcher et je souris à ses joues rosies par le froid de la nuit.

Devant nous, le vide. Il faut descendre l'équivalent de deux hauteurs de voitures. J'enlève mon sac à dos et le lui tends.

– Je passe devant, proposé-je tout bas.

Elle accepte et pose la main sur mon épaule pour m'encourager. Une façon à elle de me dire de faire attention. Je me laisse glisser le long des portières, agrippe un rétroviseur pour amortir ma descente et atterris sans bruit en bas. Li jette nos sacs, que je rattrape sans difficulté. Je la vois hésiter, chercher un autre chemin pour me suivre.

– Vas-y, je te récupère.

Je l'entends soupirer discrètement. Elle glisse à son tour mais avec moins d'agilité. Je me retiens de rire car je suis sûr qu'elle voudrait crier de terreur. Elle a toujours détesté jouer les Yamakasi alors que je pratique cette discipline depuis l'adolescence. Quand elle n'est plus qu'à quelques centimètres de moi, j'ouvre mes bras et l'attrape au vol par la taille. Elle finit tout contre moi dans un souffle de peur.

– Tu es sur terre, ma princesse.

– Arrête avec tes princesses à toutes les phrases.

– OK, Captain.

Elle boude avant de reprendre le chemin de la camionnette. Une fois devant, elle grimpe aussitôt dedans. Je m'approche du préfabriqué qui sert de repaire à ce qui reste du gang des Tchétchènes ; personne pour le moment. Ils ont filé vers deux heures du mat après plusieurs rotations de voitures. Probablement de nouvelles livraisons de came, et surtout l'arrivée de nouveaux membres en provenance de l'Est. Les autorités locales nous ont prévenus d'un gros mouvement du gang en dehors de leurs frontières. On voit toutefois que le groupe a pris un coup dans l'aile avec l'interpellation de Kurbanov et d'une grosse partie de la bande, car ils n'ont laissé aucun guetteur sur place. C'est surprenant, surtout s'il y a de la marchandise planquée ici. Je préfère me méfier, on ne sait jamais.

En bon traceur, je grimpe sur un vieux pick-up puis me hisse sur un lampadaire. J'y installe une micro-caméra. Je me laisse glisser agilement le long du poteau et file ensuite un peu plus loin à la recherche d'un autre spot pour une vue plongeante sur les fenêtres latérales.

J'entends mon oreillette grésiller avant de reconnaître la voix légèrement rauque de ma coéquipière :

– Caméra une en place. La seconde, nickel. Braques-en une sur la fenêtre des chiottes derrière. Celle qu'on a placée à l'entrée fonctionne aussi. Tarde pas, je n'aime pas que tu sois à découvert comme ça.

Je souris. J'aime bien qu'elle s'inquiète pour moi. On va passer les vingt-quatre prochaines heures ensemble et je sens qu'entre nous, ça va être électrique. Elle me fait encore la gueule pour dimanche et je dois absolument utiliser cette promiscuité pour lui parler enfin et lui faire passer cette envie soudaine de trouver un prince charmant.

Je jette de nouveau des regards tout autour avant de m'infiltrer dans la camionnette. Je condamne la serrure extérieure et referme la portière avec le système prévu par nos équipes techniques pour nous assurer un minimum de sécurité. Li, le regard malicieux, me montre du doigt un de nos écrans où apparaît l'énorme grappin qui se trouve un peu plus loin :

– Tu peux nous enfermer à triple tour, ça ne nous sauvera pas de ça.

– Ne parle pas de malheur.

– Trouillard.

– Trouillard ? Ce n'est pas toi qui aurais pu poser toutes les caméras avec ta souplesse légendaire.

Li se renfrogne et je me maudis d'avoir lâché cette vanne. Une bourde de plus à mon actif. Le problème c'est que, depuis le match, elle n'a plus du tout le sens de l'humour et prend au premier degré tout ce que je lui dis. On fonctionnait pourtant comme ça jusque-là, toujours à se bâcher mutuellement. Un bon moyen de jouer au chat et à la souris. Là, Li est sur off et ne veut plus de tout ce qui faisait notre duo atypique jusqu'à dimanche.

Elle plonge dans son sac et en sort un thermos.

– Oh, je t'aime princesse ! Un bon café, j'en rêvais.

Elle relève les yeux vers moi. Colère, haine ? Non, pire. Dédain.

– Je n'ai pas emmené de café. Je suis au thé détox.

– Tu déconnes ?

– Non.

– Mais tu apportes toujours le café.

– Pas cette fois.

– Mais je n'en ai pas emmené, du coup.

– Tant pis pour toi. Je ne suis pas ta mère.

Je me laisse tomber sur le banc en bois, les jambes sciées. Vingt-quatre heures sans café. Elle a un sac qui fait le double du mien. Qu'est-ce qu'elle a donc dedans ?

– Pas de café, répété-je.

– Faut t'en remettre, mon vieux.

Rester calme, ne surtout pas lui sortir une vacherie, même si j'aimerais bien lui faire passer son petit air satisfait.

Une heure passe sans aucun mouvement. Ils doivent tous être en train de dormir. Li est concentrée sur des infos qui déboulent d'un autre lieu de planque géré par Barbie et Bernard, son coéquipier, devant une laverie fréquentée par certains membres du groupe. Il y aurait un regroupement et elle demande des renforts pour faire une descente.

– Pas question, on reste en planque, ordonne Li depuis son téléphone portable.

J'entends notre collègue s'agacer : faire sa lessive à quatre heures du matin avec des copains qui parlent tous tchétchène, c'est plutôt louche.

– Quoi, tu n'as jamais lavé ton linge à l'aube ? se moque notre capitaine. S'il n'y a pas la Lame dans le groupe, c'est négatif, vous restez en position. Je veux des informations et du lourd. Cela ne m'intéresse pas de prendre quelques revendeurs dans mes filets.

Je m'occupe en jouant sur mon téléphone portable alors que les deux s'engueulent, mais le privilège du grade permet à Li de mettre fin à l'insistance de Barbie. Elle se met à balancer sa tête d'une épaule à l'autre pour lutter contre un torticolis. Je lui masse aussitôt la nuque et après s'être raidie de surprise, elle se laisse manipuler sans bruit. Ses yeux se plissent et valent bien tous les gémissements que j'aimerais entendre s'échapper de sa bouche.

– Il faut toujours que Barbie conteste mes ordres, se lamente-t-elle.

– C'est une jeune louve, elle veut prendre ta place.

– Qu'elle commence par lâcher son téléphone et se mettre au boulot.

– Toi aussi, tu passes tes journées sur Tinder, maintenant.

Elle hausse les épaules.

– Je m'en moque de Tinder. Je ne réponds même pas aux propositions de rencontres.

Je souris, heureux. Je savais qu'elle ne resterait pas là-dessus bien longtemps. Une journée, c'est pire que ce que j'avais prédit.

– Mais tu en as eu autant que ça ? m'inquiété-je.

– Oh, je n'ai pas compté, j'ai supprimé les notifications. Mon portable n'arrêtait pas de sonner en pleine nuit.

Je crispe mes doigts sur ses épaules. Elle lâche une plainte de douleur et je me reconcentre aussitôt sur le massage. Ses épaules s'affaissent et ses muscles finissent par se détendre. Elle pivote la tête vers moi, le regard doux. Ça fait des jours qu'elle m'observe avec rancœur, alors ce petit coup d'œil me fait du bien au moral. Et la savoir loin des préoccupations de mes traîtresses de sœurs me soulage.

Elle reçoit quelques SMS et je la vois sourire.

– On a les autorisations pour les écoutes. On va pouvoir les filocher.

Elle vérifie notre position GPS et pénètre dans un site sécurisé de la police nationale pour enclencher le traçage des lignes mobiles du secteur.

– On est bien d'accord, notre objectif est de coincer Roman Lefroid. Il est notre seul moyen de faire plonger Kurbanov pour le meurtre de Lana. Je suis sûre qu'il sait tout, il faut juste trouver un moyen de le faire parler. Le mandat d'arrêt délivré par le juge d'instruction nous permet de procéder à son arrestation dès qu'il pointera le bout de son nez.

– Et si le Tchétchène l'a buté lui aussi ?

– Dans ce cas, on l'aura dans l'os.

– Selon nos sources, ses heures étaient comptées avant l'interpellation de Kurbanov. S'il n'est pas mort, il a dû filer loin.

– Ce type est un voyou de la vieille école. Si Kurbanov voulait s'en débarrasser, c'est qu'il savait des choses. Il cherchera tôt ou tard à les monnayer. Et puis il n'est pas sorti de France. Avec le mandat de recherche qu'on a diffusé partout, ça aurait matché s'il avait pris l'avion. Il est certainement encore dans le coin.

– Sauf s'il avait de faux papiers…

– C'est le risque.

– Et pour le Brat ?

Elle réfléchit en faisant une petite moue.

– Pour le moment, les gros acheteurs doivent se méfier. Ils avaient l'habitude de traiter avec Anton Kurbanov et Roman Lefroid. L'arrestation du chef a fait grand bruit dans les journaux, et la Lame est aux abonnés absents. Ils ne connaissent pas Vitali. Sa position est fragile en France, et les Ivoiriens l'attendent en embuscade. On doit intervenir avant que Vitali montre qu'il est capable de tenir les rênes. Si on peut démanteler définitivement le réseau, on ne va pas se gêner, hein. Et après, on s'occupera des autres.

Je me marre et lève mon poing fermé dans lequel elle checke, la lèvre inférieure pincée entre ses dents avec un air filou.

On reste un petit moment tous deux les yeux rivés sur les écrans, à observer la casse auto plongée dans le noir et dans le silence. Le froid de ce mois de décembre nous rattrape au petit matin, lorsqu'il se met à geler dehors. Pas question d'allumer le moindre chauffage, ce serait facile de nous débusquer si la camionnette était le seul véhicule de la fourrière non recouvert de givre. Immobiles depuis maintenant deux bonnes heures, nous commençons à trembler de froid. Je souffle dans mes mains et descends mon bonnet un peu plus bas sur mes oreilles. Li est totalement frigorifiée. Malgré la pénombre, je perçois son souffle prendre forme dans un nuage de fumée et ses dents claquer.

– Viens contre moi, lui proposé-je.

– Ça va aller, je gère.

– Tu parles, tu ne gères rien du tout. Je suis sûr qu'on t'entend grelotter jusqu'à l'entrée de la casse.

Li ne répond rien. J'essaie de garder mon calme mais son attitude distante me hérisse le poil.

– Tu devrais dormir un peu. Je veille sur les écrans.

– Trop froid, je n'y arriverai pas.

Je soupire, agacé. Qu'est-ce qu'elle peut être tête de mule, quand elle veut !

– Ramène tes fesses près de moi.

Je la vois enfin se rapprocher et j'enjambe le banc pour m'y installer à califourchon. Le dos appuyé contre la cloison du fond, je l'attrape par le coude et la fais glisser jusqu'à moi.

– Retire ta doudoune.
– Quoi ? Mais je suis gelée.
– Fais ce que je te dis, ne discute pas.

Elle obtempère en grommelant et est traversée par un gros frisson alors qu'elle se découvre. Je me retiens de l'engueuler lorsque je me rends compte avec stupeur qu'elle ne porte qu'un top moulant en coton largement échancré sur le devant. Pouvoir contempler son magnifique décolleté n'est pas pour me déplaire, mais en planque, il aurait été plus judicieux qu'elle enfile un col roulé. J'ouvre aussitôt mon blouson et cale son dos contre mon ventre. J'agrippe sa doudoune que je repose sur elle comme une couverture, et la serre plus près de moi pour la réchauffer au plus vite. Je la sens trembler quelques minutes encore mais très vite, nos chaleurs corporelles s'unissent pour diffuser une douceur très agréable autour de nous.

Je profite de notre proximité pour savourer le toucher de son ventre, le parfum sucré de ses cheveux. Je m'enroule encore un peu plus autour d'elle mais me retiens de la câliner ; depuis notre baiser, tout a changé aussi pour moi. Il m'est presque impossible de l'approcher sans sentir mon corps s'embraser. Elle se recroqueville dans mes bras et je la sens se détendre enfin. Elle doit être épuisée avec ses soirées beuverie. Elle les enchaîne avec mes sœurs, surtout avec Gabriella. J'avoue en vouloir à ma benjamine : elle connaît mon crush pour Li et savoir qu'elle entraîne la femme que je convoite vers d'autres hommes me fout en boule. Je sais ce qu'elle cherche à faire ; elle veut que je craque, que j'avoue à Li que je l'aime depuis des mois. Mais j'ai vite compris qu'avec Li, ça passe ou ça casse, et je n'ai surtout pas envie de risquer de la perdre même si je dois taire mes sentiments encore un temps.

En quelques minutes, Li s'endort. Les yeux rivés sur les écrans, les mains caressantes sur son ventre, je voudrais plus. Poser mes lèvres dans son cou, juste derrière son oreille, suçoter ce petit bout de chair qui la rendrait fébrile, faufiler mes doigts sous la dentelle de son soutien-gorge, m'aventurer encore sur la peau soyeuse de ses seins. Merde, je bande.

Pense à autre chose pour faire redescendre la pression, mec. Il ne manquerait plus qu'elle se réveille maintenant.

Elle me surprend à se tourner légèrement pour venir se blottir davantage contre mon torse. Elle m'offre une vue imprenable sur sa bouille d'ange endormie et sur son magnifique décolleté. L'une de mes mains se retrouve sur ses fesses divinement rebondies. *Je suis fait.* Sa bouche tendue vers moi est une tentation du diable. Je suis prêt à griller en enfer pour lui voler un baiser. Je glisse une main derrière son oreille et caresse sa joue avec mon pouce avant de dessiner le contour de ses lèvres. Elle soupire délicatement avant de reprendre sa respiration lente. J'ai toujours admiré sa façon de pouvoir dormir partout malgré le danger qui nous entoure, comme si elle me faisait une confiance aveugle. J'ai envie de m'emparer de ses lèvres comme je l'ai fait l'autre soir, sentir sa langue s'enrouler autour de la mienne. Je la veux à moi, toute à moi, rien qu'à moi. Je m'approche de sa bouche au point d'inspirer le filet d'air qui s'échappe de ses lèvres. J'aime cette femme. Je ne laisserai personne me la prendre.

Soudain, un bruit se fait entendre à l'extérieur de la voiture et je recule brusquement. Elle ouvre brutalement les yeux et se redresse en demandant :

– Quelqu'un est arrivé ?

Elle tourne la tête vers les écrans, les phares d'une voiture devant le portail en ferraille apparaissent.

J'ai eu chaud.

CHAPITRE 27

LI

Une voiture se gare devant le préfabriqué et je vois un petit trapu s'extirper de la bagnole. Je fronce les sourcils lorsque la portière passager s'ouvre sur une gamine d'une dizaine d'années.

– Qu'est-ce qu'ils foutent dans une casse à sept heures du mat, ces deux-là ? On le connaît, lui ? Vérifie sur le trombinoscope. C'est un Tchétchène ?

– Je n'ai personne qui lui ressemble, répond Javier.

– C'est peut-être un type qui bosse là. Et ça doit être sa gamine.

J'enclenche le traceur de ligne téléphonique. Il doit bien avoir un portable sur lui. Les informations défilent sur l'écran : trois portables bornent. Les deux nôtres sont dedans, le dernier est forcément le sien. Javier interroge aussitôt l'opérateur grâce aux autorisations obtenues auprès du parquet, et le nom du propriétaire de la ligne apparaît sur l'écran quelques minutes plus tard.

– Marcel Pelletier.

– Vive la technologie, me réjouis-je en me frottant les mains.

– C'est le gérant de la casse, Barbie m'en a parlé. Une petite enflure qui loue son local aux Tchétchènes.

– Fais-moi penser à le coffrer à la fin de cette histoire.

L'homme et la gamine sont rentrés dans le bâtiment, nous empêchant de voir la suite.

– Je le passe au fichier pour savoir s'il est connu ?

– Oui, c'est une bonne idée.

Javier pianote sur le logiciel de la police et claque sa langue contre son palais.

– Quoi, il est déjà connu pour stups ?

– C'est un putain de pédophile.

– Tu es sûr ?

– Ouais, il y a déjà trois affaires de mœurs dans le STIC[3].

On relève tous les deux les yeux vers les caméras de contrôle et j'entends Javier siffler entre ses dents lorsqu'on aperçoit la gamine devant la fenêtre.

– C'est sa gosse, tu crois ? demande-t-il en serrant les mâchoires.

---

3. Système de traitement des infractions constatées. Il s'agit d'un fichier répertoriant toutes les personnes concernées par une procédure judiciaire, qu'elles en soient les auteurs ou les victimes.

– Probablement, avancé-je sans aucune certitude. Je ne pense pas qu'il la touche, celle-là.

– Je l'espère.

Une boule vient se loger dans ma gorge. J'ai un mauvais pressentiment. À mes côtés, mon coéquipier a radicalement changé d'humeur. Javier a toujours eu beaucoup de mal avec les pédophiles. À tel point qu'il a eu des soucis pendant ses stages sur le terrain lorsqu'il était aux Mœurs. Les collègues ont dû intervenir pour l'empêcher d'éclater la tronche d'un type qui s'en était pris à ses nièces. C'est comme ça qu'il a fini avec moi aux Stups.

– Tout doux mon gars, on n'est pas là pour lui, d'accord ?

Il ne répond pas et préfère pianoter sur son ordinateur. Je sais pourquoi il est comme ça. Il y a peu, Gabriella s'est confiée à moi. Elle et Lorena ont subi des attouchements sexuels lorsqu'elles étaient toutes jeunes par le diacre qui leur faisait catéchisme le mercredi. Javier ne s'est jamais pardonné de ne pas avoir pu les protéger. Il n'était pourtant qu'un gamin, lui aussi.

– On le fera tomber pour autre chose, t'inquiète, dis-je pour l'aider à dépasser sa rage.

– Il mériterait juste un coup de pelle derrière la tête.

Dix mois à mes côtés et il parle comme moi. Je me lève pour aller chercher un truc à grignoter dans mon sac à dos et le faire manger, ça détendra l'atmosphère.

Je profite de passer derrière lui pour lui ébouriffer les cheveux tout en lui murmurant :

– Calme-toi, il ne va rien lui arriver, à cette gosse.

Il lève des yeux tourmentés et je lui adresse un tendre sourire. Javier est un garçon au grand cœur qui me touche tellement plus que les autres hommes que je côtoie. Peut-être parce qu'il a grandi au milieu de huit femmes et qu'il a, malgré lui, une part de douceur que n'avaient pas ceux que j'ai rencontrés jusque-là. On a beau se taquiner à longueur de journée, il n'a pas une once de méchanceté. Ce qu'il m'a dit dimanche m'a vraiment brisé le cœur, mais ça a eu le mérite de m'ouvrir enfin les yeux. Il a raison, je perds mon temps avec des connards qui ne m'aiment pas. J'ai essayé de me persuader pendant quinze ans que je ne devais plus tomber amoureuse pour ne pas souffrir, mais quel avenir vois-je se profiler, dans ce cas ? Vivre le reste de ma vie sans essayer d'être aimée, et vieillir auprès d'une mère acariâtre ? Qui le voudrait ? En tout cas, pas la jeune fille que j'étais quand j'ai passé ce pacte avec ma sœur. Nous ne voulions surtout pas de ça l'une et l'autre. Paul m'a fait oublier cette fille amoureuse et joyeuse que j'étais. Je ne veux plus qu'il régente ainsi celle que je suis et ce à quoi j'ai le droit d'aspirer. Il a quitté notre vie, il est temps que je tire définitivement un trait sur ce qu'il a fait de moi. Le rappel du *Sister Pact* m'aidera à dépasser mes peurs. Ce pas, je pourrais le faire avec Javier, s'il voulait de moi, car il est le seul à être parvenu à fissurer l'énorme vitre blindée que j'ai dressée autour de moi. Avec lui, j'ai envie d'aimer, d'être aimée. Mais est-ce possible ? J'ai peur d'espérer encore quelque chose qui n'arrivera pas.

– Un petit café ?

– C'est malin, grogne-t-il.

– Quoi, tu n'en veux pas ?

Il me jette un regard suspicieux, puis ouvre la bouche, stupéfait.

– Tu en as ?

– Mais bien sûr, mon grand, j'ai toujours amené le café.

– Oh la peste ! Tu en avais depuis le début ?

– Oui, et j'ai même un petit gâteau préparé avec amour.

Javier me regarde avec curiosité sortir de mon sac une Thermos, des gobelets en carton et un paquet emballé dans du papier-alu.

– Franchement, tu m'as crue avec mon thé ? Tu me prends pour une chochotte ou quoi ? Tu m'imaginais tenir une petite tasse en porcelaine dorée à l'or fin et lever mon petit doigt comme la reine d'Angleterre ?

– Peut-être, puisque tu es une princesse, maintenant, se moque-t-il. C'est tatoué sur ton poignet.

– Ouais, c'est vrai. Et mon prince charmant m'attend quelque part. La question est : où ? renchéris-je en le fixant droit dans les yeux avant de le scanner de la tête aux pieds.

J'aimerais bien que ce soit le spécimen assis à mes côtés. Javier fronce les sourcils, comme s'il essayait de comprendre ce qui se passe dans ma tête. Il ouvre la bouteille en lâchant :

– Pour les prochaines heures, tu devras te contenter de moi.

Il renifle avec bonheur l'odeur qui se diffuse aussitôt autour de nous.

– Je t'adore, princesse. Promis, je me comporterai en prince charmant durant toute la journée.

– Pas de rot, pas de pet, pas de gros mots ?

– Ça va être dur, mais je vais t'étonner, tu vas voir.

Il plonge les lèvres dans son gobelet et je repense aussitôt à notre baiser dans sa voiture. J'aimerais connaître de nouveau la douceur de sa bouche, la chaleur de son étreinte. Je rougis en détournant les yeux. J'ouvre le paquet que je viens de sortir de mon sac et vois Javier hésiter.

– C'est une des pâtisseries de Mare ?

– Ça ne va pas, je ne suis pas une criminelle ! Le risque d'intoxication alimentaire est bien trop important quand Mare cuisine.

– T'es vache avec ta frangine, se marre-t-il. C'est une fille extra.

Je prends la mouche. L'idée qu'il est peut-être celui que Mare fréquente en douce revient me titiller ; je crois que j'aurais du mal à l'accepter si c'était le cas. Jalouse, je ne peux me retenir de lâcher :

– Mare a des qualités fabuleuses, mais la cuisine n'en fait pas partie. Penses-y lorsque tu voudras la demander en mariage.

Javier s'arrête de rire. Il va peut-être me dire qu'il a une liaison avec elle. Mon cœur ralentit. Je le vois chercher ses mots, mais mon regard est attiré par l'écran et l'agitation qui règne dans le bâtiment. J'écarquille les yeux en découvrant les images.

– Li, l'autre jour, j'ai dit n'importe quoi…

– Putain !

– Non mais écoute-moi, supplie Javier.

J'aperçois le gérant de la casse à travers la fenêtre en train de chahuter avec la gamine, qui semble très mal à l'aise tout à coup. Je pose un doigt sur les lèvres de Javier pour le faire taire mais il s'agace aussitôt en repoussant ma main.

– Laisse-moi t'expliquer, bordel !

– Tais-toi, regarde ! lui ordonné-je en fixant l'ordinateur.

Javier se fige. Le sale type tripote la gamine, qui se débat un peu.

– On est dans la merde.

– J'y vais !

Javier se précipite vers la porte mais je l'intercepte :

– On ne peut pas intervenir. On va foutre en l'air la planque.

– Tu déconnes ? Tu crois que je vais rester là à regarder cette gosse se faire violer ?

– Putain, comment on peut faire sans sortir d'ici ? réfléchis-je à toute allure.

– Moi j'y vais, je vais le buter.

– Javier, ne fais pas ça !

– Tu te rends compte de ce que tu me demandes ?

Je regarde les images et vois la gamine se balader d'une fenêtre à une autre en tentant d'échapper aux mains baladeuses. J'ai le cœur au bord des lèvres. Si on y va, on n'aura plus aucune chance de choper la Lame et de savoir ce qui est arrivé à Lana. J'ai la haine.

Javier sort son brassard police et le met autour de son bras. Moi je ne décolle pas mes yeux de l'écran. Le type vient de coincer la gamine dans un coin de la pièce. Je l'imagine en train de pleurer et me dis que Lana ne m'en voudrait certainement pas de protéger cette pauvre gosse.

– Et merde, fait chier, m'écrié-je d'un coup en sortant à mon tour mon bandeau. On y va !

Javier déverrouille la porte mais la referme aussitôt lorsqu'une voiture traverse la fourrière à vive allure pour freiner devant le baraquement dans un bruit strident de freins.

Trois hommes en sortent et se dirigent aussitôt vers la baraque d'où sort le vieux vicelard, le visage déconfit.

– Il ne manquait plus que ça, râlé-je. Quatre mecs à neutraliser, ce n'est pas possible, Javier.

– Attends.

Les hommes s'énervent après Marcel. Grâce aux micros, on les entend lui reprocher d'avoir gardé une partie de la marchandise. Le type nie mais l'un d'eux l'attrape par la nuque et le force à avancer au milieu de la cour. Les deux autres suivent et se mettent à le rouer de coups. Il tombe au sol, ce qui ne fait qu'ajouter à la colère des agresseurs.

– Merde, ils vont le buter ! Tu vois la Lame toi ? demandé-je nerveusement en essayant de faire des gros plans sur mon écran.

– Non, il n'est pas là, il est bien plus costaud que ces gars.

– Le blond, là, c'est Vitali Kurbanov.

– Ouais, on dirait.

– J'appelle des renforts immédiatement. On doit intervenir.

– Pour quoi faire ? Pour sauver ce putain de pédophile ? s'énerve Javier. Qu'il le bute, ça en fera un de moins ! Et puis à deux, on va se faire trouer la peau.

– Il y a la gosse. S'ils la trouvent, ils la tueront aussi, Javier.

Je la cherche à travers les vitres. J'ai tout à coup peur pour elle. Javier scrute aussi les écrans, le visage fermé. Si les Tchétchènes la découvrent, on sait très bien ce qu'ils feront.

– Tu la vois ?

– Non, elle doit être cachée. Je vais aller la sortir de là, dit Javier.

– Pas question, c'est trop risqué.

– Je peux grimper et passer par la fenêtre des chiottes.

– Non, c'est trop dangereux. On appelle les renforts et on les attend.

Je n'ai pas fini ma phrase qu'il s'envole par la porte. Je vire en totale panique, sortant mon arme de son étui, prête à surgir de la camionnette pour canarder la zone et permettre à Javier de s'enfuir au plus vite. Je contacte les collègues mais d'après Barbie, ils sont à plus de dix minutes de là. Il n'y a pas de mandat d'arrêt international à l'encontre de Vitali Kurbanov. Jusqu'à preuve du contraire, on ne peut rien lui reprocher pour le moment sur le territoire national. Le choper dès à présent, c'est le relâcher dans vingt-quatre heures sans rien au bout. J'aperçois subrepticement Javier sur le toit d'une épave un peu plus loin tandis que les types s'acharnent toujours sur le pédophile. À voir son corps qui ploie à chaque coup, il ne lui reste pas beaucoup de temps avant de perdre connaissance. Je tremble de la tête aux pieds, cherchant sur les écrans mon coéquipier qui a disparu derrière une vieille 2 CV.

L'un des malfrats se retourne vers le préfabriqué et je m'affole. Il a peut-être entendu Javier en train d'exfiltrer la petite. *Vite, une idée !* Je regarde l'écran où s'affichent les numéros de portable. J'enclenche l'identification des abonnés, les mains tremblantes sur le clavier, et me saisis de mon portable. J'appelle l'un des numéros au hasard et la chance me sourit pour la première fois de la journée.

– Monsieur Piotr Korgay ?

– Ouais.

Putain, trouve quelque chose à dire. Une racaille. Des fringues de sport dernier cri. Tout sur l'apparence.

– Je me permets de vous appeler aujourd'hui pour vous remercier de votre fidélité.

– Quoi ?

– Je fais partie du service client de votre opérateur téléphonique. Nous avons décidé d'honorer nos meilleurs clients et de vous offrir l'un des tout derniers modèles de téléphone.

Les petites frappes adorent les portables. En revanche, j'espère qu'il ne va pas tiquer sur le fait que je l'appelle à sept heures du matin.

– Hein ?

– Vous êtes plutôt Androïd ou iOS ?

Je vois la gamine se lever et se diriger vers Javier, derrière la fenêtre des toilettes, à l'arrière de la baraque. Elle a dû le remarquer. Je dois continuer à détourner l'attention des trois types.

– Putain, qu'est-ce que tu fous ? grogne l'un des deux autres hommes. Tu ne vois pas qu'on est occupés ?

Vitali balance un grand coup de pied dans le ventre de Pelletier, qui n'est plus qu'un corps inerte.

– Attends, ils veulent me filer un téléphone.

Ouf, il a gobé mon histoire.

– Tout à fait Monsieur, renchéris-je en prenant une voix sexy. Alors Androïd ou iOS ?

– Le dernier Apple ?

– Oui, monsieur Korgay.

Je vois Javier extirper la gamine par la petite fenêtre et l'emmener à couvert derrière une grosse cuve rouillée.

– Le tout dernier modèle. En gris ou en noir ?

– En noir. Ouais, c'est bien, noir.

– Je vous l'expédie dès aujourd'hui. Pouvez-vous me confirmer votre adresse ?

Le type me répond mais le Brat se met à l'engueuler en tchétchène. Piotr raccroche et je plisse les yeux d'appréhension. J'espère que Javier aura eu le temps d'emmener la gamine le plus loin possible. Barbie m'envoie un message. Deux voitures de police sont en route. Elles seront là dans moins de deux minutes.

Je sors de la camionnette pour trouver un endroit dégagé duquel je pourrais tirer s'il le faut. Je profite des cris du Russe pour me hisser sans faire de bruit sur le toit de la camionnette et prendre position. Pas question que je lâche Javier. J'imagine bien la tête d'Alma si je le ramène entre quatre planches. Je risquerai bien plus cher que devant n'importe quel Tchétchène. Je fulmine, morte d'inquiétude. Dans l'affolement, ni Javier ni moi n'avons pris nos oreillettes et je ne peux pas communiquer avec lui.

Ils sont de nouveau trois après le pauvre type qui n'est plus qu'une carcasse ensanglantée. J'ai mal pour lui, même si l'idée que ces voyous nous débarrassent d'un pédophile n'est pas pour me déplaire. Ils n'ont pas décidé de le lâcher avant son dernier souffle. Vitali Kurbanov s'écarte et enfile des gants. Ça me rend malade de devoir ruiner mon enquête mais je ne vais pas avoir le choix : je vais devoir intervenir pour éviter un meurtre en direct. *Putain de conscience professionnelle.* Je me racle la gorge, prête à crier pour me signaler. Je serai prise sous le feu, mais au moins cela laissera le temps à mes coéquipiers d'arriver. Le truand sort une énorme lame. Il s'approche de sa victime et son visage, un masque de haine, me donne la chair de poule.

J'entends des voitures approcher et je me lève, certaine que ce sont les gars de ma brigade qui sont en train d'arriver. Un mouvement derrière moi me fait sursauter. Javier m'attrape brusquement par le coude et me force à me mettre à couvert. Deux voitures surgissent dans un grand brouillard de poussière : deux types dans l'une et quatre dans l'autre. Ils sortent à la va-vite et je découvre avec effroi qu'il ne s'agit pas des renforts, mais de membres du gang.

– On risque trop, me dit Javier alors que j'essaie de me débattre pour donner l'assaut.

Je lève la tête et j'aperçois à cet instant précis Vitali Kurbanov trancher la gorge du pervers d'une oreille à l'autre. Je détourne les yeux, horrifiée. Ses acolytes se mettent à rire et Javier profite du bruit pour me tirer par le bras et nous faire redescendre des épaves. Les portières des voitures claquent et les trois véhicules repartent à vive allure. Le corps du gérant de la casse a disparu ; il nourrira probablement les poissons de la Seine. Nous nous engouffrons à la hâte dans le Trafic et quand je vois le visage de Javier reprendre des couleurs, je me rends compte que nous ne sommes pas passés loin de la catastrophe. Javier se précipite sur son téléphone et informe les collègues que nous sommes de nouveau à l'abri. Il me sourit, soulagé.

– Barbie a récupéré la petite. L'opération est sauvée.

Sauvée. J'expire. Je ne m'étais pas rendu compte que j'avais retenu ma respiration. Je l'observe en silence, abasourdie, avant de reculer et de m'appuyer contre la tôle du fond. Je vais devoir expliquer le meurtre de ce type à ma hiérarchie, mais c'est vrai que ça aurait pu plus mal se dérouler ; j'aurais pu perdre Javier. Il aurait pu tomber sous la lame du Brat. Plus jamais je n'aurais eu la possibilité de l'embrasser, de lui avouer mes sentiments parce que, oui, je l'aime. Et il aurait pu mourir, merde !

Mon cœur s'emballe, sans réfléchir, je fais quelques pas vers lui et m'agrippe à ses épaules. J'ai besoin de le sentir, de m'assurer qu'il est bien là, toujours vivant, qu'il ne compte pas m'abandonner. Javier se fige. Il pose un regard intense sur mes lèvres avant de plonger ses yeux dans les miens. J'y lis de l'inquiétude, avant qu'une lueur d'une douceur infinie se mette à étinceler au fond de ses prunelles. Les mains sur ses joues, je savoure le contact de sa peau, ses caresses sur mes hanches, la chaleur qui se dégage de lui. Il est bien là. Il est bien là, mais il n'est pas à moi. Il ne le sera certainement jamais. Comme il me l'a dit, je ne suis pas de celles qu'on fait siennes. Je n'existe que dans les instants furtifs, dénués d'amour. Je ne suis pas Mare.

Le regard mélancolique de ma sœur apparaît entre nous. De toute façon, je ne peux pas me laisser aller avec Javier, il est peut-être celui qui lui redonnera le sourire. Elle a bien trop souffert ces derniers mois pour que je lui inflige la même douleur que celle que j'ai connue il y a quelques années. Je ne veux pas la détruire comme moi je l'ai été.

Je baisse les mains et me contente de prendre mon coéquipier dans les bras. La joue posée contre son épaule, je le presse contre moi et me retiens de pleurer. Sa main remonte dans mes cheveux et il dépose un long baiser sur ma tête.

– Tout va bien, ma Li.

Je le serre un peu plus fort avant de m'écarter doucement.

– Tu as déconné, Javier.

Il bat des cils, ahuri. Ça me fend le cœur, mais je dois imposer des limites, autant pour lui que pour moi. Plus jamais je ne veux revivre cette peur que j'ai ressentie il y a quelques instants.

– Quand je te donne un ordre, j'aimerais que tu le respectes. Tu as mis la mission en péril en partant contre mon avis.

Un bruit de coups contre la carrosserie de la camionnette me fait sursauter et je m'arrache à son corps. Javier fronce les sourcils, cherchant à lire quelque chose dans mon regard. Même si mes yeux doivent trahir mon trouble, je conclus, d'une voix ferme :

– Ne t'avise pas de recommencer, sinon je serai obligée de demander ta mise à pied.

J'ouvre la porte sur un des membres de mon équipe qui vient vérifier si nous allons bien. Javier se rembrunit, vexé. Je le vois réfléchir quelques secondes, avant de rétorquer froidement :

– Compris, Captain.

CHAPITRE 28

CALL

Les phares d'une voiture illuminent brièvement le lit où s'étale la chevelure blonde décolorée de Darla. Elle est étendue, son corps nu à peine recouvert d'un drap blanc. Cette simple vision pourrait exciter n'importe qui, pourtant je ne ressens rien. Je m'extirpe du matelas alors que Darla soupire dans son sommeil.

Sous le jet d'eau chaude, je frotte mon corps avec détermination, comme si je cherchais à ôter toute trace de ce qui s'est passé ce soir. Je me sens sale et je m'en veux terriblement. Après avoir vidé le ballon d'eau, j'enfile mon futal et descends au studio de tatouage.

Assis sur mon fauteuil en cuir, j'attrape un muffin au chocolat. Honnêtement, ils sont infects, mais allez savoir pourquoi, je ne peux pas me résoudre à les jeter. La Miss me manque. Depuis qu'on a couché ensemble dans sa réserve, je n'arrive pas à l'oublier.

J'étais persuadé que l'obsession que j'avais pour elle venait du fait que sa sœur m'avait interdit d'y toucher. Pour moi, je la sautais et j'arrivais à passer à autre chose, sauf qu'il n'en est rien. Le goût de ses lèvres, la rondeur de ses seins, la cambrure de ses reins et ses gémissements m'obsèdent. J'ai envie d'elle, de l'appeler, de m'excuser pour mon silence. Elle doit me prendre pour un sinistre connard. Je devrais être content, il faut qu'elle reste loin de moi, surtout avec ce que j'ai appris par Darla.

En parlant de ça, j'écris rapidement un SMS à Javier : apparemment la Lame est en mouvement et le clan est à fleur de peau. Visiblement, Lefroid n'est pas parti les mains vides. Je lui souhaite de rester bien planqué, car le Brat a la gâchette facile. Avec son arrivée, certains ont pensé pouvoir prendre leur indépendance. Dommage pour eux, ils sont du coup suspectés d'aider la Lame à se planquer. Les effectifs se réduisent, et ceux qui restent jurent fidélité à Vitali de peur de finir égorgés dans leur lit.

Je repose mon portable et reprends une autre pâtisserie. Celle-ci réussit l'exploit d'être cramée dessus et crue dedans. Je souris en imaginant la Miss, du chocolat sur les doigts, de la farine dans les cheveux, en train d'essayer de confectionner ces trucs immangeables.

Putain, arrête Call, elle n'est pas pour toi.

Je passe la main sur mon visage. Sa fragilité quand elle a voulu savoir si j'avais couché avec sa sœur m'a bouleversé. Je mentirais si je disais ne jamais avoir été attiré par Li, mais on a fait le choix d'être des amis, et c'est nettement mieux. Et maintenant je sais que Mare n'est pas au courant de ce qui s'est passé entre Li et Paul parce que sinon, je suis persuadé qu'elle ne se serait pas engagée avec lui. À l'idée que ce mec les ait fait souffrir toutes les deux, j'ai des envies de meurtre.

– Salut toi.

Je me tourne vers la porte, où la silhouette de Darla se dessine. Les mains contre le chambranle, cambrée de telle sorte que seul son cul touche la porte et ses cheveux cascadant de manière à masquer sa poitrine nue, elle est un fantasme ambulant. Je devrais avoir envie d'elle, envie de la saisir et de la prendre contre le panneau en bois, pourtant c'est le calme plat dans mon boxer. Je me lève mais pas assez vite, ce qu'elle remarque immédiatement. Elle soupire et s'assied sur le fauteuil réservé à mes clients.

– Comment elle s'appelle ?

– De qui tu parles ?

Elle remonte ses cheveux, qu'elle attache avec un élastique, avant de reprendre :

– De la fille qui te fait tourner la tête, Call.

– Je ne comprends pas, Darla.

J'avance les mains vers sa taille mais elle me repousse :

– Ne me prends pas pour une conne. J'ai bien vu que tu n'étais pas comme d'habitude hier soir, comme si me faire l'amour était une corvée.

Je tressaille en entendant ses paroles. Depuis quand elle et moi faisons l'amour ? On baise, c'est tout.

– Et d'ailleurs, pourquoi tu bouffes ces merdes ? Ils sont brûlés et…

Elle plaque une main sur sa bouche d'une façon légèrement théâtrale.

– C'est elle, c'est ça ? La nana qui t'occupe l'esprit, c'est celle qui a préparé ces trucs.

– Darla, tu te fais des idées. Je ne vois personne d'autre que toi, et si je t'ai paru distant, c'est juste que…

Vite, trouve une idée.

– … que c'est difficile de te partager avec l'autre con qui te sert de mec.

Elle ouvre de grands yeux, et j'en profite pour la saisir par les hanches. Je commence à l'embrasser dans le cou.

– Darla, il n'y a que toi.

Elle se détend et me laisse accéder à son intimité. Je repousse le sentiment de culpabilité qui menace de m'envahir et m'attelle à la faire jouir. Lorsque, enfin repue, elle pose sa tête sur mon torse, je dois me faire violence pour la garder dans mes bras et ne pas l'expédier chez son truand de petit copain.

– Quand je suis dans tes bras, j'ai l'impression que tout est possible, murmure-t-elle.

Je ne réponds rien. Déjà parce que je ne saurai pas quoi lui dire, et ensuite parce que j'ai sous les yeux les muffins de Mare et que moi aussi, quand j'étais dans ses bras, j'ai eu l'impression un court instant que tout était possible.

Elle finit par se détacher de moi et remonte se rhabiller.

– Je vais devoir rentrer. Si Piotr ne me voit pas en arrivant, il va se poser des questions. Je vais un peu trop chez « ma mère » en ce moment, dit-elle en mimant des guillemets avec ses doigts. Ciao beau gosse.

Elle m'embrasse avec tendresse avant de s'éclipser par la porte de derrière. Je jette un coup d'œil dans la ruelle avant de verrouiller et de me réfugier dans mon studio. Stylo en main, je me mets à dessiner de manière frénétique de nouveaux modèles, un moyen d'oublier que je joue un jeu très dangereux avec deux femmes qui n'ont rien demandé. D'un côté la Miss, innocente, impulsive et terriblement attachiante et de l'autre Darla, volcanique, maquée à l'un de ceux qui pourraient nous permettre de faire tomber le gang des Tchétchènes, et qui est en train de tomber amoureuse de moi. Je ne veux faire souffrir personne. Pour des raisons évidentes, entamer une relation avec Mare serait trop compliqué. Pourtant j'ai envie de la voir, de lui parler, de la découvrir et de lui montrer que je ne suis pas le connard dont je lui renvoie l'image en permanence. Peut-être que dans un premier temps, je pourrais lui proposer qu'on soit amis ? Quant à Darla, quand elle se rendra compte qu'il n'y a aucune chance pour que ses sentiments soient partagés, elle sera très difficile à raisonner.

Je continue de dessiner jusqu'à ce qu'un bruit suspect me fasse tourner la tête. Bordel, ça vient du magasin de Mare. Ni une, ni deux, je passe par-derrière pour empêcher d'éventuels cambrioleurs de s'en prendre à sa boutique. Je tourne au coin de la ruelle et m'arrête en découvrant un des gosses qui traînent régulièrement dans la rue s'acharner sur le store de ma voisine. *Encore, mais c'est pas possible !*

– Putain, tu fais quoi là ?

Le gamin s'immobilise et je prends conscience que ce n'est pas une bombe de peinture qu'il tient, mais une éponge. J'hallucine. L'un des jeunes qui, habituellement, s'amuse à taguer son rideau, est en train d'essayer d'effacer les dessins.

Je m'approche et il me fixe durement, comme s'il me défiait de me moquer de lui.

– Je suis désolé, m'excusé-je, je pensais que tu faisais une connerie.

Il écarquille les yeux, surpris. C'est sûr qu'avec son teint basané, sa casquette à l'envers et ses baskets sans lacets, il doit davantage avoir l'habitude de se faire traiter de racaille plutôt qu'on soit aimable avec lui, même s'il n'a rien fait.

– Je te laisse bosser, p'tit gars, ajouté-je avant de tourner les talons et de regagner mon shop.

Putain, cette fille m'épate chaque jour un peu plus. Je serais curieux de savoir ce qu'elle lui a dit pour arriver à ce résultat.

Lorsque vient l'heure d'ouvrir ma boutique, je jette un regard du côté de chez Mare, qui descend tout juste de sa voiture. C'est l'occasion parfaite : je vais pouvoir lui présenter mes excuses. Elle ne m'en laisse malheureusement pas le temps et pénètre d'un pas décidé dans ma boutique.

– Salut la Miss, dis-je avec un sourire sincère.

– Ouais, salut, lâche-t-elle d'un ton sec.

Merde. Elle est de mauvais poil. À cause de moi ? Elle regarde à droite et à gauche comme si elle s'attendait à trouver quelqu'un, et une fois qu'elle est sûre qu'on est seuls, ses épaules se détendent légèrement.

– Je viens récupérer mes muffins, dit-elle en se dirigeant vers la salle de tatouage.

Je fronce les sourcils. Comment sait-elle où ils se trouvent ? Je mets cette réflexion de côté et avant qu'elle puisse s'emparer du plateau, je la devance.

– Pas touche, ils sont à moi. Je te rappelle que tu me les as offerts pour avoir rendu le sourire à ta grande sœur.

Elle essaie de le récupérer, mais vu sa petite taille, je n'ai qu'à soulever l'assiette au-dessus de ma tête pour qu'elle soit inaccessible.

La fureur se lit sur son visage et je n'ai qu'une envie : l'embrasser à pleine bouche.

Amis, Call, on a dit amis.

– Call, rends-moi mon plateau. Je sais très bien qu'ils sont ratés et…

– Et rien du tout. Moi je les adore, si tu veux les récupérer tu devras me passer sur le corps.

J'en attrape un que je dévore sans faire la moindre grimace devant son regard inquisiteur. Elle esquisse un mince sourire avant de se reprendre et de me fixer droit dans les yeux.

– Ne joue pas avec moi, Call.

Je repose le plateau où il était et m'approche de ma mini-bombe à retardement.

– Miss, je ne joue pas avec toi. Ce qui s'est passé dans la réserve c'était…

– Nul, je sais. Je ne te demande rien, Call. Comme tu l'as dit, c'était juste pour le plaisir, et c'était loin d'être ce qu'on imaginait tous les deux.

Si je m'attendais à ça ! Je ne sais pas quoi dire. Nul ? Elle a trouvé que ce qu'on a fait dans sa putain de réserve, c'était nul ? Pour moi, ça a été ma meilleure partie de baise depuis une éternité et je n'ai qu'une envie, remettre ça dans toutes les pièces de sa boutique et de la mienne, avant de terminer dans mon appartement et de recommencer. Si elle savait que c'est en repensant à nos ébats que j'ai pu assurer avec Darla toute la soirée… Réflexion faite, il ne vaut mieux pas qu'elle le sache.

– Enfin bref, vu qu'on est voisins, je pense que le mieux, c'est qu'on reste amis, tu en dis quoi ?

Ce que j'en dis ? Elle se fout de moi ? Ce que j'en dis, c'est que je vais lui retirer sa petite robe en laine, l'attacher sur mon fauteuil et m'occuper d'elle jusqu'à ce qu'elle hurle mon nom. Elle va voir si c'était nul.

– OK, finis-je par répondre en déglutissant.

– Super. À plus tard alors.

Elle fait demi-tour, sa queue-de-cheval se balançant au même rythme que son petit cul qui mériterait une fessée pour toutes les conneries que sa propriétaire vient de débiter. OK, être amis, c'est ce que je comptais lui proposer aussi. Mais ça, c'était avant. Alors qu'elle ouvre la porte, je trouve la force de lui poser une dernière question :

– Au fait, qu'est-ce que tu as promis au jeune pour qu'il nettoie ton rideau ?

Elle s'arrête, puis se retourne avec un sourire malicieux.

– Ma petite culotte mouillée.

Elle ferme derrière elle, me laissant la bouche ouverte, avec une érection de dingue et ma main droite pour me soulager.

Je ferme temporairement la boutique et pars me réfugier dans mon appart. Lorsque je jouis enfin, une certitude m'envahit : s'il y en a un qui doit récupérer ses petites culottes mouillées, c'est moi, et pas un petit con qui sort à peine de la puberté. Et puis merde, j'ai une réputation à tenir.

CHAPITRE 29

MARE

Installée derrière ma caisse, je soupire. Avoir remis Call en place en lui laissant penser qu'il avait été un très mauvais coup était plutôt drôle. Je ne me pensais pas aussi audacieuse, surtout envers un homme que je ne connais pas tant que ça. Le plus marrant était sans doute sa mine vexée. Je rajuste ma queue-de-cheval avec un petit sourire et pars m'occuper des clients en recherche de cadeaux de Noël de dernière minute. Lorsque vient l'heure de déjeuner, je ferme la porte de ma boutique pour aller chercher un sandwich à la boulangerie du quartier. Call m'observe, tirant sur sa cigarette devant la porte de son studio.

– Fumer, c'est mauvais pour la santé. Il paraît que ça peut causer certains troubles.

J'accompagne ma phrase d'un regard appuyé sur son entrejambe avant de tourner les talons. Je n'ai pas fait trois pas que sa main se referme sur mon poignet. Mon cœur s'emballe, ma respiration se fait saccadée alors que d'un geste, il me tourne vers lui.

– Je te rassure, tout va très bien de ce côté-là, vérifie par toi-même.

Il plaque ma main sur son pantalon bombé par une érection tout en me déshabillant du regard. Je me mords les lèvres ; ce mec va me tuer. Comment fait-il pour qu'en l'espace de quelques secondes, je passe de l'envie de le lapider à celle de lui faire l'amour en pleine rue ? Il s'approche davantage, réduisant la distance entre nous. Je hausse les épaules, feignant l'indifférence, et exerce une très légère pression sur son pénis.

– Ce n'est pas parce que c'est dur que ça signifie que tu sais t'en servir.

– Miss, gronde-t-il d'une voix transpirante de désir, ouvre ta putain de boutique et je vais te faire hurler mon nom à t'en casser la voix et…

Il n'a pas le temps de terminer sa phrase qu'une voix courroucée s'élève :

– Lâchez ma fille tout de suite, espèce de sale pervers !

J'ai la surprise de voir ma mère débarquer, son rat sur les talons.

– Maman ? Qu'est-ce que tu fais là ? m'étonné-je en essayant de me souvenir si on avait prévu quelque chose de particulier.

Ma génitrice accourt vers nous, son chien débile sur les talons. Call a la présence d'esprit de libérer ma main, toujours collée sur une certaine partie de son anatomie.

– Mare, ma chérie, tu vas bien ?

Puis, s'adressant à Call :

– J'ai tout de suite vu que vous étiez dérangé, comme type. Nous allons de ce pas porter plainte pour harcèlement. Vous savez, j'ai vu plein de reportages sur des gars comme vous importunant d'innocentes demoiselles.

Un sourire passe sur les lèvres de Call et, quand nos regards se croisent, je sais très bien qu'il repense à nos ébats dans la réserve qui étaient tout sauf innocents.

– Maman, laisse tomber, dis-je pour calmer le jeu. Call ne faisait rien de mal, il…

– Rien de mal ? Mais enfin, je l'ai très bien vu t'attraper et te faire toucher sa… enfin son…

Ses joues rougissent de gêne. Tout ce qui touche au sexe l'a toujours mise extrêmement mal à l'aise.

– Ce n'est pas ce que tu crois. Call voulait juste…

C'est le moment de faire travailler ton imagination, Mareva.

Malheureusement j'ai beau chercher, aucune réponse plausible ne me vient à l'esprit. Je supplie Call de venir à mon secours car, connaissant ma mère, elle est bien capable de me traîner dans un poste de police pour déposer plainte.

– Madame, je suis désolé pour la scène à laquelle vous venez d'assister. Je n'ai malheureusement aucune excuse à vous offrir, si ce n'est que votre fille était parfaitement consentante et, j'ose espérer, flattée de l'effet qu'elle a sur moi.

Je. Vais. Le. Tuer.

Ma mère reste bouche bée. Je crois qu'elle a bugué, car même Gene tirant sur sa laisse n'arrive pas à la faire réagir. Au bout de quelques secondes, ses neurones se reconnectent :

– Mare, qu'est-ce qu'il veut dire ?

– Rien. Rien du tout. Tu as raison, c'est un sale pervers, allons porter plainte.

Call part dans un grand éclat de rire tandis que j'essaie d'entraîner ma mère plus loin. Je l'entends marmonner des trucs comme : « qu'est-ce que j'ai raté ? », « mauvaise influence » ou encore « exhibitionniste ».

– Et merci pour les muffins ! crie Call depuis l'autre bout du trottoir.

Je lève mon majeur dans sa direction alors que ma mère s'arrête net.

– Qu'est-ce qu'il vient de dire ?

– Rien, maman, ne l'écoute pas. Il est tatoué, on ne peut pas lui faire confiance.

Ma mère porte ses deux mains à sa bouche.

– Tu as cuisiné pour lui ?

– Maman ! N'en fais pas une montagne, c'étaient juste des muffins de rien du tout pour le remercier.

– Le remercier de quoi ?

Aïe. Je ne me vois pas lui raconter l'incident avec Li et Javier. J'invente une histoire de réparation de chauffage et ça semble lui suffire, du moins jusqu'à ce qu'on trouve un endroit pour déjeuner.

– Alors maman, que fais-tu là ? demandé-je une fois que nous sommes installées.

– Je termine les dernières courses pour Noël et je me suis dit que j'allais passer te voir. Ça fait plus de deux semaines que je ne vous ai pas vues, ta sœur et toi.

– Arrête, tu sais très bien qu'on est occupées. Li a sa planque et moi…

Ma mère s'étrangle avec son verre d'eau :

– Li est en planque ? Encore cette histoire d'Albanais. Ils vont me la tuer. Quelle tête de mule, elle n'aurait pas pu choisir un autre métier ? Pharmacien, c'est bien ça, pharmacien, on n'en voit jamais dans les journaux, des pharmaciens tués dans l'exercice de leurs fonctions. Franchement, elle aurait dû prendre exemple sur toi !

Je prends sa main dans la mienne pour la rassurer.

– Ne t'inquiète pas maman, elle ne risque rien. C'est une grande fille, elle connaît son métier, et Javier est avec elle.

En entendant le prénom de son coéquipier, ma mère se calme un peu. Après que papa est parti, elle a toujours eu peur qu'il nous arrive quelque chose, et le fait que ma sœur ait choisi de devenir flic est pour elle une grande déception. Elle reste persuadée que Li l'a fait exprès pour la rendre malade d'inquiétude.

– Et toi ? demande-t-elle en me dévisageant.

– Quoi, moi ?

– Comment tu vas ?

– Je vais bien. Il ne se passe rien de palpitant en vendant des kits de création.

– Sauf flirter avec le voyou d'à côté. Sur ce coup-là, tu me déçois un peu. Le genre tatoué et gros bras, c'est plus le style de ta sœur.

– Ah oui ? Et c'est quoi mon style ? l'interrogé-je, agacée.

Elle essuie délicatement ses lèvres avant de me caresser la joue.

– Toi, tu es faite pour un joli garçon avec une belle situation, qui saura prendre soin de toi. Tu es bien éduquée, sensible, douce, et les types comme ton tatoueur ne sont bons qu'à faire souffrir les filles.

Je croise les bras sur ma poitrine.

– C'est n'importe quoi. Paul était exactement comme tu le souhaitais, et regarde le résultat. Tu crois que je n'ai pas souffert ?

Ma mère n'est pas au courant de toute l'histoire avec Paul, mais elle en sait suffisamment, d'autant qu'elle a vu les dégâts après qu'il m'a quittée. Elle ne peut pas faire comme s'il était parfait, mais elle tente quand même de savoir si c'est vraiment terminé entre nous deux. Je la rabroue sèchement en lui affirmant qu'il gèlera en enfer le jour où lui et moi nous remettrons ensemble. Elle capitule et retourne à ses œufs mimosa. Je joue avec un morceau de carotte quand elle reprend enfin la parole :

– Je suis désolée ma chérie. Je ne devrais pas me mêler de ta vie privée, mais enfin… tu imagines de quoi ça avait l'air, quand je vous ai vus sur le trottoir ? Depuis que je te connais, je ne t'ai jamais vue t'afficher ainsi en public. Ça, c'est depuis que tu vis avec ta sœur. J'étais sûre qu'elle aurait une mauvaise influence sur toi. Pourquoi ne reviens-tu pas vivre à la maison ? Je t'apprendrai à cuisiner, on promènera Geneviève toutes les deux et je te présenterai au fils des De Montfort, un jeune homme charmant qui…

– Maman, stop ! Il faut que tu arrêtes avec Li. Elle n'a aucune espèce de mauvaise influence sur moi et au cas où tu l'aurais oublié, c'est aussi ta fille, alors arrête de faire ce que tu fais.

– Mais je ne fais rien, s'offusque-t-elle.

Je soupire. C'est peine perdue d'essayer de lui faire entendre raison. Depuis notre enfance, ma mère veut jouer à la poupée avec nous, mais Li a très rapidement su l'envoyer promener. Moi, devant la tristesse de notre mère, je me suis prêtée au jeu de la petite fille modèle. Li pouvait se teindre les cheveux de toutes les couleurs, le jour où, ado, je me suis verni les ongles en noir, j'ai bien cru que le monde de ma mère s'était écroulé. Il est donc absolument hors de question que je vive de nouveau avec elle.

– Mare, je sais que la vie a été dure avec toi…

– Elle l'a été pour Li aussi, complété-je, un peu gênée d'être tout le temps au centre de l'attention.

– Oui, mais tu n'as pas son tempérament de garçon manqué. Tu es fragile et je ne veux pas que tu souffres encore, alors fais-moi confiance et reste loin de ce nid à embrouilles qu'est ton voisin.

J'acquiesce ; de toute façon, ça ne sert à rien de discuter. Je prétexte ensuite une livraison pour m'éclipser, non sans l'avoir embrassée sur les deux joues et remerciée pour ce fabuleux moment mère-fille. Sur le trajet, je repense à ses paroles ; j'en ai marre d'être traitée comme une assiette en porcelaine, marre de devoir faire des sourires. Et même si j'adore ma mère, je crois que, pour une fois dans ma vie, j'ai envie d'être comme Li. Une rebelle. Je passe devant ma boutique sans m'arrêter et tambourine à la porte de Call. Il déverrouille et je m'engouffre dans son shop.

– Mais qu'est-ce que… commence-t-il alors que j'enlève mon pull.

– Tout à l'heure, tu as bien dit que tu voulais me faire crier à m'en casser la voix ? C'est maintenant ou jamais. En revanche, je dois ouvrir dans vingt minutes, alors fais ça vite et bien.

Un sourire avide se dessine sur ses lèvres tandis qu'il ferme le store et qu'il m'entraîne dans la salle réservée à ses clients. Il me désigne le fauteuil en cuir du regard :

– Vingt minutes ce sera trop court pour te faire tout ce que je voudrais, mais je devrais quand même pouvoir te satisfaire.

Il m’aide à ôter mes bottines, mon collant et ma petite culotte, et quand sa bouche vient embrasser mon intimité, je ne pense plus ni à Li, ni à ma mère et ses attentes, mais seulement à ce dieu vivant qui n’a qu’un seul objectif : me faire du bien. Là, entre ses bras musclés, je me sens vivante. J’oublie mes peurs, mes angoisses, et remonte à la surface.

CHAPITRE 30

LI

Je sors les feuilletés au saumon du four et dépose la plaque à la va-vite sur le plan de travail avant de me brûler les doigts. Je grogne en douce après ma mère et ses maniques d'un autre temps. Un peu plus loin, mes verrines à l'avocat attendent patiemment d'être apportées sur la table. Je perds vite ma bonne humeur en constatant le chantier dans la cuisine de maman : je reconnais bien là le passage de Mare et de son tartinage de pain de mie. Le pot vide traîne encore sur la table recouverte de miettes.

Après avoir recouvert une assiette de petits fours, je rejoins la famille qui a envahi la salle à manger, comme chaque réveillon de Noël depuis mon enfance. Oncle Michel me sourit avant de piocher avec gourmandise dans le plat. Tante Josiane discute avec ma mère auprès du grand vaisselier. Danièle, ma grand-mère, déjà assise à table, fait grincer son dentier. Mare rit de la blague de notre cousin Rémy sous le regard attendri de son épouse qui tient dans ses bras leur petit dernier, Valentin.

Je me débarrasse du plateau et rejoins leurs deux autres garnements au pied du sapin, qui jouent avec les personnages de la crèche. Quand j'étais gamine, ma mère me houspillait chaque fois que je le faisais, de peur que je ne casse l'un des rois mages. J'attrape Gene au vol alors qu'elle tente de sauter sur l'un des petits, lui caresse le haut du crâne, et elle me lèche le bout du nez. Je ne sais pas pourquoi Mareva déteste autant cette boule de poils. Je l'aime bien, même si elle ne ressemble à rien et que ma mère l'aime plus que moi.

J'écoute les petits d'une oreille distraite ; je n'arrive pas à me sortir l'enquête de la tête. Le chef m'a remonté les bretelles après la crise de la casse auto. Il aurait voulu qu'on procède à l'arrestation immédiate de Vitali Kurbanov et de ses comparses qui ont chargé le corps dans leur voiture avant de prendre aussitôt la tangente, mais nous avons été pris de court. Nous aurions été suicidaires si nous avions tenté quoi que ce soit sans l'appui de renforts. Trois journées ont suivi sans le moindre mouvement. Heureusement, le repérage des lignes téléphoniques nous a permis de mettre une partie du gang sur écoute et les informations tombent petit à petit. La Lame est toujours introuvable. Certains disent qu'il serait à la montagne pour les fêtes de fin d'année, d'autres qu'il aurait quitté le territoire français. Une chose est certaine : les Tchétchènes mènent une recherche très active pour le débusquer. Mon équipe est déployée sur le terrain et filoche les membres du gang qui s'éparpillent à sa recherche. Roman Lefroid est donc toujours vivant et je mettrai la main sur lui avant Kurbanov. Et en attendant mon tour de planque, je profite de ces quelques jours de répit pour peaufiner l'enquête.

L'apéro s'éternise et je lutte pour ne pas fermer les yeux. Ma mère n'a pas arrêté de m'exploiter pour la préparation du repas depuis que j'ai franchi le seuil de son appartement. Pendant ce temps, Mare se chargeait de la décoration, seule tâche digne de la fille préférée ; il ne faudrait pas qu'elle salisse sa si jolie tenue du soir. Je fais semblant de rire aux pitreries de mon oncle mais je n'ai pas du tout écouté son histoire. Le petit Johann me tend les bras et je le soulève du sol pour l'installer sur mes genoux. Je plonge avec bonheur mon nez dans ses boucles blondes qui sentent délicieusement bon le bébé.

– Joëlle, quand est-ce que tes filles vont faire de toi une grand-mère ? demande ma tante.

– Oh, laisse-nous le temps, s'insurge Mare qui plonge sur l'écran de son portable.

Elle ne l'a pas lâché depuis mon arrivée, la petite musique stridente annonçant un message sonnant sans arrêt. Mare a un mec. Je grimace ; si elle n'a pas trouvé opportun de m'en parler alors que nous vivons ensemble et que je suis sa plus fidèle confidente, c'est qu'elle ne veut pas que je connaisse l'heureux élu. Mon ventre se serre. Encore cette horrible suspicion qui ne me quitte pas. Je sais qu'elle a échangé plusieurs SMS hier avec lui. J'ai vu son nom apparaître plusieurs fois sur l'écran du téléphone de Javier. Chaque fois, il souriait comme un bienheureux. Lorsque je lui ai demandé pourquoi ma sœur lui avait envoyé un message, il m'a menti en disant que ce n'était pas elle. Mare rougit encore une fois devant son smartphone. Elle est radieuse. Mon cœur saigne.

– Alors, laquelle on marie la première ? Mareva ou Linda ?

– Le mariage ? s'étonne ma mère. C'est pour Mareva. Linda ne se mariera jamais, se moque-t-elle.

Je tente de garder en vain le sourire, mais celui-ci s'est crispé.

– Pourquoi dis-tu ça ? demande Rémy en m'adressant un regard compatissant.

– Tu imagines Linda fonder un foyer avec un homme et des enfants ? Ce n'est pas pour elle, voyons. Elle a toujours été si masculine, ne parlons même pas de son choix de métier.

Mon regard s'embue mais je ne relève pas. Elle me le répète depuis tellement d'années, j'ai appris à encaisser. Le peu de tendresse dont cette femme est capable de faire preuve depuis le départ de notre père, elle le réserve à Mare. Je jette un coup d'œil à ma sœur qui glousse devant son écran. Parfois je lui en veux, non parce que ma mère l'aime plus que moi, mais parce que jamais elle ne prend ma défense. Elle trouve toujours des excuses à notre mère alors que celle-ci est cruelle avec moi.

Je baisse la tête sur mon assiette en caressant sous la table l'intérieur de mon poignet. Je suis une princesse. Si, si, j'en suis une. Quoi que puisse penser ma mère.

– Mareva va se trouver un gentil garçon et elle me fera de magnifiques petites têtes blondes aussi belles que leur maman.

Le visage de Mare est traversé par une lueur de tristesse. C'est bien ma sœur, de faire la gueule alors qu'on lui fait des compliments. Ses bébés auront peut-être les yeux clairs sur un teint mat ibérique. Des cheveux noir brillant et un sourire craquant comme celui de leur sublime papa. Je sens les larmes m'envahir. Je dépose le petit Johann au sol et me lève.

– Linda, ramène une corbeille de pain ! me lance ma mère.

– Je vais prendre l'air, si tu permets.

– Tu fumes, maintenant ?

– Non maman, j'ai juste besoin de ne pas t'entendre quelques minutes. Je vais peut-être aller me défenestrer pour oublier la vie que tu me promets.

Je dépasse Mare et un J apparaît sur son écran pour signaler un nouveau message. Ma vue se met aussitôt à tanguer. Voilà, c'est bien ce que je redoutais. Ma sœur surprend mon regard et cache brusquement l'écran de son téléphone. Si j'avais encore le moindre doute, c'est désormais terminé.

– En fait, il y a un problème de dernière minute au boulot, mens-je en évitant les regards surpris autour de la table. Je dois y aller, ne m'attendez pas pour la suite. Bon réveillon.

Puis je m'enfuis précipitamment. Je commence à descendre l'escalier quand j'entends Mare crier mon prénom.

– Qu'est-ce que tu fous ? Tu ne vas pas me laisser toute seule pour te barrer au boulot ?

– Qu'est-ce que t'en as à faire, de ma présence ? Tu as le nez collé à ton téléphone. J'ai besoin de souffler, j'en peux plus de tout ça !

– De tout ça, quoi ?

– De maman qui ne m'aime pas, qui passe sa vie à me juger.

– Tu sais comment elle est, souffle-t-elle.

– J'en peux plus, tu comprends ? Toujours le bonheur pour les mêmes, l'amour, les projets, et moi, rien !

– Quelle mouche t'a piquée ce soir ?

Son téléphone sonne dans sa poche. Elle mordille sa lèvre comme si ça l'agaçait de ne pas pouvoir répondre. Je lève les yeux, dépitée.

– Laisse tomber, Mare.

Cette fois-ci, je pars sans me retourner.

Une demi-heure plus tard, je suis assise dans mon bureau aux Stups, dans ma petite robe en jersey de velours noir. Je ne sais pas pourquoi je suis là. Peut-être parce que le travail a toujours été mon seul refuge quand je vais mal. Je contacte mes collègues en planque et relève les derniers e-mails. J'entends les rires des quelques collègues de garde qui fêtent le réveillon de Noël entre deux appels. L'un d'eux, passant devant le bureau ouvert, me propose une coupe de champagne. Je refuse en me retenant de pleurer.

Mon téléphone bipe. Je sanglote en découvrant un message de Javier : un selfie de lui affublé d'un horrible pull de Noël. Je repousse mes larmes en battant des cils. Même dans cet accoutrement ridicule, il est sublime. Même ce soir, malgré ce que je sais maintenant, je ne peux me retenir de l'aimer.

Bon réveillon ma Li !
Comment se passe ta soirée ?

Pas terrible.
J'ai déserté le repas de famille.

T'es où ? Chez toi ?

Non, au boulot.

Je ne sais pas pourquoi je lui dis ça. Il s'en fout certainement. Il est bien trop occupé à bombarder ma sœur de textos.

J'arrive.

Pas besoin. RAS ici.
Joyeux Noël.

Je suis plongée dans le dossier de la dernière fusillade imputée aux Tchétchènes quand j'entends la voix de Javier dans l'escalier. La flic de garde se moque de sa tenue. Quelques secondes plus tard, il passe le seuil du bureau, une moue contrariée sur le visage.

– Qu'est-ce que tu fais là, Captain ?

– L'analyse de la balistique a été faite n'importe comment, réponds-je en baissant les yeux sur mon écran.

Si je croise son regard, je vais craquer.

– Mare est chez ma mère.

– Je me doute. Et toi, pourquoi tu n'es pas avec ta famille ? demande-t-il en posant ses fesses contre mon bureau.

– Je me suis pris la tête avec ma mère, comme d'hab. Je finirai seule, sans enfant.

– Putain, mais qu'est-ce qu'elle en sait ? s'agace-t-il en retirant son blouson pour le poser négligemment sur le bureau d'à côté. N'écoute donc pas cette frustrée de la vie.

Je ricane.

– J'aime bien cette expression, « frustrée de la vie ». Moi aussi, j'en suis une.

– Pas du tout. Tu n'as pas encore trouvé le chemin à suivre pour t'ouvrir aux autres, c'est tout, dit-il doucement.

Je lève les yeux au ciel. Ça doit être ça. À moins que ce ne soit parce que ma chère sœur me vole chaque fois tout ce que je veux.

– Et toi, pourquoi es-tu ici ?

– Pas question de laisser ma binôme toute seule au boulot un soir de réveillon.

Je croise son regard et ne peux me retenir de pleurer.

– C'est le soir de Noël, bordel ! s'énerve-t-il. Elle ne pouvait pas faire une trêve juste pour une soirée ?

Il me prend par l'épaule et me ramène tout contre lui. Il dépose un baiser dans mes cheveux et je sanglote davantage. J'ai le cœur en miettes et ce n'est pas à cause des mots de ma mère.

– Oh ma Li, je n'aime pas te voir comme ça. Tu sais quoi, on va se casser d'ici. Je t'emmène chez moi. Mes frangines seront ravies de te voir, et puis ma mère a encore fait trop à manger, comme d'habitude.

Il s'écarte pour me regarder et je souris, les yeux humides.

– Fais-moi voir comme tu es belle ce soir ! Tu as fait péter la robe, princesse, s'exclame-t-il en sifflant malicieusement. Mon vieux, dans cette tenue, j'ai envie de hurler à la lune, rit-il en imitant le cri du loup.

– Arrête de te foutre de moi.

– Non, je te promets, tu es sublime. Ça me change de tes tenues à la Katniss, même si, entendons-nous bien, tu es aussi sexy que Jennifer Lawrence.

Il me détaille de la tête aux pieds et son regard appréciateur me fait rougir.

– Pas autant que Mareva, dis-je d'une voix serrée.

– Ta sœur est très jolie, c'est sûr, mais toi… Tu es belle, ma Li.

Son hésitation me fait mal. Il essaie de me remonter le moral, mais c'est difficile quand je sais qu'il va ensuite probablement rejoindre ma sœur quelque part pour la nuit, peut-être dans son petit studio au-dessus de chez sa mère. Je ne veux pas imaginer ça.

– Tu ne devrais pas être avec moi. Ma sœur t'attend sûrement.

Il fronce les sourcils.

– Si c'est pour ce que j'ai dit au match de rugby, c'était n'importe quoi, s'explique-t-il.

– Je sais pour Mare et toi.

Il bat des cils et ouvre la bouche, stupéfait.

– Je sais que tu sors avec elle. Je ne peux pas te dire que cela me fait plaisir mais je ne m'interposerai pas entre vous. Le principal, c'est que ma sœur soit heureuse. Elle le mérite.

Javier m'observe en silence et je comprends que je pleure lorsque je sens les larmes atteindre ma bouche.

– Je ne sors pas avec ta sœur, Li.

Je ferme les yeux. Je ne supporterai pas de nouveaux mensonges, il faut qu'il arrête.

– J'ai vu vos échanges de textos hier, tu avais l'air tellement heureux… Je ne vous empêcherai pas d'être ensemble mais ne me m…

– Ta sœur m'a juste aidé à choisir ton cadeau de Noël.

Mon cœur s'arrête.

– Mon cadeau ?

– Oui, je voulais t'offrir un cadeau mais je n'étais pas sûr de l'objet, alors j'ai demandé confirmation à ta sœur. C'est elle qui te connaît le mieux.

Elle l'a simplement aidé ? Pour moi ? Je me sens horriblement honteuse, tout à coup.

– Li, ta sœur ne m'intéresse pas du tout. Tu n'as donc pas compris que c'est toi qui me plais ?

Je le regarde, figée. Qu'est-ce qu'il vient de dire ?

– Je sais que tu ne veux pas sortir avec ton binôme, que les histoires d'amour, ce n'est pas trop ton truc. J'ai compris que ça te faisait peur. Mais on pourrait tenter quand même ? Toi et moi, on s'entend plutôt bien, et puis il y a un truc entre nous, tu ne peux pas dire le contraire.

Les yeux grands ouverts, j'essaie de comprendre ce qu'il m'explique. C'est trop beau pour être vrai. Javier, intéressé par moi ?

– Oui, c'est vrai…

– On prendra le temps qu'il faut. On pourrait sortir au restaurant, aller au cinéma, comme un couple qui se découvre.

– Tu me proposes un rencard ?

J'ai encore du mal à assimiler, mais l'idée fait enfin son chemin dans ma tête.

– On va éviter ce mot, j'ai peur que tu me poses un lapin. Tu es courageuse avec le canon d'un flingue entre les deux yeux mais quand il est question de flirt, j'ai l'impression que tu paniques vite.

Je glousse timidement. Il remet une mèche de mes cheveux derrière mon oreille.

– Les dîners aux chandelles, ce n'est pas pour toi, Javier…

– Avec les autres non, mais avec toi oui.

J'en reste bouche bée. Il me contemple avec un petit sourire et des joues légèrement rosies.

– On pourrait passer le réveillon du Nouvel An ensemble, propose-t-il. Mes sœurs ont prévu de m'emmener dans un club. Tu pourrais être ma cavalière.

– Oui, si tu veux.

Il sort une jolie boîte de sa poche. Je jette un coup d'œil curieux. L'étui s'ouvre sur une petite chaîne que Javier pince entre ses doigts.

– Donne-moi ton poignet.

Il attache un bracelet en argent à mon bras, et j'ouvre des yeux ravis sur ce que je découvre. À la chaîne sont suspendus de jolis pendentifs dont l'un représente un pistolet, un autre un diadème de princesse, et le reste une multitude de cœurs de toutes sortes. Il effleure ma peau en replaçant chaque perle et je frissonne à son contact.

– C'est magnifique, Javier, dis-je, intimidée.

– Mes sœurs m'ont conseillé et Mare a validé. Je trouvais que ça te ressemblait.

Je rougis, beaucoup trop timide.

– J’adore.

Je souris comme une enfant heureuse devant le sapin au petit matin. Il reste là à me contempler un si long moment que l’ambiance se charge de quelque chose d’étrange. Comme une tension. Je tente de soutenir son regard brillant mais je m’empourpre et mes yeux se mettent à me brûler de gêne.

– Je n’ai rien pour toi ici, me lamenté-je.

– Tu viens de m’offrir le plus beau des cadeaux.

Je le regarde, étonnée.

– Tu viens de m’offrir la promesse d’un peut-être, et c’est déjà fabuleux.

Javier me surprend à enlacer mes doigts et à les caresser avant de se pencher vers moi. Mon cœur s’emballe. Il s’approche, malicieux, et se contente de déposer un doux baiser sur le tatouage de mon poignet.

– Je ne suis pas le prince charmant mais je t’attends, dit-il en m’offrant un regard étincelant.

Mes yeux s’embuent de larmes. Je m’apprête à lui répondre lorsque mon téléphone vibre, gâchant ce sublime instant. Un message de mon cousin Rémy.

Ta mère a fait un malaise.
Rien de grave, mais pourrais-tu venir ?

Je lâche un soupir exaspéré.

– Ma mère a encore fait des siennes, je dois rentrer.

– Pas grave, on se voit ici dans deux jours.

Il prend ma main et la caresse, plongeant son regard dans le mien. Un regard qui m'assure qu'il sera là, qu'il m'attendra.

– Promis.

CHAPITRE 31

MARE

– Mare, rentre à la maison, tu vas attraper froid. Où est Li ?

– Elle est partie, maman. Tu as réussi à la pousser à bout.

– Moi ? Mais enfin, je n'y peux rien si ta sœur est susceptible.

Avant que je ne rétorque un truc méchant, elle ajoute :

– Allez, monte, tous nos invités nous attendent. Tu ne veux pas gâcher Noël, si ?

Elle me fixe de ses grands yeux tristes et je cède. Je remonte à l'appartement et plaque un sourire de façade sur mon visage, dégoûtée. Ça ne devait pas se passer comme ça, on avait tout prévu avec Javier. Je devais ramener Li à l'appartement et lui sortir un prétexte ridicule pour qu'elle retourne à la voiture. Là, Javier serait apparu, lui aurait offert son cadeau et elle aurait remporté le pacte. À la place, la voici partie je ne sais où et moi, je suis coincée à ce dîner de famille où tout le monde fait semblant que tout va bien.

– Puisque Li veut se la jouer diva, tant pis pour elle, annonce ma mère en frappant dans ses mains comme si de rien était.

De retour dans le salon, je subis en silence ses allusions sur les joies de la maternité alors qu'elle me colle Valentin dans les bras.

– Vous ne trouvez pas que ça lui va bien, un bébé ? interroge ma mère à la cantonade.

Tout le monde y va de son petit commentaire. Le petit me fixe de ses grands yeux encore bleus et une douleur sourde s'empare de moi. La famille m'observe. Mes yeux s'embuent et ma mère, se méprenant sur mes sentiments, s'extasie sur la magie qui opère. Valentin agrippe une mèche de mes cheveux alors que je fais tout pour le rendre à sa mère. La famille rigole, insensible au mal qui me ronge, à cette culpabilité qui revient puissance dix mille. Je parviens tant bien que mal à refiler le bébé et pars m'isoler dans les WC.

Mon premier rendez-vous avec le psy s'est plutôt bien passé, mais depuis que j'ai ouvert les vannes et que j'ai commencé à me confier, je dois faire face à mes souvenirs, à mes regrets, et à ces bouffées de tristesse qui me submergent sans crier gare. Ma mère rêve de me voir donner la vie alors que pour moi, c'est inenvisageable. Le professeur Huguenot m'aide à travailler sur l'image que j'ai de moi-même, et même si je n'ai pas encore réussi à aborder avec lui l'autre point dont je suis tellement honteuse, il ne me brusque pas et je m'ouvre petit à petit. C'est grâce à lui si j'ai pris la décision un peu folle de me lancer dans cette histoire avec Call. Pour mon psy, j'ai le droit d'être heureuse, et si coucher avec mon voisin tatoueur me fait du bien, je ne dois pas m'en priver. En gentille fille obéissante, c'est donc exactement ce que je fais.

– Mare, sors de là, on n'attend plus que toi pour passer à table.

– J'arrive.

Je me passe un peu d'eau sur le visage et regagne le salon.

– Bien, maintenant que tout le monde est là, nous allons enfin pouvoir manger, râle ma grand-mère.

Li étant partie, j'aide ma mère à faire le service, jusqu'à ce qu'elle me fusille du regard, mon portable à la main. Oh bordel, si Call a continué son strip-tease par SMS je n'ose imaginer ce que ma mère a vu. J'essaie de paraître naturelle et tente de récupérer mon smartphone.

– On arrête avec les téléphones, c'est une soirée familiale. Je t'ai élevée mieux que ça, me rabroue ma mère.

Je capitule et me force à faire la discussion à ma grand-mère, qui m'explique que de son temps les jeunes filles de nos âges étaient déjà mariées et mères depuis longtemps. Je ne sais pas ce qu'ils ont tous avec la maternité, mais je commence à saturer. Ma sœur me manque, elle devrait être là, avec nous.

– Mare, viens m'aider avec la dinde, m'ordonne ma mère alors que nous venons à peine de terminer les entrées.

Je la sens trépigner depuis une demi-heure. Elle a dû chercher le premier prétexte valable pour me parler en privé. À tous les coups, je vais en prendre pour mon grade. Je me lève et la rejoins dans la cuisine en traînant les pieds. À peine suis-je arrivée qu'elle m'attaque :

– Je croyais que tu ne voyais plus le tatoueur, grince-t-elle en disposant les assiettes sales dans le lave-vaisselle.

– Maman, je suis majeure et vaccinée, je sais ce que je fais.

Elle secoue la tête.

– Non, tu ne sais pas. Le départ de Paul, cette boutique qui représente beaucoup de responsabilités, ça te fatigue et tu fais n'importe quoi.

– Arrête ta psychologie à deux balles, maman, je vais bien. Call et moi passons du bon temps ensemble et ça s'arrête là. Maintenant, si tu veux que la soirée se termine dans la joie et la bonne humeur, arrête de parler mariage et bébé !

Je récupère mon portable que je déverrouille. Je constate que Call m'a envoyé une photo de son cul musclé et une autre de lui nu avec un bonnet de Père Noël à un endroit stratégique. Nous retournons au salon, mais j'ai du mal à me concentrer sur ce qui m'entoure. La conversation dévie sur les bêtises de Rémy et je n'écoute pas, trop occupée à lire les SMS de Call :

J'ai encore ton odeur sur ma peau
et des images de toi seins nus
dans ma tête.

Est-ce que je te manque ?
Te souviens-tu de la sensation
de mes doigts dévalant ton ventre
pour venir se nicher entre tes cuisses ?

Je me sens durcir rien que
de t'imaginer, haletante sous mes doigts.
Si tu étais là, je retirerais ta culotte
et ma langue prendrait possession de toi.

Je ralentirais la cadence juste pour
t'entendre me supplier de te faire jouir.

– Mare, approche-toi de ta grand-mère s'il te plaît.

J'obtempère tout en essayant de masquer le rouge qui me monte aux joues.

Ton silence est une torture.
T'es-tu éclipsée en plein repas familial
pour te caresser en pensant à moi ?
T'imaginer te donner du plaisir
me fait bander encore plus fort.

– J'en veux une avec ma fille chérie ! s'exclame ma mère en me prenant par les épaules. Si elle est réussie, je la mettrai à côté de mon lit.

J'ai dû quitter la table pour aller
me soulager mais ton silence
me rend dingue.

– Dommage que Li soit partie, intervient quelqu'un en bout de table.

Imaginer Call en train de se masturber en pensant à moi m'excite au plus haut point. Alors que je tends le bras pour me servir un peu d'eau fraîche, j'entends ma mère répondre :

– Linda a toujours été comme ça, Josiane, elle a toujours cherché à attirer l'attention sur elle, toujours à faire les quatre cents coups et à embarquer ma douce Mareva dans ses combines. Combien de fois est-ce qu'elle m'a fait honte ! Encore ce soir, regarde. On passe une soirée agréable et elle nous fait son numéro. C'est à se demander si elles sont vraiment sœurs.

Un lourd silence s'abat et tout le monde me fixe avec étonnement. Je suis debout, les deux mains sur la table, en train de fixer ma mère.

– Je t'interdis de dire ça. Li est ma sœur. Qu'elle ne corresponde pas à l'idée que tu te fais d'une fille modèle, d'accord. Que tu la trouves garçon manqué, passe encore, mais que tu sous-entendes qu'elle et moi ne sommes pas sœurs car trop différentes, c'est une insulte envers moi. Après le départ de papa, quand tu étais bourrée d'antidépresseurs, c'est Li qui s'est occupée de moi, Li qui me défendait à l'école, Li qui m'aidait à faire mes devoirs.

– Mais enfin ma chérie, ce n'était qu'une façon de parler, calme-toi.

– Non maman, ça fait trop longtemps que je suis calme, que je me tais ou que je détourne les yeux quand tu t'en prends à elle. J'ai été faible, j'ai voulu rentrer dans le moule que tu as créé pour te rendre le sourire, tout ça au détriment de la seule qui a toujours été là pour moi, Li. Alors tu sais quoi ? Étouffe-toi avec ta dinde, moi je m'en vais.

J'attrape mon manteau et quitte l'immeuble en marchant d'un pas rapide. Mes talons claquent sur le trottoir, il n'y a pas un chat dehors. Arrivée devant ma voiture, je constate que je suis partie sans mon sac à main. Youpi.

Un nouveau SMS de Call arrive.

Tu ne réponds plus ? Un problème ?

Purée, ce mec est un radar sur pattes.

Soirée de merde, je rentre à pied.

PARDON ?

Le temps que je tape une réponse, il m'appelle. Il me passe un savon pour être seule en pleine nuit dans la rue et me fait promettre de ne pas bouger de là où je suis le temps qu'il arrive. Je n'ai pas l'occasion de protester qu'il a déjà raccroché. Et voilà, en plus de gâcher le Noël de toute la famille, je l'arrache à son propre réveillon. Bravo Mare.

Alors que je l'attends, je glisse les mains dans les poches de mon manteau et frôle le petit cadeau que j'avais prévu d'offrir à Call lors de la réouverture de nos boutiques. Peut-être que je pourrai le lui donner ce soir. C'est ce que font les amis, non ?

Le bruit assourdissant d'une moto résonne dans la rue. Call se gare, enlève son casque et avance vers moi, l'air inquiet. Lorsque je suis suffisamment proche, il attrape les pans de mon manteau et m'attire contre sa bouche. Tandis qu'il m'embrasse fiévreusement, ses mains viennent s'enrouler autour de ma taille. Lorsque notre baiser prend fin, je reste blottie, immobile dans ses bras.

– Putain Miss, tu me rends dingue, murmure-t-il en me serrant plus fort contre lui.

Je ne réponds pas mais les larmes se mettent à dévaler mes joues, venant s'échouer sur son pull. Je sanglote, laissant la pression de cette soirée pourrie s'évacuer. La tension entre ma mère et Li, les remarques et les attentes de ma famille…

– Hey, que se passe-t-il, Miss ?

– J'en ai marre, c'est tout. Tu devrais repartir. Je ne comprends même pas ce que tu es venu faire là. Si tu es venu pour t'envoyer en l'air, c'est loupé, dis-je en me dégageant de son emprise, honteuse de me donner en spectacle. Ne te sens pas obligé de rester, répété-je en fixant mes chaussures.

– Je ne me sens obligé de rien. J'ai envie d'être là, avec toi.

Je lève la tête et plonge dans son regard à la recherche d'une trace de mensonge, mais n'y vois rien d'autre que de la douceur.

– Alors, tu vas me dire ce qui s'est passé ? demande-t-il en caressant ma joue avec tendresse.

– Je suis fatiguée, Call. Fatiguée de faire semblant que tout va bien, fatiguée de ne pas pouvoir dire la vérité aux gens que j'aime par peur qu'ils me rejettent, fatiguée de cette soirée de merde !

Il resserre la pression autour de mon corps et libère une de ses mains pour attraper son casque de moto. Il me relâche mais avant que je n'aie pu esquisser le moindre mouvement, il enfonce le casque sur ma tête. Bon sang, mais ça pèse une tonne, ce truc ! Il ôte ensuite son blouson de motard et m'aide à l'enfiler, avant d'enfourcher sa moto et de me faire signe de grimper. Je n'hésite pas une seconde et me glisse derrière lui, mes mains agrippant ses hanches. Il fait vrombir le moteur et nous disparaissons dans les rues de Paris. Si, dans un premier temps, je me cramponne à lui en fermant les yeux, je m'habitue peu à peu aux sensations et relève la tête pour admirer le paysage. Call nous fait longer la Seine. Les rues sont vides, aux fenêtres de certains appartements, des décorations illuminent les façades ; c'est calme, paisible. Malgré la vitesse et le froid, je parviens à me reprendre et quand Call arrête sa moto, je suis apaisée. Il m'aide à descendre et nous nous installons face à la tour Eiffel qui a revêtu son habit de fête.

– C'est marrant, j'ai toujours vécu à Paris et pourtant, je n'ai jamais vu la dame de fer illuminée pour Noël ailleurs que sur l'écran d'une télévision, dis-je à Call alors qu'il enlève le casque de mon crâne.

Avec l'électricité statique, je peux sentir mes cheveux se dresser et je tente tant bien que mal de les aplatir.

– Je viens ici tous les ans. C'est une façon de rendre hommage à un gamin que j'ai connu dont le rêve était de grimper au sommet et qui n'en a jamais eu l'occasion.

Son regard se voile. J'aperçois ici, comme au *speed dating*, cette immense tristesse qu'il cache au fond de lui. Je la reconnais car c'est la même que celle que je m'efforce de dissimuler. Je glisse ma main dans la sienne, comme une façon de lui montrer que je suis là.

– Je suis désolée, murmuré-je.

– Ne le sois pas, Miss. Tu n'y es pour rien.

J'observe son visage ; mon cœur s'emballe légèrement et ça n'a rien à voir avec les battements habituels dus à l'excitation. Cette fois-ci, c'est différent. Il est venu me rejoindre le soir de Noël, il est là pour moi, il m'écoute et s'ouvre petit à petit à moi. Je commence à prendre conscience que j'ai envie que cette relation évolue, car ce que je ressens en sa présence va bien au-delà d'un simple désir. Mais comment le lui faire comprendre et surtout, comment être sûre qu'il le veuille aussi ?

Nous restons silencieux, main dans la main, à admirer le spectacle dans le froid de l'hiver. Au bout d'un moment, je glisse ma main libre dans la poche de ma veste ; mes doigts se referment sur la petite pochette en organza que j'ai dissimulée. Je la sors et la lui tends. Il regarde la pochette d'un air surpris.

– Il paraît qu'à Noël, ça se fait d'offrir des cadeaux aux personnes qu'on… apprécie, dis-je en rougissant.

Il dénoue le cordon, écarte le tissu et révèle le porte-clefs : un pistolet de tatouage en argent avec son nom gravé dessus. Il ne dit rien et j'ai peur, l'espace d'un instant, qu'il refuse mon cadeau.

– Si tu n'aimes pas, je le reprends, ajouté-je en essayant de le récupérer.

Call referme ses doigts dessus et sort ses clefs de sa poche.

– Hors de question, je l'adore.

Il glisse l'anneau à ses clefs et les range avant d'encadrer mon visage avec ses mains.

– Merci, Miss.

Ses lèvres se posent sur les miennes. Pour la première fois depuis que nous couchons ensemble, son baiser est doux, tendre.

Lorsqu'il me dépose devant chez ma mère, j'hésite à lui proposer de monter. Nous nous contentons d'un baiser avant qu'il ne rejoigne sa Grand-ma qui, d'après lui, n'ira pas se coucher tant qu'il n'aura pas mangé son morceau de bûche. Je souris, il m'embrasse de nouveau.

– Merci. Merci d'être venu, murmuré-je contre ses lèvres.

– Je n'aurais voulu être nulle part ailleurs qu'à tes côtés, répond-il alors que de minuscules flocons tombent du ciel en virevoltant.

– Joyeux Noël, Call.

– Joyeux Noël, Miss.

CHAPITRE 32

LI

Je croise ma mère lorsque je sors de sa chambre d'amis. La mine déprimée, encore vêtue de son horrible robe de chambre molletonnée, elle n'a de cesse depuis le réveillon de nous faire culpabiliser avec Mare. Des filles ingrates, voilà ce qu'elle n'arrête pas de nous répéter parce que nous avons osé lui gâcher son Noël et lui faire honte devant une partie de la famille. Ma sœur sort à ma suite et je chuchote :

– Elle est déjà levée.

– Zut, on ne pourra pas se carapater en douce.

– C'est sympa de m'avoir défendue, Mare, mais la prochaine fois, arrange-toi pour que nous ne soyons pas obligées de rester deux jours à son chevet.

– Oui, je m'en veux tellement. Elle a quand même fait un malaise.

– T'inquiète, c'était du chiqué. Elle n'avait rien du tout. Elle n'a juste pas l'habitude qu'on la contredise.

Je file à la cuisine et me saisis d'un panier que j'ai préparé hier. Il fallait bien que j'occupe mon temps, il n'était pas question que je passe l'après-midi à regarder un reportage sur Miss France de retour sur son île.

– Tes collègues vont être contents avec tout ça.

Je baisse les yeux sur mes victuailles. Gâteaux, chocolats, bouteilles de jus d'orange, même des pâtes de fruits. Javier en raffole.

– C'est pour leur faire plaisir. C'est normal pour un chef de récompenser un peu son équipe.

Mareva me jette un regard soupçonneux avant de me lancer avec un petit sourire taquin :

– Ce n'est pas plutôt pour ton petit Javier, tout ça ? C'est le seul goinfre à la ronde.

– Il aime bien manger, c'est vrai. Mais ce n'est pas que pour lui, me défends-je en dissimulant le rouge qui me monte aux joues.

– Tu t'es donné beaucoup de mal pour la blonde et le vieux, je trouve.

– Arrête, nous sommes une bonne quinzaine aux Stups. Et toi, tu comptes baiser aujourd'hui avec l'homme invisible ?

Mare manque de s'étouffer avec sa tasse de thé et se met à rougir à son tour.

– Connasse !

Décidément, les sœurs Sorel ont bien du mal à assumer leurs histoires de cœur. Pas étonnant, avec notre frustrée de mère qui n'a pas été capable de nous donner les armes pour affronter les affres de l'amour. Une fois de plus, il va falloir se démerder toutes seules, et j'ai bien l'impression qu'en ce domaine, les talents de ma frangine sont aussi pitoyables que les miens.

J'arrive au bureau la première. Je n'ai pas encore commencé à travailler lorsque les bureaux se remplissent de collègues ; j'en suis incapable, trop stressée de revoir Javier. Je n'ai pas cessé de penser à ce qu'il m'a proposé, c'est-à-dire tenter quelque chose ensemble. Le matin de Noël, j'avais changé d'avis. J'étais encore en totale panique. Impossible de sortir avec mon coéquipier : si le chef l'apprenait, il nous séparerait. Et puis ma mère m'a nourrie de reproches pendant que nous ouvrions nos cadeaux au pied du sapin. J'ai contemplé le magnifique déshabillé de soie offert à Mareva et les draps de bain bleu marine pour moi. J'ai caressé mon poignet. Je me suis répété « Je suis une princesse ». J'ai repensé à cette gamine de quinze ans qui ne voulait surtout pas vieillir auprès de sa mère et qui a passé ce pacte et là, ça a été le déclic. Je prendrai les risques qu'il faudra, même si je dois me ramasser. Je dois aller de l'avant. Vers l'homme dont je suis amoureuse, même si je dois m'asseoir sur quelques règles.

Je replace pour la centième fois les *charms* du bracelet qu'il m'a offert ; des cœurs, mais aussi un revolver. Dire que j'ai cru que Mare était avec Javier. Derrière mon écran, je fais semblant de lire les comptes rendus des écoutes téléphoniques des Tchétchènes, mais tout me semble inintéressant ce matin. J'ai perdu le sommeil, la faim et le mode d'emploi pour respirer normalement depuis les dernières trente-six heures. Le bureau s'anime au fil des arrivées et mes collègues découvrent tour à tour avec joie les pâtisseries que j'ai préparées. Le mot est vite passé dans tout le commissariat. À ce rythme-là, Javier n'en verra pas la couleur, heureusement que j'en ai ramené pour un régiment entier.

Quelques minutes plus tard, Javier arrive enfin. Il salue Barbie et Bernard, ainsi que le binôme qui s'apprête à reprendre la planque aujourd'hui. Je le vois s'arrêter devant mon assiette de biscuits et demander à Barbie qui en est à l'origine. J'entends mon prénom, mais fais mine de n'avoir rien écouté et farfouille dans mon tiroir. Il avance vers notre bureau en sifflotant un air de Noël et arbore un sourire lumineux en posant ses affaires devant son poste de travail. Je me cache derrière mon écran, incapable de garder une attitude normale.

– Salut ma Li, dit-il en retirant son bonnet et sa doudoune.

– Salut, bredouillé-je, la bouche asséchée.

– Dis-moi, tu t’es surpassée avec tous ces gâteaux.

– Juste des restes de Noël, t’inquiète.

– Tu voulais nourrir toute la ville ? se marre-t-il en croquant dans un cookie qu’il a chopé en passant. Ils sont délicieux.

– Merci, soufflé-je en rougissant.

J’évite son regard, mais je vois que ça le fait encore plus sourire.

– Tu as lu les e-mails ?

– Je suis en train de le faire.

– Et les écoutes, ça donne quoi ?

– C’est en cours.

Javier se penche pour me regarder.

– Tu viens d’arriver ?

– Non.

Il fait une moue étonnée mais je préfère ne pas relever. Habituellement, il n’a même pas le temps de se déshabiller que je lui fais tout un débriefing sur les derniers éléments de l’enquête.

– Je m’y mets alors, se contente-t-il de dire.

J’essaie de me concentrer sur un e-mail mais j’ai bien trop envie de regarder discrètement mon coéquipier derrière son ordinateur. Je croise son regard subrepticement et il en profite pour me faire un clin d’œil. Il n’a pas encore remarqué le petit paquet emballé que j’ai déposé derrière son clavier. La boîte n’est pas très grosse. J’avais prévu ce présent de longue date mais j’hésitais un peu à le lui offrir alors que je croyais qu’il fréquentait Mare.

Je n'avais pas envie de les mettre mal à l'aise tous les deux.

– C'est quoi ce cadeau ? demande-t-il, intrigué.

Il se soulève de sa chaise pour me regarder car je me suis tellement ratatinée dans mon fauteuil que mon menton touche presque la table. Pourquoi y a-t-il autant de monde autour de nous ? Je n'ai pas envie que tout le monde entende. Ça jase tellement vite dans un poste de police, il ne m'aura pas encore embrassée que l'accueil annoncera notre mariage. Je ne souhaite pas du tout que l'information arrive trop vite sur le bureau du chef.

– C'est toi ?

– Hmm.

Barbie, qui bien sûr n'a pas les oreilles dans sa poche quand cela concerne Javier, vient vers nous, tout à coup très curieuse. Je la scrute avec une pointe d'agacement. Javier, indifférent, sourit jusqu'aux oreilles lorsqu'il découvre la dernière génération d'écouteurs dans la boîte.

– Putain, Li ne s'est pas moquée de toi ! s'exclame-t-elle. Ça vaut une blinde, ces machins blancs. T'as dû sacrément assurer au pieu, mon vieux.

Le toupet de cette fille me laisse bouche bée.

– C'est juste ma binôme, ne te fais pas de film, répond calmement Javier avant de lever les yeux vers moi.

– Dis-moi Barbie, tu as demandé le complément d'analyses à la balistique ? m'énervé-je.

Elle sursaute.

– Non, je m'en charge tout de suite, Capitaine.

– J'aimerais que tu t'occupes aussi de ton coéquipier, *Bernard*, au lieu de passer ton temps à reluquer le mien. Il est déjà parti interroger le gamin qui dealait à Carrefour. Souffle-lui que le frère du Tchétchène aurait des problèmes d'approvisionnement en came en ce moment, j'aimerais qu'il le répète à son frère. Avec un peu de chance, les revendeurs du coin vont commencer à chercher un nouveau fournisseur et ça va mettre la pression à Vitali. Qui dit pression dit…

– Précipitation et erreur, continue Javier, tout sourire, en se balançant dans son siège.

– En voilà un qui a tout compris. Au fait, Barbie, tu parles encore une fois comme ça et je t'envoie chez le boss. C'est à toi qu'il secouera les puces pour une fois.

– Je suis désolée, Capitaine, dit-elle en s'éloignant.

– Oui, joyeux Noël.

Javier se lève et vient vers moi. Comme je n'ose pas le regarder, il se penche et me dit tout bas :

– *No panic*. Tout va bien.

Je lui jette un bref coup d'œil.

– Il ne faut pas déconner, je ne peux pas la laisser me parler comme ça.

– Tu as raison, mais je te sens bien nerveuse. Cela n'aurait rien à voir avec le réveillon de Noël ? se moque-t-il.

– Non, ne t'inquiète pas, ma mère n'avait rien.

– Li, souffle-t-il. Je ne parlais pas de ça.

– C'est encore compliqué pour moi.

Discrètement, il relève mon menton d'un doigt et me dit gentiment :

– On prendra le temps qu'il faudra.

Je souris en virant au cramoisi. J'ai presque honte d'être aussi nulle en séduction. Avec Beaulieu, c'était plus simple, il n'y en avait pas. On se sautait dessus dans les vestiaires, point barre.

– En tout cas, merci pour ce cadeau.

– C'est trop ? demandé-je, tout à coup, angoissée à l'idée de m'être ridiculisée. Je peux les reprendre, je t'achèterai une boîte de chocolats.

– Certainement pas, je les adore.

Je n'arrive pas à soutenir son regard et fais semblant de me remettre à lire mon écran. Il remarque son bracelet à mon poignet et le touche du bout des doigts.

– Je suis content que tu le portes.

Il dépose un doux baiser sur ma tempe et susurre dans mon oreille :

– Il faudra que je te donne toutes les infos pour notre sortie du 31.

Je déglutis. Notre premier vrai rencard. J'essaie de lire la première ligne d'un message mais ça doit être du tchétchène, car je ne comprends rien. Je ne vois pas comment je pourrais déchiffrer la moindre lettre avec mes paupières qui tremblotent à toute allure et mon cœur qui bascule allegro. Ça pourrait tout aussi bien être du sanskrit que je ne verrais pas la différence.

– *No panic*, princesse, répète-t-il.

Javier se relève ; il ne tient décidément pas en place ce matin. Il ne peut pas se mettre au boulot pour que je puisse reprendre une once de calme ?

– J'ai chaud.

Il enlève son sweat à capuche, dévoilant en même temps une série d'abdominaux à faire baver n'importe quelle fille dotée d'une vue normale. Je retiens un petit filet de salive. Il tire sur son tee-shirt et cela me fait l'effet d'une tombée de rideau au théâtre. J'ai presque envie de protester.

– T'as pas chaud, toi ? demande-t-il. Tu es toute rouge.

– Ouais, j'ai chaud. Très chaud, réponds-je.

Je me rends compte que je viens de prendre une drôle de voix. Javier lève des yeux surpris avant de se mettre à rire malicieusement.

Beaulieu se pointe dans l'open space et l'ambiance change d'un coup. Je sens un courant d'air glacial traverser le bureau le temps qu'il arrive devant nous. Casseur d'ambiance.

– On vient de retrouver un nouveau cadavre dans le canal. Le chef m'a dit que ça pourrait être le gérant de la casse que tu as regardé se faire égorger sans intervenir.

Je le toise depuis mon siège. Apparemment, les civilités, c'est en option.

– On n'a rien eu le temps de faire, répliqué-je tranquillement. Ils étaient une dizaine, nous étions deux avec une gamine à exfiltrer. Elle risquait de se faire tuer.

– Avec l'effet de surprise, tu aurais pu en avoir quelques-uns en attendant les renforts.

– Je n'allais pas prendre des risques inutiles.

– Inutiles pour qui ? Pour toi ou pour ta putain d'enquête de merde ? me tacle-t-il d'un coup.

– On a priorisé, mon pote, répond Javier, mais j'arrête aussitôt mon coéquipier d'un geste de la main.

– Je ne suis pas votre pote, Esposito. Quand vous vous adressez à moi, j'aimerais que vous employiez « capitaine Beaulieu ». À force de traiter tes subalternes comme tes copains, ils ne respectent même plus la hiérarchie, me reproche-t-il.

– Dans mon service, je fais ce que je veux. Si tu as un problème, tu connais le chemin pour aller chez le boss.

Sébastien ricane.

– Comme si le chef n'était pas assez sur ton dos. Il paraît que tu es sur la sellette, Sorel.

– Je n'en ai rien à foutre. Je ne cours pas après les médailles mais après les résultats. Tu as trouvé de quoi coffrer Vitali Kurbanov pour meurtre ? Il sème des cadavres aux quatre coins de la capitale. Jusqu'à quand tu vas le laisser faire ?

– Vos caméras sont inutilisables. Les images sont floues à cause du givre. Heureusement, j'ai deux témoins de poids, lance-t-il en nous regardant à tour de rôle.

– Tu as vu quelque chose, Captain ? demande sournoisement Javier.

– Nan, il faisait nuit et je crois qu'il faut que je prenne rendez-vous chez l'ophtalmo, je ne vois plus aussi bien qu'avant.

– C'est l'abus de consultation de ton compte Tinder. À trop loucher sur les mecs, tu as perdu au moins un dixième à chaque œil.

J'éclate de rire devant la moue furieuse de mon homologue de la Crim. Je pourrais presque croire qu'il est jaloux.

– Vous me faites chier tous les deux !

– Dis-moi mon vieux, le respect, c'est dans les deux sens. J'aimerais bien que tu nous parles sur un autre ton, me moqué-je.

– Je veux vos dépositions à tous les deux.

– Quand l'enquête sera finie, l'affronté-je du regard.

– Le nom du cadavre ?

– Marcel quelque chose. J'ai peut-être noté son identité dans mon calepin, mais je l'ai perdu entre-temps, impossible de remettre la main dessus.

– Tu m'emmerdes, Linda !

OK, là, ça suffit.

– Écoute-moi bien, dis-je en me levant de mon fauteuil.

Toute l'équipe des Stups se tait et se rapproche discrètement.

– Tu n'approches pas de la planque. Tu n'approches pas des Tchétchènes. Tu ne demandes rien tant que je n'ai pas bouclé cette putain d'enquête de merde, comme tu l'appelles. Tu ne foutras pas onze mois de boulot en l'air pour un connard qui était en train de peloter une gamine de dix ans à sept heures du mat au lieu de l'emmener à l'école comme le lui avait demandé sa voisine. Les Mœurs ont interrogé la fillette, ça faisait des semaines qu'il lui faisait vivre un calvaire. Alors pardon si je ne verse pas ma petite larme pour cette ordure. Tu prends un de mes cookies. Je t'autorise même à bouffer un chocolat. On lui laisse une pâte de fruit ?

– Juste une, s'amuse Javier.

– Juste une alors. Et puis tu sors des Stups, je ne veux plus te voir jusqu'à nouvel ordre.

– Tu auras des nouvelles du chef.

– C'est convenu avec lui. On a des consignes de plus haut, j'ai obtenu le feu vert du proc. Désolée pour toi, mec.

Beaulieu me scrute, stupéfait, avant de faire quelques pas. Il s'arrête devant les gâteaux et en prend un. Il attrape au vol un chocolat avant de s'arrêter devant l'assiette de pâtes de fruit.

– Tu peux en prendre une à l'orange si tu veux, je ne les aime pas trop, renchérit mon coéquipier.

– On se voit ce soir ? lance mon ex-amant avec un sourire mauvais à l'intention de Javier.

Mon binôme se tend mais je réponds nonchalamment pour ne pas attiser la curiosité des membres du bureau :

– Non, je n'ai plus besoin de la Crim, je vais faire sans.

Beaulieu me jette un regard mauvais, et prend la porte. Je me laisse retomber contre le dossier de mon fauteuil à roulettes. L'équipe se met à me siffler de joie : les Stups contre la Crim, c'est une tradition dans la guerre des services. Tout le monde applaudit, sauf Javier qui me scrute avec un regard intense. Je lui adresse un clin d'œil en lui montrant mon poignet et en articulant en silence un « Je suis une princesse ».

C'est encore le brouhaha dans le bureau lorsque le boss débarque avec sa tête des mauvais jours. Il faut dire qu'il nous fait un peu la gueule depuis les événements de la planque. Il n'a pas aimé que j'aille plaider notre cause auprès du procureur de la République ; ce dernier m'a à la bonne depuis sa nomination. Mais si je foire mon enquête, même lui ne pourra rien faire pour moi : je finirai à la circulation ou dans un bureau au ministère.

– Esposito, vous tombez bien. Je venais vous voir.

– Bonjour patron, répond Javier en m'adressant un regard inquiet.

J'espère que Beaulieu n'est pas allé se plaindre.

– Il manque du monde au service de la Protection. Vous y êtes affecté pour quelques jours, le temps que les effectifs soient de nouveau au complet.

– Vous déconnez, patron ? m'écrié-je. J'ai besoin de lui. On est en plein milieu de notre enquête.

– Je ne veux pas le savoir.

– Purée, il a autre chose à faire que le bodyguard d'un de ces ministres à la con.

– Li, tempère mon collègue.

– Vous discutez mes ordres, Sorel ?

Je me renfrogne mais préfère la fermer.

– Non, Commissaire.

– Tant mieux. Esposito, j'espère que vous prendrez ce temps loin de votre service pour revoir le principe d'obéissance envers sa hiérarchie.

Connard de Beaulieu !

– Vous avez deux heures pour préparer vos affaires.

Le chef sort du bureau et tout le monde se tait. Comme Javier se lève et commence à ramasser ses effets, les autres retournent à leurs occupations.

– Fait chier, balancé-je, énervée.

– C'est rien, t'inquiète.

– C'est de ma faute, je n'aurais pas dû parler comme ça à Beaulieu.

– Tu déconnes ! Ça valait le coup de passer une semaine collé au cul d'un ministre.

Javier se marre avec un regard heureux.

– Ça te laissera le temps de trouver la plus sexy des tenues pour notre rencard.

Ses joues se creusent dans un sourire charmeur. Une jolie fossette apparaît, sur laquelle j'aimerais glisser le bout de ma langue. Ce type est une vraie friandise. Il jette un coup d'œil vers les autres : ils nous tournent le dos, occupés à discuter autour de la cafetière. Javier soulève alors mon poignet et dépose ses lèvres sur mon tatouage. Je sens sa langue l'effleurer et me retiens de gémir.

– Tu vas me manquer, ma princesse.

Sa possessivité me rend fébrile. Il est séduisant comme jamais, le regard étincelant. J'ai envie de me pendre à son cou et de l'embrasser à pleine bouche, mais Bernard et Barbie reviennent vers nous. Résigné, Javier dépose un baiser sur mon front et s'éloigne en les saluant. Je le laisse partir, partagée entre un sentiment de désespoir et une certaine appréhension.

Premier jour sans Javier.

CHAPITRE 33

CALL

Encore un message de Mareva auquel je ne réponds pas. Je ne sais plus où j'en suis. Je devrais être en congé, pourtant je nettoie la boutique, attendant mon client. Je n'ai pas pu refuser, c'est un pote, mais ça ne va pas m'empêcher d'en profiter pour me venger un peu au passage.

J'ouvre la porte du shop pour le guetter. L'air sec et froid me percute le visage, charriant vers moi une odeur de kebab. Mon estomac gronde. Assis sur le trottoir d'en face, j'avise le petit jeune nettoyeur de pénis. Il a l'air morose et son regard se pose sur le morceau de viande qui tourne sur la broche. Les mains dans les poches, je traverse et m'arrête à sa hauteur.

– J'ai un travail pour toi.

– Je deale pas, me lance-t-il, soupçonneux.

– Il ne s'agit pas de ça.

Le gamin lève la tête, intrigué.

– Un gars doit passer à mon shop et il faudrait que tout soit nickel. Ça te dit de me filer un coup de main ?

– J'y gagne quoi ? demande-t-il, méfiant.

– Je te paie un bon repas et je te file vingt euros.

Il s'apprête à refuser mais son ventre gargouille, à lui aussi. Je me demande depuis quand il n'a pas mangé. Il se lève et répond d'un ton détaché.

– Ouais OK, de toute façon j'avais rien de prévu.

Je ne relève pas, passe commande de deux menus avec supplément frites pour le jeune et l'entraîne vers la boutique.

– Tu t'appelles comment ? lui demandé-je alors qu'il mord à pleines dents dans son sandwich.

– Jammal.

– Moi, c'est Call.

– Ouais j'avais deviné, c'est écrit sur ton shop.

J'esquisse un sourire.

– Tu fais quoi dans la vie, Jammal ?

– C'est pas parce que tu m'as acheté un sandwich que je vais te raconter ma life.

Je lève les mains en signe d'apaisement.

– Oh là, on se calme. J'essayais juste de faire la conversation.

– Bah c'est pas la peine.

– Tu viens de quel quartier ?

Il me jette un regard suspicieux.

– De la cité Saint-Louis.

– Je connais bien, j'y ai grandi. Ma grand-mère y vit encore.

Comme si le fait qu'on vienne du même endroit le rassurait, il se détend.

– Bon, je dois faire quoi comme ménage ?

Je lui ouvre le local où je range le matériel de nettoyage.

– Je fais pas les chiottes, par contre.

Je soupire et lui explique ce que j'attends de lui et, tandis qu'il astique le sol, je m'occupe de stériliser la cabine. Du coin de l'œil, je le surveille. Il a cessé de frotter pour regarder l'un de mes catalogues. Pensant que je ne le vois pas, il a laissé tomber son masque d'indifférence et je peux lire sur ses traits un réel intérêt. *Comme Soan*, murmure une voix sous mon crâne. Il repose le portfolio et reprend son travail.

La sonnette de l'entrée retentit tout à coup et la porte s'ouvre sur mon client du jour. Je l'accueille et l'invite à poser ses affaires avant de me diriger vers le gosse.

– Tu as bien bossé. Tiens, dis-je en lui tendant un billet de cinquante.

– On avait dit vingt euros.

– Je n'ai pas de monnaie.

Il tique, agacé.

– Je veux pas qu'on me fasse la charité.

– T'auras qu'à revenir la semaine prochaine.

Ses sourcils se froncent mais il finit par hocher la tête et disparaît, le billet dans les mains.

– Les gosses, c'est pas évident, hein ? me lance mon pote.

– À qui le dis-tu, confirmé-je en lui demandant de s'installer sur le fauteuil.

Depuis que Li lui a avoué adorer les mecs tatoués, Javier veut absolument arborer un tatouage. Le souci, c'est qu'il change d'avis comme de chemise et même maintenant qu'il est assis devant moi, je ne suis pas à l'abri qu'il me fasse tout recommencer.

Il admire le dessin, me demande quelques modifications et finit par valider son choix. Il ouvre ensuite sa chemise et je le charrie :

– Joue pas ton *latin lover* chez moi, Esposito.

– T'as pas intérêt à te louper.

Nous rigolons et je mets en route le pistolet. Je vois avec plaisir son visage blêmir ; il n'est pas le premier à jouer les durs et à trembler face à l'aiguille.

– Oh putain ! s'exclame-t-il.

– C'est juste le coton désinfectant, m'esclaffé-je en visant la corbeille. Essaie de ne pas contracter le muscle et de ne pas sursauter.

Il serre les dents alors que l'aiguille s'agite sur son bras.

– Bordel, grogne-t-il sans bouger.

Il tourne la tête et je m'applique à encrer sa peau. Au bout de cinq minutes, j'annonce, triomphant :

– Voilà, c'est bon.

– Quoi ? Déjà ?

Il se redresse, regarde son bras et écarquille les yeux.

– Tu te fous de ma gueule ! C'est quoi ce truc ?

– Une marguerite, mon pote.

– Une… Une marguerite. C'est tout ce que tu trouves à me dire ? Qu'est-ce que c'est que cette merde ? T'as fumé ou quoi ?

J'ai de plus en plus de mal à garder mon sérieux mais j'y parviens tout de même. Depuis la scène lors du match de rugby, je n'avais pas eu vraiment l'occasion de parler franchement avec Javier en face-à-face. Même si je sais qu'aujourd'hui les choses sont rentrées dans l'ordre avec Li, je ne veux pas qu'il la fasse souffrir.

– Vois ça comme un avertissement, une sorte de mantra. Désormais, chaque fois que tu regarderas ton bras, tu te rappelleras ce que tu risques en te comportant comme un connard.

– Mais de quoi tu parles ?

– Je parle de ton attitude au match. Tu te rends compte de la façon dont tu as parlé à Li ? De ce que tu lui as dit ?

Javier dégage son bras et fuit mon regard, un peu honteux. Il se reprend cependant rapidement.

– T'es complètement barge comme mec. On a fait la paix, Li et moi, ça roule entre nous.

– Ouais, je sais. Mais prends bien note de quelque chose : aujourd'hui c'est une marguerite. La prochaine fois que tu déconnes, ce sera mon poing sur la gueule. Li est mon amie.

Je le fixe droit dans les yeux, pour bien faire passer le message. Il hoche la tête, la colère a déserté ses traits.

– Message reçu.

– Bien, maintenant que les choses sont claires, rallonge-toi et file-moi ton bras.

Il obtempère et je recommence à bosser. J'ai un tatouage à terminer. Pendant de longues minutes, seul le bruit de l'aiguille résonne entre nous, nous laissant chacun dans nos pensées. Sous mes doigts, la fleur laisse petit à petit place à un enchevêtrement de lignes noires, la camouflant totalement.

– Tu veux que je te dise, Call ? Les sœurs Sorel ont le chic pour nous faire vriller le cerveau.

– Parle pour toi.

Javier ricane.

– C'est marrant, j'avais pourtant cru que tu étais intéressé par Mareva.

Je repose le pistolet afin d'ouvrir un nouveau flacon d'encre.

– Non, pas intéressé du tout.

– Ah bon ? Mon instinct de flic s'est trompé, alors. Il me semblait t'avoir vu la reluquer à plusieurs reprises pendant le match, mais j'ai dû rêver. C'est dommage, sa boutique est juste à côté de la tienne, ça aurait été pratique.

– Lâche l'affaire, Esposito. Je vais souvent au resto d'en face, c'est pas pour autant que je me tape le patron.

Il claque ses mains alors que je récupère mon instrument.

– Je suis ravi de l'apprendre, parce que dans le cas contraire j'aurais dû te mettre en garde.

Te rappeler que t'es un indic, que tu fréquentes des gens peu recommandables et te préciser en toute amitié que Mare est la sœur de Li et que cette dernière se chargerait personnellement de te faire rôtir les burnes si tu fais foirer son affaire, mettais sa sœur en danger ou, pire, si tu lui brisais le cœur.

Je ne réponds rien et reprends mon travail. Sortir avec Mareva est la pire idée qui soit, je le sais. Chaque jour je me dis que je devrais mettre un terme à cette histoire, mais je n'arrive pas à m'y résoudre.

– Et sinon, où en est l'enquête ?

Mon changement de sujet ne passe pas inaperçu, mais Javier décide de laisser couler.

– Vitali est dans une situation précaire. D'un côté, il doit reprendre les manettes du trafic familial, et de l'autre il se retrouve confronté à un manque de main-d'œuvre à force de buter ceux qui le contredisent. De plus, avec l'arrestation de son frère, on a réussi à remonter le fil de certains comptes off-shore et on a pu saisir certains biens. Dans le lot, un hôtel particulier dans lequel on a trouvé des traces de drogue et des restes de matos ; on pense qu'il leur servait d'entrepôt et qu'il a été vidé à la va-vite. Vitali va rapidement se retrouver en difficulté et on compte là-dessus pour qu'il commette une erreur.

– Vous êtes en train de l'acculer pour le forcer à se planter.

– Exactement.

Je termine la manchette de Javier qui ne fronce même plus les sourcils, habitué à la douleur. Je passe un dernier coup de coton sur son bras et retire mes gants.

– Et voilà, admire le travail.

Il se redresse et tourne son bras dans tous les sens pour l'observer dans le miroir. Selon ses désirs, des motifs tribaux viennent s'enrouler autour de son avant-bras.

– Putain, c'est classe ! J'ai hâte d'être à la soirée pour montrer cette merveille aux sœurs Sorel.

– Tu rêves, Esposito. Je te mets de la cellophane et pas touche pendant au moins deux heures. Ensuite, tu hydrates avec du beurre de coco et surtout, tu évites les frottements.

– De la cellophane ? Tu m'as pris pour un rôti ou quoi ?

Je lève les yeux au ciel et, tout en découpant un morceau de gaze, je lui demande :

– Tu as une soirée prévue ?

– C'est le Nouvel An et j'ai invité Li à venir faire la fête.

– Vous allez où ?

– Au Purple Beach, on y a nos habitudes avec mes frangines. Un truc de bobos, de médecins, d'avocats, bref, que des bons partis. Heureusement que je serai là pour jouer les gardes du corps.

– Tu as parlé des sœurs Sorel, Mare y sera ?

Il se marre.

– Connaissant ma Li, elle doit encore être en train de se demander si elle va venir ou pas et je mettrais ma main au feu qu'elle va demander à sa petite sœur de lui servir de chaperon. Mais bon, je ne m'inquiète pas pour Mare, mignonne comme elle est, elle trouvera bien quelqu'un à embrasser à minuit.

Je serre les poings, ce qui n'échappe pas à l'œil aguerri de Javier.

– Dis donc *bro*, va falloir surveiller tes réflexes, on pourrait croire que la perspective que Mareva se trouve un mec te fout en rogne.

Il part dans un grand éclat de rire alors que je lui donne les recommandations d'usage pour l'entretien de mon chef-d'œuvre. Il baragouine quelque chose mais je n'écoute qu'à moitié, mes pensées se tournant vers la soirée du 31. Si Mareva avait voulu que je vienne, elle me l'aurait dit. Une petite voix me rappelle sournoisement que j'ignore ses messages depuis plusieurs jours, mais je la fais taire. J'ai été con. Je n'aurai jamais dû aller la retrouver chez sa mère et me contenter d'un simple plan cul. Pour le moment, il y a trop en jeu avec les Tchétchènes et je m'en voudrais s'il lui arrivait quelque chose. De plus, elle a probablement envie de trouver un beau parti pour remporter son pacte à la con, et je ne suis pas suffisamment bien pour elle.

Putain, Javier a raison, les sœurs Sorel ont le chic pour nous retourner le cerveau.

CHAPITRE 34

MARE

Li remet en place sa robe aux motifs de dentelle pour la quinzième fois en vingt minutes.

– Tu es sublime, la rassuré-je. Quand il va te voir dans cette tenue, Javier va tomber à tes pieds.

Elle se détourne, me laissant admirer la légèreté du tissu, perchée sur des talons vertigineux. Depuis Noël, je ne la reconnais plus : la farouche Li sûre de soi a laissé la place à une version hésitante et maladroite. Il y a encore une heure, elle refusait de se préparer, et j'ai dû la menacer d'appeler maman et de lui proposer de passer la soirée avec nous pour la décider.

Je retourne à mon trait d'eyeliner que j'exécute d'une main de maître. Si Li a opté pour du noir, j'ai préféré du rouge. Une robe courte en satin avec de jolies fleurs en dentelle brodées sur le jupon. Même si Li se doute que je couche avec quelqu'un, je ne veux pas lui laisser croire que ça pourrait devenir sérieux, pas tant que je n'en ai pas discuté avec le principal intéressé. Call fait d'ailleurs le mort depuis notre virée nocturne, il ne répond plus à mes messages. J'ai bien peur que la version de Mareva pleurant toutes les larmes de son corps ne lui ait finalement fait plus pitié qu'autre chose. C'est pourquoi j'ai décidé que ce soir, je ferais la fête, et j'ai mis le paquet.

J'applique du rouge à lèvres carmin et un peu de paillettes sur mes cheveux. Malgré mes efforts pour ne pas penser à Call, il s'insinue constamment dans mes pensées. Hier, j'ai aperçu Darla pénétrer dans son shop ; elle n'en est ressortie que bien plus tard. Si j'étais naïve, je pourrais croire qu'il l'a tatouée, mais le petit air satisfait qu'elle arborait en sortant m'a annoncé la couleur. Je veux plus, je le sens, et même si j'essaie de prouver que je peux tout à fait me contenter de sexe, c'est faux. Je le veux lui, tout entier, mais je ne pense pas que la réciproque soit vraie.

– Waouh ! s'exclame Li lorsque je la rejoins dans le salon. Tu vas faire des ravages, habillée comme ça. Dois-je en déduire que tu n'es plus avec ton mystérieux amant ?

Je m'agace en récupérant ma pochette :

– Ce n'est pas mon mec, juste un type avec qui je couche, et on n'est pas mariés, donc je fais ce que je veux.

Elle lève les bras en signe d'apaisement.

– Ne t'emballe pas, Mare, je suis désolée si tout ne se déroule pas comme tu le veux.

Je secoue la tête. Je suis à cran, et je m'en prends à la seule qui a toujours été de mon côté.

– Ce n'est rien, c'est juste qu'en ce moment c'est… compliqué.

Elle s'approche de moi pour écarter une mèche de mon visage. Très sérieusement, elle me lance :

– S'il te fait souffrir, tu me donnes son nom et je lui ferai passer un sale quart d'heure.

Je la serre dans mes bras avant que notre chauffeur de taxi ne sonne à la porte. Ce soir, c'est la fête, hors de question de rester sobre.

Lorsque nous arrivons au club, il y a foule et la musique s'entend depuis le trottoir. La queue s'étire sur le bitume et malgré la fraîcheur, les filles portent toutes des tenues plutôt courtes. J'en croise beaucoup sautillant d'un pied sur l'autre pour se réchauffer tout en lançant des regards aguicheurs au videur. J'ai peur qu'on ne puisse pas rentrer et qu'on meure d'hypothermie, mais Li me fait un clin d'œil et part s'entretenir avec le mec de la sécurité. Trois minutes après, le cordon disparaît et nous pénétrons dans *The Purple Beach*. L'endroit porte bien son nom : tout est dans les tons de mauve, sauf le bar qui ressemble à un aquarium dont l'eau est teintée d'un bleu rappelant les mers du Sud. Au centre de la salle, un espace est délimité pour permettre aux fêtards de danser et il est déjà bien rempli. Li paraît anxieuse et fouille le club du regard.

– Ne t'inquiète pas, si Javier t'a demandé de venir, ce n'est pas pour te poser un lapin.

– Tu crois ?

Elle se tord les doigts, nerveuse. Je ne l'ai jamais vue comme ça. C'est si déroutant de devoir être celle qui rassure, pour une fois ! Mais pas question de faillir à ma tâche.

– S'il ne vient pas, j'irai le chercher par la peau des fesses.

Les sœurs Sorel peuvent se disputer et se jeter des choses au visage, il n'y a pas plus fort que le lien qui les unit.

Je me penche par-dessus le bar et nous commande deux shots à la cerise, un pour donner du courage à Li et un pour me faire oublier le silence de Call. Nous avalons d'un trait le liquide écarlate et rejoignons la piste de danse. J'entraîne Li et nous nous déhanchons au milieu de la foule. Quelques hommes tentent leur chance avec Li mais elle les rabroue avec énergie, et finalement plus aucun n'ose s'approcher d'elle. Alors qu'elle ferme les yeux et se laisse porter par la musique, un type m'attrape par la taille et me colle contre lui. Je laisse faire : après tout, si je suis ici, c'est pour l'oublier. Me prouver que je peux plaire et que Call n'est pas le centre du monde. Nous enchaînons ainsi plusieurs chansons, je danse avec quelques garçons mais les éconduis quand ils me proposent d'aller boire un verre, me promettant à chaque fois d'accepter le suivant.

Au bout d'une demi-heure, j'aperçois du coin de l'œil Javier arriver derrière ma sœur. Les filles sur la piste se frottent à lui, mais c'est peine perdue : son regard est focalisé sur la silhouette de Li et il repousse toutes celles qui s'approchent trop près. Un doigt sur les lèvres, je capte le signal. Lorsqu'il pose ses mains sur ses hanches, il évite de peu le coup de poing que Li destine à quiconque ose la toucher sans sa permission, et lui offre son plus beau sourire. Immédiatement, elle se transforme en guimauve et je m'éclipse pour ne pas tenir la chandelle.

Je me dégotte un tabouret vide près du bar et sirote un cocktail aux notes acidulées. Le barman, plutôt charmant, tente de me faire la conversation mais je n'arrive pas à me mettre dans l'ambiance. Qu'est-ce qui cloche chez moi ? Je suis jeune, plutôt sexy, et pourtant j'aimerais être n'importe où sauf ici. En réalité, j'aimerais que Call soit là, qu'il me voie échanger des sourires avec d'autres et qu'il soit jaloux. Il suffirait pourtant que je lui envoie un texto, mais je n'ai pas envie d'être celle qui réclame. Pas encore. Malgré tout, je relis nos échanges, les décortiquant pour essayer d'y trouver un sens caché. S'il existe, je suis bien incapable de mettre la main dessus.

– Salut ma belle ! C'est triste de boire seule pour le Nouvel An. Je t'offre quelque chose ?

– Non merci, réponds-je sans lever les yeux de mon portable.

Je sens le tabouret à côté de moi bouger alors que le mec s'en va, et je retourne à mes pensées. Je me demande où Call fête le Nouvel An. Seul ? Avec cette pouffe de Darla ? Je sens la jalousie m'envahir peu à peu. Après tout, on n'a jamais parlé d'exclusivité. Quelques instants plus tard, le tabouret laissé libre se rapproche de nouveau du mien.

– Salut toi !

– Qu'est-ce qui n'est pas clair dans « non merci » ? m'agacé-je.

– Moi qui pensais que tu serais heureuse de me revoir.

Je lève la tête, surprise, et les mots se bloquent dans ma gorge. Ses cheveux toujours aussi blonds, ses yeux verts, sa fossette au coin des lèvres que j'adorais embrasser, et ce sourire charmeur qui a fait vaciller mon cœur il y a plusieurs années.

– Eh bien, tu ne me salues pas ? reprend-il.

– Bonsoir, Paul, réponds-je du bout des lèvres.

Que vient-il faire ici ? J'ai ma réponse en avisant une tête familière de l'autre côté du bar. Avec son casque sur la tête, je n'avais pas reconnu le DJ, mais maintenant qu'il est descendu de sa cabine pour boire un coup, je ne peux que constater qu'il s'agit du meilleur ami de Paul, Marc-André. Alors que je cherche comment m'échapper discrètement, mon ex fait signe au barman de lui apporter une bière puis se penche vers moi.

– Je ne pensais pas te rencontrer ici, ma belle. Ma soirée vient de prendre un tournant très intéressant, tout à coup. Alors, quoi de neuf ?

– Rien qui te concerne.

Il éclate de rire, précisément de ce rire qui m'avait charmée et qui aujourd'hui me donne envie de vomir.

– Je pensais que tu m'aurais invité à l'inauguration de ta boutique le mois dernier, je suis déçu.

– Pourquoi est-ce que j'aurais fait ça ?

Il me fixe d'un air goguenard.

– C'est un peu grâce à moi si tu as pu l'ouvrir.

Je me tends sur mon tabouret.

– Je ne te dois rien, Paul.

– Tu peux jouer les indépendantes, mais toi et moi on sait que c'est faux. Tu me dois tout, tu devrais même te montrer plus reconnaissante envers moi.

Alors que je cherche un moyen de terminer cette conversation, je le vois me regarder de haut en bas.

– Maintenant que j'y pense, je connais un moyen très agréable qui te permettrait de me faire part de ta gratitude.

Il frôle mon bras du bout du doigt, déclenchant chez moi une vague de dégoût.

– Allez Mare, en souvenir du bon vieux temps. On s'amusait bien tous les deux, non ?

Je retire vivement mon bras et me redresse, fébrile :

– Non. Certainement pas. Il fallait peut-être y réfléchir à deux fois avant de me dire que je n'étais pas digne de toi et qu'un médecin ne pouvait se contenter d'une nana qui avait eu son bac à la repêche et n'avait pas fait d'études supérieures. Maintenant va-t'en, s'il te plaît.

– On dirait que la douce et gentille Mare s'est transformée en diablesse, souffle-t-il en se rapprochant de moi. J'aimerais bien savoir ce que ça donne dans un lit. Ta langue sera-t-elle toujours aussi affûtée quand je te déshabillerai ?

Je recrache le contenu de mon verre, abasourdie. Il croit sérieusement qu'il suffit qu'il débarque pour que j'écarte les jambes ? Il pose sa main sur le haut de ma cuisse et continue :

– Allons, Mare, je suis prêt à rallonger la mise. Après tout, on sait tous les deux que tu es ce genre de fille.

– Je rêve où tu me traites de pute ?

– Je ne sais pas, Mareva, tu as bien accepté de l'argent pour avorter, tu pourrais en accepter également pour écarter les jambes, non ?

Mes entrailles se tordent alors que je vacille. Je secoue la tête pour ne pas craquer devant lui. Je ne sais pas quoi répondre. Il revient à la charge, accrochant mon cou pour me murmurer à l'oreille :

– Tu n'es rien sans moi, Mare. Tout ce que tu as, même aujourd'hui, tu me le dois, alors arrête de jouer les vierges effarouchées et allons dans un coin plus tranquille. Ne fais pas comme si tu n'en étais pas capable.

Il me presse l'épaule, me sommant de le suivre, un sourire plus arrogant que tout à l'heure sur les lèvres. Et c'est ça, le déclic. Son sourire. Celui qu'il avait lorsqu'il m'a dit que je n'étais pas faite pour lui, que pour pouvoir s'élever, il lui fallait se libérer du boulet qui l'entravait. D'un coup tous ses mensonges, toutes ses belles promesses jamais tenues d'amour, de famille et de bonheur me reviennent en tête et me donnent suffisamment de force pour me dégager de son emprise.

– Jamais, Paul. Toi et moi, c'est terminé, et c'est la meilleure chose qui me soit arrivée. Maintenant, tire-toi avant que je ne t'arrache les couilles.

Il passe la main dans sa chevelure blonde, agacé. Paul n'a jamais supporté qu'on lui dise non et quand j'osais le contredire, il faisait la gueule pendant des jours. Mais aujourd'hui, ses états d'âme, je m'en contrefiche. Il se détourne de moi et observe les danseurs, le temps de réfléchir à une réponse. Son regard s'arrête sur ma sœur, qui bouge en rythme avec son cavalier. Je prie pour qu'elle ne nous voie pas, je n'ai pas envie qu'elle gâche sa soirée en s'en prenant à lui.

– Tiens, mais ne serait-ce pas la délicieuse Linda que je vois ?

Je ricane.

– Si tu tiens à te prendre une raclée en public, je t'invite à aller la saluer. Elle n'a pas vraiment apprécié ta façon de me traiter, dis-je pour le dissuader de faire le malin.

C'est à son tour de rire. Son regard flamboie de cruauté ; je ne sais pas ce qu'il me réserve, mais je me raidis aussitôt sur ma chaise.

– Je crois plutôt qu'elle n'a pas apprécié que je prenne ta virginité juste après avoir pris la sienne.

– Dans tes rêves, Paul, rétorqué-je sèchement.

– Ah non, dans mes rêves, je vous baise toutes les deux en même temps. Mais j'ai sauté ta sœur, Mare, et elle en redemandait.

Je secoue la tête. Ce n'est pas vrai, il ment. Linda n'aurait jamais couché avec lui, premièrement parce qu'à l'époque, elle ne s'intéressait pas aux mecs, et deuxièmement parce que si ça avait été le cas, elle me l'aurait dit à la minute où elle a su qu'on s'était mis ensemble.

– Tu ne me crois pas ? Va lui demander.

Il descend de son tabouret et se joint aux danseurs. Je reste là, à ruminer les paroles de Paul, tandis que Javier attire Li vers lui. Ils sont dans leur bulle, pas besoin d'être devin pour comprendre ce qui va se passer ce soir. Ma sœur échange un regard complice avec Gabriella, qui lui lance un clin d'œil.

Dans ma tête, tournent en boucle les paroles de Paul. Il n'a pas couché avec, il a dit ça pour me faire du mal. Pourtant, je me souviens maintenant de détails qui ne m'avaient pas interpellée à l'époque : ils étaient dans la même classe, et c'est vrai que quand je le ramenais à la maison, Li se débrouillait toujours pour s'absenter. Le doute me ronge, il faut que je lui en parle. Dans trois minutes, tout ça ne sera plus qu'un mauvais souvenir.

CHAPITRE 35

LI

Il est là, et mon cœur s'envole. Cinq jours sans le voir. Une torture, surtout après les promesses d'un plus entre nous. Nous avons échangé des SMS, d'abord en nous contentant de parler de boulot, puis on s'est mis à flirter. C'était chouette. Mais il me tardait de le revoir pour que les choses sérieuses commencent.

Je le couve d'un regard brûlant. Tout me plaît chez lui, à commencer par ses yeux d'un gris nacré aux reflets flamboyants, ce sourire charmeur, cette fossette sexy sur sa joue. Sa voix lorsqu'elle se met à vibrer dans un « bonsoir ma princesse ». Lui tout entier en train de rire lorsque je laisse échapper un petit cri de surprise en le découvrant derrière moi. Il est sublime dans son jean sombre, son tee-shirt blanc et sa veste en cuir au col motard. Pas besoin de costume griffé pour être le plus classe de la soirée. Il est beau, racé. Mais pas seulement grâce à son allure. Il est encore plus beau de l'intérieur, avec cette aura bienveillante qui le caractérise si bien et qui le rend si attirant.

Javier est là, et il ne regarde que moi. Dans ses yeux, je me sens sublime pour la première fois de ma vie. Je cherche à baisser le regard mais il le capte et ne le lâche plus. Peu importe ce qu'il me réserve, je ne résisterai pas. Cette fois-ci, j'ai le sentiment qu'il ne m'arrivera rien de mal, qu'il ne cherchera qu'à me combler de ce bonheur qui m'a toujours été refusé.

Il se met à sourire à pleines dents lorsqu'il reconnaît les premières notes de *Señorita* de Shawn Mendes. Me scannant de la tête aux pieds, il reprend les paroles, « *It felt like oooh la la la yeah* », en remuant de façon sensuelle, et je m'empourpre. J'essaie de me caler sur ses mouvements mais l'effet qu'il me fait me rend maladroite. Lorsqu'il me ramène contre son corps, nos hanches ondulent ensemble et je me laisse embarquer par le rythme aphrodisiaque de ce morceau qui me rappelle les intonations de mon bel Espagnol. Je m'amuse à l'entendre chantonner dans le creux de mon oreille pendant que sa main dévale délicieusement mon dos nu.

– Tu es époustouflante, ma Li. Tu n'imagines pas ce qui se passe en moi ce soir.

Je souris, gênée.

– J'ai cru devenir fou pendant ces cinq jours.

– Moi aussi, avoué-je.

– Je ne parle pas du travail.

– Moi non plus.

Surpris, il arrête nos mouvements pour plonger son regard incandescent dans le mien, moins assuré.

Il pose sa joue contre la mienne et m'embarque de nouveau dans des mouvements lascifs qui me rendent encore plus réceptive à ses doigts pressés sur mes reins.

– Tu m'as manqué.

– Tu m'as manqué aussi, réponds-je dans un filet de voix en m'agrippant d'une main à la fermeture Éclair de sa veste en cuir.

Je m'en veux d'être si intimidée alors que je le connais pourtant si bien. Je desserre mes doigts et les pose doucement sur son torse. Je sens son cœur battre, à moins que ce ne soit mon propre pouls qui s'emballe. Ses épaules ondulent et j'enroule mes mains autour de sa nuque, ses pectoraux effleurent mes seins sous mon top en satin. Ses doigts caressent la peau de mon dos et je frissonne de plaisir.

– Tu sens tellement bon. Ton parfum, ta peau, tout me fait perdre la tête…

Je m'électrise au point de me sentir presque défaillir. Impossible de dormir cette nuit : je ne suis plus impatiente, je crépite. Je mords ma lèvre pour contenir ce désir presque brutal qui me submerge au son de sa voix.

– Je ne suis prince de rien, mais je t'attends depuis très longtemps, me souffle-t-il, ses lèvres sur mon poignet.

Son front collé contre le mien, il me dit tout bas :

– J'ai tellement envie que tu m'embrasses… Mais je sais, je ne dois pas aller trop vite.

Ses yeux étincelants me dévorent et, sans plus réfléchir, je m'empare de ses lèvres. Je m'accroche à son cou et il m'enveloppe de ses bras. Ses lèvres me possèdent avec passion et sa main sur ma nuque me fait perdre toute notion de pudeur sur cette piste de danse recouverte de monde. Je voudrais partir, loin de cette foule, et me donner à lui corps et âme. Lui dire combien je l'aime. Combien je l'attendais depuis si longtemps. Mon cœur bat si fort qu'il pourrait ne pas y survivre.

Il finit par se décoller de ma bouche pour me dire, dans un sourire charmeur :

– Je ne sais pas si je pourrai te résister jusqu'aux douze coups de minuit.

– Moi non plus. J'ai envie de…

J'hésite tout à coup, timide.

– Envie de quoi ?

– De vérifier si je maîtrise encore bien la procédure de fouille au corps, lâché-je, séductrice.

Il déglutit.

– Moi, je maîtrise parfaitement. Je peux t'en faire la démonstration tout de suite si tu veux, *señorita*, propose-t-il, les joues rosies.

Avec son sourire et ses déclarations, Javier fait tomber toutes mes barrières les unes après les autres. C'est un beau parleur, c'est certain. Mais même si je sais qu'il est bien plus que ça, toutes ces émotions, cette tension qu'on ressent tous les deux, ça me fait peur. Est-ce qu'il parle de la même façon à toutes les femmes qu'il séduit ? Jamais je ne me suis autant laissée aller auprès de quelqu'un, pas depuis des années. De son côté, est-ce que c'est la même chose ? Je m'écarte de lui ; j'ai besoin qu'il comprenne que je ne m'engage pas à la légère.

– Javier, je ne suis pas les autres. Tu le sais, hein ?

Il me scrute, émerveillé.

– Non, tu n'es pas les autres. Tu es ma Li, la seule que je veux.

Il me serre de nouveau entre ses bras, mais je veux m'assurer qu'il a compris :

– Ne joue pas avec moi.

– Toi, ne joue pas avec moi. Avance avec moi.

Plus que ses mots, ce sont ses yeux qui me rassurent. Son regard me transmet tout ce qu'il ne peut pas me dire – pas encore. Je me blottis contre sa gorge, et savoure l'instant. Je crois que je suis en train de vivre le plus beau moment de ma vie de femme dans les bras de cet homme.

Je vois de l'agitation vers le bar, puis un type traverse la piste à grands pas. Lorsque je reconnais sa silhouette, je me raidis. Qu'est-ce qu'il fait là ? Je cherche ma sœur du regard et la vois s'approcher de nous. À contrecœur, je me détache de Javier, qui demande :

– Il y a un problème ?

Une seconde plus tard, Mare se dresse devant moi, le visage fermé.

– Oui, je l'ai vu, la rassuré-je tout de suite. Fais comme s'il n'était pas là. On s'en fout de ce connard.

– Quel connard ? cherche à savoir Javier, qui me reprend contre lui.

– C'est vrai ce qu'il m'a dit ? le coupe Mare d'une voix blanche.

– Quoi ? Paul t'a parlé ?

– Oui. Il m'a dit que tu avais couché avec lui.

Je frémis avant de papillonner des yeux. Comme je ne réponds pas assez vite, elle insiste :

– C'est vrai ? Putain, réponds !

Javier, tout à coup tendu contre moi, regarde autour de nous les gens qui se montrent curieux.

– Oui, avoué-je tout bas.

– T'as couché avec son mec ? s'étonne Javier tandis que ma sœur lâche un cri de stupéfaction.

– Mais c'était avant qu'ils ne sortent ensemble, me justifié-je.

Complètement dépassée, je n'arrive pas à réfléchir à une meilleure réponse. C'est vrai, après tout.

– Tu ne m'as jamais rien dit.

– J'ai essayé, mais tu étais si amoureuse de lui que tu n'as pas voulu m'écouter.

– C'était mon premier amour, me tacle-t-elle.

Ses paroles me déchirent le cœur et font remonter ce chagrin terrible qui m'a presque détruite. La colère m'envahit d'un coup.

– C'était le mien aussi. Cela faisait un mois qu'il venait à la maison pour me voir.

– Pas pour te voir ! crie-t-elle. Il te donnait des cours de maths !

– J'avais dix-huit de moyenne, j'étais la meilleure de ma classe ! Tu crois vraiment qu'on faisait des maths pendant des heures dans ma chambre ? Il me draguait chaque fois qu'il venait.

– C'est faux, il avait trouvé cette excuse pour me retrouver en cachette. Il m'aimait !

Le visage crispé, elle refuse de m'entendre. Elle n'a rien voulu voir à l'époque, mais maintenant, elle devrait pourtant comprendre.

– Mare, Paul voulait coucher avec moi et je le repoussais depuis des semaines. À force d'insister, il a obtenu ce qu'il voulait et ensuite il m'a jetée. Il m'a brisé le cœur.

– Tu n'as jamais eu de cœur, Li. Tu es incapable d'aimer qui que ce soit, crache-t-elle avec haine.

Javier resserre ses doigts sur ma taille et me tire à lui pour me protéger de la colère de ma sœur. Voyant son mouvement, celle-ci lui lance :

– Si on n'avait pas ce pacte, Li ne s'intéresserait pas à toi. Elle ne t'aime pas, elle veut juste gagner ce pari stupide.

Mes jambes flageolent et je réponds, les larmes au bord des yeux :

– Je t'interdis de lui dire ça. Tu ne sais rien de ce que je ressens. Tu n'en as jamais eu rien à faire, tu ne penses qu'à toi depuis toujours.

– Paul m'a brisée, Li, tu ne sais pas à quel point. Et tout ça par ta faute. Si tu ne m'avais pas enviée depuis ma naissance, si tu avais été une sœur aimante, tu ne m'aurais pas laissée avec ce type.

– Maman ne voulait pas que je te parle, Mare ! Elle m'a menacée de me jeter dehors si j'osais briser ta relation avec lui. Je n'avais que dix-sept ans !

– Toujours cette même rengaine avec maman. Mais ce n'est pas ma faute si elle ne t'aime pas.

Mes jambes flanchent. Heureusement, Javier me soutient et me permet de rester debout.

– Je crois que tu as assez craché ton venin, Mareva, s'interpose-t-il d'une voix ferme. Casse-toi, maintenant.

Ma sœur s'apprête à répliquer, puis change d'avis ; elle serre les poings, me jette un regard méprisant, puis fait demi-tour et disparaît dans la foule. Au milieu de la piste, je me mets à sangloter, cachée dans les bras de Javier. J'ai l'impression d'avoir plongé une nouvelle fois en plein cauchemar, comme le lendemain de ma première fois. Je n'avais pas apprécié ce rapport que Paul m'avait soutiré presque de force, à l'arrière de sa voiture. J'avais eu mal. Je m'étais sentie sale, pas aimée comme je l'aurais souhaité. Je m'étais enfuie. Il m'avait laissée partir en riant et, le lendemain, il était revenu au bras de Mare. Indifférent à mon chagrin, à moi, à ce que je pouvais ressentir. J'avais aussitôt voulu prévenir ma mère mais elle m'avait agonie de m'être laissée posséder par un homme dans une voiture comme une catin puis avait jugé qu'il était quand même digne de Mare. Un fils de médecin, parfait pour sa fille préférée. J'étais un incident dans le parcours initiatique de ce jeune homme, et ce qui s'était passé n'était que ma faute, due à ma légèreté. Alors j'ai dû supporter. Eux deux, dans la chambre d'à côté. Je me souviens des soupirs d'aise de ma sœur que je ne parvenais pas à couvrir de mes sanglots de douleur. J'ai voulu mourir mille fois, et je me suis promis de ne plus aimer. Jamais. Avant Javier. Et j'ai tout fait pour quitter cette maison le plus vite possible.

Je me décolle du corps de Javier et le regarde, anéantie de chagrin. Il caresse ma joue maculée de larmes et me scrute d'un air inquiet. Je repère Paul dans la foule, son sourire sadique dans ma direction. Prise de fureur, je me précipite vers lui, semant Javier derrière moi. Paul se met à rire mais je le surprends en le frappant violemment du poing sur le visage.

– Salope, tu m'as pété le nez ! s'écrie-t-il, le visage ensanglanté.

– T'inquiète, tu répareras ça. T'es médecin, non ? me gaussé-je, le corps envahi d'une haine que je n'arrive pas à maîtriser.

– Li, qu'est-ce que tu fous ?

Javier me tient les épaules et tente de me contenir mais je me débats.

– Je suis urologue, connasse, pas chirurgien esthétique ! répond l'enflure qui m'a volé ma vie et ma sœur.

– Ah ? Dans ce cas…

Je remonte violemment mon genou et percute ses parties. Il se plie en deux et se laisse presque retomber dans mes bras. Je recule, refusant d'avoir le moindre contact avec ce type.

– Tu es folle ! s'écrie Javier qui m'embarque cette fois-ci *manu militari* vers le fond de la salle.

La foule s'écarte devant nous, et un vigile vient nous rejoindre.

– Ce type a eu des gestes déplacés envers ma copine. Elle s'est défendue.

– OK Javier, je vais m'en occuper et le virer d'ici.

On avance encore ; je ne sais pas où l'on va, et à vrai dire je m'en fiche. Gabriella nous intercepte, Lorena et une amie sur les talons.

– Qu'est-ce qui se passe ?

– Une vieille histoire entre Li et sa sœur. Va lui chercher un truc à boire et à manger, s'il te plaît.

– OK.

– De l'alcool ! m'écrié-je. Quelque chose de fort. J'ai besoin de m'enivrer ce soir.

Javier me force à m'asseoir sur une banquette loin de la piste. Il prend place à côté de moi et reste là à me serrer contre lui alors que je pleure comme une petite fille.

Call surgit quelques minutes plus tard. Javier se retourne vers lui, aussi étonné que moi de sa présence.

– Salut, dit-il, embarrassé, en me voyant dans un tel état. Je cherche ta sœur. Elle est où ?

– Elle est partie, sangloté-je de plus belle. Pourquoi tu la cherches ?

– J'ai besoin de lui parler.

– C'est toi qui baises avec ?

– Ça ne te regarde pas, Li.

– C'est vrai, t'as raison. Après tout, je n'en ai plus rien à foutre de ce qui peut lui arriver. Fini de la protéger de tout. Va au diable avec elle !

Il semble décontenancé et reste là à la chercher autour de nous avant de reporter son attention sur moi. Je me souviens du jour où je lui ai raconté toute mon histoire. De sa gentillesse. De sa façon de me dire que je n'avais rien fait de mal. Alors je me sens tout à coup obligée de lui dire :

– Elle sait tout pour Paul.

CHAPITRE 36

CALL

Oh bordel. J'encaisse ce que je viens d'entendre. Mare a appris pour son ex et sa sœur, et vu l'état dans lequel se trouve Li, je me doute que la révélation n'était pas voulue. Je laisse Linda dans les bras de Javier et entourée par les deux jeunes filles qui les ont rejoints, chacune une bouteille de vodka à la main, et pars à la recherche de ma tornade blonde. La connaissant, elle ne doit pas être sur la piste de danse. Je sors de la boîte de nuit, regarde à droite et à gauche. Bon sang, où a-t-elle bien pu partir ? Je demande au videur s'il a vu une jolie blonde partir en taxi, mais le résultat n'est pas concluant :

– Je surveille ceux qui entrent, pas ceux qui sortent, me répond-il en repoussant un groupe de jeunes.

Je soupire quand l'un d'entre eux m'interpelle.

– Hey ! Moi j'en ai vu une, de blonde ! Ça me rapporte quoi si je te dis vers où elle est partie ?

Je me tourne vers lui, menaçant :

– Demande-toi plutôt ce que tu risques de perdre si tu ne me dis rien.

Il abandonne instantanément son air arrogant quand il me voit rouler des épaules et faire craquer mes phalanges.

– Elle pleurait et elle est partie par là, répond-il en désignant l'artère principale.

J'incline la tête et enfourche ma moto, laissée à l'entrée de la boîte. Si elle est fringuée comme sa sœur, elle n'ira pas vite sur douze centimètres de talons. Mon estomac se tord en imaginant qu'il puisse lui arriver quelque chose. Les rues de Paris ne sont pas des plus sûres, surtout le soir du Nouvel An : entre les pétards, la musique et les cris de joie dans tous les coins, personne ne l'entendra crier si un connard s'en prend à elle.

J'accélère, me traitant d'idiot de pas être arrivé plus tôt. Je ne devais même pas venir. Je voulais m'éloigner d'elle et de l'effet qu'elle a sur moi. Jamais une nana n'avait réussi à me faire quitter une soirée avec ma grand-mère, mais quand j'ai reçu son message m'annonçant qu'elle rentrait seule, en pleine nuit, je n'ai pas hésité une seconde et l'ai rejointe sur-le-champ. Et là, ce soir, sur un coup de tête, j'ai décidé de faire un saut à la soirée dont m'a parlé Javier. L'idée que la Miss puisse ramener quelqu'un chez elle m'a fait bondir du canapé. Je ralentis en avisant une jeune femme blonde marchant d'un air décidé. Vêtue d'une robe rouge, ses longs cheveux cascadant dans son dos, elle a tout d'une apparition. Je remarque, bien avant elle, le groupe de mecs fumant une cigarette au pied d'un immeuble et le regard qu'ils échangent. Je m'arrête à sa hauteur et l'interpelle. Elle lève ses grands yeux verts mouillés de larmes, un éclair de stupéfaction traverse son visage avant d'être remplacé par de la colère :

– Si c'est ma sœur qui t'envoie, tu peux lui dire qu'elle aille se faire foutre, et toi avec.

Elle passe devant moi et je l'attrape par le bras.

– Ta sœur ne m'a rien demandé du tout.

– Ah non ? Tu es là par hasard alors ?

– Pas par hasard. J'étais venu te rejoindre en boîte mais quand je suis arrivé tu étais partie…

J'hésite un instant.

– Javier m'a dit que tu venais de t'en aller.

Elle rajuste sa microscopique robe rouge et me fusille du regard.

– Tu peux retourner d'où tu viens, je n'ai besoin de personne.

Elle essaie de se dégager de mon emprise mais je l'en empêche.

– Putain, Call, tu me lâches ou je hurle !

Je désigne de la tête le groupe de poivrots qui nous observe au coin de la rue :

– Tu montes sur ma moto, je t'emmène où tu veux et ensuite je me barre, mais il est hors de question que je te laisse rentrer où que ce soit, seule, en pleine nuit, dans cette tenue, avec tous les tarés qui sont de sortie.

Comme pour appuyer mes propos, l'un des gars se met à siffler et à faire des gestes obscènes. Mare ouvre et referme la bouche, hésitant quelques secondes. Elle capitule en soupirant bruyamment.

– Je veux aller à la boutique.

J'ai du mal à masquer mon étonnement.

– Tu ne veux pas rentrer chez toi ?

– Tu m'emmènes à la boutique ou je me démerde, s'énerve-t-elle.

Je cède, lui passant mon blouson et mon casque.

– Tu t'accroches et tu suis mes mouvements, comme la dernière fois, OK ?

– Ouais, ça va.

– Tu es sobre ?

– Pourquoi ? T'es de la police ?

Je lève les yeux au ciel. Si une autre femme m'avait dit ça, je me serais déjà barré depuis un moment, mais là, je prends sur moi :

– J'ai besoin de savoir si tu risques de nous déstabiliser.

– Un shot et un cocktail.

Je hoche la tête ; ça devrait aller. J'enfourche ma moto et elle se positionne derrière moi. Je sens ses mains agripper ma chemise, ses cuisses se coller aux miennes. Je baisse les yeux ; putain, sa robe est encore plus courte maintenant qu'elle est assise. D'un mouvement de bassin elle se colle contre moi, et je suis sûr que le tissu que je sens dans le bas de mon dos est celui de sa culotte. J'essaie de repousser les images qui me viennent en tête mais ne peux empêcher mon sexe de durcir en présence de la diablesse tentatrice assise derrière moi.

Dès que je démarre, les bras de Mare s'enroulent autour de moi et c'est la meilleure chose qui me soit arrivée depuis un moment. Même si je connais le trajet par cœur, je modifie légèrement l'itinéraire pour laisser la fraîcheur et la beauté des rues de Paris illuminées apaiser, pour un temps, la fureur de ma passagère. Je connais l'histoire de Paul et de Li et je peux comprendre que Mare soit fâchée, mais ce que j'ai lu dans son regard quand je l'ai récupérée allait bien au-delà de la simple colère. Je la sens peu à peu se détendre, et lorsque je me gare devant sa boutique, j'ai l'espoir qu'elle se soit un peu calmée. Elle descend et se met à farfouiller dans son sac, de plus en plus agacée.

– Bordel ! Mais elles sont où !

Visiblement, non.

– Tu cherches quoi ? lui demandé-je prudemment.

– Mes clefs. Ah, les voilà, dit-elle en agitant son trousseau sous mon nez.

– Je peux savoir ce que tu comptes faire dans ta boutique ?

– Je vends des kits créatifs, je vais me tricoter un plaid et dormir.

Je me retiens pour ne pas éclater de rire devant l'air sérieux qu'elle arbore tandis que son rideau métallique se lève. Elle pousse ensuite la porte de sa boutique et resserre les pans de mon blouson autour d'elle. Je la suis et l'entends grommeler quelque chose à propos du chauffage qu'elle a oublié de laisser. Une idée me vient.

– Écoute, que dirais-tu d'allumer le chauffage, de m'accompagner chez moi le temps que ça se réchauffe et de revenir ensuite ?

Elle hésite, mais sans mentir il doit faire six degrés dans son magasin.

– Tu ne vas pas chercher à me sauter ou à me faire parler ?

Je trace une croix sur mon cœur et lève la main droite :

– Juré.

– OK.

Je masque mon soulagement et l'entraîne vers une petite porte à côté de mon shop. J'ai la chance d'avoir un accès par l'extérieur et un par le magasin. Je stresse un peu en poussant le panneau de bois de la porte d'entrée : la cage d'escalier n'est pas très propre, le sol a perdu quelques carreaux de carrelage et il faut monter deux étages avant d'atteindre mon logement. Mare ne dit rien, grimpant derrière moi en laissant sa main courir sur la rampe en piteux état. À mesure que nous montons, je me demande si j'ai bien fait la vaisselle, si je n'ai pas laissé des fringues traîner un peu partout… J'ai envie que ça lui plaise.

Je déverrouille la porte d'entrée, appuie sur l'interrupteur et l'invite à entrer chez moi en retenant mon souffle. Elle avance prudemment, sans savoir qu'elle est la toute première à qui j'ai envie que mon appartement fasse bonne impression. Elle s'assied sur le bord du canapé, droite comme un I, les lèvres scellées, toujours cette tristesse indescriptible sur le visage. J'accepte son silence, monte un peu le chauffage et prépare du café. Quelques minutes plus tard, je dépose un mug fumant devant elle, qu'elle accepte en me faisant un signe de tête. Ses jambes nues sont couvertes de chair de poule et je m'éclipse dans la chambre pour ramener une couverture que j'étale sur nous. Je m'installe à l'autre bout du canapé, ne voulant pas qu'elle s'imagine que je souhaite profiter de la situation. Elle reste de longues minutes le regard dans le vague et quand enfin elle s'exprime, j'ai peur que ce soit pour me dire qu'elle s'en va.

– Pourquoi ? demande-t-elle.

– Pourquoi quoi ?

– Pourquoi la personne que j'aime le plus au monde, la personne qui a toujours été mon repère dans la vie, me déteste au point de me faire ça ?

– Faire quoi ?

– M'avoir menti ! Elle a couché avec Paul, juste avant que je ne sorte avec lui !

Je trouve que Mare dramatise légèrement la situation. Si quelqu'un est à blâmer, ce n'est pas Li mais plutôt ce connard de Paul.

– Je ne pense pas que Li ait cherché intentionnellement à te faire du mal.

– Tu ne la connais pas, Call. Désolée mais lui faire trois petits dessins sur le corps ne fait pas de toi un expert.

J'essaie de ne pas me vexer : elle cherche à me blesser, à me faire fuir, mais je dois lui montrer que je ne partirai pas. Déjà parce que je suis chez moi et ensuite parce que, où qu'elle soit, je sens que ma place est à ses côtés, même si elle ressemble à un panda avec son maquillage qui a coulé.

– Elle savait que tu voulais sortir avec lui ?

– Non, mais je m'en fous ! Et le pire, c'est que ma mère, *ma propre mère*, était au courant. Tu te rends compte ? Les deux personnes dont je suis la plus proche, les deux qui auraient dû me dire la vérité, m'ont menti.

– Je pense qu'elles voulaient te protéger, Mare.

– Me protéger ? Mais de quoi ? D'un connard manipulateur capable de coucher avec une sœur pour ensuite sortir avec l'autre ? À quel moment tu veux d'un mec comme ça pour ta fille ou ta sœur ?

Je ne sais pas quoi dire. Elle éclate en sanglots, et loin de me mettre à flipper, je me décale pour la prendre dans mes bras. Elle s'accroche à ma chemise, le peu de maquillage qui lui reste vient s'échouer dessus, et je la serre contre moi.

– Elles ont tout gâché, c'est de leur faute. Tout est de leur faute, sanglote-t-elle.

Je ne comprends pas du tout ce qui se passe mais je sais que si Paul était dans la pièce, je lui défoncerais la tronche. Je remonte la couverture sur

Mare et la berce tendrement. À moitié cachée dans ma chemise elle commence à me raconter :

– Je l'aimais. Pour moi, il était l'homme parfait, le prince charmant dont ma mère me rabâchait les oreilles : une bonne famille, un physique avantageux, destiné à un bel avenir, et il disait m'aimer. Dès que j'ai eu mon bac, il a proposé qu'on s'installe ensemble dans l'appartement que lui payaient ses parents et, pour ne pas dépendre de lui financièrement, j'ai cherché du travail plutôt que de faire des études. J'ai trimé comme une dingue, je m'occupais de l'appartement, des courses, des repas, car après ses journées de cours il était trop crevé. J'ai réussi à tout assumer jusqu'à sa dernière année où je…

Sa voix se fait hésitante mais elle poursuit, le regard dans le vague.

– Je suis tombée enceinte. Ce n'était pas prévu, mais c'est arrivé. Je me faisais une joie de le lui annoncer, mais sa réaction n'a pas été celle que j'espérais. Il m'a expliqué qu'il ne se sentait pas prêt à être père, qu'il avait envie qu'on profite de la vie tous les deux car avec son diplôme à portée de main nous pourrions voyager, nous amuser… Je n'étais pas d'accord, j'ai essayé de lui faire comprendre qu'on pourrait voyager à trois et qu'on trouverait d'autres moments de bonheur. Voyant que je ne cédais pas, il a fait intervenir ses parents. À force de pointer du doigt toutes mes lacunes, ma maladresse, mon absence de ressources financières car Paul ne pourrait pas tout assumer dans l'immédiat, et que l'arrivée d'un bébé l'empêcherait de se concentrer sur ses études, ils ont petit à petit sapé le peu de confiance en moi que j'avais. Ils ont réussi à me convaincre que ce n'était pas le bon moment et… j'ai avorté. Je me suis rendue seule à la clinique car Paul ne pouvait pas se permettre de rater un cours, et après avoir avalé un cachet, j'ai souffert le martyre pour expulser mon enfant. Quand je suis rentrée à la maison, j'étais dévastée mais Paul, lui, s'est montré soulagé. Quelques mois plus tard, une fois son diplôme en poche, je l'ai rejoint au cabinet de son père. Je voulais lui dire que j'étais prête à aller de l'avant et lui annoncer que j'avais été retenue pour passer les sélections pour être la première franchisée de Do It Yourself, que j'allais mieux. Et c'est là, après que je lui ai fait une gâterie, qu'il m'a larguée comme une merde.

Je me raidis. Quel genre de mec fait ça ? J'ai envie de gerber. Mare se recroqueville davantage, ramenant ses jambes contre elle.

– Et ensuite il y a eu…

Elle s'interrompt et se redresse légèrement, hésitant à poursuivre. Finalement, décidant qu'elle m'en a assez dit pour ce soir, elle conclut :

– Alors, si Li m'avait suffisamment aimée, elle m'aurait dit la vérité et je n'aurais jamais eu à prendre cette décision.

– Tu regrettes ? demandé-je en lui caressant les cheveux.

Elle marque un temps d'hésitation avant de répondre :

– Quand je vois des enfants au parc, je ne peux m'empêcher de me demander : et si ? J'ai constamment ce poids sur mes épaules, et ce soir je viens d'apprendre qu'il y aurait eu une chance pour que je ne vive jamais ça. Si elle m'avait parlé, dit la vérité, ça ne serait jamais arrivé.

Nous restons blottis l'un contre l'autre en silence. Je n'ose imaginer ce qu'elle a dû ressentir et je me sens honoré d'être celui à qui elle s'est confiée. Une fois de plus, j'ai la confirmation que cette fille est une guerrière. Elle a traversé de lourdes épreuves et pourtant, elle s'est relevée, a ouvert sa boutique et va de l'avant. Je resserre mes bras autour d'elle, je veux qu'elle sente ma présence et qu'elle sache qu'elle n'est plus seule à porter ce fardeau. Sa respiration se fait progressivement plus régulière.

– Je n'ai plus personne, murmure-t-elle dans un demi-sommeil.

– Si. Tu m'as moi.

Je ne suis pas sûr qu'elle ait entendu mais je m'en fiche. Dorénavant, je serai là pour elle, quoi qu'il arrive. Elle s'est ouverte à moi, et même si je sens qu'il y a une autre zone d'ombre en elle, je veux être celui à qui elle se confiera de nouveau, celui sur qui elle se reposera.

Je me contorsionne pour récupérer mon portable saturé de messages de Javier. Je le préviens que j'ai retrouvé Mare, et lui annonce que dorénavant, il ne devra plus compter sur moi pour le rencarder sur les Tchétchènes. Je ne veux plus regarder en arrière, je veux avancer, avec elle. Elle en a assez bavé, je ne veux pas lui mentir et ferai tout pour me consacrer à cent pour cent à elle, et pourquoi pas à nous. Je sais que Javier comprendra et qu'il pourra le faire entendre à Li. Dans la foulée, j'envoie un SMS à Darla pour lui dire que je préfère qu'on en reste là. Mon portable affiche minuit, la nouvelle année commence et ma bonne résolution ronfle dans mes bras.

CHAPITRE 37

JAVIER

J'ai la haine. J'ai perdu ma Li. Elle était pourtant insouciante et heureuse comme je ne l'avais jamais vue il y a moins d'une heure. La vraie Li, celle que je cherchais à entrapercevoir depuis des mois. Celle qui acceptait enfin l'idée de s'ouvrir à un homme. Celle qui venait de me choisir. Elle était là, à portée de mes bras. Depuis, l'étincelle de son regard a disparu. J'ai mal pour elle, pour cette jeune femme qui vivait cette soirée dans la magie de nos premiers baisers. Elle n'est plus que l'ombre d'elle-même, noyant son chagrin dans les rythmes électroniques de la musique et les multiples verres de vodka. Elle semble torturée par les démons de son passé, déambulant sur la piste comme un pantin désarticulé, parfois traversée de frissons de dégoût devant les gens qui la bousculent.

Je reste à l'écart mais suffisamment près pour intervenir au moindre problème. Elle ne veut plus de moi, enfermée dans ses délires paranoïaques. L'alcool fait son œuvre et j'ai dû rendre les armes. Le seul moyen de la garder calme, c'est de la laisser danser, se vider la tête au milieu de cette foule de gens heureux qui fêtent la nouvelle année. Tout ce qu'elle avait construit vient de s'effondrer en quelques phrases balancées par une sœur furibonde, égoïste comme on peut l'être quand on souffre. Je n'ose imaginer ce que ce Paul a pu faire endurer à chacune d'elles.

Li s'évapore d'un coup de la piste et je lui file le train. Elle avance droit vers le bar et je sens mon pouls s'accélérer. Je ne peux plus la voir boire. Elle est déjà penchée pour héler le barman lorsque je la rejoins.

– Une bouteille de vodka, mec, beugle-t-elle en agitant la main.

Je l'attrape par les épaules et la ramène contre moi, l'obligeant à baisser le bras. Je lance un regard entendu à l'employé, qui fait demi-tour pour aller servir un groupe plus loin.

– Putain, Javier, laisse-moi boire. J'ai besoin.

– Tu as assez bu, Li, rétorqué-je fermement en levant son menton. Tu arrêtes tes conneries maintenant.

– Lâche-moi, t'es pas mon père, s'agace-t-elle en vacillant dans mes bras.

– Je ne te laisserai pas boire un verre de plus. D'ailleurs on s'en va.

– Mais il n'est pas encore minuit, râle-t-elle.

– Dommage pour toi, mais je n'ai plus envie d'attendre.

Elle me toise avec un sourire qui doit sûrement se vouloir séducteur, les yeux éteints.

– Avec l'haleine que tu as, il n'est plus question que je t'embrasse non plus, lui lancé-je en riant jaune.

– Rabat-joie, c'était bien la peine que je m'épile. C'est pas encore ce soir que je vais baiser, me crache-t-elle sur un ton si délicat que j'en reste coi. À moins que je me trouve un autre mec pour ça…

Elle regarde autour de nous et j'ai soudain envie de serrer son cou pour la faire taire.

– Il n'est pas question que je te laisse te mettre en chasse d'un connard. Et je n'avais pas l'intention de te baiser ce soir.

– Ah ? J'ai dû me tromper encore, alors. Tu préférerais Mare ? Tous les mecs la veulent, elle. Moi, on ne me regarde même pas.

Je lève les yeux au ciel. Une heure que je la regarde en mode zombie bourré, elle commence à me saouler.

– Allez viens, on sort d'ici.

Je l'attrape brusquement et l'embarque sur mon épaule. Heureusement pour moi, elle n'a plus assez de force pour se débattre ; en temps normal, elle aurait largement pu me faire une prise pour se libérer sans mal.

– Je te promets que demain, je vais te passer une de ces soufflantes, tu me feras la gueule pendant des jours. Tu dépasses les bornes, la rabroué-je tout en sortant de la boîte de nuit.

Une bourrasque nous accueille et sa robe se soulève sur une paire de fesses fabuleuses. Elle avait sorti l'artillerie lourde, ce soir. Dentelle fantastique et des bas à me faire bander comme un âne. Dire que j'aurais pu m'occuper de ce joli petit cul toute la nuit, j'ai envie de hurler de frustration. Je hais Mareva Sorel.

Je fais glisser Li de mon épaule et la dépose devant ma voiture, mais quand j'aperçois son visage virer au vert, je crains la suite de cette nuit épique.

– Tu vas vomir ?

Li ferme les yeux et met un doigt devant sa bouche comme pour méditer sur ma question.

– Ne déconne pas, pas question que tu vomisses dans ma bagnole toute neuve.

Elle me fait signe de me taire, inspire une bouffée d'air et agite sa main pour attirer mon attention.

– Bonbons à la menthe, vite, vite !

Je sors ma boîte de Tic Tac de la poche de mon blouson ; j'en ai toujours depuis que j'ai arrêté de fumer sur ordre de Madame. Elle me l'arrache à la volée et se fourre la moitié du paquet dans la bouche. Elle remet un doigt devant ses lèvres et je commence à m'impatienter devant sa petite scène ridicule. Petit à petit, elle reprend couleur et vie. Je me détends en captant un petit éclat fugace dans son beau regard noisette. Ma Li est de retour.

– Je n'ai jamais vomi de ma vie à cause d'une cuite, se vante-t-elle. Ce n'est pas aujourd'hui que ça va commencer.

Elle est secouée par un haut-le-cœur et je plisse les yeux d'appréhension, mais elle se contient et me sourit de façon triomphale.

– Jamais !

Je suis obligé de rire devant cette nouvelle Li toujours aussi éméchée mais un peu plus rigolote.

– Allez viens, je te ramène, dis-je en lui ouvrant la portière côté passager.

Elle se fige.

– Je ne veux pas rentrer chez moi.

– Pourquoi ? Je te préviens, pas question qu'on fasse l'amour ce soir. Je n'ai pas envie de te secouer comme une bouteille d'Orangina. Je préfère que la pulpe reste au fond de la bouteille.

Elle est si torchée qu'elle met quelques secondes avant de comprendre ma blague et de se mettre à rire à gorge déployée. J'entrouvre les fenêtres de la voiture pour lui laisser le temps de reprendre ses esprits avant de faire démarrer le moteur. Je tiens à elle, plus que tout, sauf peut-être à mes sièges en cuir tout neuf.

Je la scrute, perdue de nouveau dans ses pensées tristes. Je pose une main sur sa cuisse et elle pivote son beau visage vers moi, le regard tourmenté.

– Raconte-moi, Li.

– Te raconter quoi ? dit-elle la voix de nouveau si calme qu'elle me bouleverse jusqu'aux entrailles.

Que j'avais dix-sept ans, que j'étais amoureuse d'un garçon de ma classe ? Que c'était la première fois qu'on s'intéressait un peu à moi ? Jusque-là, j'avais l'allure d'un garçon manqué. Avec le judo, je mettais la pâtée à tous les mecs qui me cherchaient au bahut. J'avais cette réputation de brute, et ils étaient rares, les braves qui osaient m'approcher. Paul était beau, premier de classe comme moi, charmeur. J'ai cru à ses belles paroles. Il m'a séduite pendant des mois, mais je ne me sentais pas prête à sauter le pas. Ma mère m'avait tellement mise en garde, j'étais terrifiée. Il a insisté à tel point qu'un soir, alors qu'il me ramenait d'une fête, j'ai fini par accepter. J'ai vite regretté. Je n'imaginais pas perdre ma virginité à l'arrière d'une voiture, à peine dissimulée dans la pénombre d'une ruelle.

Mon cœur se serre en l'entendant presque revivre la scène. Sa voix se met à trembler.

– C'était violent, sans amour. J'ai laissé faire. J'ai eu mal.

La haine me vrille le bide.

– J'étais consentante, mais ce n'était pas ce que je voulais. Une fois son affaire finie, je suis partie en courant. Il était hilare.

– Quel enfoiré !

La colère m'envahit et je me retiens de retourner dans le club pour tuer ce type.

– J'ai pleuré toute la nuit et le lendemain, je n'ai pas réussi à me lever. J'ai fait croire à ma mère que j'étais malade. La vérité, c'était que j'avais honte et le cœur brisé. Paul ne m'aimait pas, il n'avait été gentil que pour coucher avec moi. Dans l'après-midi, Mare est arrivée avec lui. J'ai appris qu'il la fréquentait en douce en même temps que moi. J'ai voulu alerter ma sœur mais elle était si amoureuse qu'elle ne m'a pas écoutée. Et quand j'ai avoué à ma mère ce qui s'était passé, elle m'a engueulée et m'a ordonné de ne rien dire.

En l'écoutant me raconter tout ça, je prends conscience du gâchis pour ces deux vies.

– J'avais dix-sept ans. Ma mère me traitait de traînée. J'avais peur d'être enceinte.

J'écarquille les yeux d'effroi.

– Ce n'est pas vrai…

– Il n'avait pas mis de capote, je ne prenais pas la pilule. J'étais terrorisée. C'est l'infirmière du lycée qui m'a aidée en me prescrivant la pilule du lendemain et des examens pour les IST.

J'ai envie de crier mais je reste silencieux, la laissant déverser une fois pour toutes cette histoire qui la ronge depuis si longtemps.

– J'ai dû les supporter ensemble, amoureux, sous le même toit que moi pendant trois mois, le temps d'avoir mon bac avec mention très bien. Mon père avait refusé que j'aille habiter chez lui. Ma mère me haïssait de le lui avoir demandé. J'ai décidé d'abandonner mon rêve d'être procureur, sinon j'aurais dû rester à la maison le temps d'obtenir mes diplômes de droit. J'ai préféré passer le concours de la police pour pouvoir partir et être indépendante plus vite.

J'ai enchaîné les cours du soir pour passer mes diplômes comme j'aurais dû le faire normalement et j'ai pu obtenir l'examen d'officier de police.

Elle se tait, en proie à ses idées sombres. Je caresse sa cuisse pour la ramener à moi mais elle ne parvient qu'à lâcher un long soupir, ses yeux voilés de douleur.

– Je n'ai pas pu avoir de relation pendant des années après ça. J'avais vingt-trois ans quand j'ai laissé un autre homme me toucher, mais je n'étais pas amoureuse. Ensuite j'ai enchaîné les aventures, comme pour me prouver que j'étais bien normale, mais la réalité, c'est que je ne le suis pas. Tu as tort de croire que je suis une princesse. Je suis une putain de malade, incapable d'aimer, de rendre quelqu'un heureux. Mare a raison.

Ma main se crispe sur sa cuisse. L'entendre accepter ce qu'on lui rabâche depuis des années me met la haine.

– Tu n'arriveras jamais à me faire croire ça, lui dis-je, la gorge si serrée que j'ai peine à parler. Moi, je te connais. La vraie Li, celle que personne n'a jamais eu la chance de voir, à part moi. Parce que moi, je ne vois que celle-là quand je te regarde. Alors, tu as peut-être eu une vie de merde jusque-là, mais c'est fini. Je ne te laisserai pas fuir comme tu le fais depuis tes dix-sept ans.

Son regard se brouille et je me penche vers elle pour m'emparer de ses lèvres. Mon baiser se veut tendre, coloré de tout ce qui lui a manqué jusque-là.

Je serai celui qui apaisera toutes ses peines. Motivé plus que jamais, je chasserai tous ses souvenirs douloureux pour ne lui faire découvrir que ce qu'il y a de plus beau en elle, sa force, sa loyauté, sa bonté d'âme. Je deviens plus passionné, empli de cette volonté de vivre quelque chose avec elle, car je sais, plus de doute possible, qu'elle sera le grand amour de ma vie. Elle est tellement plus que les autres, je ressens des choses si incroyables quand je la tiens dans mes bras. Je me sens enfin un homme, et pas n'importe lequel : celui que j'ai envie de devenir. Son corps frémit sous mes doigts, je la sens reprendre vie alors que je la tire vers moi. Dans son baiser qui se fait plus sauvage, je reconnais ce feu au fond d'elle qui en fait une femme si extraordinaire à mes yeux. Cet instinct qui la guide depuis toujours malgré les tempêtes traversées.

Elle se hisse sur moi et notre étreinte devient fièvre. Nos corps se désirent, nos âmes se supplient. Mes mains la caressent, pansent ses blessures. Mes baisers lui insufflent tout l'amour que j'ai pour elle, cet amour auquel elle ne croyait pas. Elle veut plus, je tempère ses ardeurs. Elle gémit. Elle insiste mais je lui refuse. Elle râle, s'énerve, encore empoisonnée par tout l'alcool qu'elle a ingurgité ce soir. Je ne serai pas les autres, je ne serai pas juste son exutoire. Non, je serai l'amour de sa vie. Celui que la jeune Li désirait secrètement derrière cette carapace de dure à cuire. Alors je résiste malgré mon corps qui la désire tellement aussi, j'attrape son beau visage dans mes mains et je susurre sur ses lèvres :

– Je ne baiserai jamais avec toi, Li.

Elle cherche à s'insurger mais je l'empêche de parler en mettant la main sur ses lèvres divines.

– Avec moi, tu feras ce que tu n'as jamais fait avec un autre : tu feras l'amour. Des nuits entières, jusqu'à plus souffle. Je t'aime, Li, et il n'est pas question que je te laisse réduire notre première fois à ça, ici, dans ma caisse.

Je la sens vaciller dans mes bras. Elle se met à pleurer et je lui arrache un nouveau baiser dans lequel elle se noie un long moment pour enfin se calmer. Elle reprend place sur le siège à côté et je la sens épuisée par les événements de la soirée.

– J'ai oublié mon sac et ma veste à l'intérieur, se plaint-elle.

– Ne bouge pas, j'y vais.

Je retourne à l'entrée du club et récupère ses affaires. J'aperçois déjà ma voiture lorsque je reconnais un type en train de pisser contre le mur. Paul. Mon sang ne fait qu'un tour. Je regarde autour. Li semble dormir contre la vitre, et il n'y a personne. Les caméras sont tournées vers l'entrée et le parking. Je profite de l'angle mort et j'avance vers lui, animé d'une rage si forte que je serais capable de tuer. Je profite de ce qu'il me tourne le dos pour lui faire une clef de bras et écraser sa tronche contre les briques. Il gueule mais il est déjà tellement aviné qu'il n'est pas très vaillant. Je le tire et le cogne deux ou trois fois brutalement contre la pierre rugueuse. Je donne des coups dans ses pieds pour le forcer à garder ses jambes écartées. Il se pisse dessus. Je pourrais le buter, mais il ne mérite pas que je passe ma vie en taule. Cette vie, je la vivrai pour moi, et avec elle.

– Si tu approches encore une fois de Linda, je te retrouverai et je finirai le travail, le menacé-je au creux de l'oreille. Je surgirai là où tu t'y attendras le moins, je te briserai les deux genoux et je te finirai avec le canon de mon flingue dans ta bouche de salopard.

Il se met à rire.

– J'ai été son premier mec, faut t'en remettre, ducon.

– J'ai bien l'intention d'être le dernier.

Je le lâche et il tombe au sol dans un râle de douleur. Il se met à pleurnicher comme une mauviette et je m'éloigne de lui sans un regard.

Il est minuit. Je le comprends aux cris joyeux dans la boîte de nuit derrière moi. Je lève les yeux vers le ciel étoilé : une nuit magnifique, malgré les emmerdes de cette putain de soirée. Dans ma voiture, je découvre ma belle, endormie. Jamais plus je ne la laisserai. Je souris en la contemplant, tout à coup si petite et fragile. Revoilà la vraie Li. Mon amour, ma vie.

Finalement, je sens que je vais aimer cette nouvelle année.

CHAPITRE 38

MARE

J'ouvre un œil et m'étire. Je suis toute courbaturée et n'ai aucune idée de l'heure qu'il est. J'entends le bruit de la douche et me lève d'un bond. *Je suis avec quelqu'un ?* Je balaie la pièce du regard ; je suis chez Call, ça me revient. À l'idée de lui avoir confié une partie de mon plus gros secret et de m'être épanchée sur lui, la honte m'envahit. Je ne pense pas que la sœur de Javier se comporte de la sorte avec ses plans cul… Je tends l'oreille, Call est toujours dans la salle de bain. Sans réfléchir, j'attrape ma pochette et me dirige vers la sortie.

– Tu vas où ?

Raté. Je me retourne et me retrouve face à Call, sa peau couleur chocolat contrastant avec le blanc immaculé de la serviette qui entoure ses hanches. De fines gouttes d'eau dévalent son torse musclé et ses abdominaux parfaitement dessinés, mais je suis hypnotisée par le tatouage sur son pectoral gauche : une boussole stylisée qui occupe toute la place. Il avance vers moi, menaçant de mettre à mal ma bonne résolution de le quitter dans tous les sens du terme, pourtant je trouve la force de lui demander de rester où il est. Il n'insiste pas et s'immobilise. Je regarde une dernière fois ce corps sublime auquel je renonce pour me consacrer à la recherche d'un homme capable de m'aimer, avant de lui annoncer d'une traite :

– Calljecroisquilvautmieuxquonarrêtedesevoir.

Il m'adresse un sourire à faire fondre la banquise et secoue la tête.

– Je ne suis pas d'accord.

Je soupire, agacée.

– Écoute, on ne veut pas la même chose et même si c'était chouette nous deux, je n'ai pas besoin d'un mec qui me regarde comme tu le fais en ce moment, avec pitié.

Loin de s'offusquer, il hoche la tête, me prend par la main et nous entraîne vers la cuisine, sa serviette menaçant de tomber sur le sol.

– Je suis d'accord avec toi, Miss. Tu n'as pas besoin de pitié. Alors viens poser tes fesses ici et laisse-moi te préparer un petit déjeuner.

Je me dégage de son emprise.

– Call, tu ne comprends pas. Je ne veux pas d'un petit déj suivi d'une partie de jambes en l'air. Ce qu'on a tous les deux, dis-je en nous désignant tour à tour du doigt, ce n'est pas l'idée que je me fais d'une relation. Je ne veux plus m'envoyer en l'air entre deux clients. Je veux de l'amour, de la tendresse et surtout, ne plus avoir à pleurer.

– C'est ce que je veux t'offrir, dit-il comme si c'était évident, en cassant un œuf dans une poêle.

Il a l'air serein, calme, alors que dans ma tête, c'est le chaos total. Comment ça, c'est ce qu'il veut m'offrir ?

– Ah oui ? Et depuis quand ? Depuis que je t'ai fait pitié hier soir ? Tu m'as pris pour un chiot abandonné ?

– Vu ton tempérament, ce serait plutôt un roquet comme celui de ta mère, répond-il, agacé, en lâchant sa spatule. Mais si tu veux tout savoir, je te veux dans ma vie depuis le premier jour où je t'ai vue dans ta robe pull le jour de l'ouverture de ta boutique pour gonzesses, j'ai juste été trop borné pour le reconnaître. Au *speed dating*, je crois que j'aurais pété la tronche du premier qui serait parti avec toi, c'est pour ça que j'ai « regardé ailleurs » quand l'avocaillon s'est fait ramasser par Javier. J'aime ta façon de te jeter à corps perdu dans n'importe quelle bataille. Sur le terrain de rugby, tu étais incroyable face à l'autre con de Beaulieu. Je pensais qu'une fois que je t'aurais sautée, l'envie me passerait, mais c'est devenu de pire en pire.

Je fronce les sourcils.

– Mouais, c'est pour ça qu'une fois ta petite affaire finie, tu partais comme si j'allais te refiler des morpions ?

Il encadre délicatement mon visage de ses mains et me caresse les joues.

– J'avais peur, Miss. Ce que je ressens quand je suis avec toi, je ne l'ai jamais ressenti avec personne. Je sais que je ne connais pas ta couleur préférée ni le style de musique que tu écoutes, que je ne suis pas non plus le genre de mec que tu rêves de présenter à ta mère, mais si tu veux bien me laisser une chance, je suis prêt à tatouer des cœurs à toutes les pisseuses qui franchiront la porte de mon shop.

J'hésite. J'ai envie de le croire, de me laisser aller. Il a l'air sincère, mais il couchait aussi avec Darla il y a encore quelques jours. Comme s'il lisait dans mes pensées, il reprend :

– Je ne veux que toi. J'ai quitté Darla et crois-moi quand je te dis que je n'ai jamais rien éprouvé pour elle.

– Call, j'ai déjà perdu beaucoup, ne joue pas avec moi.

– Plutôt mourir que te faire souffrir.

Il me fixe ensuite, me laissant libre de décider, et même si je suis complètement perdue, je ne peux ignorer ce lien qui m'unit à cet homme que je connais pourtant à peine. Je me hisse sur la pointe des pieds et pose mes lèvres sur les siennes. Comme à Noël, notre baiser est tendre, délicat. Insensible à l'odeur de brûlé qui se répand dans l'appartement, Call jette la poêle dans l'évier tout en m'embrassant et m'entraîne dans sa chambre.

Ce qui se passe ensuite, c'est incroyable, empli de douceur, mais je préfère le garder pour moi, pour nous.

Alors que nous sommes enlacés dans son lit, je dessine du bout du doigt la boussole sur son cœur qui occupe la majorité de son pectoral.

– Pourquoi ce dessin ? demandé-je.

– En hommage à Soan.

– Soan ? Le jeune qui…

– Qui est mort, oui. Il habitait dans le quartier de ma grand-mère, c'est là que je l'ai connu. Je l'aimais bien, il rêvait de devenir une star d'Internet. Il venait traîner au shop, passer un coup de balai contre un petit billet et je lui avais promis de réaliser son premier tatouage pour ses dix-huit ans. Il était comme un dingue, il a passé des journées entières à dessiner cette boussole, parce que son père était mort en mer. La veille de son anniversaire, le gang des Tchétchènes est venu le recruter et lui a proposé une mission contre une grosse somme d'argent. J'ai essayé de l'en dissuader, mais c'est difficile de faire comprendre à un gosse qu'il vaut mieux travailler en intérim pour un Smic que d'aller faire le guet, une soirée, pour le même tarif. Je lui ai laissé mon numéro de téléphone, lui ai fait promettre de m'appeler au moindre problème. Et c'est ce qu'il a fait. Il m'a appelé. Quand je suis arrivé sur place, j'ai trouvé son cadavre. L'opération s'était mal déroulée, un gang rival est arrivé et Soan a été pris entre les balles. Ce dessin, je le porte pour lui, pour me rappeler chaque jour la raison pour laquelle je dois me lever le matin et faire de mon mieux pour que sa mort n'ait pas été vaine.

Silencieuse, je le serre dans mes bras. Pour moi, ces dessins indélébiles étaient juste une lubie, une envie de se faire remarquer. Maintenant, je comprends qu'ils peuvent être totalement autre chose, même si j'en avais déjà eu la preuve lorsqu'il a tatoué le poignet de Li.

– Si tu devais me tatouer, tu choisirais quel endroit ?

Il passe instantanément un doigt dans le creux entre ma clavicule et mon cou.

– Ici.

– Ah bon ? Pourquoi ?

– Je ne sais pas. Cet endroit m'inspire, même si je sais que tu es antitatouages.

– Je ne suis pas antitatouages, me défends-je. Je n'aime pas les aiguilles, c'est tout.

Je le devine sourire.

– Froussarde.

– Toi aussi tu aurais peur des aiguilles si ton ex s'était entraîné sur toi pour les vaccins et les prises de sang.

Je le sens se raidir lorsque je mentionne Paul mais il ne dit rien, se contentant de me ramener contre lui.

– Quand tu seras prête, je te montrerai que même avec une aiguille, on peut être doux.

Je ferme les yeux. S'il s'imagine qu'un jour, je le laisserai s'approcher de moi avec son instrument de torture, il rêve. Il me faudra plus que quelques nuits ensemble pour gagner ce degré de confiance. Je ne sais d'ailleurs pas si je serai de nouveau capable de croire à ce point en quelqu'un. Jusqu'à hier, je pensais que Paul s'était comporté comme un connard sur la fin de notre relation mais que notre histoire avait tout de même eu des moments de bonheur. Tout s'est effondré. Il draguait Li en même temps que moi, il couchait même avec elle. Comment a-t-il pu faire ça tout en jurant n'aimer que moi et être prêt à m'attendre ? Et si je me plantais de nouveau ? Call m'a offert tout un beau discours, me sortant tous les mots que je rêvais d'entendre. Mais si, encore une fois, c'était du vent ?

Seule sous le jet brûlant, j'ai fait le point sur ma situation et surtout sur ce que je vais faire maintenant. Je n'ai pas changé d'avis concernant ma sœur, je ne veux plus rien avoir à faire avec elle. Seulement la plupart de mes affaires sont chez elle, et je ne peux pas ni dormir dans ma réserve, comme je l'ai affirmé hier, ni rester chez Call. Ce dernier m'a donc raccompagnée chez Li à moto pour que je récupère ma voiture. Devant l'immeuble, j'en profite pour monter à l'appartement récupérer quelques affaires. N'ayant pas vu la voiture de ma sœur sur le parking, j'en déduis qu'elle est restée chez Javier. Call m'emboîte le pas et reste sur le perron tandis que j'entasse des fringues dans une valise. Je récupère aussi mes fameux coussins à poils ; au moins, Li sera contente d'en être débarrassée.

– Mais que faites-vous là ? s'offusque une voix dans l'entrée.

– J'attends votre fille, répond Call.

Les pas précipités de ma mère résonnent dans le couloir jusqu'à ce qu'elle se plante devant moi, les poings sur les hanches :

– On peut savoir ce qui se passe ? Aucun message de bonne année, aucune de mes filles qui se donne la peine de répondre à mes appels ? Ce n'est pas comme ça que je t'ai élevée, Mareva Sorel. Mais bon, je viens de voir ton… ton amant, sur le palier, je comprends que tu aies eu mieux à faire que de te préoccuper de ta pauvre mère.

Ses yeux s'embuent, mais pour la première fois, son chantage affectif ne fonctionne plus sur moi. La révélation de Li concernant l'implication de ma mère dans la trahison de Paul annihile toute compassion envers sa petite personne. Comment a-t-elle pu me faire ça ? Comment a-t-elle pu garder ça pour elle et me pousser dans les bras de cet enfoiré ? Si elle avait parlé, si elle avait ne serait-ce qu'émis une suggestion, j'aurais pu lui pardonner. Mais elle a préféré se taire.

Je me redresse et la foudroie du regard.

– C’est vrai, il aurait mieux valu que je reste avec Paul.

– Je ne te le fais pas dire, bougonne-t-elle.

– Bien sûr, quoi de mieux qu’un connard qui couche avec Li avant de coucher avec moi ?

Elle blêmit, et toute trace de doute disparaît.

– Li n’aurait jamais dû t’en parler. À quoi cela sert-il de remuer le passé ?

– TU SAVAIS ? Maman, tu étais au courant ? Toutes ces années où Paul venait à la maison, tu me regardais dans les yeux et tu me répétais qu’il était parfait pour moi, que c’était l’homme de ma vie, qu’on formait un couple magnifique, et tout ça alors qu’il avait couché avec Li ? Comment as-tu pu ?

– Mais enfin, ce n’était rien. Vous n’étiez pas en couple à l’époque, se défend-elle.

Je lève les bras, excédée.

– *Il a couché avec Li !* Dans quel monde tu souhaites à ta fille de sortir avec l’ex de sa sœur ?

– Ça ne représentait rien, ni pour lui, ni pour elle. C’était juste une ex. Paul t’avait choisie toi, on ne va pas en faire une montagne, ajoute-t-elle précipitamment en s’approchant de moi. Et tu fais quoi, là ? demande-t-elle en avisant ma valise et mon carton.

Je recule, dégoûtée par ce que j’entends.

– Je me casse d’ici. Je ne peux pas rester chez ma sœur.

– Je savais que cette cohabitation ne durerait pas. Tu vas t'installer à la maison et tout va rentrer dans l'ordre.

J'éclate d'un rire mauvais.

– Hors de question. Tu m'as trahie, tu savais et tu n'as rien dit ! Je ne veux plus te voir, maman.

Elle pose une main sur sa poitrine et balbutie :

– Mais… Mais… tu as besoin de moi.

Je secoue la tête.

– Non, maman, c'est toi qui as besoin de moi, et à partir de maintenant tu te démerderas toute seule.

Je tourne les talons mais elle me poursuit en sanglotant.

– Mare, Mare, ne pars pas. Rentre à la maison, on se fera un thé et on en discutera. Tout va s'arranger…

Je fourre le carton dans les bras musclés de Call et me retourne pour lui asséner la cruelle vérité :

– Discuter de quoi, maman ? Du fait que Paul ait culbuté Li avant de me sauter ? Du fait que j'ai vécu plusieurs années sans le savoir ? Ou bien du fait que je suis tombée enceinte, que je me suis laissée convaincre par Paul et sa famille que je serais la pire mère du monde et que j'ai expulsé mon bébé seule dans des chiottes sans personne pour me tenir la main ?

Elle est abasourdie, ses lèvres s'entrouvrent mais elle ne dit rien. Son visage surpris laisse place à une profonde tristesse alors que je la plante là en claquant la porte. Je descends l'escalier, Call sur les talons, pousse le porche de l'immeuble et prends une grande inspiration.

– Tout va bien ? demande Call en s'approchant.

Je hoche la tête, les larmes aux yeux.

– Oui, ça ira. Il le faut.

CHAPITRE 39

LI

– Debout mon fils, nous sommes attendus chez tes grands-parents pour la…

– Chut !

– C'est… ?

– Oui mais ne la réveille pas, la nuit a été dure.

– On ne dirait pas.

– Maman…

– Oh, je suis si contente, qu'est-ce que vous êtes beaux tous les deux !

Mais ils ne vont pas se taire, ces deux-là, avec leurs chuchotements plus bruyants qu'un discours dans un mégaphone ?

– Bon maintenant, va-t'en.

– Oui, oui. Quand tes sœurs vont savoir ça…

– Tu ne leur dis rien, sinon elles vont se pointer.

– Il faut quand même te lever mon chéri. Tu sais bien que ton grand-père est très à cheval sur les horaires.

– Tu permets ?

Je ne sais qui sont ces deux individus mais j'ai bien envie de leur demander de m'achever s'ils continuent à raconter leur vie comme ça. Je me blottis un peu plus contre mon oreiller tout doux et chaud et je gémis de plaisir. *Mon dodo, il n'y a rien de mieux que mon dodo.*

– Qu'est-ce qu'elle est chou !

– Maman, tu veux bien t'en aller ! Qu'est-ce que tu fous ? Je t'interdis de prendre une photo.

– Juste une.

Une lumière aveuglante traverse mes paupières.

– Bordel de merde, tu as mis le flash.

– Oups, je m'en vais.

J'ouvre un œil. C'est quoi, cet endroit ? Ça me dit quelque chose, mais ce n'est pas chez moi. Je décolle ma joue de mon oreiller mais il est étrangement collant, humide. J'ai dû baver. Je me hisse sur mes bras mais pas possible de me redresser. J'ai mal partout. Je pivote la tête.

– Salut ma Li.

Je sens un baiser sur mon front. Une main caresse mon visage. J'ouvre un peu plus les yeux et je me redresse aussitôt comme un ressort.

Javier. Je suis dans les bras de Javier. Soyons plus précise : je suis couchée sur Javier. Je fais un bond pour me dégager de son corps, et il m'observe, surpris, avant de tendre les bras vers moi.

– Calme-toi. Tu es avec moi.

Je plisse les yeux de douleur. Encore une migraine. Il faut vraiment que j'arrête l'alcool. Javier s'assied et me regarde tendrement.

– Ça va aller ? Je vais te chercher une aspirine.

Il se décale et je me rends compte d'un élément très perturbant : je suis entièrement dénudée. Affolée, je tire la couette devant moi alors que Javier ricane.

– Tu es plus pudique qu'hier soir.

Oh merde, qu'ai-je donc fait ?

Il se lève du lit et j'écarquille les yeux : il est nu comme un ver lui aussi. Un superbe ver. Musclé, très musclé et super bien… bâti. J'ouvre la bouche. Il se penche au-dessus de moi, lève mon menton d'un doigt et m'embrasse passionnément. Il se redresse, me laissant sa huitième merveille sous le nez. *My… gode. Enfin, my God.* S'il sait correctement s'en servir, il doit être un dieu vivant.

– Ferme la bouche, ricane-t-il.

Je rougis, et me cache un peu plus derrière sa couette.

– On a passé la nuit ensemble ?

Est-ce que j'ai profité de cette chose absolument fantastique ? Réfléchis, Li. Souviens-toi, bordel ! Je me touche discrètement. Tout a l'air intact en bas. Un engin pareil doit pourtant forcément imprimer son passage.

– Dans ce lit, oui, répond-il en s'arrêtant devant moi avec un regard moqueur. Pourquoi ? Ça te pose un problème ?

– Euh… non, pas du tout, mens-je.

Je ne m'en souviens pas et c'est dur à encaisser. Javier me jette un regard facétieux alors que je lisse nerveusement la couette sur mes cuisses.

– C'est pas vrai, bordel, grommelé-je, honteuse, pivotant la tête vers la salle de bain pour qu'il ne m'entende pas.

– Un souci, Princesse ?

– Non, non…

Des mois que je rêve d'une nuit dans les bras de Javier, des jours que j'idéalise cette première fois que je désirais aussi belle que dans un film hollywoodien. J'allais enfin faire l'amour avec un homme dont je suis amoureuse et qui a aussi des sentiments pour moi. Et là, paf ! Je suis amnésique. *Je suis maudite !*

– Quel est le problème, ma Li ? s'inquiète-t-il en se penchant pour croiser mon regard avant d'enfiler un boxer à la va-vite.

Je frotte mes tempes. J'ai un mal de tête horrible. Javier rit en s'asseyant à mes côtés.

– Je ne me souviens pas de grand-chose de la soirée d'hier, avoué-je. J'ai peur de ne pas m'être montrée dans ma meilleure forme.

– Oh rassure-toi, tu m'as dévoilé tes plus jolies formes, se marre-t-il. Et tu avais à cœur de toutes me les faire découvrir. À deux heures du matin, tu avais une telle pêche que tu as entrepris de me rejouer la scène de *9 semaines 1/2*. Je n'avais pas souvenir que Kim Basinger arrachait tous les vêtements de Mickey Rourke…

J'ai du mal à suivre avec la migraine qui me martèle le haut du crâne et lui qui parle si vite. Il n'a pas des origines espagnoles pour rien. Quand je comprends que j'ai été l'instigatrice débridée de notre nuit, j'écarquille les yeux, consternée.

Pourtant quand je le contemple si sexy, à mes côtés, avec son tatouage sur l'avant-bras qui lui donne un petit air de *bad boy*, je ne peux que sourire. Je caresse les contours des dessins. Il a sauté le pas, lui qui hésitait depuis des mois. Je plonge malgré moi dans une rêvasserie érotique, laissant échapper un petit soupir d'aise. Nos corps enlacés, lui sur moi. Moi sur lui. Dans beaucoup de positions. *J'ai fait l'amour avec Javier. Forcément, ça devait être génial. Nous connaissant, on a dû assurer comme des bêtes.* Ce dernier continue à parler mais il me semble qu'il est à des kilomètres, je l'entends à peine.

– … pour se précipiter dans les bras d'un dieu grec… J'ai eu sacrément les boules. Tu m'avais tellement chauffé, j'ai cru que j'allais mourir de combustion spontanée.

Je souris.

– Et en plus, ça t'amuse, ronchonne-t-il.

Mais pourquoi me parle-t-il d'un dieu grec ?

– Quel dieu grec ?

– Morphée ! s'exclame-t-il en me volant un nouveau baiser enflammé.

– Je me suis endormie ?

– T'es tombée raide, j'ai même vérifié ton pouls de peur que tu n'aies fait une crise cardiaque.

Je grimace. J'ai envie de pleurer tellement j'ai honte.

– Tu as dit qu'on avait couché ensemble.

– J'ai dit qu'on avait passé la nuit ensemble, rien d'autre, se marre-t-il.

Je cache mon visage dans mes mains.

– Je suis trop nulle !

Javier éclate de rire.

– Tu m'avais pourtant annoncé fièrement que tu étais une *sex bomb*.

Il glisse un doigt pour retirer mes mains de devant mes yeux.

– Je n'étais pas dans mon état normal mais je suis très douée normalement, je t'assure. En tout cas, c'est ce qu'on m'a toujours dit.

Je mens effrontément. En réalité je n'en ai aucune idée, car je n'ai jamais passé assez de temps avec mes amants pour avoir la moindre discussion, encore moins sur mes performances. Habituellement, je me rhabille et me tire à moitié honteuse, comme un chat qui sort de sa caisse.

– Je n'en doute pas ma Princesse.

Javier m'attrape par la taille. Il s'empare de mes lèvres avec une sauvagerie qui me donne envie de lui tout de suite, là, maintenant. J'en lâche la couette et il prend mes fesses à pleines mains. Purée, j'ai envie de consommer un Javier au petit déjeuner.

Ses doigts se promènent de mes fesses à mon dos, jusqu'à ma nuque qu'il saisit de façon possessive. Je suis déjà en apnée, le sexe crépitant.

– T'es tellement belle, ma Li, susurre-t-il en dévorant maintenant ma gorge.

– J'ai envie de toi.

Javier me soulève en lâchant un grognement d'impatience pour nous ramener sur son lit.

– Tu me promets que tu ne t'endormiras pas, cette fois-ci ?

– Promis.

Il s'allonge sur moi et je me jette sur sa bouche. Mes mains dévalent son dos pour toucher ses fesses musclées.

– Bonne année les amoureux ! s'écrie une voix derrière nous.

– Oh ils sont là tous les deux, ils sont enfin ensemble !

Noooon ! Javier quitte mes lèvres en lâchant un soupir d'exaspération. Au moins, la frustration est partagée.

– Oups, je crois qu'on arrive au mauvais moment. Désolée, on ne vous dérange pas ? s'excuse l'une d'elles.

– Non, pas du tout, réponds-je machinalement par politesse.

– Bien sûr que si, elles nous dérangent, me contredit Javier, ulcéré. Il n'y a pas moyen d'avoir un peu d'intimité dans cette baraque ?

Il se rassied pour les fusiller du regard et j'attrape vite fait un oreiller derrière lequel je me cache. Enfin, j'essaie.

– Li, je suis navrée pour la soirée d'hier, me dit Gabriella en s'approchant de moi pour me faire la bise, faisant fi de ma nudité alors que je vire cramoisie.

Le boxer de Javier est encore déformé par une bosse proéminente. Ce dernier suit mon regard et se met à sourire avant de cacher la partie de son anatomie encore surexcitée.

– Je ne sais pas ce qui s'est passé dans la tête de ta sœur. Elle n'avait pourtant pas bu.

Ma sœur. Mareva. Les images de notre dispute la veille se glissent devant mes yeux. J'entends sa voix, ses reproches en un écho douloureux. Mon ventre se tord. Lorena s'assied à mes côtés en poussant son frère.

– Il faut que tu nous racontes, c'est quoi l'histoire ?

– Ouais, on va t'aider à arranger ça, propose Gabriella. Les embrouilles entre sœurs, on ne connaît que ça dans cette maison.

Javier se lève et me dit en levant les yeux au ciel :

– Je vais me doucher.

Je n'aime pas le voir partir. Grâce à lui, j'étais loin de mes soucis. Je regarde ses deux sœurs penchées sur moi et je m'affaisse. La tristesse succède au désir. J'ai toujours su faire face à nos chamailleries de sœurs mais là je sais que ce qui s'est passé hier est bien plus grave. Plus rien ne sera pareil entre nous, le lien qui nous unissait est brisé.

– Ça va aller ma grande, me console Lorena en caressant mes cheveux.

– Non, Mare ne me pardonnera jamais. Et je crois que je n'arriverai pas à lui pardonner non plus. Je gardais ce secret depuis bien trop longtemps, c'est vrai, mais elle n'a pas essayé de me comprendre une seule fois. J'aurais dû tout lui cracher à la figure depuis des années, elle m'en voudrait pour quelque chose, au moins.

Je suis amère, en colère, mais surtout triste, comme si j'avais perdu la moitié de moi-même. Je hais ma mère pour ce qu'elle m'a empêchée de dire. On n'en serait pas là. Ou peut-être que si ; à quinze ans, Mare était si naïve. Elle aurait été capable de croire cet idiot s'il l'avait suppliée. Elle était raide dingue de lui, peut-être plus que moi.

– On va te préparer un bon petit déj. Va prendre une douche avec le frangin, on vous attend en bas.

Gabriella me fait un clin d'œil complice et se lève, suivie de près par l'aînée des sœurs. Elles partent en chahutant et j'envie cette complicité. Je ne connaîtrai plus jamais ça.

Recroquevillée contre mon oreiller, je me mets à pleurer en silence. Quelques minutes passent avant que je n'entende la porte de la salle de bain s'ouvrir, puis que je sente Javier se coller à mon dos. Dans ses bras, je me laisse aller à mon chagrin.

– Tout va s'arranger ma Li. Mareva va se rendre compte que tu ne lui voulais pas de mal. Vous n'étiez que des gosses à l'époque.

– Je gâche toujours tout dans ma vie. Mare a raison. Qui peut aimer une fille comme moi ?

– Beaucoup de personnes. Moi, le premier.

Javier me presse contre lui et embrasse longuement mes cheveux.

– Moi je t'aime. Ma famille t'aime. Ma mère, mes sœurs, tout le monde t'adore.

– Pas ma propre mère.

– C'est une vieille peau. Laisse-la tomber.

Je me laisse aller contre lui, la tête calée contre son torse.

– Je t'aime tellement, lui dis-je. Heureusement que tu es là, je ne sais pas si j'aurais tenu le coup hier soir.

– Je serai toujours là pour toi.

Javier m'embrasse tendrement et se lève.

– Je vais te chercher des vêtements, Gabriella ou Lorena vont t'en prêter. Et ensuite, tu viens chez mes grands-parents. Il est temps que je leur présente ma petite amie.

Son beau visage s'illumine, et ça me réchauffe le cœur.

Une fois seule, je perds pourtant mon sourire. Je pense à ce qu'il vient de dire sur ma mère. Il a raison. Tout ce qui arrive aujourd'hui est sa faute. Si elle ne m'avait pas forcée à garder ce secret, nous n'en serions pas là, Mare et moi. La colère se diffuse sous ma peau. J'ai la rage.

Mon téléphone sonne et je découvre, effarée, la photo de ma mère, son chien dans les bras. À croire qu'elle a détecté mes pensées. Une sonnerie, deux sonneries. Je n'ai pas envie de lui parler. Elle finit par basculer sur ma messagerie et je soupire, soulagée. Mon téléphone se remet pourtant aussitôt à sonner. Je pourrais l'éteindre mais je dois rester joignable pour le travail, alors je n'ai pas d'autre choix que de l'affronter dès maintenant. Enfin si, j'ai le choix mais la colère qui m'envahit me donne la force d'en découdre enfin après toutes ces années de brimades en tout genre. Je ferme les yeux, souffle un bon coup, et prends mon courage à deux mains pour enfin décrocher.

– Linda, enfin. Où es-tu ? Ta sœur est dans tous ses états.

Toujours autant d'amour et de tact. Je pouffe d'un rire nerveux.

– Je suis très en colère après toi. Comment as-tu pu lui faire ça après tout ce qu'elle a vécu ces dernières semaines ?

Pauvre petite Mare. Li est toujours si méchante. Li est si cruelle.

– Tu n'as pas pu te retenir de lui jeter à la figure que tu avais couché avec Paul ! Après toutes ces années, tu tenais vraiment encore à prendre ta revanche ? Grandis un peu, Linda.

– Je n'ai rien dit à Mareva, c'est Paul. Il était à la même soirée que nous.

– Il a quand même fallu que tu lui dises que j'étais au courant. Elle ne veut plus me voir à cause de toi, sanglote-t-elle. Ma petite fille ne veut plus me parler. Je ne pourrai pas vivre sans elle. Tu as toujours été jalouse de notre relation fusionnelle, tu n'as jamais supporté que je sois plus proche d'elle que de toi. Mais je n'y suis pour rien, enfin ! Tu n'avais pas besoin de me mêler à votre dispute, mais tu n'as pas pu t'en empêcher, n'est-ce pas ? crache-t-elle, la voix remplie de haine. Tu es si dure, Linda, aussi dure que ton père, aussi égoïste que lui !

Mes yeux s'emplissent de larmes.

– Tu sais maman, je me dis souvent que je n'aurais pas dû t'arrêter ce soir-là quand tu as voulu en finir avec nous.

Je l'entends frémir de l'autre côté du téléphone.

– Je n'aurais pas eu à subir tous tes reproches, tes paroles blessantes. Je n'aurais pas eu à vivre une vie sans l'amour d'une mère. En tout cas, aujourd'hui, je jette l'éponge. Tu ne m'aimes pas, tant pis. Je ne veux plus te voir, ni toi ni Mare, qui n'a jamais remarqué combien j'avais souffert durant cette période. Je n'ai plus de famille, c'est terminé. Ne m'appelle plus, ne viens plus me voir. Et si vous avez besoin de quelque chose, oubliez-moi !

Je raccroche et balance mon téléphone à l'autre bout de la pièce. Javier entre à ce moment-là et fronce les sourcils, une pile de linge dans les mains. Son téléphone s'éclaire sur la table de chevet : un message de Call. Il ne veut plus bosser pour nous sur l'affaire des Tchétchènes.

– Je sais, dit Javier lorsque je lui jette un regard stupéfait. On savait tous les deux que c'était une mauvaise idée qu'il couche avec ta sœur.

– Qu'il aille aussi se faire foutre, celui-là !

CHAPITRE 40

MARE

Dans ma voiture chargée de mes principales affaires, je suis Call jusqu'à son shop ; j'ai décidé de me réfugier dans ma boutique pour appeler les hôtels du coin. Même s'il m'a dit vouloir une relation sérieuse, je le trouve un peu nerveux depuis ce matin. Il n'a pas arrêté de regarder son portable pendant le petit déjeuner, et je ne peux m'empêcher de me demander s'il m'a dit la vérité concernant Darla et leur rupture. Espionner son petit ami, c'est mal, je sais, mais en même temps je n'ai rien d'autre à faire.

Je me gare dans une rue adjacente qui me permet, grâce au reflet d'une vitrine, de surveiller le magasin de Call. Plus le temps passe, plus je me dis que je me fais des idées. Je suis sur le point de partir quand je la vois dans le rétroviseur. Darla. Elle marche d'un pas raide en direction du shop. Je m'aplatis au maximum quand elle passe à ma hauteur et ne me relève que quand elle a fini de traverser. Elle frappe frénétiquement contre la porte de la boutique. Call lui ouvre mais refuse de la faire entrer. Mon cœur fait un bond dans ma poitrine quand je comprends qu'ils sont en train de s'engueuler. J'hésite à ouvrir ma fenêtre pour entendre ce qu'ils se disent mais il faudrait pour cela que je remette le contact et j'ai peur que le bruit me fasse remarquer. Elle essaie de l'enlacer mais il la repousse. Elle finit par le gifler, Call ne bronche pas et elle s'éloigne, vexée comme un pou. Une fois que la voie est libre, je repars le cœur léger, peut-être que Call est vraiment sincère avec moi et que je dois lui faire confiance. Pour la deuxième fois de la journée, je regarde mon portable. J'aimerais appeler Li, lui faire part de mes doutes mais je lui en veux encore tellement.

J'ai contacté plusieurs hôtels et ai fini par en trouver un bon marché et pas trop loin. Afin d'être sûre que la chambre ne me passe pas sous le nez, j'ai décidé d'y déposer mes affaires et de régler plusieurs nuits d'avance. Une fois la clef en poche, je fais plusieurs allers-retours pour vider ma voiture. Les neuf mètres carrés sont rapidement envahis et je dois enjamber ma valise pour atteindre le lit. Je vérifie que les draps sont propres avant de me laisser tomber dessus. Cette chambre est microscopique, les murs ont l'air d'être aussi fins que du papier à cigarette, et je suppose qu'ils ont dû être blancs dans une vie précédente.

Je soupire. Dans ma tête, je revis en boucle les événements de la nuit dernière. Je ne sais pas où j'en suis, j'oscille entre colère et tristesse. La présence de Call ce matin, son envie de construire quelque chose avec moi, a réussi à éclipser pour un temps mes pensées négatives, mais la confrontation avec ma mère a tout fait remonter. Elle savait, j'en ai eu la preuve. Elle savait et elle m'a laissée me jeter dans la gueule du loup. De nouvelles larmes dévalent mes joues et je prends la décision d'appeler mon psy, quitte à lui laisser un message.

Contre toute attente, il décroche à la troisième sonnerie.

– Mademoiselle Sorel, nous sommes le 1er janvier, je suis en congé.

– Pourquoi avez-vous répondu, alors ?

– Ce numéro est pour les urgences.

– Ça tombe bien, c'est une urgence.

Il soupire et je l'entends marmonner à quelqu'un qu'il en a pour quelques minutes.

– Je vous écoute. Que vous arrive-t-il ?

Je commence à lui parler de la soirée, mais je m'effondre de nouveau lorsque j'aborde la partie où je demande des explications à Li.

Mon psy me rassure, me dit qu'il m'écoute, et je parviens à calmer mes sanglots. Je respire profondément et je poursuis. J'essaie de n'omettre aucun détail, le regard de Li, ma colère, ma tristesse, les horreurs qu'on s'est dites et la fin de soirée chez Call.

– Comment vous sentez-vous ?

– Mal. Je viens d'apprendre que ma mère et ma sœur m'ont trahie. Après la fuite de mon père, je n'avais qu'elles, je me reposais entièrement sur elles et maintenant, je me rends compte qu'elles m'ont menti. Toute cette merde aurait pu être évitée.

– Mareva, vous ne savez pas ce qui se serait passé ou non, peut-être que vous n'auriez pas cru votre sœur, peut-être que vous auriez rencontré un type encore pire que Paul. Bref, ce que vous êtes aujourd'hui, ce que vous avez accompli jusqu'à présent est le résultat de la somme de toutes vos expériences passées, bonnes ou mauvaises.

– Vous êtes en train de me dire que ce n'est pas si grave et que je dois tourner la page ?

– C'est à vous de décider, Mareva, et de trouver la solution qui vous convient. Je ne suis pas là pour vous juger, quoi que vous décidiez. Je vous explique simplement que vous ne pouvez pas savoir ce qui se serait passé.

– Martin, tu as bientôt fini ? Ton fils t'attend, l'interrompt une voix.

Je prends conscience que lui aussi a une vie, des enfants, une femme, et je m'en veux de lui gâcher son Nouvel An.

– Écoutez, dis-je finalement, allez retrouver votre famille, je… Je vais m'en sortir. De toute façon on ne réglera pas tous mes problèmes avec une simple discussion de quelques minutes, n'est-ce pas ?

– Non, en effet. Mais avant que je vous laisse, rappelez-vous une chose, Mareva : vous êtes forte. Ne laissez pas les fantômes du passé vous empêcher d'avancer. Trouvez-vous un but, un objectif, quelque chose que vous ne devrez qu'à vous-même et dont vous pourrez être fière. Libérez-vous de ce poids qui vous entraîne vers le fond. Réfléchissez : pourquoi Paul vous a-t-il subitement révélé avoir couché avec votre sœur ? Quel était son but ?

Je ne réponds pas et il poursuit :

– Vous avez refusé de lui céder, vous vous êtes opposée à lui et ça ne lui a pas plu. Il n'a pas réussi à retrouver l'emprise qu'il avait sur vous et cet aveu n'avait aucun autre but que celui de briser ce à quoi vous teniez le plus, votre lien avec Li. Réfléchissez-y calmement et on en reparle la semaine prochaine, à mon cabinet.

Je hoche la tête alors qu'il ne peut pas me voir, lui souhaite une bonne journée avant de raccrocher et de me laisser tomber, les bras en croix, sur le lit.

Quand mon téléphone sonne quelques minutes plus tard, je n'ai pas bougé. Je regarde l'écran : encore ma mère. Je rejette l'appel avant de me secouer ; il est temps de retourner à la boutique. Rester dans cette chambre à broyer du noir ne fera pas avancer les choses et j'ai besoin de me changer les idées.

Dans la rue, seule l'épicerie asiatique est ouverte et j'en profite pour commander des nems et des samosas que j'envisage de partager avec Call plus tard. Le temps que ce soit prêt, je retourne devant mon magasin pour faire l'ouverture. Je suis en train de lever le rideau quand une ombre surgit à mon côté.

– Salut Madame.

Je pousse un cri en sursautant.

– Bon sang ! Tu m'as fichu la trouille ! m'exclamé-je en avisant le petit jeune.

C'est celui avec qui j'avais négocié le nettoyage de mon rideau, et je dois dire que depuis, je n'ai jamais eu à me plaindre.

– Désolé Madame.

– Arrête avec tes « madame ». Ta mère a aimé ton cadeau ?

– Ouais, grave.

Il se dandine d'un pied sur l'autre pendant que je termine d'ouvrir. Je serais tentée de le laisser galérer un peu mais je me sens d'humeur sympa.

– Que puis-je faire pour toi ?

– Je cherche du boulot. Call à côté me prend quelques heures par semaine pour du ménage et je me demandais si vous auriez pas besoin vous aussi.

Je balaie l'espace de vente du regard avant de poser mes affaires derrière le comptoir. Je ne vois pas trop ce que je pourrais lui faire faire.

– Laissez tomber, c'était une mauvaise idée.

Il tourne les talons et je l'arrête avant qu'il ne franchisse le seuil.

– Attends. Tu t'appelles comment ?

– Jammal.

– OK Jammal, que dirais-tu de m'aider le premier mardi du mois pour les réceptions et une heure de ménage le lundi ? Je sais que ce n'est pas grand-chose, mais je ne peux pas faire plus pour l'instant.

Il triture sa casquette mais finit par hocher la tête.

– D'accord, ça me va. Et pour le taux horaire ?

– Combien te donne Call ?

– Vingt euros pour le ménage.

– OK, je m'aligne.

Je lui tends la main pour conclure notre accord, et il tape dedans pour checker.

– À lundi, Madame.

– Mareva, appelle-moi Mareva.

– Ça marche. Et bonne année Mada… Mareva.

Il s'éloigne en revissant sa casquette sur son crâne. Je l'aperçois en train de pénétrer chez le restaurateur en face. Quelques secondes plus tard, Jammal quitte la boutique, rageur. L'air de rien, je traverse pour comprendre ce qui s'est passé – après tout, je dois récupérer ma commande.

Le patron, agacé, me présente un sac avec mon repas avant de jeter un coup d'œil à l'extérieur.

– Vous y croyez, vous ? demande-t-il.

– À quoi ?

– Le petit voyou, là, il est venu me demander du travail.

– Et alors ?

Il m'encaisse en me jetant un regard désabusé.

– Et alors ? Ne soyez pas naïve, il veut juste faire du repérage pour venir piquer la caisse. C'est de la graine de délinquant.

– Vous n'en savez rien. Et figurez-vous qu'il m'a déjà bien aidée à la boutique. Il cherche simplement à gagner sa vie, il n'a rien fait de mal.

Il éclate de rire.

– Si vous avez envie de tenter le diable, faites-vous plaisir ! Mais ce sera sans moi. Ne revenez pas ensuite vous plaindre que vous avez été cambriolée.

Choquée, je ne lui laisse aucun pourboire et me rends directement au shop de Call.

Alors que je dispose sur le comptoir les boîtes en carton contenant nos plats, je n'arrive pas à m'ôter de l'esprit les paroles du restaurateur. Je déteste les préjugés. Call me caresse la joue pour me faire revenir à lui.

– Qu'est-ce qui te tracasse, Miss ?

– C'est Jammal.

– Jammal ? Mon Jammal ?

Je lève la tête.

– D'abord, ce n'est pas ton Jammal, c'est le mien. C'est moi qui lui ai demandé de nettoyer mon rideau en premier.

– Et moi, je lui ai offert son premier job.

Je lui tire la langue et pique le dernier samosa.

– Bref, il fait le tour du quartier pour trouver du travail. Oui, un 1er janvier, je sais, ajouté-je en voyant sa moue étonnée. Et… il s'est fait jeter par le traiteur d'en face.

– Ça ne m'étonne pas. Il n'aime personne, le père Chang.

– Il m'a dit que le gosse faisait du repérage pour lui piquer la caisse.

Call se renfrogne.

– Tu l'as cru ?

– Hein ? T'es barge ? Pourquoi je l'aurais cru ?

– Parce que t'es une petite oie blanche avec un magasin de nana.

– Et alors ? Je dois forcément être raciste ?

Il m'agrippe par la taille pour me faire asseoir sur ses genoux.

– Non. Ce que je veux dire, c'est que dans le quartier, il y a souvent des vols, des tags, et les gens se méfient des jeunes qui traînent dans les rues la plupart du temps, tout comme c'est plus facile de se méfier d'un Noir dans le métro plutôt que d'une petite blonde qui te piquera ton portefeuille sans que tu le saches. Tu ne peux pas savoir comme j'ai galéré quand je cherchais du taf, gamin.

– C'est injuste ! C'est à cause de ça que les jeunes tournent mal, quels qu'ils soient. Pour peu qu'ils n'aient pas le look BCBG, on les stigmatise et les catalogue comme délinquants. Ils essaient de s'en sortir, personne ne leur tend la main.

Call m'embrasse dans le cou.

– Tu proposes quoi, Wonder Woman ?

– Je ne sais pas encore, mais je vais trouver !

– Je te fais confiance.

CHAPITRE 41

JAVIER

Jamais les quatre étages qui mènent chez Li ne m'ont paru si hauts. Il faut dire que j'attends ce moment depuis l'instant où elle a quitté la maison de ma mère. J'aurais voulu l'emmener chez mes grands-parents et la présenter à toute la famille mais elle a décliné, encore trop bouleversée par la dispute avec sa sœur.

J'arrive sur le palier, mais je suis surpris de trouver la porte entrebâillée. Michel, le serrurier qui intervient lors de nos perquisitions, est en train de changer le verrou de l'appartement.

– Voilà Capitaine, c'est terminé, lance-t-il à Li.

– Nickel, merci Michel, répond-elle depuis l'intérieur de son appartement.

L'homme s'approche de moi et chuchote, en posant une main sur mon épaule :

– Bonne année mon vieux, et bon courage, elle n'a pas la forme, la gamine.

Je salue Michel et avance dans le couloir, surpris d'entendre l'aspirateur. Quand Li se lance dans un grand ménage, c'est rarement bon. Je ferme la porte derrière moi, longe la cuisine et l'aperçois de dos, affairée après un tapis sur le seuil de la chambre de Mare.

– Li ?

Elle se relève en sursaut et se retourne vers moi. J'écarquille les yeux. Li dans une de ces grenouillères d'intérieur, imitation Bugs Bunny, des gants de nettoyage violets à paillettes, une bouille rougeaude d'avoir trop pleuré, les cheveux divisés en deux zigouigouis collés en macarons au-dessus de chaque oreille. OMG. La situation est des plus graves.

– Tu vas bien mon lapin ? lui demandé-je en la détaillant de la tête aux pieds.

Je suis vraiment un crétin. J'imaginais qu'elle avait passé tout l'après-midi à se pomponner pour notre première nuit d'amour. J'avais une version de ce costume bien plus sexy en tête. Au lieu de ça, j'ai devant moi une petite lapine atteinte de myxomatose. En même temps, vu le choc qu'elle a dû encaisser, évidemment qu'elle avait autre chose à penser.

– Je remets un peu d'ordre, dit-elle en tirant vers elle le traîneau de l'aspirateur. Mareva est venue récupérer ses affaires pendant que je n'étais pas là mais elle a laissé un foutoir pas possible. Alors je range derrière elle, comme je l'ai toujours fait, grommelle-t-elle, évitant mon regard.

J'ai de la peine pour elle. J'attrape son menton mais elle tente de donner le change :

– T'inquiète, depuis le temps que je voulais reprendre ma vie tranquille. Bon débarras.

– Arrête ces foutaises. Tu as le droit d'être triste.

Elle pouffe, amère, avant de me dire, au bord des larmes :

– C'est terminé, je ne veux plus en entendre parler, et de ma mère non plus. J'aurais dû couper les ponts il y a des années. Je commence à comprendre pourquoi mon père s'est tiré.

– Ton père est un connard. C'est la seule raison à son départ.

Li lève les yeux vers moi, un peu blessée parce que je ne vais pas dans son sens. Je la connais suffisamment pour savoir qu'elle est parfois trop impulsive et je préfère calmer le jeu. J'ai du mal à croire qu'elle pourra rester loin de sa mère et de sa sœur bien longtemps. Il vaut donc mieux que je la tempère pour lui éviter d'aggraver la situation.

– J'ai amené de quoi manger, lui dis-je gentiment en lui montrant la grande boîte de pizza que je porte sous le bras.

Elle me fixe, encore contrariée.

– Merci, mais je n'ai pas faim.

– Ça attendra que tu arrêtes ton ménage. Je vois que Mare a oublié quelques affaires à elle, dis-je en essayant de retirer les horribles gants en caoutchouc de ses mains. Il n'y a que ta frangine pour acheter des trucs pareils. Et cette tenue ?

– C’est un de mes cadeaux de Noël.

– Un cadeau de ta frangine ?

Elle baisse les yeux sur sa combinaison en moumoute.

– Oui.

– Rappelle-moi de lui péter les dents quand on la verra. Et t’as eu quoi d’autre ?

Elle se met à rougir.

– Quoi ? insisté-je.

– Un… un sex-toy.

J’imagine le moment où elle a dû ouvrir son paquet devant sa mère. J’éclate de rire.

– Mais je ne m’en suis pas servie.

– Ah ? m’amusé-je à lui demander en me rapprochant d’elle. Tu aurais peut-être dû, surtout en pensant à moi.

Elle s’empourpre comme une gamine. Je pose la pizza sur une console et fais un pas de plus vers ma petite Li toute triste. Je m’amuse à détacher ses étonnants petits chignons et à voir sa chevelure retomber en cascade sur ses épaules. Sa respiration s’emballe et ses yeux papillonnent. D’une main agile, j’attrape le zip et dépouille mon petit lapin de son abominable fourrure, découvrant ma Li dans une petite brassière de sport beaucoup plus sexy. Je la tire d’un coup sec vers moi et enfourne aussitôt une main dans sa combinaison pour me saisir de ses fesses rondes et bien fermes. Elle lâche un hoquet de surprise mais je me jette sur ses lèvres avec une faim exacerbée pour ce petit gibier. Ni une ni deux, je la soulève du sol et l'embarque vers sa chambre. Fini, les histoires des sœurs Sorel. Pour ce soir, Li sera toute à moi.

Une fois dans sa chambre, je la repose sur le sol sans lâcher ses lèvres si douces. J'approfondis notre baiser à mesure que mon désir se fait plus violent. Je lui retire sa tenue informe pour la contempler, en sous-vêtements. Je mords ma lèvre pour me retenir de la dévorer. Elle est somptueuse, et je la veux depuis tellement longtemps.

– Lève les bras, lui ordonné-je gentiment.

Elle rougit et obtempère. Je lui retire son soutien-gorge et la dévoile dans ce qu'elle a de plus beau, sans artifice. Elle semble gênée, mais je ne détourne pas le regard. Je crois que Li ne s'est jamais exposée comme ça devant un homme. Je lui souris et repose mes lèvres sur les siennes. Mes mains s'emparent de ses seins et elle gémit contre ma bouche. Je les caresse, les apprivoise. Ils sont parfaits, divinement doux et fermes. Dans mes mains, ils se font plus volumineux, leurs tétons durcis et réceptifs. Je mordille ses lèvres, envahis sa bouche.

L'une de mes mains glisse sous son shorty et caresse ses fesses. Putain, je la veux tellement. Je la fais reculer contre le lit tandis que je me débarrasse avec empressement de mes godasses et de mes chaussettes. Mon sweat et mon tee-shirt finissent sur le sol sous le regard hypnotisé de ma belle princesse. Je défais ma ceinture et ouvre mon fute, puis je l'embarque avec moi sur le lit, aussi fragile qu'une poupée en porcelaine. Elle me scrute, les mains toujours en l'air, comme si elle n'osait pas me toucher. Je l'embrasse à pleine bouche et je la sens se raidir. Paul et tous ceux qui n'ont pas été capables de l'aimer ont laissé des traces. Mon ventre se tord mais ce soir, elle découvrira dans mes bras les vraies douceurs de l'amour. Je la laisse se faire à la présence de mon corps au-dessus d'elle, pour qu'elle vienne d'elle-même vers moi. J'ai confiance en ce qu'elle ressent pour moi, je sais qu'elle y arrivera.

Je redouble de tendresse, j'embarque sa bouche dans des baisers savoureux, délicatement enivrants. Elle me rend cette douceur infinie, puis dévie vers une sensualité à me faire perdre raison. On s'embrasse un long moment, affamés, nos lèvres se susurrant de doux mots d'amour. Je dévale le long de sa gorge, m'abats sur ses seins fabuleux, et elle me fait place entre ses cuisses. Je gémis à mon tour quand mon sexe se retrouve contre le sien. Je suçote ses tétons qui pointent, les savoure ; ce sont les plus beaux seins que j'aie tenus dans mes mains. Ils sont si parfaits que je pourrais passer des heures à les baiser, les contempler. Ses doigts se mêlent à mes cheveux et je frissonne de plaisir. Ma Li me rejoint enfin.

Je dépose de longs baisers sur son ventre, me perds dans son nombril avant de découvrir sa féminité déjà vibrante. Je tire sur le tissu de son shorty et la dénude complètement sous son regard timide.

Un tatouage est dessiné tout près de son pubis : une rose traversée d'une balle. Je ne serais pas étonné d'apprendre son lien avec Paul. Je l'effleure du bout du nez et l'embrasse tendrement, laissant le bout de ma langue aspirer sa peau délicieusement parfumée. Elle semble quelques secondes aux prises avec une émotion qu'elle a du mal à contenir. Je voudrais lui faire oublier ce mal qui la ronge depuis tant d'années, recouvrir d'un baiser tout ce gâchis et lui donner l'amour qu'elle a toujours mérité. Sans quitter son beau visage, je me saisis de sa cuisse et frotte ma joue contre la guêpière de dentelle tatouée sur sa peau fine. Je dessine les contours du revolver avant de laisser ma langue se balader jusqu'à l'intérieur de son genou. Elle plisse les yeux de plaisir. Je crois que ces deux tatouages ont un sens bien plus profond pour elle que de simples traits d'encre qui noircissent sa peau. Une mise en garde pour celui qui voudra encore lui faire du mal. Je ne serai pas celui-là. Je serai celui qui la guérira de tout. Je file entre ses cuisses et m'empare de son sexe avec un désir que je ne contiens plus. Surprise, elle pousse de petits cris chaque fois que ma langue souligne l'arrondi de son clitoris.

Je relève les yeux et savoure ce que je vois d'elle. Son ventre plat, délicieusement musclé, ses beaux seins ronds qui se tendent de désir. Le sillon qui les traverse et me mène directement à une vue sensuelle sur sa gorge et son cou. Sa mâchoire fine et ses lèvres entrouvertes laissent échapper des râles d'extase. Livrée ainsi, elle est encore plus belle. Je continue à savourer le goût délicieux de son plaisir, ce petit bout de chair qui se gonfle sous mes coups de langue et qui la rend impatiente. Je la veux dans tout ce qu'elle est, je la respire comme le seul air capable de me faire vivre aujourd'hui.

– Viens. Javier, viens, me souffle-t-elle, tirant sur mon cou.

Pas besoin qu'elle me supplie. Je vire mon jean et mon boxer, sans oublier de prendre les capotes que j'avais dans ma poche. Je me couvre sous son regard incandescent et mon sexe gonfle à m'en faire mal. Ses mains se posent sur mes pectoraux et glissent vers mes abdominaux, alors qu'elle mordille sa lèvre d'envie. Putain, elle est torride.

Je me loge entre ses cuisses avant de plonger d'un coup en elle, le corps frissonnant d'un désir difficilement soutenable. Je lâche un rugissement presque bestial avant de me laisser retomber sur ses lèvres offertes. J'envahis sa bouche avec passion tout en basculant plus loin, et elle s'agrippe à mes épaules en subissant mes assauts avec un plaisir qu'elle exprime à coups de « mon Dieu », « Javier » et « oui, encore ». Je ne veux plus faire qu'un avec elle et j'enchaîne des va-et-vient profonds et lents qui l'embarquent dans une fièvre brûlante. La voici, la vraie Li, celle que j'attends depuis tellement longtemps. Je viens de briser cette carapace qui la protégeait du monde incapable de l'aimer. Elle est à moi. Personne ne pourra plus jamais l'atteindre sans me trouver d'abord sur son chemin.

Ses cuisses se redressent, ses doigts pressent mes fesses. Elle me veut, je suis à elle. Je la bouscule, je lui fais l'amour, et une larme s'échappe sur sa joue. Je l'aime comme jamais personne ne l'a aimée, elle le sait maintenant. Ses yeux se ferment, son visage irradie. Elle vacille. Sa bouche s'entrouvre, elle est en apnée, attendant sa délivrance. Elle se fige, me serrant contre elle à m'en rendre dingue, et je la rejoins dans un orgasme puissant avant de savourer de nouveau le goût de ses lèvres parfaites.

– Je t'aime ma Li, susurré-je, encore aux prises de mon plaisir.

Elle caresse ma joue avec une féminité époustouflante et me répond avec un sourire libéré :

– *Te quiero mi Javier*.

Mon cœur s'anime en un rythme quasi militaire qui tonne dans tout mon corps. La raison ? Je suis heureux. Et je ne l'ai jamais autant été.

Il nous faut quelques minutes pour revenir sur terre et presque une heure pour se détacher l'un de l'autre. Aucun de nous ne veut quitter le lit et se décoller du corps de l'autre. On se caresse, on se découvre ; on s'aime, tout bonnement. On dîne sous les draps, somnolant devant des séries d'horreur sur Netflix.

– Au fait, qu'est-ce qu'elle a voulu dire, ta sœur, quand elle a parlé d'un pari entre vous ?

Li me regarde, étonnée, avant de répondre tranquillement :

– Le *Sister Pact* ? Quand on était ados, on s'est promis après une énième retransmission des *Miss France* qu'on devait se trouver un mec avant nos trente ans. Sinon, on est condamnées à vivre le reste de notre vie avec notre mère. T'imagines le cauchemar.

Je souris avant de me mettre à rire en voyant la grimace de Li.

– J'ai toujours pensé que j'allais perdre ce défi. J'ai déjà réservé la chambre d'à côté pour ma mère.

– Vraiment ?

– Oui. Mon avenir s'annonce très sombre, glousse-t-elle.

– Viens par ici, dis-je en la ramenant au-dessus de moi. Je t'annonce que tu ne perdras pas ce défi, je te le promets. Cette pièce à côté, je la veux pour me faire une salle de jeux.

Elle se met à rire avant de frotter langoureusement son sexe contre le mien. Je ronronne, prêt à savourer un deuxième round. Assise à califourchon sur moi, nue, ses jolis seins en forme de poire qui pointent vers moi, elle est magnifique. Si belle avec ses joues légèrement rosies, ses yeux noisette en amande et sa bouche gonflée de nos baisers. Quand elle plonge vers moi, mon cœur loupe un battement. C'est certain, Li est l'amour de ma vie.

CHAPITRE 42

LI

Je descends de la voiture de Javier et avance, tout sourire, sur le parking du commissariat. Je jette un regard par-dessus mon épaule et il est là, juste derrière moi, à me détailler en mordillant sa lèvre avec un sourire lascif. Il m'attrape furtivement, me ramenant contre lui, m'embrassant dans le cou. Je frissonne. Pas besoin de fermer les yeux pour revoir les images de notre tête à tête sensuel ce matin sous la douche. Il se détache de moi et me dépasse sans avoir oublié au préalable de me pincer une fesse. Il se retourne et continue à avancer devant moi à reculons.

– Cette journée va me paraître bien longue, vivement ce soir qu'on se retrouve tous les deux. J'ai quelques idées pour notre soirée. Des positions à expérimenter.

Je rougis avant de repousser son épaule pour reprendre un pas dynamique.

– On est au boulot. On ne se connaît plus, on ne se touche plus.

Javier se met à rire. On passe devant le vigile qui discute avec le gars de l'accueil.

– Salut Christophe, salut Denis, lancé-je avec un sourire léger.

– Bonjour Capitaine.

– Salut les gars, ajoute Javier. Vous parlez encore du cul de la standardiste ?

– Comme toute bonne journée qui commence, répond l'un d'eux avant de se mettre à rire.

– Pas question de mater le mien, les menacé-je en jetant un regard noir.

– Jamais celui d'une femme armée, répond Christophe. Trop dangereux !

– Sérieux, j'hallucine de voir qu'au XXIe siècle, il y a encore des mecs comme vous deux. Je crois bien que les Cro-Magnons étaient plus gentlemen ! Faut évoluer les gars, #MeToo !

Les deux protestent avant de se remettre à rire. *Décidément, il y a encore du boulot !*

– Moi je ne vais pas me gêner, murmure mon coéquipier.

– Te gêner pour quoi faire ?

– Mater ton derrière.

Je lève les yeux au ciel et il se marre dans mon dos. Il y a encore beaucoup trop de comportements déplacés au commissariat. Il va falloir que je mette le holà. Entre les racistes, les alcoolos et les libidineux, il y a du ménage à faire au sein de la police.

Dommage que cette tache revienne encore à la gent féminine. Quand il est question de ménage, on compte toujours sur nous. Je m'engouffre, agacée, dans la cabine d'ascenseur, mais quand j'entends les deux fonctionnaires siffler une collègue qui arrive, je reviens sur mes pas et crie :

– Vous deux, dans mon bureau à la fin de votre service pour une explication de texte !

L'un continue à se bidonner mais l'autre perd son sourire.

– Oui, capitaine Sorel.

Je reviens vers l'ascenseur où Javier m'attend, médusé.

– Franchement, j'en ai ras le bol des attitudes pareilles ! Je t'interdis de rentrer dans leur jeu.

– Tu m'interdis, ricane-t-il. Je n'ai pas le droit de faire ça ?

Les portes se referment et il se jette sur moi. Sa bouche s'empare de mes lèvres, ses mains me ramènent à lui, collant mon bassin contre son sexe. Je gémis d'envie. On a pourtant passé toute la journée d'hier au lit à faire l'amour, et je ne compte pas les instants brûlants sous la douche et le petit déjeuner bestial sur le plan de travail de la cuisine. Javier. Rien qu'à prononcer son prénom, j'ai envie de sexe.

– Si, ça, tu peux, soufflé-je. Je t'ordonne de le faire.

Javier se met à rire.

– À tes ordres, Captain.

Les portes coulissent et il s'écarte, me scrutant malicieusement alors que je réajuste mes cheveux et ma veste en cuir. Un coup d'œil vers le miroir : je suis rouge feu. Ça promet.

– Salut Javier, bonjour Capitaine, nous interpelle Bernard depuis la cafetière.

– Bonjour à tous, réponds-je.

– Les écoutes d'hier sont tombées. Vous jetterez un coup d'œil sur celles de Darla, je n'aime pas trop ce que j'ai lu.

– OK. Pas de nouvelle de la Lame ?

– Si. Sur les écoutes de Piotr Korgay, il est question de lui. Ils ont chopé un de ses cousins, un garagiste connu pour du petit trafic de stups. Un certain Kevin Lefroid. Il aurait été très bavard. On s'est renseignés, il a été admis à La Pitié-Salpêtrière hier soir. Multiples fractures des jambes, blessures par arme blanche au visage. Selon Korgay, Roman Lefroid serait en Ukraine, il chercherait Lana.

– Lana ? Tu es vraiment sûr ?

– Oui.

– Tiens, c'est plutôt étonnant. Il ne sait pas qu'elle est morte ?

– Apparemment non.

Le bras droit du Tchétchène n'est donc pas au courant. Ça n'arrange pas mes affaires s'il n'a pas assisté à la scène, parce que je suis sûre qu'elle est morte des mains d'Anton Kurbanov. Je ne lâcherai rien tant que je n'arriverai pas à le confondre.

– Prends Louise avec toi et va interroger le cousin à l'hôpital. Je veux des informations complémentaires sur la Lame. Je veux le contacter, passer un deal avec lui. Qu'il me file son numéro de portable.

J'avance vers mon bureau. Barbie croise Javier et se jette à son cou pour lui faire la bise.

– On se souhaite la bonne année ?

– Ouais, bonne année ma belle.

Je grimace. Je n'aime pas être jalouse. Je me souviens bien trop du temps où je l'étais lorsque Mare était avec Paul, combien ça faisait mal, alors je ne veux surtout pas m'aventurer sur ce terrain-là.

– T'as une tête de déterré, dit-elle en posant sa main sur sa joue.

Elle va arrêter de le tripoter, bordel de merde !

– Bonne année, patron, m'interrompt Louise, qui s'apprête à sortir du bureau.

– Oui, bonne année, m'écrié-je à l'attention de tous. Je suis désolée, je suis un peu sur les dents avec cette affaire. Mais je veux du résultat, alors au boulot, les gars !

Je tape dans mes mains pour activer la cadence de mes troupes. Barbie a à peine quitté Javier des yeux qu'il reprend, se sentant obligé de se justifier :

– Ouais, j'ai peu dormi les deux dernières nuits, répond-il en affichant un sourire lumineux.

Elle se met à bouder.

– Une nouvelle conquête à ton tableau de chasse ?

– Il n'y aura plus de tableau de chasse pour moi. C'est fini tout ça. Je suis rangé.

Je m'assieds derrière mon bureau, comme si je n'écoutais pas leur conversation. Je suis de toute façon incapable de tenir debout après ce qu'il vient de dire.

– Rangé ? répète-t-elle en éclatant de rire. Tu n'arriveras pas à me faire gober ça. Enfin, t'as déjà réussi à me faire gober autre chose.

Je me fige, soufflée par cette allusion déplacée. Javier se met à toussoter, visiblement gêné. Il me jette d'ailleurs un regard inquiet mais je me contente de faire la tête, comme tous les matins, en attendant que mon ordi s'allume.

– Je ne te donne pas une semaine pour revenir me supplier de passer la nuit avec moi quand ta nouvelle nana t'aura plaqué.

– Oublie-moi, l'envoie-t-il bouler alors que je commence à m'agiter sur mon siège.

– Barbie, au lieu de faire chier Javier, tu pourrais vérifier si on a reçu les analyses ADN du fœtus de Lana ? J'aimerais bien qu'on se concentre sur l'enquête, s'il te plaît.

– Oui, Capitaine.

Je l'ai bien entendue acquiescer, alors pourquoi est-elle encore là ?

– Autre chose ?

– Beaulieu vous convoque, Javier et vous, pour vous interroger sur le gros pervers de la casse auto.

– Qu'il aille se faire voir, je n'ai pas le temps.

– C'est ce je dois lui répondre ?

– Tu lui réponds ce que tu veux du moment qu'il nous lâche le temps de boucler cette enquête. Un peu d'initiative ! dis-je en secouant la main pour lui faire signe de déguerpir.

Une fois qu'elle est partie, Javier tente d'attirer mon attention mais je refuse délibérément de le regarder. Je n'ai pas envie qu'il découvre mes yeux emplis de jalousie.

– Pstt !

Je fais celle qui n'entend rien et pianote sur mon clavier pour déverrouiller ma session.

– Li, je n'ai couché qu'une seule fois avec elle, chuchote-t-il de l'autre côté de la table.

– C'est une fois de trop.

– Toi, tu t'es bien laissée attraper par Beaulieu, me reproche-t-il. On est quittes.

Je glousse avant de lever les yeux vers lui et de plonger dans son regard gris tempête.

– La jalousie est un vilain défaut, osé-je lui répondre, de pure mauvaise foi. Tu recevras dix coups de bâton pour ça.

– Un plan SM, pourquoi pas ! Je n'y avais pas pensé.

– Oublie ça tout de suite, t'es pas milliardaire et t'as pas d'hélico.

– Mais j'ai l'Audi.

On éclate de rire.

Je plonge dans les e-mails et les rapports de planque et d'écoutes. Cela fait déjà un moment que le gang est sur écoute téléphonique grâce aux numéros que nous avons obtenus la dernière fois. La toile s'est agrandie à mesure qu'ils ont reçu des appels intéressants. Je vais vite vers la retranscription des écoutes de Darla et au bout de quelques lignes, je comprends qu'elle en a après Call pour leur rupture brutale et inexpliquée. Je passe les commentaires sur son anatomie et ses performances sexuelles, lisant les détails en diagonale, quand mon regard se plante sur un prénom. Mare. Mare est citée par cette pouffiasse. Je remonte quelques lignes et découvre les intentions de Darla à son sujet. Mon cerveau ne fait qu'un tour et je me relève, raide comme un piquet.

– Il faut que j'aille voir Call.

– En pleine journée ? Ce n'est pas très intelligent.

– Je n'ai pas le choix. Je me ferai faire un tatouage s'il le faut.

– Je t'accompagne, dit-il en se levant à son tour.

– Non j'y vais seule.

Une demi-heure plus tard, je me gare devant la boutique de Mare. Cette dernière est déjà là, occupée à ranger une étagère. Je ne peux réprimer un sentiment de tristesse. J'ouvre le coffre de ma voiture et attrape un gros carton : les quelques affaires que Mare a laissées chez moi. Autant faire d'une pierre deux coups. Elle se retourne lorsqu'elle entend ma portière claquer et me découvre devant la vitrine. Ses yeux s'arrondissent et sa bouche se déforme de colère. Pas la peine de pénétrer dans l'antre du diable. Je la toise avec dédain et lâche le carton devant sa porte. Ensuite, sans attendre sa réaction, je fais quelques pas et pénètre dans le salon de Call.

Ce dernier se penche lorsqu'il entend la sonnette d'entrée et fait grise mine en croisant mon regard déterminé. Je jette un coup d'œil sur les cadres au mur et détache celui qui contient la photo de ma cuisse. De mes doigts agiles, je retire la photo et jette le cadre vide sur une étagère un peu plus loin.

– Qu'est-ce que tu fous ici, Li ? demande-t-il. Tu veux que j'aie des emmerdes ou quoi ? Il y a toujours un ou deux Tchétchènes qui traînent dans la rue, dit-il en baissant d'un ton.

– Je suis déçue, Call. Je pensais qu'on était potes, toi et moi, que tu ne me laisserais jamais tomber, surtout avec ce qui est arrivé au petit Soan. Que tu voulais la même chose que moi, jeter tous ces pourris derrière les barreaux…

– Écoute…

– Au lieu de ça, tu préfères roucouler avec ma sœur.

– Ne mêle pas ta sœur à ça.

– J'espère que vous serez heureux, que vous aurez le blabla habituel, un mariage, plein d'enfants.

Call lève les yeux au ciel, visiblement agacé.

– Ta sœur a besoin de moi. Je suis tatoueur, pas justicier. C'est à toi et tes collègues d'arrêter les Tchétchènes. Cela ne me concerne pas. Fais ton taf et enferme tous ces connards.

Il est mignon. Comme si c'était si simple.

– Je n'y arriverai pas si je n'ai pas quelques mecs comme toi pour jouer les balances.

– Trouve-toi un autre pigeon.

Il retourne derrière le comptoir de sa boutique.

– Darla n'est pas contente du tout, poursuis-je.

– Je m'en suis chargé. Darla n'est plus un problème.

– Si, Darla est devenue un gros problème. Un très gros, même, qu'il va falloir que tu règles au plus vite, m'énervé-je. Je t'avais demandé de rester loin de ma sœur mais tu n'as pas pu te retenir de jouer les jolis cœurs.

Il me lance un regard furieux.

– Je ne voulais pas que tu l'approches.

– Je fais ce que je veux avec Mare. Je baise qui je veux et ça ne te regarde pas.

– Tu baises avec qui tu veux si ça ne met pas ma sœur en danger, rétorqué-je en pointant un doigt vers lui. J'ai mis Darla sur écoute. Elle compte s'en prendre à la blondinette qui a la boutique à côté de ton shop. Elle est certaine que tu couches avec. Elle va lui défoncer la gueule.

Call blêmit, perdant son joli teint chocolat.

– Je t'assure que s'il arrive quoi que ce soit à ma sœur, je t'émascule et je cuisinerai tes couilles en ragoût pour les faire bouffer au chien de ma mère.

J'entends la cloche de la boutique signaler l'arrivée d'une personne. Je me retourne et tombe nez à nez avec Mare qui me toise avec animosité.

– Il y a un problème ? demande-t-elle en mettant ses mains sur ses hanches.

Dans ses yeux, je ne lis que déception et colère. J'ai envie de pleurer comme une gamine mais je me renfrogne aussitôt. En partant, je la frôle de près et lui donne un coup d'épaule comme j'aime le faire avec les petites frappes des cités, la faisant reculer d'un pas. Par-dessus mon épaule, je lance, à l'intention de Call :

– Si tu rates ce que je t'ai demandé, tu peux mettre la clef sous la porte et prendre un billet d'avion pour l'Amérique du Sud.

Je sors de la boutique et expire d'un coup tout l'air que j'ai retenu depuis l'entrée de Mare dans le salon. Je découvre une enveloppe blanche sur mon pare-brise ; je reconnais les pattes de mouche de ma sœur.

Cette enveloppe était
un de tes cadeaux de Noël !

Je monte dans ma voiture et décachette le pli. Dedans, une carte d'une salle de sport : « Bon pour une semaine de cours de pole dance ». J'hallucine, ce sont ceux de Darla ! Immédiatement, je prends mon téléphone portable et appelle Javier :

– J'ai un plan pour approcher Darla et lui soutirer des infos, lui annoncé-je subitement.

– Lequel ?

– Je vais prendre des cours de pole dance.

CHAPITRE 43

MARE

Je regarde ma sœur s'éloigner en me massant l'épaule avant de reporter mon attention sur Call. Il se détourne d'un air gêné.

– Qu'est-ce qu'elle te voulait ? demandé-je, agressive.

Je suis vexée qu'elle ait choisi de venir le voir plutôt que de m'affronter. Il hausse les épaules et désigne le cadre posé un peu plus loin :

– Récupérer sa photo et me mettre en garde.

– En garde ?

Il se tait, ce qui a le don de m'agacer :

– J'y crois pas, elle est venue te demander de rompre avec moi, c'est ça ?

J'attends qu'il me contredise mais il se contente d'avancer vers moi et de me prendre dans ses bras.

– Elle s'inquiète, c'est tout. Tu restes sa sœur.

Il embrasse le sommet de mon crâne tandis que je le serre contre moi sans comprendre. Qu'est-ce que cela peut bien faire à Li que je sorte avec lui ? Call finit par se détacher de moi et murmure :

– Tu ne devrais pas laisser ta boutique sans surveillance.

Quelque chose dans le ton de sa voix me fait lever les yeux. Je sonde son regard, j'y lis de l'inquiétude et du doute. J'aimerais rester, le rassurer, quoi que lui ait balancé Li. Ça ne doit pas l'atteindre.

– Call, je…

– Bonjour, c'est ouvert ?

– On en reparle plus tard, dit-il avant d'aller accueillir son client.

Je regagne mon magasin, non sans avoir récupéré mon carton posé sur le trottoir, preuve que tout est fini entre ma sœur et moi. Je soupire. J'aurais aimé qu'elle rentre, qu'on essaie de discuter, qu'on s'engueule, qu'on se jette des trucs ; ce froid glacial qui s'est installé entre nous me dévore de l'intérieur. Je souffle un bon coup et m'attelle à feuilleter le catalogue des prochaines sorties de kits créatifs. J'ai demandé au siège l'autorisation d'aménager un espace à destination des enfants et ils ont accepté. En fonction des résultats, ils déploieront l'initiative sur les autres franchises. Je suis en train d'hésiter entre un kit de mosaïques sur les dinosaures et un autre sur les pirates quand le téléphone de la boutique sonne.

– Do It Yourself, Mareva, bonjour !

– Mareva Sorel ?

– Oui, qui est à l'appareil ?

– Bertrand Clain, je suis le patron de votre mère.

Mon cœur rate un battement.

– Que se passe-t-il ?

– Votre mère n'est pas venue travailler, n'a prévenu personne et nous n'arrivons pas à la joindre. Cela ne lui ressemble pas et je m'inquiète un peu.

– Vous avez essayé sur le fixe ? Elle oublie souvent de mettre en charge son portable.

– Oui oui, nous avons essayé.

Je sens au ton de sa voix qu'il se fait réellement du souci.

– Pourquoi êtes-vous si inquiet ?

– Écoutez, la dernière fois qu'elle n'est pas venue sans prévenir, c'était suite au départ de votre père et… et elle était dans un sale état.

Le pharmacien me fait culpabiliser et j'hésite à faire demi-tour pour faire un saut rapide chez elle. Puis je me rappelle qu'elle est la reine du mélodrame et je choisis d'honorer mon rendez-vous chez le psy. À tous les coups, c'est encore une de ses combines pour me faire revenir vers elle.

Assise dans le canapé en cuir du professeur Huguenot, je suis lessivée. Après une demi-heure à raconter en long, encore une fois, en large et en travers le Nouvel An, j'ai épuisé toute ma réserve d'émotions. Enfin presque. Je suis toujours en colère contre ma sœur.

– Mais pas autant contre votre mère ?

– Ma mère a toujours eu tendance à vouloir me protéger, à être dans son monde, et c'est Li qui se chargeait de me faire garder les pieds sur terre. Si elle avait émis la moindre objection, je ne serais pas restée avec Paul.

– Vous êtes-vous mis à la place de votre sœur ? Paul couche avec elle avant de se mettre en couple avec vous. Elle vous voit heureuse, rayonnante et épanouie. Est-ce que vous, à sa place, vous auriez voulu détruire le bonheur de votre sœur ?

– Ça n'a rien à voir, j'étais jeune, je m'en serais remise.

– Ah bon ? Votre sœur aussi était jeune, dix-sept ans à peine, et vous êtes bien placée pour savoir que Paul est un manipulateur. N'est-ce pas envisageable qu'il ait fait pression sur Li pour qu'elle se taise comme il a fait pression sur vous pour que vous avortiez ?

Je ne dis rien. J'essaie de me souvenir d'elle à cette époque. Il est vrai qu'elle était plutôt discrète, presque effacée.

– Votre problème, Mareva, et nous l'avons déjà évoqué ensemble, c'est que vous présumez des réactions des autres sans tenir compte de leur personnalité. Vous, vous auriez avoué à votre sœur avoir couché avec son ex pensant l'aider, elle, elle a choisi de se taire pour votre bonheur.

Je secoue la tête. Je refuse de trouver des circonstances atténuantes à Li.

Comprenant que je ne suis pas encore prête à prendre le recul nécessaire, le psychologue choisit d'aborder ma relation avec Call. Je retrouve le sourire immédiatement en évoquant sa volonté de construire quelque chose avec moi et je lui annonce avoir parlé de l'avortement.

– Je vous félicite Mareva, vous avez réussi à vous ouvrir et à lui parler. Une relation saine démarre sur des bases saines et non sur des secrets.

Je me mords la lèvre. En réalité, je n'ai pas tout dit. L'avortement n'était que la partie émergée de l'iceberg. Voudra-t-il encore de moi quand je lui aurai montré ma part d'ombre ?

– Mareva. Je pense que nous avons encore beaucoup de travail à faire ensemble mais vous êtes sur la bonne voie.

Dans l'escalier qui mène à l'appartement de ma mère, je m'interroge : suis-je vraiment sur la bonne voie ? Avec Call, j'en ai bien l'impression, mais si on considère ma relation avec ma famille, on en est loin. J'ai même fait deux grands pas en arrière. C'est leur faute, en même temps ! Si elles m'avaient parlé plutôt que de me cacher des choses aussi graves, elles n'auraient pas brisé la confiance que j'avais en elles. Autant Li que maman.

Mais même si je suis toujours en colère contre elle, je dois avouer que je suis inquiète. C'est vrai que ce n'est pas du tout son genre de ne pas aller au travail sans prévenir. Qu'est-ce qui aurait pu l'en empêcher ?

J'aurais dû y aller plus tôt… J'accélère le rythme, les mains soudainement tremblantes, alors que j'essaie d'insérer la clef dans la serrure.

– Maman ! Maman, t'es là ?

Je lâche mon sac à main dans le couloir et me précipite dans le salon. Rien. Je passe à la cuisine, avise l'évier débordant de vaisselle – ce qui ne lui ressemble pas – et je continue de l'appeler. Il me semble entendre des sanglots en provenance de la chambre. Je ne peux retenir un soupir de soulagement lorsque je m'y engouffre. Agenouillée sur son lit, des photos éparpillées sur le matelas, des mouchoirs usagés sur le sol, ma mère pleure à chaudes larmes.

– Maman ? appelé-je doucement.

Elle lève les yeux vers moi et ses pleurs redoublent.

– Ma petite fille, ma tendre petite fille. J'ai tout gâché. Tout. Tu n'aurais pas dû vivre ça, et encore moins le vivre seule.

Il me faut quelques secondes pour comprendre qu'elle parle de mon avortement. La voir si diminuée me touche en plein cœur et malgré ma rancœur, je ne peux m'empêcher de vouloir la consoler. Je m'assieds sur le bord du lit et récupère en souriant une photographie de Li et de moi : je suis assise dans une brouette, et Li me pousse dans le jardin de tatie Josiane.

– Li me déteste et elle a raison. Je suis une mère atroce, pour toi comme pour elle. Tu aurais dû pouvoir m'en parler et je t'aurais aidée. J'ai été aveugle, pour moi cette histoire avec ta sœur n'était rien qu'une erreur de parcours. Je ne voulais pas que ça gâche ton bonheur.

– Maman, comment aurais-je pu accepter ça ? Si j'avais encore été avec lui, je l'aurais quitté sur-le-champ. Quelle femme normalement constituée pourrait passer outre ?

Elle ferme les yeux, puis carre les épaules. Lorsqu'elle plante son regard dans le mien, elle avoue :

– Moi. Moi j'aurais pu. Quand ton père nous a quittées pour son autre famille, j'ai prié pour qu'il change d'avis et revienne. Je lui aurais pardonné et on aurait poursuivi notre vie.

Je soupire. D'une main hésitante, elle ajuste une mèche de cheveux derrière mon oreille et poursuit :

– Tu es plus forte que moi, Mare, tu as tenu le coup et traversé tout ça seule. Moi j'en ai été incapable. Si ta sœur n'avait pas…

Elle s'interrompt avant de renifler bruyamment.

– Bref, je suis désolée. Pourras-tu seulement envisager de me pardonner ?

J'attrape une autre photo. C'est le carnaval : je suis déguisée en fraise et Li en policière. Elle fusille du regard un garçon qui me vise avec son arc en plastique, alors que je m'agrippe à elle comme une moule à son rocher. Ma mère n'est pas parfaite, loin de là, mais même si tout est loin d'être réglé, je ne peux pas lui fermer la porte. Quelque chose me dit qu'elle ne le supporterait pas.

– Oui. Oui, je pourrai finir par te pardonner, mais pas tout de suite. J'ai besoin de faire le point, d'accepter votre trahison à toutes les deux, et pour l'instant, c'est encore trop difficile.

Devant son air désemparé, je me sens obligée d'ajouter :

– On pourrait déjà commencer par déjeuner ensemble un de ces quatre, y aller par étapes.

– Oui… Oui, ce serait parfait.

Je lui suis reconnaissante de ne pas plus insister, et la colère que je ressentais jusqu'à présent se teinte de pitié et de tristesse. Elle ne pensait pas à mal, j'en suis certaine. Contrairement à Li, elle a des circonstances atténuantes. Je l'aide à ranger les photos, lui fais promettre d'appeler son patron et je sors de l'immeuble, épuisée.

Il faut que je commence à penser à moi, et que j'arrête de m'inquiéter de tous les autres. On voit où ça m'a menée. Me réconcilier avec Li, ce n'est pas encore prévu au programme, mais si jamais ça doit se faire un jour, je dois être capable de ne compter que sur moi, d'être suffisamment forte par moi-même pour ne pas m'écrouler une seconde fois si jamais un nouveau drame devait surgir et nous séparer de nouveau. Je dois reprendre confiance en moi, et ça passe par la maîtrise de mon corps ; après mon avortement, j'ai mis des mois à me réapproprier ce qui avait été détruit en quelques secondes, mais j'ai encore du travail à faire. Et vu mon état de fatigue, de l'exercice me ferait le plus grand bien. Pour ça, je viens soudainement d'avoir une excellente idée.

CHAPITRE 44

LI

Quand je passe la porte de la salle, je suis un peu nerveuse. J'ai toujours détesté ce genre de clubs de sport aseptisés où l'on prône à outrance le culte du corps parfait. J'ai toujours préféré les petites salles presque familiales qui empestent la sueur, où l'on vient pour se dépenser sans se regarder transpirer dans les miroirs recouvrant les murs. Peut-être parce que je n'ai jamais été à l'aise avec mon corps. Un temps un peu rond puis trop musclé, presque trop masculin lorsque je pratiquais le judo à haut niveau, aujourd'hui je l'accepte un peu plus mais il est toujours trop affûté. J'aurais rêvé d'un corps joliment potelé, aux formes généreuses et aguicheuses.

Je pouffe en remarquant deux hommes se jauger en coin ; c'est à celui qui aura la plus grosse masse musculaire. Une femme est collée à son téléphone portable, enchaînant les photos *workout*. Je secoue la tête. Jamais je ne prendrai un abonnement ici. Quand je soulève de la fonte en pleurant ma mère, il n'est pas question qu'on me regarde.

J'entends une altercation dans une petite salle un peu plus loin mais avant même que je ne parvienne à savoir ce qu'il se passe, un type bodybuildé m'alpague.

– Bienvenue chez Vitality !

– Bonjour, je viens participer à un cours de pole dance.

Pas la peine qu'il me fasse son numéro de charme pour me vendre un abonnement, je lui refourgue avec brusquerie ma carte-cadeau. Le coach physique me détaille avec étonnement avant de me lancer :

– Les vestiaires sont par là.

Je fais quelques pas lorsque j'entends derrière moi.

– Bonjour Monsieur, bienvenue chez Vitality.

– Merci, j'aimerais avoir quelques renseignements sur les inscriptions.

Je reconnais aussitôt la voix : Javier. Il a refusé de me laisser venir ici toute seule. Comme si je risquais quoi que ce soit avec la petite nana que s'envoie Call.

– Avec plaisir.

Je souris alors que j'avance vers les vestiaires. Je crois plutôt qu'il est jaloux à l'idée que je rencontre un de ces mecs bien gaulés qui passent leurs journées ici.

Je prends mon temps pour repérer les lieux. Devant la grande salle remplie d'appareils de torture, mon regard se pose sur un jeune homme qui soulève de la fonte et qui m'adresse un clin d'œil avant de se rasseoir pour se tamponner la nuque.

J'entends alors le type de la réception proposer à Javier d'aller se mettre en tenue dans le vestiaire des hommes afin de faire une séance d'essai. En quelques enjambées, ce dernier me rejoint et je l'entends râler dans mon dos alors que je reprends le chemin du vestiaire des femmes.

– Je ne peux pas te laisser cinq minutes, il faut que tu dragues.

– Pff, pas mon genre, il est trop musclé !

– Moi aussi je suis très musclé et je suis ton genre, s'offusque-t-il en détaillant le bodybuildé.

– Pas autant mon grand !

Je me retiens de rire alors que Javier se touche les pectoraux, comme pour vérifier. Je survole la salle du regard. Aucune trace de Darla, j'ai peur de m'être complètement fourvoyée. Ce ne sera peut-être pas elle la prof, après tout, elle ne doit pas être la seule à donner des cours.

– C'était un plan foireux, réfléchis-je tout haut. Darla ne sera peut-être pas là. Il vaut mieux partir avant de nous faire remarquer.

Javier se met à ricaner.

– J'étais certain que tu allais te dégonfler.

– Mais pas du tout.

– Je rêvais pourtant de te voir sur une de ces barres de strip-teaseuse.

– De pole dance, rectifié-je.

Je fais un pas vers la porte du vestiaire.

– Barbie est déjà en tenue, chuchote-t-il en levant le nez vers elle un peu plus loin.

Sublime comme toujours, dans sa tenue scintillante noire. Je préfère ignorer cette douloureuse réalité et pénètre dans le vestiaire. Je me désape en vitesse et passe la tenue que j'ai dénichée dans la boutique de sport près de chez moi : elle n'a rien à voir avec celle de ma collègue, mais elle me ressemble bien plus, et elle a l'avantage de laisser apparaître le tatouage de Call. À coup sûr, Darla le reconnaîtra et viendra peut-être m'aborder.

Je sors du vestiaire, un peu nerveuse, et repère la silhouette de ma collègue dans une petite pièce au fond. J'avise l'un de mes hommes en train de faire du vélo. Javier, lui, est allongé sur un banc de musculation, le coach collé à ses basques. Il m'aperçoit et à sa bouche qui demeure ouverte, je vois que je fais mon petit effet. Les conseils de ma frangine ces derniers mois m'ont été utiles pour choisir un mini-boxer parfaitement ajusté et une brassière push-up. Une tresse haute, et me voilà prête. Barbie en reste coite en me voyant pénétrer dans la salle. Je pose ma serviette et ma gourde d'eau dans un coin et avise la dizaine de nanas présentes qui commencent déjà à s'échauffer. Barbie me rejoint, faisant mine d'attraper sa bouteille d'eau. Elle me glisse tout bas :

– Plusieurs problèmes, Captain.

– J'ai dit pas de contact.

– Votre frangine est là.

– Quoi ? Mare est là ?

Je regarde le mur et fais celle qui boit. Putain, je suis dans la merde. Mare va tout faire capoter.

– Oui, et ce n'est pas tout.

Mon cœur se met à battre la chamade.

– Le Brat est là.

Je ne peux me retenir de lui jeter un regard rempli de désarroi.

– Pourquoi est-il ici ? Il est venu voir Darla ?

– C'est le patron de la salle, c'est comme ça qu'il vient de se présenter à une nana du cours. J'ai envoyé un SMS à Bernard. Il est en train de vérifier les statuts. On est dans la gueule du loup, Captain.

– OK, on ne panique pas.

Mare est là. Difficile de rester zen. Elle pourrait nous faire repérer, elle pourrait être en danger. Mon équipe aussi.

– On maintient l'opération et… on fait en sorte d'évacuer ma sœur au plus vite d'ici.

Je regarde la salle se remplir. Il y a beaucoup trop de personnes à sécuriser s'il devait y avoir une fusillade. Je me mets à trembler comme une feuille prise dans la brise.

Derrière nous, Darla fait son entrée en tapant dans ses mains. Elle jette un coup d'œil vers Barbie qui s'éloigne de moi et me toise alors que je pars à la recherche d'un tapis au plus près de ma sœur. Elle lance à l'auditoire :

– Super, je vois qu'il y a des nouvelles. Bienvenue les filles. Ici, vous allez transpirer, vous allez souffrir mais réussir à accomplir des choses que vous n'auriez jamais pensé faire un jour. Et pour les plus coquines d'entre vous, je vais aussi vous donner toutes les armes pour faire saliver vos hommes !

Les filles se mettent à rire et à taper dans leurs mains. Darla m'adresse un petit clin d'œil et je souris à pleines dents. Le ton est donné. Je repère enfin Mareva, très intimidée, toute mimi dans une tenue rose pâle qui lui donne un petit air virginal, surtout avec sa tignasse blonde angélique. Elle ne semble pas du tout dans son élément, alors que c'était pourtant son idée de venir ici. Barbie s'est installée à sa droite et je prends le tapis de gauche. Autant entourer l'éventuelle source d'emmerdes pour la canaliser au moindre dérapage.

Quand elle remarque ma présence, Mare se fige, incapable de dire quelque chose. Elle me scanne de la tête aux pieds et je dis tout bas :

– Tu ne l'ouvres pas. Je suis là pour le boulot. On ne se connaît pas. À la moindre bourde de ta part, on est tous morts.

Le visage pâle, elle tourne la tête et reconnaît Barbie, puis secoue la tête comme si je venais de lui annoncer un assaut imminent du Raid.

Darla s'égosille dans son micro-casque et annonce le démarrage de la séance par quelques étirements. Les habituées s'allongent aussitôt sur leur tapis et commencent à se contorsionner dans tous les sens. Nous les imitons dans la limite de nos possibilités. Autant avouer que Barbie est comme un poisson dans l'eau tandis que les sœurs Sorel sont déjà à la traîne après quelques mouvements. Mare ne peut s'empêcher de tourner les yeux vers moi et de rire ouvertement avant de se raviser en regardant tout autour de nous avec inquiétude. C'est clair, elle et moi, on en bave comme de vieux rats d'opéra alors que les autres enchaînent les grands écarts et les poiriers. Mare s'en tire quand même mieux que moi sauf lorsqu'il faut enchaîner les abdo-fessiers et les pompes. Là au moins, je suis plus douée qu'elle, même si je suis vite au bout de ma vie. Ces séances de torture ne sont vraiment pas pour moi ; moi, j'aime la baston, le krav-maga et la course. Ma mère a au moins raison sur un point : je ne suis pas une fille comme les autres.

Pourtant, quand Darla explique aux petites nouvelles les premiers mouvements à faire autour de la barre, je me prends vite au jeu. Mare réalise avec délicatesse tous les mouvements lascifs au sol mais c'est une tout autre histoire lorsqu'il faut se servir de la force des bras et des cuisses. Et là, contre toute attente, j'excelle pour la première fois dans une discipline de filles. À tel point que la coach me remarque très vite au milieu du groupe et vient me regarder de plus près pour me donner de précieux conseils. Elle se fige lorsqu'elle aperçoit le tatouage autour de ma cuisse, et après avoir jeté un coup d'œil méchant vers ma sœur, elle demande :

– Tu connais Call ?

Je me retiens de tourner la tête vers Mare et tremble à l'idée de ce que je vais dire pour accrocher l'attention de Darla. J'espère que ma frangine saura tenir sa langue.

– Si je connais Callixte Maurel ? Oui, malheureusement. C'est un très mauvais souvenir.

J'entends Mareva baragouiner quelque chose sur le prénom de mon indic mais je l'ignore sans ciller.

– C'est lui, le tatouage, non ? Je l'ai reconnu, la photo est affichée dans son salon, se vante Darla.

– Oui, c'est la seule chose positive qui me reste de lui.

– Il est pourtant sympa, me dit-elle en tournant autour de moi alors que je suis renversée autour de la barre.

– Si on aime les mufles, certainement.

– C'est ton ex ?

– On ne peut pas appeler ça un ex, plutôt un ancien plan cul !

Mare manque de s'étouffer et la coach se met à glousser avant de me dire en me soutenant les fesses.

– C'est la nouvelle de Call.

Je regarde ma sœur qui lance un coup d'œil glacial vers nous.

– Mauvaise pioche *sister* ! fais-je comme si je ne la connaissais pas. Tu ferais mieux de te barrer vite fait, ce mec est un queutard fini. Et quand il a fini de jouer, il passe aussitôt à une autre. Il peut même jouer sur plusieurs tableaux en même temps.

– Ça, c'est clair, il vient de me larguer pour cette blondinette pas plus tard qu'il y a deux jours. Et pourtant, la veille il me baisait toute la nuit en me promettant que j'étais la plus bandante de toutes les gonzesses qu'il avait sautées.

Mare nous toise avec dégoût l'une après l'autre avant de reprendre sa serviette et de partir vers les vestiaires, visiblement peinée. Un homme que je n'avais pas vu et qui était appuyé contre l'un des murs de la salle se redresse et vient à sa rencontre. Mes jambes flanchent et je me laisse glisser le long de la barre lorsque je reconnais Vitali Kurbanov, *alias* le Brat. Un sourire de séducteur collé à sa belle gueule de *bad boy*, il intercepte ma sœur dans sa fuite et lui dit quelques mots, accompagnant ses paroles de caresses le long d'un de ses bras. Cette dernière se détend et entame une conversation avec lui sans se douter qu'il est l'un des plus dangereux criminels du secteur.

Darla regarde tout comme moi la scène et me demande aussitôt dans le creux de l'oreille, la voix trahissant sa peur :

– Tu crois qu'il m'a entendue parler de Call ?

– Non, pourquoi ? C'est ton nouveau Jules ?

Elle se détend sensiblement.

– Non, c'est le patron de la salle.

Je continue à regarder discrètement ma sœur en la suppliant mentalement de se barrer de là vite fait.

– Finalement, c'est peut-être le beau Callixte qui sera cocu. Dommage pour cette chatte innocente, elle vient de se faire harponner par le diable.

Je jette un regard inquiet vers Javier qui vient d'apparaître sur le seuil de la salle, le coach sportif lui expliquant les différents cours dispensés. Lorsqu'il découvre mon visage tourmenté, il comprend aussitôt que quelque chose ne tourne pas rond. Il repère Mare et surtout Vitali qui continue à la baratiner, puis se raidit lorsque ma sœur s'éloigne avec le malfrat. Je suis au bord de la crise cardiaque. Mon amant m'adresse un regard entendu et les suit tranquillement jusqu'à l'espace buvette de la salle.

Il faut que je prenne sur moi.

– Elle a le chic pour attirer les beaux mecs. Il est sexy, putain ! tenté-je.

– C'est vrai, mais c'est le genre qu'il vaut mieux éviter si tu tiens à ta vie.

– Un *bad boy* ?

Darla se met à rire en m'adressant un clin d'œil.

– Il fait quoi ? C'est un tueur à gage ? ricané-je.

Elle jette un coup d'œil autour de nous avant de répondre :

– C'est un mec de la mafia russe.

J'ouvre la bouche, comme stupéfaite.

– Encore mieux.

Darla fait la moue et insiste en m'attrapant par le poignet :

– Vitali, il vaut mieux rester le plus loin possible de lui. Même à elle, je ne lui souhaite pas ça. Elle finira dans le canal comme les précédentes.

Elle met fin à la conversation en se dirigeant vers d'autres filles pour leur donner des conseils. Je cherche ma sœur du regard et je la vois alors lui dicter son numéro de portable. Mon sang ne fait qu'un tour. Je me précipite vers ma serviette où j'ai dissimulé mon téléphone pour envoyer un SMS à Call :

Viens immédiatement
à la salle de sport de Darla.
Mare est en train de flirter avec le Brat.
Je ne peux pas intervenir.

J'espère qu'il nous sauvera de ce piège qui est en train de se refermer sur nous tous.

CHAPITRE 45

MARE

Je termine de remplir le questionnaire de satisfaction, ajoutant « exécrable » en face de la description du coach, et le tends à celui qui s'est présenté à moi comme le gérant de cette salle de sport haut de gamme, tout en le remerciant encore pour son intervention. Lorsque je suis arrivée pour le cours de pole dance, Darla a pété les plombs et a refusé que je fasse partie des participantes. Heureusement, son patron est intervenu et elle a bien été obligée de fermer son clapet. Je n'avais pas prévu qu'elle serait là, mais le bon n'étant ni échangeable ni remboursable, il était hors de question de lui en faire cadeau.

– J'espère que vous ne partez pas à cause de Darla, demande Vitali avec un fort accent en jetant un œil vers le cours.

Je secoue la tête en souriant.

– Pas du tout, il faut croire que mes bras ne sont pas assez musclés, dis-je en regardant jalousement ma sœur effectuer une figure acrobatique sous les bravos des autres participantes.

– Vos bras sont parfaits, répond-il en effleurant mon épaule.

Je tressaille. Ce mec est beau comme un dieu, et la façon dont il me fixe ne laisse aucun doute sur le fait qu'il me trouve à son goût. Malheureusement pour lui, même si je suis sensible à son charme, je suis avant tout amoureuse de ce satané tatoueur qui me laisse sans nouvelles. Voilà, c'est dit, je suis amoureuse de Callixte Maurel. Callixte ! Au moins, on sera deux à pouvoir se chambrer sur nos prénoms. Je jette un coup d'œil en arrière ; ma sœur a changé de couleur depuis qu'elle me voit discuter avec le patron. Je n'en reviens pas que Li et toute sa clique soient là, ce doit être une opération d'envergure vu le nombre de flics qui jouent les sportifs. Mention spéciale à Barbie : je comprends pourquoi Li ne peut pas la piffrer. Et puisqu'elle est déjà de mauvaise humeur, autant en profiter et malmener son cœur en flirtant avec le patron.

– Je ne connaissais pas du tout ce club, je viens d'arriver dans le coin.

Je papillonne des yeux et il me regarde d'un air gourmand tandis que Javier fait mine de s'étirer.

– Je connais des endroits plus sympas et intimes où nous pourrions faire connaissance.

Son timbre rauque doit en faire craquer plus d'une, il me fait penser à un Viking et avec son air de mauvais garçon, nul doute qu'il doit avoir un sacré palmarès. Javier est immobile, tendu, il attend ma réponse. Sachant qu'il ira tout balancer à Li, je n'hésite pas une seconde :

– Avec plaisir.

Vitali fait courir son doigt sur ma peau.

– Avec vous à mon bras, je suis sûr de faire sauter la banque.

Je frémis, son ton soudainement sérieux a quelque chose de flippant. Il éclate ensuite de rire sous le regard ahuri de ses employés et se penche vers moi :

– Accepteriez-vous d'être ma… comment dit-on chez vous… ma patte de lapin ?

– Vous me proposez une virée au Casino ? demandé-je, surprise.

– Et pas n'importe lequel, le plus select.

Je hoche la tête pour faire chier ma sœur ; après tout, rien ne m'oblige à honorer ce pseudo-rencard.

– C'est réglé.

Il pianote sur l'ordinateur et affiche mon profil, que j'ai rempli au moment de la réservation des cours.

– J'ai vos coordonnées, je vous enverrai donc une voiture pour vendredi, vingt et une heures ?

Merde. Je ne m'attendais pas à ça. Bon, après tout, ce n'est pas grave, j'avais mis l'adresse de maman pour éviter que Li ne reçoive des pubs chez elle. Il poireautera devant son immeuble et il finira par partir.

– Vitali !

Le patron se retourne, visiblement agacé d'être interrompu, et baragouine quelques mots que je ne comprends pas avant de reporter son attention sur moi. Il attrape ma main et dépose un baiser sur le dessus.

– Il me tarde déjà de vous revoir, Mademoiselle.

Puis il s'éloigne, non sans un dernier regard en arrière. Je pars en direction des vestiaires, le sourire aux lèvres. Se faire draguer par un aussi beau mec, même si on est casée, c'est toujours bon pour l'estime de soi. Je retrouve sans problème mon casier et enfile rapidement mon jogging et une veste par-dessus mon body rose. Lorsque je franchis les doubles portes du club, je suis saisie par le vent frais. Un bruit de moto me fait lever la tête. J'amorce un sourire en découvrant Call, avant de voir que lui ne semble pas particulièrement heureux d'être là. Il descend de sa bécane et marche d'un pas rapide vers moi. Il m'attrape par le bras, me tend un casque et m'ordonne de grimper. Je serais tentée de l'envoyer bouler mais d'un autre côté, j'ai froid et je n'ai pas envie de prendre le métro, alors j'obtempère et m'agrippe à ses hanches, espérant le décoincer un peu. Je ne sais pas à combien il roule mais en moins de dix minutes, on arrive devant le shop. Jammal est assis devant la porte et se lève à notre arrivée. Son regard passe de Call à moi et un sourire fleurit sur ses lèvres.

– T'as pas eu de problème ? demande Call en tendant la main.

Jammal lui remet ses clefs en secouant la tête.

– Non, c'est bon. J'ai désinfecté la cabine et fermé, comme tu me l'avais demandé.

Call hoche la tête et sort un billet de sa poche.

– Pour tes heures sup.

Les yeux de Jammal pétillent.

– Merci Call ! Bon, j'y vais, à plus madame Mareva !

Je roule des yeux en entendant mon surnom.

– C'est un chouette gosse.

Call ne répond pas et pousse la porte, direction son appartement. Mais qu'est-ce qu'il a ? Si c'est pour ne pas l'ouvrir, ce n'était pas la peine de venir me chercher. Je le suis dans le couloir, silencieuse également, et une fois la porte de son appartement fermée, il explose :

– Putain de merde, Mare ! Je ne pensais pas que tu étais ce genre de fille ! Je t'ai dit que c'était terminé avec elle !

J'écarquille les yeux. Il croit que je suis allée là-bas pour voir son ex ?

– Franchement, tu me déçois, je ne te pensais pas aussi jalouse.

Moi, je le déçois ? Non mais il va avoir de mes nouvelles, celui-là. Je laisse tomber mon sac sur le sol et avance jusqu'à lui, furieuse.

– Callixte Maurel, tu vas me faire le plaisir de baisser d'un ton !

J'ai la satisfaction de l'entendre grogner à la mention de son prénom.

– Si je suis allée là-bas, ce n'était pas du tout pour tomber sur ton ex mais pour prendre un cours de pole dance. Si j'avais su que c'était elle la prof, j'aurais cherché un autre endroit. En revanche, toi, tu vas arrêter de me prendre pour une idiote et me dire clairement ce qui se passe. Pourquoi ma sœur était en planque là-bas ? Et pourquoi elle a jugé bon de t'envoyer me récupérer comme un vulgaire colis ?

Il passe une main sur son crâne, hésitant.

– Très bien, garde tes secrets, je vais me prendre un abonnement dans cette salle et j'y serai tous les soirs, ça tombe bien le patron m'apprécie. Un beau Russe tout en muscles du nom de Vitali.

Call perd d'un coup toutes ses couleurs.

– Tu quoi ? Putain… OK, assieds-toi, capitule-t-il en m'indiquant le canapé.

J'obéis sagement en ramenant mes jambes sous mes fesses tandis qu'il s'assied à mes côtés.

– Tu te souviens de Soan ? demande-t-il

Je hoche la tête. Le gamin pour qui il s'était pris d'affection.

– Après sa mort, j'ai décidé de faire quelque chose. Je ne pouvais pas rester les bras croisés. C'est à ce moment-là que j'ai rencontré ta sœur, elle était chargée de l'enquête. Les membres du gang étant très friands de tatouages, ils viennent souvent dans mon salon, et au hasard de conversations téléphoniques, ils laissent échapper des informations. C'est comme ça que je suis devenu l'indic de Li.

Il poursuit en m'avouant que Darla est l'officielle d'un des gars et que son histoire avec elle n'avait pour objectif que de lui soutirer des informations qu'il transmettait par la suite à Li. Je hoche la tête, intégrant petit à petit tout ce que cela implique pour lui et sa sécurité.

– Le mec qui te trouve à son goût est le nouveau chef du gang, Vitali, le numéro un du gang des Tchétchènes, c'est pour ça que ta sœur m'a contacté. Elle te protégeait !

Mon sang se glace. Je me souviens dans quel état était Li après être tombée sur le cadavre d'une jeune femme tuée par le gang il y a quelque temps.

– Mais c'est fini tout ça, reprend-il. Je ne veux pas te perdre, Miss.

Il encadre mon visage de ses mains et dépose un baiser sur mes lèvres.

– C'est pour ça que Li est passée au shop. J'ai décidé d'arrêter de bosser pour elle et elle voulait simplement que je fasse attention à toi et être sûre que je te protège. C'est aussi pour ça qu'elle m'a appelé, pour que je veille sur toi.

Je me mords la lèvre. Même si je sais qu'elle est forte, armée et habituée à ce genre de situation, je ne peux m'empêcher de m'inquiéter pour ma sœur. Le gang des Tchétchènes, ce n'est pas rien, et si j'en crois le nombre de flics sur place, c'est une opération risquée. Et moi ? Moi, je flirte avec le taré que tout le monde veut coffrer. Elle doit être furieuse. Furieuse et en danger. Et si Vitali s'était aperçu qu'il y avait des flics ? Et si Darla avait reconnu Li ? Après tout, peut-être qu'elle était dans les parages quand Li venait me voir à la boutique. Et s'il la découpait en petits morceaux ? Je serre les poings sur mes genoux. Call, comme s'il lisait dans mes pensées, pose sa main sur ma joue pour me forcer à le regarder.

– Miss, ta sœur est la meilleure, elle ne risque rien et tu peux compter sur Javier pour veiller sur elle.

Il a beau paraître sûr de lui, son regard se fait fuyant. J'acquiesce en silence et il m'attire à lui pour un tendre baiser. Je m'écarte ensuite, incapable de lui cacher ce que j'ai approuvé malgré moi :

– Vitali m'a demandé de sortir avec lui, et j'ai dit oui.

– Pardon ?

– Je… Je ne pensais pas y aller, je voulais juste emmerder Li mais… mais il a mon nom, mon adresse, enfin celle de ma mère, et il va m'envoyer une voiture pour m'emmener au casino vendredi.

Call se décompose sous mes yeux. Avec ce que je viens d'apprendre sur Vitali, je prends la mesure du merdier dans lequel je me suis foutue. J'envisage de disparaître, de me planquer quelque temps, mais à l'attitude de Call, je comprends que ce n'est pas envisageable.

– Ne t'inquiète pas, je vais arranger tout ça avec Javier et Li, il est hors de question que tu approches ce psychopathe.

Call me rassure comme il peut. D'après lui, Vitali m'aura certainement oubliée d'ici vendredi. Il me promet qu'il ne le laissera pas s'approcher de moi et que s'il le faut, il me planquera dans la réserve de son magasin. Les émotions de cette journée ont raison de nous et nous finissons par nous endormir dans les bras l'un de l'autre.

C'est le bruit strident de la sonnette qui nous tire tous deux du sommeil. Un coup d'œil vers la fenêtre m'indique que nous avons dû dormir une bonne partie de la journée et mon ventre qui gargouille confirme cette impression. Le *dring* retentit de nouveau et je bouscule Call doucement.

– Tu attends quelqu'un ?

Il secoue la tête mais la personne insiste, le forçant à quitter le lit. J'hésite à le suivre : après tout, nous n'avons pas encore réellement parlé de nous afficher ensemble. Des voix s'élèvent dans le salon :

– Callixte, mon chéri, tu devrais dire à tes conquêtes de ne pas laisser traîner leur lingerie n'importe où.

Je pique un fard – voici donc où était la culotte qu'il me manquait – et n'entends pas la réponse de mon homme, trop occupée à me demander si je peux m'échapper par la fenêtre. Malheureusement, la porte s'ouvre et je me retrouve face à une vieille dame au regard doux tenant dans ses mains mon justaucorps. Elle se fige en me voyant. Je prends les devants et lui tends la main.

– Bonjour madame Maurel, je suis Mareva Sorel, une…

Je jette un regard en biais à Call.

– … une amie.

Call se matérialise à mes côtés et me prend par la taille. Nous sursautons toutes les deux.

– C'est plus qu'une amie, Grand-ma.

Il n'en dit pas plus mais cela suffit pour que le visage de sa grand-mère s'illumine et qu'elle me prenne dans ses bras.

– Merci mon Dieu, il en aura fallu du temps à ce gringalet pour trouver chaussure à son pied.

Je souris. Call doit bien faire un mètre quatre-vingt-quinze pour quatre-vingt-dix kilos de muscles. On est loin d'une crevette.

– Je suis Henriette, sa grand-mère. J'ai passé la journée à cuisiner et je me suis permis d'apporter le repas, poursuit-elle en désignant les sacs en papier déposés sur la table.

– Oh… Eh bien, je vais vous laisser dîner en famille, dis-je en commençant à rassembler mes affaires.

Elle affiche un air offusqué :

– Certainement pas ! C’est la première fois que mon petit-fils me présente quelqu’un, je compte bien apprendre à vous connaître, mon samosa des îles.

Elle me rend mon vêtement et part en direction de la cuisine pour récupérer des assiettes.

– Je suis désolée, Call, si ça va trop vite, si tu veux que je rentre chez moi, tu n’as qu’un mot à dire.

Il plante son regard dans le mien.

– Reste.

Mon cœur bondit dans ma poitrine. On n’en est pas encore au « je t’aime » enflammé, mais il me fait une vraie place dans sa vie et ça, ça vaut tout l’or du monde. Au fur et à mesure de la soirée, j’en apprends davantage sur Call et le lien qui l’unit à son aïeule, et ça me bouleverse autant que ça me fait sourire : cette relation, je l’ai perdue avec ma famille, et je me rends compte à présent du point auquel avancer seule est difficile. Alors que Call s’éloigne pour prendre un appel, Henriette m’explique qu’après la mort des parents de Call dans un accident de voiture, c’est elle qui s’est occupée de lui. Elle a repris un travail à l’usine pour pouvoir lui payer des études d’art. Elle l’a élevée, et ces deux-là sont tout l’un pour l’autre. Je suis donc d’autant plus touchée lorsqu’elle me dit que je suis parfaite pour son petit-fils et qu’elle serait ravie de m’apprendre la cuisine martiniquaise.

– Ça tombe bien, j’ai un don naturel pour la cuisine. Call adore mes muffins, n’est-ce pas ?

CHAPITRE 46

JAVIER

– Vous ne pouvez pas me faire ça ! se rebiffe-t-elle, au bord des larmes. Ce n'est pas n'importe qui, c'est ma sœur.

Le commissaire la transperce d'un regard implacable. Li masse son visage de ses mains pour reprendre son calme.

– Vous décideriez la même chose si c'était votre fille Gwladys ? demande-t-elle les mâchoires serrées, braquant des yeux accusateurs sur notre supérieur.

Les deux se jaugent en silence. Même sans mots, le combat est violent. J'ai rarement vu Linda aussi crispée. Elle est prête à mordre.

– Sorel, nous n'avons pas le choix. J'ai le préfet sur le dos, s'agace le chef.

Il se penche au-dessus de la table.

– Vitali Kurbanov est responsable de plus de dix meurtres en deux semaines.

– Alors faites-le coffrer ! On sait maintenant où le trouver. Esposito et moi, on peut témoigner contre lui. On l'a vu trancher la gorge du gérant de la casse.

Elle lève le menton vers moi pour que je valide mais je demeure immobile, refusant d'aller dans son sens. Le plan du chef est la seule option possible.

– Nous ne sommes pas aux pièces, tonne-t-il d'une voix grave avec un sourire carnassier. Il a décidé de faire le nettoyage dans ses rangs. Je ne suis pas contre quelques malfrats en moins.

Il se frotte les mains avant de réajuster sa veste, qui s'écarte sur son ventre proéminent. Il reprend d'un ton qui ne souffre aucune contestation :

– Je veux absolument mettre fin à ce gros trafic de stupéfiants. Même place Beauvau, on en a entendu parler. Je n'ai pas envie de jouer ma carrière sur cette enquête.

– Alors, vous préférez jouer la vie de ma frangine.

– Votre sœur s'est mise elle-même dans cette situation.

Li se ratatine sur sa chaise malgré la fureur qui l'anime.

– Nous n'avons pas le choix Linda, interviens-je. Toi aussi tu as entendu Vitali interroger Darla sur Callixte Maurel après le départ de ta sœur. Tout le monde est en danger. Mare, mais aussi Call et Darla. Si Mareva ne va pas à cette soirée, le Brat soupçonnera Call de l'avoir empêchée d'y aller. Connaissant la propension de ce type à buter tous ceux qui se trouvent sur son passage, il n'hésitera pas à faire liquider un petit tatoueur. Et il connaît l'adresse de ta mère. Il fera vite le lien avec toi et tout contrôle nous échappera. C'est ce que tu veux ?

– Mareva n'a pas les épaules pour ça, se lamente-t-elle, blanche comme un linge. Elle va faire n'importe quoi et il va y avoir des morts.

– Tout ira bien, on la marquera à la culotte. Ta sœur se rendra gentiment à cette soirée, nous serons tous là pour la protéger. Elle fera sa chieuse comme elle sait si bien le faire, Kurbanov la trouvera insipide et la laissera repartir aussi vite qu'elle est venue. Il passera à autre chose. Il oubliera l'adresse de ta mère, il oubliera Call, et on pourra enfin boucler cette enquête.

Cette fois-ci Linda ne trouve rien à redire. Le commissaire se laisse sombrer dans son large fauteuil à roulettes et conclut :

– On est d'accord. On prépare cette soirée, je déploie des effectifs sur votre service. Compte tenu des meurtres commis, le capitaine Beaulieu et ses hommes viendront également en appui.

Linda demeure sans réaction, comme anesthésiée par les événements de la journée. Habituellement elle aurait refusé l'intervention de la Crim mais là, elle encaisse toutes les informations qui sortent de la bouche de notre chef.

– Je ne vous cache pas que votre cas commence à faire grincer des dents, Sorel. Vous n'avez plus droit à la moindre erreur. Ne nous faites pas regretter de placer des donzelles à la tête de services aussi importants que les Stups.

Elle lâche un soupir stupéfait avant de crisper ses doigts sur ses genoux pour ne pas l'envoyer balader.

– Nous n'avons commis aucune erreur, m'interposé-je. Il y a eu quelques fâcheux concours de circonstances.

– Vous êtes un peu léger, Esposito. Laisser s'enfuir le bras droit du Tchétchène et regarder un pauvre homme se faire égorger, je n'appelle pas ça de fâcheux concours de circonstances. J'appelle ça des erreurs professionnelles.

– La Lame n'était pas présente lors de l'interpellation d'Anton Kurbanov. D'ailleurs, il est introuvable malgré des planques déployées dans toute la capitale. Il est certainement à l'étranger. Et pour le gérant de la casse, nous n'étions que deux sur place. Ils étaient une dizaine, on ne faisait pas le poids. Vous vouliez perdre deux officiers de police ? demandé-je avec véhémence.

Le commissaire me scrute avec un air mauvais. Il s'abstient cependant de répondre et j'attrape le coude de ma coéquipière afin de sortir du bureau.

À peine dans le couloir, après avoir vérifié que nous sommes seuls, je pose mes mains sur les joues de Linda mais elle se débat :

– Ne me touche pas !

Elle se met à courir dans le couloir.

– Li, soufflé-je. On n'a pas le choix. Je sais que c'est ta sœur mais elle serait encore plus en danger en éconduisant Vitali Kurbanov.

Elle fait volte-face et pointe un doigt sur ma poitrine.

– Je pensais que tu serais de mon côté devant le chef, mais tu as décidé de jouer les fayots.

– Non, c'est juste du bon sens. Pour une fois, il a raison.

– Quand ma sœur se fera zigouiller au casino, ce sera du bon sens ?

– La vérité, c'est que ta sœur nous a mis dans la merde. Comme d'hab, elle est partie en vrille et c'est toi qui vas devoir rattraper le coup. Quand arrêteras-tu de la couver ?

Elle baisse les yeux, dépitée, avant de souffler un bon coup.

– S'il arrive quelque chose à ma sœur, je ne me le pardonnerai jamais.

– Tu dois te ressaisir, faire abstraction de tes sentiments. Les enjeux sont trop importants pour que tu dérailles maintenant après tous ces mois de travail. On y est presque, Li. Les gars ont besoin que tu les drives comme toi seule sais le faire.

Dans un état de stress avancé, elle va et vient devant la porte des Stups. La main dans les cheveux, elle lâche un grognement de dépit et ouvre brusquement la porte.

Bernard se précipite vers nous.

– Le directeur du casino veut bien vous recevoir dans une heure.

Li se tourne brutalement vers moi. Son regard noir me pétrifie sur place. J'essaie de me défendre :

– Je ne te trouvais pas. Le chef m'a demandé de lancer l'opération. J'ai mis Bernard et Barbie sur le coup. Je n'ai pas eu le choix, je ne suis pas capitaine.

– On en reparlera…

Je déglutis. Ses yeux me promettent un tête-à-tête musclé. J'imagine que notre soirée ne sera pas romantique. Merci Mareva, tu as le chic pour gâcher ma vie sentimentale.

En quelques minutes, Linda reprend les commandes.

– Je veux tous les plans du casino. Je veux savoir si Vitali a ses entrées à la direction, si on peut faire confiance au propriétaire. Je veux savoir si on entre en terrain ennemi ou pas.

Ça grouille autour d'elle comme dans une ruche autour de la reine des abeilles. Chacun y va de son info. Les écoutes donnent aussi : ça parle de livraisons de fard à joues, de pains de savon de Marseille. On sait que quelque chose se trame depuis plusieurs heures. Certains membres recherchent toujours activement Roman Lefroid, qui serait sur la Côte d'Azur depuis deux jours.

Une fois, les ordres donnés, elle regarde l'équipe en ordre de marche tout autour d'elle. Les mains sur les hanches, perdue dans ses pensées devant le portrait de Vitali Kurbanov affiché sur le tableau opérationnel, Li m'inquiète. Elle qui est habituellement si forte est prête à vaciller au moindre souffle. Je m'affaire sans la quitter du regard. Mare est la faiblesse de Li, elle l'a toujours été. Je ne la laisserai pas provoquer sa perte. Me surprenant, Linda finit par soupirer et me chercher du regard.

– Oui, Captain ?

– Il faut que je mette ma mère à l'abri.

– OK.

Elle ne bouge pas d'un millimètre, comme si elle hésitait sur la suite.

– Et ?

– Je n'ai pas envie de la voir. Rien que l'idée de devoir l'affronter après une journée pareille, ça me saoule d'avance.

Je souris et me lève en prenant ma veste.

– Allez viens, ma Li. Allons affronter la terrible Joëlle Sorel ! Compte sur moi pour terrasser le dragon.

Li ne desserre pas les dents de tout le trajet jusqu'à la pharmacie de sa mère. Quand on pénètre dans l'officine, cette dernière nous reçoit avec une moue pincée, étonnée de voir sa fille qui l'a reniée quelques jours à peine avant.

– Salut Maman, dit Li, toujours aussi tendue.

– Tiens, te revoilà, toi.

Puis elle me toise et me salue du bout des lèvres. À la façon qu'elle a de passer de Li à moi, je suis certain qu'elle est au courant pour nous et qu'elle est déjà en train de juger notre couple. Elle m'imaginait plutôt avec sa cadette. Je n'ai jamais compris pourquoi elle faisait autant de différences entre Mareva et Li. Cette dernière est pourtant toujours là lorsqu'elle a besoin d'elle.

– Je pourrais te parler quelques minutes au calme ? demande ma compagne en montrant l'arrière-boutique.

Sa mère écarquille les yeux.

– Il est arrivé quelque chose à ta sœur, c'est ça ?

– Non, Mareva va bien.

Toujours Mareva, rien que Mareva. Je soupire avant de les suivre.

– Qu'est-ce qui se passe ?

– Tu vas devoir quitter ton appartement quelque temps. Tu pourrais aller chez l'une de tes sœurs ?

– Mais pourquoi ça ?

– Ta fille chérie s'est acoquinée avec un dangereux individu.

– Call ? s'écrie-t-elle en mettant sa main devant la bouche. Je savais qu'il était louche.

– Non, pas lui. Mais je suis ravie d'apprendre que tu étais au courant. Nous n'en serions pas là si je l'avais su plus tôt.

– J'ai toujours été la confidente de ta sœur.

Le regard de Li se teinte de colère et je préfère intervenir avant que ça ne dégénère. Ce n'est pas l'heure des comptes, on a plus urgent à gérer pour le moment.

– Mareva n’a rien trouvé de plus intelligent que de nous mettre tous en danger en donnant votre adresse à un trafiquant de drogue.

Joëlle se tait aussitôt, le teint livide.

– Tu dois aller te mettre à l’abri le temps que nous démantelions le réseau, explique Li.

– Pas question que je quitte mon appartement.

– Cet homme tue tout ce qui bouge, interviens-je. Il a porté son dévolu sur Mareva et n’hésitera pas le cas échéant à vous enlever pour faire pression sur elle pour obtenir des faveurs sexuelles.

– Quoi ? Mais c’est… c’est horrible…

Elle se met à pleurnicher, affolée.

– Vas-y mollo, me sermonne Li.

– On n’a pas le temps de jouer les Bisounours.

– J’ai mis deux hommes en faction dans une voiture banalisée devant la pharmacie. Ils te suivront jusque chez toi. Tu prendras des affaires pour plusieurs jours et tu iras chez l’une de tes sœurs ou chez Mémé.

La mère Sorel a soudain un regain de forces.

– Ah non, pas chez ma mère, se rebiffe-t-elle.

J’imagine que ça ne doit pas être drôle si elle est aussi infecte que sa fille.

– Fais ce que tu veux mais dégage vite fait de la maison.

– Et ta sœur ? Où est-elle ?

– Chez ton futur gendre préféré. Elle est en sécurité, ne t’inquiète pas.

– Nous pourrions peut-être plutôt nous installer chez toi, propose-t-elle en lançant un regard suppliant. Tu nous protégeras avec ton… arme.

Li se fige et, avec effarement, je vois bien qu'elle hésite. Pas question que je me coltine la famille Sorel au complet. Entre la mère imbuvable, la sœur qui aimante les emmerdes et Li qui part en sucette, je ne vais pas tenir le coup. Je prends les devants :

– Li ne pourra pas assurer votre protection, elle sera aux commandes de l'opération de démantèlement. Vous serez bien mieux chez « môman » et Mare dans le lit de son tatoueur.

Ma coéquipière papillonne des yeux et d'un hochement de tête confirme ce que je viens de dire.

– Javier a raison.

Joëlle Sorel se raidit avant de tapoter sa blouse blanche de pharmacienne.

– Si c'est la seule solution…

Li regarde autour d'elle et prend une boîte de médicaments pour l'estomac. Elle attrape un sachet en papier et la fourre dedans.

– Je prends ça, au cas où on serait déjà surveillés.

Sa mère la regarde, abasourdie, et acquiesce de la tête. Li s'éloigne en me faisant signe de la suivre.

Je me retourne vers Joëlle, qui s'est assise sur un petit strapontin, les jambes coupées. Je me penche sur elle avant de lancer, tout bas :

– Quand elle dit gendre préféré, je ne le crois pas. Ce sera moi, votre préféré. Vous allez adorer les petits-enfants que je vais vous donner.

Elle écarquille les yeux, en état de choc, et je me tourne pour partir, un sourire aux lèvres.

CHAPITRE 47

MARE

C'est pas vrai ! C'est pas vrai ! C'est pas vrai !

Assise dans l'ambulance, je tiens la main de Jammal, sacrément amoché. La soirée était parfaite, je ne comprends pas comment ça a pu dégénérer à ce point. À l'extérieur, j'entends les sirènes de police et avant que la porte arrière ne se referme, j'aperçois un flic en train de passer les menottes à un type. Les pompiers ont mis un masque à oxygène sur le visage de Jammal, son œil tuméfié gonfle et j'ai l'impression qu'il est couvert de sang. De temps en temps, il ouvre les yeux et me cherche du regard.

– On l'a stabilisé, Madame, m'informe l'un des soignants. Savez-vous ce qui s'est passé ?

– Je… Je… Nous… Nous raccompagnions la grand-mère de mon ami chez elle quand nous avons entendu du bruit dans la rue. Quand nous sommes descendus, nous l'avons trouvé, il ne bougeait plus et…

Ma voix se brise alors que je serre sa main dans la mienne. Dans mon esprit se rejoue la scène. Pour éviter à Henriette de rentrer à pied, nous avons insisté pour la ramener en voiture, la cité Saint-Louis étant vraiment à deux pas de nos boutiques. Alors que nous venions de laisser Henriette et que Call m'avouait à quel point il se sentait libre d'avoir arrêté de bosser pour Li et Javier, tout s'est enchaîné : des cris, des rires, un bruit de poubelle qui se renverse. Mue par une intuition, j'ai accéléré le pas, Call sur les talons. Il m'a attrapée par le bras et forcée à rester dans le hall pour appeler la police tandis qu'il sortait dans la rue.

– C'est courant. Un deal qui a mal tourné sans doute. Nous avons trouvé un pochon de drogue sur le sol.

Les mots de l'ambulancier me ramènent à l'instant présent. Je secoue la tête.

– Non. Il ne dealait pas. Il travaille pour moi, il fait le ménage dans ma boutique.

L'homme détourne les yeux, il n'y croit pas. Un petit sachet de poudre blanche, un teint basané et Jammal est coupable. Les portes de l'ambulance s'ouvrent, le gamin est pris en charge par les urgentistes et Call, qui nous a suivis à moto, m'aide à descendre du véhicule. Nous essayons d'emboîter le pas des urgentistes mais ils courent à travers l'hôpital en s'échangeant des regards inquiets. Dans la salle d'attente, je reste prostrée sur la chaise alors que Call fait les cent pas. Il est aussi inquiet que moi.

Malgré son air bougon et son langage parfois limite, Jammal avait… a… envie d'avancer, de faire quelque chose de sa vie. Ce matin encore, il me faisait rire en alignant les tubes de paillettes sur le présentoir : « *Dites madame Mareva, on pourrait démarcher les clubs de strip-tease, non ? Ils ont toujours besoin de paillettes pour les nanas !* » Et maintenant on attend, angoissés à l'idée de le perdre. Je ne le connais que depuis peu et pourtant j'ai eu un réel coup de cœur pour lui, et si je tenais ceux qui s'en sont pris à lui, je leur ferais regretter d'être nés. Je triture mon portable. J'ai envie d'appeler ma sœur. À la place, je pose ma main sur celle de Call.

– Je te jure que les connards qui ont fait ça vont manger des pissenlits par la racine, s'énerve-t-il en tapant du poing contre la machine à boisson.

– Non, Call. Quand il sortira du bloc, quand il reprendra connaissance, il aura besoin de nous pour avancer. Et tu ne pourras pas grand-chose pour lui si tu es en taule.

Nouveau coup de poing rageur. Il pose son front contre la machine et soupire bruyamment. Au bout de quelques secondes, il finit par s'asseoir à mes côtés.

– Tu n'as pas entendu le gamin ? Tu ne sais pas ce qui s'est passé ! dit-il en plissant les yeux.

Si, je sais. Call l'a expliqué aux policiers sur place avant que je ne monte dans l'ambulance.

– Ils ont voulu le recruter pour leur trafic, reprend-il en haussant le ton, et il a dit non. Il a juste dit non ! Ça ne s'arrêtera jamais. La dernière fois, c'était Soan, et aujourd'hui, c'est Jammal. Combien faudra-t-il de morts pour que la police se décide à agir ? Mais ce n'est pas grave, ce ne sont que des étrangers, autant qu'ils se butent entre eux.

– Arrête Call, tu es injuste, rétorqué-je alors qu'une larme glisse sur sa joue.

Je le prends dans mes bras, et il laisse éclater son chagrin. Son corps est parcouru de soubresauts. Mon Call, mon roc, ma montagne, est en train de s'effondrer, de perdre pied. Je le serre plus fort contre moi pour absorber sa peine et ses larmes.

– Li va coffrer ceux qui ont fait ça.

Il relève la tête et me fusille du regard.

– Tu parles, elle n'était même pas là ! Elle est aussi responsable que moi. À se concentrer sur le chef du trafic, elle en oublie ceux qui sont au-dessous, ceux qui ne valent rien et dont la vie est insignifiante.

– Li n'est pas comme ça. Elle veut la justice pour tous, c'est pour ça qu'elle voulait être procureur.

Il se dégage de mon emprise, le chagrin le disputant à la colère. Call est submergé par toutes ses émotions, ça se voit, il ne tient pas en place. Il revit la mort de Soan, je le comprends quand sa main se resserre sur son tatouage.

– Il va s'en sortir, murmuré-je en le ramenant vers moi.

Mais il n'écoute plus. Il est parti dans ses souvenirs, dans sa souffrance, et il secoue la tête en se dégageant de mon emprise. Une infirmière s'approche de nous en fixant Call d'un air inquiet. Je la rassure d'un signe de tête et elle fait demi-tour.

– J'étais ici, Mare. Dans cette même putain de salle d'attente, quand on m'a annoncé sa mort. Et tu sais qui d'autre était là ?

Je secoue la tête de droite à gauche.

– Personne. Tout le monde s'en fout, Mare. C'est pour ça que je refuse que tu ailles là-bas. Javier a beau dire ce qu'il veut, on rentre, tu fais tes valises et on se casse. La mort de Soan, l'agression de Jammal, je peux gérer, mais toi, s'il t'arrivait quelque chose, j'en mourrais.

– Mais de quoi tu parles ? Que veux-tu qu'il m'arrive ?

Il fuit mon regard et je fronce les sourcils. Il me cache quelque chose.

– Call ? Parle-moi.

– J'ai eu Javier au téléphone.

– Et ?

– Et ils veulent que tu ailles au casino avec Vitali.

Je lâche son bras, abasourdie, et me recule d'un coup sec.

– Pardon ? Et tu comptais m'en parler quand ?

– Plus tard. Demain. Je voulais qu'on profite de cette soirée sans menace au-dessus de nos têtes mais là, après ce qui vient de se passer, c'est hors de question. Tu ne t'approcheras pas du Brat.

Je déglutis. Je suis encore sous le choc de la nouvelle lorsqu'un médecin s'avance vers nous.

– Vous êtes les accompagnants de Jammal Hamzi ?

Nous hochons la tête et il poursuit :

– Il souffre de plusieurs blessures à l'arme blanche mais aucun organe vital n'a été touché, ce qui est un miracle. Il a trois côtes cassées, une fracture du bras et de nombreux hématomes sur tout le corps. Nous l'avons placé dans un coma artificiel pour faciliter sa récupération et nous espérons qu'il n'y aura pas de complication dans la nuit. Les premières heures seront décisives.

– Je ne comprends pas, interviens-je. Vous avez dit qu'aucun organe vital n'avait été touché…

– Oui, mais il a tout de même perdu beaucoup de sang.

– Est-ce que je peux le voir ?

Le médecin semble hésiter mais j'insiste :

– Juste quelques minutes, s'il vous plaît.

Il finit par acquiescer et fait signe à une infirmière. Avant de la suivre je me tourne vers Call, qui serre les dents. D'un mouvement du menton, il m'encourage à y aller et je me détourne. La jeune femme me conduit à travers les couloirs jusqu'à une chambre à la peinture défraîchie. Dans la pièce résonne le bip régulier du moniteur cardiaque. Je marque un temps d'arrêt en avisant les bandages, son visage tuméfié et les tuyaux partant de ses bras. J'avance vers le lit. Les larmes coulent sur mes joues alors que j'écarte une mèche de cheveux de son visage.

– Tu vas t'en sortir, Jammal. Et à ton réveil, tu pourras faire la tournée des clubs pour leur vendre toutes les paillettes que tu veux.

Je serre sa main, espérant vainement qu'il le sente et me réponde. C'est bête, mais j'attends quelques secondes avant de rire de ma stupidité. Est-ce qu'il m'entend, au moins ? Est-ce que quelque part, ma voix l'atteint ?

– Il va falloir partir, Madame, m'informe l'infirmière.

Je hoche la tête et me lève, avant de m'arrêter. Je fouille dans mon sac et en ressors un feutre rose. Je prends appui sur le lit en veillant à ne pas mettre de poids sur Jammal ou à débrancher le moniteur cardiaque, puis dessine un cœur sur le plâtre de son bras avec la phrase « Dépêche-toi d'aller mieux, je t'attends ». Je souris. Il va détester. Je dépose enfin un baiser sur son front et quitte la pièce pour retrouver Call.

– Comment il va ?

– Il va s'en sortir. Il a intérêt.

Call parvient à esquisser un sourire et passe son bras autour de mes épaules.

– On rentre ?

Je hoche la tête. Nous ne pourrons rien faire de plus ce soir. Alors que j'enfile mon manteau, une femme nous dépasse, l'air paniquée. Je n'y prête pas attention, jusqu'à ce que j'entende :

– Excusez-moi ! Mon fils, Jammal Hamzi, ça vous dit quelque chose ? Est-ce que vous savez où il est ?

Je fais volte-face et son regard me percute. Les mêmes yeux. Ceux de sa mère ont beau être teintés de peine et d'angoisse, Jammal et elle ont les mêmes, d'un brun profond.

Lorsque je me rends compte que Call n'a pas dit un mot et qu'elle attend toujours une réponse, je m'avance vers elle et me présente pour lui donner le peu d'informations dont nous disposons.

– C'est vous qui l'avez trouvé ! Merci ! Merci de l'avoir sauvé. Je m'en veux tellement. Il… avait oublié ses clefs, il devait m'attendre devant l'appartement. Je travaille tard. Je suis femme de ménage et… Si j'étais rentrée plus tôt, si seulement…

Sa voix se brise et elle pleure à chaudes larmes. J'essaie de la rassurer comme je peux et Call approche à son tour.

– Votre fils est un brave petit, très travailleur, vous pouvez être fière.

Elle renifle et lorsqu'une infirmière arrive enfin, elle la conduit au chevet de son enfant.

– Merci, merci encore, merci pour tout.

Nous la regardons partir, toujours aussi inquiète. Lorsqu'elle passe l'angle du couloir, Call se redresse soudain, une lueur de détermination dans les yeux.

– Maintenant, on rentre et tu fais ta valise, lâche-t-il sur un ton autoritaire.

Je m'immobilise. Je n'aime pas trop cette directive, mais c'est quelque chose de plus profond qui est en train de se jouer. J'y pensais déjà, mais voir Jammal dans cet état m'a fait prendre conscience de la réalité. Jammal a dit non, lui. Il a refusé de plier l'échine. Il a tenu bon devant ces mecs, et moi, je vais faire quoi ? Me sauver alors que Javier compte sur moi ? J'ai beau être terrifiée, je ne peux pas lui tourner le dos. Hors de question.

– Non Call. Je ne fuirai pas. Si Javier veut que je joue les indics, je le ferai.

– Ne discute pas, c'est non. Je ne te demande pas ton avis.

– Pardon ? Que les choses soient claires, c'est moi qui ne te demande pas ton avis. Je ne suis pas une demoiselle en détresse ou une princesse que tu enfermeras dans une tour d'ivoire. Fermer ma bouche et obéir, j'ai déjà donné avec Paul et je ne laisserai plus jamais personne décider à ma place.

Son regard descend sur la main que j'ai instinctivement placée devant mon ventre.

– Mare, dit-il sur un ton radouci, je ne veux pas qu'il t'arrive quoi que ce soit.

Je tends le bras vers son visage et caresse sa joue en plongeant mon regard dans le sien.

– Ne t'inquiète pas, je ne jouerai les indics que pour une soirée.

– Les indics ? Non mais tu rêves ! Tu vas juste jouer les potiches et faire en sorte qu'il ne veuille plus jamais te revoir.

– Faire ma casse-pieds, quoi, plaisanté-je.

– C'est ça.

Afin de ne pas éveiller les soupçons, je demande à Call de me déposer à l'hôtel. C'est difficile pour lui, mais il consent à me laisser seule. Debout devant la fenêtre, je le regarde disparaître dans la nuit et me laisse envahir par la culpabilité et la tristesse.

Tout est ma faute. Li m'avait prévenue de ne pas m'amouracher de Call, et bêtement j'ai cru que c'était parce qu'elle était jalouse. Puis parce qu'elle avait des préjugés. À aucun moment je ne me suis dit que c'était peut-être pour ma sécurité, à aucun moment je n'ai pensé qu'elle pouvait s'inquiéter pour moi, et la seule chose que je me suis empressée de faire, c'est de la provoquer. Si je pouvais revenir en arrière, je le fuirais comme la peste, je resterais loin de lui, pour leur sécurité à tous, Javier, Li et bien sûr Call. Une petite voix dans ma tête me murmure que ce qui est arrivé à Jammal est indépendant de ma relation avec Call, mais je ne l'écoute pas.

J'attrape fébrilement mon portable. Vingt-cinq appels en absence de ma mère. J'écoute ses messages et me décompose lorsque j'entends sa voix paniquée m'expliquer qu'elle a dû déménager chez tante Mariette. Elle est au bord de la syncope, et me supplie, en larmes, de la rappeler pour lui dire que je vais bien. À cause de moi, toute la famille est en danger. Avec mon attitude désinvolte, j'ai mis en péril l'opération de Li, j'ai mis en danger Call, et j'ai mis en danger ma mère.

Prenant mon courage à deux mains, j'envoie un SMS à Li. Ça ne suffira pas à réparer les choses, mais je l'informe du coma de Jammal et lui demande ce qu'elle attend de moi pour la sortie au casino, lui promettant de suivre à la lettre ses directives et de tout faire pour ne pas lui mettre des bâtons dans les roues. J'ai été stupide, immature et totalement inconsciente, mais nous devons mettre nos différends de côté pour le moment afin de protéger ceux que nous aimons. La seule que j'aimerais avoir à mes côtés, là, tout de suite, c'est Li. Li et son caractère de cochon, Li toujours présente à chaque moment important de ma vie. Mais ça aussi, je l'ai foiré.

CHAPITRE 48

LI

Après huit heures de garde à vue et quatre interrogatoires musclés, je me demande comment je tiens encore debout. Peut-être les sept cafés que j'ai bus. J'étais partie pour une longue soirée de préparation de l'opération Casino lorsque nous avons été prévenus d'une agression à la cité Saint-Louis. Un nouveau méfait imputé aux Tchétchènes. La patrouille déployée sur place a eu toutes les peines à intervenir, caillassée par quelques habitants revêches. Il a fallu que j'envoie du renfort. Résultat des courses : un pompier blessé par un jet de bouteille et une voiture de police dégradée. Une soirée, somme toute, banale.

Nous nous apprêtions à aller dormir quelques heures, Javier et moi, lorsque la brigade anticriminalité a débarqué avec quatre membres du gang, soupçonnés d'avoir passé à tabac un habitant du quartier. Je ne pouvais pas décemment tourner les talons et rentrer chez moi sans avoir au préalable entendu le compte rendu d'intervention. J'ai donc laissé un Javier chafouin rentrer seul et c'est comme ça que je me suis retrouvée à passer toute la nuit au poste.

J'ai vite halluciné en découvrant qui était la victime de l'agression et les deux personnes qui lui avaient porté secours. Combien de fois encore devrai-je trouver le nom de ma sœur dans une de mes procédures ? Ulcérée, la nuque bloquée de tensions, j'ai préféré gérer cette nouvelle enquête. Heureusement, cela devait apporter de nouveaux éléments dans le démantèlement du gang des Tchétchènes. En effet, en interrogeant le responsable de l'agression de Jammal Hamzi, je croyais avoir affaire à une petite frappe, mais le sort a voulu que je tombe sur un plus gros poisson : le petit frère de Piotr Korgay, l'actuel numéro deux du gang des Tchétchènes. Un temps arrogant, limite insolent dans son horrible veste vert fluo, il a fini par reconnaître les faits de violences sur le jeune Jammal. Avec toute la came retrouvée dans sa voiture, un carnet bourré de noms et beaucoup trop de liquide sur lui, il avait toute la panoplie du parfait petit dealer et n'a pas lutté bien longtemps.

Mais le gang n'a jamais dealé, encore moins à la cité Saint-Louis. Un certain nombre de membres du gang y vivent seulement, comme les Korgay, et jusque-là il ne s'y passait pas grand-chose. Les Tchétchènes approvisionnent les gros revendeurs, se contentent d'être les grossistes des trafiquants de la région. J'ai vite compris que Pavel Korgay essayait de doubler Vitali en revendant de la drogue pour se faire de l'argent de poche. Si j'avais besoin d'une autre preuve m'indiquant que Kurbanov n'a pas encore repris la main sur ses hommes, me voilà servie. Je ne serais même pas étonnée d'apprendre que c'est Pavel qui a piqué un carton à la casse, et pas le gérant pédophile.

Après cette découverte, il n'était plus question d'être courtoise. J'ai durci le ton, fait du chantage, et l'ai même menacé de prévenir Anton Kurbanov, que je rencontre régulièrement dans le cadre de l'instruction, de ses petites magouilles. Après tout, ils devraient bientôt se retrouver en cellule, et je ne suis pas certaine que ce dernier soit ravi d'apprendre qu'un petit mec de pacotille a essayé de doubler son frère. Acculé, Pavel m'a lâché quelques informations. Pas grand-chose, mais suffisamment pour modifier mes décisions concernant l'enquête : j'avais notamment levé la planque de la casse, mais il semble que Roman Lefroid ait tenté d'y pénétrer la nuit dernière. Ce dernier chercherait toujours Lana, ignorant son triste sort, et c'est d'ailleurs pour cela qu'il serait revenu après être allé la chercher jusqu'en Ukraine. Heureusement pour moi, maître Legris n'était pas dans sa meilleure forme et n'a pas contesté mes méthodes peu orthodoxes pour faire parler le petit Korgay. J'ai aussitôt envoyé une équipe reprendre position dans le Trafic.

Il est neuf heures du matin lorsque je pénètre enfin dans l'hôpital pour aller voir le petit Jammal. Avec un peu de chance, il sera sorti du coma. Dans mon sac, les photos anthropométriques des quatre types arrêtés hier soir. J'aimerais qu'il puisse les reconnaître formellement pour boucler ma procédure ; j'espère ensuite pouvoir enfin rejoindre Javier chez moi et dormir quelques heures.

J'avance dans le couloir à la recherche de la bonne chambre quand je découvre Call penché sur une machine à café.

– Salut.

– Salut, Li, dit-il. Tu daignes enfin te mettre à bosser. Quand est-ce que tu vas encabaner cette saloperie de Tchétchènes ?

J'accuse le coup. Difficile d'encaisser quand on n'a pas dormi depuis une trentaine d'heures. Je préfère ne pas le laisser m'entraîner sur ce terrain glissant, je n'en ai pas la force.

– Tu as des nouvelles du gamin ? Je n'arrive pas à mettre la main sur une infirmière, dis-je en me penchant dans le couloir.

– Il est toujours dans les vapes mais il est tiré d'affaire.

– Tant mieux, c'est un soulagement.

Comme je ne pourrai pas l'interroger, je tourne les talons quand Call me rappelle :

– Tu cherches ceux qui ont fait ça ?

– On les a trouvés. Ils vont être déférés au tribunal dans la journée.

– Si je tombe sur eux, je leur défonce la tête.

– J'éviterais si j'étais toi. L'un d'eux est le frère de Piotr Korgay.

Call lève sur moi un regard stupéfait.

– Depuis l'esclandre de Mare à la salle de sport et la discussion qui a suivi entre le Brat et Darla, certains membres du gang savent que tu as couché avec la nana de Piotr. Tu es déjà suffisamment en danger, s'en prendre à son frère ne serait pas une bonne idée.

– Qu'il vienne, il va me trouver.

– Ce n'est pas le genre de type à chatouiller, Call, tout comme Vitali. Ce sont des tueurs, garde tes distances. Comme tu me l'as si bien dit, tu n'es qu'un tatoueur, alors laisse faire les flics. Par précaution, je préfère aussi que tu restes à l'écart de Mareva quelques heures, le temps qu'elle aille au casino avec Kurbanov. Pas besoin d'exciter davantage les instincts de prédateur de Vitali en y mêlant une forme de compétition entre vous.

– C'est de la folie. Comment peux-tu laisser ta sœur risquer sa vie ?

– J'étais contre, je n'ai pas eu le choix. Je veillerai sur elle.

Il détourne les yeux, tourmenté. Il est angoissé, ça se voit, mais ça ne m'empêche pas d'être en colère. Cette situation, c'est aussi sa faute.

– Je vous en veux à tous les deux. Vous auriez dû m'écouter.

– Je sais… Je n'aurais pas dû l'embarquer dans cette histoire.

Il baisse les épaules, abattu.

– Maintenant on va essayer de réparer les dégâts.

– Si je peux aider…

– Notre collaboration est terminée, Call. Je te demande juste de veiller sur Mare et de la rendre heureuse, je m'occupe du reste.

– Je ferai attention à elle, promet-il en posant un regard entendu sur moi.

– Tant mieux, je compte sur toi.

Je fais un pas vers la sortie.

– Li ?

Je m'arrête et me retourne.

– J'espère que les choses s'arrangeront entre vous.

– Elles s'arrangeront entre Mare et notre mère. Quant à moi, j'en ai assez bavé. J'ai décidé de penser à moi dorénavant.

Son regard se teinte de tristesse.

– Je comprends, Li.

Cette fois-ci, je pars sans me retourner.

À peine entrée dans mon appartement, mon téléphone résonne dans ma poche. J'y jette un coup d'œil et j'aperçois le nom de Gabriella. Merde, avec tous ces événements, j'ai oublié que la première épreuve du concours de police avait lieu ce matin. Je lui envoie un SMS d'encouragement et plein d'émojis pour lui porter chance.

Dans la salle de bain, l'eau coule, et Javier chantonne du Imagine Dragon. J'ai besoin d'une pause. J'ai besoin de lui, de son insouciance, de sa bonne humeur, de penser à autre chose qu'à tout ce qui va de travers dans ma vie en ce moment. Après ces dernières vingt-quatre heures, j'ai besoin d'être dans ses bras et d'oublier quelques instants les épreuves qui m'attendent. De ne penser qu'à ce qui me fait du bien, et ce qui me fait du bien, c'est lui.

Sans bruit, je me débarrasse de mes bottes et de mes vêtements sales. À travers les vitres de la cabine de douche, je le détaille avec faim. Ce mec est, en toute objectivité, un canon thermonucléaire. Des pectoraux bien bombés, des abdominaux joliment dessinés même au repos, une bouille d'ange malgré une barbe qui commence à assombrir son visage et des fesses rebondies qui donnent envie de mordre dedans.

– Tu n'as pas fini de mater mon cul ! lance-t-il sans même se retourner.

– Tu m'as entendue ?

– Non, je t'ai sentie.

Il me détaille sans retenue, s'attardant avec un plaisir non dissimulé sur mes seins.

– Viens, ma princesse.

Une main m'attrape et m'embarque sous le jet d'eau tiède. Je savoure la chaleur qui s'abat sur mes épaules et laisse échapper un long gémissement de plaisir. Javier se saisit de mon cou et me vole aussitôt un baiser passionné. La température monte d'un cran et mon corps finit contre la faïence. Mon amant ne me laisse aucun répit et s'empare sitôt de l'un de mes seins. Mon cœur s'emballe. Voilà ce dont j'avais besoin. De ma tornade ibérique. Javier me hisse autour de ses hanches et entame très vite un long corps à corps. Sous cette pluie d'eau délicieusement chaude, j'oublie alors tous les ennuis de la nuit, mes chagrins de sœur et de fille, tout sauf lui dont je suis éperdument amoureuse. Ses lèvres me susurrent des mots d'amour que jamais je n'aurais cru entendre un jour. Il m'ouvre des portes que je croyais trouver closes à jamais. Il me fait entrevoir une éclaircie dans ma vie qui n'a été jusque-là qu'averses et orages. Me voilà au pied d'un putain d'arc-en-ciel. Dans ses bras, j'ai enfin le droit d'être fragile. Je le laisse provoquer la lame de fond qui me percute d'un coup et m'achève, sans force autour de lui. Anéantie d'amour, je colle mes lèvres aux siennes pour lui murmurer :

– Je t'aime.

Enroulée dans ma serviette, je suis Javier dans ma chambre, me régalant de sa plastique athlétique. Il attrape mon téléphone qui vibre.

– C'est Gabriella. Pourquoi elle te remercie d'avoir été là pour elle ?

– Elle avait besoin que je la soutienne pour les épreuves d'aujourd'hui.

– Ce n'est pas aujourd'hui. L'examen du barreau, c'est dans un mois.

– Oui mais aujourd'hui…

J'hésite.

– … elle passe le concours de police.

– Quoi ? N'importe quoi ! Ma sœur ne ferait jamais ça.

– Si. Je l'aide à le préparer depuis des semaines.

– Quoi ? Mais…

Les yeux exorbités, Javier s'assied sur le lit, abasourdi.

– Tu déconnes. Pourquoi t'as fait ça ?

– Parce qu'elle me l'a demandé.

Il se renferme aussitôt, visiblement très contrarié. On est loin de ses sourires d'il y a quelques minutes.

– Et il ne t'est pas venu à l'idée de me le dire avant ?

– Vu la façon dont tu réagis, je pense avoir bien fait. Tu aurais été capable de l'en empêcher.

– Évidemment, c'est ma petite sœur !

– Oui, et elle a envie de devenir flic comme son grand frère.

Je viens m'asseoir à califourchon sur lui et la vue de ma poitrine comprimée dans le drap de bain semble détourner son attention quelques secondes.

– Putain, ma mère va en faire une jaunisse.

– Alma devra s'y faire, dis-je en me lovant contre lui et en effleurant ses lèvres.

– Tu n'imagines pas dans quelle colère ça va la mettre. Gabriella va passer un sale quart d'heure.

– C’est à Alma de dépasser ses *a priori*.

– Facile à dire. Je te rappelle que ma mère s’est retrouvée seule à élever ses huit enfants parce qu’une policière n’a pas eu le courage d’aller au feu pour porter secours à mon père.

Je me crispe en imaginant la galère dans laquelle Alma a dû se retrouver.

– Ce n’est pas une raison pour généraliser. Nous ne sommes pas toutes comme cette femme.

Je bascule mes hanches contre lui et le sens retenir son souffle.

– Tu pourrais plaider la cause de Gabriella auprès de ta mère.

– Je ne crois pas, se rebiffe-t-il alors que j’attrape ses mains que je remonte jusqu’à mes seins.

– Si, tu le feras, soufflé-je en l’embrassant.

Ses mains dénouent ma serviette, et il me contemple avec un petit sourire coquin.

– Tu le feras, n’est-ce pas ? insisté-je.

Il me transperce d’un regard insolent. Très vite pourtant, une étincelle éclaire son beau sourire. Après m’avoir embrassée dans le cou, il me répond, en me basculant sur le lit :

– Je ferais tout pour toi, même ça.

CHAPITRE 49

MARE

C'est le jour J. Briefée par Javier et ses collègues, je suis fin prête à jouer le rôle de ma vie : celui de la potiche qui glousse. Je suis morte de trouille. Ma robe de soirée bleu nuit, dos nu et fendue sur le côté, est beaucoup trop décolletée. Le téléphone de Javier sonne, il échange quelques mots avec son interlocuteur avant de soupirer et de mettre le haut-parleur :

– Je suis presque arrivée au casino, comment se passe la préparation ?

– Bien, répond Javier. Ta sœur est magnifique, elle va faire fondre le Brat.

– QUOI ? Le but c'est qu'il l'oublie, bande d'idiots ! Je veux un truc difficile à enlever. Je jure que si vous me l'avez fringuée comme Jessica Rabbit, je vous colle tous à la sortie des écoles pour les trois prochains mois.

Les policiers échangent un regard et un boléro apparaît comme par magie sur mes épaules tandis qu'un officier arrange mes cheveux pour cacher le décolleté. Je pouffe face à la terreur que Li inspire à son équipe. Javier avance sa main vers moi mais suspend son geste lorsqu'il l'entend hurler :

– ET PAS DE MICRO ! Si le Brat s'en aperçoit, il va la zigouiller !

Je blêmis alors qu'un gars derrière moi marmonne :

– Putain, elle nous a mis sous surveillance ou quoi ?

Javier doit se poser la même question puisque je le vois observer avec insistance un vase posé sur la table basse.

– Bon, Li, laisse-nous bosser et concentre-toi sur ce que tu as à faire. Je suis déjà suffisamment stressée, pas besoin d'en rajouter, intervins-je en ajustant ma tenue.

– Pauvre Mareva, m'assène ma sœur. C'est toi la victime dans cette affaire. Explique ça à mon équipe qui est dorénavant obligée de te protéger H24, et à maman qui a été obligée de déménager. Tout ça pourquoi ? Parce que tu avais envie de me faire chier ! Grandis avant de la ramener !

Je ne réponds rien. Elle a raison et je le sais.

– T'inquiète, il ne t'arrivera rien, reprend-elle. Contente-toi d'être naturelle. Parle-lui smoothies, détox et graines de chia. Fais ta chiante et je ne lui donne pas cinq minutes pour te faire raccompagner.

Je peux presque entendre son sourire à travers le combiné, et c'est d'une voix radoucie qu'elle conclut :

– Toute l'équipe compte sur toi, Mare, ne fais pas planter des mois de travail.

Elle raccroche et je continue de fixer le combiné posé devant moi.

– Ne lui en veux pas, elle est morte d'inquiétude, ajoute Javier en planquant un micro dans une barrette tout en me faisant un clin d'œil.

– Je suis vraiment désolée, Javier. Désolée d'avoir fait foirer votre opération. Pour ma défense, je ne pouvais pas savoir que Vitali était le taré à la tête des Tchétchènes.

– Elle le sait, Mare. Quoi qu'il se passe, tu restes sa sœur et – il baisse d'un ton – tu restes sa priorité, n'en doute jamais.

Je hoche la tête, incapable d'articuler quoi que ce soit. Peu à peu la pièce se vide, chacun se préparant à la suite de la soirée, et je reste seule dans l'appartement de ma mère. J'ai encore une heure devant moi et j'en profite pour envoyer des SMS à Call, qui devait passer à l'hôpital voir Jammal. Son état n'a pas changé.

Prête pour ton grand rôle ?

Oui. Li a peur que je fasse tout foirer.

Aucune raison. Tu seras parfaite
dans le rôle de la miss Casse-couilles.
J'en sais quelque chose.

Je pouffe. Il n'y a que lui pour me faire rire dans un moment pareil.

Tu es forte Mare,
bien plus que tu ne le crois.
Tu vas y arriver, j'en suis sûr.

À vingt et une heures précises, les phares d'une voiture illuminent la rue. La berline noire rutilante s'arrête devant l'immeuble et une armoire à glace en sort. Il croise les bras sur sa poitrine, semblant attendre quelque chose. Merde. C'est moi. Je prends une grande inspiration et quitte l'appartement. Une fois en bas, j'approche et le type me reluque de bas en haut d'un air appréciateur. Je serre le châle autour de mes épaules alors qu'il ouvre la portière arrière. Je m'engouffre dans le véhicule, surprise de n'y trouver personne.

– M. Vitali vous attend sur place, m'explique le chauffeur.

Il s'installe derrière le volant et relance le moteur. J'aimerais que le trajet dure des heures mais la seule fois où j'espère que ça ne soit pas le cas, nous n'avons que des feux verts. Contrairement à ce qu'on pourrait croire, il n'y a pas de casino dans Paris, et le trajet nous prend une bonne heure et demie.

Lorsque nous arrivons à Enghien-les-Bains, au célèbre Casino Barrière, je ne peux m'empêcher d'être impressionnée par le luxe qui se dégage des lieux malgré la peur qui me tenaille le ventre.

Un homme en costume s'approche du véhicule pour m'ouvrir la portière et me tend son bras pour m'aider à sortir. J'essaie de ne pas trembler sur mes talons hauts et admire la double porte aux poignées dorées. Je marque un temps d'arrêt en remarquant le sublime jeu de lumière et de fontaines autour du lac. Hypnotisée par le ballet des jets d'eau, je suis rappelée à l'ordre par le raclement de gorge de mon accompagnateur. Je me détourne alors à contrecœur et nous grimpons les quelques marches menant à l'entrée. Je prends garde à ne pas trébucher sur ma longue robe et les portes s'ouvrent devant nous. J'avance dans le hall où je dois présenter ma carte d'identité attestant que je suis majeure, et je peux ensuite pénétrer dans le temple du jeu.

Il n'y a aucune fenêtre ou ouverture, et malgré les lumières, on a l'impression d'être dans l'obscurité. Le sol moquetté étouffe le bruit de mes talons alors que je traverse l'allée centrale. Je peux comprendre qu'on perde ici la notion du temps car j'ai beau chercher, il n'y a aucune horloge ou moyen de savoir l'heure qu'il est. De part et d'autre, des rangées de machines à sous avec de confortables fauteuils en cuir attendent sagement les joueurs. Joueurs qui s'en donnent d'ailleurs à cœur joie si j'en crois les cris qui sont lancés de tous côtés. Un peu plus loin, une longue table suscite un attroupement alors que raisonne le fameux :

– Faites vos jeux rien ne va plus.

La roulette. Curieuse, j'essaie de tendre la tête pour assister au spectacle avant de me rappeler que je suis attendue par un criminel et qu'il vaudrait mieux ne pas le mettre en rogne en le faisant attendre. Alors que je fouille la salle du regard pour savoir où se trouve Vitali, je suis percutée par une jeune femme et ne dois mon salut qu'à un serveur qui passait et qui me retient *in extremis*.

– Oh, pardon ! s'exclame la maladroite sans m'accorder le moindre regard.

Accroupie sur le sol, elle ramasse ses jetons avant de se relever et de balayer la pièce d'un regard à la recherche d'une machine disponible.

Alors que je suis en train de me perdre dans les allées moquettées du casino, à moitié éblouie par les lumières clignotantes, j'aperçois un homme en costume s'avancer vers moi.

– Mareva Sorel ? demande-t-il en faisant rouler les R.

J'ai du mal à l'entendre dans le brouhaha ambiant mais j'acquiesce et il me fait signe de le suivre. Nous dépassons une table de black jack et une autre de poker. J'esquisse un sourire en avisant un joueur porter une paire de lunettes de soleil, puis me reconcentre. Je ne suis pas ici pour m'amuser. Nous arrivons enfin devant une table où Vitali et d'autres hommes discutent. Lorsque mon guide se racle la gorge, le mafieux relève la tête et ses yeux se posent sur moi. Un sourire étire sa bouche et il se passe la langue sur les lèvres.

– Vous êtes délicieuse.

Il baragouine des mots en russe et un homme me libère une place à son côté. Une serveuse apparaît comme par magie.

– Vous désirez boire quelque chose ?

Le Brat se tourne vers moi et je hoche la tête, puis, me rappelant les conseils de Li, je minaude :

– Un smoothie aux fruits rouges. J'en raffole, c'est bourré d'antioxydants.

Le Brat passe commande pour nous et lorsque la serveuse range sa tablette dans sa poche, je remarque un bracelet autour de son poignet et je relève la tête. Il me faut y regarder à deux fois avant de reconnaître ma sœur. Vêtue d'un pantalon de costume et d'un chemisier blanc, elle arbore une crinière blonde et un maquillage qui transforme complètement son visage. Pas une seule fois son regard ne croise le mien et on dirait qu'elle a été serveuse toute sa vie. Je l'observe se mouvoir, plateau à la main entre les tables du carré VIP, offrir des sourires aux clients, récupérer un pourboire et disparaître derrière le bar.

– Vous devez mourir de chaud, non ? Que diriez-vous d'ôter ceci ? demande Vitali en posant la main sur mon épaule et en tirant sur le tissu du cardigan.

– Euh… En fait, pour détoxifier mon organisme, je favorise la sudation par tous les moyens, inventé-je en resserrant les pans du vêtement.

Vitali plisse les yeux et sa main descend sur ma cuisse tandis qu'il balaie la salle du regard. Lorsque

Li nous apporte nos boissons, les doigts de mon rencard remontent sur ma jambe et je manque de m'étouffer avec mon smoothie, en recrachant la moitié dans mon verre et l'autre sur ses doigts. Il peste dans sa langue en secouant la main et alors qu'il amorce un geste pour reprendre possession de ma jambe, son portable se met à sonner. Il décroche et s'éloigne pour gagner un endroit plus tranquille.

La musique du casino résonne dans mes oreilles, et j'essaie de calmer les battements de mon cœur. Vitali parti, je suis seule à table avec deux de ses hommes. Ils discutent, parlent de choses que je ne comprends pas, et je me surprends à chercher ma sœur du regard avant de me ressaisir. Je ne dois rien montrer. Le temps passe et j'en viens à espérer que le Brat ne reviendra pas. Peut-être une affaire urgente à régler. Le bruit des jetons qu'on lance, des cartes qu'on fait glisser sur les tapis, des leviers qu'on actionne, résonne dans ma tête. Les lumières m'agressent les rétines. Je resserre mon boléro sur mes épaules ; s'il ne revient pas au bout d'une demi-heure, j'ai le droit de partir, non ? Malheureusement, Vitali finit par se montrer, la mine contrariée. Alors qu'il s'apprête à se rasseoir, je bondis de la banquette.

– Je ne suis jamais venue ici, j'aimerais beaucoup aller jouer aux machines à sous, minaudé-je.

Il m'adresse un sourire carnassier avant de se tourner vers ses acolytes :

– Veuillez m'excuser, Messieurs, je dois m'occuper de la dame.

Les rires gras fusent alors que sa main se pose sur ma hanche et descend pour frôler le haut de mes fesses.

– Cette robe vous va vraiment bien, susurre-t-il à mon oreille. Je rêve de vous l'enlever.

Je déglutis avec difficulté et m'extasie bruyamment sur une machine où il faut aligner des petits diamants. Grand seigneur, Vitali me tend des jetons. Je m'assieds et commence à jouer, espérant qu'il se lasse et me laisse seule, mais c'est peine perdue. Au bout d'un moment, je le sens s'agacer. Il va peut-être enfin partir ? Manque de chance, je n'ai plus de jetons dans mon petit panier en osier et il s'en rend compte immédiatement.

– Allons boire un verre.

Sa main sur mon épaule ne me laisse pas le choix. Je soupire et prends la direction de la table où nous étions, mais il me retient par le bras :

– Je connais un endroit tranquille où nous serons plus à l'aise.

– Et si on essayait la roulette ? Je n'ai jamais joué.

– Je préférerais discuter.

– Ou alors le black jack ? C'est bien le black jack, non ? Vous pourriez m'apprendre ?

Je cherche tous les prétextes pour rester dans la salle et surtout ne pas me retrouver seule avec ce type.

– Je vais vous donner un cours particulier, venez.

Son ton ne me laisse pas le choix et je le suis à contrecœur, espérant que Li et ses hommes ne nous perdent pas de vue. Au détour d'un rideau rouge, nous empruntons un couloir avec des portes en enfilade. Le Brat en ouvre une et je me fige sur le seuil : une grande banquette, une table de poker et une bouteille de champagne nous attendent. Vitali me pousse fermement vers l'intérieur et referme derrière nous.

– Je… Je ne me sens pas très bien, commencé-je, je crois que j'ai besoin d'aller aux toilettes.

Il n'écoute pas et me pousse sur la banquette. Déséquilibrée par mes talons hauts, je me retrouve assise sans l'avoir voulu. Sans perdre de temps, il se glisse à mes côtés et alors que j'essaie de mettre de la distance, il m'attrape par les poignets et me ramène vers lui.

– Lâchez-moi, vous me faites mal, dis-je en espérant que le micro fonctionne.

– Tu as dépensé deux mille euros à la machine à sous, maintenant il faut passer à la caisse.

Joignant le geste à la parole, il s'empare de mes lèvres. Il parvient à crocheter mes deux mains avec une seule des siennes, arrachant le boléro qui me servait de protection de l'autre, pour venir fourrager dans mon décolleté. J'entends une couture craquer alors qu'il pince mon téton sans aucune délicatesse.

– Laissez-moi !

La douleur que je ressens n'est rien comparée à la peur qui s'empare de tout mon être. J'essaie de me rappeler mes cours d'autodéfense mais tout s'embrouille dans ma tête alors qu'il essaie de me faire basculer sur la banquette.

Dans un mouvement désespéré, je le mords aussi fort que possible mais il éclate de rire alors qu'une goutte de sang perle à ses lèvres.

– Tu vas adorer, ma belle. Montre-toi docile, sinon je serai obligé de te dresser et crois-moi, je ne fais pas dans la dentelle. Je vais te faire crier tellement fort que le bamboula que tu te tapes t'entendra depuis son shop.

Je m'immobilise en comprenant qu'il parle de Call. Il sait tout, il a dû comprendre qu'on le prenait pour un con, que Call était l'indic de Li et il cherche à se venger. Une larme coule sur ma joue alors qu'il fait courir sa langue sur mon visage. Il approche de mon oreille et susurre :

– Tu m'as allumé au club avec ton joli petit cul et il n'y a pas de raison que le tatoueur soit le seul à en profiter. Je vais te donner un avant-goût de mes talents, et après tu iras dire à l'artiste que s'il ne veut pas qu'on te retrouve dans la Seine, il a intérêt à se montrer disponible quand on aura besoin de lui.

– Lâchez-moi ! crié-je en cherchant à me dégager. Je ferai ce que vous voudrez, mais lâchez-moi.

– Oh mais j'y compte bien, mais avant on va s'amuser un peu, toi et moi.

Je hurle de douleur alors qu'il me mord violemment le cou.

Li fait irruption dans la pièce, son regard cherchant le mien. Elle s'apprête à faire un pas lorsque l'on entend une course dans le couloir et qu'elle est soudain bousculée par un des hommes de Vitali.

– Boss, la Lame est repérée !

Ni une ni deux, Vitali me pousse sur le côté et se redresse. Il me jette un regard qui me donne envie de gerber avant de m'asséner :

– J'ai du boulot, mais n'oublie pas de faire passer mon message à ton tatoueur. Sinon, la prochaine fois qu'on se verra, toi et moi, je te jure qu'un camion pourra passer entre tes jambes et que tu ne sentiras plus rien. Compris ?

Je hoche la tête, apeurée, alors qu'il avance pour quitter le salon privé.

– Qu'est-ce que tu fais là, toi ? jette-t-il à ma sœur. Retourne dans la salle, on n'a rien commandé.

Il claque la porte derrière lui, nous laissant seules. Je reste prostrée sur la banquette, mes cheveux partant dans tous les sens et une bretelle de ma robe pendant lamentablement.

– Mare, tu vas bien ? demande Li en s'avançant vers moi, blême.

– Tu comptais le laisser me violer ? lui hurlé-je. Tu étais prête à aller jusque-là pour réussir ta putain de mission ?

Elle se recule d'un coup, les yeux grands ouverts, presque tremblante.

– Non, bien sûr que non ! La situation était sous contrôle, tu as bien vu que j'étais là ! Tu crois vraiment que je serais capable de le laisser te violer ?

– Je sais pas ! Il était sur le point de… de…

Je m'effondre en larmes, sous le choc. Si l'homme de main de Vitali n'était pas arrivé, est-ce que Li aurait suffi à l'empêcher de me faire du mal ? Mon cou pulse, là où ses dents ont laissé une trace.

– Je vais demander à un de mes hommes de te ramener. Tu vas chez Call, il est prévenu, ajoute Li en m'aidant à rajuster ma veste.

Ses gestes doux contrastent avec son attitude distante. L'espace d'un instant j'ai l'impression de retrouver ma sœur, celle qui venait sécher mes larmes quand je pleurais à l'école avant d'aller casser la gueule au responsable. Je reprends peu à peu contenance.

– Tu as entendu ce qu'a dit le Brat ? lui demandé-je fébrilement.

Elle acquiesce.

– Call s'en sortira très bien. J'ai placé une équipe dans un appartement en face de vos boutiques pour vous protéger. Répète-lui le message de Vitali. Il connaît la procédure, il saura nous contacter.

Elle tourne les talons, pressée, et j'emboîte le pas d'un serveur que j'identifie comme un des collègues de Li.

CHAPITRE 50

LI

Il nous faut attendre un long moment avant que la voie soit libre pour prendre place dans le sous-marin. Pas question que je relâche la pression. Je suis sur les nerfs, mes idées plus très claires depuis ce qui est arrivé au casino, malgré cela, je décide de suivre mon instinct de flic. Je suis certaine qu'il y a quelque chose que Roman Lefroid recherche au milieu des vieilles carlingues de cette casse. Je sais, je sens qu'il viendra ici tôt ou tard. Par précaution, j'ai déployé mes équipes à divers endroits de la capitale. Nous devons mettre la main sur lui avant les Tchétchènes, c'est une nécessité. Étonnamment, une fois de plus, aucun guet sur place. Le Brat pèche par un trop-plein de confiance, à moins qu'il ne soit aux abois : entre ceux qu'il a butés, ceux qui le fuient et ceux que j'ai arrêtés, il lui reste peu de monde.

– Pourquoi crois-tu que Lefroid viendra ici ? demande Javier, quelque peu froissé.

J'ai été dure avec lui, tout comme avec mon équipe sur place. Mare a failli se faire violer par Vitali, et j'ai pété une durite. Je n'aurais pas dû les laisser la mettre en danger. Si ses hommes n'étaient pas venus le prévenir du retour de la Lame, j'aurais logé une balle entre les deux yeux de Vitali.

– Il a essayé de pénétrer dans la casse il y a deux jours. Il devait chercher quelque chose.

– Tu fais confiance à cette petite frappe de Korgay ? Il a aussi bien pu le dire à Vitali, et on va se retrouver encerclés.

– Le gosse lui a piqué de la dope. Il la cache ici. Il est venu en récupérer quand il a vu la Lame. S'il le dit à Vitali ou à son frère, ils sauront qu'il magouille quelque chose. Je peux t'assurer que dans ces familles, on ne te prive pas seulement de télé quand tu trahis tonton Vitali.

Je dépose tranquillement mon sac à dos rempli à la va-vite de nourriture dans un coin du vieux Trafic. Pendant ce temps, Javier rebranche le matériel vidéo et remet en route toute l'installation sans un mot, ni un regard.

– Tu vas arrêter de me faire la tête ? soufflé-je, agacée.

– Franchement Li, il est temps que cette enquête s'achève, tu pars en vrille. Ça devient une obsession.

– Pas du tout.

– Tu ne crois pas que tu aurais pu déléguer cette planque à un autre binôme ?

– Je préfère gérer moi-même. C'est certain, il va venir.

Il pince l'arête de son nez, tentant de se contrôler.

– Ça fait trois nuits qu'on ne dort pas.

– Si tu es fatigué, je peux prendre un autre coéquipier.

Javier m'assassine du regard en croquant dans un sandwich que je lui tends comme s'il n'avait pas mangé depuis des jours.

– Tu t'es vue ce soir ? Tu as failli tous nous griller à vouloir entrer dans ce salon privé.

– Mareva était en train de se faire violer !

– On gérait, j'étais dans le poste de contrôle. J'avais la scène en visu. Des agents de sécurité du casino étaient en train d'arriver.

– J'entendais ma sœur crier.

– Le problème, Li, c'est que ta sœur est ton talon d'Achille. Dès qu'il est question d'elle, tu ne te contrôles plus. Tu ne peux pas toujours être derrière elle à jouer les sauveuses.

Je n'en reviens pas. Il se rend compte de ce qu'il dit ? J'aurais dû la laisser se faire toucher par ce connard ?

– Elle était entre les mains d'un tueur, Javier.

– Et nous étions tous prêts à intervenir. Depuis le début tu étais contre cette opération et tu n'as fait aucun effort pour mettre tes sentiments de côté.

– Bien sûr que j'étais contre, c'est ma sœur ! Tu crois qu'on est plus avancés maintenant ? Call va devoir travailler pour eux, il risque de se faire buter au premier mot de travers, et ma sœur peut se faire violer par tout le gang. J'aurais dû leur donner du fric et leur faire quitter le pays pendant quelques semaines, le temps qu'on l'enferme.

Javier me jette un regard incrédule. Si on ne risquait pas de se faire repérer, je pense que s'il pouvait hurler, il le ferait.

– Tu dois reprendre ton sang-froid, Li, sinon on va planter l'affaire. Vitali Kurbanov va quitter le pays tranquillos et on ne retrouvera jamais la Lame.

– Je voudrais t'y voir, toi, si c'était une de tes sœurs. Il n'y a qu'à voir ta réaction avec Gabriella.

Il me jette un nouveau regard furieux.

Je préfère ne pas poursuivre la conversation quand je le vois s'énerver après un câble, et plonge sur les écrans en lâchant un profond soupir. Son téléphone vibre et je le regarde de biais lire un SMS. Il ronchonne. Nouveau SMS. Encore un autre, puis un autre. Et ainsi de suite, une bonne dizaine de fois.

– C'est Call ? Il y a un problème avec Mareva ?

– Non, râle-t-il. C'est le résultat de tes conneries. Gabriella a tout avoué à ma mère, on est en plein drame familial.

Des messages tombent toutes les dix secondes.

– Non mais franchement chez les Esposito, vous faites des drames de rien du tout !

Un coup d'œil. Je suis morte. Enfin, je pourrais, vu son air de tueur.

– Et chez les Sorel, vous ne faites que des conneries.

Touché.

– Pauvre Gabriella, soupiré-je. Elle a tellement bossé. Elle rêve d'être flic comme toi, comme son père.

– Ma mère doit être dans tous ses états.

– Elle doit dépasser ça.

– Comme si c'était facile !

Plus d'une heure passe. Aucun mouvement nulle part. Bernard nous renseigne : Vitali Kurbanov continue sa petite soirée tranquille au casino, une de ses poules sur les genoux. Il fait un tabac au black jack. Javier, lui, ne quitte pas les écrans des yeux, sauf pour me regarder discrètement. Je le sens perturbé. Même si je ne suis pas d'accord avec sa réaction à propos de Gabriella, c'est vrai qu'une partie de son état est due à ma propre angoisse vis-à-vis de Mareva. Je m'approche de lui, pose ma main sur sa joue, et il me regarde, un peu perdu. Il ouvre la bouche pour dire quelque chose mais je dépose un doux baiser sur ses lèvres.

– Je n'aime pas qu'on se dispute.

– Moi non plus ma princesse.

Je m'accroche à ses épaules et me laisse bercer par la caresse de sa langue autour de la mienne. Il s'approche plus près de moi et très vite, j'en veux plus. Il agrippe mes hanches et je viens me hisser sur lui. Ses lèvres dévalent ma gorge.

– Ma Li, je t'aime tellement.

Je gémis lorsqu'il glisse son nez entre les pans de ma chemise en jean et qu'il détache trois pressions à la hauteur de mes seins. Ses doigts se faufilent sous la dentelle de mon soutien-gorge et je lâche un « oui » en devinant ses lèvres filer à la rencontre de mon téton.

– J'ai sans cesse envie de toi. Je voudrais vivre en toi, dit-il avec une voix si rauque qu'elle vibre jusque sous ma culotte.

Je me relève d'un coup et envoie valser mes baskets et mon slim noir. Javier me transperce d'un regard incendiaire qui brille malgré l'obscurité de la camionnette. Il fait glisser mon tanga lentement le long de mes cuisses, je détache sa ceinture et tire d'un coup sec sur les boutons de son jean. Il me pose brusquement sur lui à califourchon, et dans un équilibre précaire sur ce vieux banc en bois, il s'enfonce en moi, tout aussi pressé d'en arriver là. Je me laisse aller à mon désir cru, dicté par cette envie de jouissance dévastatrice qui me fera oublier tous les revers de la soirée. Javier semble pris de cette même frénésie. Chacun se donne à ce corps à corps presque brutal, c'est notre moyen à nous d'ouvrir les soupapes après ces dernières heures.

J'attends la déferlante qui me délivre enfin en une multitude de sensations fabuleuses. Je contemple mon amour jouir entre mes cuisses dans une extase qui le rend encore plus beau. Il se met aussitôt à rire d'une façon si virile qu'il me provoque encore de merveilleuses décharges électriques tout autour de lui. Il me vole un baiser avant de me dire :

– Je t'aime. Surtout quand tu prends ce genre d'initiative.

Je souris comme une bienheureuse. Encore dans ses bras, son visage s'éclaire d'un coup. Il tourne la tête vers les écrans.

– Oh merde ! s'écrie-t-il en me repoussant de ses genoux. C'est la Lame. Putain, il est seul en plus !

Javier s'est déjà rhabillé et avance vers la porte quand je réagis enfin.

– Attends-moi ! chuchoté-je en cherchant mes affaires.

Il sort en trombe du sous-marin. Je me retrouve comme une idiote, le cul à l'air alors que Javier est parti seul. Je sautille pour enfiler mon jean, mais mettre un slim en catastrophe alors qu'on est encore en train de planer après un orgasme fabuleux, ça relève de l'impossible. Je m'énerve, et encore nus pieds, je saute de la camionnette pour me précipiter à la suite de mon coéquipier. Javier est parti depuis déjà une bonne minute et Dieu sait sur quoi il pourrait tomber. Je n'ai pas le temps de mettre mes chaussures, il risque sa vie.

Il n'y a que dans les films que l'on peut courir sans se blesser sur les caillasses. J'encaisse une première entaille à l'orteil et continue à courir à travers les épaves. Où est-il, merde ! J'avance en courant, regardant à droite et à gauche, espérant tomber sur lui derrière chaque voiture. Au bout de plusieurs minutes, des bruits de bagarre, des cris sourds de coups qu'on prend dans le ventre résonnent un peu plus loin, puis tout à coup, une détonation. Mes jambes flanchent, mon cœur s'arrête. Je suis encore trop loin pour voir, mais j'ai peur de découvrir l'horreur. Je me remets à courir, ne ressentant plus aucune douleur sous mes pieds, gravissant les morceaux de ferraille qui jonchent le sol. Mon arme à la main, je me rends compte trop tard que je pénètre dans le préfabriqué sans prendre le temps d'évaluer le danger. Lorsque je reconnais enfin Javier gisant au sol, la Lame, restée en embuscade derrière la porte, se jette sur moi. J'esquive – toutes ces années de sport de combat n'auront pas servi à rien –, mais il s'arrime à moi. Je me laisse alors tomber de toutes mes forces, l'embarquant avec moi dans ma chute, le faisant voler avec mes pieds pourtant blessés. Je me relève aussi sec ; si je ne remporte pas ce corps à corps, Javier et moi sommes condamnés à mourir. Je surplombe Lefroid de toute ma hauteur, le canon de mon arme braqué droit sur lui avant même qu'il ne puisse se remettre de sa chute. Le plaquant au sol, ventre contre terre, je le maintiens grâce à mon pied posé entre ses deux omoplates.

– Police ! Bouge plus !

Je jette un coup d'œil à Javier toujours au sol.

– Javier, ça va ? crié-je.

Il reste inerte. Je suis au bord de la crise de nerfs.

– Javier ! Dis-moi quelque chose, putain !

Les larmes aux yeux, j'attends une réponse. Je ne peux pas lâcher Lefroid, il aurait vite fait de prendre le dessus sur moi. Il se débat, profitant de mon inattention, mais je lui enfonce mon pied sur la nuque si fort que je pourrais le tuer.

– Ne bouge pas, connard ! Javier, putain, réveille-toi !

Javier se met enfin à grommeler en se redressant sur les genoux avant de secouer la tête comme s'il reprenait connaissance.

– Ça va, mais il m'a mis un de ces pains dans la gueule ! jure-t-il en frottant sa joue.

– Tiens-le en joue le temps que je lui passe les menottes.

Je me mets à genoux sur le type et réussis à lui attacher les mains. Je blêmis en voyant Javier se relever difficilement, le bras maculé de sang.

– Javier, tu es blessé.

– Ce n'est rien.

– Tu pisses le sang ! insisté-je.

– C'est rien, calme-toi, m'engueule-t-il en geignant de douleur.

Sous le choc, je le regarde me donner des ordres, mon pied toujours sur la nuque de Lefroid. La voix de Javier se fait lointaine.

– Putain Li, tu m'écoutes ! Fouille dans ses poches pour récupérer ses clefs de bagnole, on doit se casser d'ici au plus vite. Si les Tchétchènes arrivent, on est tous morts !

Comme je reste tétanisée, il attrape mon bras et me secoue violemment.

– Bouge-toi, bordel !

Je m'exécute finalement comme un automate dont il tirerait les fils. Je ne parviens pas à surmonter ce qui vient de se passer : j'ai failli le tuer. J'ai failli tuer Javier. Il s'est jeté dans le combat, et moi je suis restée en arrière, le laissant encaisser, le laissant se faire tabasser, au risque de le voir mourir. J'ai failli le tuer, comme cette femme l'a fait jadis avec son père, et soudain mon cœur se brise.

CHAPITRE 51

CALL

Je n'en peux plus. Mare vient tout juste de s'endormir après m'avoir raconté la soirée. Franchement, j'étais à deux doigts de prendre la moto et d'aller buter ce connard de Vitali. Ce qui m'en a empêché ? Le visage de Mareva. Je l'observe, ses joues portent encore les traces des sillons de ses larmes et elle s'agite dans son sommeil. Elle n'aurait jamais dû être mêlée à ça. Sa sœur m'avait prévenu et je n'ai voulu en faire qu'à ma tête, et maintenant la marque dans le cou de Mare me nargue. Comme un rappel de ma lâcheté. J'ai osé penser que, dans le chaos qu'est ma vie, j'avais droit à une infime part de bonheur, mais il n'y a qu'à voir où j'en suis. Jammal dans le coma, et la Miss, presque violée.

Je quitte la chambre en veillant à faire le moins de bruit possible pour ne pas la réveiller. Assis sur le canapé, je joue avec mon portable. Je sais ce que va vouloir Kurbanov : après avoir fait le grand ménage dans ses rangs, il s'est rendu compte qu'il manquait de personnel. Et comme par hasard, je gère une grande boutique, ventilée, et avec une clientèle qui ne risque pas de fourrer son nez partout.

– Call ?

La voix ensommeillée de Mareva me fait tourner la tête. Dans l'entrebâillement de la chambre, un de mes vieux tee-shirts lui faisant office de chemise de nuit, elle m'attend. Avec ses cheveux blonds qui cascadent sur ses épaules, et malgré ses yeux rougis, je la trouve magnifique. Elle avance à tout petits pas pour venir se blottir contre moi et je l'accueille dans mes bras, lui offrant le cocon protecteur dont elle a besoin.

– Je m'apprêtais à envoyer un texto à Darla, murmuré-je sans la regarder.

Elle ne répond pas mais je sens les battements de son cœur accélérer.

– Tu… Tu l'as aimée ? finit-elle par me demander.

Sa question me surprend, mais je décide d'être honnête.

– Je l'ai désirée, oui. C'est une femme attirante et pendant un temps, cet aspect de ma mission d'indic n'était pas une corvée.

Elle déglutit mais garde le silence.

– En revanche, depuis qu'une certaine tornade blonde a envahi ma vie, je n'ai plus vu que par elle. Malheureusement, Darla reste ma porte d'entrée pour Kurbanov.

– Tu vas lui demander quoi ?

– Je ne sais pas, mais je déteste devoir attendre que Vitali me contacte. Je ne suis pas un clébard qu'on siffle.

– Tu ne devrais pas. Li m'a toujours dit que ce sont ceux qui pèchent par excès de confiance qui commettent des erreurs. Laisse-le croire qu'il mène la danse et reste sage. Il… Il a été très clair au casino, il compte bien te contacter, d'une façon ou d'une autre, alors laisse-le venir à toi.

Je soupire ; elle a raison. Je serre Mare dans mes bras, m'enivre de son odeur. Elle parle sans discontinuer de tout et de rien, comme si elle savait quelles allaient être mes prochaines paroles. Je vais devoir replonger là-dedans, et surtout prendre mes distances avec elle. Si Vitali pense qu'elle m'a quitté par peur des représailles, il y a peut-être une infime chance qu'il l'oublie. Au bout d'un moment, elle finit par se taire et se retourne. Elle s'assied à califourchon sur mes jambes et commence à m'ôter mon tee-shirt avant de m'embrasser :

– Si ça doit être la dernière fois, faisons en sorte que ce soit mémorable.

Mes mains se faufilent sous son haut et je tire ses hanches vers mon bassin. La puissance de mon érection me surprend moi-même alors que Mare dépose une série de baisers le long de mon cou. Elle descend sur mes pectoraux et l'une de ses mains atteint la lisière de mon short. Je l'écarte légèrement pour virer le tee-shirt qu'elle porte encore et me saisis d'un de ses petits seins. Sa peau laiteuse contraste avec la mienne et je trouve le spectacle magnifique. Blanc sur noir, obscurité et lumière, elle et moi, tout simplement. Elle frotte son bassin contre le mien en haletant, et je tends la main pour récupérer un préservatif dans mon portefeuille sur la table basse. Mare me le prend des mains et, d'un geste expert, le déballe avant de le dérouler sur mon sexe. Elle enlève ensuite sa culotte rose pastel avant de me perdre en elle. Ses mouvements sont lents, comme si elle savourait chaque instant de ce moment. Je la laisse faire, je plonge mon regard dans le sien. J'essaie de lui faire comprendre tout ce que je n'arrive pas à lui dire, qu'elle est plus importante pour moi que tout le reste, que je ne veux qu'elle et personne d'autre, qu'elle est la seule qui compte à mes yeux et dans mon cœur.

– Mareva, je t'aime, m'entends-je lui avouer.

Les mots sont sortis de ma bouche sans que je puisse les retenir, mais ça m'est égal. Maintenant que je l'ai dit, je ne peux qu'accepter cet état de fait : j'aime cette fille, son côté tête brûlée, son courage, et son talent incomparable pour rater des muffins.

Elle m'embrasse sans me répondre, sans doute est-ce trop tôt pour elle. Tant pis, je l'aimerai pour nous deux le temps qu'elle se rende compte que je lui suis indispensable, autant qu'elle l'est devenue pour moi. Nous faisons l'amour tendrement et quand nous finissons par jouir, son visage reflète à la fois le bonheur et la tristesse. Je me lève pour me débarrasser de la capote et la retrouve sur le canapé, l'entourant de mes bras.

– Je t'aime, Mareva Sorel.

Elle sursaute et lève la tête vers moi.

– Tu es sûr ?

Je fronce les sourcils.

– Il me semble, oui. Tu n'as pas entendu, tout à l'heure, pendant que nous…

– Si, mais je pensais que tu l'avais dit comme ça, sans réfléchir. Ça arrive de le dire, dans le feu de l'action, et de ne pas assumer après…

Je m'écarte d'elle. Est-ce que c'est vraiment ce qu'elle a vécu ? Après tout, avec ce connard, ça ne m'étonnerait pas. Je me lève et fonce dans la chambre. S'il faut sortir les grands moyens pour lui prouver ce qu'elle représente pour moi, qu'à cela ne tienne. Je récupère l'écrin en velours qui dort depuis de nombreuses années dans le tiroir de ma table de nuit ; un des rares objets que nous avons pu sauver de la saisie des huissiers. Mes parents étaient criblés de dettes et à leur mort, les rapaces s'en sont donné à cœur joie. Je soulève le couvercle : un anneau en or y repose, surmonté d'un tout petit rubis aussi rouge que le tempérament volcanique de celle à qui je compte l'offrir ce soir. Alors que je réfléchis à mes prochaines paroles, j'entends Mareva marcher sur la pointe des pieds derrière moi. Je me retourne, un genou à terre. Je ne sais pas ce qui me prend. La peur de perdre ma Grand-ma, de ne pas sortir vivant de l'infiltration chez les Tchétchènes, peut-être. Dans tous les cas, je ne veux pas qu'elle doute de mes sentiments pour elle, jamais.

Prise de court, Mareva fixe la bague, ahurie, avant de laisser son regard revenir sur moi, à genoux devant elle.

– Tu… Tu me demandes en mariage ?

– On dirait bien, ouais.

OK, niveau déclaration d'amour, on a fait mieux. Elle se mord la lèvre.

– Écoute Call, commence-t-elle.

Je me redresse et referme l'écrin.

– Laisse tomber, c'était une mauvaise idée.

– Non, pas du tout, c'est juste que…

– Que quoi ? Tu ne m'aimes pas ?

Elle secoue ses boucles blondes en signe de dénégation. Alors quoi ? Elle m'aime ? Je n'y comprends plus rien.

– Bien sûr que je t'aime, mais tu ne sais pas tout de moi. Tu ne peux pas me demander de devenir ta femme alors même que tu ignores à quel point je suis… je suis monstrueuse.

– Toi ? Monstrueuse ? Je n'y crois pas une seule seconde, m'esclaffé-je.

– Ah non ? Et comment tu appelles une femme qui accepte une grosse somme d'argent pour oublier qu'elle a avorté et ne pas causer de scandale auprès des amis et relations de son ex ?

Je la fixe sans comprendre. Elle recule, cherchant à mettre de la distance entre nous, refusant de croiser mon regard.

– Et oui, la gentille Mare, la fille parfaite, a accepté un pot-de-vin pour financer son magasin !

La voix brisée sur les derniers mots, elle se laisse tomber sur le matelas et baisse la tête. Je m'approche d'elle et du bout de l'index, lui relève le menton :

– Miss, quoi que tu aies fait, ça ne compte pas. Pas pour moi. Je t'aime.

Elle secoue la tête et me repousse doucement.

– Je suis tombée enceinte, mais ça, tu le sais déjà. J'étais perdue, Paul était loin d'être heureux et il en a parlé à ses parents. Un matin, ils ont débarqué à l'appartement. J'étais rentrée tard la veille de mon boulot de serveuse et n'avais pas eu le temps de faire le ménage, ni la vaisselle. Ça faisait des jours que je ne voyais presque pas Paul, à cause de ses études ou de ses soirées étudiantes. J'étais épuisée, je pensais être tranquille chez moi.

Je fronce les sourcils, quelque chose me dit qu'ils ne sont pas venus pour la soutenir.

– Ils ont alors commencé à dire que si je n'étais pas capable de m'occuper d'un petit appartement alors que nous n'étions que deux, je n'arriverais jamais à gérer avec un bébé en plus. Qu'avec mes boulots précaires, je ne pourrais pas joindre les deux bouts et que garder cet enfant signifiait condamner Paul à l'échec ; comment pourrait-il réussir ses études avec un bébé qui ne fait pas ses nuits ? Bref, ils ont enchaîné en pointant mon avenir incertain, mes piètres talents de cuisinière, ils ont mis le doigt sur tous les doutes que j'avais pu avoir, jusqu'à ce que l'avortement commence à ne plus me paraître si horrible. Ce que j'ignorais, c'était que Paul leur avait parlé de mon envie de monter ma boîte et, contrairement à ce à quoi je m'attendais, ils se sont montrés emballés et se sont servis de ça pour enfoncer le clou. Monter une entreprise avec un enfant à charge, ce serait impossible. Paul et moi avions le temps avant de fonder une famille, si ce n'était pas maintenant, ce serait plus tard. Finalement, avant que j'aie pu décider à en parler à Li ou à ma mère, j'étais devant une clinique, seule. Et lorsque plus tard Paul m'a plaquée, j'ai cru devenir folle. Ses parents sont de nouveau venus me voir et…

Elle marque une pause et continue de fixer le sol.

– Et ils m'ont dit que je devais partir dignement. Moi, partir dignement, alors que je venais de servir de capote à leur fils ? J'ai crié, j'ai pleuré, je leur ai jeté des choses à la figure. J'avais tout sacrifié, pour lui, pour eux. Si j'avais su qu'il me quitterait, j'aurais gardé cet enfant, je l'aurais aimé, je l'aurais protégé, et jamais je ne m'en serais séparée.

J'ai mal pour elle. Ils ont abusé de son manque de confiance en elle pour la pousser à avorter. J'ai envie de la serrer contre moi, de lui dire qu'elle n'a rien à se reprocher, d'aller défoncer la gueule de ce connard.

– Je leur ai dit qu'ils devraient avoir honte, que j'étais allée jusqu'à sacrifier un enfant, et ils ont commencé à se radoucir. Enfin, c'était ce que je croyais. Ils attendaient juste que je me calme pour me sortir un chèque. Le père de Paul m'a expliqué que je méritais un « dédommagement » pour ce que leur fils m'avait fait subir. Que je devais le voir comme la possibilité de repartir de zéro, et pourquoi pas de concrétiser mon envie de monter ma propre affaire.

Elle marque une pause et me fixe, hésitante. Elle fouille mon regard, à la recherche sans doute du dégoût qu'elle imagine provoquer en moi. Mais je ne ressens que de l'amour et du respect pour elle.

– J'ai hésité. Je venais de retirer le dossier pour Do It Yourself et l'une des conditions était d'apporter une certaine somme pour acheter la franchise. J'ai dû promettre de ne plus jamais mentionner l'avortement et de me tenir éloignée de Paul. Oublier que j'avais porté son enfant, oublier qu'il s'était servi de moi comme soupape pour supporter la dure vie d'étudiant en médecine, oublier que j'avais été tour à tour sa femme de ménage, sa cuisinière, son chauffeur et son objet. Voilà Call, voilà ce que je suis. Un monstre qui a vendu son intégrité, et qui a même accepté de faire comme si son enfant n'avait jamais existé. Alors dis-moi, c'est ce genre de femme que tu veux épouser ?

Je ne réponds pas, sous le choc. Je n'ai qu'une envie : partir. Partir retrouver ce sale porc et le détruire.

Mare se lève, se méprenant sur mon silence.

– Tu vois, je suis loin d'être une Miss… Je suis un monstre. Tu devrais peut-être me le tatouer sur le poignet, comme tu l'as fait pour Li.

Je secoue la tête, incrédule. Je n'en reviens pas de ce qu'elle a subi, de ce qu'elle a supporté en silence, de cette force dont elle a dû faire preuve face à cette famille de tarés. Et pourtant, elle se fustige encore, alors qu'elle devrait avoir toutes les raisons du monde d'être en colère contre l'autre enfoiré et contre la vie. Il est hors de question que je la laisse penser qu'elle est en tort. Je me lève donc et m'avance vers elle d'un pas assuré.

– Non seulement je veux toujours t'épouser, mais je peux t'assurer qu'une fois que tout sera derrière nous, je passerai le restant de mes jours à faire en sorte que tu ne puisses plus jamais penser, une seule seconde, que tu es quelqu'un de monstrueux. C'est clair ? Ce sont eux, les monstres.

Elle écarquille les yeux, renifle bruyamment et hoche la tête légèrement, visiblement soulagée. Après l'avoir laissée pleurer encore quelques secondes, je ressors l'écrin, récupère la bague et la glisse d'office à son annulaire.

– Chaque fois que tu regarderas cette bague, tu sauras que, quoi qu'il advienne, je t'appartiens.

Elle se jette à mon cou et m'embrasse.

– Je vais prendre ça pour un oui, conclus-je, heureux, en l'allongeant sur mon lit.

CHAPITRE 52

LI

Je mords mon index pendant que la jeune interne recoud les deux plaies sous mes pieds. Je m'interdis de lâcher la moindre plainte.

– Je ne comprends pas comment vous vous êtes fait ça. Vous n'aviez pas de chaussures ?

Barbie, debout dans un coin de la salle de soins, me toise. Que pourrais-je répondre à ça ? Qu'au lieu d'être à l'affût de l'arrivée du suspect, j'étais en train de m'envoyer en l'air avec mon coéquipier ? Que j'ai dû sortir en trombe sans me rechausser pour aller courir derrière l'homme que j'aime, mais que ça n'a pas suffi pour lui éviter de se faire trouer la peau ? Et que c'est pour cette raison qu'il est en ce moment même au bloc pour se faire retirer la balle qui s'est logée dans son bras ?

– Comment va Javier ? demandé-je.

– Toujours au bloc.

Je suis encore sous le choc, comme à la casse. Je n'ai même pas été foutue de terminer la mission correctement. J'étais tellement bouleversée par ce que j'avais fait que Javier a dû me hurler dessus pour que je sorte de ma torpeur et que j'appelle les renforts, avant de courir jusqu'au Trafic et de récupérer le matériel. Le tout pour repartir dans la voiture de la Lame avant que les Tchétchènes ne se ramènent. J'ai foncé, nous éloignant le plus vite possible, les pieds ensanglantés dans mes Converse, ma culotte ramassée à la va-vite dans ma poche de pantalon. Et à l'arrière, Javier, au bord de l'évanouissement, tenant en joue le suspect.

– Il y a une personne à prévenir ? Un époux ? Quelqu'un de votre famille ?

Mareva, maman. Je secoue la tête pour dire non.

– Comment allez-vous rentrer chez vous ? demande l'interne, me détaillant avec empathie.

– Je la ramènerai, répond Barbie qui s'avance près de moi.

– Est-ce que vous pouvez vous renseigner pour mon collègue ? demandé-je à la jeune femme, les larmes aux yeux.

– Je vais me renseigner, ne bougez pas.

Barbie soupire et continue à me détailler avec une certaine froideur.

– Tu as un problème ?

– Ouais, j'en ai un, Capitaine. Javier est au bloc. Il peut perdre l'usage de son bras.

Je frissonne de terreur.

– Qu'est-ce que vous foutiez sans vos chaussures ?

Je ne parviens pas à me sortir de la tête la silhouette de Javier se faufilant au-dehors de la camionnette, et moi presque nue, incapable de le rattraper. Je le vois encore et encore inconscient au sol. Ma vue se bloque sur les aiguilles de la pendule de la salle d'examen. J'ai l'impression que le temps défile plus lentement, si bien que l'attente m'est encore plus insupportable. Je veux savoir si Javier va bien.

– Capitaine ?

Barbie ne cesse de me poser cette question depuis que nous avons débarqué en trombe au commissariat pour livrer la Lame et que j'ai repris le volant pour conduire Javier à l'hôpital. Je suis épuisée. Je veux qu'elle arrête de me cuisiner comme si j'étais un de nos clients VIP. Je veux qu'on me laisse tranquille.

– Linda ? dit-elle d'une voix plus douce.

– On était en train de baiser.

Je passe la main sur mes yeux pour retenir mes larmes, sous son regard stupéfait.

– Non mais, je n'en crois pas mes oreilles.

– La Lame est arrivée, Javier a foncé. J'ai essayé de le suivre mais il a été plus rapide. J'ai entendu le coup de feu…

Je n'arrive pas à finir ma phrase, trop bouleversée.

– Vous, Capitaine, qui passez votre temps à nous seriner votre code de déontologie…

Elle secoue la tête, ahurie, avant de s'éloigner, une main sur la hanche. Elle revient sur ses pas.

– Passons que vous vous amusiez avec le chef de la Crim, même si c'est un connard. Mais avec Javier, votre coéquipier, c'est fort de café !

– On sort ensemble depuis quelques semaines, confessé-je en soupirant.

Un soupir qui veut dire mille mots. Même si le moment est très mal choisi, cet aveu me fait tout de même un peu de bien. Je ne m'étais pas rendu compte que nous cacher me pesait autant.

– Je n'aurais jamais cru ça de vous, balance-t-elle, pleine de dédain.

Elle se met à ricaner tout en secouant la tête.

– Maintenant je comprends mieux pourquoi vous étiez sur mon dos quand je suis sortie avec lui. Vous étiez jalouse. Vous le vouliez pour vous.

Je pince les lèvres. C'est vrai, j'étais jalouse quand je les ai vus ensemble. Peut-être que cela a influencé mon comportement.

– Ne mélange pas tout, réponds-je, de mauvaise foi.

J'ai toujours ressenti du mépris dans le regard de Barbie, mais aujourd'hui, c'est tout autre chose : de la rivalité. Je sais qu'elle est encore éprise de lui.

– Par votre faute, Javier va peut-être perdre son bras.

Je n'ai pas attendu qu'elle me crache cela à la figure pour culpabiliser, mais l'entendre formulé à haute voix me fait l'effet d'une gifle. Mon estomac se tord. Mon corps se met à trembler, si fort que je n'arrive plus à me contrôler. J'en lâche les ordonnances que la jeune interne m'a prescrites pour les soins de mes pieds. *Javier. Perdre son bras. C'est ma faute. Tout est ma faute.*

– Vous êtes pitoyable, balance-t-elle en regardant les feuilles voler à travers la pièce.

Sans me venir en aide, elle sort son téléphone portable et prend la direction de la sortie.

Deux heures. Cela fait deux heures que je patiente dans un long couloir, au milieu d'autres personnes qui attendent également des nouvelles de leurs proches. Barbie n'est pas réapparue. Au commissariat, mes collègues ont commencé à interroger la Lame, mais il ne répond à aucune question. Il se contente de ricaner. Je devrais y être, mais je ne peux pas partir d'ici, pas tant que je ne sais pas comment va Javier. J'ai peur. Aura-t-il des séquelles de cette blessure ? Pourra-t-il retrouver l'usage normal de son bras ? Je m'en veux tellement que je n'arrive même plus à réfléchir normalement. J'ai comme une barre dans la tête, un étau autour de mes poumons.

Un mouvement me fait relever la tête et je tombe sur la famille Esposito en grand comité. Alma, ses filles, ses parents et même deux cousins de Javier sont en train d'arriver. Alma se précipite sur moi lorsqu'elle m'aperçoit, et je ravale un sanglot. À la colère que je lis sur son visage, je sais qu'elle ne sera pas d'un grand réconfort.

– Où est mon fils ?

– Au bloc, réponds-je d'une voix serrée, en me relevant dans un équilibre précaire.

Alma me détaille de la tête aux pieds, s'arrêtant sur mes Converse ouvertes sur des bandages. Gabriella et Lorena la contournent pour venir me prendre dans leurs bras.

– C'est grave ? demande la mère de Javier d'un ton inquiet.

– Apparemment non. La balle n'a pas endommagé l'épaule mais il fallait la retirer.

– Comment c'est arrivé ? Pourquoi tu n'as rien, toi ?

Voilà la question que je redoutais.

– Javier a été blessé par le suspect qu'on recherchait. Il… il est arrivé plus vite que moi et s'est fait tirer dessus.

Dans le regard d'Alma, je ne lis que des reproches. Son fils a failli mourir, elle m'en tient pour responsable, et elle a raison. Si Javier est encore en vie, ce n'est que de la chance. J'aurais pu le perdre définitivement, j'aurais pu… Incapable de rester debout plus longtemps, je me retiens au mur et lui dis en sanglotant :

– C'est ma faute. Je n'étais pas là pour le couvrir. Je ne l'ai pas protégé comme j'aurais dû le faire…

Alma me toise méchamment.

– Tu n'y es pour rien, me console Lorena.

– Bien sûr que si, s'offusque sa mère.

– Vous êtes les proches de Javier Esposito ? les interrompt un médecin.

L'intervention s'est heureusement bien passée ; Javier va redescendre de la salle de réveil. Je ne contiens plus mes larmes et me laisse tomber sur une chaise. Nous sommes passés si près de la catastrophe. Je lève les yeux alors qu'Alma s'effondre à son tour, soulagée, soutenue par ses filles. Je l'entends dire à Gabriella :

– Et c'est ça que tu veux me faire endurer aussi ! Tu crois que je n'ai pas assez perdu comme ça ?

Gabriella se met à pleurer avant de prendre sa mère dans ses bras, qui vocifère après la police et les incapables qui la constituent. Tous les yeux se tournent vers moi. J'ai été en dessous de tout. Bianca vient vers moi et me serre par les épaules en me susurrant :

– T'inquiète pas, ça va lui passer. Elle aboie plus fort qu'elle ne mord.

– Elle a raison, j'ai été minable.

Un brancard passe devant nous et je croise avec soulagement le regard de Javier. Sa mère, Soledad et Lorena se jettent aussitôt sur lui.

– Ça va les filles, je vais bien.

Il tourne la tête vers moi mais je n'arrive pas à soutenir son regard fatigué. Il tend sa main et je viens lentement vers lui pour embrasser sa paume en murmurant un :

– Je suis désolée.

Les infirmiers l'installent dans une chambre et je reste là, sans force, à regarder sa famille le suivre.

La voix d'un homme dans mon dos me force à faire volte-face.

– Sorel, vous voilà.

– Commissaire Breton, dis-je d'une voix lasse.

Les ennuis continuent. Il me regarde de la tête aux pieds, s'arrêtant sur mes deux extrémités bandées.

– Vous avez des nouvelles du lieutenant Esposito ?

– Il vient de sortir du bloc. Il va bien, dis-je en contenant mes émotions.

– On peut parler quelques instants ? demande-t-il en montrant la sortie du service.

Je le suis, claudiquant dans le long couloir. Il s'arrête devant un distributeur de boissons et me fait signe pour savoir si je désire quelque chose.

– Non merci.

Il met des pièces dans l'appareil et compose un numéro. Une canette de soda tombe bruyamment dans le réceptacle, et il se penche pour la récupérer.

– Sorel, Sorel… Je ne sais plus quoi faire de vous.

Mon cœur s'emballe. Je me demande s'il est déjà au courant de ce qui s'est passé avant l'arrivée de la Lame. Si c'est le cas, c'est la porte assurée.

– Le lieutenant Grivois est venu me rendre compte de l'interpellation de Roman Lefroid.

J'ai la réponse à ma question. *Barbie a tout raconté.*

– J'en suis resté sans voix. Je ne m'attendais pas à cela.

– Je… Je…

– Écoutez Sorel, dit-il en plongeant une de ses mains dans la poche de son pantalon de costume, faisant sonner ses clefs les unes contre les autres. J'ai été capitaine comme vous, je n'étais pas un saint non plus. J'avais même un sacré caractère, pire que vous, et ce n'est pas peu dire, ricane-t-il en me jetant un coup d'œil de biais. On passe tout notre temps au boulot, jour et nuit, on n'a plus le temps de rencontrer qui que ce soit. On se rapproche des collègues, on s'acoquine avec son binôme, ça nous est arrivé à tous au moins une fois. Et puis, on est moins concentré et on fait des conneries. Aujourd'hui, vous en avez commis une. Heureusement, vous avez réussi malgré tout à serrer Roman Lefroid.

– J'ai manqué à mes devoirs.

– Ne soyez pas si dure avec vous. Malgré tout ce que je peux vous dire, vous êtes un sacré bon flic. Personne ne dira le contraire, sauf peut-être le lieutenant Grivois, ricane-t-il. On a la Lame et on va démanteler ce réseau tchétchène. J'en suis certain, car vous ne lâcherez rien, je vous connais.

Je me tais. Je suis heureuse qu'il me voie comme ça, qu'il reconnaisse mon travail, mais j'attends la suite. Parce qu'il y a un « mais », ça ne fait aucun doute.

– Mais vous savez bien, tout comme moi, que vous ne pouvez pas continuer comme ça.

Mon cœur s'arrête.

– Vous devez mettre fin à votre liaison avec Esposito.

Et voilà, je l'attendais. Une larme se fraie un chemin et dévale ma joue.

– Je veux bien fermer les yeux sur cet épisode mais vous devez me donner votre parole de flic que vous allez arrêter de le voir. Je serai sinon obligé de faire un rapport hiérarchique avec demande de mise à pied. Vous, Capitaine, on vous remontera gentiment les bretelles. Lui, il sera muté à Tataouine ou mis à la porte.

Je frémis. Javier aime plus que tout son boulot, et il ne voudra jamais partir loin de sa famille.

– Réfléchissez bien, Sorel.

J'acquiesce et le regarde s'éloigner. Que dois-je faire ? Quitter la police ? Oui, mais la police, c'est ma famille. C'est grâce à elle si j'ai réussi à reprendre le dessus après Paul. Quitter Javier ? Mon cœur rate un battement rien qu'à cette idée. Je l'aime tellement, est-ce que je pourrais vivre sans lui ? Mais si je ne fais rien, il se fera virer ou sera envoyé je ne sais où. Je ne peux pas laisser faire ça.

Il est presque quinze heures quand la porte s'ouvre devant moi. Je suis la dernière à entrer dans la chambre de Javier ; une façon pour Alma de me punir. Assise à côté de moi, face à la porte de la chambre, elle a refusé de m'adresser le moindre mot, hormis pour me rappeler à quel point j'ai été inconsciente. Lorsque les deux cousins sortent enfin de la pièce, j'hésite à me relever.

– Je ne comprends pas comment tu peux être là, reprend Alma. À ta place, je serais morte de honte.

Elle me jette un regard noir tandis que Gabriella me prend par les épaules et m'aide à me relever.

– Il va être heureux de te voir. Il n'arrête pas de te réclamer.

Le cœur serré, la tête dans le brouillard à cause des antidouleurs, j'avance en boitant. Quand je pousse la large porte bleue et que je découvre Javier dans son lit d'hôpital, mon cœur se brise. La culpabilité m'étouffe. Les mains tremblantes, je fais quelques pas dans la pièce mais n'ose pas m'approcher du lit. Javier me dévisage, un grand sourire aux lèvres, jetant un coup d'œil vers mes pieds. Le bras en écharpe, il est assis, une perfusion à son bras.

– Viens ma Li, dit-il d'une voix douce en tendant sa main vers moi.

Des larmes dévalent mes joues.

– Viens me voir. Je sais que ma mère n'a pas été tendre avec toi, mais on s'en fout. Elle va se calmer, tu verras.

– Elle a raison de m'en vouloir. J'ai failli te tuer.

J'ai la gorge serrée, du mal à respirer.

– Mais non, je n'ai pas grand-chose. Je serai vite opérationnel, t'inquiète Captain !

– Justement, si j'étais un capitaine digne de ce nom, je ne t'aurais pas mis dans cette situation.

– Arrête, Li. On en rira dans quelques jours. On a frôlé la catastrophe, c'est vrai, mais tout va bien. Viens près de moi, ma princesse.

Je bouge de quelques centimètres mais je ne parviens pas à faire un pas de plus.

– Et tes pieds ? demande-t-il en se penchant vers le sol.

– Tu as raison, je déconne à plein tube en ce moment. Je n'arrive plus à penser normalement, avoué-je. Je n'aurais jamais dû.

– Jamais dû quoi ? s'amuse-t-il en revenant sur mon visage. On était deux. On en avait envie autant l'un que l'autre. On a baisé en planque, il n'y a rien de dramatique. Depuis le temps que j'avais ce fantasme.

– Je n'aurais jamais dû démarrer une relation avec toi.

Javier perd son sourire.

– Ce n'est pas pour rien que c'est interdit par le règlement, poursuis-je, le cœur au bord des lèvres.

– On s'en branle du règlement.

– Pas moi. Si on n'avait pas été ensemble, j'aurais été prête pour intervenir, tu m'aurais obéi lorsque je t'ai dit d'attendre.

– Tu vas me virer des Stups ?

– Non.

Il braque son regard droit sur moi. La couleur de ses yeux s'assombrit.

– Javier, on ne peut pas continuer à se fréquenter, le commissaire Breton est au courant de tout. Il m'a ordonné d'arrêter, sinon c'est la porte.

Il repousse le drap de ses jambes d'un geste.

– Mais on l'emmerde, Breton ! Il a trop besoin de nous pour clore cette enquête. C'est son cul qui est sur le siège éjectable, pas le nôtre. Il n'osera pas nous virer !

Je m'approche un peu alors qu'il s'agite dans son lit pour se relever. Il faut qu'il comprenne, ou sinon je ne tiendrai pas longtemps.

– On va reprendre notre duo, mais toi et moi, c'est terminé, insisté-je en appuyant sur ses épaules.

– Va te faire foutre, Li ! Il n'est pas question que tu me lourdes comme ça !

Et voilà, ça y est. Je me mets à pleurer à chaudes larmes. Je dois garder le cap que je me suis fixé, le regard rivé sur la porte de sa chambre, alors que j'attendais mon tour. C'est ce que j'ai de mieux à faire pour le protéger. J'attrape ses joues et il s'agrippe à moi avec sa main valide. Ses lèvres s'emparent des miennes et je me laisse embrasser avec tout l'amour que nous avons l'un pour l'autre.

– On s'en fout de tous ces cons, Li. On se cachera, on sera vigilants. Personne n'en saura rien.

– Et vivre cachés sans pouvoir se tenir la main dans la rue, ne pas pouvoir sortir ensemble ? Tu sais bien que ça ne tiendra pas longtemps. On s'aime trop pour ça.

– Dans ce cas, je changerai de service, ou je démissionnerai de la police s'il le faut, mais putain, je ne te laisserai pas.

J'essaie de l'apaiser mais c'est une véritable boule de nerfs, les doigts agrippés à mon bras au point de me faire mal. Je m'écarte ; il faut que je prenne mes distances, même si c'est difficile, même si c'est impossible.

– Aujourd'hui, j'ai failli te faire tuer, Javier. J'étais tellement mal que j'ai voulu me noyer en toi pour oublier tout ce qui ne tournait pas rond. Tu sais bien que je ne sais agir que comme ça. Je suis toxique.

– Arrête de dire ça, Li. Ce n'est pas vrai. Tu es parfaite pour moi. On surmontera tout ensemble…

Il accroche encore mon cou et me souffle :

– Je ne te laisserai pas.

– Tu n'as pas compris, mon amour : ce n'est pas toi qui me laisses, c'est moi, Javier.

– Non non non…

– Tu n'as rien à te reprocher, murmuré-je en lui caressant le visage. Je t'aime.

– Tu m'aimes et tu me jettes ?

Sa voix éraillée me fait mal au cœur. Il souffre, je le vois, mais c'est mieux comme ça. Mieux vaut un cœur blessé qu'un corps mort, non ?

– C'est parce que je t'aime que je fais ça.

– Conneries ! Je sais pourquoi tu fais ça. Tu as peur de perdre ton putain de job. Tu veux que je te dise ? s'égosille-t-il tout à coup. Tu es une putain de carriériste de merde ! C'est pour ça que tu me laisses. Tu as peur de ne pas boucler cette enquête. Coincer les Kurbanov, c'est une obsession pour toi !

Je me fige, interdite. Est-ce qu'il pense vraiment ce qu'il dit ? Je m'apprête à le contredire quand je me ressaisis : finalement, ce n'est pas plus mal que ce soit lui qui mette fin à notre relation. Et s'il croit réellement que je ne pense pas une seule seconde à lui, tant mieux. Nous serons deux à souffrir, je n'ai que ce que je mérite.

– Tu as certainement raison.

Ses épaules s'affaissent et son regard marque toute la déception qu'il ressent. Je fais un pas pour partir mais il se lève, embarquant sa perfusion qui s'arrache de son bras. Du sang se répand aussitôt sur sa blouse d'hôpital.

– Je dirai à Breton que tout est ma faute, mais ne me laisse pas, supplie-t-il.

J'ai envie de mourir tellement j'ai mal de lui faire ça. Je continue malgré tout à avancer. Une infirmière, alertée par la sonnerie de la perfusion, se précipite dans la chambre.

– Putain, ne fais pas ça, Li ! Ne nous fais pas ça.

Je me retourne à peine et aperçois son visage blafard. Fermer les yeux. Je dois fermer les yeux.

– C'est fini Javier. Pardon.

Je sors en trombe de la chambre. Je l'entends crier mon nom, mais ne reprends mon souffle que lorsque la porte se referme. Je tombe sur Alma et ses filles dans le couloir qui me scrutent, étonnées. Soledad se précipite dans la chambre alors qu'on entend encore son frère s'époumoner de l'autre côté de la cloison.

– Qu'est-ce qui se passe ? m'interroge Gabriella. Pourquoi Javier crie-t-il comme ça ?

– Vous vous êtes disputés ? demande Lorena.

Alma me scrute sans un mot. Je tente de reprendre mon souffle, mais n'y parviens pas et lâche finalement, dans un sanglot :

– J'ai mis fin à notre histoire. Plus jamais je ne le mettrai en danger. Je te le promets, Alma.

La mère bat des cils, comme surprise.

– Si tu penses que c'est la solution.

– Mais non, pourquoi t'as fait ça ? s'affole Lorena.

– Tout ça c'est ma faute, lâche Gabriella. Si je n'avais pas passé ce fichu concours, tu ne serais pas aussi en colère après Linda !

Je m'éloigne, les pieds douloureux et le cœur brisé en mille morceaux, les laissant en famille, dont je ne fais pas partie. Les cris de Javier m'atteignent en plein cœur et résonnent dans mon corps au point de me faire vaciller, mais je reste debout, et continue mon chemin sans un regard en arrière. Je tiendrai le coup, pour lui.

CHAPITRE 53

MARE

J'y crois pas ! Il m'aime ! Il m'aime alors qu'il sait tout, pour l'avortement et l'argent. Cette soirée n'a pas été si terrible que ça finalement, et la bague à mon doigt est là pour me le rappeler. Même si nous avons décidé de faire profil bas, temporairement, pour que le gang des Tchétchènes se désintéresse de moi, je sais que bientôt nous pourrons de nouveau être ensemble.

Je franchis les doubles portes de l'hôpital, un café à la main. Je ne peux pas m'attarder, je dois repasser à l'hôtel me changer et aller ouvrir la boutique, mais je voulais voir Jammal. Il n'a toujours pas refait surface, mais les médecins sont optimistes. Tout va dans le bon sens, et je ne me suis jamais sentie aussi bien. Malgré tout, une part de moi reste incomplète : si je veux pleinement m'épanouir, je dois me réconcilier avec Li. Je dois faire un pas vers elle et amorcer une discussion.

Les portes de l'ascenseur s'ouvrent à un étage qui n'est pas le mien et, alors qu'un groupe d'internes s'engouffre à l'intérieur, il me semble reconnaître la voix de Gabriella. Aussi rapide que l'éclair, je bloque la porte avec mon pied et quitte la cabine. En plus de Gabriella, j'entends d'autres voix familières et mon sang se glace. *Faites qu'il ne soit rien arrivé à ma sœur.* Je cours dans le couloir, me retrouve face à la famille de Javier, le visage défait. Les sœurs de ce dernier évitent mon regard tandis que le mien cherche celui de Li. La peur et la tristesse qui s'affichent sur leurs visages me font craindre le pire.

– Que s'est-il passé ? Où est Li ? demandé-je en serrant mon café contre moi.

– C'est Javier, sanglote Gabriella. Il a pris une balle, mais ça va aller.

– Et ma sœur ?

– Elle vient de partir, elle n'a rien, me rassure Lorena.

Même si Javier est touché, je ne peux m'empêcher d'être soulagée.

– Tu devrais la rejoindre, on n'a pas besoin des sœurs Sorel, crache Alma avant de pousser la porte de la chambre de son fils.

Dans l'entrebâillement, je peux voir le visage ravagé de Javier. En m'apercevant, il hurle :

– Mare, rattrape-la et dis-lui que je l'aime ! Qu'on les emmerde tous !

Sa mère referme brutalement le panneau de bois et je les entends se disputer violemment. Je ne réfléchis pas : si Javier est ici, ma sœur ne doit pas être loin. Je fourre mon gobelet dans les mains de Gabriella et me précipite vers l'escalier. Je descends les étages à la vitesse de la lumière et, arrivée en bas, je fouille du regard le rez-de-chaussée. Ne la voyant pas, je tente le parking mais toujours sans succès. Je suis sur le point de renoncer quand j'avise une silhouette claudicante. C'est elle. Je cours et m'arrête à sa hauteur, posant ma main sur son épaule. Elle sursaute ; quand son regard rencontre le mien, je me fige. Dans un réflexe, je la prends dans mes bras et la serre contre moi. Je n'ose imaginer son chagrin alors que l'homme qu'elle aime vient de frôler la mort.

– Li, tout va bien. Javier n'a rien de grave, il t'aime et…

Elle se dégage violemment et essuie ses larmes, en rage.

– C'est à cause de moi, Mare, tu ne comprends pas ! Je bousille tout ce que je touche, j'ai détruit ta vie, tu as manqué te faire violer et aujourd'hui j'ai failli le perdre, lui !

– Arrête, Linda, ce n'était pas ta faute ! Je ne sais pas ce qu'il s'est passé mais je sais que tu l'aimes et que tu ne ferais rien qui puisse lui nuire ! Javier a été blessé, mais ça aurait pu arriver à n'importe qui. Et pour ce qui me concerne, tu n'es pas responsable. Je le sais maintenant.

Elle secoue la tête, à la fois furieuse et désemparée :

– Non ! Ce ne serait pas arrivé s'il avait été avec quelqu'un d'autre. On était en train de baiser dans cette putain de camionnette et s'il a été blessé, c'est parce que je n'ai pas su garder ma culotte en place plus de deux minutes !

J'essaie de la saisir de nouveau par les épaules mais elle m'en empêche.

– J'ai pas besoin de toi, Mare. Retourne à ta vie facile, choyée par maman, adulée par un dieu vivant, à l'abri dans ta boutique cucul et laisse-moi ! Je ne veux rien de toi, surtout pas ta pitié.

– Mais…

– Tu vois, c'est toi qui avais raison, je ne mérite pas d'être aimée.

Elle ouvre la porte d'un taxi qui attendait sur le trottoir. J'ai beau lui en vouloir, je ne veux pas la laisser partir ainsi. Je l'ai déjà vue furieuse mais jamais aussi malheureuse, au bord du gouffre.

– Li, je suis désolée ! crié-je alors qu'elle demande au chauffeur de démarrer.

Merde. Je reste quelques minutes sur le parking vide avant de retourner à l'hôpital. Je m'arrête à l'étage de Javier où Gabriella me prend à part pour me faire un résumé des blessures de son frère et de la rupture entre ma sœur et lui.

– C'est comme ça que tu veux finir ? nous interrompt Alma. Blessée ou responsable de la mort de ton coéquipier ? La police, ce n'est pas pour les femmes.

Mon sang ne fait qu'un tour. Je comprends mieux pourquoi Li se sent coupable, mais je suis sûre qu'une partie de sa crise est due à cette fichue bonne femme. Mon instinct de protection se réveille.

– Avec tout le respect que j'ai pour vous, Alma, Gabriella sera une flic tout aussi brillante que ma sœur. Vous devriez être fière que des femmes soient capables de se défendre et de défendre les autres.

– Et vois le résultat, ricane-t-elle en désignant la porte de la chambre de Javier. Aujourd'hui c'est l'épaule, mais ça aurait pu être le cœur.

– Ce n'est pas la faute de Li, mais du gang des Tchétchènes !

– Ah non ? Et tu m'expliques pourquoi elle n'était pas là pour couvrir ses arrières ? Elle a eu peur, c'est ça ?

Je me mords la lèvre. Elle croit vraiment que Li aurait préféré se planquer plutôt que de courir auprès de Javier ?

– Oui, elle est morte de trouille, mais plus à l'idée d'avoir perdu l'homme dont elle est amoureuse depuis sans doute plus longtemps qu'elle ne veut l'admettre qu'à celle de se faire tuer. La connaissant, elle se serait même jetée devant les balles pour éviter qu'il ne soit ne serait-ce que décoiffé.

– Alors que faisait-elle ? insiste Alma.

– Maman, on ne va pas te faire un dessin, s'interpose Lorena. Tu as bien vu qu'ils étaient débraillés.

Alma ouvre et referme la bouche comme un poisson hors de l'eau avant de retourner dans la chambre de son fils et qu'une dispute éclate de nouveau.

– Comment va Linda ?

Je me tourne vers Gabriella.

– Elle est au bord du gouffre, soufflé-je. Elle aura besoin de vous, ajouté-je en les dévisageant tour à tour. Elle refuse de me parler.

Les sœurs de Javier hochent la tête et je me dis qu'à défaut de moi, Li ne sera pas totalement seule. Il faudra également que j'aille voir Call : avec ce qui s'est passé, elle va vouloir mettre la ville à feu et à sang pour venger Javier, et quitte à ce que mon homme réintègre l'enquête, hors de question que ma sœur porte la terre entière sur ses épaules. Je l'ai laissée tomber une fois, ça ne se reproduira pas.

CHAPITRE 54

LI

Quand j'arrive au commissariat, j'ai comme la gueule de bois. Malgré le paracétamol au petit déjeuner, j'ai toujours aussi mal au crâne. La faute à cette nuit presque blanche à tourner en rond dans mon lit, à ressasser mon attitude avec Mare et à pleurer sur ma rupture avec Javier. Quand je me remémore son corps gisant au sol, je sais que j'ai pris la bonne décision, aussi douloureuse soit-elle. Je ne pourrai jamais me pardonner ce faux pas qui a bien failli lui coûter la vie, et il n'est pas question non plus que je mette sa carrière en danger. Je refuse qu'il paie pour mes erreurs professionnelles.

Je boite toujours et mes bandages aux pieds sont particulièrement inconfortables. Mes collègues m'observent lorsque je me laisse tomber sur le siège derrière mon bureau sans un mot pour eux. Quelques chuchotements suivis de ricanements me laissent penser que Barbie a dû tout raconter aux autres.

Je préfère les ignorer. Je ne suis d'ailleurs pas d'humeur à parler. Je lève les yeux sur la place vide en face de moi, et ai envie de pleurer. Javier est encore à l'hôpital. Il ne sera pas là avant plusieurs semaines, le temps de se remettre, et il me manque déjà terriblement.

Bernard s'approche de moi et me tend quelques feuilles, en s'excusant presque d'être là.

– Bonjour Capitaine, les résultats du test ADN que vous attendiez sont arrivés. Je suis désolé pour Javier. Ce n'est pas trop grave, je crois.

– Ouais, ça devrait aller, éludé-je.

– Je l'ai eu ce matin au téléphone, ajoute Barbie à l'autre bout de la pièce. Il a mal dormi mais apparemment ça va. J'irai le voir ce soir, il m'a demandé de passer. Il a besoin de compagnie, poursuit-elle sournoisement.

Mon ventre se tord. Je sais pourquoi il a mal dormi : pour les mêmes raisons que moi.

De grands bruits se font entendre et Beaulieu fait son entrée dans les Stups, se dirigeant directement vers moi. Formidable, les ennuis ne viennent jamais seuls.

– Salut beauté, j'ai appris pour ton coéquipier. Quel dommage…

Je ne sais pas pourquoi, mais je ne crois pas une seule seconde en sa compassion.

– Vous avez échappé de peu à la catastrophe, dis donc ! Du coup, le chef veut que je prenne l'interrogatoire de Lefroid avec toi.

– OK, acquiescé-je sans entrain. J'aurais préféré quelqu'un qui connaît l'enquête depuis le début, au hasard un de mes éléments, mais tant pis. Amène les dossiers que tu as dans lesquels on a retrouvé l'ADN de Roman Lefroid.

Mon équipe m'observe, sûrement surprise de mon manque de repartie. Habituellement, j'aurais viré Beaulieu de la salle d'interrogatoire avant même qu'il pense à y mettre les pieds, mais aujourd'hui je n'ai pas la force de me battre, encore moins avec lui. Je préfère garder mon énergie pour la Lame. J'espère toutefois que cet idiot de la Crim ne détruira pas tout mon travail. Je me relève, chancelant légèrement.

– En revanche, Sébastien, soyons clairs : c'est moi qui mène l'interrogatoire. Tu la fermes et tu sors juste les documents de ton dossier quand je te le demande.

Il se retourne, outré, mais ne bronche pas. Barbie et Bernard se mettent à rire discrètement tandis qu'un autre membre de mon équipe se lève pour nous ouvrir la porte.

J'ai tout de même des principes.

Quand je pénètre dans la salle d'interrogatoire, Roman Lefroid, *alias* la Lame, est déjà assis. Des semaines qu'on le recherche, qu'il nous fait courir partout, que sa tête est mise à prix, et ça y est, il est enfin devant moi. Étonnamment, je m'attendais à autre chose. Depuis le temps que sa photo est accrochée au tableau de l'enquête, j'ai eu le temps d'imaginer ce qu'il pouvait dégager.

Je suis assez déçue, comme souvent. Sa stature ne fait pas honneur à la légende créée autour de lui. Il n'a plus l'allure du cliché, pris en sous-marin il y a à peine six mois pourtant. Amaigri, les cheveux châtains ternes et gras, les yeux creusés d'une couleur particulière, d'un bleu très pâle comme je n'en ai jamais vu, presque surnaturel, il a perdu de sa prestance. Son nouvel avocat n'est pas encore arrivé. Lefroid a congédié celui qui l'avait assisté dans la nuit. Il n'en avait pas besoin, il a refusé de dire le moindre mot. Un brigadier m'annonce qu'il aura quelques minutes de retard car il est retenu dans les embouteillages. Je m'approche de la table et dépose mon imposant dossier en le faisant claquer sur le bois, nettement plus fort que nécessaire. Lefroid se redresse nerveusement et fixe la pochette cartonnée comme si elle allait lui livrer tous les secrets qu'elle contient.

– Revoilà la fameuse *сука* d'Anton, chantonne-t-il.

– « Chienne » en russe, expliqué-je à Beaulieu. Ça me va plutôt bien, non ?

Je grimace en faisant quelques pas autour de la pièce. La Lame me jette quelques coups d'œil, ne se départissant pas de son air suffisant. Il s'adosse à son siège avec un petit sourire qui me met aussitôt les nerfs en pelote. Des semaines que je cherche à mettre la main sur cet enfoiré, et il est là avec un putain de rictus qui me donne envie de tout casser.

Beaulieu s'installe en face du suspect et étale quatre énormes dossiers. À l'intérieur, les meurtres d'une dizaine de types. Tous attribués à la Lame pour le compte d'Anton Kurbanov.

– Vous avez pris le temps de mettre des pompes aujourd'hui, raille le mafieux en regardant mes pieds.

– Malgré cela, j'ai quand même réussi à vous serrer, réponds-je froidement. À croire que vous ne méritez pas votre réputation de grosse baraque.

Il perd son sourire quelques secondes alors que je continue à faire les cent pas autour de lui.

– J'ai quand même troué la peau de votre coéquipier, se vante-t-il.

Mon ventre se tord.

– Vous pleurnichiez comme une fiotte, se marre-t-il. Pas contente que j'aie fait bobo au copain, hein ?

Mon sang ne fait qu'un tour. Je fonce sur lui et, agrippant l'arrière de son crâne, j'écrase sa tête sur la table. Il encaisse le choc. Avant qu'il ne se mette à gueuler comme un putois, je lui assène :

– Écoute-moi bien, Lefroid : je ne suis pas d'humeur à supporter tes sarcasmes. J'ai eu une semaine de merde, en partie par ta faute, alors je n'hésiterai pas à te refaire le portrait si tu continues à me gonfler. Un conseil, contente-toi de répondre lorsque je te poserai une question, c'est bien compris ?

Il se met à rire.

– On va se calmer, s'interpose Beaulieu qui s'est levé de sa chaise pour retirer mes mains de la tête de Lefroid. Tu te calmes tout de suite sinon je te vire de la salle.

Je recule pendant que l'autre se marre.

– Comme si tu me faisais peur, connasse !

Je m'avance de nouveau mais Beaulieu me barre la route avant de donner une lourde claque derrière la tête du mafieux.

– Toi, ta gueule !

Je souris alors que mon collègue croise mon regard. Je lève les mains devant moi.

– Je n'ai rien vu.

Lefroid essaye de se frotter l'arrière du crâne avec ses mains menottées, puis râle parce qu'il n'y arrive pas.

– Je pourrais commettre une erreur de procédure, lancé-je.

Beaulieu me toise, étonné, et la Lame fronce les sourcils.

– Mince ! Roman Lefroid libéré pour vice de procédure. Mince, Roman Lefroid abattu à sa sortie du commissariat par un membre du gang des Tchétchènes. C'est bête, ça. Comment savaient-ils où le trouver ?

Il blêmit avant de lever les yeux sur la porte, sur laquelle quelqu'un vient de toquer. Elle s'ouvre derrière moi, et l'avocat fait son entrée : un jeune qui doit débuter. Après avoir lancé un regard dédaigneux à son conseil qui se confond en excuses pour son retard, le malfrat relève les yeux et concentre son attention sur moi. Tout y passe : ma coiffure, mes boucles d'oreilles, mon tee-shirt des Stones. On se jauge un moment sans un mot. Je décèle presque de la peur dans ce regard translucide.

– Mon client fait l'objet d'un mandat d'arrêt. Vous comptez le déférer au procureur de la République dans la journée ? demande l'avocat.

– Pas tout de suite, Maître. En matière de trafic de stupéfiants en bande organisée, vous savez que nous pouvons prolonger la garde à vue jusqu'à quatre-vingt-seize heures. On en est loin. On a le temps de se parler encore un long moment.

L'avocat encaisse. J'imagine qu'il avait d'autres projets pour la journée.

– Ce sera une perte de temps, je ne balancerai jamais rien, rétorque le bras droit du Tchétchène.

– Ah ? C'est dommage, nous, on a plein de choses à vous demander, dis-je en jetant un coup d'œil à mon collègue de la Crim qui vient prendre place à côté de moi.

– Je ne dirai rien. Nada. C'est clair ?

– Ce voyage en Ukraine, c'était bien ?

La Lame marque un temps d'arrêt.

– Je faisais du tourisme, répond-il avec un petit air narquois.

– Vraiment ? Je croyais que vous recherchiez Lana Kadiev, cette prostituée qui travaillait pour Anton Kurbanov.

– Qui vous a dit ça ?

– Le petit frère de Piotr Korgay. Dites donc, je ne sais pas ce que vous avez fait aux Kurbanov mais une chose est sûre, ils veulent vous faire la peau.

Il se met à rire avant de maugréer.

– Qu'ils aillent tous se faire foutre !

– Et alors, qu'avez-vous visité là-bas, si vous n'êtes pas allé chercher Lana ?

Il semble cogiter, les yeux braqués sur le mur derrière moi.

– Ça ne vous regarde pas. Aux dernières nouvelles, il n'y a rien d'illégal à faire du tourisme.

– C'est vrai, vous avez raison, monsieur Lefroid. Et le petit garçon de Lana, comment va-t-il ? Je sais que Lana y est très attachée. C'est toujours son grand-père qui s'en occupe ?

La Lame s'agace sur son siège. Il jette un regard vers son avocat, qui se décide à prendre la parole.

– Je ne sais pas où vous voulez en venir, Capitaine, tente-t-il. Mon client a séjourné en Ukraine pour faire du tourisme. Nous ne savons pas qui est cette Lana.

– M. Lefroid connaît très bien Lana Kadiev. Je peux avancer avec certitude qu'il la connaissait même intimement.

– Je sais très bien que Lana était une balance, m'agresse-t-il. Elle est où ? s'égosille-t-il tout à coup. Vous l'avez mise au frais ?

– Au frais… répété-je en le fixant sans rien laisser transparaître.

Il papillonne des yeux.

– Elle n'a donné aucun signe de vie à son père et son fils depuis des semaines. Ce n'est pas son habitude. C'est inadmissible de ne pas la laisser communiquer avec sa famille, s'énerve-t-il. Ce n'est pas légal, n'est-ce pas, l'avocat ?

– En principe, les détenus peuvent écrire à leur famille sauf décision contraire du juge d'instruction. C'est le cas ? m'interroge le conseil.

– Ça ne risque pas, se met à rire Beaulieu.

Il me sourit lorsque je lui fais les gros yeux.

– Quoi, je te rappelle que c'est mon enquête, celle-là. Pas la tienne.

– Tout est lié, alors la ferme !

L'avocat et son client me scrutent, interloqués. Je détache la lanière de mon dossier et l'attention de tous se reporte sur la chemise cartonnée. Je feuillette quelques pages et sors une photo du cadavre de cette pauvre Lana, avant de la poser devant la Lame.

– Mme Kadiev ne pourra plus jamais donner de ses nouvelles.

Le regard de Lefroid se porte sur le cliché et son teint devient aussitôt grisâtre. Ses yeux s'écarquillent et il est pris d'un haut-le-cœur. Je lui tends une corbeille, sous le regard dégoûté de son conseil. Malgré l'odeur nauséabonde qui envahit la pièce, j'annonce :

– On a repêché son corps dans un canal. Elle a été étranglée.

La Lame crie, la tête dans la poubelle, avant de se mettre à sangloter. Malgré tous les crimes qu'il a dû commettre, je ne peux m'empêcher d'avoir un instant d'empathie pour lui. C'est facile aujourd'hui de me mettre à sa place, alors que j'ai bien failli perdre l'homme que j'aime la nuit dernière. Pourtant, ce type n'a rien à voir avec moi. C'est un meurtrier, réputé pour son usage redoutable d'armes blanches, pour faire la peau à ceux qui se mettent en travers de la route de son boss.

– Le mode opératoire est le même que pour le meurtre de Louisa Germain. Vous l'avez connue, Louisa ? Elle était l'une des mules d'Anton Kurbanov.

Il relève la tête et je lui tends un mouchoir en papier pour qu'il s'essuie la bouche. Je fais un geste à Beaulieu pour lui demander de sortir la poubelle et il obtempère, sans oublier de faire la gueule et de venir se rasseoir.

– Le même mode opératoire ? s'enquiert Roman, visiblement sous le choc.

– La même façon de donner la mort. Les marques sur le cou sont identiques, selon l'expert. Elle a également été violée à plusieurs reprises *ante mortem*.

Son visage se crispe, ses épaules se raidissent. Je suis certaine qu'il était présent lors du premier meurtre et je sais qu'il est en train de faire le rapprochement. À l'horreur que je lis dans son regard, je devine même qu'il est en train de s'imaginer la scène au cours de laquelle sa compagne a perdu la vie.

– Pourquoi le Tchétchène l'a-t-il tuée ? demandé-je. Parce qu'elle allait repartir au pays et qu'elle en savait trop sur la bande ?

Lefroid me fixe.

– Kurbanov savait qu'elle était mon indic ?

– Non, je ne crois pas. On devait partir tous les deux. Vous deviez lui fournir un passeport.

– Pourquoi vouliez-vous vous enfuir ?

Silence.

– Pourquoi Anton Kurbanov veut-il vous liquider ?

Toujours aucune réponse.

– Il vous cherche depuis des semaines. Il veut votre mort. Pourquoi ? Vous lui avez pris quelque chose ? Vous avez de quoi le faire plonger, c'est ça ?

Toujours pas un mot. Il garde le silence comme si sa loyauté était encore plus puissante que son amour pour Lana.

– Elle était enceinte, vous le saviez ?

Lefroid cille. Il ouvre la bouche, incapable de prononcer un mot.

– Les analyses ADN réalisées sur le fœtus montrent que vous étiez le père.

Ses yeux s'embuent de larmes. Quelques secondes seulement, avant qu'il se ressaisisse et se recrée un visage impassible et dur.

– Ce crime ne peut rester impuni, Roman. Je veux faire plonger Kurbanov pour le meurtre de Lana et pour celui de Louisa. Ce mec est une ordure de la pire espèce. Vous aussi, vous êtes un tueur, mais pas comme lui.

– Capitaine, je ne vous permets pas d'avancer de telles accusations contre mon client…

– Vous, Roman, vous ne vous attaquez pas à de pauvres filles sans défense. Quand vous avez buté les frères Raspail, dis-je en faisant signe à Beaulieu d'ouvrir ses dossiers, et puis Kriek, Malhoul et Pietricini, les choses étaient différentes. Vous liquidiez des racailles qui savaient ce qu'elles risquaient.

L'avocat se raidit sur son siège.

– On a des traces ADN de votre client sur toutes les scènes de crime, explique Beaulieu en étalant les photos des corps criblés de coups de couteau.

– Kurbanov, ce n'est pas la même chose. Il s'en prend à des personnes sans défense. Aidez-moi à démanteler le réseau, Lefroid, c'est le meilleur moyen de venger Lana. Elle ne méritait pas ce qui lui est arrivé. Elle voulait reprendre une vie normale auprès de son fils, peut-être avec vous aussi. Mais Anton Kurbanov en a décidé autrement. Esclave un jour, esclave toujours. Il ne l'a pas supporté. Il l'a liquidée, l'a balancée dans le Seine comme un déchet sans intérêt.

– Il l'a tuée à cause de moi, souffle-t-il.

– Il voulait vous atteindre, vous faire plier. De quoi a-t-il peur ? Que lui avez-vous pris ?

– Ne répondez pas, conseille l'avocat. Nous devons nous en entretenir avant.

– Il a fait en sorte qu'on trouve vite le corps dans la Seine pour vous adresser un message. Lequel, Lefroid ?

– Mon client ne fera aucune déclaration, s'agace l'avocat.

Je croise le regard froid de la Lame. Je me lève et avance vers la porte.

– Je vous laisse vous entretenir avec votre avocat, mais je vous invite à coopérer avec nous. Bien évidemment, je ne pourrai rien faire pour vous éviter la prison, mais pensez à ce pauvre gosse qui est orphelin aujourd'hui et qui ne reverra plus jamais sa mère.

Je lui jette un regard déterminé et, la main sur la poignée de la porte, je m'apprête à sortir de la salle.

– Je veux bien coopérer, mais à une condition.

CHAPITRE 55

CALL

J'écrase ma cigarette du bout de ma chaussure et fixe l'entrée du club de sport où on m'a donné rendez-vous. Je vérifie mon portable, pas de SMS. Nous sommes convenus de ne plus avoir de contact avec la Miss pour qu'elle se fasse oublier quelque temps, mais il n'empêche que ça me mine. Je suis anxieux, je ne sais pas ce qui m'attend, ni ce qu'ils vont me demander. L'homme de main de Vitali ne m'a rien dit de précis, à part que je devais me pointer à cette adresse à vingt heures, et que je n'avais pas intérêt à être en retard. Je n'en ai pas encore informé Li, car sinon elle aurait tenu à me faire surveiller. Malheureusement, s'ils soupçonnent la moindre entourloupe, le gang ne nous fera aucun cadeau. Je l'appellerai après, quand le premier contact sera établi.

J'avise un groupe de femmes sortant du club en riant, se plaignant de la difficulté de s'accrocher à la barre. Le cours de Darla est terminé. Cette dernière sort à son tour, vêtue d'un justaucorps noir moulant parfaitement ses formes, quelques mèches de cheveux collés par la sueur sur son visage. Elle arbore un sourire qui disparaît instantanément lorsqu'elle m'aperçoit. Elle plisse les yeux, puis finit par s'avancer vers moi avec un air de prédatrice.

– Alors Call, paraît que le boss a besoin de toi ? Ta copine ne lui suffisait pas ?

Je serre les poings et réponds d'un air détaché :

– Elle et moi, c'est terminé.

– Oh, pauvre petite chatte, elle a eu peur du grand méchant loup ? Je t'avais dit que ce n'était pas une fille pour toi.

Elle se frotte contre moi, pensant sûrement que puisque Mare n'est plus dans les parages, elle peut reprendre sa place. Voyant que je ne réponds pas à ses avances, elle croise les bras sur sa poitrine.

– Paraît que tu vas travailler pour nous ?

– Exactement. Le Brat m'a fait demander.

– Ton shop ne rapporte pas assez ? demande-t-elle, suspicieuse.

– Mêle-toi de tes fesses et va m'annoncer.

– Je ne suis pas ta boniche, Call. Tu n'as qu'à aller t'annoncer toi-même.

Ce serait en effet une possibilité, mais je refuse autant que possible de m'enfoncer dans ce repaire de criminels. Un espace public avec du passage me semble plus sécurisant.

J'agrippe le poignet de mon ex et la ramène vers moi. Je me penche, colle ma bouche près de son oreille et murmure d'un ton menaçant :

– Je ne suis pas là pour jouer, Darla, alors bouge ton cul sinon j'expliquerai à ton homme comment je te baisais quand il n'était pas là.

Elle frémit. Son mec n'est pas un tendre, et même s'il n'a jamais levé la main sur elle, il pourrait lui faire bien pire s'il apprenait qu'elle l'a trompé. Je me radoucis et ajoute :

– Je ne suis pas venu pour te causer des ennuis.

Elle semble hésiter puis me fait signe de l'attendre. Elle repart vers le club de sport et j'allume une autre cigarette, mais arrivé à la moitié, Darla revient accompagnée. Je le reconnais, c'est bien le gars qui est passé au shop, Marius je crois. De mémoire, il n'est pas bien haut dans la hiérarchie mais je ne pouvais pas m'attendre à ce que le Brat en personne se donne la peine de me recevoir. Il me veut mais il va me faire ramer, ce connard.

– Alors Call, paraît que tu vas bosser pour nous, et gratos en plus ?

Il me toise, alors qu'il y a quelques semaines il faisait moins le malin quand j'encrais sur sa peau un motif tribal.

– Que veux-tu, vous êtes tellement en galère qu'il faut bien que je vous dépanne.

Il passe la main dans ses cheveux, agacé.

– Fais pas le malin, on sait que t'es là pour protéger la blonde, ajoute-t-il avec un sourire en coin.

Et merde, je pensais qu'on réussirait à éviter le sujet. Je me redresse de toute ma carrure et rétorque :

– C'est vrai, mais vous êtes en sous-effectif, non ? Il paraît qu'une petite descente a eu lieu vers Saint-Louis, c'est bête. Alors j'imagine que vous galérez à tout gérer en ce moment, et que vous avez besoin de mecs de confiance, non ?

– De confiance ? ricane-t-il. Tu crois que parce que tu m'as tatoué le bras on est potes ?

– Non, mais je suis au courant de pas mal de choses et j'ai jamais ouvert ma gueule.

Son portable sonne, nous interrompant. Je ne comprends pas un traître mot de l'échange mais quand il raccroche, son visage est fermé.

– Tire-toi.

– Ton boss m'a fait venir.

– Ouais, ben le boss a un truc plus important à gérer, alors casse-toi, on te recontactera.

Il ne me laisse pas le temps de répondre et disparaît dans le club.

– Désolée pour toi, susurre la voix de Darla. Tu sais, je pourrais passer pour te faire oublier ta blonde coincée plus tard dans la soirée.

Je frissonne. Maintenant que mon corps est habitué aux courbes pleines et douces de Mareva, la perspective d'en toucher une autre me dégoûte. Darla sent mon rejet, me lance un regard noir et se barre à son tour. Je soupire. Mais qu'est-ce que je fous là ? Je me rends de moi-même à un rendez-vous avec un mafieux qui peut me buter s'il s'est levé du pied gauche, et je me fais rembarrer comme un gamin qui veut voir papa. Ma vie part en sucette.

J'enfourche ma moto, direction le shop. Quitte à poireauter, autant le faire chez moi. La seule chose dont j'ai envie, c'est de voir Mareva, mais je résiste. Il faut que nous gardions nos distances, au moins pour quelque temps, même si ça me tue à petit feu.

Bientôt. Bientôt, tout sera terminé.

Pendant quelques jours c'est le calme plat, et je commence à me dire que le Brat a découvert que j'avais des liens avec les flics. Ou alors il est tellement tordu qu'il me garde sous la main pour plus tard. Il doit vouloir faire monter la pression, me laisser dans l'angoisse qu'il change d'avis et s'en prenne tout de même à Mareva. Le pire ? C'est que ça marche. Je guette tous les matins le pas pressé de la Miss quand elle gagne sa boutique et ne suis rassuré que quand je la vois partir dans sa microscopique voiture.

Un soir, alors que je réalise des finitions sur un immense dragon bleu, des bruits dans l'entrée du shop me tirent de ma concentration.

– Ne bougez pas, je vais voir ce qui se passe, dis-je à mon client.

Je ferme la porte derrière moi et avise trois membres du gang, dont Marius.

– C'est ton jour de chance, on a besoin de toi.

J'acquiesce, ce n'est pas le moment de faire le mariole. Marius, sort de sa poche une enveloppe kraft ; je l'ouvre et découvre des photos de Mareva ouvrant sa boutique.

– Pour te rappeler pourquoi tu bosses pour nous désormais, ajoute-t-il avec un horrible rictus.

Je me retiens de ne pas lui mettre mon poing dans la gueule.

– Je dois faire quoi ?

– Pour le moment, tu vas nous ouvrir la porte de derrière et nous laisser bosser tranquilles.

Je secoue la tête et désigne la pièce où je tatoue.

– J'ai un client.

Il enlève une poussière imaginaire de son blouson en cuir.

– M'en branle. Va tatouer, nous on s'occupe de réorganiser ton stock. Et fais gaffe, au moindre problème, le Brat ira faire mumuse avec ta voisine.

Je retourne à mon œuvre et tente de terminer rapidement tout en me demandant comment je vais bien pouvoir prévenir Li ou Javier. N'y tenant plus, je prétexte devoir aller chercher quelque chose dans la réserve et laisse mon client allongé sur le fauteuil. Sans faire de bruit, je m'avance jusqu'à la porte coulissante et tends l'oreille.

– Les acheteurs vont pas tarder, t'as ouvert l'autre porte ?

– Ouais.

Je les entends déplacer un carton, puis une chaise racler le sol.

– Tu crois que ça va le faire ?

– Il vaut mieux, le Brat est en train de péter les plombs. Entre les Ivoiriens qui cherchent à prendre notre place et la *сука* qui colle au cul de son frère, il va finir par mettre la ville à feu et à sang. Tu as vu ce qui est arrivé au dernier qu'il a soupçonné de vouloir le doubler.

– Ouais, il devient parano. Faut croiser les doigts pour que l'arrivage de came se fasse sans encombre sinon…

Il s'interrompt et j'entends des bruits de pas. Je me dépêche de retourner dans la cabine de tatouage et reprends la conversation avec mon client comme si de rien était. Intérieurement, mes pensées vont à mille à l'heure. Les gars n'ont plus foi en leur chef et apparemment le gang des Ivoiriens essaie de profiter de la faiblesse des Tchétchènes. Il faut que Li se bouge le cul pour arrêter tout ce beau monde avant que ça ne dégénère.

Avant de libérer mon client, je vérifie que les dealers sont toujours hors de vue. Je prétexte une migraine pour qu'il ne s'attarde pas à discuter de ses prochains tatouages, et le fait partir rapidement. Je suis en train de nettoyer mes instruments quand j'entends la porte s'ouvrir et que Marius revient vers moi.

– On a fini.

Je tends la main pour qu'il me rende la clef de la porte de derrière mais il secoue la tête.

– On va la garder.

Je serre les poings. L'idée qu'ils puissent aller et venir à leur guise dans mon shop ne m'enchante guère.

– T'inquiète, on touchera pas à ton matos, ajoute son acolyte.

Je hoche la tête et ils finissent par se barrer à leur tour. Je ferme à clef derrière eux, même si je sais que ça ne sert à rien. Tournant les talons, je pars inspecter la réserve. Il ne manque rien et ils n'ont rien laissé. Je soupire. Je pourrais prévenir Li et Javier, mais à quoi bon ? Il n'y a aucune preuve et à tous les coups, le Brat m'a collé sous surveillance. Les faire venir dans le shop serait trop risqué.

Je prends mon portable et compose le numéro de téléphone de la chambre de Jammal. C'est Mareva qui décroche – c'est l'un des seuls moyens que nous ayons trouvé pour communiquer. Entendre sa voix me fait du bien après la journée que je viens de passer. Je l'écoute me parler de Jammal dont l'état n'évolue pas. J'aimerais être à ses côtés, pouvoir la prendre dans mes bras et la réconforter. Je lève les yeux au ciel, priant tous les dieux susceptibles de m'entendre de ne pas lui infliger une épreuve supplémentaire en rappelant Jammal à leur côté. Si j'ai réussi à me relever après la mort de Soan, je ne suis pas sûre que Mare, elle, y parvienne.

Nous discutons encore pendant quelques minutes avant que je ne lâche :

– J'ai enfin eu un projet intéressant, j'espère que ça va aboutir à quelque chose de concret.

Un silence me répond, signe qu'elle a compris.

– Sois prudent. Je t'aime.

– Moi aussi je…

Je raccroche avant d'avoir terminé ma phrase : devant la porte, appuyée contre ma bécane, Darla m'observe. Je fourre le portable dans ma poche et sors du shop. Elle se redresse, avance d'une démarche séductrice et fait courir son doigt sur mon torse :

– Alors ? Tu fais partie de l'équipe ?

– Et donc ?

– Donc on va être amenés à se voir encore plus souvent, minaude-t-elle. On pourrait trouver des moyens de rendre cette nouvelle collaboration plus… excitante, qu'en dis-tu ?

Elle fait glisser sa main jusqu'à mon bas-ventre et commence à essayer de me masturber à travers le tissu de mon pantalon. Je l'arrête d'un geste.

– Darla, je ne mélange pas le business et le plaisir. Si tu es tant en manque, trouve quelqu'un d'autre pour te soulager. Ton mec par exemple.

– C'est à cause d'elle, c'est ça ? hurle-t-elle soudain en désignant la boutique de Mare.

Elle se recule, furieuse.

– Mais putain, qu'est-ce qu'elle t'a fait pour te transformer en chiffe molle ? Il y a un mois tu m'aurais prise dans la rue tellement tu me voulais, et maintenant tu vas me faire croire que tu ne ressens rien pour moi ?

Dans son regard, je lis de l'angoisse. Elle cherche quelque chose dans mes yeux, espère, je le vois, et à mesure que mon silence s'éternise, ses traits se figent. Ce n'est plus de la colère, c'est de la déception, de la tristesse. J'ai été con. Même si on s'était dit que ce n'était que du sexe entre nous, elle a développé de vrais sentiments pour moi, et j'ai joué avec. Elle commence à donner des coups de pied dans le rideau métallique de la boutique de Mareva et je la saisis par le bras. Il faut que je la calme, que je l'apaise, sinon elle va tout foutre en l'air.

– Darla. Entre cette fille et moi, c'est terminé.

– Tu es conscient que même si tu n'es plus avec elle, elle reste dans le viseur de Vitali ?

– Personne ne touche à Mare tant que je suis les ordres, c'est le deal.

– Comme s'il en avait quelque chose à foutre ! Call, ce mec est taré, personne n'est en sécurité, ni toi, ni moi et encore moins elle.

Je serre les poings à m'en faire blanchir les phalanges. Je sais qu'elle a raison, elle n'a pas besoin de me le rappeler.

– Écoute Call. On peut se rendre service mutuellement.

Je hausse un sourcil. Elle recommence son manège en me caressant et elle murmure :

– Faisons-nous du bien, tous les deux, et en échange on laissera ta blonde tranquille.

J'éclate de rire en la repoussant.

– Tu n'as pas ce genre d'influence, Darla. Tant que le Brat est aux commandes, toi comme moi devons fermer nos gueules et obéir.

– Tant que le Brat est aux commandes, oui. Mais… imagine qu'il n'y soit plus.

Je la fixe avec un air faussement étonné et elle approche sa bouche de mon oreille. Elle en mordille le lobe avant de murmurer :

– Tout peut changer très vite, Call, à toi de savoir de quel côté tu es.

Sa main se resserre sur mon entrejambe et elle m'adresse un dernier clin d'œil. Elle fait demi-tour, rejette ses longs cheveux en arrière, puis me laisse en plan avant de remonter la rue en balançant ses hanches.

Putain, si même Darla sent le vent tourner pour Vitali, c'est que ça doit être sacrément sérieux.

CHAPITRE 56

JAVIER

Trois semaines. Trois longues semaines de repos forcé, sans nouvelles. Je lève enfin les yeux vers les fenêtres éclairées de l'hôtel de police. Au second étage, celles des Stups. J'ai la peur au ventre. Vingt et un jours que j'attends cette confrontation, depuis que Li m'a lâché dans cette chambre d'hôpital. Cette douleur que j'ai au fond de moi, qui a pris la couleur de la colère à mesure que les jours se sont écoulés, devra sortir tôt ou tard.

Quelques collègues me saluent de loin alors que je traverse le grand hall du commissariat. Je commence à gravir les premières marches quand je croise le commissaire Breton. Je serre les mâchoires.

– Esposito, content de vous revoir parmi nous.

– Merci Commissaire.

– Votre équipe sera ravie de vous retrouver. L'enquête prend un virage dangereux, nous avons besoin de tous les gaillards comme vous.

Le capitaine Sorel est sur les dents, la Lame nous a livré des informations qui vont nous permettre enfin de démanteler ce réseau tchétchène.

– Tant mieux.

J'ai le cœur au bord des lèvres. Cette enquête ne m'a valu que quelques jours d'arrêt, mais elle m'a surtout coûté mon couple. Je n'en peux plus de l'entendre, il faut que ça s'arrête.

Breton tapote mon épaule pour prendre congé, et alors que je fais un pas pour poursuivre mon ascension jusqu'au deuxième, il m'interpelle :

– Esposito, pas besoin de vous rappeler de garder vos distances avec Sorel. Vous changerez d'ailleurs d'équipier. Ne tentons pas le diable.

Je me retiens de l'envoyer chier et me contente de hocher la tête. Tout le monde attend de moi que je sois un bon petit gars, à commencer par ma mère : elle s'est montrée possessive et envahissante pendant toute ma convalescence, à tel point qu'on a failli atteindre le point de non-retour. En boucle, elle a tenté de me convaincre qu'il ne me serait rien arrivé si je n'avais pas fait équipe avec une femme, avec Li.

Li. Ma Li. Je lui en veux de nous avoir fait ça. Notre amour valait bien qu'elle résiste aux pressions extérieures. J'attendais d'elle qu'elle se rebiffe comme elle le fait toujours face à une injustice, qu'elle se batte pour nous, mais au lieu de cela, elle a baissé les bras et a renoncé. Comment lui pardonner alors que je l'ai vue combattre pour moins que ça, pour des gens qu'elle ne connaissait même pas ? Comment ne pas me laisser envahir par la haine alors qu'elle jurait m'aimer d'un amour absolu ?

Je lui en veux, autant que je m'en veux à moi-même. Dans mon chagrin, je n'ai pas été digne. Qui peut l'être vraiment quand on perd la personne qu'on aime ? Suppliant un temps, je suis ensuite passé à l'agressivité, aux reproches. L'homme au cœur brisé que je suis a voulu blesser à son tour. Pathétique. Évidemment, je n'ai reçu d'elle que quelques SMS laconiques :

Comment tu vas ?
Tu vas bien ?
Ton bras te fait encore souffrir ?
Des séquelles ?

Et quand je l'incendiais, elle se contentait de répondre :

Je suis désolée.
Je ne voulais pas te faire souffrir.
Je ne méritais pas un homme
comme toi.

Elle m'a fait passer des boîtes de chocolats et des jeux vidéo par l'intermédiaire de Gabriella qui révisait ses oraux avec elle tous les soirs. Comme si tuer des aliens en me gavant de nounours à la guimauve allait combler cet énorme vide qu'elle a laissé. J'ai bien tenté de me pointer chez elle, mais elle était en planque. Une autre fois, Gabriella était là. C'était la veille de son oral. Nous avons échangé quelques banalités et je suis reparti. Linda semble avoir tiré un trait sur notre histoire. Du moins, c'est ce qu'elle essaie de me faire croire. Je suis sûr pourtant qu'il n'en est rien. J'étais là quand elle a terrassé un homme d'un mètre quatre-vingt-dix en une roulade avec les pieds en sang, pour me sauver. J'ai lu dans ses beaux yeux noisette la teinte de la culpabilité, la douleur qu'on ressent lorsqu'on pense avoir raté quelque chose.

Devant la porte du service, je lâche un long soupir. Comment vais-je réagir lorsque je vais me retrouver face à elle ? Vais-je m'effondrer, me jeter à ses pieds comme à l'hôpital ? Vais-je lui vomir la haine qu'elle m'inspire depuis des semaines ? Vais-je lui avouer que je n'ai pas encore renoncé à elle, que je ne le peux pas ? Me taire, m'agripper à ses bras et lui voler le baiser dont je rêve depuis des semaines ?

J'entre dans le bureau des Stups et suis happé par les cris joyeux de mes collègues.

– Les gars, c'est le retour de l'enfant prodigue !

Je n'ai pas le temps de faire trois pas que j'ai droit à des accolades, des tapes dans le dos, des bises de Barbie et de Cassandra. Je jette de temps en temps des coups d'œil de l'autre côté de la pièce, mais je n'arrive qu'à entrapercevoir ce que je cherche. Après de longues minutes à mettre au courant l'ensemble de l'équipe de mon état de santé et à les remercier pour leur soutien, j'avance enfin vers mon bureau le cœur battant, les joues en feu. Mon regard se trouble alors que je devine une silhouette se lever au fond de la salle. Li. Elle s'est mise debout pour m'accueillir. Le regard gêné une fraction de seconde, elle reprend aussi vite un air plus détaché en me souriant comme elle le faisait les premiers jours après mon arrivée dans le service, et c'est peut-être ce qui me fait le plus mal. J'ai soudain l'impression que tous les moments que l'on a passés ensemble, tout ce qu'on a échangé, ont disparu. Plus rien. Pendant des mois, enlisé dans mon amour pour elle, j'ai attendu, espéré qu'elle s'ouvre enfin. Pour mon plus grand bonheur, la Li introvertie, bourrue, avec cette fêlure au fond d'elle, avait enfin laissé place à une Li amoureuse, joueuse. J'aurais pu effacer les stigmates laissés par trente années de mauvais traitements. J'aurais pu lui redonner confiance en elle, lui rappeler qu'elle est forte, qu'elle est digne d'être aimée, qu'elle ne vaut pas moins que qui que ce soit, qu'elle est parfaite. Mais aujourd'hui, ce n'est pas cette dernière que j'ai devant moi.

Je la détaille en quelques coups d'œil. Elle a beaucoup changé en trois semaines : très amaigrie, le teint pâle, les cheveux attachés en un chignon strict, elle a perdu quelque chose, peut-être cette petite lueur douce qu'elle avait au fond de ses prunelles.

Le palpitant en mode V10 d'une Dodge Viper, je fais les derniers pas qui nous séparent.

– Bienvenue Javier. Je suis contente de ton retour, dit-elle avec un sourire si timide qu'il faut que je m'arrête sur ses lèvres pour le voir.

– Salut.

– Tu as l'air d'aller mieux.

– Ouais, c'est ce que dit le médecin.

Mon ton sec la déstabilise et elle cille.

– Pendant ton absence, on a bien avancé sur l'enquête des Tchétchènes. Je suis pressée de tout te raconter. On va repartir sur le terrain toi et moi, et on va coffrer toute cette bande de fumiers.

– Pas exactement.

Elle se raidit et fronce les sourcils.

– Comment ça ?

– J'ai vu le chef. On doit changer de binôme.

Son visage devient blanc, elle ne devait pas s'y attendre. Elle ouvre la bouche pour protester, je suppose, puis se ravise :

– Pour ta sécurité, il vaut peut-être mieux. Il faut que tu reprennes progressivement…

– Je crois plutôt qu'il a peur qu'on remette le couvert, lâché-je suffisamment bas pour que cela échappe au reste du service. De toute façon, c'est mieux. Je ne me sens plus capable de faire équipe avec toi.

Elle ouvre de grands yeux et serre le dossier de sa chaise entre ses doigts, encaissant difficilement.

À quoi est-ce qu'elle s'attendait ? À ce qu'on se fasse un câlin et qu'on oublie tout ?

– Je comprends, dit-elle en baissant les yeux sur une pile de dossiers.

– Tu aurais pu venir me voir. J'ai cru que tu le ferais.

– Je ne pense pas qu'Alma m'aurait accueillie chez elle. Elle est furieuse, et elle a raison.

Je soupire. J'ai raison d'en vouloir à ma mère.

– Je vais faire équipe avec Barbie, si ça ne te pose pas de problème.

Elle vacille et tente de masquer sa déception en s'asseyant et en remettant de l'ordre dans ses papiers, mais je ne manque pas ses lèvres qui tremblent légèrement.

– OK, je tournerai avec Bernard. Ça va plaire à Breton, il aura toutes les infos qu'il souhaite.

Je ne comprends pas de quoi elle parle et la vois gratifier Barbie d'un regard noir. Sans prendre la peine d'enlever mon blouson, je commence à débarrasser mes affaires du bureau pour aller les mettre sur celui près de ma nouvelle coéquipière. Cette dernière m'ouvre les bras de joie et nous échangeons nos postes, Bernard et moi.

Plus loin, Li reste silencieuse, les yeux plongés sur son clavier. J'ai mal pour elle, pour nous, car j'aime travailler à ses côtés. À deux, on forme une équipe d'enfer, deux passionnés, deux têtes brûlées avec une complicité à toute épreuve. Mais ce n'est pas plus mal ; je crois que j'aurais eu du mal à reprendre le boulot à ses côtés et à la voir continuer comme si nous n'avions jamais rien été l'un pour l'autre.

Vidant mon dernier tiroir avant de me remettre au travail, j'en profite :

– Tu me racontes les avancées de l'enquête ? Qu'est-ce qu'on doit faire ? Tu as un plan, Captain ?

Elle relève la tête et je me fige en découvrant ses yeux baignés de larmes. Mon cœur se serre, je ne suis pas le seul à morfler. Je regarde autour, tout le monde nous dévisage. Je ne peux rien dire, rien faire. Je voudrais pourtant me ruer sur elle pour la prendre dans mes bras, lui dire que je l'aime encore, mais c'est impossible, et c'est en partie sa faute.

– Je… je verrai plutôt avec Bernard, me poignarde-t-elle. Tu sais bien que je n'aime pas partager mes sources avec tout le service, question de sécurité. Contente-toi d'aider Barbie avec les écoutes, ce n'est pas plus mal de t'éviter le terrain pour le moment. Reprends tes marques tranquillement.

J'en laisse tomber mon pot à crayons.

– Mais je vais mieux, j'ai le feu vert du médecin…

– On verra si j'ai une mission à vous confier. Pour le moment j'ai assez de monde.

Elle se fout de moi ? Elle sait très bien que je n'ai jamais supporté de rester au bureau.

– Je suis puni ?

Je n'ai pas pu m'empêcher de hausser le ton, et elle se crispe immédiatement.

– Pas du tout, répond-elle froidement. Si je voulais vraiment te punir, j'irais voir le chef et je lui demanderais de te balancer chez Beaulieu à la Crim. Il lui manque un lieutenant.

– Super, l'accueil !

Comme je ne bouge pas, elle poursuit sèchement :

– Va bosser. Barbie a tendance à piétiner ces derniers temps, vous avez deux semaines à rattraper.

Je tape du poing sur la table avant de repartir vers mon nouveau bureau. Je croise Bernard sur le chemin.

– Désolé, Javier.

– Ouais.

– Bernard, venez donc avec moi, nous coupe Li en me dépassant sans un regard. Réunion au sommet pour mettre en place la prochaine opération.

Elle s'éloigne, et j'ai envie de l'étrangler. Trois semaines n'ont pas affaibli ma combativité, au contraire, et si elle pense pouvoir me mettre sur la touche, elle se met le doigt dans l'œil.

Il est déjà vingt heures lorsque Li relève le nez de son ordinateur. J'attends que nous soyons seuls depuis déjà plus d'une heure, pour avoir enfin une discussion en tête à tête. Au bureau, il n'y a plus que nous deux. Je liste les dernières écoutes de la semaine dernière et je suis déjà au bout de ma vie ; je vais mourir d'ennui si elle me réserve ce programme durant des jours. Elle s'étire et me jette un coup d'œil discret, avant d'enfiler son blouson et de se diriger vers la sortie. Je lui barre aussitôt la route.

– Tu devrais rentrer chez toi Javier, il se fait tard. Bonne soirée.

– Il faut qu'on parle, dis-je en me penchant vers elle.

Elle fait mine de reculer mais je la retiens par un pan de sa veste.

– Je suis fatiguée, Javier, laisse-moi passer. Je suis navrée si tu as mal pris ton éviction de l'équipe mais c'est toi qui as choisi ta coéquipière.

Je ricane, agacé. Elle me jette de sa vie et se permet quand même d'être jalouse.

– Non, j'ai plutôt mal pris mon éviction de ta vie.

Elle essaie de passer mais je la retiens par la taille. Ce simple contact me brûle les doigts. Des semaines que je vis dans l'espoir de la prendre de nouveau dans mes bras ; si près d'elle, mon cœur se met à dérailler. Je me retiens de plonger le nez dans son cou pour retrouver l'odeur de sa peau qui me hante depuis notre séparation. Li m'a tellement manqué. C'est en la tenant ainsi contre moi que je prends conscience que rester loin d'elle ne pouvait être que souffrance.

– Écoute, Javier, on en a déjà parlé. J'ai pris ma décision et je ne reviendrai pas dessus.

Instinctivement, je lève ma main vers elle et caresse sa joue. Elle papillonne des cils et chasse les larmes qui envahissent aussitôt ses yeux. Je n'aurais qu'à la ramener à moi pour lui voler un baiser. J'ai tellement rêvé de ses lèvres. Elle se met à frissonner et son émoi me fait un bien fou tout à coup, bien plus que la douceur de sa joue : elle est encore un peu à moi, malgré ce qu'elle veut bien me dire. Doucement, elle abaisse ma main, qui finit dans le vide.

– Javier, laisse-moi partir, s'il te plaît.

– Pourquoi tu fais ça Li ? Toi et moi, on s'aime toujours, c'est évident. Regarde comme on est mal tous les deux.

– Tu as failli être tué parce que je n'ai pas réussi à contrôler mes hormones, parce que j'étais trop amoureuse de toi. Tout ça, c'est terminé. Je dois me concentrer sur mon travail, sur Call, sur Mare. Je n'ai plus le droit à l'erreur.

Elle me pousse plus sèchement cette fois-ci et me contourne. Je la rattrape *in extremis* et la ramène dos contre moi. Les lèvres contre son oreille, je suis submergé par l'émotion et la colère :

– Toi et moi, ça ne sera jamais terminé.

– Ça l'est déjà pourtant, répond-elle en pivotant pour me regarder droit dans les yeux.

J'ai mal, putain, à m'en plier en deux. J'aime cette femme à ne plus pouvoir respirer normalement et elle me rejette comme si j'étais un pauvre type qu'elle avait à peine regardé. Comme si je n'avais jamais compté pour elle, pas plus qu'un amant de passage.

– Je ne renoncerai pas à nous !

Elle fait quelques pas vers la porte puis s'arrête, les épaules basses. Lentement, elle se retourne, le regard teinté de tristesse.

– Il n'y a plus de nous.

CHAPITRE 57

MARE

Je suis à bout de nerfs. Li a dû bloquer mes appels, ma mère fait toujours la tête d'être confinée chez tatie, et la chambre d'hôtel commence à me revenir assez cher. Et je n'ai que peu, voire pas, de nouvelles de Call.

Je fais tourner la bague autour de mon doigt ; ce simple geste m'apaise un court instant, avant que je ne me rappelle qu'il est en train de risquer sa vie. Un frisson me parcourt. Le seul point positif, c'est l'état de Jammal, qui n'est plus dans le coma et devrait bientôt pouvoir sortir.

– Comment vous sentez-vous, Mareva ? demande le professeur Huguenot, me tirant de mes pensées.

J'étends mes jambes sur le vieux canapé en cuir tout en me laissant bercer par le tic-tac régulier du métronome posé sur la table basse. Déjà vingt minutes que je suis ici et j'ai l'impression de ne pas avancer. Le professeur toussote pour me ramener à notre séance et répète sa question de sa voix calme et monocorde.

– Comme quelqu'un dont la vie est en train de lui échapper, avoué-je en pressant mes paupières

– Mais encore ?

Je soupire, agacée.

– Ma mère me rend responsable de son exil, ma sœur doit être au trente-sixième sous-sol, mon homme risque sa vie et moi, je ne peux strictement rien faire pour les aider.

Il griffonne sur un papier. Moi qui avais le sentiment d'avancer, à présent j'ai l'impression d'être revenue au point de départ.

– Il ne faut pas le voir de manière négative, intervient mon psy. Tous les grands changements font passer par une phase difficile. Regardez le chemin parcouru : vous êtes parvenue à surmonter votre peur d'être jugée en avouant toute la vérité à un homme. Homme auquel vous êtes aujourd'hui fiancée. Vous avez pris votre indépendance en ne vivant plus, ni chez votre mère, ni chez votre sœur. Vous vous émancipez, c'est normal que ça se fasse dans la douleur.

Je grimace.

– Vous êtes sur une voie ascendante, c'est très bien.

Il n'a pas tout à fait tort, c'est vrai, mais c'est plus difficile que ce que j'avais imaginé, même avec du soutien.

Ma sœur, elle, doit tout affronter seule. J'ai appris par Gabriella que les relations entre son frère et Li ne sont pas au beau fixe et qu'ils ne travaillaient même plus ensemble. Je ne sais plus quoi faire. J'ai bien pensé à aller chez elle avec un pot de glace, mais elle est tellement butée qu'elle serait capable de m'envoyer bouler.

– Vous savez, votre dynamique familiale est très intéressante, commente mon psy. Je pense qu'il faudrait lancer un dialogue entre vous deux. Pourquoi pas en passant par un tiers ? Votre mère, peut-être ?

Je fais la moue.

– J'en doute. Maman et Li ne sont pas les meilleures amies du monde et ça m'étonnerait que la faire intervenir dans cette histoire soit une bonne idée.

– Je sais qu'il y a des tensions entre vous, mais aujourd'hui vous n'êtes plus une petite chose fragile. Si vous voulez faire bouger les choses et que personne ne choisit de prendre ce rôle, c'est à vous de déployer vos ailes et de rassembler votre famille, quel que soit le résultat final. Essayez, sinon vous vous en voudrez.

Je garde le silence et me concentre sur ma bague. C'est peut-être la solution, mais j'ai du mal à m'en convaincre.

La séance se termine et je regagne ma chambre d'hôtel. Je profite de ne pas travailler aujourd'hui pour, de nouveau, éplucher les annonces. J'en sélectionne deux et prends contact avec les propriétaires. L'un d'eux refuse tout net de me rencontrer car je n'ai pas de garantie suffisante, et le second m'informe que son appartement vient d'être loué. Lasse, je décide d'aller me promener pour me changer les idées et m'installe à une terrasse. Je déguste mon café en repensant aux paroles de mon psy : après tout, ça vaut le coup d'essayer, puisque de toute façon personne ne le fera à ma place.

Une chose à la fois : je compose le numéro de ma mère et lui demande de me rejoindre pour déjeuner. Elle accepte sans se faire prier. Tout plutôt que de supporter le ragoût de tante Mariette une fois de plus. Une heure plus tard, nous sommes face à face autour d'une table de restaurant, et je remarque immédiatement ses traits tirés et ses cernes. Cette division nuit vraiment à tout le monde, dans cette famille.

Bien décidée à faire changer les choses, je lui prends la main et commence :

– Je suis désolée, maman. J'ai été inconsciente et si j'avais écouté Li, tu n'en serais pas là.

Vêtue d'un chemisier en Liberty et d'un pantalon large, elle semble avoir repris du poil de la bête même si elle fuit mon regard, préférant se focaliser sur Gene.

– Maman ?

– C'est moi qui devrais être désolée, Mare, finit-elle par lâcher. J'ai été injuste envers toi et ta sœur. La vérité, c'est que je ne supporte pas l'idée qu'on puisse vous faire du mal et je… je sais que j'ai été trop envahissante avec toi, mais c'est parce que je voulais que tu ne manques de rien. Et pour ta sœur ? Elle est impulsive, elle fonce tête baissée dans le danger, j'en ai des sueurs froides chaque fois que j'ouvre le journal et que je vois qu'un crime a été commis. Ça été dur pour moi de vous élever, toute seule, sans aide et je…

Elle ne termine pas sa phrase et se met à pleurer. Je quitte ma place et la prends dans mes bras. Elle a beau être pénible, se mêler de tout, c'est ma mère et la voir ainsi me brise le cœur.

– Je suis la pire mère du monde, sanglote-t-elle en écrasant à moitié son chien.

– Maman, tu n'es pas la pire mère du monde, tu as fait comme tu as pu. Oui, tu as commis des erreurs, mais aujourd'hui, tu as l'occasion de les réparer.

Elle sèche ses larmes et je lui fais un topo des derniers événements. Si elle veut faire amende honorable, elle va devoir être là pour moi, et surtout pour ma sœur. Elle m'écoute bien sagement et quand je lui raconte pour Li et Javier, son visage se ferme.

– Maman, je sais que tu la crois forte et capable de tout assumer, mais ce n'est pas le cas. J'ai essayé de l'appeler, elle ne répond pas. Je m'inquiète pour elle.

Ma mère hoche la tête.

– Moi aussi je m'inquiète. Javier était sa bouée, son phare, je ne comprends pas pourquoi elle l'a quitté. Elle prend toujours des décisions hâtives, elle ne réfléchit pas assez et…

– Maman ! Arrête de la juger, s'il te plaît ! Je t'aime, mais franchement je te trouve injuste envers Li.

Elle se rembrunit et le serveur nous amène notre commande. Nous déjeunons en silence, incapables de relancer la conversation. Après tout, les choses ne vont pas rentrer dans l'ordre en un repas, ce serait beaucoup trop facile. Quand je viens à bout de mon plat, je me penche pour prendre un morceau de pain lorsque ma mère attrape brusquement mon bras et porte ma main devant ses yeux :

– Mare… Cette bague ? Tu… Tu vas te marier ?

Je cache précipitamment ma main sous la table. Mince, je n'avais pas réfléchi à ça. Qu'est-ce que je suis censée lui dire ? Qui peut dire comment toute cette histoire va se terminer ?

– Ce n'est pas exactement ça, soufflé-je en jouant avec de la mie.

Elle attend que j'ajoute quelque chose, puis devant mon silence, soupire.

– Bon… Je suppose que je devrai me faire à l'idée que mon futur gendre soit tatoué de partout.

Puis, un grand sourire illumine son visage.

– Babeth sera verte de jalousie, elle a toujours rêvé d'avoir des petits-enfants métis !

– Maman, enfin ! m'offusqué-je. Ce ne sont pas des accessoires de mode !

Elle baisse la tête, penaude, et j'enchaîne :

– De toute façon, la question ne se pose pas. Il n'y aura pas d'enfants métisses.

– Ah bon ? Mais pourquoi ?

Elle réfléchit quelques secondes avant d'ajouter :

– À cause de Paul ?

Ses yeux sont grands ouverts, mais au lieu de jugement, c'est de l'étonnement que je perçois. Je grimace à la mention de mon ex et prends mon courage à deux mains. Me confier à Call a été difficile mais si je veux vraiment progresser et me libérer, je dois aussi le faire auprès de ma mère.

– La douleur est encore trop présente, maman.

Elle semble déçue, mais parvient à garder son avis pour elle. Finalement, elle trempe ses lèvres dans son verre et conclut :

– Ce n'est pas grave, je trouverai d'autres moyens de faire rager Babeth ! En attendant, ne doute plus jamais de toi.

Nous terminons par un dessert alors qu'elle me demande de venir m'installer chez Mariette le temps de trouver un appartement. Je suis obligée de refuser, pour sa propre sécurité mais promets de lui donner plus souvent des nouvelles. De son côté, elle s'engage à essayer de se rapprocher de Linda. Je ne sais pas ce que la confrontation entre les deux va donner, mais si ma mère lui ouvre son cœur, peut-être qu'elles pourront enfin se comprendre et que ma sœur n'affrontera pas sa douleur toute seule. À la fin du repas, je fais un crochet par la boutique pour réceptionner une commande. Au moment de repartir, j'aperçois une silhouette familière onduler sur le trottoir. Darla. Une bouffée de colère m'envahit mais un regard sur ma bague parvient à m'apaiser. Call est en mission. Il ne m'a jamais donné aucune raison de douter de lui. Il n'est pas Paul. J'accélère le pas pour ouvrir ma boutique quand elle m'interpelle.

– Oh, mais qui voilà ? La bourgeoise coincée ? Dis-moi, c'est à cause de ton incapacité à manier la barre qu'il t'a larguée ?

Je serre les dents, essayant de garder mon calme.

– Et alors, on a perdu sa langue ? Je te l'avais dit qu'il se lasserait de toi. On ne joue pas dans la même catégorie.

– Ça, c'est sûr, je rétorque avec un regard appuyé sur sa micro-jupe en cuir et ses collants troués alors qu'on est en plein hiver.

– Ça veut dire quoi ? grogne-t-elle en s'approchant.

– Ça veut dire que si son truc, ce sont les pétasses sans classe, en effet il a bien fait de me quitter.

Sur ces derniers mots, je parviens enfin à ouvrir la porte de ma boutique, fière de ne pas m'être laissée marcher sur les pieds, et m'engouffre à l'intérieur avant de tirer le verrou.

CHAPITRE 58

MARE

Dans mon magasin, c'est le calme plat. Mis à part deux clients catastrophés qui avaient oublié que c'était la Saint-Valentin aujourd'hui, je n'ai eu personne et tout le temps de penser à ce qui pourrait arriver si Call se faisait démasquer par Vitali. L'angoisse m'étreint de nouveau. J'aimerais appeler ma sœur, elle me manque tellement. J'aimerais lui parler de Darla que je vois souvent aux alentours du shop et dont les jupes raccourcissent au fil des jours ; elle saurait me rassurer. Après tout, elle connaît Call depuis bien plus longtemps que moi. Elle me dirait que je me fais des films et on en rirait devant un énorme pot de glace. Mais je suis seule et dois me contenter des petits mots qu'il me fait passer par l'intermédiaire de sa grand-mère. Malgré tout, les jours passent et le doute revient. J'ai beau lui faire confiance, maintenant que je sais que le seul homme que j'aie aimé jusqu'à présent s'est tapé ma sœur, c'est compliqué de passer à autre chose.

Je secoue la tête pour me concentrer sur ma comptabilité. Je compulse mes factures, note les montants, mais même si je sais fabriquer une bougie senteur noix de coco les yeux fermés, jongler avec les chiffres, c'est mission impossible. J'aurais bien besoin du cerveau cartésien de ma sœur pour y voir plus clair. Je suis en train de m'arracher les cheveux sur la facture du chauffagiste venu réparer la clim réversible quand la sonnerie de l'entrée me fait lever la tête de mon tas de papiers. Je me fige en reconnaissant Jammal, assis sur un fauteuil roulant.

– Mais… Mais… qu'est-ce que… Tu es…

Je n'arrive pas à formuler une phrase cohérente et m'avance vers lui les larmes aux yeux. Je le serre dans mes bras en prenant garde à son bras.

– Je suis sorti aujourd'hui, m'annonce-t-il. Ma mère m'a dit que vous étiez venue me voir pendant que j'étais à l'hosto et du coup je lui ai demandé de faire un détour. Hé, continue-t-il en voyant que je peine à garder contenance, vous allez pas vous mettre à pleurer, hein ?

– Siiiiiiiii, réponds-je en laissant couler mes larmes.

– Nan mais ça va, je vais bien. Je peux marcher, le fauteuil, c'est juste une sécurité.

Il se lève pour me montrer et essayer de me rassurer mais rien n'y fait, je pleure à chaudes larmes. L'arrivée d'un livreur interrompt nos retrouvailles. Je récupère le bouquet que je dépose distraitement sur le comptoir avant de revenir vers Jammal.

– Le docteur a dit que je pourrai reprendre le boulot dans quinze jours. C'est toujours bon pour vous ?

Je hoche la tête et parviens à formuler :

– Oui, bien sûr. Je reçois de nouvelles teintes de paillettes et il faudra bien quelqu'un pour démarcher les clubs de strip-tease.

– Quoi, c'est vrai ? Vous allez vraiment le faire ?

Puis, voyant que je plaisante, il fait semblant de se tenir le bras et ajoute :

– Faut pas se moquer d'un blessé de guerre.

J'esquisse un sourire, ravie de voir qu'il arrive à en plaisanter, et dépose un baiser sur sa joue.

– Bon allez, je dois y aller. On se voit bientôt, madame Mareva.

Il fait signe à sa mère qui l'aide à passer la porte et ils s'éloignent dans la rue.

Mon regard se pose ensuite sur les fleurs, toujours sur le comptoir. Des lys blancs. Je hume le bouquet et récupère la carte agrafée au papier de soie. Pas de mots, juste un dessin, celui d'une boussole. J'attrape soudain le téléphone fixe de la boutique pour composer le numéro de celui d'à côté.

– *Call's Tatoo*, bonjour.

– Bonjour, Monsieur, dis-je en baissant la voix au cas où des oreilles indiscrètes traîneraient dans les parages.

– Miss, on avait dit pas d'appel.

Je soupire de soulagement. Il est seul.

– Il se trouve qu'on m'a fait livrer des fleurs et je voulais savoir si je devais te remercier toi, ou le beau mec qui est passé il y a deux jours acheter du papier crépon.

Je l'entends grogner.

– Je rigole, Call. Mais ça me tue de te savoir si proche et en même temps si loin, surtout un jour comme aujourd'hui où l'amour est partout.

– Moi aussi, Miss. Si je pouvais, je franchirais le mur qui sépare nos boutiques et je viendrais te rejoindre.

Il me donne une idée.

– Tu sais quoi ? Reste après la fermeture et laisse la porte de derrière ouverte.

Je raccroche avant qu'il ne cherche à m'en dissuader et me mets à échafauder un plan. La boutique de Call et la mienne sont quasi mitoyennes, séparées par un mur dont tout le monde ignore l'utilité. Il n'est pas très haut mais je vais avoir besoin de quelque chose pour m'aider à grimper.

Quand vient l'heure de fermer, j'abaisse le rideau métallique depuis l'intérieur, traverse ma boutique à la lueur de la lampe torche de mon portable et atteins la réserve. Je déverrouille la porte qui me permet d'arriver dans l'arrière-cour puis avise ma poubelle. J'essaie de grimper dessus, mais c'est encore plus dur que ce putain de cours de pole dance ; à ce rythme-là, Call aura le temps de se fossiliser dans son shop ! J'enlève mes chaussures à talons et relève ma robe. En prenant appui sur une cagette, je parviens finalement à grimper et me retrouve face au mur. Je remonte encore plus ma robe, priant pour ne pas me faire arrêter pour exhibitionnisme, et enjambe le mur. À califourchon, le crépi commence à m'entailler l'intérieur des cuisses, ruinant mon collant, quand je me rends compte que, si j'ai trouvé comment monter, je ne sais pas du tout comment je vais descendre de là. Des larmes de colère commencent à monter et je lève les yeux au ciel. Je ne demande pas grand-chose, juste quelques instants avec lui. Comme si quelqu'un là-haut m'avait entendue, sa voix rauque murmure :

– Besoin d'aide ?

Je soupire de soulagement. Ses bras se positionnent sous mes jambes et je me laisse glisser jusqu'à lui. Il m'attire à l'intérieur de sa réserve avant de verrouiller la porte, de se jeter sur moi et de faire voler ma robe. Je frissonne.

– Ne t'inquiète pas, je vais te réchauffer, murmure Call en m'empoignant par la taille.

Il m'embrasse dans le cou, descend le long de ma clavicule avant de venir agacer mes tétons à travers la dentelle de mon soutien-gorge.

– Call, gémis-je alors que ses doigts se faufilent sous ma culotte.

– Te savoir juste à côté sans pouvoir ne serait-ce que te parler est une torture, dit-il sans cesser de me toucher.

– Dis-le-moi, supplié-je.

– Je t'aime, Miss.

Je soupire d'aise et m'abandonne sous ses caresses exquises. Allongée sur une vieille couverture en polaire servant à protéger les cartons, je profite de ces instants volés avant que nous ne devions nous séparer une fois de plus.

– Tu ne dois plus faire ça, me gronde-t-il gentiment alors que je renfile ma robe.

– Je sais.

Il se positionne derrière moi et m'enlace tendrement :

– Mais je suis content que tu sois venue. Tu me manques tellement.

J'essaie de ne pas pleurer. Je connais l'importance de sa mission et ne veux pas lui donner de raisons de s'inquiéter.

– Fais attention à toi, Call, je t'aime.

CHAPITRE 59

LI

Je scrute attentivement la Lame, son téléphone portable collé à l'oreille. Sa barbe a poussé, des cheveux blancs parsèment désormais sa chevelure, et il a pris de l'embonpoint. Il n'est plus l'homme provocateur de son premier interrogatoire. Il écoute dorénavant mes directives et répète exactement ce que je lui souffle. On a un deal. Je ne sais pas comment je ferai pour respecter tous mes engagements, mais je le ferai, même si pour ça je devrai fermer les yeux sur certains principes.

– Ils devraient être livrés vendredi. Une grosse quantité provenant directement d'Afghanistan, probablement par voie maritime. Une péniche qui accostera vers Fontainebleau.

– OK.

– Je dois rappeler Fred jeudi pour être sûr. Je lui ai dit que je profiterai de ce moment pour monter à Paris et lui donner le fric que je lui dois. Il m'a également donné une autre info.

– Ah oui ? Quoi ?

– Ils ont prévu de faire évader Anton Kurbanov.

– Quoi ?

Je prends des notes. Je n'ai jamais été aussi contente de mettre la main sur un mafieux, on récupère tout un tas d'informations plus ou moins sensibles, mais là, c'est la cerise sur le gâteau. Heureusement que Roman a encore une source dans le gang ; ça lui a permis de rester vivant jusque-là, et ça nous confère une avance cruciale sur les plans de Kurbanov. Un vieux qui sait se faire discret mais qui est de tous les mauvais coups des Tchétchènes.

– OK, merci, dis-je en me relevant après avoir repris son smartphone, que je glisse dans le sachet à scellés. On se voit jeudi.

– Très bien.

Je jette un coup d'œil vers mon indic. Il semble de plus en plus perdu à mesure que les jours passent, comme un de ces grands singes en cage. Il me fait presque de la peine. Puis je repense à Lana.

– On va le coincer pour de bon.

– Il devra me rendre des comptes, se contente-t-il de dire.

J'ai un mal fou à reprendre le cours normal de ma vie depuis ma rupture avec Javier. Heureusement, l'enquête me maintient dans les rails, même si travailler chaque jour dans le même service que lui n'aide pas. Lui, il semble enfin être apaisé. Après avoir tenté de me faire changer d'avis à son retour d'arrêt maladie, il arbore dorénavant une certaine indifférence qui m'est tout aussi douloureuse que lorsqu'il me rabâchait à longueur de journée que j'étais la femme de sa vie.

Comme tous les matins maintenant depuis deux semaines, il arrive en compagnie de Barbie. Je commençais à flancher, à réfléchir à une solution pour que l'on puisse être de nouveau ensemble tous les deux, lorsque j'ai remarqué leur rapprochement. J'essaie de me convaincre que leur relation est certainement la meilleure façon de l'oublier, mais la réalité, c'est que mon cœur n'est qu'une plaie béante chaque fois que je l'entends rire à ses blagues, lorsque je surprends leurs regards complices. Ça a été dur. Ça l'est toujours.

En entrant, Javier salue tout le monde alors que sa coéquipière, derrière lui, glousse en se tenant à son épaule. Je détourne les yeux, le cœur au bord des lèvres, et me lève pour récupérer ce que je viens d'imprimer. La tête me tourne un peu. Je mange trop peu depuis des semaines, incapable d'ingurgiter quoi que ce soit à part quelques yaourts ou de la soupe. Je ne me suis jamais sentie aussi seule. Mareva me manque, ma mère aussi. Incroyable de penser ça. Gabriella, elle, a passé son oral, et on attend d'un jour à l'autre les résultats. Nos soirées studieuses me permettaient au moins de penser à autre chose que les Tchétchènes et Javier. Depuis, je travaille jusqu'à pas d'heure ; je ne peux pas me permettre d'échouer. Je n'ai plus que ça.

Je sursaute en voyant Javier planté devant moi alors que je fais un pas pour retourner à mon bureau. Il me détaille de la tête aux pieds avec un regard sérieux.

– Bonjour Javier, tu as besoin de quelque chose ?

– Salut Captain, répond-il en se mettant à me sourire gentiment. Tu as mangé ces derniers jours ? Tu fonds à vue d'œil.

– Je vais bien, Esposito, ne t'inquiète pas pour moi.

– Je voudrais poser mon vendredi, tu veux bien ? Barbie est en congé également.

J'entends la blonde derrière nous parler de son futur week-end à Ibiza. Aussitôt, mon ventre se tord de douleur.

– Vous partez ensemble ?

Une lueur amusée traverse son regard gris et je m'en veux aussitôt d'avoir posé cette question. Il fait ce qu'il veut, je n'ai pas à lui faire la moindre remarque sur ses relations personnelles. Il jette un coup d'œil vers Barbie avant de répondre :

– Ibiza, tu plaisantes. Avec tous ces camés qui viennent se défoncer sur l'île ? Non, j'ai un examen de contrôle avec le chirurgien.

Je relâche mes épaules et essaie de reprendre un air détaché, mais c'est peine perdue.

– Je dois te dire qu'avec Barbie…

Mon ventre vrille de nouveau. Que va-t-il m'annoncer ? Qu'il est avec elle ? Je l'ai déjà compris le soir de la Saint-Valentin, lorsqu'il est parti en même temps qu'elle, me souhaitant une bonne soirée devant un film à l'eau de rose. Le lendemain, il était tout sourire. Moi, j'étais amorphe d'avoir vomi mon pot de glace englouti devant *Bridget Jones*.

Comme si le ciel m'avait entendue, Bernard nous interrompt.

– Le Raid sera en place sur l'itinéraire que vous avez indiqué, Capitaine.

– C'est parfait.

Javier fronce les sourcils, interloqué.

– Pourquoi le Raid ? Qu'est-ce qui se prépare ?

– On doit conduire le Tchétchène chez le juge d'instruction cet après-midi, c'est tout.

– Avec le Raid ? C'est nouveau. Pourquoi tant de précautions ?

– J'ai eu vent d'une éventuelle évasion. On prend les mesures adéquates, c'est tout.

– C'est-à-dire ?

– Bernard et moi pour récupérer le paquet et Cassandra et Louis pour jouer le leurre avec le Raid. On fera peut-être bonne pioche.

– Je marche !

– C'est gentil, mais avec Barbie, vous restez là. On aura suffisamment de flics sur place.

– Purée, j'en ai ras le bol, Li ! s'énerve-t-il. Combien de temps tu vas me laisser moisir dans ce bureau ? Je veux en être. Mets-moi sur le deuxième fourgon avec Barbie.

– Pas question.

Je m'éloigne et il me poursuit jusque dans le couloir.

– Si tu me laisses sur la touche, je pars pour la Crim, menace-t-il.

Je me retourne, stupéfaite.

– Eh bah, ça m'arrangerait de ne plus voir ta gueule de merlan frit toute la journée.

De rage, il donne un grand coup de poing sur une armoire métallique qui ne demandait qu'à vivre une existence paisible, puis il tourne les talons et repart dans l'open space. Je suis déjà suffisamment nerveuse avec cette intervention, pas besoin que Javier me tombe dessus de si bon matin. Non seulement j'espère que nous attraperons du gros poisson, mais c'est aussi un bon moyen de vérifier que la Lame ne s'est pas foutue de moi et si ses sources sont encore sûres.

J'essaie de calmer mes nerfs sur la fontaine à eau – vide, comme toujours –, lorsque je vois Javier revenir vers moi, des feuilles dans les mains.

– Javier, je te conseille de ne pas insister.

– Je viens de découvrir quelque chose de très intéressant sur les écoutes.

– Ah, tu vois que cette mission peut s'avérer passionnante !

Il m'adresse un de ses regards métalliques qui me pétrifie sur place.

– Le mec de Darla parle d'une nouvelle mission pour le petit nouveau, un « Renoi qui aime dessiner sur le cul des Blancs ».

Je fais la moue.

– Pas de doute, il s'agit de Call, répond Javier à ma question tacite.

– Bon, cette fois-ci, on a la certitude qu'il a été approché. Ça explique la visite des Tchétchènes à son shop. J'ai bien fait de mettre une équipe en planque dans l'immeuble en face de son salon. Trouve-moi un portable prépayé et un traceur, je vais aller lui rendre une petite visite. Je ne sais pas pourquoi il ne nous a pas encore contactés, j'espère qu'il n'envisage pas de faire justice tout seul et de mêler Mareva à tout ça.

Une fois le matériel récupéré et Javier attaché sur le fauteuil de son bureau avec un joli rapport à me taper, je file trouver Call. Une fois dans sa rue, je repère très vite une voiture qui semble faire le guet devant son salon de tatouage. Je jette un coup d'œil à la fenêtre du premier étage en face. On ne voit pas mes gars, c'est parfait. Ça va être compliqué de prendre contact avec Call sans me faire remarquer, mais apparemment le ciel a décidé d'être généreux avec moi aujourd'hui : ma mère est sur le trottoir et semble marcher vers la boutique de sa fille préférée. Je la rejoins discrètement et elle sursaute lorsque je soulève Gene dans mes bras.

– Linda ?

– Salut m'man.

– Mon Dieu, mais qu'est-ce qui t'est arrivé ? Tu as une mine épouvantable !

– Viens, avançons, lui dis-je en prenant son bras pour la forcer à accélérer le pas.

– Mareva m'a tout raconté pour Javier.

Pas étonnant que Mare ait cafté, elle a toujours été très friande de mes peines de cœur.

– Je sais que c'est une période très difficile pour toi mais je suis là si tu as besoin de moi.

Je ricane. Comme si ma mère avait un jour été là pour moi. *La bonne blague.* Je la tire vers la boutique de Mare et la force à y entrer *manu militari*. Ma sœur, qui était en train d'encaisser une cliente, s'arrête, bouche bée. Je lâche ma mère et avance à vive allure vers l'arrière-boutique.

– Li ? Mais qu'est-ce que tu fais là ?

Je ne prends pas la peine de lui répondre et accède à la cour de son immeuble.

– Mais surtout ne te gêne pas, râle-t-elle en me suivant. Maman, pourquoi est-elle là, vous avez discuté ?

– Je n'en sais rien, je viens de la croiser. Tu as vu dans quel état elle est ? Elle va finir à l'hôpital.

Je déplace une vieille cagette en bois et grimpe dessus pour me hisser sur la poubelle. J'enjambe ensuite le mur qui sépare les boutiques de Mare et de Call.

– Non mais Li, reviens ici ! Qu'est-ce que tu fais ?

– Je reviens. Je dois voir ton mec. Motus et bouche cousue.

Elle referme instinctivement sa bouche et fait le signe d'une fermeture Éclair sur ses lèvres alors que je disparais de l'autre côté de la cloison. Je crochète la serrure et pénètre à pas de velours dans la remise du shop de Call. Je fais quelques pas sans bruit, écoutant attentivement, mais je n'entends rien. J'entrouvre la porte qui donne dans sa boutique quand tout à coup, une grosse main s'abat sur mon poignet et me tire à l'intérieur. Dans un cri étouffé, je me retrouve nez à nez avec un Call armé de son nerf de bœuf, prêt à me démonter la tête.

– Putain, Li, mais t'es une grande malade ! Tu m'as fait une de ces peurs.

– T'es bien nerveux mon pote. Tu as l'attitude d'un mec qui s'est foutu dans la merde jusqu'au cou.

– Je ne savais pas comment te joindre sans me faire repérer. Les Tchétchènes me surveillent sans arrêt, ils ont même les clefs de ma remise. J'ai eu peur que ce soient eux.

Je soupire, agacée. Il n'y est pour rien, mais c'est rageant.

– Ça dure depuis combien de temps ?

– Un petit moment, avoue-t-il en esquivant mon regard.

Call me raconte toute l'histoire : son rendez-vous avorté avec Kurbanov, la venue régulière du gang dans sa boutique pour dealer – ça explique les allées et venues de camionnettes banalisées repérées par mes agents – et sa fausse rupture avec Mareva pour la protéger. Je ne sais pas si cela aura une réelle utilité, mais je me tais. Je lui donne du matériel d'écoute qu'il planque aussitôt et lui prodigue quelques conseils pour assurer sa sécurité. Puis je repars par le même chemin, aidée par Call qui me fait la courte échelle.

– Fais gaffe à toi, Li.

– Toi aussi mon grand.

Quand je réapparais dans la boutique de Mare, ma mère, assise sur un petit fauteuil, se redresse tel un ressort.

– Linda, te revoilà ! Je vais prendre rendez-vous chez le docteur Henri, il n'est pas question que tu restes dans cet état. Tu n'as plus que la peau sur les os.

– Il y a un problème avec Call ? Il est en danger ?

– Non, préféré-je mentir. Toi, tu restes loin de lui pour le moment. Je vais régler ça.

– Qu'est-ce que tu entends par « régler ça », puisqu'il n'y a pas de problème ?

– Oh mon Dieu, elle va risquer sa vie, s'écrie ma mère.

– Je ne peux pas rester, je dois filer. J'ai une grosse intervention en cours.

Je passe derrière la caisse, attrape un sac à l'effigie de la boutique de Mareva et prends le premier truc qui me passe sous la main. Avant de franchir le seuil, alors que j'entends ma mère sangloter derrière moi, je me retourne pour les regarder toutes les deux. Malgré tout ce que j'ai pu dire et penser, elles sont ma seule famille. Des larmes envahissent mes yeux, mais je les chasse aussi sec.

– Je suis désolée pour tout le mal que j'ai pu vous faire. Je sais que je ne vous mérite pas, mais je vous aime. Pardon maman de ne pas être une fille assez bien pour toi.

– Mais bien sûr que tu l'es…

Je me détourne alors qu'elle fait quelques pas vers moi, claque la porte et repars dans la rue.

CHAPITRE 60

LI

De retour au bureau, je suis surprise de découvrir les Stups sur le pont pour l'intervention de l'après-midi, Javier au premier plan dans sa tenue de Robocop. Je me poste devant lui, étonnée et un tantinet agacée qu'il prenne les devants alors que je lui ai spécifiquement dit non, tandis qu'il m'adresse un sourire de vainqueur.

– Le fils de Bernard s'est pété une jambe, jubile-t-il. Je suis obligé de le remplacer au pied levé.

Je fronce les sourcils.

– Tu n'es quand même pas allé frapper ce pauvre gosse pour piquer la place de son père ?

– Nan, mais j'aurais pu en avoir l'idée, ricane-t-il.

– Qu'est-ce qui te dit que je vais t'emmener, toi ?

Javier cesse de rire et me transperce d'un regard déterminé.

– C'est moi, c'est tout.

– OK, si ça peut te faire prendre l'air, soupiré-je. Il est temps, tu as perdu ton bronzage.

Il me scrute, amusé, avant de baisser les yeux sur mon sac.

– C'est quoi ?

– C'est pour toi, annoncé-je malicieusement en lui tendant ce que j'ai piqué chez Mareva.

– Pour moi ? C'est gentil Captain, s'emballe-t-il en prenant le sachet devant tous les collègues, curieux.

– Comme tu avais l'air de t'ennuyer en reportant les écoutes téléphoniques, je me suis dit que tu pourrais te détendre en faisant de la broderie diamant 5D. C'est la grande mode chez les stressés.

– Connasse.

Je le laisse à la risée du service pour aller m'équiper à mon tour. Gilet pare-balles, gants en cuir, brassard, revolver à la cuisse et arme lourde au cas où. Javier revient vers moi et me tend un sandwich.

– Tiens, mange !

– Pas faim, merci, dis-je tout en galérant pour attacher mon gilet.

– Ce n'est pas une proposition, c'est un ordre.

– Depuis quand les petits lieuts donnent-ils des ordres à leur chef ?

– Il n'est pas question que je parte avec une nana qui risque de tourner de l'œil parce qu'elle n'a rien bouffé depuis des jours. Alors tu croques dedans, dit-il en ramenant le pain vers ma bouche.

Je tire nerveusement un grand coup sur une sangle mais rien n'y fait, le gilet est quatre fois trop grand.

– Prends ça, dit-il en me fourrant le sandwich dans la main. Je vais m'occuper de ton équipement. Je me demande bien comment tu as pu réussir le concours de la police. Tu as deux mains gauches.

Je souris en le voyant se rapprocher de moi et me harnacher en quelques gestes habiles.

– Tu es peut-être la reine de la gâchette, mais pour le reste, franchement…

– Franchement quoi ? me rebiffé-je alors qu'il est tout contre moi, ses mains posées autour de ma cuisse pour vérifier la sangle de mon arme.

J'ai tout à coup très chaud, mais Javier n'y fait pas attention. Normal, il est passé à autre chose. Je tourne la tête vers Barbie qui rigole en regardant mon cadeau.

– T'as un cul de plomb, incapable de passer les murs.

– Ça, c'est faux, j'en ai passé un tout à l'heure.

– D'un autre côté, pour ce qu'il en reste de ton cul, grogne-t-il.

Il relève les yeux vers moi.

– Mange !

– Il était trop gros, de toute façon, me défends-je en mordant dans le pain.

– Moi je l'adorais comme il était.

Je papillonne des yeux, je ne sais pas où me mettre. Son regard sérieux me perturbe.

– Je veux que tu arrêtes ta grève de la faim. Tu vas finir par tomber malade.

– On croirait entendre ma mère.

– Justement, elle m'a téléphoné il y a moins d'une heure et elle m'a passé une soufflante. Écoute-moi bien, princesse, menace-t-il en se redressant. On a commencé cette enquête tous les deux, on la finira ensemble. Donc tu as intérêt à te remplumer si tu ne veux pas lâcher en plein milieu, et il n'est pas question que tu me mettes sur la touche plus longtemps. Tu crois vraiment que je vais te laisser courir le moindre risque en binôme avec ce froussard de Bernard ?

– C'est toi qui as décidé de faire équipe avec Barbie.

Même moi je me rends compte que je boude. Il sourit avant de se pencher vers moi.

– Pour une fille qui ne veut plus entendre parler de moi, tu es bien jalouse.

– Alors là, détrompe-toi. Je n'en ai strictement rien à faire. Je suis bien trop occupée avec cette enquête pour perdre mon temps à te regarder butiner cette fausse blonde trop bavarde.

Il éclate de rire et je ne me gêne pas pour lui marcher sur le pied avant de taper des mains pour rassembler mon équipe.

Nous attendons déjà depuis plus de dix minutes devant le grand portail sécurisé du centre pénitentiaire pour récupérer Anton Kurbanov, escortés d'une équipe du Raid. Plus loin dans un abri vitré, des familles de détenus attendent l'accès aux parloirs.

Ils nous dévisagent avec curiosité. Javier s'entretient avec le planton à travers la vitre blindée du poste de sécurité. Les yeux rivés vers les immenses portes grises, je perds patience. Le premier convoi est parti il y a vingt minutes, et nous sommes sur les dents. Enfin, surtout moi. Je jette un coup d'œil de biais vers Javier qui revient vers moi. Le sourire aux lèvres, il chantonne *Señorita*. Je ne sais pas s'il le fait exprès pour m'énerver.

– Souris un peu, dit-il. C'est fou ce que le manque de sexe te rend rabat-joie, chuchote-t-il.

Je crispe les mâchoires.

– Ça fait combien de temps maintenant ?

– J'en sais rien, rétorqué-je, les dents serrées.

– Quarante-deux jours.

– Tu tiens à jour mon agenda sexuel ?

– Non, le mien, répond-il alors que la lourde porte en bois s'ouvre sur nous.

Le véhicule du Raid pénètre dans la cour de la prison.

– Comment ça, le tien ? m'étonné-je. Tu n'as pas couché avec Barbie ?

– Tu ne comprendras donc jamais rien, raille-t-il en faisant quelques pas, tendant sa carte pro à l'agent pénitentiaire.

– Comprendre quoi ? insisté-je.

– On a du boulot, Captain, me rappelle-t-il à l'ordre alors que le personnel du poste de garde demande mes papiers.

J'essaie de me reconcentrer, mais c'est difficile après le scoop qu'il vient de me balancer.

– Arrête de cogiter ! Voilà Kurbanov.

Je resserre mon fusil d'assaut contre mon ventre, le canon vers le sol. Ce n'est pourtant pas l'envie qui me manque de le relever vers ce pourri et de laisser le coup partir tout seul.

Pour sa visite chez le juge d'instruction, Anton Kurbanov a revêtu sa panoplie du parfait mafieux : costume griffé, chaussures en cuir sur mesure. Pourtant, il a sensiblement perdu de sa superbe. Il a pris de l'embonpoint et sa coupe de cheveux est moins raffinée que lorsqu'il régnait sur son gang.

– Oh quelle surprise ! La *сука* en personne. Vous ne brillez pas par votre ponctualité, en revanche.

– Monsieur Kurbanov, ravie de vous revoir, l'accueillé-je avec hypocrisie. Dans votre bouche, j'en viendrais à apprécier ce doux surnom.

– Que vous est-il arrivé, capitaine Sorel ? Vous êtes toute… maigre.

Javier me fait un petit rictus d'approbation.

– J'avais pourtant un souvenir ému de vos courbes voluptueuses…

– Garde tes souvenirs pour le juge, s'agace mon coéquipier.

– Lieutenant Esposito, ne soyez pas si désobligeant. J'aime les femmes, il n'y a rien de mal à cela, se défend-il en montant dans le gros SUV du Raid.

Je grimace.

– Vous les aimez jusqu'à ce que vous les étrangliez pour les abandonner dans la Seine, précise Javier.

La pique l'a touché, mais Kurbanov ne perd pas de sa superbe. Au contraire, il se redresse, fier, et laisse même filtrer un petit sourire.

– Vous êtes d'une humeur joyeuse aujourd'hui, monsieur Kurbanov.

– C'est une belle journée effectivement.

Je le toise. Il a le visage détendu et, souriant, il regarde par la fenêtre. Je prends place en face de lui, à côté de Javier. À l'avant, deux membres du Raid.

– Dites donc, vous avez l'artillerie lourde aujourd'hui.

– Ouais, on aime bien les sortir un peu de l'armoire, commente mon binôme.

– On ne va pas être en retard au palais ?

– Non, ne vous inquiétez pas.

J'appuie du doigt sur mon oreillette et ne peux cacher ma satisfaction lorsque l'un des membres de mon équipe m'annonce que le convoi parti à l'heure a été pris dans une fusillade. Heureusement, deux fourgons banalisés du Raid postés quelques heures plus tôt ont permis de faire cesser net l'attaque. Résultat : un mort chez les Tchétchènes, deux en fuite et trois interpellés. Javier me fait un clin d'œil, mis au courant également *via* son oreillette.

La source de la Lame n'a donc pas menti, et ça ne présage que du bon pour la suite. Il n'y a plus qu'à espérer que l'arrivée massive de drogue soit maintenue.

– Allez au palais, lancé-je alors que le Tchétchène se renfrogne en voyant que nous n'empruntons pas l'itinéraire habituel.

– N'est-ce pas plus long par là ?

– Plus c'est long, plus c'est bon, rigolé-je.

– Parfois court, c'est bon aussi, s'amuse Javier.

Le Caïd me scrute, inquiet.

– On ne peut pas prendre le trajet habituel, expliqué-je. Il y a eu une attaque sur un fourgon du Raid. Il n'y a que des crétins pour attaquer le Raid.

– Ou des fous, commente le chauffeur.

Dans les yeux d'Anton Kurbanov, la haine apparaît soudain. Il a compris, il a perdu. Et moi, j'ai gagné. Au moins pour cette fois.

Il fait déjà nuit noire quand je quitte le bureau. Un bain chaud et au lit. Je crois que je pourrais dormir douze heures d'affilée ; ces derniers jours, je n'arrête pas. Javier se faufile dans l'ascenseur alors que les portes commencent à se refermer, et je lui souris mécaniquement. J'ai adoré cette mission avec lui. On a bien ri, surtout lorsque Kurbanov s'est énervé après maître Legris parce qu'il était arrivé sans encombre au tribunal. Je crois que l'avocat n'a pas tout compris. Une chose est sûre, il ne veut plus le défendre : il l'a envoyé sur les roses comme il faut devant le juge d'instruction.

– C'était cool aujourd'hui, dis-je alors que Javier prend place de l'autre côté de la cabine.

– Tous les deux, c'est toujours cool, dit-il d'une voix vibrante.

Je tourne la tête vers lui, et suis instantanément déstabilisée : dans son regard, je lis des choses que je n'avais plus vues depuis des semaines. Il détourne les yeux.

– Alors comme ça, tu n'as pas couché avec Barbie ?

Il revient sur moi, un sourcil relevé.

– C'est interdit de coucher avec son coéquipier. Ce qui vaut pour toi vaut pour elle.

– Je croyais…

– Tu te trompes, Li. Depuis le début, tu ne comprends pas.

– Comprendre quoi ?

– Que je ne renoncerai pas.

Je déglutis. Il a eu beau me le répéter pendant des semaines, je pensais qu'il était passé à autre chose. Je me noie dans son beau regard argenté teinté de tristesse. Tranquillement, il se redresse et fait quelques pas vers moi. Mon cœur rate un battement avant de se mettre à résonner jusque dans mes tempes. Son torse frôle ma poitrine et ma respiration se bloque. Ses lèvres s'approchent des miennes. Je ne me souvenais plus de l'effet de son corps contre le mien, de son souffle sur ma bouche. Du moins j'espérais l'avoir oublié.

– Javier, qu… qu'est-ce que tu fais ? balbutié-je, bouleversée.

Les portes de l'ascenseur s'ouvrent sur le rez-de-chaussée et il s'écarte de moi sans répondre. Il quitte la cabine et se dirige vers le parking sans un mot.

– C'était quoi, ça ? m'agacé-je en le poursuivant.

Il s'arrête et se retourne vers moi. Deux pas, il revient. Mon cœur tambourine à une telle vitesse que je vais faire sauter les turbines. Il se penche et me répond doucement :

– Je voulais vérifier que tu es bien toujours à moi.

Je hoquette de stupéfaction alors qu'il repart, l'air satisfait. Je me mets à courir derrière lui et manque le percuter lorsqu'il ouvre la portière de sa voiture.

– Javier…

– Quoi ?

Je pose ma main sur son bras et il se met à fixer mes doigts, comme si ce simple contact le perturbait.

– Pour moi aussi, c'est dur de rester loin de toi…

– Ne confonds pas tout, Li. Toi, c'est le manque de sexe qui te pousse à dire ça.

– Tu te trompes.

Il plonge son regard dans le mien.

– Javier, je te…

Je m'arrête. J'ai envie de lui avouer que je l'aime toujours, mais la situation n'est pas encore propice à ça.

– Si tu es patient, je trouverai une solution… pour qu'on puisse être ensemble, continué-je, les joues en feu.

Il papillonne des yeux, assimilant ce que je suis en train de dire. Je me colle à lui et pose une main tremblante sur sa joue.

– Laisse-moi juste le temps de boucler cette enquête. J'ai besoin d'avoir les idées claires pour extirper Call et ma sœur de ce mauvais pas. Peut-être qu'ensuite…

– Tu dis seulement ça parce que tu es jalouse de Barbie, lance-t-il en me repoussant doucement.

– Pas du tout.

– Tu nous as tous les deux mis au placard, me reproche-t-il.

– Je n'ai plus confiance en elle. C'est elle qui a informé Breton de notre relation.

Il lâche un grognement. Je me rapproche de lui ; j'ai tout à coup besoin de ce contact, de le sentir contre moi. Nos lèvres se rapprochent, mais au moment où je pense enfin atteindre cette délivrance dont, je m'en rends compte maintenant, j'ai tant besoin, il pose une main entre nous et recule.

– Si tu reviens vers moi, Li, il faut que tu sois sûre. Je ne supporterai pas que tu me brises le cœur une seconde fois. Réfléchis bien.

Une nouvelle fois, il s'écarte de moi, monte dans sa voiture et démarre sans un dernier regard pour moi.

CHAPITRE 61

CALL

Mon portable sonne, je décroche machinalement et un fort accent des pays de l'Est braille :

– Dégage tes clients ! On arrive. Porte de derrière.

En bruit de fond, des crissements de pneu et ce qui ressemble à… des coups de feu. Oh bordel ! Une chance que je n'aie pas de client à cette heure-ci. Je me poste à l'arrière-boutique et, quelques minutes plus tard, une voiture freine et deux gars baraqués en sortent, en tenant un troisième mal en point. Si j'en crois le sang sur ses vêtements, il est blessé, et salement. La voiture redémarre en trombe et les Tchétchènes viennent se réfugier dans mon shop.

– Soigne Mikhail, m'ordonne Marius, celui qui a pris l'habitude de venir dealer chez moi.

Je secoue la tête.

– Je ne suis pas médecin, moi, qu'est-ce que tu veux que je fasse ?

Il m'attrape par le col, le visage tordu par la colère.

– Tu te démerdes, garde-le en vie jusqu'à l'arrivée du doc. Quant à toi, Joan, lance-t-il à son autre collègue, appelle le Brat et fais-lui un topo. Cette salope de *сука* a encore tout fait foirer !

Le collègue en question devient encore plus pâle que le blessé mais finit par acquiescer. De mon côté, je découpe avec des ciseaux le tee-shirt ensanglanté de Mikhail pour révéler sa blessure. Merde, ce n'est pas du petit calibre. Il chancelle et je l'aide à s'asseoir sur ma table de travail, non sans avoir déroulé la protection en papier. On peut dire ce qu'on veut sur les tatoueurs, niveau hygiène, il n'y a pas plus pointu. Mikhail grimace de douleur alors que je le palpe. La balle n'est pas ressortie et il pisse le sang. J'arrête comme je peux l'hémorragie, je désinfecte la plaie et essaie de lui faire comprendre qu'il ne doit pas bouger. Manque de bol, il parle mal le français et notre échange est presque comique :

– Mais arrête de bouger ! Tu vas crever tout seul, imbécile !

Je mime en même temps que je parle, mais peine perdue. Celui qui était chargé d'appeler le médecin arrive et fait la traduction pour moi, puis Joan revient, au bord de l'évanouissement. Quelque chose me dit que le Brat n'a pas dû être tendre avec lui.

– Laisse-nous, le Black, m'ordonne le premier.

J'obtempère, les poings serrés. Celui-là, à la première occasion, je lui éclate la gueule. Je retourne derrière mon comptoir tout en laissant traîner une oreille, mais ils parlent dans leur langue natale et je pige que dalle. Je récupère mon portable, et quand je vois les notifications sur les actualités du jour, je n'ai pas à chercher bien loin la raison de leur venue chez moi : « Évasion ratée de Kurbanov », « Convoi attaqué sur le chemin du tribunal »… Si je n'avais pas peur de me faire choper, j'irais récupérer le portable filé par Li et je lui dirais de venir faire un saut chez moi. Elle pourrait mettre un sacré coup au gang en le privant de trois de ses hommes, plus du médecin.

Ce dernier finit par arriver, et en voyant sa tronche, je n'ai qu'un espoir : celui de ne jamais avoir besoin de ses services. Il a une tête de psychopathe, le genre à découper des cadavres pour les remonter à l'envers. Je l'accompagne jusqu'à ce qui est devenu la salle d'opération, puis les laisse tranquilles quand un bruit me parvient. Je fonce dans la réserve : Darla et un autre type, presque aussi grand que moi et au moins aussi large, sont arrivés.

– On va évacuer les gars, m'explique-t-il en traversant la réserve.

Darla s'approche de moi mais je l'esquive :

– Désolé, je suis à cran. Frankenstein est en train de jouer au docteur Maboul dans mon shop. Ça part en couille.

– Oui, je sais.

Ses mains tremblent, son regard se fait fuyant. Je ne peux m'empêcher de poser une main sur son épaule.

– Ça va aller. Si on fait ce qu'il nous demande, tout ira bien.

Elle secoue la tête.

– Tu ne sais pas ce qui se passe. Il…

Elle baisse d'un ton.

– Il leur a fait attaquer le fourgon qui transférait son frère, et ça a loupé. Tu ne le connais pas comme moi, des têtes vont tomber ce soir. Il faut que je me tire d'ici.

Je suis sur le point de lui demander où elle compte aller quand une voix au-dessus de moi m'interpelle :

– Oh, le Black, ramène ton gros cul, le Doc a fini.

Je soupire. J'espère qu'il n'a pas transformé mon salon en scène de crime de Jack l'Éventreur.

– Sois prudente, murmuré-je à Darla avant d'emprunter l'escalier et de rejoindre la *dream team*.

Une fois en haut, je découvre les dégâts : mon fauteuil a pris quelques coups de bistouri et de la mousse s'en échappe. Alors qu'un dévidoir de papier était à portée de main pour protéger le cuir, le prétendu médecin a préféré opérer directement, sans protection. Résultat, du sang goutte du fauteuil sur le sol. Un carnage. Le toubib s'approche de Joan, qui lui file un sachet contenant de la poudre blanche. Youpi, un docteur qui tourne à la cocaïne.

Joan revient ensuite vers moi, passe la main sur sa bouche et dans son cou, me jaugeant du regard, comme s'il n'était pas tout à fait sûr de pouvoir me faire confiance.

– Avec le fiasco de ce matin, le Brat veut écouler la came rapidement et on aura besoin d'aide pour sécuriser la transaction.

Je lève les mains, jouant au mec qui ne veut pas trop s'impliquer :

– On se calme. J'étais d'accord pour vous laisser utiliser ma réserve, pas pour jouer les hommes de main.

– Tu n'as pas le choix, tu es mouillé jusqu'au cou maintenant, alors considère ça comme une promotion. Tu sais ce qui se passera si jamais tu nous la fais à l'envers, non ? Compte sur le Brat pour te le faire regretter. Toi et ta blonde, vous n'êtes peut-être plus en couple, mais on sait que tu tiens à elle.

Je fais un pas en arrière.

– Bien, je vois que tu as compris, conclut-il en souriant.

J'ai été fou de penser qu'ils la laisseraient tranquille malgré notre séparation.

Il consulte son portable et fait un signe de tête à l'autre gars. Un bras autour de la taille de Mikhail, qui arbore désormais un bandage, ils s'engouffrent dans ma réserve pour quitter le plus discrètement possible la boutique. J'attends d'être sûr qu'ils soient partis avant de foncer à mon appart récupérer le matos prêté par les flics. J'envoie un texto à Javier pour l'informer des événements : un mec blessé, les autres à cran, et une livraison qui risque d'arriver plus tôt que prévu. Il me répond quasiment dans la seconde en me demandant de récolter le plus d'indices possible et de les balancer dans un sac dans la poubelle de derrière. J'efface ensuite les messages pour ne laisser aucune trace de notre échange et retourne à la boutique. J'enfile des gants stériles, nettoie à fond ma salle de travail en prenant garde à mettre de côté les cotons ensanglantés et le tee-shirt du Tchétchène, et je trouve même une pince à épiler qui a glissé sous le fauteuil. J'utilise les petites pochettes en plastique dans lesquelles je reçois mes aiguilles pour préserver au maximum les indices. J'exécute ensuite les consignes de Javier et jette tout dans ma poubelle. Je déverrouille enfin la porte d'entrée, prêt à reprendre ma journée de travail.

Et là, quelques mètres plus loin, je la vois. Rayonnante dans son manteau rouge, un petit béret en laine blanche sur la tête et ses talons qui claquent sur le pavé. Je la regarde passer, tendu, prêt à faire un pas en avant.

Et je referme la porte du shop en soupirant.

CHAPITRE 62

LI

Javier s'approche de moi avec un air dur. Il pose ses mains sur le mur de chaque côté de mon visage et, ses lèvres frôlant déjà les miennes, il me dit d'une voix rauque qui se meurt dans un souffle :

– Je voulais vérifier que tu es bien toujours à moi.

Sa main dévale ma gorge, le sillon entre mes seins. Ma respiration s'emballe, ma poitrine se gonfle d'envie. Il me foudroie d'un regard lourd de certitudes. Il poursuit son chemin jusqu'à mon sexe, qui palpite d'excitation. Ses doigts se faufilent entre mes cuisses. Je gémis, plissant les yeux sous le plaisir et la brûlure de ses iris aussi brûlants que du mercure liquide.

– Je serai toujours à toi, avoué-je alors qu'il glisse sa main sous la dentelle de ma culotte.

– Toute à moi, tonne-t-il.

– Toute à toi.

Il me pénètre de ses doigts et je manque de jouir. C'est si bon d'être à lui, la respiration suspendue à la moindre de ses caresses. Je me jette sur sa bouche et...

Mon téléphone sonne. Nooooon ! Qui me réveille alors que j'allais prendre un pied d'enfer ? J'ouvre un seul œil, soulève mon smartphone et me redresse aussi sec dans mon lit. Javier. Il a un radar ou quoi ?

– Salut, réponds-je avec une voix de vieux fumeur.

– Je te réveille ?

– Pas du tout, mens-je en me raclant la gorge.

– Sinon, ce n'est plus une grasse mat mais un coma, ricane-t-il.

Son rire. Il m'électrise, chargeant à bloc ma centrale thermique. Je n'arrête pas de faire des rêves érotiques depuis sa petite scène dans l'ascenseur, à croire qu'il a appuyé sur un interrupteur.

– Pourquoi ? Il est quelle heure ?

– Treize heures.

– Treize heures, t'es sérieux ?

– Tu dormais ?

– Oui, non, enfin si.

– Tu as fait la bringue hier, c'est ça ? demande-t-il tout à coup beaucoup plus sèchement.

Je m'étire sur mon lit.

– Non, je me suis couchée tôt.

– Tu n'es pas toute seule ?

Un coup d'œil autour de moi, au cas où j'aurais oublié quelque chose.

– À ma connaissance j'ai passé la nuit seule, à moins d'avoir fait une amnésie ensuite.

– Putain, tu t'es remise à picoler.

– À t'entendre, on croirait que je suis une alcoolique qui vient de rechuter. Non, je n'ai pas bu. Et puis pourquoi tu viens m'emmerder avec tes remarques à la con un samedi matin ?

– Un samedi après-midi, me corrige-t-il.

Je lève les yeux au ciel.

– Je voulais parler boulot. Je croyais que c'était ta vie, le boulot, me reproche-t-il. Je suis très pressé qu'on clôture cette enquête, tu sais pourquoi. Alors ton samedi tranquille, tu peux t'asseoir dessus.

Je lâche un long soupir.

– Accouche, qu'est-ce que tu as à me dire ? grogné-je.

Il m'explique que Call l'a appelé pour lui raconter que les Tchétchènes lui avaient demandé de soigner un type, probablement un des mecs blessés lors de l'assaut du Raid. Il me donne toutes les infos de notre indic et je le charge de renforcer le poste de surveillance dans l'immeuble en face du shop de Call. Les choses vont trop loin. Je ne veux pas prendre le moindre risque avec ce dernier, il ne manquerait plus qu'il soit blessé, voire tué. Mareva ne s'en remettrait pas, et moi non plus.

Je raccroche très vite, bien trop dans le brouillard pour pouvoir tenir une conversation normale. Étendue dans mon lit, je vadrouille d'une appli à une autre sur mon téléphone. Ouvrant Instagram, je tombe sur une publication de Javier, torse nu, portant contre lui le petit dernier de sa sœur Esperanza. La photo est sublime. On ne peut faire autrement que sourire en la découvrant. Dessous, une légende : « *J'en veux un à moi...* »

Mon cœur se serre. Un temps, j'ai songé à être celle qui lui donnerait un enfant. Ce n'était pas dans nos projets immédiats, notre histoire était trop récente, mais j'avais ce rêve quelque part au fond de moi, c'est vrai. Heureusement qu'entre lui et moi, cela n'a pas duré longtemps. Moi, mère. Une idée complètement stupide.

Je jette mon téléphone sur le lit et me dirige droit vers la douche. Sous le jet d'eau tiède, j'essaie de me réveiller. J'en ai marre d'être dans cet état, toujours amorphe depuis des semaines, dormant plus de douze heures. Même si cette nuit, ça a été le pompon ; seize heures d'affilée, je dois être malade. Je me passe du gel douche sur tout le corps. Et puis pourquoi Javier parle-t-il de bébé ? Depuis quand en veut-il un ? Il ne m'en a jamais parlé. Il a peut-être rencontré une femme ? Non, il a dit qu'il n'avait rien fait depuis quarante-deux jours. Au moins, je suis rassurée, personne n'est enceinte de lui.

Les doigts sur mon ventre, je me fige d'un coup ; mon cerveau se lance dans des calculs d'apothicaire. Ne pas s'affoler. Mes cycles n'ont jamais été réguliers. Mare m'a toujours dit que c'était à cause de ma mauvaise hygiène de vie. C'est le cas en ce moment. Mes dernières règles ? Deux heures après notre premier baiser dans la voiture devant la casse. En décembre. On est fin février. Non, ça ne veut rien dire. Mon implant. Il est périmé depuis octobre. Comme je n'avais pas de mec à ce moment-là, que je n'imaginais pas avoir une relation avec Javier, je n'ai pas jugé bon d'aller chez le gynéco. *OK, respire un grand coup.* Capotes, on a utilisé des capotes. Oui, les deux premières fois, mais comme on n'en avait plus ni l'un ni l'autre, qu'il n'était pas question qu'on se retienne… eh bien on n'en a plus mis. Pire, tous les deux, sous l'influence de nos hormones, nous pensions que l'implant continuerait de me protéger quelques mois. Aucun de nous n'est gynécologue, et voilà le résultat. Le plus risible, c'est que je me suis dit que si je tombais enceinte, ce serait chouette. *Chouette ?*

Je me rhabille en quatrième vitesse. Il faut que j'aille à la pharmacie. J'enfile mes baskets, prends mes clefs et ouvre la porte. Javier. Javier devant moi. Je manque de peu de faire un arrêt cardiaque. Il sait tout, il l'a senti. Je suis sûre qu'il a un sixième sens pour détecter les femmes enceintes. Il a sept sœurs. Dommage qu'il n'ait pas plus appris sur les moyens de contraception.

– Un problème ? demandé-je en essayant de sortir de chez moi.

Il se penche pour regarder à l'intérieur de mon appartement mais j'essaie de fermer la porte.

– Je voulais voir comment tu allais et caler la nouvelle planque, dit-il en forçant le passage.

Je le vois faire le tour du propriétaire avant de revenir vers moi, intrigué.

– Tu vas où ? me questionne-t-il en louchant sur mes clefs de voiture.

– Faire quelques courses, réponds-je nerveusement. C'est quoi les trucs à caler ? Ça ne peut pas attendre lundi ?

– Tu me caches quelque chose ?

Il me transperce d'un de ses regards inquisiteurs. Ce n'est pas un flic pour rien. Je panique et cherche à détourner le regard. Les joues en feu, les jambes en coton, j'élude :

– Qu'est-ce que tu veux que je te cache ?

– Un mec.

Je relève les yeux sur lui, estomaquée.

– Un mec ? Certainement pas, m'offusqué-je.

– J'ai vu ton manège au boulot. Tu pars des heures et tu reviens toute guillerette.

J'ai un sourire nerveux : il parle de mes escapades pour aller voir Roman Lefroid. Je me rends deux fois par semaine à la maison d'arrêt où il est incarcéré sous une fausse identité, et lorsqu'il me donne des informations capitales, je jubile et reviens au bureau le cœur léger. Mais ça, je ne le lui ai pas dit. Ça lui apprendra à courir auprès de Barbie.

– Je m'absente pour l'enquête.

– Tu vas voir la Lame, c'est ça ?

Il est chiant à tout deviner ! Mais je me tais. Je n'ai pas envie que tout le commissariat soit au courant, je ne veux prendre aucun risque avec Lefroid.

– Je ne te dirai rien.

– Mais merde, Li, je n'en peux plus que tu me laisses sur la touche ! Je veux en être. Tu as vu avec Kurbanov, on était comme Starsky et Hutch !

– Je préfère comme Lucifer Morningstar et Chloe Decker.

– Tu as raison, j'ai peur que les bouclettes au-dessus de la tête, ça ne te mette pas vraiment en valeur.

Je boude et il ricane. Je l'embarque *manu militari* vers la sortie.

– Il faut que j'y aille.

– Où ?

– Ça ne te regarde pas.

– Mais tu me caches quoi ?

– Rien, arrête de m'emmerder !

Je descends les marches de mon immeuble à toute allure, et grommelle un salut grincheux avant de monter dans ma voiture. Un coup d'œil pour vérifier que Javier est parti de son côté, et j'enclenche la première. J'arpente quelques rues du quartier et me gare à la va-vite devant la première pharmacie. Un peu honteuse, je pénètre dans l'officine et me mets à la recherche des tests de grossesse. J'ai l'impression de faire un bond en arrière de plus de dix ans, quand je suis allée acheter ma première boîte de préservatifs. Je regarde à droite, à gauche, mais une mamie me toise avec suspicion. J'ai envie de lui balancer que j'ai une bonne grosse mycose qui me démange pour la faire convulser d'horreur.

Je me réjouis en tombant dans le rayon hygiène féminine. J'inspecte les différents présentoirs et tombe enfin sur le saint Graal qui me délivrera de cet abominable doute. Cinq tests sont proposés : des résultats en couleur, en lettres, un signal sonore… On pourrait presque faire un spectacle en son et lumière. Mais pourquoi faire autant de chichis ? L'un d'entre eux propose une annonce avec barre bleue et les mentions « Enceinte » et « Pas enceinte ». Voilà, au moins, ce sera clair.

Avant de me diriger vers la caisse, je lis la notice, pour être sûre : je vais devoir uriner dessus, encore quelque chose de sympa. À ma dernière visite médicale, j'ai fini par me faire engueuler par le médecin car je n'y arrivais pas. Javier, pour ne rien arranger, n'arrêtait pas de se foutre de moi derrière la porte en expliquant au doc que j'avais peur qu'on détecte les joints que j'avais fumés la veille. Vingt-cinq minutes pour trois gouttes alors que mon coéquipier brandissait un gobelet rempli à ras bord avec une fierté mal placée.

Je pivote pour filer à la caisse quand je lâche un cri d'effroi. Javier, planté devant moi. Une fois de plus. Il veut vraiment que mon cœur flanche.

– Tu cherches quoi ? demande-t-il alors que je cache le test derrière mon dos.

– Mais tu me filoches ou quoi ? m'énervé-je.

– Je te trouve louche, je veux savoir ce qui ne va pas. Tu es malade ? C'est pour ça que tu as beaucoup maigri ?

– Mais fous-moi la paix !

– Qu'est-ce que tu caches derrière toi ?

Je deviens livide. Je le sais parce que j'ai soudain très froid, et que j'ai l'impression que je vais défaillir. Il ne manquerait plus qu'il croie que j'ai fait exprès de tomber enceinte. J'y ai pensé, mais je n'ai pas été la seule à ne pas réfléchir plus loin que le bord du lit. Je repose délicatement le test sur une étagère.

– Rien du tout.

– Montre-moi ! m'ordonne-t-il en cherchant ma main.

J'attrape le premier truc qui me vient et il découvre… un ovule antimycosique. Super, j'ai gagné la méga honte de ma life. Il lit l'inscription sur la boîte et me lance avec un air dégoûté :

– T'as un truc du genre IST ?

La petite vieille me détaille, légèrement outrée.

– Non, du genre irritation, c'est tout, rétorqué-je, les joues brûlantes.

– C'est écrit que c'est plutôt du genre « petites bêtes », se gausse-t-il.

– Ouais c'est ça, peut-être une petite bête, le coupé-je en lui arrachant l'emballage des mains.

– T'as chopé ça comment ?

– Avec personne, si c'est ce que tu veux savoir ! m'écrié-je, ulcérée. Dérèglement hormonal probablement, expliqué-je avec une gêne comme je n'en ai plus ressenti depuis l'adolescence.

– Ah, mince.

– Tu comptes me tenir la jambe longtemps comme ça ? Ou peut-être me le mettre toi-même ?

Il grimace et secoue la tête.

– Désolé, à plus et bon courage pour ça, ma Li, dit-il en reculant vers la sortie.

– Ouais c'est ça, à la prochaine. Et concentre-toi sur l'enquête !

– L'enquête, l'enquête, tu n'as que ça à la bouche…

La sonnette signale son départ et je me précipite sur le test de grossesse, jetant l'autre boîte négligemment dans le rayon. Je paie le pharmacien sans même une phrase de politesse et m'engouffre dans ma voiture.

Quelques minutes plus tard, assise sur la cuvette des toilettes, j'attends le temps nécessaire inscrit sur le carton. Soixante secondes. Les plus longues de ma vie. Ou presque : « Enceinte » apparaît finalement au bout de trente-sept secondes.

Eh bien voilà, c'est officiel : il est bien question de petite bête. Bébé Esposito est dans la place.

CHAPITRE 63

LI

La chance est avec moi ce matin. Malgré un parking bondé, une place se libère juste devant moi et je gare aussitôt ma vieille Clio. J'avance nerveusement vers l'entrée de l'hôpital, décollant mon pull de mon ventre comme si quelqu'un pouvait déjà remarquer ma grossesse.

Deux jours que je me perds dans des réflexions qui me dépassent. Moi, mère. Deux mots antinomiques. Pourtant, le couperet est tombé. Enfin, c'est ce que m'a assuré le pharmacien lorsque je suis revenue la quatrième fois pour acheter un énième test de grossesse. Il m'a dit qu'avec trois tests positifs, il n'y avait plus trop de doute. J'en ai quand même fait un quatrième pour être vraiment certaine.

Mon téléphone bipe dans ma poche. Un SMS de Javier qui s'étonne de ne pas me trouver au boulot ce matin. Évidemment que je n'y suis pas, il était hors de question que j'y retourne sans avoir consulté avant.

Heureusement, j'avais encore le numéro de la gynéco qui travaille en collaboration avec les Mœurs, j'ai pu avoir un rendez-vous rapidement. Avec tous les mojitos que j'ai ingurgités au mois de janvier, j'ai un peu peur de mettre au monde une bouteille de rhum avec des feuilles de menthe en guise de cheveux.

Je cherche le bureau des admissions où la gynécologue m'a demandé de me présenter. Lisant les panneaux de signalisation, le nez en l'air, j'évite de justesse un brancard avec une petite grand-mère dessus. Je m'excuse auprès d'elle et repars vers le service d'obstétrique quand je découvre devant moi Mareva et le jeune qui a été agressé l'autre soir à la cité Saint-Louis. Un coup d'œil à la femme postée à ses côtés suffit à me faire deviner qu'il s'agit de sa mère.

– Li, qu'est-ce que tu fais là ?

Mareva, toute pimpante, tient le jeune Jammal par le coude.

– Bonjour Mare, bonjour, dis-je en lançant un regard aimable vers les deux autres personnes.

Je décide de mentir. Je n'ai pas envie de raconter la raison de ma présence ici.

– Je suis là pour le boulot.

Mareva me sonde du regard, comme si je n'avais pas été très convaincante. Je déglutis en tentant de garder mon calme.

– Comment vous sentez-vous ? demandé-je au garçon pour détourner l'attention.

– Pas trop mal, mais j'ai encore des examens à passer.

– Tant mieux. Nous avons besoin de votre déposition pour boucler la procédure. N'hésitez pas à m'appeler pour prendre rendez-vous.

– OK.

Devant le regard insistant de ma sœur, je préfère vite prendre congé.

– Je suis désolée, je suis attendue. À bientôt.

Mareva ouvre la bouche pour me dire quelque chose mais comme elle semble chercher ses mots, j'en profite pour m'éclipser. Je fais quelques pas et me dirige vers le secrétariat.

– Bonjour, j'ai rendez-vous avec le docteur Monicci.

– Votre nom ?

– Linda Sorel.

Elle recherche sur un listing.

– Je ne vous trouve pas sur l'agenda.

Gênée, je regarde tout autour de moi. Mareva, devant les ascenseurs un peu plus loin, n'en perd pas une miette. Elle a les yeux rivés sur moi. Je baisse d'un ton et, tournant le dos à ma sœur, je précise :

– Le docteur Monicci m'a rajoutée en urgence à huit heures et demie.

Elle relève le nez vers moi et me considère avec curiosité. Elle passe un coup de fil et, après avoir obtenu confirmation, elle me lance :

– Prenez place sur les chaises bleues devant la porte des urgences. Le médecin vous appellera.

Tandis que j'avance dans la direction indiquée, je croise une femme enceinte. Elle doit être sur le point d'accoucher, en tout cas je l'espère pour elle, vu la taille pachydermique de son ventre. Incroyable. J'espère ne pas en arriver là, ma peau ne tiendra jamais le coup. J'avale ma salive en la regardant marcher comme un canard dans sa salopette en jean rose. Plutôt mourir que porter ça.

Un nouveau message de Javier. Il est infernal. Je tape vite fait sur mon téléphone :

J'arriverai plus tard.

Pourquoi ?

Rendez-vous médical.

C'est à cause des petites bêtes ?

Exactement. Je me laisse tomber sur une des chaises bleues et prends ma tête entre les mains ; il va m'en parler pendant des semaines. J'ai eu droit à trois coups de fil dans le week-end pour me prévenir que ce n'était pas grave, que c'était déjà arrivé à ses sœurs et que ça partait très vite. J'ai apprécié le grand débriefing chez la famille Esposito, j'imagine bien la conversation au beau milieu du repas dominical.

Je préfère ne pas répondre et m'étonne de voir apparaître devant mes Converse deux ballerines que j'ai déjà vues quelque part. Des ballerines argentées avec, en guise de pompons, des cœurs rouges à sequins. Mareva. Il n'y a que ma sœur pour porter ce genre de pompes *over girly*. Je relève la tête et la découvre, le visage inquiet.

– Arrête avec tes salades. Pourquoi es-tu là ? Je t'ai entendue parler avec la secrétaire. C'est quoi cette urgence ?

– J'ai juste rendez-vous pour le boulot, persisté-je en perdant toutefois mon assurance.

– Li, je te connais assez bien pour savoir que tu me caches quelque chose, s'agace-t-elle en prenant place sur la chaise d'à côté.

Je l'observe nerveusement. Il faut que je parvienne à la faire partir avant que le médecin ne m'appelle. Elle serait capable de forcer le passage pour entrer dans la salle de consultation.

– Tu sais bien que tu peux tout me dire. On s'en fout de toutes les horreurs qu'on a pu se balancer. Nous sommes sœurs, annonce-t-elle les lèvres pincées. Nous sommes unies par quelque chose qui va bien au-delà d'un petit ami en commun.

– Le vagin de maman ?

Mareva s'arrête sur la connerie que je viens de sortir mais n'a pas le cœur à rire. Elle observe la salle d'attente et écoute une femme expliquer à la secrétaire qu'elle est là pour une intervention chirurgicale. Ses yeux s'arrondissent.

– Oh mon Dieu, Li, s'exclame-t-elle en me prenant dans ses bras, presque en pleurs.

Prise au dépourvu par son élan soudain de tendresse, je reste raide comme un piquet tandis qu'elle me presse contre elle avec un certain désespoir. Après les crises qu'elle a pu me faire, je ne comprends pas bien pourquoi elle me tombe dans les bras comme ça. Pourtant, ce câlin arrive à point nommé. Je suis si stressée depuis samedi, Mareva m'a terriblement manqué, et bien vite j'ai le cœur qui fond. Je la serre davantage contre moi.

– Ça va aller, je suis là maintenant, ma chérie, me réconforte-t-elle en me caressant les cheveux.

Voilà ce dont j'avais besoin : ma sœur. J'ai toujours partagé mes soucis avec elle. Mareva saura ce que je dois faire.

– Pourquoi tu ne m'as rien dit ? me reproche-t-elle.

– Je ne le sais que depuis samedi. Et puis nous étions fâchées…

– Depuis samedi, répète-t-elle, livide. Je suis sûre qu'il y a encore de l'espoir. Ils gèrent ça très bien de nos jours.

– Après quatre tests positifs, il paraît que c'est foutu.

– Foutue ? Mais ce n'est pas possible ! Sans avoir ouvert, ils ne peuvent pas savoir, assure-t-elle, au bord des larmes.

– Comment ça, ils ouvrent ? dis-je, tout à coup beaucoup moins téméraire. Avec une écho, ça devrait suffire quand même. Pas question qu'on m'ouvre avant l'accouchement. Et pour une césarienne, il va falloir qu'ils me prouvent par A plus B que ça ne passera pas par là, dis-je en pointant mon intimité.

– Comment ça, avant l'accouchement ? Tu… tu es enceinte ?

Elle cligne des yeux, interdite.

– La secrétaire, tu lui as dit que… et puis la dame qui vient pour… J'ai cru que tu avais une maladie, tu sais, comme un cancer du col de l'utérus…

– Mais non, réponds-je, ahurie. Je suis simplement enceinte.

Je me sens tout à coup envahie par un mélange de honte et de peur. Moi, mère. Ça ne va pas du tout ensemble. La preuve, même Mare ne l'a pas envisagé une seconde, elle a même préféré penser que j'avais un cancer.

– Tu ne vas pas…

Elle ne finit pas sa phrase.

– Quoi ?

– Tu vas te faire avorter… ?

Je bloque. Pourquoi ? Elle croit que ce serait mieux pour le bébé ? Que je serai si nulle qu'il vaut mieux arrêter tout de suite ? J'ai les larmes aux yeux. Bien sûr, c'est ce que toute personne normale qui me connaît un minimum penserait.

– Non parce que tu sais, c'est un sale moment, et après on peut regretter toute sa vie, poursuit-elle en se mettant à sangloter.

Je la détaille, totalement prise au dépourvu. Pourquoi pleure-t-elle ? Qu'est-ce qu'elle suggère ?

– Ça t'est arrivé à toi ? finis-je par demander, choquée.

– Oui, quelques semaines avant ma rupture avec Paul. Il… enfin, avec sa famille, on a décidé que ce n'était pas envisageable. Que je n'étais pas prête.

Mon cœur rate un battement. Je n'ai rien vu, rien su. J'ai bien remarqué qu'elle était mal à cette période, mais j'ai mis ça sur le compte de la séparation.

– L'enfoiré, soufflé-je. Il n'a pas voulu l'élever, c'est ça ?

Elle baisse les yeux.

– Je vais lui défoncer la gueule.

Mon corps s'anime d'une haine inattendue. J'ai envie de le tuer. Après tout ce qu'il nous a fait, il mériterait que je lui colle une balle dans la tête. J'ai les larmes aux yeux en imaginant ce que ma sœur a dû endurer toute seule, j'aurais voulu être à ses côtés. J'ai toujours été là pendant ses coups durs.

– Paul n'en vaut pas la peine, me tempère-t-elle. Ce n'était juste pas le moment. Et puis on s'est séparés juste après. À quoi bon mettre un enfant au monde s'il ne peut avoir droit à une famille unie ?

Elle renifle et se mouche dans le mouchoir jetable que je lui tends. Une famille unie. Moi non plus, je ne pourrai peut-être pas offrir cela à mon bébé. Qui me prouve que nous nous remettrons ensemble un jour, Javier et moi ? Je contiens la vague de tristesse qui m'envahit aussitôt.

– Je t'en supplie, ne fais pas la même erreur que moi sur un coup de tête, implore-t-elle en posant une main sur mon genou. Si tu veux le faire, je serai là, à tes côtés, mais prends le temps de la réflexion.

Je la contemple, totalement désemparée.

– Li ?

Je contiens mes larmes, mais au fond de moi c'est un bouillon de questions qui se forme. Comment vais-je assumer cet enfant toute seule ? Ne suis-je pas égoïste en voulant le mettre au monde alors qu'il n'aura peut-être pas la chance de vivre avec son père ? Je papillonne des yeux quand j'entends mon nom à l'autre bout du couloir. Mare m'agrippe par le coude.

– Non. Je ne peux pas. C'est le bébé de Javier.

L'avortement, je n'y avais même pas songé jusqu'à cet instant. C'était évident que j'allais garder ce bébé, il est le fruit de mon amour pour Javier. Le bébé de l'homme que j'aime encore et pour toujours, je le sais, tout au fond de moi. Il sera le seul jusqu'à la fin, je le sens, là, dans mon cœur.

Mare me sourit, émue.

– Tu aimes Javier, n'est-ce pas ? Pourquoi l'as-tu jeté comme ça ? Tu lui as brisé le cœur.

– C'était mieux pour lui, réponds-je en me relevant.

– Mais tu l'aimes ?

– Oui, et c'est pour ça que je l'ai quitté.

– Linda Sorel ? répète la femme à l'autre bout du couloir.

Je fais quelques pas vers la porte ouverte, puis me retourne vers ma sœur.

– Tu ne veux pas venir avec moi ? Enfin, si ça ne te pose pas de problème, demandé-je.

Mare se lève et me rejoint, prenant la main que je lui tends.

– Trouillarde, ricane-t-elle.

– Ils ne vont pas m'ouvrir, hein ?

– Qu'est-ce que tu peux être sotte quand tu t'y mets.

Je suis sous le choc devant l'écran noir et blanc. Je presse la main de Mareva, mon cœur s'emballe. C'est donc bien réel, je suis enceinte. Un bébé, *mon* bébé. Celui de Javier. Je ne parviens pas à détacher mon regard de ce fœtus un peu étrange. Il remue tout à coup et je sursaute comme si je pouvais déjà le sentir dans mon ventre. Je lâche un petit cri heureux.

– Tu as vu, il est déjà aussi remuant que toi, s'amuse Mareva.

Mes yeux s'embuent de larmes. Je n'ai jamais rien vu de semblable. Il a deux petits bras minuscules, des petites jambes qui tressautent et… une énorme tête. Je fronce les sourcils. La gynéco me décrit l'échographie mais je ne vois que son crâne disproportionné.

– Il est normal ? m'inquiété-je aussitôt.

Pourvu qu'il soit en bonne santé.

– Oui, il est parfait, répond le médecin.

– Vous êtes sûre ?

– Oui, tout va bien.

– Mais il a une très grosse tête.

– Il est trop mimi, s'extasie ma sœur en prenant ses joues dans ses mains, les larmes aux yeux. Regarde ton bébé, il est trop chou.

– Mais il a une énorme tête, répété-je, perturbée, alors que la gynéco prend des mesures sur son écran. C'est peut-être la cuite du jour de l'an.

– Mais non voyons. En plus, tu es tombée enceinte après.

– Tout va bien pour le moment, intervient la gynécologue. Votre bébé est en parfaite santé. Je vais vous prescrire une prise de sang et puis on va fixer des rendez-vous pour les trois mois qui viennent. Écoutez ce bruit !

J'entends tout à coup les battements du cœur de cette drôle de petite bête. Petit à petit, les images prennent un sens : ce que j'entends, cette mélodie, c'est la vie. Une vie liée à un être qui grandit en moi, qui va naître. J'attends un bébé. Je vais être mère. Maman d'un petit Esposito.

– Vous êtes sûre qu'il va bien ? redemandé-je. Même avec cette énorme tête ?

– Oui, c'est tout à fait normal à sept semaines de grossesse, glousse la gynéco.

Allongée sur la table d'auscultation, je reste sans voix, les mains posées sur le front, incapable de détourner le regard de ce petit être dont le cœur bat déjà si vite.

Mare me sourit avant de me prendre une main.

– Ça va aller, je suis là.

– Il faut que je change de boulot. Pas question que j'inflige des horaires pareils à mon bébé. Et puis, il faut que je refasse la décoration de ta chambre. Merde, comment je vais faire pour maman ? Il faut que je change d'appartement pour prendre un T4. Et puis, il faut que je l'inscrive à l'école maternelle parce que la voisine m'a dit qu'il y avait une liste d'attente de plus de trois ans. C'est pareil, il faut que je change de voiture, la mienne est une épave. Et les meubles, qui va les monter ? Tu crois que Call pourra m'aider ? Je pourrai demander à Javier… Oh mon Dieu, Javier, comment vais-je lui annoncer que je suis enceinte ?

Mare pose sa main sur ma bouche en expliquant au médecin :

– Ce n'est rien, juste une petite crise de panique due à son cerveau de pure cartésienne.

– Je vais lui prescrire un peu d'homéopathie pour la détendre.

– Oui, c'est préférable. N'hésitez pas à doubler la dose !

Mare me regarde tendrement.

– Ça va aller, respire ! Je suis là.

J'attrape sa main et j'ai l'impression tout à coup que les rôles s'inversent. Pour la première fois, je me sens la plus vulnérable de nous deux. Et étonnamment, ce n'est pas désagréable.

CHAPITRE 64

MARE

Tatie ! Je n'arrive pas à croire que je vais devenir tata. La détresse de Li, sa joie, son inquiétude et cette vie qui grandit en elle ont fait s'évaporer toute trace de ressentiment. Je pensais être jalouse, triste, mais finalement je ne suis que joie et amour.

Je passe la main sur mon ventre. Je n'étais pas prête, pas comme elle. Avec ou sans Javier, elle affrontera le monde entier, pour son bébé. Je l'admire, je n'ai pas eu ce courage à l'époque, aveuglée par mes œillères de famille parfaite et traditionnelle. Enfin oser me l'avouer me fait me sentir plus légère. Je fais un saut à la supérette du coin pour acheter de quoi fêter la nouvelle. Ce soir, quoi qu'elle en pense, je m'incruste chez elle. Faute de picoler, on se rabattra sur des chamallows et des fraises Tagada.

Lorsque je la retrouve quelques heures plus tard, j'en laisse tomber mes sacs de provision sur le sol.

– Mais enfin Li ? Il y a eu une tornade dans ton appart ou quoi ?

Le salon est sens dessus dessous, le canapé au milieu de la pièce, les meubles déplacés et ma sœur échevelée court partout.

– Il fallait bien que je vérifie combien il y a de prises et si elles sont dangereuses ! Tu te rends compte, s'il s'électrocutait parce que j'ai oublié d'en sécuriser une ? Et la douche ? Combien de fois j'ai glissé dedans ? Il faut que j'achète des tapis antidérapants !

Li se précipite sur un livre posé sur la table et tourne les pages de manière compulsive.

– Et pour le lait, je fais quoi ? Je le tire et je le congèle ou j'opte pour les biberons ? Je fais comment si j'ai une montée de lait en pleine intervention ? Oh mon Dieu, tu crois que le port du gilet pare-balles est contre-indiqué pour la grossesse ?

Li en pleine crise de panique commence à partir dans des délires d'un autre monde et je m'avance vers elle doucement pour ne pas l'effrayer. Délicatement, je lui retire son livre *Être une parfaite maman* et la force à me regarder.

– Li, tu vas y arriver. On va y arriver. Tu ne seras pas seule, je t'aiderai du mieux possible. Et pense à Javier ! Ton bébé ira très bien.

Elle renifle bruyamment avant d'acquiescer. Je l'envoie prendre une douche pour se détendre et dissimule son livre anxiogène. Lorsqu'elle émerge de nouveau, des bonbons l'attendent dans un saladier ainsi qu'un verre de soda. Nous nous regardons, et je pense que la même idée nous traverse l'esprit en cet instant : la hache de guerre est enterrée.

Cela fait si longtemps que nous n'avons pas pu discuter ensemble que durant de longues minutes, nous bavardons de tout et de rien, comme si ces dernières semaines n'avaient pas existé. Ça fait du bien de pouvoir échanger avec ma sœur, de pouvoir compter l'une sur l'autre, d'être soi-même. On s'empiffre, on rit, on se change les idées, parce qu'avec toutes les tuiles qui nous tombent dessus en ce moment, on en a bien besoin. Enfin, jusqu'à ce qu'elle me dévisage étrangement.

– Quoi ? Quèche qu'il y a ? demandé-je, la bouche pleine de guimauve.

Elle hésite, sûrement pour trouver les bons mots, puis elle finit par se lancer.

– Pourquoi tu ne m'as rien dit pour Paul ?

Ah. Oui, il fallait bien qu'on en parle un jour. Je fuis son regard avant d'avouer.

– Tu as toujours été un modèle pour moi, Li, tu t'es toujours occupée de moi. C'est toi qui me laçais mes chaussures avant qu'on aille à l'école, toi qui venais refermer mon manteau à la récréation. Je… je ne voulais pas qu'une fois de plus tu te sentes obligée de prendre soin de moi, je voulais me prouver que je pouvais gérer seule.

– Mais ça n'a jamais été une obligation ! Enfin Mare, tu es ma petite sœur, et même si bien souvent j'ai rêvé de t'étrangler, je ne t'échangerais pour rien au monde.

Je sens les larmes me monter aux yeux.

– C'est vrai ?

– Bien sûr que c'est vrai.

L'entendre de sa bouche m'ôte un poids énorme. De toutes les personnes dont je redoutais le jugement, Li était la seule dont l'avis m'importait vraiment.

– C'est pour ça que tu es allée voir un psy ?

Je lève la tête vers elle et elle hausse les épaules.

– J'ai vu la carte de visite accrochée sur ton planning.

Je détourne le regard.

– Mare ? Il y a autre chose que je devrais savoir ?

J'hésite. Parler à Call, c'était facile ; j'aurais accepté son dégoût, son rejet. Mais là, face à ma sœur, celle qui compte le plus au monde pour moi, c'est une autre histoire. Si elle me traitait de vendue ou de monstre, je ne le supporterais pas.

– Mare, m'encourage-t-elle en posant sa main sur la mienne.

Je prends une grande inspiration : l'heure de vérité a sonné.

– Et voilà. Ce magasin qui, à la base, devait être un nouveau départ, finalement me rappelle constamment que je le dois à Paul et à sa famille, et que pour ça, j'ai accepté d'oublier.

– Je te jure que je vais l'émasculer et contacter l'un de mes potes à la brigade financière. On va leur coller un contrôle fiscal au cul, à cette bande de connards !

Je pouffe devant la hargne retrouvée de ma sœur.

– Laisse tomber, c'est comme ça. Je dois apprendre à vivre avec ce fardeau. Franchement, ce psy m'a beaucoup aidée, tu devrais peut-être aller le voir, tenté-je.

– Vu mes problèmes, le petit aura le temps d'être diplômé que j'en serai toujours au même point, soupire-t-elle en attrapant un ourson en chocolat.

Elle en gobe deux ou trois avant de se lamenter :

– À ce rythme-là, je vais devenir énorme, comme une baleine.

– Oui, mais une jolie baleine, essayé-je de la rassurer. Mais la vraie question est de savoir si tu vas poursuivre la tradition familiale…

Elle me regarde avec des yeux ronds.

– Si c'est une fille, portera-t-elle un nom de Miss ? Et tu sais que si c'est un garçon, tu devras l'appeler Jean-Pierre, pas le choix.

Elle éclate de rire.

– Il faudra aussi prendre en compte le facteur Javier…

– Quoi Javier ? demande ma sœur.

– Tu l'aimes, il t'aime et tu es enceinte de lui. Tu ne penses pas que tu devrais te remettre avec lui ? Qu'il aimerait être celui qui te tient la main lors des échos ? Celui que tu insulteras de tous les noms quand il faudra expulser le mini-vous ?

Je la sens s'agacer légèrement.

– Oui, bien sûr qu'il aimerait. Enfin, je crois. Mais je ne peux pas le reprendre dans ma vie, c'est trop dangereux. Il a failli mourir, Mare ! J'étais tellement obsédée par lui que j'ai fait abstraction du danger qui nous entourait. Et puis le boss a été très clair, *no zob in job*, sinon Javier se fera muter, voire virer.

Je tapote ma lèvre avant d'avoir un éclair de génie.

– J'aime pas quand tu as cette tête-là, Mare.

– On va faire un tableau comparatif.

– Hein ?

Dans un tiroir de la commode, je récupère un bloc-notes. Je trace deux colonnes et les montre à Li.

– T'es sérieuse ?

– Absolument. On va faire la liste des pour et des contre et on verra si oui ou non tu dois te remettre avec lui.

Elle râle en tirant vers elle les nounours et je commence.

– Dans la liste des pour, on peut déjà mettre qu'il est beau comme un dieu, t'aime comme un fou et qu'il a une famille nombreuse à qui tu pourras refiler le monstre quand tu auras besoin de dormir.

Je parviens à lui tirer un sourire.

– Dans les contre, tu peux marquer qu'il a été élevé par des femmes et par conséquent qu'il s'attendra à ce que je remplace sa mère, qu'il mange comme quatre sans prendre un gramme, et ça, c'est totalement injuste et… ah oui tiens, qu'il risque son job si on s'affiche ensemble !

– Mais arrête avec ça ! Comme dit mon psy, tu ne dois pas projeter tes angoisses. S'il a décidé que *tu* étais plus importante que sa carrière, tu dois l'accepter.

Elle secoue vigoureusement la tête.

– Je sais, mais je dois d'abord boucler cette enquête, mettre les choses à plat. Je ne veux pas qu'il pense que je reviens vers lui à cause du bébé et je ne veux pas que le fait que je sois enceinte lui fasse prendre des risques inconsidérés. Tu ne le connais pas comme je le connais. Il est déterminé, il est têtu et… imagine que finalement, cette nouvelle ne le rende pas heureux, que ça ne marche pas entre nous, qu'il se lasse en s'apercevant que je suis émotionnellement détraquée !

Je la serre dans mes bras en lui caressant les cheveux.

– N'envisage pas le pire tant que ça n'est pas arrivé. Laisse-le prendre cette décision, Li. Ne décide pas pour vous deux, tu ne supporterais pas qu'il le fasse.

Li relève la tête vers moi, les yeux larmoyants, avant de hocher la tête. Elle finit par engloutir une poignée de bonbons et se calme un peu alors que je reprends mon stylo.

– Bien, on en était où ? Trois pour, trois contre. Reste le critère le plus important.

– Lequel ?

– Le sexe ! Alors, Javier Esposito te fait-il grimper aux rideaux ?

Elle rougit d'un coup, et je souris, ravie d'avoir touché un point faible. Devant son silence, je l'asticote :

– Est-il monté comme un taureau de corrida ? Sait-il utiliser sa langue autrement que pour faire de belles déclarations ? Dis-moi tout.

Ses yeux s'agrandissent, et ce n'est plus rouge qu'elle est, mais cramoisie.

– Rhaa ! C'est un dieu au pieu.

– Donc un pour supplémentaire. Et voilà, quatre contre trois, tu reprends Javier.

Nous rions de nos bêtises. Ce genre de liste, c'est ce que nous faisions, petites, lorsque nous n'arrivions pas à choisir entre deux parfums de glace ou deux jeux vidéo. J'ouvre un second paquet de guimauve quand un détail me revient.

– Tu te souviens, quand on était jeunes ? Je rêvais de devenir styliste, puis chanteuse et instit mais toi, tu n'avais qu'une obsession, devenir procureur. Tu as toujours eu envie de faire appliquer la loi. Tu potassais tes bouquins jusqu'à pas d'heure le soir et je n'ai jamais compris pourquoi, au dernier moment, tu as changé d'avis et passé le concours de la police.

– Parce que vous voir nager dans le bonheur Paul et toi m'était insupportable. Maman me regardait comme si j'étais une traînée et j'avais l'impression de couler à pic. Je devais partir de la maison au plus vite, sinon je crois que j'aurais pu me foutre en l'air.

Je me fige. Ce qu'elle me dit va bien plus loin que ce que j'avais imaginé. Maintenant que j'y pense, c'est pourtant évident que la situation a dû être atroce pour elle : si moi j'ai souffert une fois adulte, elle, elle a passé une partie de son adolescence à se taire, devant sa sœur qui paradait avec celui qui lui avait brisé le cœur.

– C'est ma faute. C'est ma faute si tu as tout laissé tomber. Oh, Li, si tu savais comme je suis désolée ! Désolée de ne pas avoir compris que tu souffrais, de ne pas avoir vu que tu étais malheureuse. Si je m'étais doutée un seul instant de ce que tu endurais, j'aurais quitté Paul. Mais j'étais égoïste et obnubilée par ma petite personne. Je te croyais jalouse, et quelque part ça me faisait plaisir. Je suis affreuse.

– Tu n'es pas affreuse. C'est juste que les sœurs Sorel sont des calamités affectives, incapables de communiquer. Et puis, même si ça t'est difficile à entendre, je crois que maman a fait beaucoup de mal. À force de me dénigrer sans arrêt, toi aussi tu as fini par croire ce qu'elle disait.

– Essayons de remédier à ça. Je te promets que désormais, je ne laisserai plus jamais personne te laisser penser que tu ne vaux rien, dis-je, solennelle, en lui tendant mon petit doigt.

Elle le serre et à ce moment-là quelque chose change. Il n'y a plus de conflits ni de compétition.

Juste deux sœurs, que la vie a malmenées, qui concluaient des pactes ridicules pour se booster mutuellement et qui aujourd'hui se retrouvent enfin. Nous n'avons pas besoin d'hommes dans nos vies. Peu importe ce qui se passe avec Javier ou avec Call, tout ce que je sais, c'est que nous avons seulement besoin d'être ensemble. Elle et moi, comme nous l'avons toujours été.

– Bon, il est tard, va falloir que je rentre à l'hôtel.

– À l'hôtel ? Tu ne dors pas chez Call ?

Je grimace.

– Non, on fait profil bas, chacun chez soi. Enfin, lui chez lui et moi au Formule 1 du coin.

– Attends, j'ai une idée, lance-t-elle en se levant.

Elle revient quelques instants plus tard avec le trousseau de clefs de chez maman.

– Va à l'appart. Mais tu ne dis rien à maman, laisse-la apprécier encore quelques jours le ragoût aux abats de tante Mariette.

– Tu… tu es sûre ? Le Tchétchène ne risque pas de…

Elle secoue la tête.

– Je pense qu'actuellement, il a d'autres choses en tête. Dans tous les cas, je demanderai à une patrouille de circuler.

Je la remercie, ravie de pouvoir quitter l'hôtel et d'économiser mon argent.

– Et… euh… tu sais, commence-t-elle, embarrassée.

– Oui ?

– Je pense savoir comment tu peux tourner la page, pour Paul et le magasin.

Je fronce les sourcils, attendant qu'elle développe.

– Je n'ai jamais beaucoup dépensé depuis que je travaille, j'ai les mêmes fringues depuis Mathusalem et je ne coûte pas cher en nourriture. Ce que je veux dire, c'est que… j'ai des économies. Je pourrais t'avancer la somme pour que tu rembourses cette famille de crevards et que ce magasin soit…

Je l'interromps :

– Tu n'es pas obligée, Li. Tu vas avoir besoin d'argent pour élever cet enfant et t'équiper convenablement.

– Accepte, Mare. S'il te plaît, laisse-moi faire ça pour toi.

Je me mords la lèvre. Encore une fois, c'est elle qui vient à mon secours. Mais aujourd'hui, je veux moi aussi la sauver, même si c'est d'elle-même.

– À une condition.

– Laquelle ?

Je lui tends son portable.

– Appelle Javier.

– Et si je ne le fais pas ?

– Tu auras sur la conscience la vision de ta pauvre sœur dans un magasin financé avec l'argent de la honte, lui fais-je avec de grands yeux tristes et la lèvre qui tremble.

– Garce, lâche-t-elle avec un petit sourire.

– Moi aussi je t'aime.

CHAPITRE 65

LI

– Salut, c'est moi, chantonne Mare dans mon téléphone. Tu lui as dit ?

Je tourne la tête vers Javier, qui zoome sur la vitrine du salon de tatouage de Call. Une semaine qu'on est en planque dans l'appartement de l'autre côté de la rue.

– Non.

– Mais ce n'est pas possible ! Quand est-ce que tu vas le faire ? Ça fait dix jours que tu aurais déjà dû lui dire.

– Je n'y arrive pas, dis-je entre mes dents.

– C'est quand même pas compliqué de dire : « Javier, je suis enceinte ! » beugle-t-elle dans le combiné.

Je pose avec précipitation ma main sur l'écouteur pour que mes collègues autour n'entendent pas.

– C'est plus compliqué que ça. Il se barre dès que je tente de l'approcher.

Javier me jette un regard curieux.

– Qui ? demande-t-il.

– Qui quoi ?

– À Javier que tu es enceinte, s'excite ma sœur, que je vois passer au niveau de sa devanture.

– Qui se barre quand tu tentes de l'approcher ? insiste Javier, les yeux braqués sur deux bikers qui se garent devant le shop de Call.

Ils discutent tranquillement, les visières relevées. J'en profite pour chercher quelques secondes mes mots.

– Un chat errant qui se tape l'incruste dans le hall de mon immeuble.

– Mais de quoi tu parles ? La grossesse te rend encore plus barge que tu ne l'es, s'agace Mare.

– Non, c'est Javier qui me parle.

– Oh, le futur papa est à côté de toi ? Il est beau ce matin ?

– Carrément, réponds-je en matant brièvement son superbe arrière-train bien rebondi.

– Attention, il va falloir essorer ta petite culotte.

– Trop tard, les dégâts sont irréversibles.

Mareva éclate de rire. Javier me jette un nouveau regard curieux.

– C'est ma sœur, elle t'embrasse.

– Mais pas du tout ! s'insurge Mare.

– Très jolie ce matin dans sa petite robe à fleurs, balance-t-il, suffisamment fort pour qu'elle entende tout.

– Oh le salopard. Il dit ça pour te rendre jalouse, ne fais pas la gueule, s'inquiète ma sœur.

– Tu ne me vois pas.

– Mais je l'entends à ton souffle. Tu fais « rhhhhh », mime-t-elle comme un zombie.

Je me marre toute seule, et les collègues me regardent comme si j'avais définitivement perdu la boule.

– Oui, j'ai dit oui à son rendez-vous, improvisé-je tout à coup.

– Quésako ?

– Il m'emmène au resto et après on avisera en fonction du début de la soirée…

– Oh putain, j'ai compris ! s'écrit Mare. Vas-y *sister*, il fait la tronche ?

Javier soupire un grand coup avant de fermer le caméscope dans un claquement sec.

– J'ai l'impression. Dix-neuf heures en bas de chez moi. Je pensais mettre ma petite robe cache-cœur rouge.

– Et ta nouvelle petite lingerie de chez *Victoria's Secret*, me souffle ma sœur.

– Et ma nouvelle petite lingerie de chez *Victoria's Secret*, répété-je.

Derrière moi, les sifflements de deux garçons de mon service se font entendre. Javier se contente de dévorer en deux bouchées un pain au chocolat. *Très mauvais de compenser les contrariétés par de la bouffe. On termine vite obèse, mon petit Javier.*

– Tu vois Call de là-haut ? demande Mareva.

– Ouais.

– Qu'est-ce qu'il fait ? J'ai vu Darla rentrer dans son shop avec un imperméable. Je suis sûre qu'elle se croit dans un film porno.

Je regarde dans mes jumelles. Call est bloqué contre son guichet, la bouche grande ouverte. Je me décale pour regarder ce que fait Darla. Purée, heureusement que Mare ne voit pas ça.

– Alors, ils font quoi ?

– Rien, Call est derrière son guichet.

La pouffe fait glisser son imper noir brillant lentement le long de ses bras, puis s'approche de lui en porte-jarretelles ultra-sexy. Call est sur le point de se décrocher la mâchoire. Darla se frotte lascivement contre lui.

– Dis donc, ça chauffe chez le tatoueur, se gausse Bernard en s'approchant de moi.

– Qu'est-ce qui chauffe ? s'énerve Mareva.

– Rien, il se prend la tête avec l'autre.

– Ah, vous appelez ça se prendre la tête, Capitaine ? Moi je dirais plutôt qu'il va lui prendre autre chose, oui.

– C'est pas vrai, il est en train de coucher avec elle ? s'égosille Mare.

– Passe-moi ton téléphone, dis-je à mon coéquipier.

Je compose le numéro du salon et interromps la petite mise en scène de la strip-teaseuse qui semble à présent vouloir retirer son soutif.

– *Call's Tattoo* bon… Hum… bonjour, répond mon indic, visiblement la gorge sèche.

– Salut, Call.

Je le vois se redresser en regardant par la vitrine.

– Mon pauvre garçon, tu ne me laisses pas le choix, je dois sauver ton âme. Fais croire que je suis une cliente mécontente et vire-là pour pouvoir bosser sur ton dessin raté.

Je l'entends me dire qu'il est désolé si le dessin ne me convient pas et qu'il va de ce pas retravailler la gueule du dragon. Il chuchote à Darla :

– J'ai du boulot ma grande, garde ça plutôt pour Piotr. Je suis sûr qu'il sera aux anges !

Je vois la reine de la barre quitter le shop la mine renfrognée tandis que Call me répond, soulagé :

– Merci ma belle, je te dois une fière chandelle.

– Non mais tu as vu cette pute ! hurle Mareva dans l'autre téléphone.

Je me retiens de rire en voyant Darla se rhabiller devant la vitrine de Mare, en pure provocation.

– Je te passe quelqu'un, Call. Mais je te préviens, elle est remontée à bloc.

Je colle les deux téléphones l'un contre l'autre et tout le monde se marre autour de moi en entendant ma sœur lui passer une soufflante bien carabinée. Je m'amuse à les voir tous les deux face à leur vitrine, l'un en train de se frotter la tête et l'autre de faire de grands gestes de rage.

– Qu'est-ce qu'il prend le pauvre vieux, dit Bernard.

– Il faut être fou ou désespéré pour se frotter à une Sorel. Elles sont pires que des plantes urticantes, la ramène Javier en venant se poster à côté de moi.

– Une jolie nana en lingerie fine et tu rappliques, lui reproché-je, amusée.

Il se contente de faire un clin d'œil à Bernard puis repart aussitôt vers l'arrière du salon. Je grimace. Mare a raison, je dois lui annoncer ma grossesse même si je meurs de trouille. Il faut que j'arrive à lui parler en tête à tête. Malheureusement, il y a toujours mon binôme ou Barbie dans les parages. Pour ne rien arranger, il me fait la gueule depuis deux jours car je n'ai pas voulu l'emmener lors de ma dernière visite à Roman Lefroid. J'ai eu tort, j'aurais pu lui parler dans la voiture, mais on est si près de conclure cette enquête que je ne veux surtout pas prendre le moindre risque d'ici là. Je m'approche alors qu'il est en train de se servir un café.

– T'as un rencard avec un mec ? m'interroge-t-il d'une voix cassante.

– Ça ne te regarde pas.

Il serre les mâchoires, vexé. Je suis vilaine. Je pioche dans le sachet de viennoiseries et me jette sur un énorme pain aux raisins.

– Tout ça ? se moque-t-il alors que j'engloutis goulûment la pâtisserie en deux bouchées. La semaine dernière tu jeûnais, et maintenant tu dévores tout ce qui te passe sous le nez.

– 'Ai faim, réponds-je la bouche pleine.

Merci les pilules magiques de la gynéco : fini les nausées et bienvenue aux fringales. J'ai repris deux kilos en une semaine. Il faut dire que je n'arrête pas de manger.

– Tu ne ferais pas des crises de boulimie ?

– Non, je garde tout. Après tout, je mange pour d… me remplumer. Tu m'as dit que tu préférais mes fesses avant.

– Ouais, enfin j'ai oublié comment elles étaient depuis le temps, grommelle-t-il en vérifiant que les collègues ne nous écoutent pas.

Ces derniers rigolent toujours de la dispute entre Call et Mare, et j'en profite pour me rapprocher du futur papa. Dans le creux de l'oreille, je chuchote :

– Tu ne te souviens vraiment pas comment tu aimais y poser ta joue pour t'endormir ? Ou comment tu mordais dedans à pleines dents avant de t'y agripper pour me faire l'amour ?

Il rosit légèrement en jetant un regard furtif derrière nous puis revient sur moi.

– Je n'ai rien oublié. Mais ce soir, c'est vraisemblablement un autre qui en profitera, me reproche-t-il.

– J'ai raconté des salades pour t'emmerder.

Il me fusille du regard avant de soupirer, soulagé.

– Tu passes ton temps à jouer avec mes nerfs, j'en ai ras le bol.

– Je voulais juste te faire réagir, et tu as fait exactement la même chose. Tu ne m'adresses pas la parole depuis deux jours.

– Je veux boucler cette enquête au plus vite, et ce n'est pas en me laissant sur la touche qu'on y arrivera. Déjà que je dois passer mes journées avec Judas…

Je jette un coup d'œil à Barbie. C'est très mesquin, mais j'aime voir Javier en parler en mal, maintenant qu'il est au courant de ce qu'elle a fait.

– Je te rappelle que c'est toi qui l'as choisie.

– C'est bon, tu n'es pas obligée de remuer le couteau dans la plaie.

Je ricane et il me transperce de son regard gris métallique.

– OK, je te mettrai dans la confidence. Mais pas ici, pas au milieu de l'équipe.

Son visage s'illumine.

– Sorel et Esposito, le retour.

S'il pouvait dire vrai.

– Tu pourrais venir chez moi ce soir, je te mettrai au parfum.

Il papillonne des yeux. J'arrive presque à lire dans son regard : il imagine avoir une nouvelle ouverture. Il s'illumine malicieusement.

– J'amène des pizzas. On parlera autour d'un bon repas devant la télé, comme au bon vieux temps.

Je lui souris. *Attention mes agneaux, le loup est sur le point de pénétrer dans la bergerie.* Mais la question est de savoir : qui est le loup ?

CHAPITRE 66

MARE

– Ne me prends pas pour une conne ! Je suis sûre que tu la sautes ! hurlé-je dans le combiné, indifférente au fait que la moitié des collègues de Li puisse m'entendre.

Seule dans ma boutique, je fais les cent pas, me retenant à grand-peine de ne pas aller directement expliquer ma façon de penser à Callixte Maurel.

– C'est pour ma couverture ! Je dois rester aimable si je ne veux pas qu'elle me fasse buter par Vitali.

– QUOI ? Alors tu ne démens même pas ? Que tu lui roules des pelles dégueulasses, ça passe, mais si tu couches avec…

– Je. Ne. Baise. Pas. Avec. Darla.

– Menteur. Vous êtes tous des menteurs !

Il raccroche, des larmes de fureur coulent sur mes joues alors que mon regard se pose sur la bague qu'il m'a confiée. Je sais qu'il ne l'aime pas, qu'il fait sans doute ça pour mieux infiltrer le gang, mais finalement je ne suis pas aussi forte que je l'imaginais. Li a beau me rassurer, Henriette a beau me jurer qu'elle n'a jamais senti Call aussi heureux que depuis qu'on est ensemble, je ne peux m'empêcher de douter. Et si, finalement, il préférait Darla ?

Un bruit suivi d'un grognement me fait sursauter.

– Et bordélique en plus de ça !

Je reconnais la voix grave de Call. Furieuse, je le rejoins dans la réserve.

– Et en plus tu oses me raccrocher au nez ! Tu te prends pour qui ?

Il s'avance vers moi, menaçant, mais je ne bouge pas d'un millimètre.

– Miss, arrête tes conneries.

– Mes conneries ? Et cette bague ? Cette bague que tu m'as offerte, c'est aussi des conneries ? Tu sais quoi ? Je ne peux pas. Je ne suis pas forte comme ma sœur, je ne suis pas une guerrière, et même si je comprends que tu doives donner de ta personne pour ta mission, je… je ne supporte pas de savoir que tu la touches, qu'elle a tes lèvres, tes bras et le reste, quand moi je n'ai droit qu'à trois minutes par téléphone interposé, et pour m'engueuler avec toi !

Je martèle son torse de mes poings, mais il me prend dans ses bras et me serre contre lui, indifférent à son mal. Il accueille, absorbe ma colère et ma tristesse, puis attend que je me calme un peu avant de relever mon menton. De la pulpe de son pouce, il effleure mes lèvres.

– Mareva, je n'aime que toi. Quand je l'embrasse, ce sont tes lèvres que je dois imaginer pour être crédible.

Il vient embrasser mon cou.

– C'est ton odeur qui me rend dingue.

Il mordille mon lobe d'oreille.

– Il n'y a que toi, ici, dit-il en posant ma main sur son cœur puis en la descendant sur son entrejambe. Et ici aussi. Je t'appartiens corps et âme et je te le répète, je ne couche pas avec Darla.

Je presse son sexe entre mes doigts, prête à serrer si je décèle la moindre trace de mensonge dans ses yeux.

– Tu me le jures ?

– Oui, Miss, il n'y a et il n'y aura que toi.

On se défie du regard. Je suis toujours en colère contre lui mais la lueur de désir qui s'allume dans ses yeux réveille mes instincts primaires. Je l'attire à moi pour un baiser possessif, je lui mords la lèvre, lui soutirant un grognement de protestation, avant de partir à l'assaut de sa bouche et de sa langue. Il m'attrape sous les fesses et me soulève, j'enroule mes jambes autour de sa taille, rapprochant son bassin du mien avec mes talons, puis me frotte contre le tissu rugueux de son jean, essayant de soulager les tiraillements de mon bas-ventre. D'un geste du bras, comme dans les films, il envoie valdinguer ma compta, m'assied sur la table et fait voler mon pull en cachemire, révélant mon soutien-gorge en dentelle blanche. Il tire sur le bonnet avec ses dents pour libérer mon sein et vient jouer avec mon téton. Mes mains sur son crâne, la tête en arrière, je savoure ses caresses sauvages. Il ne fait pas dans la délicatesse, il me revendique autant que moi je le fais. Il est à moi, je suis à lui. Une morsure sur mon sein m'arrache un cri de douleur, remplacé bien vite par un cri de plaisir quand il vient le suçoter.

– Personne d'autre que toi, Miss.

Sentant mon excitation monter, il poursuit en passant sa main sous ma jupe en tweed.

– Je veux être le seul. Le seul à te faire autant mouiller.

Il crochète ma culotte et vient jouer avec mon clitoris. Il le frôle, l'agace, le masse tout en murmurant contre ma gorge :

– Dis-moi, Miss, as-tu déjà eu autant envie d'un homme ?

Je ne peux que secouer la tête, incapable de formuler une phrase cohérente. Mais ça ne lui suffit pas. Il arrête ses mouvements et me fixe, intensément.

– Réponds-moi, Miss.

Je n'ai pas l'habitude, pourtant les mots coulent tout seuls :

– Il n'y a que toi, Call. Tu es le seul que j'aime et qui m'excite autant.

Satisfait, il reprend son œuvre. La torture est délicieuse. Il insère un, puis deux doigts en moi, alors que j'attrape sa main libre pour venir sucer son index. L'effet est immédiat, j'entends le bruit d'une fermeture Éclair qui se baisse, je sens son sexe à l'orée du mien. Seule ma culotte nous sépare. Dans un sursaut de lucidité, il s'interrompt pour récupérer un préservatif dans son portefeuille. Une fois habillé, il déchire ma culotte et, en un coup de reins, il est en moi.

Ses va-et-vient sont intenses, comme si sa vie en dépendait. Il gémit, murmurant mon prénom comme une supplique, me malaxant la poitrine, me dévorant la bouche. Je me sens décoller lorsque, d'une poussée plus puissante, il vient à la rencontre de mon point sensible. Mon sexe se contracte autour du sien, me faisant voir mille étoiles, avant qu'il ne me rejoigne dans mon orgasme. Quand il se retire, je suis heureuse d'être encore sur la table ; je serais bien incapable de pouvoir me lever.

Call caresse ma joue tendrement.

– J'aime que tu sois jalouse, et j'aime encore plus nos disputes, surtout quand elles se terminent ainsi.

J'esquisse un sourire et il m'aide à descendre.

Après quelques câlins, je le raccompagne dans l'arrière-cour. En deux temps trois mouvements, il escalade le mur et retourne de son côté. Quand je pense que pour moi, cette traversée s'apparentait à l'épreuve des poteaux dans *Koh-Lanta* ! J'entends la porte de sa réserve se refermer et regagne ma propre boutique. Je ramasse mes papiers éparpillés sur le sol ainsi que ma culotte, qui termine dans la poubelle. Un dernier regard sur la réserve, et je retourne à ma boutique.

CHAPITRE 67

JAVIER

Fraîchement sorti de ma douche, le cheveu encore humide, empestant l'*after-shave* qu'elle adore et sapé sexy comme elle aime, je suis assis derrière mon volant, à hésiter comme un con. Je monte, je ne monte pas. J'avais pourtant prévu une soirée poker avec quelques potes, mais Li a dit qu'elle voulait bien me mettre au parfum pour la Lame. Ça fait des semaines que ça me démange de savoir ce qu'elle a appris.

Mais ce n'est pas la seule raison. À l'idée de me retrouver quelques heures seul avec elle, je n'ai pas résisté. J'ai beau avoir essayé, je n'ai pas réussi à tourner la page, surtout depuis qu'elle m'a demandé de patienter jusqu'à la clôture de l'enquête. Elle m'a redonné espoir et j'espère qu'elle ne jouait pas avec moi. Depuis quelques jours, elle est d'une fraîcheur déconcertante, affamée de tout, tant de nourriture que de notre enquête. Elle semble me regarder de loin, avec des yeux de nouveau énamourés. Elle se met en valeur dans des jeans slim, des décolletés plongeants. Peut-être pour attirer mon attention. En tout cas, ça marche, mes hormones me travaillent. Je n'ai pas touché une femme depuis notre dernier moment dans la camionnette. Je ne veux que Li.

Ce soir, il faudra que je combatte mon envie d'elle. Li veut rester concentrée sur l'enquête, et je comprends les enjeux : la protection de Mareva et de Call passe avant tout. Ensuite seulement, nous pourrons trouver une solution pour être ensemble, même si j'en ai déjà une : dans quelques mois, je quitterai les Stups pour intégrer le fameux 36 quai des Orfèvres, dorénavant dans le quartier des Batignolles. J'ai passé un entretien la semaine dernière et il semble que mon recrutement ne soit plus qu'une formalité. Dès qu'elle a passé le seuil de la chambre d'hôpital après l'arrestation de Lefroid, j'ai pris ma décision : quoi qu'il arrive, je devrais tout faire pour la récupérer. Tout tenter, pour ne rien regretter. Je n'ai pas mis longtemps à trouver le moyen de continuer à travailler pour la police sans enfreindre quelque règle que ce soit avec Li. Après cela, il n'y aura plus d'obstacle à ce que nous soyons ensemble, sauf peut-être ses démons. Mais je compte bien travailler avec elle sur ça, même s'il faut pour cela qu'elle raye sa mère de sa vie.

Devant sa porte, le cœur battant, j'ai peur. Je frappe énergiquement et je l'entends crier d'attendre. Quelques secondes, et enfin, elle ouvre.

Dans son petit peignoir de soie noir qui dévoile ses cuisses, avec ses pieds nus et ses cheveux remontés en chignon improvisé, elle déclenche en moi ce que j'ai mis tant d'efforts à dissimuler depuis des semaines. Je suis à elle, totalement accro à cette fille aussi déconcertante qu'attachante. Ses grands yeux noisette traduisent sa surprise.

– Javier ? Je ne t'attendais pas si tôt. Entre, propose-t-elle en ouvrant davantage la porte.

Elle me détaille de la tête aux pieds et à ses joues qui s'empourprent, je sais que je lui plais. Elle se retourne vers le couloir et s'enfonce dans son appartement.

– Du coup, tu n'as pas pris de pizzas ? demande-t-elle.

Je la suis, les yeux braqués sur sa taille fine, sur le peignoir qui ne cache pas grand-chose de ses fesses qui ont repris forme. En dessous de ma ceinture, les turbines surchauffent.

– Javier ? insiste-t-elle.

– Quoi ?

– Les pizzas ?

J'ouvre les yeux en grand.

– Merde, je les ai oubliées.

Elle me fixe, amusée.

– Pas grave, je vais les faire livrer.

– Ouais, c'est une bonne idée.

J'avance dans son salon, intimidé. Quand je regarde tout autour de nous, le sofa, la table, la console, je ne vois que les moments passés ensemble, dans les bras l'un de l'autre. Notre relation a été aussi intense qu'éphémère mais ces instants partagés étaient parfaits. Putain, j'étais si heureux et aujourd'hui…

– Alors comme ça, tu es enfin prête à passer sur le gril ? balancé-je pour évacuer la tension qui grimpe en flèche.

Elle se met à rougir aussi sec.

– À me raconter ce que Roman Lefroid t'a dit, précisé-je, amusé.

Elle soupire de soulagement avant de remettre nerveusement ses mèches de cheveux derrière ses oreilles.

– Tu as les idées bien mal placées, Captain.

– Je ne pensais à rien.

Je perds mon sourire et reprends un air de circonstance. Je suis là pour le boulot. Rien que pour ça.

– Alors je t'écoute, lancé-je en m'asseyant sur son sofa en cuir. Si ce n'est pas trop long, je pourrai peut-être rejoindre des potes pour une soirée poker et te laisser à tes paquets de chips.

C'est à son tour de se crisper, et d'enchaîner :

– Je voulais te voir seul à seul car j'ai besoin de te dire quelque chose.

– Oui, je suis d'accord. Depuis le temps que j'attends de savoir ce que la Lame t'a balancé, j'ai hâte de tout savoir. On va boucler ce dossier une fois pour toutes.

– Non, ce n'était pas à propos de ça…

Je l'observe devenir tout à coup très anxieuse, au point de jouer avec les pointes de sa ceinture de soie en évitant mon regard.

– Je t'écoute.

– Quand nous étions ensemble, je vivais dans l'instant présent, je profitais…

– Et on aurait pu continuer si tu n'avais pas décidé de rompre, lui réponds-je sur un ton de reproche.

Elle ferme les yeux un instant, soupire, se tordant les doigts.

– Je n'ai pas été prudente, reprend-elle. Toi non plus d'ailleurs…

– Tu ne vas pas encore reparler de la casse ? Purée, ce n'était rien, bébé. On a pris du bon temps ensemble comme un couple qui s'aime.

– Nous n'avons pas été prudents, insiste-t-elle sans m'écouter. On s'est aimés…

– Comme des fous, c'est vrai, complété-je, le sourire aux lèvres, en nous revoyant ensemble sur ce canapé.

– Et je pense que si l'idée m'a effleuré l'esprit, je me suis dit « pas grave, Javier est l'homme de ma vie ».

Je fronce les sourcils. Elle se crispe, comme si ce qu'elle avait à m'annoncer était grave. J'entends presque son cœur se mettre tout à coup à tambouriner si fort qu'on n'arrive plus à s'entendre. Elle cherche ses mots. Ce n'est pourtant pas son habitude. Je la détaille, les cheveux flamboyants, les joues rosies, sa bouche pleine, sa gorge serrée et ses seins délicieusement ronds. Bien plus qu'avant. Ma bouche s'entrouvre, mon cœur s'est arrêté de battre, mes jambes sont devenues molles. Elle s'apprête à dire quelque chose mais je m'entends lui demander :

– Tu es enceinte ?

– Que… Comment le sais-tu ?

Li est enceinte. De moi. Dans son ventre, mon enfant.

– Tu es enceinte, répété-je pour imprimer l'information.

– Oui.

Je deviens sourd, comme après une déflagration. Je l'entends me parler mais ses paroles sont presque inaudibles. Mes épaules sont lestées par des parpaings invisibles. Je viens littéralement de me prendre un coup de massue.

– Oui. C'était irresponsable de ne pas mettre de préservatifs. Nous étions sur notre nuage, les hormones en ébullition. Tu te souviens, on s'est dit qu'il y avait peu de risques malgré mon implant périmé, que ça continuait à agir encore pendant des semaines. Ça nous est passé au-dessus de la tête ensuite. Moi, j'étais si amoureuse de toi que j'ai vite balayé le risque, me disant que si jamais ça devait arriver, ça ne pouvait être qu'un cadeau…

J'écarquille les yeux. Je ne sais pas quoi dire. Li, attendre mon enfant ? Impossible, et pourtant c'est ce qu'elle me dit.

– Tu ne dis rien ? s'inquiète-t-elle.

Je lève les yeux vers elle, totalement ébahi. Je me souviens de ce moment où on a joué les insouciants, où on en a ri. On avait une telle fièvre l'un pour l'autre. C'était sur ce même canapé. Rien n'aurait pu nous arrêter, il y avait trop d'amour entre nous, trop de désir.

– Et d'ailleurs, comment as-tu deviné ?

– J'ai… J'ai sept sœurs et déjà huit neveux et nièces, réponds-je, encore sous le choc. Et tes seins, ils sont plus gros alors que tu as maigri.

Toutes les pièces du puzzle se mettent en place. Les nausées. La pharmacie, sa gêne alors qu'elle était dans le rayon des tests de grossesse.

– Tu as raison, j'ai dû me racheter des soutifs. J'étouffais dans les autres.

– Tu es enceinte, répété-je une nouvelle fois.

Elle se fige et fronce les sourcils.

– Oui, Javier. Mais… surtout ne t'inquiète pas. Si tu ne veux pas de cet enfant, ce n'est pas grave. Je sais, c'est mon choix de le garder, je ne te force à rien. Je l'élèverais seule et tu pourras poursuivre ta vie comme si de rien n'était, si tu le souhaites.

Je lâche un soupir de stupéfaction. Elle pense vraiment que je pourrais agir comme ça ?

– Ça ne change rien entre nous, tente-t-elle de me rassurer. Je ne compte pas t'obliger à quoi que ce soit avec moi. On a l'enquête à terminer…

Mon palpitant se met de nouveau à résonner dans tout mon corps. Je suis incapable de dire le moindre mot. Li est enceinte. Ma Li attend mon bébé. Mon regard descend jusqu'à son ventre où mon enfant est en train de grandir. Et pourtant, elle est là à me dire que cela ne va rien changer. Je suis sur un fil, mon cœur balançant tantôt vers le bonheur – *la femme que j'aime va me donner un enfant* –, tantôt vers le désespoir – *ça ne change rien entre nous*.

– Tu ne pourras pas le cacher longtemps, finis-je par dire. Tout le monde saura que tu es enceinte de moi.

– O… Oui, tu as raison. Je vais trouver une solution. Il ne t'arrivera rien, ne t'inquiète pas. Je ne les laisserai pas te muter à l'autre bout de la France.

Je tends le bras devant moi et l'agrippe par la taille. Elle se laisse attirer et je pose une main sur la soie de son peignoir, à hauteur de son ventre. Ému aux larmes, je reste sans voix. Mon bébé dans le ventre de Li. Notre bébé. Je me souviens de l'instant où je suis tombé amoureux d'elle, ce matin-là. Dans notre bagnole banalisée, réveillés par le roulis des vagues sur une plage près d'Étretat. Je savais déjà qu'elle ne serait pas une femme comme les autres.

Mon cœur se gonfle à tel point que j'en perdrais presque connaissance. C'est le bonheur qui fait son œuvre dans tout mon corps. Ma main se resserre sur son ventre, qui va s'arrondir de moi.

– Tu peux penser ce que tu veux, Li, tu peux espérer que rien ne va changer, mais tu te trompes.

Ses yeux papillonnent. Elle se raidit sous mes doigts.

– Tout va changer.

– Je…

– Il faut que je prenne l'air. J'ai besoin de sortir d'ici.

Je me lève et, le pas déterminé, je quitte son appartement.

CHAPITRE 68

CALL

Je suis en plein remplissage d'un mandala très complexe lorsque mon portable sonne. Je reconnais le numéro et décroche en m'excusant auprès de mon client.

– On t'attend ce soir au club de sport. Vingt-deux heures, ne sois pas en retard.

Il raccroche sans même me laisser le temps de répondre. Je me gratte le menton. Devrais-je prévenir Li et son équipe ? Si les Tchétchènes repèrent leur bagnole, on ne pourra pas les choper lors de la livraison de la came, d'autant qu'il n'y a rien d'illégal à ce que des hommes se retrouvent dans une salle de sport. Et tout ça n'aura servi à rien. Non. Je ne dis rien aux flics et je me pointe au rendez-vous, je ferai un topo par SMS à mon retour.

Le soir venu, j'enfourche ma moto et file à travers les rues de Paris. Je m'enfonce dans la nuit, le vent se lève, m'obligeant à faire attention. Durant le trajet, je me pose mille et une questions sur la raison de cette convocation. Je me gare devant la salle de sport dont le néon illuminant l'enseigne grésille. Quelques membres du gang fument devant l'entrée en échangeant des regards nerveux. Lorsque je descends de ma bécane, un grand blond baraqué crache par terre en me voyant :

– Alors Negro, on frime sur sa bécane ?

Je préfère ne pas répondre et rester concentré sur mon rôle.

– Deni ? l'interpelle un type à l'intérieur. Le Brat vous attend.

Il nous fait signe d'entrer et referme la porte derrière nous. La salle est vide, les lumières éteintes, seuls des bruits de conversations dans le fond indiquent que le lieu n'est pas totalement désert. Nous passons devant l'espace dédié à la musculation, puis devant la pièce où se déroulent les cours de pole dance. Sans ralentir, Deni m'entraîne au bout du couloir et pousse une lourde porte en bois. Un nuage de fumée m'accueille. Derrière un large bureau, le Brat distribue ses ordres en tchétchène à Joan et d'autres gars que je n'ai jamais vus. Quand il me voit, il congédie ses hommes et m'invite à m'asseoir sur l'une des chaises laissées libres.

– Cigarette ? demande-t-il en me tendant son paquet d'une main, l'autre restant posée sur son genou.

Je hoche la tête et allume la clope entre mes lèvres. Il ne dit rien et me regarde tirer une latte.

– J'aime ce pays, il offre tellement de possibilités. Tu savais que chez moi, on n'en trouve que dans certains hôtels grand luxe ? demande-t-il en désignant sa clope.

Non je ne le savais pas, et honnêtement je m'en cogne. Je ne suis pas venu ici pour discuter des traditions de son pays à la con. Il caresse amoureusement son bureau, un sourire en coin.

– Ici, il y a tellement de possibilités pour mon business.

Je tire une autre latte, alors qu'il me jauge du regard.

– Paraît que tu as été bien sage et que tu es resté discret.

– Il paraît, ouais.

Il hoche la tête et Deni, resté en retrait, lui tend un dossier. Devant moi s'étale alors une photo de Mare et moi en train de nous embrasser furtivement. La photo est récente, quelques jours je dirais.

– C'est quoi ces conneries ?

J'essaie de rester calme, mais je suis en panique.

– Juste pour te rappeler que je n'aime pas qu'on essaie de me duper. Que tu la sautes ou non, ça ne change pas grand-chose pour moi, de toute façon tu feras tout pour éviter que j'abîme son joli minois. Mais tu vois, qu'on tente de me pigeonner, ça, j'ai du mal. Alors pour l'instant, tu vas t'asseoir et te taire, ordonne le Brat.

Deux mains se posent sur mes épaules, et j'obtempère.

– J'ai besoin de gars loyaux dans mes rangs. Disons que ceci – il désigne le dossier – est la garantie de ta loyauté.

Loyal ? Mon cul. Dès que je sors d'ici, j'envoie Javier récupérer la Miss et il me la met à l'abri dans un bunker. Prenant mon silence pour de la coopération, le Brat poursuit :

– Cet abruti de Doc a flingué l'épaule de Mikhail, il ne peut plus conduire.

Comme quoi, j'avais raison de ne pas faire confiance à Frankenstein.

– On a besoin d'un chauffeur. Quelqu'un qui sache garder son sang-froid et qui connaisse la ville.

– Je suis pas taxi.

Ma réplique a le don de le faire éclater de rire. Il me désigne du doigt en regardant Deni :

– Je l'aime bien, celui-là.

L'autre émet un reniflement de dédain, mais ne contredit pas son chef.

– Tu vas louer une voiture, reprend ce dernier, et tu nous rejoindras vendredi. Deni te fera passer l'heure et l'adresse au dernier moment. Une fois là-bas, on se charge de tout, tu n'auras qu'à rester au chaud, fumer une clope et écouter la radio. Tu vois, rien de bien compliqué.

– OK.

Il esquisse un sourire et sort la main qui se trouvait sur son genou depuis le début de la conversation.

Je me retrouve nez à nez avec le canon d'un flingue. On ne peut pas dire que je sois étonné, mais je ne fais pas le malin non plus. Je ne bouge pas, attendant qu'il ait fini de vouloir m'impressionner ; j'ai suffisamment entendu parler de lui pour savoir qu'il n'hésitera pas à tirer s'il a ne serait-ce que le moindre doute à mon égard. Il finit par pencher la tête, remettre la sécurité et lancer l'arme vers moi. Dans un réflexe, je la rattrape et un quart de seconde plus tard, Deni la récupère avec des gants.

Je hoche la tête ; je me filerais des baffes. J'essaie de masquer le mépris que ce connard de Brat m'inspire. Vendredi prochain, il fera moins le fier quand Li lui passera les menottes. Son téléphone sonne, il y jette un coup d'œil et décroche avant de s'éloigner. Malgré la distance, nous entendons la conversation et je comprends bien vite qu'il échange avec son frère, Anton.

– T'inquiète, j'ai les choses en main.

Anton doit lui répondre un truc qui ne lui plaît pas car il s'agace :

– On va te faire sortir, si c'est pas là, ce sera plus tard.

Il finit par raccrocher et revenir dans la pièce.

– Alors, comment va Big Brother ? demandé-je nonchalamment.

À la mention de l'aîné des frères Kurbanov, je vois le regard de Deni changer. Il le respecte. Vitali, visiblement, tient ses hommes par la peur.

– Il sera bientôt de retour et crois-moi, à ce moment-là, il vaudra mieux être avec nous que contre nous. Tu saisis le message ?

J'acquiesce. Nous avons terminé. Il était temps, j'aimerais bien décamper avant que mon visage ne dise bonjour à une autre arme planquée je ne sais où. Je m'apprête à me lever lorsque des coups sont frappés à la porte.

– Entrez, ordonne le mafieux. Toi, tu restes là, lance-t-il à mon intention.

Le panneau de bois s'ouvre et un homme en pousse un autre dans la pièce. Débraillé, la pommette gauche tuméfiée, il n'a pas l'air d'être là pour une visite touristique. Il s'affale aux pieds de Vitali, qui l'accueille avec un grand sourire.

– Ah ! Sergueï !

Je frissonne. Si le ton est amical, tout dans l'attitude du Brat transpire le dédain.

– Alors comme ça, il paraît qu'on fricote avec les Ivoiriens ?

Le regard de Sergueï exprime soudain la terreur. À genoux, il balbutie :

– Pas du tout… Je… je voulais les infiltrer… pour toi Brat… j'te jure.

– Ce n'est pas ce qu'on m'a dit. Apparemment, tu sondes les gars de l'équipe pour les entraîner dans ta désertion. Comme quoi ils proposeraient beaucoup d'argent à tous ceux qui gagneraient leurs rangs. Dis-moi Sergueï, le carton de came qui a disparu, c'était toi, hein ?

– Non… Non… Ils ont mal compris… J'te promets, j'ai rien fait…

Le Brat soupire et enfile des gants, puis Deni lui tend le flingue avec lequel il m'avait mis en joue. Sans aucune hésitation, il pose le canon sur le front de Sergueï et presse la détente.

La déflagration résonne encore dans mes oreilles alors que le Brat réclame une serviette pour essuyer ses chaussures. Je reste là, à fixer le sang s'écoulant du crâne de l'homme de main, horrifié par le macabre spectacle. J'ai le cœur au bord des lèvres, l'odeur métallique de l'hémoglobine se fixe dans mes narines et j'ai l'impression qu'il n'y a plus que ça autour de moi. C'est tellement fort, aucune chance pour que je sente autre chose à nouveau un jour. La flaque sous son crâne s'étale, son regard vide de toute expression braqué sur moi.

– Ramassez-le, ordonne Vitali aux autres.

Puis, se tournant vers moi en me montrant l'arme il ajoute :

– Tes empreintes, ton meurtre.

Je ne réponds rien alors que Deni me fait signe de partir.

– Sois à l'heure vendredi.

Je hoche la tête sans rien dire, quitte la pièce, remonte le couloir menant à la sortie, et grimpe sur ma bécane. Je démarre en quatrième vitesse, comme si j'avais la mort aux trousses.

CHAPITRE 69

LI

– Il faut que tu fasses quelque chose. Je ne veux pas que Mare soit mêlée à cela.

– Mareva bénéficiera d'une escorte policière H24.

– Putain, il lui a tiré une balle entre les deux yeux, répète Call, en panique totale.

Je soupire. Il faut que je conclue cette enquête avant que la Seine déborde de tous les morts qu'y sème Vitali Kurbanov.

– C'était dégueulasse, j'avais du sang partout et il a utilisé l'arme que j'ai prise dans mes mains, comme un abruti.

– T'inquiète, Call, tu ne seras jamais poursuivi pour ce meurtre, même si je dois effacer moi-même tes empreintes.

– Et Mareva, il m'a parlé d'elle. J'ai peur. Va savoir ce que ce type pourrait lui faire.

Je blêmis. Moi, je sais ce qu'il pourrait lui faire : la violer, l'embarquer dans un autre pays pour la mettre de force sur le trottoir après l'avoir rendue accro à la came.

– Putain, c'était la première fois que je voyais quelqu'un se faire descendre devant moi.

Les images de ma première scène de crime me reviennent en pleine face. Les corps ensanglantés d'une mère et de ses trois enfants, massacrés à l'arme blanche par un ex-mari jaloux et dépressif. Un véritable carnage qui me hante encore plus de cinq ans après, cette odeur de sang mélangée à celle d'une bougie à la cannelle qui brûlait encore à notre arrivée. Les petites dépouilles inanimées près de leur mère mutilée. Une scène d'effroi absolu. Je secoue la tête.

– Je comprends ce que tu ressens, je suis désolée. Je vais te sortir de là, je te le promets. Je m'occupe de tout et je te tiens au courant.

Bouleversée, je quitte le grand salon dont les fenêtres donnent sur la rue des boutiques de Call et Mareva. Dans le couloir, loin des collègues, j'essaie de reprendre le dessus. Je suis très inquiète. Cette enquête dérape à mesure que les jours passent et je suis de plus en plus pessimiste quant à son issue. J'ai peur. Oui, je suis morte de trouille, comme Call. J'ai cette angoisse de voir ma sœur et ma mère blessées ou tuées à cause de mon incapacité à clore ce dossier. Et être enceinte ne pouvait pas tomber plus mal : j'ai encore plus de soucis à me faire, encore plus de gens à surveiller, encore moins de temps à consacrer à qui que ce soit.

Javier pénètre dans l'appartement et me trouve dans le vestibule, au bord de la crise de nerfs.

– Ah, Javier ! m'écrié-je, comme si sa présence allait tout changer.

Il avance vers moi, déterminé.

– Je sais, il m'a tout raconté. Calme-toi, on va y arriver. On va mettre tout le monde sous protection.

– J'ai appelé Breton, il a donné le feu vert pour déployer plus de monde.

– Tant mieux.

Mon ventre se tord. Je sais qu'il n'y a pas que l'enquête qui me perturbe : Javier ne m'a rien dit depuis l'annonce de ma grossesse. Il enlève son blouson et fait quelques pas pour aller rejoindre l'équipe qui surveille la rue.

– Javier ?

– Ouais ? dit-il avant de se retourner vers moi.

– Je… je voulais te dire… pour ce que je t'ai annoncé hier soir. Ne t'inquiète pas, je me débrouillerai toute seule. Je ne veux pas te coincer. Je ne t'imposerai rien. On fera comme si tu n'étais pas le… le…

– Le père, dit-il doucement. Je suis le père de ton bébé.

– Je ne veux pas que tu te sentes obligé de quoi que ce soit. Tu ne me dois rien, je l'élèverai toute seule.

Il revient sur ses pas et attrape mon visage dans ses mains.

– Oh là, oh là, on se calme, Li.

– Non mais je ne veux pas que tu croies que je vais te forcer à…

– Li, Li, écoute-moi, me dit-il alors que je me perds dans mes excuses. Je suis heureux.

– Q… Quoi ?

– Je suis heureux d'être papa. J'étais sonné hier mais aujourd'hui, je suis heureux. Tu n'élèveras pas cet enfant seule. Je serai là.

Je sens l'émotion me gagner, et je papillonne des yeux pour ne pas me mettre à pleurer.

– On va bien s'occuper de ce petit. Mais pour le moment, comme tu me l'as demandé, on boucle cette affaire.

La porte d'entrée s'ouvre tout à coup, et nous sommes interrompus par le commissaire Breton. Je me décale instantanément de Javier.

– Sorel ! lance-t-il en nous jetant un regard noir. Ne me dites pas que vous avez renoué.

– N… Non, chef. J'ai un peu de mal à gérer la pression. Mon collègue tentait de me calmer.

– Je préfère cela. Vous savez que…

– Je sais, Commissaire, mais Esposito et moi ne sommes plus ensemble.

Je jette un coup d'œil vers Javier, dont le visage se déforme de colère. Sans un mot, il rejoint les collègues dans le salon.

Après une longue journée à mettre en place la protection de tout le monde et à rendre compte à toute la chaîne hiérarchique de l'opération qui aura lieu vendredi, je rentre chez moi. Je n'ai pas réussi à approcher de nouveau Javier, qui est allé fureter tout l'après-midi vers la salle de sport avec Barbie, à la suite de mouvements suspects de Vitali. Les choses se mettent en place, les équipes s'organisent. Même Beaulieu est venu me seconder en fin de journée, ce que j'ai apprécié.

Je sors de ma douche lorsque j'entends sonner à ma porte. Sur le qui-vive, je m'enroule dans une grande serviette de bain et récupère mon SIG au passage sur la console d'entrée. Sur la pointe des pieds, je m'apprête à jeter un coup d'œil discret par le judas lorsque j'entends Javier derrière la porte :

– C'est moi, ouvre ! La voie est libre.

J'entrouvre et le laisse passer devant moi, les bras encombrés. Il repère mon arme dans ma main et lève un sourcil, étonné.

– Tu es bien nerveuse, ma princesse !

Je le regarde poser deux énormes sacs au sol.

– C'est quoi ce bazar ?

Avec un sourire contrit, il m'annonce :

– Je viens crécher chez toi !

– Quoi ? Non, non, tu n'as pas bien compris.

– Je sais, tu veux garder les idées claires et on doit boucler l'affaire des Tchétchènes. Mais ma mère vient de me virer de chez elle.

– Quoi ?

– Oui, je lui ai annoncé que tu attendais mon bébé et elle a vu rouge. Elle s'est mise à vociférer dans tous les sens en espagnol. Elle parlait tellement vite que même moi je ne comprenais rien à ce qu'elle disait, et elle a fini par me hurler qu'il fallait que je m'en aille.

Les bras m'en tombent. Javier ne peut pas rester chez moi, ce n'est pas possible.

– C'est pas vrai…

– Du coup, j'ai pensé que tu pourrais me dépanner quelques jours le temps que je me retourne pour trouver un appartement.

Ce n'est pas possible, mais en même temps je ne peux pas le laisser à la rue. Je baisse les épaules, vaincue.

– Bien sûr.

– Je vais m'installer dans la chambre de Mare, dit-il en partant vers le fond de mon appartement sans perdre une seconde.

– Ah oui ?

C'est quoi cet air déçu ? Je ne suis pas bien ou quoi ? Garde les idées claires, Li !

– Je ne te dérangerai pas, je me ferai discret, promis.

– OK.

Je le laisse faire des allers-retours avec ses sacs vers la pièce du fond, un peu décontenancée, toujours enroulée dans ma serviette.

– Il faudra être discrets, Breton nous a à l'œil. Barbie aussi.

– T’inquiète. Va t’habiller, tu vas attraper froid, me lance-t-il en terminant son installation.

Quand je ressors de ma chambre en jogging et tee-shirt, je le surprends en train de brancher sa console de jeux sur ma télévision. Il m’adresse un de ses sourires heureux et mon cœur se met à tambouriner. Javier est chez moi. Je me sens apaisée.

– J’ai fait des courses avant de venir. J’ai acheté des légumes, des fruits…

– Mon frigo était plein, protesté-je.

– Oui, rempli de plats cuisinés bourrés de conservateurs et de produits toxiques. Il faut que tu manges plus sainement pour le bébé.

– Tu ne vas pas m’emmerder comme Mareva !

– Non, je vais juste profiter des quelques jours où je suis là pour m’occuper de toi.

Je me mets à rougir de plaisir. L’entendre dire qu’il veut s’occuper de moi me réchauffe le cœur, alors que j’ai passé la nuit dernière à me morfondre dans mon lit. Lorsqu’il est parti hier soir sans un mot ni un regard, j’ai cru qu’il allait me laisser complètement tomber, que j’allais devoir élever seule notre enfant. Je ne pourrais pas lui en vouloir si tel était le cas, mais quand même…

Une fois le dîner terminé, je m’apprête à regarder la télévision sur le canapé pendant que Javier finit de ranger la cuisine. Heureuse, j’attends qu’il me rejoigne pour choisir le programme. Blottie sous mon plaid, je m’imagine déjà passer la soirée à ses côtés devant un bon polar ou un film d’action, comme on le faisait souvent, avant, mais il me surprend en enfilant sa veste.

– Tu sors ?

– Oui, j'ai un truc à faire, dit-il en regardant l'écran de son téléphone.

J'encaisse la déconvenue et ne parviens pas à sourire, malgré mes efforts.

– Ça ne te dérange pas ? demande-t-il. Je te promets, je ne ferai pas de bruit en rentrant.

– Non, non, je croyais juste que tu resterais avec moi.

Il penche la tête, avant de se tourner vers la porte.

– Tu sais, Li, attendre la fin de l'opération pour voir ce qui se passera entre nous, c'est plus facile pour toi que pour moi. Alors des soirées en tête à tête, ça va être compliqué pour le moment.

Mon regard s'embue mais je reprends vite un air dégagé. Il a raison, je n'ai pas à attendre quoi que ce soit de lui. C'est moi qui l'ai repoussé.

– Je comprends.

Il hoche la tête et ferme la porte derrière lui.

Je le regarde partir, le cœur serré, le moral tout à coup dans les chaussettes. J'ai besoin de me changer les idées. Mareva répond au bout de deux sonneries :

– Franchement, tu aurais pu me trouver des flics plus sexy. Dans leur bagnole, on dirait deux vieux agents du KGB. Ils ne sont même pas discrets.

– Peut-être, mais ils sont efficaces. Et j'ai une confiance aveugle en eux.

– Ça va toi ? Tu as une petite voix. Tu veux que je vienne ?

– Non, il faut qu'on reste discrètes. Je ne veux pas que Kurbanov apprenne que tu es ma sœur, et j'ai un nouveau colocataire.

– Non ! C'est qui ?

– Javier.

– Noooon, ça y est, vous avez remis le couvert ?

Si seulement c'était aussi simple !

– Ne t'emballe pas, Alma l'a mis à la porte. Il m'a demandé l'asile pour quelques jours.

– C'est ça, on va le croire. Il est malin, le Javier, se marre-t-elle.

– Si, si. D'ailleurs, il est sorti ce soir.

– Hein ?

– Il m'a plantée là pour se barrer en soirée.

Je me retiens de pleurer. Qu'est-ce que je croyais en le voyant débarquer ce soir ? Que nous allions reformer un couple comme avant ? Que nous allions élever notre enfant comme une famille normale ?

C'est pourtant évident que non. Javier n'est là que parce qu'il est déjà un bon père et qu'il veut protéger son enfant de la piètre mère que je serai. La preuve, il m'a fait tout un tas de reproches sur mon hygiène alimentaire.

– Li, ça va ?

– Je crois que les hormones commencent sérieusement à me travailler. J'ai peur, Mare, j'ai peur de ne pas être à la hauteur.

– Mais si, tu le seras, j'en suis certaine.

Je mets du temps à trouver le sommeil, perturbée tant par ma situation personnelle que par cette enquête qui mêle travail et famille. Je tourne et tourne dans mon lit, me demandant où Javier peut bien être allé un soir en semaine. L'ai-je blessé lorsque j'ai répondu à Breton ce matin ? Je ne voulais pas qu'il ait des ennuis, mais finalement je crois que j'ai fait plus de mal que de bien. Dois-je vraiment continuer à nier l'évidence ? J'aime Javier, je voudrais construire une vie avec lui, élever notre enfant à ses côtés. Nous ne pourrons pas continuer comme ça ; un jour ou l'autre, soit nous retomberons dans les bras l'un de l'autre, soit nous nous déchirerons.

Lorsque mon corps cesse de se battre contre l'inévitable et que mes paupières se ferment enfin, j'entends un bruit de clefs dans la serrure. Une heure et demie du matin. Le moindre geste de Javier fait du bruit, compte tenu du calme qui règne dans tout l'immeuble. Je reconnais le son spécifique du holster que l'on détache et soupire, soulagée. Javier était sorti pour le boulot.

Je l'entends mettre son SIG en position de sécurité et avancer dans le couloir. Un filet de lumière parvient jusqu'à ma chambre. Il se déshabille et je me sens tout à coup plus apaisée. La porte de ma chambre s'entrouvre alors que l'obscurité envahit de nouveau l'appartement. Je perçois son parfum et sa respiration lente. Le lit ploie dans mon dos et il s'allonge à mes côtés. Intimidée, je préfère faire semblant de dormir, immobile. Une main se pose sur le haut de mon bras et je le devine plonger son nez dans mes cheveux étalés sur l'oreiller. Je plisse les yeux pour apprécier ce geste si tendre.

– Tu as raison ma Li, chuchote-t-il, rien n'a changé. Je t'aime toujours, et malgré tous tes efforts, rien ne pourra empêcher ça.

Mon cœur s'emballe et une larme dévale ma joue. Sans dire un mot, je prends sa main et j'enroule son bras autour de moi pour me blottir contre lui. Il se glisse sous les draps et dans cette nuit pourtant noire, une petite lumière brille dans mon cœur alors qu'il me serre contre lui pour me bercer tendrement, une main posée sur mon ventre.

– Je vous aime tous les deux.

CHAPITRE 70

JAVIER

Quand Li arrive à l'appartement qui nous sert de planque, ça fait déjà plus de deux heures que j'y suis. L'opération qui se prépare me rend nerveux. Les enjeux sont si grands, tant du point de vue professionnel que personnel, que j'ai du mal à rester zen et à ne pas remuer constamment mes pieds. Callixte et Mareva sont dans le viseur des Tchétchènes, Linda est aussi impliquée, et dans son état, je suis encore plus en stress qu'à l'accoutumée. Je ne veux pas qu'il leur arrive la moindre chose, à elle et au bébé. Et puis je veux boucler cette enquête et voir ce que l'avenir nous réserve, même si le happy end n'est pas pour tout de suite.

En ce qui concerne la livraison de came, tout est organisé. Le véhicule de location a été équipé pour nous permettre de suivre Call à tout instant et d'avoir des images de ce qui se passera dans la camionnette, mais aussi à l'extérieur. Pour une fois,

Breton a été généreux. Nous avons mis le paquet sur la sécurité. Les équipes se déploient tout au long de la journée, et les informations tombent sur les mouvements des Tchétchènes. La livraison est pour demain, maintenant nous en sommes sûrs.

Li m'adresse un clin d'œil complice lorsqu'elle pénètre dans le grand salon, qui a des allures de QG. Elle revient d'une ultime entrevue avec la Lame, à propos duquel elle m'a tout raconté ; notre duo d'enquêteurs s'est naturellement reformé depuis que je me suis installé chez elle. Je la contemple remettre une mèche de cheveux derrière son oreille et je repense à notre nuit, dormant l'un contre l'autre. Je sais que la route sera encore longue, que Linda devra guérir d'un certain nombre de blessures, mais j'espère vraiment qu'elle comprendra que nous ne pouvons pas vivre loin l'un de l'autre, qu'elle nous donnera une chance d'élever notre enfant ensemble.

Nous rentrons à l'appartement de Li pour quelques heures de repos, chacun de notre côté afin de ne pas éveiller les soupçons. Barbie nous épie à chaque instant, surtout depuis que Li me charge de nouveau de missions plus importantes. Il ne manquerait plus que Breton nous tombe dessus. Affalés sur le canapé, nous regardons avec peu d'entrain une série Netflix. En legging moulant et petite brassière de sport, Li s'épile les sourcils tandis que je pianote sur mon téléphone portable pour éviter de penser à son ventre dénudé et à ses jolis seins rebondis. Ma mère et mes frangines ne me lâchent pas. La nouvelle de ma future paternité les a scotchées et les paris sur le sexe du bébé vont bon train.

– Tu sais que je suis très doué pour épiler les sourcils ?

– Quoi ? Comme Chandler dans *Friends* ? se moque-t-elle.

– Non, comme le frère de sept sœurs. Il paraît que je ne fais pas mal, dis-je alors qu'elle geint en tirant sur un poil. Viens, je vais te montrer.

Elle me lance un coup d'œil amusé et lâche son miroir de poche. Elle pose sa tête sur mes genoux. La pince dans la main, je commence mon œuvre et me régale de plonger dans son beau regard noisette. *Putain, qu'est-ce qu'elle est belle !* Et dire qu'elle n'en a même pas conscience. Li reste étonnamment calme pour une fois, alors que je sais qu'au fond d'elle, elle bout de peur. Je l'ai entendue appeler sa sœur plusieurs fois pour lui demander de ne pas sortir aujourd'hui. Je suis content qu'elles aient fait la paix, Li aura besoin d'elle dans les mois qui viennent. Ma Li, maman. Je flippe autant que j'ai hâte de voir ce moment arriver.

– Tu es doué, me dit-elle alors que je fronce les sourcils pour me concentrer.

– Et tu ne le découvres que maintenant, lui reproché-je gentiment.

– Non, je sais que tu es un homme avec une multitude de qualités.

– Ah oui, comme quoi ?

Elle se fige et je la vois hésiter.

– Quoi ? C'est si compliqué d'en trouver une ? raillé-je.

– Tu embrasses comme un dieu.

J'en soulève la pince pour la regarder, étonné. Li évite toujours tout sujet qui se rapporte de près ou de loin à notre relation passée. Elle se redresse, s'installe de nouveau à mes côtés alors que j'ai toujours la pince à la main, et se penche vers moi. Surpris, j'ai un geste de recul, mais elle se rapproche un peu plus et me vole maladroitement un baiser. Ses lèvres s'écrasent sur les miennes et je perds toute lucidité. Aussitôt, je lâche tout et l'embrasse à pleine bouche, comme un diable surexcité. Elle en a autant envie que moi, puisqu'elle grimpe sur mes genoux et commence à se frotter lascivement contre mon torse. La situation m'échappe complètement.

– J'ai envie de toi, me dit-elle alors qu'elle prend mes mains pour les poser sur ses seins.

Putain, moi aussi j'ai envie d'elle, et depuis si longtemps. Sa poitrine volumineuse et ses tétons qui pointent sous sa petite brassière me font perdre la tête. Je m'imagine déjà en train de les sucer à pleine bouche. Sa langue tournoie autour de la mienne et je gémis de plaisir. Mes mains se remplissent de son joli cul rebondi. Je m'enflamme, je suis prêt à la prendre ici, sur ce canapé.

– Li, Li, susurré-je, mais elle ne m'écoute pas.

– Ce sont les hormones bébé, j'ai envie de baiser.

Le dernier mot me fait l'effet d'une douche froide. Tout mon corps se raidit. Linda et sa fâcheuse tendance à surmonter le stress en s'envoyant en l'air. J'essaie de la repousser, mais en vraie glu elle continue à m'embrasser dans le cou, tirant mes cheveux en arrière.

– Non, Li, arrête.

– Mais si, Javier, on en a envie tous les deux, dit-elle en tentant de retirer sa brassière.

Je retiens son geste – si elle met ses deux magnifiques seins sous mon nez, je vais craquer.

– Arrête ça tout de suite.

– Allez Javier, juste pour se détendre. Tu n'étais pas le dernier pour ça, avant. Personne ne le saura.

Je me crispe aussitôt. J'ai la haine. Je la repousse, presque brutalement, pour me lever du sofa. Elle me toise en ricanant.

– Arrête de jouer les jouvenceaux, reviens.

Elle se redresse sur ses genoux pour essayer de me tirer à elle mais je me détache facilement.

– Fous-moi la paix.

Son visage se ferme soudain. Des larmes envahissent son beau regard.

– Tu ne veux plus de moi ?

– Ce n'est pas la question, bordel ! Bien sûr que je veux de toi, Linda, mais pas comme ça. Il ne se passera rien entre nous tant que tu ne seras pas sûre de ce que tu veux. Ne compte pas sur moi pour te baiser.

Elle me transperce d'un regard rempli d'incompréhension.

– Je t'aime, Li. Je ne suis pas Beaulieu. Je t'aime putain. Je te l'ai déjà dit, je ne te baise pas.

Une larme coule le long de son nez et elle se rassied, comme une enfant que l'on vient de gronder. Les mains sur les genoux, elle est silencieuse. Je m'agenouille devant elle et, attrapant ses joues, je lui dis plus calmement :

– Linda, je ne te toucherai pas tant que tu ne seras pas capable d'assumer notre relation aux yeux de tous. Je n'accepterai jamais d'être celui avec qui tu baises à la va-vite. Tu as des choses à régler ma princesse, et ça, je ne peux pas le faire à ta place.

Je me relève et attrape ma veste au vol. J'enfile vite fait une paire de baskets et quitte l'appartement pour prendre l'air.

Dans ma voiture, je regarde défiler les rues plongées dans la nuit. Je ne sais pas si j'ai bien agi. Linda est comme ça, elle ne sait pas se donner autrement. Je devrais être avec elle à tenter de lui apprendre comment se laisser aimer plutôt que la faire pleurer une soirée de plus.

Mon téléphone bipe : un SMS de Linda. Je me gare sur le bas-côté et ouvre son message. Elle m'a envoyé un lien YouTube. *C'est quoi cette connerie ?* J'essaie d'être sérieux avec une femme pour une fois dans ma vie et elle m'envoie un lien vers une vidéo ? Suis-je le seul à vouloir avancer dans notre relation ? J'ai peut-être tort de m'accrocher finalement.

Je reçois un autre SMS.

Cette chanson, c'est moi, c'est nous…
Pardon d'être comme ça.
Je te promets que j'essaie d'être
une femme meilleure pour toi.

Les premières notes de piano envahissent l'habitacle de ma voiture. Une chanson de Grand Corps malade et Camille Lellouche, *Mais je t'aime*. Je ne la connais pas. Dès les premiers mots, je vacille.

Ne me raconte pas d'histoires
Tu sais bien ce qui ne tourne pas rond chez moi
Ne m'en demande pas trop
Tu sais bien que les fêlures sont profondes en moi
Ne t'accroche pas si fort si tu doutes
Ne t'accroche pas si fort si ça te coûte
Ne me laisse pas te quitter
alors que je suis sûre de moi
Je te donne tout ce que j'ai alors essaie
de voir en moi que
Je t'aime[4]...

Je pleure. Je pleure comme un gosse. Il n'y a que Linda Sorel pour me faire une déclaration d'amour aussi belle, tout en pudeur, tout en poésie.

4. *Mais je t'aime*, chanson interprétée par Camille Lellouche et Grand Corps Malade, composée par Camille Lellouche et Grand Corps Malade. Anouche Productions, Madyv Éditions, 2020.

Les paroles s'impriment dans mon cœur, elles sont exactement ce que j'attendais d'elle.

Sans comprendre comment, je me retrouve quelques instants plus tard au pied de son immeuble. Je monte les marches quatre à quatre et j'entre en trombe dans l'appartement. Debout dans le salon, elle est en pleurs, en train d'écouter cette même chanson. Li. La femme de ma vie. Je l'attrape et la soulève dans mes bras. Mes lèvres retrouvent le chemin des siennes et je l'entends psalmodier des « je t'aime » qui gonflent mon cœur d'un bonheur absolu. Nos larmes se mêlent comme nos mots d'amour.

– J'ai trouvé une solution pour le boulot, je te promets, Javier, sanglote-t-elle. J'attends juste la réponse. Après, on pourra vivre toute notre vie ensemble. Je ne veux plus vivre sans toi. Je t'aime trop.

– Moi aussi, ma princesse.

Il faudrait qu'on en discute, qu'on mette les choses à plat, qu'on imagine notre avenir ensemble, mais pas maintenant. Maintenant, j'ai besoin d'elle, autant qu'elle a besoin de moi, Je lui donnerais mon corps entier, jusqu'à l'overdose.

Je l'embarque dans sa chambre, et lorsque je la repose au sol, la faisant glisser le long de mon corps, elle me surprend à m'enlacer avec un baiser tendre presque chaste mais qui m'atteint en plein cœur. Un baiser aussi doux que son amour mais aussi puissant que le lien qui nous unit. Des lèvres délicates, mouillées de ses larmes.

– Je te demande pardon mon amour, supplié-je. Je t'aime tellement ma Li.

Mes bras s'enroulent autour de son corps traversé de sanglots. Elle murmure un nouveau « je t'aime » qui fait dérailler mon cœur. Je m'embrase dans une étreinte teintée de désespoir. Mes mains nous déshabillent doucement, tout en délicatesse, alors que je la console dans de longs baisers amoureux. Sur le lit, je parcours son corps qui se dévoile sous mes yeux émerveillés. Mes lèvres s'aventurent, mes mains explorent. Je suis au seul endroit où je veux être, avec elle. Je m'attarde sur son ventre qui bientôt s'arrondira de moi avant de me faufiler vers son sexe, et de me nourrir de ses cris de plaisir lorsque je la goûte encore et encore. Je me glisse entre ses cuisses, le palpitant désorganisé, mon âme revigorée par son regard tendre. Notre tête à tête sonne notre reddition commune : mon cœur est définitivement à elle.

Abandonnée au plaisir, ses seins lourds rebondissant à chacune de mes poussées en elle, elle est somptueuse. Je caresse ses cuisses relevées, collées à mes flancs, et la transperce d'un regard lourd de sens. Elle et moi, ce n'est pas juste une histoire de sexe. Non, c'est une alchimie qui nous dépasse. Un besoin vital d'être ensemble, comme deux pièces dessinées l'une pour l'autre. Je m'enfonce encore et encore en elle jusqu'à ce que le plaisir nous submerge dans des cris qui viennent mourir entre nous.

J'aime cette femme. Comme elle me l'a demandé à travers cette chanson, je ne la laisserai plus me quitter même si elle semble sûre d'elle parce que maintenant, je le sais. Elle m'aime.

CHAPITRE 71

CALL

C'est cette nuit. J'ai reçu les instructions il y a deux jours et j'ai dû aller récupérer le véhicule équipé par la police. Heureusement, ils m'ont filé un fourgon suffisamment grand pour pouvoir y stocker la came de Kurbanov. Je vérifie une dernière fois que j'ai bien fermé le shop, jette un coup d'œil au magasin de la Miss et prends le large. Je ne lui ai pas dit que tout serait bientôt terminé, je compte bien lui faire la surprise. Dès que Li les aura tous coffrés, je la retrouve chez sa mère et la ramène chez moi, là où est sa place ! Je guette mon portable, attendant l'adresse où se fera la livraison. Dans leurs voitures banalisées, les flics patientent, le temps que je leur transfère l'adresse.

J'appuie sur la fermeture centralisée de la voiture et fume une cigarette, appuyé contre le mur. Un bip retentit dans ma poche. L'adresse est tombée : c'est sur les quais, et Deni me servira d'escorte. Ils ont prévu de récupérer la marchandise qui arrivera par bateaux. J'envoie l'info à Linda depuis le portable sécurisé que m'a filé Javier, en espérant qu'ils aient le temps de s'organiser.

Derrière le volant, je stresse. J'attends que Deni arrive, anxieux, mes doigts ne cessant de pianoter. Il faut que je me fasse violence pour ne pas montrer le moindre signe d'anxiété qui pourrait les faire douter de ma loyauté. Au bout de longues minutes, Deni arrive devant le shop et pénètre dans l'habitacle alors que je lance le GPS. Je jette un coup d'œil à mon passager : il a l'air tendu, et scrute le plan avec attention.

– Nerveux ? tenté-je.

– Qu'est-ce que ça peut te foutre ?

Je suis les indications du navigateur. À chaque feu rouge qui nous ralentit, j'entends des soupirs d'exaspération de la part de mon passager. Il consulte son portable nerveusement et sa jambe tressaute. Je ne sais pas ce qui nous attend mais la tension commence à monter. À moins de cinq minutes du lieu de rendez-vous, des travaux nous obligent à faire un large détour. Je souris intérieurement ; bien joué, Li. Ce gain de temps lui permettra sans doute d'arriver sur les lieux avant nous et de pouvoir installer son matos. Deni grogne et passe un appel. Je reconnais la voix du Brat.

– On sera bientôt sur place, vous êtes où ?

– On a dû changer l'itinéraire à cause des travaux.

– Magnez-vous le cul ! ordonne le mafieux avant de raccrocher.

– Accélère, grogne Deni.

– Tu veux vraiment risquer qu'on se fasse choper pour excès de vitesse ?

Il ne répond rien et s'enfonce dans le fauteuil. Je montre néanmoins ma bonne volonté en appuyant un peu sur la pédale.

Nous arrivons sur les quais avec dix minutes de retard. Je ne coupe pas le moteur, je veux être prêt à me barrer au cas où ça tournerait mal. Je dois prendre sur moi pour ne pas fouiller du regard les environs à la recherche des collègues de Li.

La portion choisie par le Brat pour son opération est suffisamment éloignée des infrastructures à destination des touristes et, comme un fait exprès, les ampoules des trois lampadaires sont hors service. L'arrivée du gang a dû faire fuir les SDF habitués à squatter dans le coin, car l'endroit est désert. J'ai beau réfléchir, je ne vois pas où les hommes de Li ont pu se planquer. Le stress commence à m'envahir peu à peu.

– Le Brat est là, lance Deni en s'extirpant de la camionnette.

Je hoche la tête et sors à mon tour.

– Ouvre le coffre, m'ordonne Vitali.

J'obtempère tandis qu'il envoie un message. Quelques minutes plus tard, deux bateaux-mouches estampillés « We Love Paris Tour » avancent sur la Seine. À peine éclairé par les lumières de la ville, le fleuve ressemble à une nappe de pétrole. Les hommes de Vitali prennent place, arme au poing, surveillant l'arrimage des bateaux. Deux d'entre eux se saisissent de cordages et tirent pour rapprocher l'embarcation du quai. Nous restons immobiles tandis que des planches en bois servent de ponton.

Mais qu'est-ce qu'ils foutent ?

Pourquoi l'assaut n'est-il pas donné ? Il y a pourtant la drogue et les passeurs, qu'est-ce qu'il leur faut de plus ? Et là, je comprends : des gars sont encore sur les bateaux, ils doivent sans doute attendre qu'ils soient tous rassemblés au même endroit. Ou alors c'est parce que la came ne se voit pas. S'il se fait choper, le Brat pourra dire qu'il ignorait ce qui se trouvait dans les cartons. *Merde*. Je repense aux micros planqués dans la camionnette : je dois le faire parler, sans ça, pas d'arrestation. Je risque de me prendre une balle pour l'avoir ouvert, mais je tente le coup. Je me racle la gorge et lance enfin, après avoir expiré tout l'air de mes poumons :

– La drogue, tu l'envoies où après ?

Le Brat me fusille du regard.

– Ça ne te regarde pas. Ta mission est d'assurer le transport, pas de me faire la conversation. D'ailleurs, rentre dans la camionnette.

Remerde, raté. Calmement, je retourne m'installer au chaud, même si avec l'adrénaline qui coule dans mes veines, je n'ai pas besoin de ça. Dans le rétroviseur, j'observe le déchargement. J'ai un mauvais pressentiment ; les hommes de Vitali ne sont pas tranquilles. Tout le monde a l'air sur les dents, jetant des coups d'œil dans tous les sens, nerveusement. Par le coffre ouvert, j'entends Vitali invectiver son équipe en leur ordonnant d'aller plus vite. Ils terminent de charger mon coffre mais toujours aucune trace des flics. Bordel, mais qu'est-ce qu'ils foutent ?

Soudain, des bruits de moteur se font entendre. Deux 4 × 4 noirs déboulent dans un crissement de pneus et ça se met à tirer de tous les côtés.

– Putain, les Ivoiriens ! gueule une voix.

Les Tchétchènes se carapatent à toute vitesse et une balle traverse le coffre. Dans un réflexe de survie, j'appuie sur l'accélérateur et me fraie un chemin à travers les gangsters et les containers, alors que les projectiles ricochent sur la carrosserie. Je remercie intérieurement Li pour la résistance de la camionnette qu'elle m'a choisie lorsqu'une balle transperce le pare-brise et qu'une douleur fulgurante me déchire le bras. Je baisse la tête et fonce dans le tas. Derrière moi, les sirènes de police résonnent et les coups de feu redoublent. On dirait que les Stups se sont enfin montrés. Qu'importe. Une balle, qu'elle vienne des flics, des Tchétchènes ou des Ivoiriens, ça reste une balle. Je ne pense qu'à sauver ma peau. Avec toute la drogue que je trimballe, c'est moi qui vais être pris en chasse.

Je file dans les rues de Paris, vérifiant à plusieurs reprises dans le rétroviseur que je ne suis pas poursuivi. Avec la vitesse et les chocs, le coffre s'est refermé tout seul, et ça m'arrange parce que je n'aurais ralenti pour rien au monde. Je ne sais pas où aller mais je dois planquer la camionnette et me mettre à l'abri. Je finis par me garer dans un parking souterrain, coupe le contact et disparais. Je veux mette le plus de distance possible entre la drogue et moi. J'attendrai d'être à l'appartement pour envoyer un message à Li avec l'adresse pour récupérer le véhicule. Nul doute qu'en ce moment, elle doit avoir d'autres chats à fouetter.

L'adrénaline retombée, la douleur dans mon bras se réveille. Je ne peux pas rester comme ça, je pisse le sang.

Alors que je marche dans la rue en maintenant mon bras contre moi, j'avise une pharmacie. Je me faufile sous le rideau métallique que l'employée est en train de lever. Je fonce à l'intérieur pour chercher un kit de soin, indifférent à ses récriminations.

– Vous auriez au moins pu attendre que je finisse d'ouvrir, mal élevé ! Pour qui vous prenez-vous ? Je n'en reviens pas que…

Elle s'arrête soudain, et son silence m'interpelle. Je me retourne vers elle, inquiet qu'elle se soit tue pour aller appeler la police, quand je comprends.

– Vous ?

Oh non ! Devant moi, la mère des sœurs Sorel me détaille de haut en bas. Je suis en train de mettre du sang partout sur son carrelage blanc, et clairement, ça ne lui plaît pas.

Un échange de regards et elle se précipite sur le téléphone. Je n'aurai pas le temps de la rattraper, alors je tente le tout pour le tout : l'honnêteté.

– Madame Sorel, je suis en mission pour Li, tout va bien, j'ai juste besoin d'un kit pour faire des sutures.

Le combiné toujours dans une main, elle me regarde fixement, se demandant sûrement si elle doit me faire confiance. Épuisé et probablement secoué par tout ce qui vient de se passer, je tangue un peu. Mon teint pâle doit finir par la convaincre, parce qu'elle met quelques secondes à reprendre ses esprits, puis hoche finalement la tête. Elle me fait signe de la suivre et m'entraîne dans l'arrière-boutique. J'ôte mon tee-shirt – difficilement – pour lui permettre de nettoyer la plaie avec précaution.

– Il vous faudra aller à l'hôpital pour retirer la balle.

– Oui, je sais, grimacé-je alors qu'elle applique un coton alcoolisé sur ma plaie.

Un long silence s'installe.

– Alors comme ça, vous allez épouser ma fille ? demande-t-elle au bout d'un moment.

Formidable. On n'aurait pas pu trouver un meilleur moment pour parler du mariage de sa fille. Déjà qu'elle ne m'aime pas, je ne pense pas que recoudre son gendre après une blessure par balle aide à la réconciliation.

– Elle a été assez folle pour dire oui.

Elle me tend mon tee-shirt et plonge son regard dans le mien.

– Soyez prudent. Mare ne s'en remettra pas s'il vous arrivait quelque chose.

J'écarquille les yeux. Est-ce que j'ai bien entendu ? Même s'il est clair que je ne suis pas l'homme dont elle rêvait pour sa fille, elle a décidé de m'accepter et de m'aider, à sa manière, et ça, ça me touche en plein cœur.

Une demi-heure plus tard, je quitte la pharmacie. Il fait froid, il fait gris, et j'ai tellement marché que je ne sais même pas où j'ai atterri. Je suis vanné, mais il faut que je regagne au plus vite mon appartement et que je sache ce qui s'est passé après que je suis parti.

J'ai cependant à peine le temps de faire trois pas que mon portable se met à sonner. Je reconnais le numéro de Mareva et décroche aussitôt. L'entendre me fera du bien.

– Salut Call, me lance une voix de glace.

Mon sang se fige et ma main se crispe sur mon téléphone.

– Je crois que tu as quelque chose qui m'appartient. Ça tombe bien, moi aussi.

CHAPITRE 72

MARE

Je hurle alors que le Brat approche de mon visage la lame d'un couteau cranté.

– S'il vous plaît, non ! S'il vous plaît, s'il vous plaît…

Ça y est je vais mourir, c'est pour aujourd'hui. Je ne verrai jamais mon petit neveu, je ne me marierai jamais à Call, et je ne connaîtrai jamais la fin de ma série préférée, alors que j'avais lancé les paris et que j'étais sûre de gagner. Le Brat finit par me remettre mon bâillon et me repousse de l'autre côté de la banquette de la voiture.

– Je ne vais pas t'abîmer. Pas encore.

Je frémis en comprenant que tout ce qu'il vient de dire à Call au sujet de ma libération, ce ne sont que des conneries. Je vais servir d'appât, avant d'être découpée en petits morceaux devant Call. Une larme roule sur ma joue.

Vitali, indifférent à la terreur qu'il vient de déclencher, enchaîne les coups de téléphone. Tantôt furieux, tantôt inquiet, il menace de mort à peu près tous ceux qu'il appelle. Dire que je sortais de bonne heure pour faire un jogging histoire de rentrer dans ma future robe de mariée, quand deux types me sont tombés dessus. Moralité : faire du sport est dangereux pour la santé.

La voiture s'arrête un instant avant de redémarrer, puis de cesser définitivement de bouger. Vitali sort du véhicule et, l'espace d'un instant, je prie pour qu'il ait oublié ma présence. Malheureusement, il lance un mot en russe et deux bras me saisissent sans douceur pour me tirer hors de la voiture. Je trébuche sur un sol poussiéreux, crachant mes poumons. Lorsque je me relève, je constate que je suis dans une casse auto. Des cadavres de voitures empilées forment des allées plutôt larges et toutes convergent vers un espace dégagé où trône une drôle de machine. À côté d'elle, les hommes de Vitali sont réunis et armés. À mesure que j'avance, je comprends qu'il s'agit d'un compresseur. Je perds le peu de couleur qu'il me reste en imaginant qu'ils vont me jeter dedans.

– Amenez-la-moi, il ne devrait plus tarder, dit le Brat en sortant un flingue de sa poche.

Je n'ai pas le temps de réfléchir que je suis poussée vers lui. Je tente de garder la tête haute, mais Vitali ôte mon bâillon avant de saisir mon menton entre son pouce et son index.

– Je te promets de prendre tout mon temps.

Je frémis alors qu'un talkie-walkie se met à grésiller et que l'un des hommes de main annonce :

– Il est là.

Je sens Vitali se détendre ; il a dû avoir peur que Call ne le double et ne se tire avec la drogue qu'il lui avait piquée. Une camionnette blanche avance vers nous avant de s'arrêter à quelques mètres, dans un crissement de pneus. De la fumée vole, les hommes de main du Russe relèvent leurs armes. La portière s'ouvre et Call descend de la voiture. Vitali me retourne violemment et plaque son flingue contre ma tempe.

La première chose que je remarque, c'est son bras. Il est blessé. Aussitôt, il est mis en joue par les hommes de Vitali, mais son regard ne quitte pas le mien.

– Tiens, mais quelle agréable surprise, lance Vitali en avançant les bras ouverts. Tu vois, je n'étais pas sûr que tu serais assez stupide pour venir.

La mâchoire de Call se contracte.

– Vitali. Tout ceci n'est qu'un malentendu. Ça canardait partout sur les quais, je me suis barré pour mettre ta came en sûreté.

Un des sous-fifres s'avance et Call lève les bras, le temps de se faire fouiller.

– Tu as la drogue, maintenant relâche-la.

Vitali secoue la tête et m'attrape sans douceur par la taille pour me rapprocher de lui. Je n'essaie pas de résister, terrorisée par l'arme qu'il tient toujours en main. Je suis de toute façon incapable de faire quoi que ce soit : mes poignets me font mal, mes épaules aussi. Face à Call, il prend mon visage dans sa main, serre, et fait courir le bout de son flingue sur ma joue, dessinant le contour de mes lèvres.

– Lèche, m'ordonne-t-il en jetant un regard de pervers à Call.

Je ferme les yeux, n'osant regarder mon beau tatoueur. Pourvu qu'il se tienne tranquille. Carrant les épaules, je sors une langue timide et obéis.

– Avale, grogne-t-il en enfonçant le canon dans ma bouche.

Je prie pour qu'un miracle ait lieu. Li le retrouvera, et ce taré finira au mieux entre quatre planches, au pire entre quatre murs.

Le Tchétchène avance et recule le canon dans ma bouche, effleurant du bout du doigt la gâchette. Au moindre mouvement de ma part, je peux me prendre une balle en pleine tête. Après plusieurs va-et-vient aussi inconfortables que dégradants, il cesse et retire l'arme. Il la fait lentement glisser le long de mon cou puis de mes côtes, avant d'arracher mon débardeur, dévoilant mon soutien-gorge. Sans douceur, il empoigne l'un de mes seins. Plus loin, je vois Call essayer de se dégager, les yeux exorbités, récoltant un coup de poing dans les côtes sous les rires gras des gangsters.

– Ne l'abîmez pas trop, je veux qu'il puisse voir et entendre ce que je vais faire subir à cette petite salope. Mais d'abord, allez vérifier le chargement.

Deux hommes armés se dirigent vers le fourgon alors que Vitali continue de jouer avec mes seins. Au bout de quelques minutes, on entend :

– Tout est là, Brat.

Vitali exulte.

– Parfait ! Amenez-moi la fille !

Je fronce les sourcils et manque de m'étrangler en voyant Darla traînée sur le sol et jetée aux pieds de Vitali. Ses yeux bouffis, son visage tuméfié et la terreur imprimée sur son visage témoignent des épreuves qu'elle a dû subir.

– Je suis désolée, Brat, j'ai commis une erreur ! Pardonne-moi !

– Baiser avec ce connard, c'était une erreur. Essayer de me doubler en rencardant les Ivoiriens, c'était du suicide.

– Non ! Non ! Je ferai ce que tu veux ! s'égosille Darla.

Les mains jointes en prière, elle rampe à ses pieds, terrorisée. Elle se tourne ensuite vers un autre homme, le suppliant :

– Je t'aime, tu peux pas le laisser me tuer !

Le type crache par terre, le regard dédaigneux, et elle éclate en sanglots.

– Rassure-toi, ce n'est pas moi qui vais décider de ton sort, lâche Vitali.

Darla relève la tête et le Brat se tourne vers Call.

– Après tout, c'est toi qui baises les deux, je te laisse le choix.

Il émet un sifflement et immédiatement, l'un de ses hommes lui tend une autre arme. Sereinement, Vitali pointe désormais le canon d'un flingue sur Darla, et l'autre sur moi.

– Choisis, ordonne-t-il à Call.

Son regard passe d'elle à moi et le Brat s'impatiente. Je me mords la lèvre. Comment peut-il l'obliger à faire un tel choix ?

– Pitié Call, implore Darla.

Call est silencieux. Les yeux grands ouverts, il nous observe tour à tour, incapable d'ouvrir la bouche, les poings crispés. Je ne dis rien mais je sens une larme rouler sur ma joue.

– Bon allez, on ne va pas y passer la journée, je vais te faciliter la tâche.

Une déflagration retentit, je me crispe malgré moi avant de constater que je n'ai rien, contrairement à Darla qui gît sur le sol.

Je hurle de terreur.

– Oh mon Dieu ! Mon Dieu mon Dieu mon Dieu…

Je parviens à me dégager et fonce me réfugier dans les bras de Call, qui m'attrape et me serre comme s'il voulait faire rempart de son corps. J'éclate en sanglots tandis que le rire sadique du Brat résonne dans la casse.

– Qu'est-ce que tu fais là ? murmuré-je à mon homme alors qu'il caresse ma joue.

– Je ne pouvais pas te laisser. Toi et moi, c'est pour la vie, Miss.

Il me semble entendre un bruit de ferraille derrière nous.

– Oh que vous êtes mignons, ricane le Tchétchène. Ça me donnerait presque envie de vous laisser repartir. Après tout, j'ai la came et je compte bien me tirer vite fait de votre pays de merde. La France, c'est très surfait, finalement.

Une lueur d'espoir s'allume en moi alors que Call passe un bras devant moi pour faire barrage de son corps. Vitali esquisse un sourire mauvais et pointe son arme sur lui.

– J'ai bien dit « presque ».

– Tue-moi, mais laisse-la, supplie Call.

– J'aimerais bien. Vraiment. Mais je risque d'avoir besoin de distraction dans l'avion. Grozny, c'est pas la porte à côté et il y fait froid. Et puis je lui ai fait une promesse au casino, et je suis un homme de parole. D'ailleurs, il va être l'heure d'y aller, on a perdu trop de temps en parlotte. Bye bye, Call.

– Call ! Pousse-toi !

J'essaie de me dégager, mais je ne fais pas le poids face à lui. Inébranlable, il serre mon bras, me bloquant dans son dos.

– Call, non ! Non !

Le coup de feu retentit.

CHAPITRE 73

LI

J'inspire, les mains tremblantes. Je dois garder mon calme. Demeurer professionnelle malgré la présence de Mare près de ce tueur. Je suis la mieux placée pour agir. En jeu entre mes mains, la survie de ma sœur. L'objectif verrouillé dans ma ligne de mire, j'appuie sur la détente. Le coup claque, les têtes se baissent et j'atteins ma cible. Vitali Kurbanov s'effondre au sol. Les Tchétchènes se dispersent en gueulant, certains se réfugient dans le bâtiment, d'autres entre les épaves. Piotr Korgay essaie quant à lui de s'enfuir en grimpant dans sa voiture, mais les fourgons du Raid bloquent la sortie et il se rabat sur la fuite à pied. La brigade antigang se déploie, mon équipe aussi, et des tireurs d'élite se positionnent tout autour de nous. C'est incroyable, tout l'effectif qui a été mobilisé sur cette opération. Après le fiasco du transfert de marchandises d'hier,

Breton a débloqué tous les fonds nécessaires pour boucler cette affaire une fois pour toutes.

La casse devient tout à coup incroyablement silencieuse, comme si chacun attendait dans son trou le moment où il faudra se livrer bataille.

Je glisse le long d'une épave pour m'approcher du corps de Kurbanov, et surtout de ma sœur. Je hâte le pas, au bord de la crise de nerfs. Pourvu qu'elle n'ait rien, sinon je vais massacrer jusqu'au dernier Tchétchène de cette casse, comme un Jedi qui aurait basculé du côté obscur. Je grimpe sur un vieux break et sursaute quand une main agrippe mon bras. Javier me rattrape juste avant que je me retrouve nez à nez avec une grosse baraque qui tourne au milieu des épaves, armée jusqu'aux dents.

– Putain, heureusement que j'étais là, me reproche-t-il tout bas.

– Tu couvres la droite et moi la gauche. À trois, on canarde pour faire baisser les têtes.

– OK Captain.

Derrière nous, l'équipe se met en place. En quelques gestes, je donne les consignes. Le chef du Raid chuchote dans son oreillette. Il n'y a pas à dire, ils ont plus de gueule que nous. Je donne le signal et crie :

– Police, rendez-vous !

Les tirs éclatent tout autour de nous. Les Tchétchènes ripostent avec des armes lourdes. J'essaie de repérer ma sœur au milieu de la fumée, mais c'est quasiment impossible. Je crie son prénom. Par chance, je l'entends entre deux tirs :

– Je suis là ! Avec Call !

Je me faufile en quelques enjambées et les découvre prostrés l'un contre l'autre, derrière un vieux Scenic. Javier continue à tirer pour couvrir mes arrières.

– Ça va ? demandé-je en posant une main sur l'épaule de Mare.

– Oui, sanglote-t-elle.

– Et toi, Call ?

– Il est blessé, répond ma sœur.

Je fais signe à deux hommes du Raid et ils nous rejoignent aussitôt.

– Il faut les extraire de là.

– Reçu, Capitaine.

Je tourne la tête vers le préfabriqué et découvre avec consternation que Vitali Kurbanov n'est plus là.

– Où est le Brat ?

– Il s'est relevé et il est parti par là, me répond Call.

Je fulmine. Ma satanée conscience professionnelle m'a empêché de lui coller une balle dans la tête. Au lieu de ça, j'ai visé l'épaule. Et comme d'habitude, mon tir était d'une précision chirurgicale.

– Allez vous mettre à l'abri, je m'en charge, dis-je en regardant avec attention tout autour de moi.

Javier me fait signe qu'il protégera mon avancée.

– Non, Li, reviens ! crie ma sœur alors que je m'éloigne. Pense à ton bébé !

J'aperçois une traînée de sang sur le sol et décide de m'enfoncer dans la casse à sa suite. Il n'est pas question que ce connard m'échappe. Les balles sifflent au-dessus de ma tête, et je me mets vite à couvert. L'enlèvement de Mareva s'est fait tellement vite que je n'ai même pas eu le temps d'organiser l'intervention. Ça tire dans tous les sens, comme au Far West. Je vois quelques hommes de Kurbanov tomber sous les tirs des commandos. Une ombre se déplace et j'accélère le pas : Vitali. Il court plutôt vite pour un blessé, mais je ne le laisse pas me distancer. Je baisse la tête pour éviter une rafale de kalachnikov et j'entends Javier, beaucoup plus près de moi que je ne le pensais, me crier de me planquer.

Tout à coup, un bruit me fait lever la tête : le grappin qui sert à déplacer les véhicules hors d'usage tient une épave en équilibre précaire au-dessus de moi. Et clairement, je ne fais pas le poids face à elle. Dans un craquement sinistre de tôle froissée, les serres s'ouvrent et la voiture se décroche. J'entends à peine ma sœur crier, et je regarde au ralenti Javier se mettre à courir vers moi, pendant que je reste là, sans réaction. Un millième de seconde avant l'impact, il me percute et m'embarque dans la poussière, quelques mètres plus loin. La vieille Renault s'écrase sur le sol, dans un fracas tonitruant.

– Putain…

Javier m'attrape le cou et me serre contre lui à m'en péter les côtes, puis m'embrasse comme s'il voulait vérifier que je suis bien vivante.

– Javier…

Je me laisse aller à son impatience, heureuse que nous soyons toujours vivants. Ma joie est de courte durée. Lorsque j'ouvre de nouveau les yeux, je découvre derrière lui le Brat, un grand sourire aux lèvres, le flingue pointé vers nous.

– Javier !

Je nous fais rouler jusqu'au vieux Trafic qui nous servait de planque pendant que les tirs résonnent à quelques centimètres de nous.

– Alors *сука*, dit Vitali en avançant lentement le long du Trafic pendant que nous rampons en dessous. Tu crois vraiment que je vais te laisser mettre au monde ton petit bébé ! Ne rêve pas ! Je t'aurai butée bien avant !

Mon ventre se tord. Javier m'attrape par le bras et me soulève brusquement pour nous cacher derrière un des pneus. Vitali balance une rafale sous le camion, et la main de mon binôme se plaque sur ma bouche pour m'empêcher de crier de surprise. Il dépose un baiser furtif sur mes lèvres et se hisse au-dessus du camion sous mes yeux horrifiés. Je ne l'entends même pas marcher. Mon pistolet relevé au niveau de ma poitrine, j'attends avec effroi.

Vitali est là, tout près. Si près que je l'entends respirer. Il est mieux armé. Pour la première fois de ma vie, je mesure la dangerosité de mon métier, peut-être parce que je ne suis plus seule, que je suis désormais responsable d'une autre vie que la mienne.

Le Brat surgit brusquement devant moi. Je crie en braquant mon arme sur lui, puis écarquille les yeux en voyant son fusil de guerre, canon dirigé vers moi. Javier bondit alors, déviant la rafale de sa cible. Les deux hommes, à genoux par terre se battent, s'arrachant des cris de douleur. Dans un dernier réflexe, je vise Vitali qui tente de se relever, et tire. Une, deux, trois fois. Les trois dans le thorax. Il s'effondre aussitôt. Javier se redresse pour le désarmer, mais Vitali Kurbanov n'est déjà plus un danger. Il gît dans une mare de sang qui s'étale sur le sol tout autour de lui.

Les tirs continuent quelques instants, mais très vite tout s'arrête. J'entends quelques cris de collègues qui ordonnent aux derniers voyous de se rendre. Mareva me cherche, elle hurle mon prénom. Javier répond à ma place :

– Li est indemne. Reste à couvert !

Il avance vers moi pendant que j'observe le type se vider de son sang, le regard figé. C'est comme s'il me regardait.

– Tu vas bien ? me demande-t-il alors que je ne relève pas les yeux vers lui. Li, ça va ? Le bébé ?

– Je pense que oui, ne t'inquiète pas.

Il m'attrape par le cou et me prend dans ses bras.

– On a réussi, dis-je, atone.

– Ouais, on est les meilleurs, s'enorgueillit-il avant de faire claquer un baiser heureux sur mes lèvres.

Je ferme les yeux pour échapper au regard vitreux.

La Scientifique est là en moins d'une demi-heure. Mareva et Call ont été évacués vers l'hôpital et Javier et moi restons sur place pour les relevés balistiques avec l'équipe. Les cadavres de Darla et celui de Vitali Kurbanov sont photographiés avant d'être glissés dans des housses mortuaires et envoyés à l'institut médico-légal. Un laborantin est en train de faire des prélèvements sur mes mains et sur mon arme lorsque le commissaire Breton, suivi de près par le procureur de la République et le préfet, débarque sur place.

Je souris à l'idée de décrocher enfin les lauriers mais je n'ai même pas le temps d'ouvrir la bouche pour les saluer que mon chef commence à m'invectiver :

– Sorel, je suis stupéfait. Comment avez-vous pu me faire ça dans le dos ?

– Qu'est-ce que j'ai fait ? m'étonné-je en me mettant quasiment au garde-à-vous. On a démantelé le réseau, chef. L'enquête est bouclée…

– Le procureur vient de m'annoncer…

Javier vient se poster à mes côtés, comme si je courais le moindre danger. Qu'est-ce qu'il est chou quand il se prend pour un patou au milieu de son troupeau !

– … qu'il allait probablement vous récupérer.

– C'est quoi ces conneries ? se marre Javier.

Je baisse les yeux, mal à l'aise. Je ne pensais pas que la nouvelle allait si vite fuiter, je voulais prendre le temps d'en parler à Javier avant.

– Le capitaine Sorel a l'intention de présenter sa candidature pour intégrer la magistrature et le procureur soutient sa demande, trop content de me chiper une si bonne recrue.

– C'est clair, je ne laisserai pas passer une si bonne occasion, s'amuse le procureur dans son dos.

– C'est vrai ? s'inquiète aussitôt Javier.

– Félicitations, Capitaine, se réjouit Bernard qui passe à côté de moi.

– Merci, mais rien n'est fait. J'ai un oral à passer pour soutenir mon dossier, réponds-je sous les yeux éberlués de Javier.

– Si vous avez besoin d'aide pour le préparer, venez toquer à ma porte, propose gentiment le procureur en me tapotant l'épaule. En tout cas, aujourd'hui, vous avez fait un sacré boulot. Félicitations.

– Merci, monsieur le Procureur.

Le préfet lui emboîte le pas et vient me serrer la main à son tour.

– Qui aurait pensé que les Ivoiriens étaient en embuscade pour leur piquer la drogue ? Il était moins une avant que ça se termine en carnage mais vous avez assuré malgré une situation inattendue. Démanteler deux trafics de stupéfiants en même temps, c'est du jamais-vu. Les Ivoiriens hier et les Tchétchènes aujourd'hui ! Alors que dire, à part félicitations ?

– Merci, monsieur le Préfet.

– Et vous, Esposito, vous êtes un sacré cachottier aussi, grommelle Breton.

Je tourne la tête vers Javier, qui vient de se tasser sur place.

– Le 36 ? Sans blague ?

– Tu pars au 36 ? demandé-je, sous le choc.

Javier me jette un coup d'œil en biais.

– Il fallait que je trouve une solution… pour nous.

– Mais moi aussi, dis-je en éclatant de rire.

Il se tourne vers moi et malgré les huiles qui nous entourent, il se jette sur mes lèvres et m'embrasse à pleine bouche.

– Je t'aime, lui dis-je, hilare.

– Moi aussi je t'aime, madame le Juge.

Il caresse ma joue, attendri, avant de poursuivre :

– Je suis content que tu réalises enfin tes rêves.

Je souris.

– Surtout quand, en plus, ça arrange mes affaires, ricane-t-il de bon cœur.

CHAPITRE 74

LI

Six mois plus tard

Le grappin se déplace au-dessus de ma tête et j'entends Javier m'engueuler de la cabine.

– Tu veux te prendre une bagnole sur le nez ?

Les images de la chute des Tchétchènes tournent dans ma tête, parfois même jusqu'à me réveiller en sueur au beau milieu de la nuit. Ce grappin a bien failli nous coûter la vie, à Javier et à moi. La vieille Peugeot 305 décolle du break Citroën et vole dans les airs, dans un bruit lugubre de tôle qui se tord. Aux manettes de l'engin, Javier est comme un gosse, le sourire aux lèvres.

Javier. Mon amour. Le père de mon enfant, qui grandit dans mon ventre. Aujourd'hui, je ressemble à une grosse baleine. Dans ma salopette rose retroussée au-dessus de mes chevilles gonflées, je suis heureuse et sereine pour l'avenir. Oui, je sais ce que j'avais dit. « Plutôt mourir. » Mais c'était avant de découvrir les avantages d'avoir le ventre totalement libre. Seule une femme dans mon état peut le comprendre.

Je fixe le sol dépouillé des deux épaves et repense à l'accord que j'ai passé avec Roman Lefroid : un bon vieux deal entre le flic et le voyou, comme au temps des gros braqueurs, ceux qui avaient un code d'honneur. La Lame est de cette trempe, comme son grand-père jadis, membre influent de la pègre niçoise.

Hier, Anton Kurbanov est mort, égorgé dans une coursive de l'établissement pénitentiaire dans lequel il attendait d'être jugé. L'assassin ? Un amant malheureux qui a vengé le meurtre de sa belle. Roman Lefroid en transit pour une journée dans la même prison, que je devais entendre le lendemain et qui a bénéficié de l'inattention monnayée d'un gardien.

– J'avais toujours rêvé de conduire un de ces engins, s'exclame Javier derrière moi, après être descendu de la nacelle.

– Et je suis sûre que tu jouais à l'île au Trésor quand tu étais petit.

Il lève un sourcil et se saisit de la pelle que je lui tends.

– Creuse, mon amour !

De bon cœur, il donne un premier coup avant de me regarder avec curiosité.

– Qu'est-ce qu'on va trouver là-dessous ? Tu pourrais me le dire, maintenant. L'accord que tu as conclu avec Lefroid a atteint son terme, non ?

– Encore un peu de patience mon amour.

Frustré, il reprend sa tâche, mais le sol est bien tassé et l'excavation s'annonce ardue. En sueur et recouvert de poussière, il se donne du mal pour dégager la terre.

– Jusqu'où il faut aller ?

– Arrête avec tes questions et creuse, me moqué-je alors qu'il me jette un coup d'œil agacé.

– J'ai l'impression que tu as trop fantasmé sur Johnny Depp dans *Pirates des Caraïbes*. Il n'y a rien là-dessous, s'énerve-t-il alors qu'il a déjà progressé de presque cinquante centimètres.

Relevant les yeux vers moi, il fait une pause en se tenant les reins.

– C'est certain, c'est là, réponds-je, catégorique.

– Quelqu'un est peut-être déjà passé avant nous.

– Impossible. Seul Roman Lefroid est au courant.

Javier plante sa pelle dans le sol pour attraper la bouteille d'eau que je lui tends. Un son métallique résonne et nous tournons soudain la tête l'un vers l'autre, un sourire aux lèvres.

Après encore une bonne dizaine de minutes de labeur, Javier extirpe une vieille caisse militaire semblable à une boîte de munitions et la jette à mes pieds.

– Alors ? Que va-t-on trouver là-dedans ?

– La raison pour laquelle Lana est morte.

Longtemps je me suis reproché de ne pas lui avoir fait apprendre mon numéro de téléphone par cœur. Je lui avais interdit de l'inscrire dans ses contacts, c'est pour ça qu'elle gardait ce vieux papier de chewing-gum dans son portefeuille. Je croyais que Kurbanov l'avait tuée pour cela, mais elle n'est pas morte pour cette raison. Roman Lefroid me l'a certifié. Je serre les dents, puis souffle sur la petite malle, accroupie à côté de Javier. Cette pauvre fille n'a connu que malheur et torture dans sa vie. Venue en France pour y trouver l'Eldorado, elle s'est retrouvée embarquée dans un réseau de prostitution dirigé par les Tchétchènes.

Javier fait sauter le cadenas à l'aide d'une grosse pince que je lui ai demandé d'apporter. La boîte s'ouvre, et sous nos yeux, des dizaines de liasses de billets de banque.

– Lana a surpris Anton Kurbanov en train de composer le code de son coffre. Elle a tout répété à son amant qui est venu dévaliser son patron juste quelques heures avant que ce dernier ne soit interpellé. Elle a essayé de s'enfuir mais le Caïd a mis la main sur elle, et tu connais la suite. Le lendemain, on l'arrêtait. Avant de quitter la France et alors qu'il avait son gang à ses trousses, Lefroid est venu planquer son butin ici, pensant que Lana s'était cachée quelque part en attendant. Il imaginait démarrer une nouvelle vie avec elle, mais elle reposait déjà dans la Seine.

– Pourquoi nous dire où l'argent était enterré ? Il aurait pu donner l'info à des complices. C'est malin, tout cet argent va tomber dans les caisses de l'État.

– Non.

– Comment ça, non ? Je t'arrête tout de suite. Il n'est pas question que tu fasses de nous des ripoux. On se fera prendre très vite si on devient riches du jour au lendemain.

– Cet argent n'est pas pour nous.

Javier lève les sourcils, étonné.

– Pour qui alors ?

– Pour le père et le fils de Lana. C'était le deal entre lui et moi : il nous débarrassait de ce gang et moi, j'assurais la sécurité financière du petit de Lana. Je m'étais engagée vis-à-vis d'elle aussi, tu sais.

Il grimace en refermant la boîte, contrarié, et me tacle en la portant :

– Et après ça, tu veux être procureur de la République…

– J'ai pris un engagement, je ne peux pas m'en délier comme ça. Je n'ai qu'une parole.

Il avance en ricanant par-dessus son épaule :

– Parole de flic.

– Oui.

– Pour un juge, tu respectes le code d'honneur des voyous…

Il se marre avant d'ajouter :

– J'ai peur pour ton âme. Tu ne l'as pas vendue au diable en même temps que tes anciennes fringues, au moins ?

Je ne peux m'empêcher de rire aussi.

– Cette salopette rose me donne mal au cœur, ajoute-t-il.

– Mais je l'adore, ma salopette.

– Moi, je la déteste.

On a déjà traversé une grosse partie de la casse lorsque je sens une humidité inhabituelle entre mes cuisses. Certes, il fait chaud, mais pas au point de transpirer à ce point d'un coup. Je me penche alors que Javier continue vers la voiture.

– Magne-toi, balance-t-il. J'ai envie de prendre une douche. Je pue comme un rat mort.

– Merde !

– Quoi ? T'as un caillou dans tes horribles tongs en liège ?

– Tu sais ce qu'on te dit, mes Birk et moi ?

– Si tu n'es pas jolie, tu peux rester au moins polie.

Il se retourne et ses yeux s'écarquillent avant que le rictus dégoûté sur ses lèvres me fasse comprendre que je suis en train de perdre les eaux.

– C'est ce que je crois ? demandé-je, tout à coup affolée.

– Putain c'est pas vrai, râle-t-il en posant sa main recouverte de terre sur son front. Pas question que tu montes dans ma bagnole comme ça, menace-t-il.

– Mais…

– Tu ne pouvais pas attendre encore une petite demi-heure, le temps qu'on rentre à la maison ?

– C'est bon, je fais ce que je peux. Ça ne se contrôle pas, ces choses-là.

– Mais si *Madame* n'avait pas choisi ce jour précis pour jouer les chercheurs d'or, on n'en serait pas là.

– Ah oui, d'ailleurs, avant d'aller à la maternité, il faudra s'arrêter à la poste pour envoyer tout ça.

Un regard noir me répond.

– Ou peut-être après, alors, rectifié-je.

– Ne bouge pas, je fonce chercher la voiture, dit-il en se mettant à courir.

– Hé ! crié-je. Tu ne te barres pas avec le pognon, hein ? Tu reviens, tu ne me laisses pas ici toute seule !

Je l'entends grommeler quelque chose impliquant que je suis folle.

Eh bien ça y est, je vais être maman.

CHAPITRE 75

MARE

Les murs blancs réverbérant la lumière, la table froide collée à ma peau, un spot braqué sur moi, j'écrase la main de ma sœur tellement je stresse.

– Calme-toi, Mare, ça va aller.

– Ça va aller, ça va aller, j'aimerais bien t'y voir, grommelé-je en serrant les dents alors que la douleur afflue.

Elle se permet de lever les yeux au ciel.

– Je te signale que j'y suis déjà passé trois fois !

– Et je ne sais pas comment tu as fait, rien qu'à voir la taille de l'aiguille, j'ai failli m'évanouir.

Elle éclate de rire.

– J'en ai vu une plus grosse, je te signale !

J'étouffe un cri et me tourne vers Call. Ce connard arbore un sourire radieux. C'est le plus beau jour de sa vie. On voit bien que ce n'est pas lui qui est allongé sur cette foutue table. Pourquoi ai-je accepté ? Je devais avoir un coup dans le nez. Il m'a montré des photos et j'ai repensé à ma sœur : si elle a pu supporter ça trois fois, je peux bien y arriver une fois.

– Tu verras, après que tu auras essayé, tu n'auras qu'une envie, recommencer.

– Ja-mais, dis-je en détachant chaque syllabe.

– Mais si, on oublie la douleur, c'est comme ça, c'est la nature.

La nature, la nature. Je t'en foutrais de la nature.

Une douleur soudaine me fait serrer les poings instantanément.

– Oh putain ! Call, je te jure que tu vas me le payer !

– Vas-y Miss, insulte-moi, mais ne te crispe pas sinon il va être moche.

– Ce sera entièrement ta faute et je ne te le pardonnerai jamAIIIIS !

Je fais tout mon possible pour rester allongée, les larmes aux yeux. Li serre ma main plus fort avant que des pleurs envahissent la salle.

– Mini-Esposito veut téter, on dirait.

– Il est comme son père, accro à mes seins.

– Je suis là, je vous rappelle, intervient Call.

Li récupère la crevette dans son berceau et commence à se déshabiller pour nourrir son enfant. Je me force à serrer les lèvres pour ne pas interrompre ce moment magique. L'amour que je lis dans les yeux de ma sœur me tire un sourire. La douleur s'arrête, Call se penche à mon oreille :

– Ça va, ce n'est pas trop dur ?

Il me couve d'un regard compréhensif. Non, ce n'est pas trop dur. J'ai fait le deuil de mon enfant et ce motif que j'ai choisi le symbolise. Call m'aide à me redresser et me tend un miroir : sur la clavicule, j'arbore désormais une petite plume. Ce fardeau, cette culpabilité que j'accepte de laisser s'envoler. Ce bébé que je n'ai pas eu fera toujours partie de moi ; il a contribué à faire de moi celle que je suis aujourd'hui.

Je ne jalouse pas ma sœur ni son bonheur, bien au contraire. Je suis fière d'être la tante de cette petite merveille. Côté boulot, c'est l'éclate totale, et je suis désormais la fournisseuse officielle des crèches et des établissements scolaires alentour pour tout ce qui concerne les loisirs créatifs. Une source de revenus régulière qui me permettra vite de rembourser Li et ma mère. Les deux ont tenu à me prêter de l'argent pour racheter ma dette à la famille de Paul.

– Et voilà, madame Maurel, dit Call en appliquant un pansement sur son œuvre. Désormais, ce sera ombre et huile de coco.

Madame Maurel. Ça me fait toujours bizarre quand il m'appelle ainsi et pourtant, c'est ce que je suis : sa femme. Après la fusillade, après avoir failli perdre ma sœur, j'ai décidé que la vie était trop courte. Je n'ai pas choisi une robe de princesse ni un hôtel cinq étoiles pour la réception ; rien de tout ce que j'avais pu imaginer enfant ou quand j'étais en couple avec Paul. J'ai déniché une robe blanche vintage de style bohème, une couronne de fleurs, et nous nous sommes mariés en petit comité dans notre église de quartier entourés de nos proches. La nuit de noces a été mémorable, comme chaque fois que je couche avec Call, et c'est là, entre deux coupes de champagne, qu'il m'a demandé de lui offrir ma virginité. J'ai éclaté de rire, lui disant que ça faisait belle lurette que ma virginité s'était fait la malle. Il parlait de la virginité de ma peau. Bizarrement, je n'ai même pas hésité. En plus de ravir mon cœur, il a réussi à me faire surmonter ma phobie des aiguilles.

Tandis que ma sœur change son bébé de sein et que Call range son matériel, je pianote sur mon portable et hurle de joie.

– Putain, Mare, tu lui as fait peur et il m'a pincée, râle Li en grimaçant.

– Chacha, regarde ! m'exclamé-je.

– Chacha ? pouffe Li, s'attirant le regard noir de Call.

Ce dernier se glisse derrière moi et pose sa tête sur mon épaule pour regarder l'écran de mon portable.

– Elle est pleine !

Il s'écarte et secoue la tête de droite à gauche.

– Miss, on en a déjà parlé, je refuse d'avoir une horreur pareille à l'appart.

– Mais allez ! On lui mettra des petits nœuds, je lui tricoterai des petits manteaux trop chou.

– Non.

– C'est moi qui la sortirai.

– Non.

– Je la garderai avec moi au magasin, ce sera ma chienne de garde.

– Tu te fous de moi ? Avec un truc pareil, celui qui s'attaquera à toi va s'écrouler, mais de rire.

– Allez ! S'il te plaît !

Il ne cède pas malgré mes yeux de chien battu et quitte la pièce pour répondre au téléphone.

– Tu vois mon cœur, tatie Mareva n'a pas encore dompté la bête.

– On verra. J'ai d'autres atouts dans mes tiroirs, dis-je en venant effleurer le petit menton de mon neveu.

Li cache les oreilles de son fils et prend un faux air offusqué.

– Ne parle pas de tes parties de jambes en l'air devant lui, enfin !

J'éclate de rire.

– *Dixit* celle qui évoquait ses nichons il n'y a pas cinq minutes. Tiens d'ailleurs, en parlant de sexe, comment ça va avec Javier ? Tu as pu t'y remettre ?

– Oh oui, et je peux te dire qu'il a voulu rattraper les quatre semaines de jachère post-accouchement. Il n'arrête pas, une vraie machine. On fait l'amour non-stop depuis plus d'un mois et…

– Et quoi ?

– Oh putain !

– Oh putain quoi ?

Elle se rhabille et me colle Mini-Esposito dans les bras.

– J'en ai pour dix minutes, je reviens.

Elle part comme une furie avec son sac à main et un sein à moitié dehors.

– Qu'est-ce qu'elle a, ta sœur ? demande Call en me rejoignant.

– Je crois qu'elle a oublié quelque chose, dis-je, le sourire aux lèvres.

Call m'enlève le petit des bras, prétextant que le marmot a aussi besoin de testostérone, et le berce en lui chantant du AC/DC. Cette vision me donne une bonne idée de ce que sera l'avenir et je ne me suis jamais sentie aussi heureuse. J'entends la porte du shop s'ouvrir et vais accueillir Li, blanche comme un linge, un sac en papier serré contre elle. Je l'emmène aux toilettes et reste derrière la porte tandis qu'elle marmonne :

– Putain, putain, putain.

– Tu comptes faire ça pendant trois minutes ? la taquiné-je.

La porte s'ouvre à la volée et elle me tend le test.

– Négatif ! C'est négatif ! hurle-t-elle de joie.

– Ben dis donc, on voit à quel point la maternité te rend heureuse.

– J'adore mon fils, mais j'ai besoin de sommeil, de retrouver une vie sociale et je ne pourrais pas de nouveau me passer de sexe pendant quatre mois !

– Quatre mois ?

– Ouais. Dès l'instant où il a commencé à le sentir bouger, Javier a décrété qu'il ne voulait plus me toucher. L'angoisse !

Je la prends dans mes bras et lui murmure :

– Si jamais ça t'arrive encore, j'ai dû laisser quelques sex-toys dans ma table de chevet.

CHAPITRE 76

LI – JAVIER – CALL – MARE

Samedi 4 décembre – Soirée des Miss France

LI

Je sors de l'ascenseur et active le pas jusqu'à la porte de l'appartement de ma mère. Je toque deux coups et entre, n'attendant pas la réponse. Je dépose discrètement dans l'entrée ma serviette en cuir et déboutonne mon manteau, puis sursaute lorsque des mains viennent s'enrouler autour de ma taille.

– C'est à cette heure-là que tu rentres ? me reproche gentiment Javier en m'embrassant longuement dans le cou.

– J'ai été désignée sur la dernière attaque au couteau.

– Oui, j'ai entendu ça à la radio. Bravo pour ce communiqué de presse, madame le Procureur.

– Je m'en serais bien passée, mais le grand chef est en vacances aux Seychelles.

Je range mon arme sous le regard habitué de mon conjoint. Tout n'a pas changé, finalement. Ma nomination au parquet antiterroriste me permet de garder un pied dans les enquêtes de terrain et de posséder un pistolet automatique pour assurer ma protection.

– Tout le monde est déjà là. Le petit est avec ma mère.

– Et la mienne, elle ne râle pas trop à cause de mon retard ? m'inquiété-je.

– Non, ta mère est d'humeur étonnamment joyeuse ce soir. Et ça n'a pas encore commencé.

Je me retourne sur mon compagnon qui dépose un baiser sur mes lèvres tout en caressant sans retenue mes fesses.

– Je t'adore dans cette petite jupe, susurre-t-il. Je m'imagine déjà te l'arracher.

Je souris avant de me pendre à son cou.

– Moi aussi, j'en rêve.

Après un clin d'œil, Javier s'éloigne et j'observe ma mère dans sa cuisine. Elle relève les yeux et me sourit lorsqu'elle me découvre dans l'encadrement de la porte.

– Je t'ai vue aux infos, tu étais formidable.

Je baisse les yeux, un peu gênée. J'ai encore du mal à m'habituer aux compliments qu'elle peut me faire. Pourtant, depuis des mois déjà, tout a changé entre elle et moi. Javier m'a forcée à mettre les choses à plat. J'ai vidé mon sac, j'ai pleuré, j'ai crié. Elle a été virulente aussi. Mais elle a compris qu'elle devait changer, qu'elle devait faire un effort, ne plus faire de moi un exutoire à toutes ses frustrations sinon elle me perdrait pour toujours et ne verrait pas grandir son petit-fils. Nous sommes même allées ensemble chez le psychologue de Mareva et à présent, nous avançons chaque jour un peu plus vers une relation mère-fille plus apaisée. Nous ne serons jamais aussi proches qu'elle l'est avec Mareva, mais nous progressons, tant pour nous que pour ma sœur et notre famille.

Le générique des *Miss* retentit depuis le salon et je me surprends à le fredonner. Ma mère, gaie comme un pinson, se saisit du plat avec les petits fours et crie à qui veut l'entendre :

– Voici les douceurs !

Call surgit devant moi alors que j'allais rejoindre le reste de la famille.

– Salut madame le Juge ! Tu lui as montré, il a aimé ?

– Non, pas encore, il a bossé toute la nuit sur un homicide.

– Qu'est-ce que tu dois montrer et à qui ? se mêle Mareva en s'accrochant à l'épaule de son homme.

– Mon tatouage.

– Tu en as un nouveau ?

– Non, Call a transformé ma rose.

Elle baisse les yeux, comme si elle allait pouvoir le voir malgré mes vêtements.

– Il n’y a plus de balle, juste une magnifique rose un peu plus grande.

Elle ouvre des yeux.

– Pourquoi tu l’as changé ? demande-t-elle en me poursuivant jusqu’au salon.

– Parce qu’il n’avait plus de sens, avoué-je. Paul n’existe plus. Javier m’a guérie de tout.

J’entends Javier interpeller ma mère.

– Joëlle, où est mon book des Miss ?

– J’arrive, j’arrive ! s’écrie-t-elle en trottinant sous nos yeux.

Je la détaille. Incroyable, son changement, depuis quelques jours.

– Il paraît que maman s’est dégoté un mec, chuchote Mare dès qu’elle a le dos tourné.

– Quoi ? Tu déconnes ?

– Non, c’est ta belle-mère qui vient de me le dire. Elles sont sorties en boîte la semaine dernière et maman y a rencontré un type qui l’a invitée à dîner hier soir.

Ma mère qui sort avec Alma, je n’arrive toujours pas à m’y faire. Une idée de Javier. Il pense qu’ensemble elles pourront surmonter leur solitude. Je n’ai toujours pas le cœur de lui révéler que sa mère n’est plus une veuve éplorée depuis belle lurette mais une vraie cougar qui adore marcher sur les plates-bandes de sa fille Lorena.

– C’est qui ce mec ? m’inquiété-je. C’est un petit jeune ? Tu as son nom ? Je vais me renseigner.

– Calmos, c'est un homme de son âge selon Alma. Et puis il s'agit peut-être juste d'un plan cul. Il n'est pas encore question de mariage.

– Un plan cul. Maman. Pas possible, fais-je, perdue au milieu d'images traumatisantes. À son âge, ce n'est pas trop tard pour ça ?

– Mais non bécasse, c'est l'âge de la libération sexuelle. Plus de risques de gosses, et encore toute sa tête pour réaliser tout ce dont elle a rêvé toute sa vie.

Elle hausse les sourcils d'un air entendu.

– Oh purée, t'es bête, ricané-je.

– En tout cas, elle semble heureuse.

Je souris en regardant ma mère nous dépasser.

– C'est vrai, tu as raison. On avait tout faux avec ce pacte, on aurait mieux fait de s'engager à lui trouver un mec plutôt que de la prendre chez nous.

– Qui voulez-vous prendre chez vous ? demande notre mère.

– Toi, quand tu seras grabataire, répond effrontément Mareva.

Notre mère se fige.

– Allez vivre chez l'une de vous ? Je préfère encore la maison de retraite. Ingrates comme vous êtes, je serais maltraitée.

Aussi sec, elle repart vers le salon en nous laissant rire dans le couloir.

– Incroyable, elle a dû prendre un pied magistral pour devenir si cool ! m'exclamé-je.

– Et toi, le beau Javier s'est calmé ou il est toujours en mode exercices intensifs ? s'enquiert malicieusement Mareva.

– Tu n'es pas possible, gloussé-je en remplissant un plateau de verres.

– Allez, entre nous, insiste-t-elle.

Mare se rapproche de moi et mime un coït.

– Arrête, c'est bon ! Il est insatiable de moi, concédé-je en rougissant jusqu'aux orteils.

– Oh purée, je le savais. Tu as décroché le jackpot !

– Comme si tu étais à plaindre dans ce domaine. Il faut des seaux d'eau glacée pour vous décoller l'un de l'autre.

Elle se met à rire en avançant dans le salon tout en continuant son mime déplacé avant de se faire surprendre par le regard désapprobateur de notre mère. Mareva n'est pas tenable depuis qu'elle fréquente son tatoueur. Où est donc passée ma petite sœur toute timide et coincée ?

– Arrête d'emmerder ma Li, toi, s'exclame Javier qui me rejoint avec Tiago dans les bras. Sinon, je te tue !

Mon cœur se remplit d'un bonheur qui me donne presque le vertige. Je suis toujours aussi émue de voir mon petit bébé dans les bras musclés de son papa. On a fait tellement de chemin.

– Ce type est un psychopathe. Il passe son temps à me menacer de mort, grommelle Mareva.

– Je t'aime, belle-sœur, s'amuse-t-il à lui dire avant de poser ses lèvres sur les miennes. Toi, je t'aime plus que ma vie.

Je souris à l'amour de ma vie avant de poser avec soulagement les verres qui tintent les uns contre les autres. Je baisse les yeux sur la huitième merveille du monde puis dépose un doux baiser sur le front de mon bébé, qui lève vers moi ses petits yeux de plus en plus gris, comme ceux de son père. J'adore son odeur de bébé.

– Ça y est, ça commence, Joëlle, se réjouit Alma en tapant dans ses mains. Qu'est-ce qu'elles sont belles !

– Allez viens, mon fils, on va aller mater les belles nanas avec tonton Call, s'exclame mon homme. Et mon book, il est où, Joëlle ?

J'avance derrière mes deux amours. Je salue Gabriella et Lorena avant de m'attarder sur la première, si fière de son parcours. Elle a tenu tête à Alma et vient d'intégrer la brigade des mineurs. J'ai ri il y a quelques jours en entendant sa mère vanter les exploits de sa fille ; finalement, il n'y a bien que les imbéciles qui ne changent pas d'avis. Je pose un regard tendre sur les deux nouvelles amies, Alma et ma mère, qui sont devenues bien complices.

– Je suis passée chez toi et j'ai fait un peu de rangement, me dit la mère de Javier.

– Alors vous ! Ce n'était pas la peine de mettre votre fils à la porte si c'est pour continuer à ranger ses chaussettes sales ailleurs.

– Mais je n'ai jamais mis mon fils dehors, s'insurge-t-elle.

Je tourne la tête vers Javier qui se lève et vient vers moi. Il me prend par la taille.

– Je t'avais dit que je ne renoncerais pas.

Je fais la moue et le laisse m'enlacer tendrement.

– Tu croyais que j'allais rester loin de toi alors que tu portais mon bébé ?

– Tu as bien fait, concédé-je.

Il m'embrasse, heureux, avant de retourner s'asseoir sous les interrogations de sa mère, me tirant par la main.

– Page trois, Miss Guadeloupe a du coffre, mon vieux, lance Call. Regarde-moi ça.

– Moi, j'ai repéré Miss Corse. On verra peut-être du censuré dans les vestiaires cette année aussi.

Mare, qui passe derrière eux, leur assène une claque derrière la tête à chacun.

– Merci *sister*.

Elle se laisse glisser sur le tapis devant moi et, presque machinalement, comme lorsque nous étions gosses, j'attrape ses mèches de cheveux blonds.

– T'as vu, Miss Languedoc a de la cellulite, commente-t-elle.

– Ouais, elles ne sont pas mieux que nous cette année, fais-je, de pure mauvaise foi.

On se met à ricaner comme deux pestes avant d'être suivies par Gabriella et Lorena.

Purée, je n'aimerais pas être ailleurs cette année…

JAVIER

J'adore voir ma Li rire comme ça. Oubliés les nuits blanches, les soucis des derniers jours. Elle est toute à son bonheur, entourée des personnes qui comptent le plus pour elle. Je me penche pour l'embrasser dans le cou et elle me jette un de ses regards tendres qui me remuent les tripes. Ma Li, mon âme sœur, si forte et si fragile à la fois. Elle me vole notre bébé en lui chantant des « gouzis gouzis ». Je n'ai jamais rien vu de plus beau que mon amour glissant discrètement notre enfant dans son décolleté pour lui proposer le sein. Il s'en empare goulûment avec des yeux remplis d'adoration pour sa maman.

Linda a tellement évolué durant ces derniers mois, enfin apaisée. Je ne suis pas mécontent de voir sa mère plus douce et attentive à elle aujourd'hui. S'il l'avait fallu, j'aurais été prêt à tout quitter avec Li pour l'éloigner de sa méchanceté, mais Joëlle Sorel semble avoir compris. De son lourd passé, Li ne conserve plus que ce tatouage qui me fait toujours tant de mal lorsque je le vois. J'aimerais être celui qui lui fera oublier tout ce que ce mec a pu lui faire. Un jour, peut-être.

Ma mère croise mon regard et me fait un clin d'œil complice en contemplant son petit-fils. J'étais heureux qu'elle vienne avec moi cet après-midi pour aller choisir une bague de fiançailles. Elle seule est dans la confidence. Au matin de Noël, lorsque nous ne serons plus que tous les deux au pied de notre premier sapin avec Tiago, je demanderai Linda en mariage.

Je me penche vers mon bébé et lui susurre, badin :

– Dis donc, n'en profite pas trop. Je te les prête mais ils sont à moi.

Li lève les yeux avant de se mettre à me sourire.

– Tu me les réserves entre minuit et quatre heures du matin, lui intimé-je gentiment.

– Quatre heures d'affilée ? lance-t-elle. J'ai besoin de dormir un peu.

– On pourrait faire un petit frère à Tiago.

Elle écarquille les yeux.

– Oh non, il n'a que trois mois.

– Oui, mais j'en veux cinq.

Elle change de couleur. Elle n'a jamais été bronzée, mais là elle est livide. J'attrape son menton et lui dis, frôlant ses lèvres :

– Je déconne ma Li, mais il faudra quand même lui donner une petite sœur.

Ses épaules se détendent légèrement.

– On peut faire une petite pause entre les deux, hein ?

– Tout ce que tu voudras mon amour, à partir du moment où on continue à s'entraîner. Il ne faudrait pas perdre la main.

Elle éclate de rire dans un si joli son que tout mon corps se met à frissonner de joie. Putain, je ne souhaiterais pas être ailleurs ce soir.

Alors que Li et Javier se bouffent du regard, j'observe Mareva s'extirper comme elle peut des jambes de sa sœur. J'attends qu'elle se lève pour la crocheter par la taille et l'embrasser amoureusement. Elle pouffe et s'écarte pour laisser sa mère me tendre un plateau.

– Mon gendre adoré, tenez, régalez-vous, vous maigrissez à vue d'œil. Tu ne le nourris pas ton mari ou quoi ? ajoute-t-elle à l'intention de Mareva.

Je sens ma chérie se tendre.

– Ne vous inquiétez pas belle-maman, Mare a d'autres talents et ceux-ci s'exercent plutôt à l'horizontale.

Je fais mine de réfléchir et ajoute :

– Quoiqu'à la verticale aussi, elle est douée.

Bingo, Joëlle pique un fard avant de se réfugier dans la cuisine et Mareva me fait les gros yeux. Elle se penche à mon oreille, puis murmure :

– Merci de m'avoir défendue, je te montrerai mes talents d'avaleuse de sabre plus tard.

Elle rejoint sa mère, me laissant sur le canapé avec plein d'images d'elle dans la tête. Putain, qui aurait cru qu'en à peine une année ma vie aurait changé à ce point ? Je balaie la pièce du regard. Mon univers qui, jusqu'à présent, se limitait à mon shop et ma Grand-ma, a soudain triplé de volume, tout ça à cause d'une certaine furie blonde. Je n'ai d'ailleurs jamais été aussi patient avec une gonzesse.

Ce matin encore je me suis cramé avec le fer à lisser qu'elle a négligemment laissé branché, j'ai failli mourir empoisonné la semaine dernière à cause d'un smoothie qui en réalité était un test pour une crème dépilatoire au chocolat (heureusement qu'elle est arrivée avant que je ne m'en serve un verre), et en plus de tout ça, j'ai fini par lui prendre son foutu clebs. Elle ne le sait pas mais il attend sagement à la maison avec un joli nœud rose. Mon palpitant s'emballe à l'idée qu'il se fasse les dents sur mes affaires, puis je me rappelle que vu le bordel que Mareva laisse partout, il y a plus de chance qu'il dégotte l'une de ses chaussures.

Mon portable vibre : une confirmation de rendez-vous pour un tatouage de licorne. Eh oui, elle a même réussi à me convaincre que les trucs « kawaï » et « choupinou » avaient la cote et que je pourrais me faire plus de blé en élargissant ma clientèle. Le pire ? Elle avait raison. Mon carnet de commandes ne désemplit pas, je tatoue énormément de bas des reins et de poitrines, au grand désespoir de ma femme qui jette des regards noirs à toutes les femmes qui entrent et sortent de ma boutique. Grâce à ces rentrées d'argent régulières, j'ai pu aider ma grand-mère à trouver un autre logement et maintenant, je vais également pouvoir aider Mare à concrétiser son nouveau grand projet. Je suis fier d'être son homme, et je tombe tous les jours un peu plus amoureux d'elle.

– Mare, vraiment, tu pourrais faire un effort pour ton mari.

Je lève les yeux au ciel. Ma mère, qui au début ne pouvait pas voir Call en peinture, s'est transformée en groupie numéro un. J'ai dû mettre le holà quand elle s'est proposée de repasser et raccommoder ses jeans troués.

– Maman, et si tu me parlais plutôt de ta sortie avec Alma ? Il paraît que c'était… intéressant.

Elle bat en retraite, un plateau dans les mains, et va récupérer son petit-fils. Li me rejoint, le sourire aux lèvres.

– Alors, quoi de neuf ? Javier m'a dit t'avoir vue distribuer des tracts dans le quartier. Tu organises de nouveaux ateliers ?

Je me mords la lèvre. Quel idiot ce beau-frère ! Je voulais attendre que tout soit officiellement lancé pour annoncer la nouvelle mais je ne veux pas mentir à ma sœur.

– Tu te souviens de Jammal ?

Elle hoche la tête.

– Je l'avais pris quelques heures par semaine au magasin et on a monté un dossier pour valider sa demande de formation chez Pôle emploi.

Elle me fait signe de continuer.

– Son projet professionnel a été approuvé et je l'ai embauché pour faire des livraisons. Ça ne me coûte presque rien, il encaisse des pourboires et au lieu de traîner dans les rues, il roule en scooter et fait connaître ma boutique.

– Tu lui as fait un contrat de travail j'espère ? s'inquiète ma sœur.

– Mais oui, tout est légal. Bref, il est ponctuel, il est moins à cran et il fait du bon boulot. Ce simple petit job lui a redonné confiance en lui et maintenant, il envisage de monter sa boîte de livreur et d'offrir ses services aux personnes âgées du quartier pour leurs courses. Donc…

J'hésite à poursuivre. Et si elle trouvait que c'était une mauvaise idée ?

– Donc quoi ?

– Donc j'en ai discuté avec Call et Jammal et j'ai décidé de monter une association pour les jeunes du coin. Je démarche les habitants et commerçants du quartier pour voir si certains ne voudraient pas aider nos jeunes à s'insérer dans la société, par exemple en les prenant en stage, en leur faisant découvrir leur métier, en les aidant avec les démarches administratives, en leur proposant de faire des livraisons… Tu sais avec la crise de l'emploi et…

Je n'ai pas le temps de poursuivre qu'elle me prend dans ses bras.

– Je suis tellement fière de toi, Mare.

Je lui rends son étreinte. Cette nouvelle n'est pas la seule que je voudrais lui annoncer, néanmoins on s'est juré, Call et moi, de ne rien dire pour ne pas susciter de faux espoirs. Je suis allée retirer le dossier aujourd'hui, il est dans mon sac à main.

J'ai failli m'effondrer quand j'ai vu tout ce qui était demandé. Heureusement, Call m'a rassurée, m'a dit qu'on avait le temps, que bien sûr ça ne se ferait pas tout de suite mais que ce serait quand même une aventure merveilleuse qu'il ne voudrait vivre avec personne d'autre que moi.

Après avoir assisté à travers une porte à l'accouchement de Li, j'ai compris que ça n'était pas pour moi : je ne souhaite plus porter la vie mais j'ai quand même cette envie d'enfant, et quand j'en ai parlé à Call, il a suggéré une autre option. J'ai eu peur qu'il m'en veuille de le priver de la possibilité de transmettre ses gènes. Il m'a assurée que l'important n'était pas le sang, mais bien l'amour qu'il avait en lui. Il y a beaucoup d'enfants à travers le monde qui attendent une famille, après tout, alors pourquoi ne pas en accueillir un ?

– Mare ? Tu rêves ou quoi ?

Li me sort de mes pensées en même temps que les sifflements des garçons devant le défilé.

– Tu crois qu'on les a bien choisis ? demandé-je en grommelant.

– Je sais pas, on n'a qu'à faire un nouveau pacte.

Je hausse un sourcil alors qu'elle me tend son petit doigt.

– Je te promets d'être toujours là pour toi, de te soutenir quoi qu'il arrive et de t'aider à creuser un trou si Call te fait du mal.

– Et moi, je te promets d'être la meilleure des sœurs, de toujours être de ton côté et de mélanger ma crème dépilatoire au cocktail énergétique de Javier s'il se conduit comme un connard envers toi.

Les deux principaux intéressés se retournent comme un seul homme.

– C'est quoi encore ces conneries ?

Li et moi éclatons de rire et crochetons nos petits doigts, sur lesquels l'initiale de l'autre est tatouée. Évidemment, elle avait raison : trois semaines après, j'ai voulu repasser sur la table, avec elle.

– Ensemble, quoi qu'il arrive, décrétons-nous, les yeux dans les yeux.

REMERCIEMENTS

SAMANTHA

Je tiens avant tout à remercier Isa sans qui cette folle aventure n'aurait jamais vu le jour. Une fabuleuse auteure dont j'ai découvert la plume et avec qui j'ai souhaité discuter. De fil en aiguille, d'une simple discussion entre auteures est née l'idée de cette histoire, deux sœurs si différentes qui pourtant s'aiment d'un amour inconditionnel, malgré les épreuves. Même si écrire à quatre mains est un sacré défi, je suis heureuse de l'avoir relevé avec toi. Merci de m'avoir boostée, de m'avoir choisie, pour le meilleur et pour le pire car oui, je sais que parfois j'ai pu être chiante.

Je remercie également Marie, notre éditrice, merci d'avoir su déceler le potentiel de notre histoire et de nous avoir aidées à porter *Sister Pact* à un autre niveau. Si notre histoire était super au départ, tu en as fait quelque chose de plus poussé et tu m'as aidée à progresser, surtout pour les descriptions. Même si nous n'avons pas été toujours d'accord, tu as su nous écouter et respecter nos choix.

Je remercie ma Liliane, ma Elo, même si tu ne m'as pas bêta-lue sur ce texte, tu as toujours été là, à m'écouter, à me conseiller et à m'encourager. Tu es la meilleure coach que je pouvais rêver d'avoir.

Merci également à mon groupe de copines un peu folles, mes DDC d'amour, et enfin merci à toi qui lis ce texte. J'espère que notre joyeuse bande t'aura fait passer un bon moment.

ISA

Sister Pact, c'est avant tout une très belle rencontre que j'ai eu la chance de faire. Une rencontre virtuelle, une rencontre malgré des kilomètres qui nous séparent, entre une fille du Sud, Samantha, et la fille du Centre que je suis (les Sudistes diront du Nord, lol !). Une belle rencontre autour de la romance, de nos histoires qui évoluent dans un même univers rempli d'humour, de personnages hauts en couleur et de trucs de filles. Une belle complicité est née entre nous et très vite s'est imposée l'envie d'un roman à quatre mains. Je retiens de cette expérience l'impatience que j'avais chaque fois de lire les chapitres de Samantha. C'était une vraie partie de ping-pong où chacune avait à cœur de faire rire et d'émouvoir sa coautrice. Il y avait une véritable émulation à créer ainsi. Ça a été une très chouette période que je suis heureuse d'avoir partagée avec Samantha. Merci à toi de t'être lancée dans cette aventure, d'avoir supporté mes exigences, mes doutes, mes changements d'avis. Merci d'avoir été ma petite sœur dans cette histoire, de m'avoir fait baver devant ton beau tatoueur. S'il existe quelque part, je suis toute à lui pour me faire tatouer pour la première fois (lol). En tout cas, même si les corrections ont parfois pu être laborieuses parce que oui, écrire, c'est une passion mais ça va aussi bien au-delà, n'hésite pas à venir toquer à ma porte pour un nouveau périple ;) !

Sister Pact, c'est aussi le deuxième roman sur lequel je travaille avec Marie Maublan, mon éditrice chez Hugo Pubishing. J'ai été si heureuse de poursuivre notre collaboration après *Coupable ! I Love You*. Le travail éditorial, ce n'est pas rien. C'est parfois autant de boulot que l'écriture du roman en elle-même. De longs mois de partages, d'allers-retours d'e-mails, de discussions, de réécriture. Cela a été un plaisir de partager ce travail une nouvelle fois avec toi, Marie. Je te remercie d'avoir cru en cette histoire, de nous avoir donné de si bons conseils et d'avoir fait ce bout de chemin avec nous. Ce n'est pas la première fois que je te le dis mais je ne peux que répéter combien je progresse à tes côtés. J'ai encore beaucoup de choses à apprendre mais je sais qu'avec une personne comme toi auprès de moi, ma plume gagnera en intensité. Je sais que Samantha et moi n'avons pas toujours été disciplinées, que j'ai torturé tes yeux avec les innombrables jurons de Li et mes références d'une autre génération et j'en suis désolée. Je te promets de retenir tes remarques, de réduire les pages sur les prochains romans et de moderniser mon langage (lol). Merci à Célia et à toute l'équipe d'Hugo pour leur confiance et leur soutien.

Sister Pact, c'est aussi un bel échange avec ma bêta-lectrice de la première heure, Anne-Laure, qui une fois de plus n'a pas hésité à prendre sur son temps pour lire cette histoire. Je ne te remercierai jamais assez de ton enthousiasme à me lire et de ta franchise, toi qui n'as pas hésité à braver, voire à briser mon cœur fragile d'autrice pour m'aider à sortir le meilleur de moi-même. Merci ma belle. Rendez-vous sur le prochain !

Sister Pact, ce sont aussi quelques clins d'œil à des personnes qui font partie de ma vraie vie, qui m'inspirent chaque jour. Les deux que j'ai visées dans ce roman se reconnaîtront (hi hi). Qui seront les prochains ?

Sister Pact, c'est enfin, un temps que je n'ai pas passé avec mes trois amours : mon mari et mes deux enfants. Merci à eux de me laisser écrire. Je sais que ce n'est pas toujours facile de me sortir de mon écran. Je vous aime plus que tout. Merci à mon homme, mon expert ès balistique, merci à mon ado, mon expert ès langage de jeune et merci à ma puce pour tous ses câlins d'amour sans lesquels je ne pourrais entretenir mon cœur guimauve d'autrice de romances !

Et puis, merci à vous, chers lecteurs, d'être toujours au rendez-vous. Je vous embrasse tendrement et vous dis à bientôt sur de prochaines histoires.

Composition et mise en pages
Nord Compo à Villeneuve-d'Ascq